## 김우창 金禹昌

1936년 전라남도 함평 출생. 서울대학교 문리과대학 정치학과에 입학해 영문학과로 전과했다. 미국 오하이오 웨슬리언대학교를 거쳐 코넬대학교에서 영문학 석사 학위를, 하버드대학교에서 미국 문명사 박사 학위를 취득했다. 서울대학교 영문학과 전임강사, 고려대학교 영문학과 교수와 이화여자대학교 학술원 석좌교수를 지냈으며《세계의 문학》편집위원,《비평》발행인이었다. 현재 고려대학교 명예교수, 대한민국예술원 회원으로 있다.

저서로『궁핍한 시대의 시인』(1977),『지상의 척도』(1981),『심미적 이성의 탐구』(1992),『풍경과 마음』(2002),『자유와 인간적인 삶』(2007),『정의와 정의의 조건』(2008),『깊은 마음의 생태학』(2014) 등이 있으며, 역서『가을에 부쳐』(1976),『미메시스』(공역, 1987),『나, 후안 데 파레하』(2008) 등과 대담집『세 개의 동그라미』(2008) 등이 있다. 서울문화예술평론상, 팔봉비평문학상, 대산문학상, 금호학술상, 고려대학술상, 한국백상출판문화상 저작상, 인촌상, 경암학술상을 수상했고, 2003년 녹조근정훈장을 받았다.

법 없는 길

# 법 없는 길

현대 문학과
사회에 관한
에세이

**김우창 전집**

4

**민음사**

…… 나는 보았다

움직이는 것 모두 고요하고 서글픔을,

허나 산속으로 갈 때까지에는

내가 미친 것이 아니었던 것을 나는 안다


무엇이 이리 바뀌게 했는가? 언덕과 탑들은

그래야 하는 것처럼 서 있지 않고

무람없이 법이 없는 길들은

온 나라를 그릇되이 달린다……

—에드윈 뮤어, 「횔덜린의 여로」


…… I saw

All moving things so still and sad,

But till I came into the mountains

I know I was not mad.


"What made the change? The hills and towers

Stood otherwise than they should stand,

And without fear the lawless roads

Ran wrong through all the land……"

—Edwin Muir, "Hölderlin's Journey"

# 간행의 말

1960년대부터 글을 발표하기 시작한 김우창은 문학 평론가이자 영문학자로 글쓰기를 시작하여 2015년 현재까지 50년에 걸쳐 활동해 온 한국의 인문학자이다. 서양 문학과 서구 이론에 대한 광범위한 천착을 한국 문학에 대한 깊은 관심과 현실 진단으로 연결시킨 김우창의 평론은 한국 현대 문학사의 고전으로 읽히고 있다. 우리 사회의 대표적 지성으로서 세계의 석학들과 소통해 온 그의 이력은 개인의 실존적 체험을 사상하지 않은 채, 개인과 사회 정치적 현실을 매개할 지평을 찾아 나간 곤핍한 역정이었다. 전통의 원형은 역사의 파란 속에 흩어지고, 사회는 크고 작은 이념 논쟁으로 흔들리며, 개인은 정보 과잉 속에서 자신을 잃고 부유하는 오늘날, 전체적 비전을 잃지 않으면서 오늘의 구체로부터 삶의 더 넓고 깊은 가능성을 모색하는 김우창의 학문은 우리가 믿고 의지할 수 있는 소중한 자산의 하나가 아닌가 한다. 그리하여 간행 위원들은 그 모든 고민이 담긴 글을 잠정적이나마 하나의 완결된 형태로 묶어 선보여야 할 필요성을 절감했다. 이것이 바로 이번 김우창 전집이 기획된 이유이다.

김우창의 원고는 그 분량에 있어 실로 방대하고, 그 주제에 있어 가히 전면적(全面的)이다. 글의 전체 분량은 새로 선보이는 전집 19권을 기준으로 약 원고지 5만 5000매에 이른다. 새 전집의 각 권은 평균 700~800쪽 가량인데, 300쪽 내외로 책을 내는 요즘 기준으로 보면 실제로는 40권에 달한다고 봐야 할 것이다. 이 막대한 분량은 그 자체로 일제 시대와 해방 전후, 6·25 전쟁과 군부 독재기 그리고 세계화 시대에 이르기까지 한국 현대사를 따라온 흔적이다. 김우창의 저작은, 그의 책 제목을 빗대어 말하면, '정치와 삶의 세계'를 성찰하고 '정의와 정의의 조건'을 탐색하면서 '이성적 사회를 향하여' 나아가고자 애쓰는 가운데 '자유와 인간적인 삶'을 갈구해 온 어떤 정신의 행로를 보여 준다. 그것은 '궁핍한 시대'에 한 인간이 '기이한 생각의 바다'를 항해하면서 '보편 이념과 나날의 삶'이 조화되는 '지상의 척도'를 모색한 자취로 요약해도 좋을 것이다.

2014년 1월에 민음사와 전집을 내기로 결정한 후 5월부터 실무진이 구성되어 본격적인 활동을 시작했다. 방대한 원고에 대한 책임 있는 편집 작업은 일관된 원칙 아래 서너 분야, 곧 자료 조사와 기록 그리고 입력, 원문 대조와 교정 교열, 재검토와 확인 등으로 세분화되었고, 각 분야의 성과는 편집 회의에서 끊임없이 확인, 보충을 거쳐 재통합되었다.

편집 회의는 대개 2주마다 한 번씩 열렸고, 2015년 12월 현재까지 35차례 진행되었다. 이 회의에는 김우창 선생을 비롯하여 문광훈 간행 위원, 류한형 간사, 민음사 박향우 차장, 신새벽 사원이 거의 빠짐없이 참석했고, 박향우 차장이 지난 10월 퇴사한 뒤로 신동해 부장이 같이했다. 이 회의에서는 그간의 작업에서 진척된 내용과 보충되어야 할 사항에 대해 서로 의견을 교환했고, 다음 회의까지 무엇을 해야 할지를 결정했다. 일관된 원칙과 유기적인 협업 아래 진행된 편집 회의는 매번 많은 물음과 제안을 낳고, 이것들은 그때그때 상호 확인 속에서 계속 보완되었다. 그것은 개별 사

안에 대한 고도의 집중과 전체 지형에 대한 포괄적 조감 그리고 짜임새 있는 편성력을 요구하는 일이었다. 이렇게 19권의 전체 목록은 점차 뚜렷한 윤곽을 잡아 갔다.

자료의 수집과 입력 그리고 원문 대조는 류한형 간사를 중심으로 서울대학교 국어국문학과 대학원의 천춘화 박사, 김경은, 허선애, 허윤, 노민혜, 김은하 선생이 해 주셨다. 최근 자료는 스캔했지만, 세로쓰기로 된 1970년대 이전 자료는 직접 타자해야 했다. 원문 대조가 끝난 원고의 1차 교정은 조판 후 민음사 편집부의 박향우 차장과 신새벽 사원이 맡았다. 문광훈 위원은 1차로 교정된 이 원고를 그동안 단행본으로 묶이지 않은 글과 함께 모두 검토했다. 단어나 문장의 뜻이 불분명한 경우에는 하나도 남김 없이 김우창 선생의 확인을 받고 고쳤다. 이 원고는 다시 편집부로 전해져 박향우 차장의 책임 아래 신새벽 사원과 파주 편집팀의 남선영 차장, 이남숙 과장, 김남희 과장, 박상미 대리, 김정미 대리가 교정 교열을 보았다.

최선을 다했으나 여러 미비가 있을 것이다. 독자 여러분들의 관심과 질정을 기대한다.

2015년 12월
김우창 전집 간행 위원회

# 일러두기

편집상의 큰 원칙은 아래와 같다.

1  민음사판『김우창 전집』은 1964년부터 2014년까지 한국어로 발표된 김우창의 모든 글을 모은 것이다. 외국어 원고는 제외하였다.

2  이미 출간된 단행본인 경우에는 원래의 형태를 존중하였다. 그에 따라 기존『김우창 전집』(전 5권, 민음사)이 이번 전집의 1~5권을 이룬다. 그 외의 단행본은 분량과 주제를 고려하여 서로 관련되는 것끼리 묶었다.(12~16권)

3  단행본으로 나온 적이 없는 새로운 원고는 6~11권, 17~19권으로 묶었다.

4  각 권은 모두 발표 연도를 기준으로 배열하였고, 이렇게 배열한 한 권의 분량 안에서 다시 주제별로 묶었다. 훗날 수정, 보충한 글은 마지막 고친 연도에 작성된 것으로 간주하여 실었다. 한 가지 예외는 10권 5장 '추억 몇 가지'인데, 자전적인 글을 따로 묶은 것이다.

5  각 권은 대부분 시, 소설에 대한 비평 등 문학에 대한 논의 이외에 사회, 정치 분석과 철학, 인문 과학론 그리고 문화론을 포함한다.(6~7권, 10~11권) 주제적으로 아주 다른 글들, 예를 들어 도시론과 건축론 그리고 미학은『도시, 주거, 예술』(8권)에 따로 모았고, 미술론은『사물의 상상력』(9권)으로 묶었다. 여기에는 대담/인터뷰(18~19권)도 포함된다.

6  기존의 원고는 발표된 상태 그대로 싣는 것을 원칙으로 삼아 탈오자나 인명, 지명이 오래된 표기일 때만 고쳤다. 단어나 문장의 의미가 불분명한 경우에는 저자의 확인을 받은 후 수정하였다. 단락 구분이 잘못되어 있거나 문장이 너무 긴 경우에는 가독성을 위해 행 조절을 했다.

7  각주는 원문의 저자 주이다. 출전에 관해 설명을 덧붙인 경우에는 '편집자 주'로 표시하였다.

8  맞춤법과 외래어 표기는 국립국어원 규정에 따르되, 띄어쓰기는 민음사 자체 규정을 따랐다. 한자어는 처음 1회 병기하는 것을 원칙으로 하고, 문맥상 필요하다고 판단되는 경우 여러 번 병기하였다.

본문에서 쓰인 기호는 다음과 같다.

  책명, 전집, 단행본, 총서(문고) 이름:『  』

  개별 작품, 논문, 기사:「  」

  신문, 잡지:《  》

# 나아감과 되풀이

심미적인 것의 의미: 서문을 대신하여

## 1

장마가 끝나고 밝은 해가 비치고 태평양으로부터 올라온다는 태풍의 영향인지 맑은 바람이 분다. 따지고 보면 아무런 이유도 없는데 마음과 몸—그리고 온 세상이 새로워짐을 느낀다. 일기의 변화는 수없이 되풀이되면서도 우리의 감각과 마음을 새롭게 움직인다. 계절의 변화를 몇 번을 겪든지 간에 우리는 그것을 범상하게 지나쳐 버리지 못하고 봄이면 봄, 가을이면 가을, 계절에 감동하는 순간을 갖는다. 그리하여 시인은 시인마다 수없이 되풀이되었던 계절을 주제로 하여 새로운 시를 쓴다. 그리고 우리는 그것을 읽는다.

그러나 이러한 신선한 느낌이 무슨 소용이 있는가? 그것을 어디에 쓸 수 있다는 말인가? 아름다움 앞에 물음이 아니라 답변이 있을 뿐이다. "주님의 세계는 얼마나 아름다운가!" 기독교인은 이렇게 말하는지 모른다. 이것은 물음이 아니다. 또 답변도 아니다. 그것은 찬미이다. 세상의 아름다움에 대한 우리의 답변은 찬미일 뿐이다.

어디에 쓸 것인가. 우리의 삶은 너무나 철저하게 공리적 정서에 침투되어 있는 것인가. 출세와 치부와 자랑에 철저하게 지배되어 있는 사회는 우리의 감정까지 재조직한다. 모든 것이, 개인적이든 사회적이든, 물질적이든 도덕적이든, 이익에 봉사하여야 한다. 산과 풀과 나무까지도 소유되거나 또는 사회 정의에 이바지하는 것이라야 한다. 그러나 어디에 쓸 것인가를 묻는 것은 출세와 치부와 자랑의 동기로 인하여서만 그러한 것은 아니다. 아름다움의 순간에 우리는 머물러 있을 수 없다. 우리에게는 할 일이 있다. 밥을 먹어야 하고 또 대부분의 경우 밥을 먹어야 한다는 것은 그것을 위해서 싸운다는 것을 뜻한다. 물론 이것은 다분히 우화적 성격을 가지고 있는 이야기이다. 그러나 밥이 아니라도 삶은 대체로 공리적인 것으로 짜여 있고, 그 밖의 것은 가외의 것이다. 자연의 순간은 삶의 일로부터의 휴식이지 본론이 아니다.

우리가 아름다움의 순간에 사로잡힐 수 없는 것은 바로 그것이 순간적인 때문이다. 반드시 실제적이 아니고 이익이 되는 것이 아니라도 순간을 넘어서는 영원 아니면 지속에 대한 우리의 갈구는 삶의 근원적인 지향인지 모른다. 산에 호젓하게 피어 있는 꽃은 우연히 한 번 본 것만으로 우리에게 어떤 위로가 될 수 있지만, 그것만으로는 아쉬움을 느낀다. 잘못이라고 알면서도 사람들이 꽃을 꺾는 것은 무분별한 소유욕의 발로만은 아닐 수 있다. (꽃을 꺾지 아니하게 되기까지는 한편으로는 지속적인 것에 대한 갈구에도 불구하고 어찌할 수 없는 시간의 덧없음, 다른 한편으로는 나 자신의 삶을 넘어서도 참여하는 삶의 경이의 보편성에 대한 훈련이 필요하다.) 한순간으로 끝나는 것에 대한 아쉬움은 늘 그것을 메워 줄 것을 찾는다. 여기에 움직이고 있는 것은 지속과 확산에의 충동이다. 아름다움과 아름다움의 감격이 공간적으로 시간적으로 조금 더 크고 지속적이기를 원하는 것이다. 더 나아가 우리는 조그마한 꽃이 보다 커져서 우리를 압도하는 어떤 것이 되기를 바란다.

그러나 자연이 우리에게 주는 기쁨에는 이미 그러한 지속과 확산 그리고 강렬화의 암시가 들어 있다. 사실 자연의 감각은, 다른 감각적 체험, 가령 많은 인위적인 감각적 체험과는 달리, 우리를 하나의 감각적 체험에 폐쇄시키는 것이 아니라 그것을 통하여 자연 전체의 넓음으로 이끌어 간다. 오늘의 맑은 날씨는 이미 그 안에 태평양은 아니더라도 우리가 있는 곳을 넘어가는 넓은 공간을 지니고 가을의 맑은 날과 계절의 긴 리듬을 포개어 가지고 있다. 한 포기의 꽃이 우리에게 주는 기쁨은 그 자체의 어여쁨에 못지않게 그것이 나타내는 자연의 식물적 생명의 싱싱함에서 온다. 이러한 포갬이 없이 자연의 감각적 매력으로부터 우리는 우리 자신의 새로워지는 느낌을 가질 수 없을 것이다. 바람의 서늘함, 꽃의 싱싱함은 바로 내 자신의 서늘함과 싱싱함을 나타낸다.

자연은 한순간에 충실하면서 또 긴 지속과 무한한 펼쳐짐을 포개어 지닌다. 그리하여 낭만주의자는 어떤 자연의 체험에서 순간과 영원, 이 자리와 무한의 일치를 체험한다고 생각한다. 적어도 그러한 암시가 있을 수 있다는 것은 부정할 수 없을 것이다. 그러나 생각해 보면, 사람에게 가능한 영원은 — 그것이 아니라면, 지속적인 것은 이렇게밖에 달리 존재할 도리가 없다. 문제는 어떻게 순간 속에 영원이, 영원 속에 순간이 존재하게 하느냐 하는 것이다. 오늘의 삶은 삶의 지속적인 기획 속에 매몰되어 순간도 잊어버리고 영원도 잊어버린 것으로 보인다.

## 2

그러나 사람이 참으로 자연의 순간 속에서 영원을 체험할 수 있는가.

설사 그렇다 하더라도 그것은 삶의 일의 진짜 경위가 아닌 예외적인 체험일 뿐이다. 그러나 자연은 순간적이면서도 그와는 전혀 반대의 느낌을 일으킬 수도 있다. 참으로 사람들은 그러한 예외적인 것의 영원화를 원하는 것인가? 영원한 서늘함, 영원한 꽃이 어떤 것일까? 우리가 그것을 참으로 행복과 영감의 원천으로 받아들일 것인가 아니면 그 반대일까. 자연이 단조롭고 권태로울 수 있다는 것을 부정할 수는 없다. 자연의 영원한 지속 — 물론 삭막하고 무서운 면을 빼고 긍정적인 면만을 생각하여 — 그것이 어떠한 것일지는 알 수 없다 하되, 그것의 단조로움과 권태는 그것의 되풀이 — 어떻게 보면 영원의 한 양상이라 할 수도 있는 되풀이에서 느낄 수 있다. 계절은 되풀이되고, 해는 또다시 뜬다. 무엇보다도 우리를 지겹게 하는 것은 생명 유지 작업의 끊임없는 되풀이이다. 이것이 여성의 가사 노동을 지겹게 한다. 우리는 자연이 순간적이기 때문에 그것을 심각하게 받아들일 수 없다고 생각한다. 그리고 다른 한편으로는 그것의 긴 지속도 받아들일 수 없다고 생각한다.

되풀이로서 가장 지겨운 것은 말할 것도 없이 우리의 밥벌이의 일과이다. 그중에도 현대적 공장 노동에서의 단조로움과 반복은 유명한 것이다. 그런데 자연의 단조로움과 반복은 이러한 현대 생활의 그것으로부터 전염되어 온 것일 가능성은 없는 것일까? 현대 생활의 소외가, 끊임없는 변화와 자극을 추구하게 하고, 자기 소외를 상기하게 하는 모든 것으로부터 우리를 도망가게 하는 것이 아닐까? 어쨌든 도시나 공장의 삶에 비하여 자연속에서의 노동은 똑같이 힘드는 것이라고 하여도, 결코 인간 본성의 요구로부터 사람을 똑같이 소외하는 것으로는 생각되지는 않는 것이다.

삶의 기본적인 모양은 되풀이이다. 숨이 그렇고 맥박이 그러하고 음식을 먹고 배설하고 잠을 자고 깨는 것이 그러하다. 해는 또다시 뜨고 봄, 여름, 가을, 겨울은 또다시 온다. 태어남으로부터 늙어 죽는 것까지의 사람의 일회적이고 독자적인 궤적은 수도 없이 많은 세대의 삶의 되풀이일 뿐이다. 오늘의 이 시점에서도 나의 삶이 독특한 일회적, 일직선이 아님은 나의 동시대의 삶들에서도 드러난다. 그들 또한 태어나고, 자라고, 아이를 기르고, 늙어 가는 것이다. 이러한 되풀이가 단조롭고 권태롭다고 느끼는 수도 있기는 하지만, 그것이 적극적인 의미에서 우리로 하여금 삶을 혐오하게 하는 것은 아니다. 그때그때의 생명 유지를 위한 신체 내의 되풀이는 너무 자연스러운 것이어서 장애가 있을 때가 아니면 우리는 그것을 대상적으로 느끼지도 아니한다. 하루의 일과와 일생의 경로는 그 성질에 따라서는 오히려 어떤 만족감과 행복감의 근원이 될 수도 있다.

사실 생명의 내적 균형의 유지와 생애의 과정에 있어서의 되풀이는 되풀이라기보다는 리듬이라는 말로 표현하는 것이 좋을는지 모른다. 두 가지 이상의 요소가 교호되고 이 교호는 기계적인 것이 아니라 역동적인 힘의 벡터 속에서 일어난다. 그리하여 이 교호는 상승과 하강, 긴장과 이완이 되고 그것은 큰 힘의 방향에 통합되어 파동과 같은 리듬이 발생한다. 이러한 리듬은 생명 현상의 특징이라고도 할 수 있다. 사실 단조로움의 느낌, 권태 또는 소외는, 적어도 부분적으로는, 이러한 리듬과의 부조화에서 오는 것이라고 할 수 있다. 그럴 때 우리의 삶은 서로 이어지지 않는 단편으로 흩어지거나 견디기 어려운 무한한 지속으로 느껴진다.

사람의 일의 많은 것은 생물학적 필요나 과정에 직접 이어져 있든 아니하든 삶의 기본적인 리듬 속에 깊이 뿌리내리고 있다. 가령 삶의 중하(重荷)와 소외의 원천으로 생각되는 일의 경우 같은 것이 그러하다. 일은 시작이 있고 가운데가 있고 마감이 있다. 이것은 계속적인 노력의 벡터 속에 있다. 이러한 것이 자연스러운 리듬을 가지고 있는 한, 일이 소외보다는 자기실현의 방법이 되기도 하는 것은 당연하다. 일을 하지 못하게 되는 사람의 삶의 공허감은 널리 알려져 있다. 이렇게 일의 기본 리듬, 그 자기실현성을 말하고 보면, 사실 우리는 예술 작품에 들어 있는 형상의 충동을 이야기하고 있는 것과 거의 같은 것을 이야기하고 있는 것이다. 일과 놀이의 간격은 그렇게 크지 아니할 수도 있는 것으로 보인다. 또 삶과 아름다움의 관계도 마찬가지이다.

그럼에도 일과 놀이, 특히 삶과 아름다움이 완전히 일치하는 것은 아니다. 말할 것도 없이 이것은 우리가 삶의 고통에서 너무나 잘 아는 일이다. 그러나 고통의 체험이 아니라도 조금 분석적으로 생각해 보면, 이것은 그럴 수밖에 없는 것으로 보인다. 놀이와 아름다움처럼 일과 삶은 단순한 형성적 리듬 속에 있을 수 없다. 그러기 위하여는 세계는 삶에 대하여 너무 외면적이며 너무 복잡하다. 대체로 어떠한 리듬이나 모양을 보여 주는 일이나 삶은 매우 다행한 경우이다. 다른 한편으로 리듬과 모양의 인지는 본질적으로 삶으로부터의 이탈을 전제로 한다. 그것은 정지나 회고의 관점에서만 인지된다. 이것은 근본적으로 움직임 속에 있는 삶이나 놀이의 과정에서 벗어나는 것이다. 모든 인식은, 실존주의에서 말하듯이, 실존의 밖에 서는 것이며, 또 아름다움은, 어떤 예술이론가들이 말하듯이, 중단된 움직임이다.

그리하여 앞에서 본바 아름다움의 체험과 우리의 일상적 체험 사이에 느끼는 이질감은 당연한 것일 수 있다. 아름다운 하루는 일하는 우리의 삶에 무슨 뜻을 가질 수 있는가? 그것은 계속되는 일의 삶 속에서 하나의 정지의 순간에 불과하다. 그것도 대부분의 경우 우리의 따분한 나날과는 무관한 아름다움을 보여 주는 순간이다. 이러나저러나 아름다움은 순간적이다. 그러나 동시에 아름다움의 역설은 그것이 순간이면서 순간을 넘어가는 세계를 포개어 가지고 있다는 것이다. 그것은 무한과 영원까지도 암시할 수 있다. 다만 그것은 우리와 전혀 다른 줄거리를 이루고 있는 삶에 대하여서만 순간으로, 권태로, 무관계함으로 비칠 뿐이다.

그리고 이러한 인상은 우리의 삶이 그러한 것일수록 두드러진다. 우리의 삶이 적절한 리듬을 가지고 있다면, 자연은 다르면서도 유사한 과정으로 느껴졌을는지 모른다. 자연은 순간의 아름다움이기도 하고 영원한 것이기도 하지만, 동시에 실러가 자연을 선망의 눈으로 바라보면서 말했듯이, "자유로운 존재, 사물들의 스스로의 지속, 스스로의 변함없는 법칙에 따른 존재"이다. 자연은 변함없는 평형 속에 있는 듯하지만, 사실 그것의 평형은 끊임없는 변화를 일정한 질서 속에 수납하는 '역동적 평형'이다. 자연에 영원이 있다면, 그것은 이 역동적 평형의 전체를 지칭하는 것일 것이다. 이 전체가 전체인 한, 사람도 여기에 포함되어야겠지만, 이것은 물론 사람의 직접적인 지각을 넘어가는 것이다. 그러나 사람은 그의 삶의 여러 리듬을 통하여 안으로부터 이 역동적 균형 속에 참여하고 있다. 어쩌면 그것이 생존의 이해관계에서만이 아니라 정서적으로 사람이 자연의 아름다움에 반응하는 이유인지도 모른다. 그럼에도 불구하고 사람이 자연이나 아름다움이나 — 그러한 것들의 이념이 암시하는 전체성에 그의 감각적 삶을 통하여 쉽게 일치할 수 없는 것은 부인할 수 없다. 그러나 이상적인 상태에서 인간의 감각적 삶의 현실과 그의 보다 긴 삶의 리듬과 이러한 것들을 넘어가는 전체성은, 서로 포개어 있으면서 서로 갈라져 있는 하나의 연속적인 원근의 풍경을 구성할 것으로 생각할 수 있다. 우리가 갖는 심미적 순간은 이러한 풍경 안에서의 한 사건, 그러면서 연속적인 사건으로 있음으로써 우리의 삶 속에 실질적 무게를 갖는 것인지 모른다.


**3**


이러한 가능성에도 불구하고 사람의 삶은, 그것이 착각에 불과할는지 모르지만, 자연의 삶으로부터 별개의 줄거리를 이룬다. 가장 큰 자연의 테두리 또는 아주 작은 자연의 테두리에서 볼 때 삶은 하나의 순환 속에 있지만, 사람의 일의 창조성은 사람으로 하여금 개체적으로나 집단적으로나 자연의 순환을 벗어 나갈 수 있게 한다.

　사람의 삶은 그 자체가 벌써 되풀이가 아니라 일직선이라는 면을 가지고 있다. 그는 태어나고 자라고 한창때에 이르고 늙고 죽는다. 이것은 평면적인 옮겨 감이 아니라 질적인 증가로 생각된다. 그것은 그가 희망하고 기억하고 의식하는 존재이기 때문이다. 어린아이는 빨리빨리 자라나서 보다 많은 삶의 힘을 얻는 시기를 내다보며 성년기로 들어간다. 한창때를 지나면 생명력의 하강기로 들어서는 것이나 사람들은 정신적 지혜의 관점에서 스스로 계속 오르막의 커브를 가고 있다고 생각하기를 좋아한다. (삶을 무한한 상승 커브로 받아들이게 하는 것은 사회의 위계적 구성에 의하여 강화된다.) 그리고 사람은 현실적인 능력에 있어서도 현재를 넘어갈 수 있는 힘을 가지고 있다. 오늘에 내일을 준비할 수 있는 능력은 이 작업에 있어서 벌써 되풀이를 벗어날 수 있는 가외의 추진력을 얻게 한다. 이것은 개인적인 것일 뿐만 아니라 집단적이다. 우리가 갖는 희망과 기억과 의식은 나 개인만의 것이 아니다. 그것은 집단적으로 전달되고 이어진 것이다. 또 그의 실제적 작업이 시설과 제도, 기술과 지식으로 전달되는 것은 물론이다.

　자연의 순환으로부터 벗어남으로 하여 생겨나는 가장 중요한 결과는 생명 유지의 불안과 지겨움으로부터의 해방이다. 물론 이 불안과 피로가 자연 상태의 삶의 필연적 조건인지 아니면 오히려 그것이 사회관계의 모순에서 생겨나는 것인지는 분명치 않다. 원시 사회의 연구는 비교적 유족한 삶이 그러한 사회에서 오히려 용이하다는 것을 말하고 있는 듯도 하다. 미국의 인류학자 마셜 살린스(Marshall Sahlins)가 채취 수렵 경제의 사회를 설명하기 위해서 쓴 "원래의 풍요한 사회"라는 말은 이 점을 두드러지게 하려는 의도에서 나온 말이다. 오늘의 미개발 사회가 살기 어려운 곳이라면, 그것은 그러한 사회가 문명사회에 밀려 퇴보를 강요당했기 때문이라고 말하는 사람도 있다. 슬픈 열대는 문명에 의하여 밀려난 결과이거나 미발전의 상태는 발전된 나라들에 의하여 야기된 "미발전의 발전"의 결과인 것이다. 어떤 경우에나 밥을 버는 우리의 일이 자연 속에서 이루어지며 그것이 자연스러운 공동체에 의하여 뒷받침될 때, 그것은 힘드는 일이면서도 그 나름의 보상이 있는 일이라는 것을 우리는 안다. 그렇기는 하나 오늘날 대부분의 사회에서 밥이나 빵을 벌기 위한 매일매일의 노동은 지겨운 일이 되었고, 사람들이 어느 때보다도 간절히 생명 유지의 되풀이되는 작업으로부터의 해방을 바라게 된 것은 사실이다. 그리고 이것을 사람들은 사회와 역사와 문화 속에서 기대한다. 한 가지 방법은 사회의 생명 유지의 또는 다른 종류의 우리가 원하는 삶의 유지에 필요한 지겨운 작업을 낮은 계급의 사람들에게, 또는 노예거나 하인이거나 여자에게, 떠맡기는 것이다. 또는 이와 아울러 삶들에게 희망을 준 것은, 사회가 발전한다는 생각이다. 적어도 지난 몇 세기 동안 과학 기술의 발전, 또 그와 더불어 생겨난 사회 구성의 이성적 개조, 또는 혁명적 개조의 가능성은 많은 사람들에게 되풀이의 삶으로부터 벗어날 수 있다는 희망을 준 것이다. 말하자면 기술의 발달이 모든 사람에게 노예나 하인의 소유를 가능하게 한다는 것이다.


## 4

현재의 되풀이로부터의 탈출 ── 그것이 어떻게 이루어지든지 간에, 현재를 넘어갈 수 있는 인간의 힘은 그의 감각적 생활에도 큰 변화를 가져온다. (감각적 삶은 그 자체로도 중요한 것이겠지만, 그것이 어떠한 조건에 의하여 결정되는 것이든지 간에, 우리의 삶은 오늘 이 자리의 삶으로 검증되며, 그것은 현재적 감각의 삶에 우선적으로 나타난다.) 그중에도 커다란 변화를 가져오는 것은 그 집단적 연계이다. 인간의 사회적 관계는 사물과 인간 또 그의 지각과 느낌과 사고를 복잡하게 한다. 우리의 지각, 감정 또는 생각은 다른 사람과의 관계에서 비로소 객관화한다. 또 그것은 다른 사람이 남겨 놓은 흔적을 좇아 더욱 쉽게 움직이며, 그것에 기초하여 새로운 고안은 더 멀리 밀고 갈 수 있다. 감각과 의식의 섬세화, 풍부화가 일어난다. 그리고 세계는 인간의 감성이나 이성에 대응하여 나타나기 때문에, 이것은 세계 자체의 섬세화와 풍부화를 뜻할 수도 있다. 사회적으로 이루어진 인간 능력의 신발견과 섬세화는 제도화되어 전통이 되고 문화가 된다.

이러한 감각의 풍부화는 반드시 긍정적으로만 이루어지는 것이 아니다. 현대에 있어서의 감각의 복합화는 특히 모호한 인간적 의미를 가진 것으로 보인다. 분업의 발달과 더불어 이루어진 체험의 구역화는 감각적 삶에도 많은 차이와 다양화를 가져왔다. 이것은 인간 능력의 다양화를 말하기도 하지만, 흔히 지적되다시피, 인간의 단편화를 의미하기도 한다. 또 감각의 섬세화 또는 세련화는 많은 경우 계급 분화의 소산이다. 섬세한 미적 감각, 미적 대상물의 많은 것이 유한 계급의 발달에서 온 것임은 부정할 수가 없다.

대체적으로 산업화를 통한 사회 발전은 모순의 과정이다. 그것이 감각 생활의 해방이 아니라 금욕적 절제에 관계되어 있다는 것은 더러 이야기되는 것이지만, 어떠한 경우에도 그것은 사회 대부분으로부터 보다 많은 일을 요구하는 것이었다. 위에 말한 살린스의 조사는 원시 사회의 노동 시간이 개화된 노동 시간이라는 여덟 시간 노동의 반 정도라는 것을 보여 준다. 18세기 중반 산업화를 시작한 영국의 노동 시간은 그 이전의 농촌의 기준에 비하면 비인간적으로 많고 엄격한 것이었다. 소련에서 있었던 스타카노비즘을 비롯한 노동 강도를 높이려는 여러 운동은 유명한 이야기이다. 이것은 수량적인 지표를 가지고 말한 것이지만, 질적인 면에서도 산업 노동에 문제가 많은 것은 말할 필요도 없다. 흔히 지적되는 소외 — 노동자의 노동 과정이나 인간성으로부터의 소외 이외에도, 아마 이에 못지않게 중요한 것은 인간의 자연환경으로부터의 소외일 것이다. 오늘날 사람의 삶은, 다른 것을 제쳐 두고라도, 어느 때보다도 자연과의 감각적 교환에 대한 근원적인 욕구로부터 차단되어 있다.

## 5

그러나 동시에 산업화가 역사상 일찍이 볼 수 없었던 바의 새로운 감각을 만들어 내고 감각을 강화해 준 것도 사실이다. 이것은 특히 산업화가 그 생산성을 크게 증가시킨 단계에서 그러하다. 오늘날은 인위적으로 고안되는 감각의 시대이다. 오관으로, 감각으로 들어오는 것이 사람을 오늘의 현실에 붙들어 놓는 강력한 끈이라면, 그러한 감각적 자극은 자연보다는 사회적, 인위적인 것들에서 더 많이, 더 강하게 올 수 있다. 매일매일 새로운 맛, 새로운 소리, 새로운 형상, 새로운 자극이 우리의 삶을 빈틈없이 채워 준다. 새로운 생각까지도 주로 자극제로서의 의미를 갖는다. 그리하여 끊임없이 새로운 자극제로서의 생각이 시장에 범람한다.

그러나 그것은 여러 가지 모순을 포함하고 있다. 그것은 그 강도에 있어서 대체로 자연의 감각보다 강하게 마련이다. 그것이 그 매력이라면 매력이다. 그러나 그것은 다른 한편으로 그러한 까닭에 배타적으로 다른 감각, 다른 필요와 가능성을 배제하여 치우침과 과장을 결과하게 하기가 쉽다. 그것은 여러 감각의 조화되고 균형된 존재를 불가능하게 한다. 인위적으로 항진된 감각은 우리를 세계의 여러 있음으로부터 절단하여 그것 하나에만 몰두하게 한다.

그러나 오늘에 있어서의 인위적 감각의 문제는 더 깊은 데에 있다. 오늘의 감각이 그 자체로 매우 자극적인 것이라고 하여도, 자연의 감각의 경우나 마찬가지로, 그것의 의미는 그 바탕에 있는 보다 넓은 세계에 있다. 가장 원초적인 몰입을 넘어서면 인위적인 자극들도 그것을 넘어가는 세계에로 우리를 이끌어 간다. 가령 강력한 자극제인 마약이, 그것을 획득하는 기구를 필요로 한다는 뜻에서가 아니면, 우리를 마약의 세계로 끌어간다고 말하기는 어렵다. 그러나 인위적 자극의 많은 것은 상당 정도 어떤 추상적 가치 체계에 있어서 그것이 차지하고 있는 자리에 기인한다. 우리를 자극하는 것은 이 가치 체계의 마술이다. 우리는 그것의, 하나의 넓은 세계에 대한 약속에 끌린다.

인위적 가공물의 특징은 오늘의 상품 또 상품화된 자극물에서 가장 두드러지게 드러난다. 오늘의 상품은 기계에서 나온다. 기계는 어떤 한정된 목적을 위한 조직체이다. 인위적 가공물은 전문화되고 한정된 자극만을 제공한다. 시뮬레이션의 발달은 거의 현실에 가까운 환영을 창조해 낼 수 있다. 그러나 그렇게 창조된 의사 현실과 참현실의 차이는 후자의 무한성에 있다. 아무리 작은 것일지라도 현실에 존재하는 사물은 인간의 단순화를 넘어가는 무한한 복합성의 존재이다.

궁극적으로 오늘의 감각적 자극을 마련해 주는 것은 자본주의의 기계이다. 그것은 무한한 고안력을 가진 듯하면서도 궁극적으로는 극히 간단한 기계이다. 그 기계를 움직이는 것은, 흔히 지적되다시피, 이윤의 동기이다. 상품이 우리를 보다 넓은 세계로 끌어간다면, 그것은 이 자본주의의 기계의 세계이다. 그것은 돈의 세계이다. 우리를 유혹하는 것은 사물의 감각이 아니라 돈의 매력이다.

돈의 세계는 사람과 사물이 단순화된 세계이다. 그러면서 이것은 한없는 전망을 열어 주는 것처럼 보인다. 그것은 돈의 세계가 사회적 위계질서와 중복됨으로써이다. 자본주의 세계가 열어 주는 세계의 매력은 결국은 이 점에서 생겨나는 것인지 모른다. 모든 것은 돈의 체계와의 관계에서 값을 가지게 되고 그것에 의하여 평가된다. 물건의, 말하자면 본질적인, 좋고 나쁨이 그 물건의 값을 정하는 것이 아니라 값의 높고 낮음이 물건의 좋고 나쁨을 결정한다. 사람의 됨됨이가 아니라 돈의 있고 없음이 사람의 평가의 기준이 되는 것도 마찬가지이다. 돈이 사회의 위계적 질서를 만들어 낸다. 물론 신분이 돈을 결정하고 사회적 힘의 지분을 결정하는 면도 가지고 있다. 계층과 계급의 문제는 끊임없는 논란의 문제가 된다. 그러나 신분 상승의 유동성이 자본주의 사회를 특징짓고 있는 것은 사실이다. 그런데 이 유동성이, 이미 말한 바와 같이, 자본주의 사회의 인간관계를 더 단순화하고 경쟁적이게 한다. 말하자면, 사람들은 자본주의 사회에서 평등하고 평등함만큼 역설적으로 위계적이다. 이것은 돈의 획일적이며 누적적인 성질로 인한 것이다. 돈은 말할 것도 없이 물건과 노동을 지배할 수 있는 힘이다. 이것은 개인적으로 또는 사회적으로 필요한 일에 동원될 수 있다. 그러나 이 필요는 일정한 초보적 수준을 넘어가면 매우 유동적으로 정의된다. 그것은 자연의 필요가 아니라 사회적으로 정의된 필요이다. 그러나 이 사회적인 것도 흔히는 실질적 필요라기보다는 사회적 경쟁에서 신분의 차이를 만들어 내기 위한 필요일 때가 많다. 여기에서 물건은 어느 때보다도 매력적인 것이 된다. 그것은 그 자체를 나타내며 동시에 사회 위계 자체의 신비스러운 현존을 나타낸다. 그것은 사회 전체의 현존으로 열리는 열쇠이다.

  이것은, 자연의 전체성에 비하여, 훨씬 가까이할 수 있는 전체성이다. 자연의 전체성이란 느낌이나 생각으로 가까이 갈 수 있는 것이지 실질적으로 차지할 수 있는 것이 아니다. 그것은 충만감을 주는 것이면서 또 체념을 강요하는 체험이다. 이에 대하여 사람이 만드는 물건은 한없이 소유 가능하며, 물건의 소유가 나타내는바 사람의 경쟁에서 생겨나는 신분의 사다리는 못 올라갈 것이 없는 사다리이다. 사람의 삶은 무한한 상승의 길, 무한한 정복의 길이다. 거기에는 권태도, 정지도, 죽음도 없다. 이러한 요소들이 물건과 물건의 사회의 감각적 체험에 특별한 예리함을 보태어 준다.

그러나 동시에 그것은 그 나름으로 안 되는 일들을 가지고 있음에 틀림없다. 물건의 소유는 추상적인 의미가 아니라 참으로 그것을 향유한다는 의미에서는 인간의 감각의 한계에 의하여 제한될 수밖에 없다. 신분의 질서에 있어서의 높은 자리는 높은 자리이면서 동시에 질서의 사다리에서의 하나의 점에 불과하다. 그것은 보이지 않는 힘 ─ 권력에 의하여 지탱되고 있지만 그것이 늘 실감 있게 확실한 것은 아니다. 실질적인 의미에서 무엇보다도 좌절감을 주는 것은 이러한 전체성의 구성의 바닥에 숨어 있는 비밀이다. 즉 그것은 세계의 단순화에 기초해 있다. 궁극적으로 소유하는 것은 돈이며, 돈은 가공의 숫자에 불과하다. 그것은 거대한 사회적 힘이면서 하루아침에 종이로, 종이 위의 숫자 이상의 것이 아닌 것으로, 드러날 수도 있는 것이다. 그런 점에서 그것은 권력의 체계보다 못한 것이며 또 궁극적으로는 단순한 물리적 힘만도 못한 것이다.

그러나 돈은 그것이 물건의 풍요에 대응하여 존재하며, 그 물건이 사회적 매력을 지니고 있는 한 허망한 것이 아니다. 그것은 언제나 감각적 체험으로 교환될 수 있는 것이다. 그리하여 우리의 삶에 충만한 느낌을 줄 수 있다. 이것은 사회 계급이나 계층의 모든 위치의 사람에게 두루 해당될 수 있다. 돈이 힘이라고 할 때 그것은 단순한 강제력이 아니라 재화와 노동을 지배할 수 있는 힘이다. 그러면서 그 힘은 독점이 아니라 배분에서 생겨나는 힘이다. 돈의 힘은 적어도 어느 정도까지는 그 물건을 살 수 있는 힘을 다른 사람에게 양도하는 데에서 생겨난다. 그러므로 돈의 체제하에서 대부분의 사람은 물건의 감각적 체험에 접하는 기회를 갖는다. 그것은 물건과 권력의 추상적인 체제이면서 동시에 욕망의 체제이다. 그것은 그 모든 지점에서 어느 정도의 욕망의 충족을 가능하게 한다.

모든 인위적 체제는 단순화한다. 체제는 어떤 관점, 어떤 원칙, 어떤 관심으로부터의 세계의 질서화이다. 그것은 세계를 최대한도로 포용하고자 하면서 동시에 어떤 것들은 제거, 억압, 단순화하지 아니하면 아니 된다. 돈만 아니라 권력이나 이념도 삶의 세계를 단순화한다. 그러나 아마 돈의 체제의 장점은 그것이 물건의 체제, 욕망의 체제이기도 하다는 점일 것이다. 자본주의와 사회주의의 경쟁에서, 자본주의의 이점은 여기에 있다. 물론 여기의 물건이나 욕망이 진짜냐 아니냐를 문제 삼을 수는 있다.

## 6

그것이 단편화된 것이든, 지속적 움직임을 가진 것이든, 또는 아름다운 것이든 추한 것이든, 우리의 삶은 현재의 시간에 밀착되어서만 살아질 수 있다. 현재의 시간은 무엇인가. 그것이 기하학적으로 생각할 수 있는 점과 같은 것은 아닐 것이다. 그것은 얼마큼의 두께를 가지고 있다. 그러나 아주 두꺼운 것은 아니다. 그것은 어제의 일을 지녀 가지지 못한다. 더 나아가, 어떠한 일도 느낌도 우리가 다시 수행할 수 있는 범위를 넘어가는 한, 우리는 바로 한 찰나 전의 것도 되돌이켜 놓을 수가 없다. 현재의 시간에의 밀착을 가능하게 하는 것은 지금 이 자리의 감각적 삶이다. 그것의 밀도와 강도가 그것에 두께를 부여한다.

그러나 이 시점에 추상적으로 집중된 감각은 공허한 것일 것이다. 대부분의 우리의 감각은 우리의 지향성의 벡터에 따라 일어난다. 이 벡터는 과거에 이어져 있고 미래로 뻗어 나간다. 사실 이 시점의 감각이란 얼크러진 시간의 짜임에서의 하나의 매듭에 불과하다. 넓은 짜임의 버팀이 없이는 그것은 풀어져 사라져 버리고 만다. 오늘의 이 순간은 과거의 기억과 미래의 기획으로 뒷받침됨으로써 실재한다. 더 크게는, 그것은 나의 삶이 그리는 궤적 속에 있다. 이 궤적은 나의 이웃들의 삶의 궤적과 교차한다. 이 모든 것은 사회적으로 가능한 삶의 시나리오와 개인의 창조적 선택에 의하여 그려지는 것이다. 이러한 삶의 구도들은 이 순간에 의식적 반성의 대상으로 내 앞에 있는 것은 아니지만, 막연한 배경으로, 나의 삶의 순간이나 결정에 영향을 미치는 분위기로 존재한다. 이 배경의 뒤에, 말하자면, 배경의 배경으로 존재하는 것은 자연이다. 그것은 지금 나의 시각적 체험의 장으로 또는 가능한 행동의 장으로 하나의 정의되지 아니한 공간으로 현존하고 있다. 그러나 동시에 나는 그것이 그 나름의 시간적 과정 속에 있음을 모르는 것은 아니다. 그것은 지금 공시적으로 있는 공간의 전체인 듯하면서, 궁극적으로 그 전체성은 한없이 확대될 수 있는 역동적 평형으로 완성된다.

이러한 여러 배경적 요인들이 하나의 단순한 지점으로 보이는 지금 이 자리에 개입하여 있는 것이다. 물론 그것들이 이 지점의, 말하자면, 응집력과 같은 것으로 하여 현실이 되는 것은 아니다. 이 지점의 여러 양상들은 각각 떼어 내어질 수 있는 것이고, 그것들은 그 나름의 별개의 현실을 이룬다. 사회적 조건이 별도의 역사적 궤적을 이루는 것임은 말할 필요도 없다. 그것은 또 정치나 경제적 조건들에 의하여 규정된다. 인간의 물리적 환경은 인간에 관계없이 존재하는 별도의 세계이다. 나 자신의 감각적 현실은 나의 신체 조건에 의하여 영향을 받으며, 그것은 그 나름의 법칙과 과정을 가지고 있다. 이 모든 나의 외적 조건들은, 다시 말하여, 그 나름의 과정을 이루고, 인과 법칙을 가지고 있을 수 있으며, 또한 인간의 조작과 행동의 대상이 될 수 있다. 그리하여 우리는 물리적 기술적 발전 또는 사회의 진보를 이야기할 수 있다. (물론 그러한 발전과 진보는 불가피하게 어느 관점에서의 발전과 진보를 말하며, 그것은 다른 관점에서의 단순화, 억압 또는 퇴보를 의미할 수도 있다.)

물리적, 기술적, 경제적, 사회적 조건들이 사람의 삶—일단 지금 이 자리의 감각적 체험 또 그것의 연속적 과정으로서 파악된 삶에 막대한 영향을 주는 것임은 말할 것도 없다. 따라서 그러한 조건의 향상은 이 삶의 관점에서도 절대적으로 중요한 것이다. (또 발전이나 진보를 말할 때, 궁극적으로 그러한 개념을 말할 수 있게 하는 것은 바로 이러한 삶의 관점을 채택함으로써일 것이다.) 그러나 외적 조건의 향상이 반드시 삶 그 자체의 질적 향상을 말하는 것이 아님도 사실이다. 오늘 이 자리의 삶의 척도를 행복이라고 한다면, 흔히 말하듯이, 행복은 외적인 조건에 의하여 일대일로 결정되는 것은 아니다. 행복은 삶의 모든 조건에 관계되어 있으면서, 특히 현재의 순간을 이루는 감각적 현실에 깊이 관계되어 있다고 우리는 말할 수 있다. 다시 말하여, 그것은 이 현실을 규정하는 조건들, 사람의 생리적 조건, 삶의 궤적, 다른 사람들의 삶과 정치적 경제적 요인들이 구성하는 사회적 공간과 그 시간적 궤적, 즉 역사, 그리고 이 모든 것을 포함하면서 그것을 넘어가는 자연—이러한 것에 관계되어 있다. 사실상 현실의 내용으로 볼 때 중요한 것은 이러한 조건들이다. 현재의 감각적 순간은 이러한 조건들이 서로 얽크러지면서 구성된다. 말하자면, 삶의 조건들은 현재의 감각적 현실 속에서 하나의 사건으로 또는 사건의 연속으로 된다. 또는 그것들은 각기 별도의 시간을 가지고 전개되면서 동시에 사람의 시간의 지속 속으로 쏟아져 들어온다고 말할 수도 있다. 그러는 과정에서 사람에게 영향을 주고 또 사람에 의하여 변형되는 현실이 된다. 하여튼 이 삶의 시간의 질은—또는 그의 행복은, 사람의 위치를 둘러싸고 있는 외부적 조건의 하나의 사건으로 구성되는 방식 또는 실존적 시간 안으로 쏟아져 들어오는 방식에 의하여 결정된다. 여기서 쏟아져 들어온다는 것은 물론 하나의 정서적 비유에 불과하지만 적어도 독자적으로 발전되어 가는 여러 조건들이 단순히 우연적인 연결에 들어가는 것이 아니라 그러한 연결을 통해서 소비되고 탕진되고 변형된다는 것을 표현해 주는 이점을 가지고 있다. 사람의 행복은 여러 조건의 우연적 연쇄로 일어나지만, 그것은 그 나름의 에너지의 소모를 요구한다. 또 그러니만큼 그것은 별개의 계열을 구성하고 있는 조건들의 진행을 느리게 하고 변질하게 하고 중단할 수도 있다. 그것은 오늘의 이 자리 이외의 다른 관점에서 볼 때, 가령, 물질적 자원의 관점에서 또는 정치적, 경제적, 사회적 관점에서 볼 때, 낭비일 뿐만 아니라 위험스러운 것일 수 있다. 그것은 틀어막아야 되는 누수이다. 그러나 육체를 가진, 감각적 존재로서의 인간이 그 자신의 삶 그것에 접할 수 있는 것은 지금의 충만한 순간을 통하여서이다. 그 순간 속에서만 삶의 보람은 확인될 수 있다. 그리하여 어떤 경우는 현재의 사건은 낭비가 아니라 정당한 지출이다. 소비로서의 행복이야말로 우리에게 정치적, 경제적, 사회적 또는 환경적 관심을 정당화해 주는 것이다.

행복의 순간 또는 충만한 순간을 보장하는 도리는 없다. 그것은 구체적인 요소들의 연결에 달려 있는, 그리하여 일회적인 사건이다. 그러나 거기에 아무런 모양도 없다고 할 수 없다. 되풀이하건대 그것은 구체적인, 감각적인 사건이다. 그러면서 그것은 삶의 많은 차원으로 열리는 것이 아니면 아니 된다. 발터 벤야민(Walter Benjamin)은 심미적 체험의 전형적 특징을 '분위기(aura)'라는 말로 설명하려 하였다. 나무 밑에서 나뭇가지를 보면서 동시에 멀리 있는 산의 존재를 의식하는 것과 같은 순간이 분위기가 작용하고 있는 순간이다. 그것은 공간적 시간적 확산을 스스로 안에 포개어 가지고 있는 감각적 체험을 가리킨다. 앞에서 본 바와 같이 그것은 문득 고양감을 주는 자연 체험 방식이다. 그러나 더 일반적으로 그것은 감각적 충만감을 주면서 동시에 넓고 깊은 삶의 다른 복합적 차원으로의 열림을 가능하게 하는 체험에서 발견될 수 있다. 그 신비스러운 직접성에 있어서 그것은 제임스 조이스(James Joyce)가 '에피파니'라고 부른, 어떤 체험의 전체적 의미가 홀연 한꺼번에 조명되는 깨달음의 순간에 가장 극명하게 드러난다고 할 수 있다. 그러나 이것은 한계적인 경우를 말하는 것이다. 우리의 삶은 어떤 경우에나 현재의 순간과 다른 시간의 차원의 교호 작용으로 이루어진다. 지금 이 순간은 우리의 기억으로부터 또 미래에의 희망으로부터 두께를 얻는다. 그러면서 그것은 나의 삶의 궤적과 그 시작과 끝에 대한 생각 또 세대의 연속과 삶의 되풀이의 느낌으로 이어진다. 말할 것도 없이, 과거와 미래가 단순히 기억의 문제가 아니라 그 물질적 기념비의 존재에 의하여 증거되듯이, 세대를 건너가는 삶의 리듬은 다른 세대의 사람들의 공시적 존재로서 감각적으로 확인된다. 또 개인의 기억과 희망은 또 공동체의 기억과 희망과 기획에 이어진다. 공동체의 시간은 지적으로 흡수되고 내면화되는 것이지만, 과거로부터의 인간적 업적으로서 현재 속에 지속되고, 작고 큰 공동체의 축제와 기념에 의하여 강화된다. 그러면서 사람에게 가장 격렬한 것은 아니지만 가장 큰 만족을 주는 것은 우리의 삶의 이 순간이 자연의 전체 속에 있다는 것이고, 한 발자국 더 나아가 우주 전체의 신비의 한 자락에 포개어져 있다는 느낌이다.

　이러한 것은 자명한 것이다. 다만 여기에서 이것을 다시 회상하는 뜻은 이러한 감각적으로 가득한 시간으로서의 삶은 한편으로는 극히 구체적인 것이기 때문에 이 순간을 넘어가는 기획 ─ 경제적, 정치적, 이념적 기획으로 대치될 수 없다는 것을 강조하자는 것이다. 그것은 구체적인 체험으로 가득한 현재의 지속이다. 그러니만큼 그것은 순환이고 되풀이이다. 그러면서 거기에 모양이 없는 것은 아니다. 그것은 체험의, 또는 예술의 형태의, 기승전결 모습을 가지고 있다. 그것도 일정한 직선적 방향을 가지고 있기는 하지만 그것은 멀리에서 작용하는 힘이고, 근본적으로 되풀이와 순환의 삶의 과정에 리듬의 역동성을 부여하는 노릇을 한다. 이러한 구조를 넘어가는 일직선적 움직임이 없는 것은 아니다. 가장 크게는 엔트로피를 향해 가고 있는 물리적 세계의 불가역적 진행을 생각할 수도 있지만, 조금 더 가깝게는 기술이나 경제의 누적적 발전도 여기에 넣을 수 있다. 그러나 삶의 되풀이되고 순환적인 성격은 이것을 삶의 리듬 안으로 굽어들게 한다. 삶은 결국 삶의 여러 차원, 여러 요소들을 순환적 구조 속에서의 균형의 문제로 바꾸어 놓는다. 이 구조에 포착되는 삶은 그때그때의 정치적, 경제적, 기술적, 사회적 여건에 의하여 작은 균형, 보다 확대된 균형을 얻을 수도 있고, 또는 전혀 아무런 균형을 얻지 못하는 상태에 있을 수도 있다. 그러나 삶의 의미는 이 테두리 안에서 얻어진다. 이렇게 말하고 보면 삶은 매우 내향적인 폐속적이고 좁은 맴돌이라는 느낌을 준다. 이것이 삶의 모든 것, 역사와 세계의 모든 것일 수는 없을 것이다. 그러나 이것의 인정 없이는 다른 모든 큰 관심 — 정치든 철학이든 삶을 에워싼 큰 움직임들은 설 자리를 잃어버리는 것이다.


## 7


체코슬로바키아의 바츨라프 하벨(Václav Havel)은 최근에 새로 건설될 미래를 이야기하는 자리에서, 반세기 동안의 사회주의에 대하여 반성을 시도하면서, 일하는 사람을 위한다는 사회주의 사회에서 일을 위하는 마음이 없어지게 된 사정을 지적하고 있다. "(사회주의 체제하에서) …… 일의 열매는 하나의 통합 경제 속에 집어넣어지게 됨으로써, 일하는 사람은 그들의 일이 어떤 보탬이 되는 것인가 쓸데없는 것인가를 알 도리가 없었다. 모든 노동자, 사실 모든 시민은 하나의 거대한 집단, '대중' 또는 '근로 대중'이라 하는 집단이 되고, 할당량과 계획을 수행하는 거대한 로봇의 군대가 되고, 자신들의 일의 열매에 대하여 아무런 통제권도 가지지 아니하였다. 일 — '정직한 일'이라고 불린, 일이 정권의 쉴 새 없는 설교의 주제가 되었던 것은 사실이지만, 실제에 있어서는 일을 존중하는 마음은 스러져 갔다. 일이란 언제나 개인적인 것이다. 일을 제대로 하는 것은 자기가 하는 일이 무엇을 위한 것이며, 무엇이 되는가를 알고 — 자기의 일을 자랑스럽게 생각하고 인정을 받을 수 있을 때이다. 그때에만 우리는 일을 즐길 수 있고, 자기 하는 일에, 자기의 회사에, 자기의 노력의 소산의 질과 결과에 대하여 개인적인 관심을 가질 수 있는 것이다." 그리고 하벨은 일을 존중하는 마음은 시장 경제의 건설과 더불어 회복될 수 있을 것이라고 말한다.

우리 느낌으로는 하벨의 시장 경제에 거는 희망은 너무 큰 것으로 보인다. 사회주의의 황폐화를 뼈아픈 고통으로 경험한 사람에게 오늘날 그 유일한 대안으로 보이는 시장 경제에 희망을 거는 것은 자연스러운 것일 것이다. 그러나 시장 경제에 있어서 일에 대한 존중은, 하벨이 말하는 바와 같이 존재하는 것일까? 참으로 개인적 보람과 기쁨의 원천으로서의 일이 존재하는 것일까? 자본주의를 비판하는 사람들의, 비판의 핵심 중의 하나는 일하는 사람의, 일로부터의 소외가 아니었던가. 이러한 물음들을 생각해 볼 때, 일로부터의 소외의 원인은 사실 시장 경제에도 사회주의의 계획 경제에도 있지 않고 다른 어디에서 찾아야 하는 것인지 모른다.

사회주의와 자본주의를 갈라놓는 커다란 요인 중의 하나가 사적인 소유일 터인데, 하벨은 소유를 일의 보람의 기본으로 생각한다. 이것은 특히 그가 농촌을 이야기할 때 더 분명하다. 정성이 가지 않은 땅, 가축 학대, 화학 물질에 의한 황폐화 등이 농민이 일구는 땅이 자기의 땅이 아니라는 사실에 연유하는 것으로 그는 생각하는 것이다. 그러면 자본주의적 농업 경영에서는 이러한 폐단이 없는가? 그것이 소유와 관계된다고 할 때, 자본주의적 소유가 농민과 농토의 개인적, 정서적 관계를 가능하게 하는 소유인가를 우리는 물어볼 수 있을 것이다. 소유가 노동의 보람의 한 요인이 된다고 하더라도, 그것을 더 정확히 정의하지 아니하면 그것은 별 의미가 없는 것이 될 수 있다. 사실 그것은 다른 여러 조건들과 결부됨으로써만 보람을 낳는 것이 될 수 있다.

극단적으로 말하면, 땅과 농민의 관계가 정서적으로 충분히 만족할 만한 것이 되려면, 오히려 둘 사이에, 소유가 함축하는바, 금전적 이해가 너무 화급하게 끼어들지 말아야 한다. 그러나 이것은 너무 이상적인 요구인지는 모른다. 전통적으로 정서적으로 가장 만족할 만한 관계는 공리적 이해가 끼여 있지 않은 관계 — 흔히 말하여지는바 심미적 거리 또는 초연성의 유지를 허용하는 관계이다. 이 관점에서 사람과 땅의 이상적인 관계는 정원을 가꾸는 사람과 정원의 관계일 것이다. 물론 이것은 비현실적일 뿐만 아니라 실제적으로 사람과 사물과의 관계를 정서적으로 약화시키는 것일 것이다. 사람의 사물과 세상의 관계는 사실적인 것을 포함하지 아니할 수 없으며 그것이 곧 바른 관계를 왜곡하는 것은 아니다. 오히려 사실적 관계야말로 우리를 사물과 세계에 묶어 놓는 가장 강한 끈이다. 문제는 관계의 성격과 정도에 있다.

정서적 관계를 중요하게 생각한다면, 저절로 자본주의적 소유에서의 많은 소유 형태는 제외되게 될 것이다. 가령 다른 사람의 사적 소유하의 땅에서 일하는 소작농은 그러한 정서적 관계를 갖기가 어려울 것이다. 다만 노동의 성과물의 사적 소유가 계획 경제의 경우보다는 노동자와 그의 일 그리고 그 성과물의 관계를 직접적인 것으로 유지해 준다고 할 수는 있을 것이다. 또 땅에 대해서도 그것이 어느 정도의 항구성을 가지고 있다면 조금 더 깊은 유대가 생겨날 수 있을 것이다. 어떤 소유의 조건하에서도 규모는 또 하나의 중요한 조건이다. 규모가 커짐에 따라 땅과 사람의 개인적 관계는 희석화되게 마련이다. 그러나 자본의 논리에서 정서적 규모와 경제 활동의 규모는 일치하기보다는 서로 어긋나게 마련이다. 경제 원칙에 의하여 움직이는 자본주의 농업에서 일어나는 것은 규모의 확대이며 또 다른 여러 방법에 의한 땅과 일과 사람의 관계의 간접화 그리고 개인적 정서적 관계의 희석화이다. 기계와 화학 물질을 대량으로 사용하는 대규모 농업이 그 대표적인 예이다. 비슷한 것은 다른 자연을 상대로 하는 산업에 ─산림의 황폐화를 개의치 않는 벌목, 광범위한 황무지를 만들어 내는 '스트립마이닝' 방법의 채광 등에서도 볼 수 있다. 농업 노동은 자본주의 체제하에서의 노동의 일반적인 대규모화, 추상화, 간접화, 정서적 희석화에 저항하는 마지막 후위에 불과하다. 사적 소유가 있으되, 소유가 노동의 보람과 직접 연결되지 않는 가장 고전적인 경우는 산업 노동에 있어서의 어셈블리 라인의 노동이다.

시장 경제에 있어서의 대표적인 노동은 농업 노동보다는 공장 노동이다. 삶의 보람이란 반드시 일반적인 조건으로만은 말할 수 없는 것이기 때문에 공장 노동이 꼭 소외 노동이라고 말하는 것은 속단이지만, 일단은 시장을 위한 생산에서 노동과 일을 가장 직접적으로 이어 주는 것은 일의 과실이 아니라 임금이다. 그리고 임금이 가능하게 해 주는 소비이다. 시장 경제의 사회에서 문제가 되는 것은 단지 물건의 풍요나 욕망의 천박성 때문만은 아니다.

공장 노동 또는 일반적으로 산업 사회의 조직 내에서의 여러 노동은, 자주 이야기되듯이, 합리화와 관련해서 설명될 수 있다. 규모의 거대화는 작은 규모의 산업 단위에 따르는 중복과 경쟁의 낭비적 요소를 피하는 이점을 가지고 있다. 그것은, 적어도 이론적으로는, 자원, 자본, 인력, 모든 면에서의 합리적인 관리를 가능하게 한다. 또 노동과 노동자 사이의 소외를 가져오는 — 그리하여 그의 하는 일이 무엇에 도움 되는지 직접적으로 실감할 수 없게 하는, 중요한 요소인 분업도 산업의 규모화와 통합의 필연적인 기능이라고 하겠는데, 이것은 다시 산업과 사회의 합리화의 과정의 일부를 구성하는 것이다. 이 합리화는 자본주의의 특징이지만 적어도 이론적으로는 사회주의는 이것을 더 철저하게 밀고 나아가고자 하는 기획이다. 이 합리화는 자본주의 산업의 한 특징을 이루는 것인데, 마르크스주의의 비판의 대상이 되는 것은 이 합리화가 불완전하다는 것이다. 불합리의 핵심은 통합된 계획을 불가능하게 하는 사적 소유에 있다. 따라서 순전히 경제의 합리화라는 관점에서 본다고 하더라도 그것은 폐지되어야 한다. 불합리하고 낭비적인 분할과 경쟁의 요인들은 사회 또는 국가의 합리적 계획 속에 통합되어야 하는 것이다.

하벨의 사회주의적 경험이 발견한 것은 바로 이러한 통합 체제의 비인간성이다. 그런데 이미 비친 바와 같이, 이러한 특성은 이미 자본주의 시장 경제에서 시작된 것이다. 일과 일하는 사람의 유기적 관계라는 관점에서 본다면, 그러한 관계는 오히려 봉건 사회에의 장인의 작업에서 더 쉽게 발견될 것이다. 물론 하벨이 봉건 사회를 원하는 것이라고 말할 수는 없을 것이다. 또 그가 정확하게 자본주의 시장 경제를 그대로 원한다고 말할 수도 없다. 다만 그는 사람이 사람답게 살기 위한 하나의 조건으로 일과 일하는 사람의 관계를 말하고 그것을 뒷받침해 줄 수 있는 사회적 틀을 가설적으로 말하였을 뿐이다. 하벨이나 동구의 사회주의 체제를 거부한 많은 사람들은 그들의 체험을 통해서 기존의 또는 이제 과거의 실험이 된 사회주의 체제가 이러한 틀이 될 수 없음을 발견하였다. 그러나 기존의 자본주의가 패배한 사회주의 체제에 대하여 어떠한 이점을 가지고 있든지 간에 그것이 그들이 바라는 체제라는 것도 그대로 믿기는 어려운 일이다. 이미 비친 바와 같이, 하벨의 사회주의 체험에 대한 비판적 이해는 자본주의에까지 확대될 수 있는 것이다.

그런데 이 비판을 우리 나름으로 재해석해 본다면, 이미 말한 바와 같이, 그가 말하고 있는 것은, 자본주의나 사회주의나 다 같이 가지고 있는 일방적인 합리주의에 대하여, 인간의 인간적 삶을 구성하는 비합리적 요인의 중요함이라고 할 수 있다. 합리적 관점에서, 적어도 탁상의 이론으로는 사적 소유가 불합리한 것이라고 보는 것이 불가능한 것은 아니다. (물론 자본주의 경제학의 관점에서는 바로 사적 소유가 자원의 합리적 배분을 가능하게 하는 것이다. 합리성이란 일정한 관점에서 또는 목적으로부터의 행동의 장의 도구적 구성이라고 정의할 수 있다. 관점에 따라서 무엇이 합리적인가 하는 것은 있을 수 있는 일이다.) 적어도 어느 정도의 범위가 있는 시공간의 구성이라는 관점에서 볼 때, 개인은 도대체가 불합리성 그것에 다름 아니다. 그것은 정치적, 사회적 또는 관념적 전체화 또는 일반화 속에 흡수될 수 없는 고유한 것 ─ 또는 고유한 것임을 고집하는 것이기 때문이다. 개인의 비합리성의 하나는 그가 감각적 존재라는 사실에 관계되어 있다. 감각은 일반화되고 다른 것에 의하여 치환될 수 없는 것이다. 이것은 개인의 구체적 체험으로서만 의미를 갖는다. 그리고 이 개인이 역사적으로 ─ 그의 모든 체험의 종합으로 구성되는 것이라고 할 때 그의 감각은 그것을 포용하고 있음으로 하여 극히 복합적인 것이 될 수밖에 없다. 사람이 그의 일과 일의 결과에 대하여 느끼는 정서적인 관계는 인간이 감각적인 존재라는 데에서 나온다. 일의 보람이라는 것은 조금 더 추상적인 가치 평가에도 이어져 있지만, 그것은 구체적인 정서적 뿌리 또 감각적 뿌리를 가지고 있지 아니할 때 쉽게 공허한 수사나 공식으로 전락하게 마련이다. 이렇게 볼 때, 하벨의 사회주의적 체험이 드러내는 패러독스는 인간의 비합리성 — 개인으로 있으며 개인으로 있기 위한 사회적 물질적 조건을 요구한다는 비합리적 요소의 인정 없이는 사회의 합리적 또는 이성적 발전이 있을 수 없다는 사실이다. 이 패러독스는 사회의 인간적 성질에 관계될 뿐만 아니라 그 사회적 경제적 생존과 번영에도 관계되는 것이다. 사회주의 사회의 몰락의, 적어도 한, 원인은, 그 안에서 사람이 보람을 느끼며 보상을 거둘 수 있는, 체제를 만들어 내지 못하였다는 것이다.

다시 말하여, 여기 사람이란, 하벨이 강조하고 있듯이, 개인이다. 이 개인이 무엇인가는 또 자명한 것이 아니지만, 적어도 하벨의 체험에 의지한다면, 보람을 느낄 수 있는 주체를 지칭한다. 이 보람은 어떠한 정치적, 도덕적 슬로건에 의하여 일방적으로 강조된 결과 생겨나는 것이 아니다. 그렇다고 하여 개인이 가지고 있는 욕망이나 생각이나 능력의 어떤 특정한 것의 일방적인 강조 — 따라서 인격적 균형의 왜곡에서 나오는 보람의 느낌을 지칭하는 것도 아닐 것이다. 그것은 쉽게 말하여 보통 사람이 외적 압력이나 내적 강박이 없이 보통의 삶을 살아 나가면서 동시에 사회와 자연의 긍정적 관점에 참여함으로써 가지게 되는 자연스러운 보람을 지칭하는 것일 것이다. (하벨이 말하는 것이 일상적 인간의 행복과 자유와 진실임은 그의 글의 여러 군데에 비쳐져 있다.) 물론 이러한 인간이 현실에 있는지 없는지는 말하기 어려운 것이고, 또 인간 역사의 위대한 업적들이 그러한 상태의 인간에 의한 것이라고 말하는 것도 옳지 않은 것일 것이다. 그러나 그러한 어떤 규범적 상태의 인간성을 상정하는 것은 인간의 도덕적 상태 또는 정치적 사회적 상태를 논하는 데에서 필수적인 것으로 보인다. 하여튼 그러한 인간이 있다면 그는 매우 구체적으로 감각하며 느끼며 생각하며 그의 삶을 살아가는 사람일 것이다. 이것을 무시하고는 어떠한 사회도 항구적이며 평화로운 삶의 틀을 만들어 낼 수 없음은 물론, 오늘만이 아니라 내일을 위하여 또 다음 세대를 위하여 또 그 다음다음 세대를 위하여 보다 나은 삶의 길을 헤쳐 나가지도 못할 것이다.

그런데 이 구체적으로 감각하며 느끼며 생각하며 사는 사람의 삶은 여러 예술과 문화 속에서 비로소 그 삶의 조건을 얻는다. 이것은 대체적으로 직선적 전진의 기하학적 비유로 생각될 수 있는 역사의 진보에 대하여, 근접적으로 원의 형태를 가지고 있다고 생각할 수 있다. 구체적인 인간의 삶도 전진이 없이는 정체감을 면하기 어렵다. 그러나 앞으로 나아가는 직선은 생물학적 리듬에 의하여 수정되고, 순환과 되풀이가 되고, 현재의 순간의 지속이 되어 곡선으로 굽어들게 마련이다. 역사가 삶의 노력에 의하여 진보하는 것이라고 한다면, 그것은 수많은 작은 원을 그리는 잔물결을 통하여 앞으로 나아가는 것이라고 할는지 모른다.

1992년 가을

김우창

1부

예술과 삶

# 고요함에 대하여

우리나라의 자동차 보유 대수가 100만이 넘었다고 한다. 자동차야말로 20세기의 세계를 큰일에서나 작은 일에서나 송두리째 바꾸어 놓은 발명품이라고들 말한다. 그것은 사람의 생물학적인 근본 조건 곧 사람의 근본 특성에 드는 움직임을 하루아침에 몇 십 배로 확대시켜 버린 연장인 것이다. 사람이 자신의 생물학적인 특성을 확대시키는 일은 신들에 대한 상상이나 슈퍼맨의 환상에도 깃들어 있는 원초적인 소망에 든다. 그러나 기능의 확대는 천만 가지 생태계의 균형 속에 살고 있는 사람의 삶을 사뭇 뒤흔들어 놓는 결과를 가져오게 마련이다. 이것은 자동차와 같은, 사람이 움직이는 힘을 확대한 연장의 경우에도 마찬가지이다. 그것은 우리의 개인적인 삶의 흐름과 공동체적인 삶의 모양과 자연환경의 질서를 들쑤시고 뒤집어 놓게 된다. 그리하여 우리 환경의 모든 것을 여태까지 살아온 사람으로서는 견디기 어려운 삶의 조건으로 바꾸어 놓아 버린다. 이것은 사람의 생물학적인 특성 어느 하나를 지나치게 확대하면 부수적으로 따라 일어나는 결과이다.

자동차가 가져오는 적지 않은 폐해로 소음이 있다. 적어도 오늘날의 도시 공간치고 자동차의 소음이 안 미치는 곳이 없다. 그리고 그것은 고속도로를 따라 시골에까지도 넘쳐 난다. 게다가 오늘의 도시는 자동차가 아니더라도 소음으로 가득 차 있다. 끊임없이 파헤치는 도로 공사장의 소리, 집 짓는 소리, 집 안팎에서 밀집된 사람들의 떠드는 소리…… 덤벼들 듯이 다가오다 사라지는 듯하기도 하고 물어뜯을 듯이 덤비다가 건물들에 부딪혀 스스로 아비규환의 비명이 되어 하늘로 치솟아 하늘을 원귀의 울부짖음으로 채우는 자동차의 소리는 그런 도시 소음에서 으뜸가는 것일 뿐이다. 이러한 소리들은 우리의 몸에 보이지 않는 해독을 끼칠 법한데, 적어도 그것이 우리 마음에 중대한 충격을 가하는 것은 틀림없는 일일 것이다. 우리의 마음이 늘 쫓기고 급하며, 안정을 얻지 못하는 것은 주변에 가득 찬 소음들의 의식되지 못하는 효과일 수 있다.

그러나 마음의 안정을 빼앗는 소음은 보이지도 들리지도 않는 소음 환경의 일부에 불과하다 할 수도 있다. 근대화의 물결과 더불어 우리의 주변은 활동의 에너지로 가득 차게 되었다. 이것이 경제 성장과 국가 발전에 원동력이 되는 것은 사실이겠지만, 활동 에너지는 상당 부분이 쓸데없는 일에 쓰이고, 또 쓸데없는 것이거나 쓸데 있는 것이거나 그것이 우리의 진정한 행복에 꼭 보탬이 되는 것이라고 말하기는 어렵다. 100년 전쯤에 영국의 시인 매슈 아널드(Matthew Arnold)는, "병적인 조급함, 헛갈리는 목적, 짓눌린 머리, 벙벙한 가슴 — 현대의 인생의 기묘한 병"을 말하였다. 오늘날 우리의 삶이야말로 병적인 조급함과 헛갈리는 목적으로 특징지어지게 되었다. 세우고 뜯고, 궁리하고 뛰고, 권력과 부의 줄달음길로 내달리는 일은 우리 주변을 현란하게 하고 알지 못하는 사이에 우리 자신의 마음과 삶에 그 조급함을 삼투하게 한다. 그리하여, 마음이 정체를 알 수 없는 설렘과 불안한 흔들림의 상태에 떨어진다. 이것을 잠시라도 잠재울 수 있는 것은 그렇지 않아도 끊임없이 자극되는 소비재에 대한 욕망의 만족이다. 흔들리고 있는 마음은 욕망의 온상이 되고, 그것은 시장이 제공하는 상품이나 지위와 멋에 의하여 일시적으로 평화를 찾는 것이다.

소음의 시대에 나타나는 중요한 문제 하나는 소음이 아닌 말까지도 소음의 일부로 전락해 버린다는 것이다. 삶이 설레고 흔들리는 상태에 있음에 따라, 우리의 환경은 무수한 말과 의견으로 가득 찬다. 불안한 사람은 대체로 말이 많게 마련인 때문이다. 그러나 이러한 마음이 만들어 내는 말의 얼마만큼이 의미에 이르지 못하고 소음으로 끝나 버리고 마는가.

하기야 우리가 듣는 말들이 의미에 이르지 못한 것은 단순히 말이 많기 때문만은 아니다. 우리의 귀에 들리는 말은 오늘날과 같이 주위가 산만한 시대에는 애초부터 의미 없는 소음이라는 인상을 준다. 우리가 듣는 그런 말들이 여러 말들과 부딪치고 다투면서 의미에 이르려고 하는 것이다. 이러한 말이 현실 또는 실재에 맞는 말로 드러날 때에 의미 있는 말이 되고 말들의 다툼이 우선 끝나게 된다. '우선'이라고 함은 어떠한 말도 다양한 현실에 일치할 수 없고 또 그것은 시간과 더불어 그 형국을 달리하게 마련이기 때문에, 말과 사물의 일치가 있다고 하더라도 그것은 오래 지속될 수가 없는 것이다. 그리고 오늘날 우리 주변에 진리에 이르지 못한 말이 많다면, 그 주요한 원인 하나는 말이 사물에 경쟁적으로 이르게 되는 경로가 차단되어 있기 때문이다.

그러나 우리가 의미 있는 말을 듣지 못하는 것은 단순히 말을 들을 수 있는 공간이 없기 때문이기도 하다. 이 공간은 실제로 소음이 미치지 않는 물리적인 공간이기도 하고 우리 마음의 고요함이기도 하다. 마침내 그것은 물리적인 환경의 잘못에 깊이 이어져 있는 것이지만, 마음의 고요함을 잃어버린 것에 더 중요한 원인이 있다. 하기야 그것들은 서로 순환적으로 얼크러져 있는 일이다. 주위의 소란이 마음의 고요함을 없애 버리고, 마음의 고요함을 상실함이 주위의 소란을 증대시킨다.

어떤 의미의 고요함이거나 고요함은 사람에게 생리적으로 필요한 것일 것이다. 누구나 끊임없는 소음의 소용돌이 속에서 괴로움을 느끼지 않고는 살아남을 수 없는 것이다. 이것은 우리의 신체가 그 피로에 견디지 못하기 때문이기도 하지만 무엇보다도 마음의 조건에 관계되어 있다. 사람의 마음은 한 번에 여러 가지 일을 특히 그 일이 어떤 질서와 맥락을 보여 주는 것이 아닐 때에 처리해 낼 수가 없다. 그것은 외부로부터 받는 자극의 일정한 수효만을 소화해 낼 수 있을 뿐이다. 여기서 소화한다는 것은 비유이지만 실제로 밖에서 오는 것들은 마음의 어떤 작업을 통해서 우리의 일부가 되어야 한다. 이러한 작업은 일정한 시간과 공간의 여유를 통하여서만 이루어질 수 있다. 이러한 여유를 마련하여 주는 것이 고요함의 순간 곧 밖으로부터 오는 자극과 내 자신이 만들어 내는 말과 행동이 먼지와 바람으로부터 한발 물러앉아 있을 수 있는 순간이다.

이것은 내 자신 속으로 돌아가는 것을 말한다. 우선은 밖으로부터 떨어져서 정신을 차리고, 이 정신 차림의 주체로서 자기 속으로 돌아가는 것이다. 그런 과정에서, 어떤 소음들은 나에게 의미 있는 것으로 살아나고, 다른 어떤 소음들은 그야말로 소음에 불과했던 것으로 드러난다. 그러고는 소음 또는 의미 없는 외부적인 자극과 그 자극에 뒤흔들렸던 욕망들의 의미 없음을 깨닫게 된다. 고요함 속에서, 참으로 얼마나 많은 것이 의미가 없는 일이며, 얼마나 적은 것이 참으로 사람의 삶을 채워 주는 것임을 우리는 느끼는가.

그러나 주변에 소리가 없고, 내 자신이 아무 소리도 하지 않으며, 아무 행동을 하지 않는다 하여 내가 참으로 고요한 마음의 상태에 들어갈 수 있는 것은 아니다. 대체로 가만히 앉아 있기도 아무 말도 하지 않기도 어렵지만 가만히 있으려고 하는 순간에도 우리의 마음속에서 끊임없는 상념이

꼬리를 물고 일어서 마음의 내부를 붐비게 한다. 생각을 비우고 고요한 상태에 들어가기는 보통 어려운 것이 아니다. 우리의 마음은 조용히 있을 때나 조용히 있지 않을 때나, 소리 없는 소리들로 가득 차 있는 듯하다. 불교의 '선'에서 중시하는 명상의 훈련이 있는 사람에게나 마음을 완전히 비우는 것이 가능하다. 그런 뒤에 남는 것이 있다면, 그것이 우리의 순수한 자아일 것이다.

그러나 명상의 끝에 나타나는 마음의 상태를 묘사하는 말들은 동양의 고전들에서 고요한 물의 표면, 거울, 수정과 같은 맑은 물체에 비유되는 것을 본다. 고요함에 든 마음은 더없이 맑은 것이면서, 만물을 있는 그대로 비추는 것으로 생각된다. 우리가 마음 깊이 속으로 들어가는 것은 '나'에게 들어가는 것이면서, 다시 만유가 있는 그대로의 세계에 나가는 것이다. 여기에서 마음은 움직이지 않으며 고요하여 극히 허허한 것이다. 인도의 옛 철학자는 마음과 심리 상태, 그리고 마음과 사물의 관계는 수정과 수정에 비치는 꽃의 관계에 있다고 한다. 꽃이 흔들림에 따라 수정도 흔들리는 듯하지만, 그것은 모두 그림자의 놀이에 불과한 것이다. 수정에 비친 그림자가 수정을 흐리게 하지는 않는다.

그러나 이러한 이른바 '선정'의 경지는 속세의 우리에게는 알기 어려운 세계이다. 다만 세상의 소음 속에 있는 우리에게 필요한 고요함에도 그 근본에는 절대적인 해탈과 절대적인 정신의 세계가 숨어 있지 않을까 하는 짐작을 해 볼 수 있을 뿐이다. 우리가 나날이 경험하는 마음의 고요함은 완전한 부동과 평화의 느낌이라기보다 우리 마음의 어떤 따스함, 그 따스함이 주변 공간으로 확산함과 같은 데에서 오는 포근함의 느낌이다. 대표적으로 조용한 곳으로서 우리는 햇볕과 공기가 적절하게 조화되어 있는 솔숲과 같은 곳을 생각할 수 있다. 또 실제로, 요즈음 같은 세상에 그것이 가능한지 어쩐지는 알 수 없지만, 산에 올라가는 것은 막연히나마 산의 숲이 약속하는 정밀함에 이끌려 하는 일일 것이다. 불교 사찰들의 위치도 그러한 이끌림에 관계되는 것이다. 깊은 산의 숲이 우리를 이끄는 것은 그곳이 고요하기 때문이기도 하지만, 그러한 숲이 바로 우리가 희구하는 마음의 고요함에 대한 심상이 되기 때문이기도 하다. 우리는 숲에서 우리의 마음을 보는 것이다. 고요한 솔숲은 조금은 넓은 것이어야 한다. 그러면서 더 넓은 것을 암시하여야 한다. 그 넓음은 무엇인가 자유스러운 소통에 관계되어 있는 것이어서 동시에 비어 있음을 생각게 한다. 그러나 솔숲이 비어 있는 것은 아니다. 거기에는 소나무들이 있고 그것보다도 솔향기가 서려 있다. 그러나 솔향기가 아니라도 무엇인가 수런대면서 고요하고, 가득하면서 비어 있는 것이 있다. 그것은 정기라거나 기운이라거나 하는 말로 표현될 수 있는 어떤 것이다. 우리가 세속의 차원에서 느끼는 마음의 고요함도 이러한 것이 아닌가 한다. 또 이 고요함 속에 사물들은 너그럽게 포용되고 친근한 것으로 나타난다. 마치 산에서 우리가 유달리 꽃과 나무와 바위와 하늘을 눈여겨보는 바와 같이, 고요한 숲과 숲의 사물들은 따로 있는 것이 아니라 조화 속에 하나로 있다. 적어도 우리가 체험하는 범위 안에서 고요한 마음과 세상의 사물도 함께 존재하는 것이다. 그것은 조용하면서 살아 있는 한 공간에 자리하고 거기에서 나오는 듯하다.

이러한 조화를 생각하는 것은 중요하다. 왜냐하면 절대적으로 고요함의 세계 그 자체는 인간의 마음과 함께 있으면서도 우리가 아는 여느 세계의 인간을 초월하여 있기 때문이다. 거기에서 인간의 희망과 욕망, 의지와 이성은 아무런 의미를 갖지 못할 것이다. 그러나 우리가 이러한 것들을 쉽게 포기할 수는 없다. 다만 우리는 이러한 것들이 근원적으로 고요함의 세계에서 크게 벗어나지 않는 것이기를 원할 뿐이다. 그러고 보면, 어떤 차원에서는 마음의 고요함과 사물의 실재, 마음의 원초적인 설렘과 사물의 모습은 다 같이 한 조화와 통일로부터 일어 나오는 것으로도 보이는 것이다.

　말의 가능성도 이러한 조화와 통일성에 있다. 말은 욕망의 표현이다. 학문적으로 사용되는 말의 원리가 주관적인 욕망이기보다는 이성이기는 하나, 이성은 욕망의 다른 표현에 불과하다. 그것은 어떠한 관점에서 세상에 일관성을 부여하려는 의도를 가진 것이고, 이 의도는 마침내 인간의 실존의 '벡터'에 이어져 있다. 그런데 이 욕망의 언어가 어떻게 세상의 진상을 동시에 표현할 수 있을까? 그것이 가능하려면 세상의 있음과 우리의 근원적인 욕망의 있음이 하나이어야 한다. 고요함의 명상 속에서 얻는 조화와 통일은 간접적으로나마 이러한 원초적인 과정에 대한 증거로서 생각될 수 있다. 세상이 투영되는 고요함 속에는 이미 우리의 욕망이 움직이고 있는 것이다. 어쩌면 그 고요함 속에 이미 의미로 향해 나아가는 소리가 있었다고 할 수 있다. 한 현대의 요가 철학자는 신약 성서 「요한복음」의 서두에 나와 있는 "태초에 말씀이 있었다."라는 말은 철학적인 또는 종교적인 진술을 넘어서서 더 직접적인 방법으로 체험될 수 있는 것이라고 말한다.

　깊은 명상을 경험한 사람은 마음속에서 울리는 소리를 들었다는 보고를 하고 있다. 그 소리는 귀에 들리는 것이 아니라 마치 들리는 것처럼 체험된다. 이 소리는 절묘하게 아름답고 쾌락적인 것이라고 한다. 이 내면의 소리는 우리가 흔히 들을 수 있는 종소리, 피리 소리, 바다의 파도 소리 같은 것과 비슷하다. 이 소리는 너무나 좋은 것이어서 명상하는 사람은 거기에 완전히 빠져들어 그 체험의 상태에서 벗어나기를 원하지 않는다. 우리가 만들고 즐기는 음악은 이 미묘한 소리를 비슷하게 흉내 낸 것이다. 이 소리는 기독교 성서의 「요한 계시록」에 기술되어 있다. 명상의 초보자도 때로는 이 소리를 들을 수 있는데, 이 소리에 대하여 배운 바가 없으므로 그는 어리둥절하여져서 그것

이 어디에서 오는 소리인가를 알지 못할 뿐이다.[1]

이 요가 철학자에 의하면, 이 소리는 깊은 사랑의 체험에서도 들리고, 또 우리의 일상 언어도 궁극적으로는 이 소리에 관계되어 있는 것이라고 한다. 하기야 이것은 아주 멀리 관계되어 있다는 것에 불과하다. 그렇기는 하나 우리는 어렴풋이 이러한 맥락을 우리의 나날의 말에서도 느끼기는 한다. 그러면 우리의 마음을 잘 움직이는 말은 어떤 말일까? 그것은 빈말이어서는 아니 된다. 말이 말만으로 공전하는 것은 우리에게 지겨운 느낌을 줄 뿐이다. 그것은 사실에 부합하는 말이어야 한다. 그러나 사실과의 부합은 기본 조건의 하나에 불과하다. 사실의 언어는 오히려 우리의 마음을 억압하는 느낌을 줄 경우가 많다. 말이 우리를 움직이려면, 그것은 어떤 형태로나 사람의 욕망의 긴장을 표현하는 것이어야 한다. 욕망의 역학적인 긴장 속에서 비로소 우리는 언어에 일치해 들어갈 수 있다. 이 욕망은 한정된 대상을 향한 것이라기보다는 막연한 설렘, 설레는 힘의 공간으로서 존재하는 것일 때에 우리를 근원적으로 움직이는 것으로 보인다. 시의 언어가 이러한 것이다. 그것은 사물을 가리키며 동시에 욕망의 공간에 있다. 그러나 그것은 특정한 욕망으로부터는 떨어져 있다. 특정한 대상을 향한 욕망은 그것을 통하여 드러날 수 있는 세계를 좁힌다. 따라서 여기의 욕망은 한없는 쾌락 전의 상태에 있음으로 말미암아 그 안에 대상 세계의 전체를 수용하는 통일을 이룰 수 있다. 그럴 때에 이 욕망 속에 있는 시적인 언어가 우리의 근원적인 욕망 또 그 바탕으로서 우리 마음에 일치하고 우리를 그 안으로 끌어들일 수 있다. 다시 말하여 모든 언어는 우리의 욕망에 호소하여 우리를 움직이지만, 호소되는 욕망이 될 수 있는 대로 우리의 근원적인 욕망

---

1  Swami Ajaya, *Yoga Psychology* (Himalayan Institute Press, 1976), pp. 59~60.

의 상태 ─ 더 나아가 우리와 세계를 한데 묶어 놓는 고요하면서 역동적인 공간 ─ 에 가까이 있는 것일 때에 거기에 호소하는 언어가 우리를 가장 보편적으로, 가장 깊이 움직이는 것이다. 이 보편적인 욕망은 가장 고요한 순간에 세계와 일치하는 단순한 마음의 지향성이라고 하여도 좋다. 또는 그것은 플라톤이 철학의 동기로서 강조한 경이의 느낌이라고 하여도 좋다. 정적인 것이면서 우리와 세계를 한 순간의 정서적이며 직관적인 유대 속에 묶어 놓는 것이 경이의 느낌이기 때문이다. 아무튼 우리의 언어는 이러한 바탕을 상실함으로써, 별 의미가 없는 소음으로 전락하게 되는 것이다.

말의 힘은, 이렇게 보면 그 자체에서 오는 것이 아니라, 그것이 가리키는 우리 욕망의 힘에서 온다. 이 욕망은 다시 말하여 그 고요한 균형으로 우리 자신의 마음과 세상을 역동적인 통일 속에 지니고 있는 것이다. 이것은 우리 마음에 호소함으로써만 비로소 말이 의미를 갖는다는 원초적인 사실을 가리킨 것에 불과하다. 말할 나위도 없이 어떤 말이 마음에 호소되고 그 안에서 다시 살아난다는 것은 쉬운 일이 아니다. 우리는 정신의 경전과 고전을 읽으라는 소리를 귀가 아프게 듣고, 또 더러 그것들을 읽기도 하지만, 그것들이 우리 마음속에 살아나는 경우는 얼마나 될까? 그것은 소음의 쓰레기 속에 읽어 버린 신문처럼 버려지기가 일쑤이다.

말은 당초부터 이룰 수 없는 일을 이루려는 것으로 보인다. 그것은 우리의 욕망을, 마음을, 궁극적으로 마음의 고요함을 가리킨다. 말은 침묵을 가리키는 것이다. 말로써 어떻게 침묵을 가리킬 것인가? 게다가 이 침묵은 역동적인 것이어서 끊임없이 변하는 것이다. 그러므로 말은 벌써 출발부터 실패하게 마련이다. 그것이 의미와 진실에 가까이 갈 수 있는 것은 끊임없는 새로운 시도를 통하여서이다. 그렇게 함으로써 그것은 근원적인 욕망, 근원적인 사실의 세계의 사건이 될 수 있다. 말은 말하여지면서 침묵을 가리키며, 침묵으로 돌아가고 다시 말하여지는 과정 속에서, 살아 있는 실재를 암시하는 것이다.

　오늘날 우리는 말의 홍수 속에 있다. 그것은 인쇄 매체, 방송 매체 같은 전달 수단의 발달에도 기인한 것이지만 사람과 사람의 상호 작용의 증진이 말의 생성과 유통을 늘어나게 하기 때문이다. 그러나 끊임없이 주고받아지는 말들은 사물과 심성의 가장자리를 돌면서 또 순전한 유통의 마멸 작용으로 인하여 빈껍데기의 말이 된다. 이러한 말들이 결여하고 있는 것은 우리의 마음과 세상의 한복판에 있는 고요함과의 관계이다. 그런 말들은 우리의 마음을 움직이지도 못하고 또 사물의 진면목을 깨우쳐 주지도 못한다. 그러한 말들이 우리의 대기를 채우면서 부질없는 잡담이 되고, 또는 정치적인 동원을 목표로 하는 경직된 표어가 된다. 이러한 말들은 조용해질 수도 없고 변화될 수도 없다. 여기에 대하여 살아 있는 말은 끊임없이 변화하게 마련이다.

　마음의 실체는 고요함이다. 이것이 우리를 자아로서 지속하게 하며, 또 세계를 있는 대로 드러내 주게 된다. 이 두 가지를 잇는 것은 움직이지 않으면서 움직이고 있는 역동적인 지향성이다. 그런 까닭에, 마음은 예로부터 일체를 비워 내어 비어 있는 허허한 것으로 생각되기도 하고 다른 한편으로는 끊임없이 사물 자체의 변화와 더불어 움직이고 있는 변화의 원리로 생각되기도 하였다. "주일무적하여 만변에 처하는 것"——마음을 한곳에 쏟아 잡념을 없애고 만 가지 변화에 대처함——을 마음가짐새의 근본으로 삼고 "마음을 허전하게 하되 주재를 두어야 한다."——마음을 비우되 중심을 지녀야 한다.——라고 설명한 퇴계의 말은 이러한 것을 두고 한 것이다. 오늘날의 소음들 속에서 우리가 상실한 것은 스스로를 온전하게 유지하며, 바깥 세상에 밝고 기민하게 반응하고 여러 사람의 의견들을 하나로 종합될 수 있게 하는, 마음의 근본적인 고요함이다.

(1985년)

# 보이는 것과 보는 눈

아르키펭코의 한 조각에 대한 명상

눈을 들어 보면, 모든 것은 있는 대로 있다. 그릇, 상, 방 안의 집기들, 방, 그리고 창 너머 언덕 위의 나무들, 그리고 뽀얗게 사라져 가는 하늘 — 보이는 세계는 그대로 자명하다. 여기에 어떤 의문이나 생각의 여지가 있을 성싶지 않다. 그러나 말할 것도 없이 우리가 문득 보이는 세계를 보이는 세계로 인식한 순간 그것은 우리가 살고 있는 그러한 세계가 아니게 된다. 왜냐하면 우리가 사는 세계는 보이는 것, 보이는 것만의 파노라마로 이루어진 정지된 세계가 아니라 우리가 살고 있는 — 그 속에서 움직이며 삶의 수단을 얻고 하는 세계이기 때문이다. 다시 말하여 보이는 세계는 시간이 사상된 세계이다. 짧게 보면 우리 앞에 보이는 그릇은 조금 전에 내가 갖다 놓은 것이고 상은 그보다 조금 전에 옮겨 온 것이고, 또 창틀은 10여 년 전에 만들어진 것이고, 창 너머로 보이는 나무는 아마 창틀보다는 더 오래전에 심어진 것이다.

그러나 더 길게 보면, 나무가 서 있는 언덕은 지질학적으로 계산할 수 있는 옛날에 생성되어 끊임없이 조금씩 변하면서 오늘까지 지속되어 온 것이고, 구름이 흘러가고 시시각각으로 그 색조를 바꾸어 가고 있는 하늘은 더 오래전 지구의 역사의 초기에 형성되어 그 후로 조금씩 바뀌어 오고 있는 것이다. 우리가 문득 눈을 들어 바라보는 세계는 이러한 서로 다른 시간 계열의 순간적인 정지로서만 성립하는 세계이다. 이 정지 속에서 서로 다른 시간과 공간의 계열에 속하는 것들이 하나로 구성된다.

그런데 이러한 정지 또 그 가운데에서의 구성은 어떻게 일어나는가? 이것은 틀림없이 내가 눈을 들어 이 모든 것을 한꺼번에 보고 의식하는 행위와 관련되어 있다. 이렇게 보면, 내가 보는 사물과 풍경은 내가 구성하는 것이라고도 할 수 있다. 그러나 말할 것도 없이 이러한 관념론적 주장은 우리의 직관적 느낌에 배치된다. 의식적 체험으로도 우리의 시각 앞에 벌어지는 세계는 수동적으로 있는 우리의 눈에 불가항력적으로 나타나는 것이 아닌가? 보이는 세계의 물건들은 우리가 의도적으로 선택하는 것도 구성하는 것도 아니다. 여러 다른 시간 계열의 사물들을 우리가 하나의 시각으로 잡는다는 것은 사물의 시간적 공시성 또 공간적인 공존성이 우리로 하여 가능하여진다는 것이다. 그러나 세계의 모든 것은 우리의 매개가 없더라도 공시적이고 공존적인 사건 속에서 서로 관계한다. 익명의 공시성과 공존성은 세계의 사건들을 수시로 또 아무 곳에서나 가로지른다.

그리고 가장 크게 확대하여 보면, 세계의 모든 것은 하나의 공간, 하나의 시간 속에 동시에 공존한다. 그러면서, 그것이 아무리 익명의 것이라고 하더라도 공간적 시간적 공존은 그것이 성립케 하는 어떤 대응하는 관점을 상정케 한다. 다만 이러한 관점이 반드시 우리 자신의 주관적 관점이라고 말하기가 어려울 뿐이다. 그리하여 이 두 느낌을 합침으로써, 우리는 세계의 과정 속에서 끊임없이 개입하는 익명의 관점의 부분적이며 변화하는 — 그러면서 궁극적으로는 세계 자체의 전체적 통일에 근거한 통일의 과정에 우리가 참여하게 된다고 막연하게 말할 수 있다.

보이는 세계의 신비는, 요약하여 말하건대, 그것이 보이지 않는 과정을 숨겨 가지고 있다는 데에 있다. 이 과정은 한편으로 세계 자체의 과정이고 다른 한편으로는 여기에서 보는 관점의 참여를 말한다. 다시 말하여, 보이는 세계는 세계의 보이지 않는 과정과 보는 관점과의 미묘한 접합 속에서 일어나는 것이다.

보이지 않는 과정과 보이는 세계의 관계는 미술 작품 속에서는 비교적 자명한 모습으로 나타난다. 또는 나타나서 당연하다. 미술 작품에 보이는 것은 말할 것도 없이 미술가의 창조 또는 구성 과정의 결과이다. 이 결과는 우리의 보는 눈에 호소해 오고 보는 눈에 따라서 여러 가지로 보일 수 있다. 즉 해석될 수 있다. 그러나 미술 작품에서 중요한 것은 반드시 직접적인 의미에서의 예술가와 관객의 만남이 아니다. 미술 작품에서 우리가 보는 것은 미술가가 본 세계이다. 여기에서 중요한 것은 거의 전적으로 미술가의 눈이지 우리의 눈이 아니다. 우리의 눈은 미술가의 눈으로 통제되어 있어서 보는 과정 속에 스스로의 창조적 자발성을 가지고 참여할 필요가 없다. 설사 미술 작품이 우리의 참여를 유발한다고 하더라도 그것은 작가 자신에 의하여 기획된 범위 안에서이다. 미술가는 이미 그의 세계를 일정한 관점에서 구성해 놓았다. 물론 그렇다고 하여, 우리가 보는 것은 미술가의 작용이 아니다.

우리는 그러한 구성의 저 너머에 하나의 세계를 본다. 다만 이 세계를 보면서 우리는 세계를 보는 일이 구성이며 창조임을 깨닫는다. 미술 작품이 구성해 낸 세계는 미술가 자신의 세계와 사물에 대한 이해 그리고 그의 독특한 관점에 의하여 이루어진 세계이다. 그러니만큼 거기에는 그의 개성적 조건이 크게 작용하고 있다. 그러나 그가 보여 주는 세계가 전적으로 그의 주관적 투영의 결과인 것은 아니다. 미술가의 이해와 관점은 세계의 한 단면을, 또는 있을 수 있는 단면을 구성하고 있을 뿐이다.

미술 작품은, 특히 자신을 되돌아보는 일 그것을 주제로 하는 작품이 아닌 한, 우리를 미술가의 주관의 세계 또는 그의 창조 과정에로 이끌어 가기보다는 밖에 있거나 있을 수 있는 세계와 사물에로 이끌어 간다. 다만 미술 작품에 있어서 이 세계와 사물은, 보는 눈과의 관점에서 창조적으로 존재한다는 것을 우리에게 확인케 한다. 이것은, 위에서 말한 바와 같이, 우리의 통상적인 지각 작용 속에서도 알 수 있는 것이지만, 미술 작품을 통하여 우리는 이 점을 주체적으로 깨닫게 된다.

미술에 교훈이 있다면, 그 중요한 교훈의 하나는 이러한 시각의 창조성에 관한 것이다. 이 교훈은 우리가 지각하고 느끼고 생각하는 모든 것에 다 확대하여 적용할 수 있다. 말할 것도 없이 미술은 두 가지 관점에서 이야기될 수 있다. 하나는 미술을 전적으로 주관적 표현으로 보는 것이고 다른 하나는 그것을 객관적인 세계의 충실한 재현으로 보는 것이다. 이 두 관점은 다 그대로 일리가 있는 것이다. 또 그러니만큼 이 관점에 대응하는 미술이 성립할 수 있다. 그러나 어느 경우에 있어서나 그것은 세계를 떠날 수 없고 ― 세계를 떠나는 세계는 그것의 변주일 뿐이다. ― 또 세계의 단면을 형성하는 관점을 떠날 수 없다. 그리하여 어느 경우에 있어서나 핵심은 세계와 눈과의 창조적 만남에 놓이지 않을 수 없다.

이에 비슷하게 우리가 사는 세계, 우리의 생각, 제도, 문화 ― 이러한 것들은 한편으로 완전히 자의적이며 주관적인 창조물로 생각될 수도 있고 또 다른 한편으로 완전히 자연 질서와 동일한 필연적 소여로 생각될 수 있다. 그러나 미술의 교훈을 받아들인다면, 그것은 자의적인 의지로 생겨나고 만들고 할 수 있는 대상도 아니고 또 그대로 받아들여야 하는 필연의 소여인 것도 아니다. 그런데 우리의 통념은 이러한 두 관점에서보다는 양립되기 어려운 이원적 관점에서 세상을 본다고 하는 것이 옳을는지 모른다. 즉 그것은 세상을 한편으로는 바위처럼 단단한, 주어진 조건으로 본다. 다른 한편으로 그것은 우리의 창조력을 순전히 마음의 소관사로, 즉 자의적인 관념적 구성 속에서만 발휘될 수 있는 것으로 본다. 이것은, 위에서 말한 두 관점 중에서 객관주의의 관점을 취하는 것이다.

되풀이하건대, 미술의 교훈은 이러한 관점에 대해서 특히 우리의 세계가 창조적 세계임을 우리에게 말하여 주고 있는 것이다. 가령 아르키펭코의 1915년의 청동 조각 「머리 빗는 여인」을 생각해 보자. 이것은 우리의 일상적 지각의 상투성을 깨뜨리고 우리로 하여금 지각의 신비로운 유동성을 깨우치게 하면서 또 동시에 인간 존재에 대한 중요한 깨달음을 가지게 한다. 새삼스러운 이야기이지만, 아르키펭코는 관습적인 조각의 볼록한 면에 대하여 오목면과 비어 있는 구멍을 조각에 도입하여 입체적이면서 유동적인 형태를 창조하고자 하였다. 실험의 시대 20세기에 있어서 아르키펭코의 실험적 수법은 별로 놀라울 바가 없겠으나 「머리 빗는 여인」은 우선 볼록면과 오목면 또 구멍의 혼성적 사용으로 하여 관객에게 기발한 느낌을 준다. 맨 먼저 여인의 머리가 있어야 할 곳에 머리를 암시하는 공동이 있을 뿐임이 눈에 띈다. 그리고 다음에 눈에 띄는 것은 위로 들어 올려 머리를 매만지고 있는 팔로서, 이것은 통념적으로 기대되듯이 볼록하게 빚어진 팔의 외면을 보여 주는 것이 아니라 오목하게 파낸 팔의 내면을 보여 준다. 왼팔은 볼록한 원통을 이루고 있으나 발굴된 희랍 조각들처럼 팔굽에 내려오기 전에 잘려져 있다.

조각의 볼록한 면은 단단하면서도 풍만한 왼편의 유방에서 허리와 복부 부분이다. 그러나 조금 과장된 크기의 허벅지 이하의 다리 부분에 오면 볼록한 면은 반드시 볼록한 것도 아니고 오목한 것도 아닌, 기하학적 단순화를 암시하는, 중간적 형태로 바뀐다. 발은 조각이 서 있는 대로 이어져 가볍게 암시되어 있을 뿐이다. 이러한 다른 종류의 면과 구멍을 사용한 아르키펭코의 의도는 무엇일까? 아마 제일차적으로 우리는 그것을 조각적

**아르키펭코, 「머리 빗는 여인」**

으로 즉 삼차원적 형태의 창조란 관점에서 이야기하여야 할 것이다. 이 조각을 해설하며 한 평자는 아르키펭코의 실험적 평면의 사용이 주는 효과를 다음과 같이 말하고 있다.

그의 단절적 형태들은 흔히 유려한 우아함을 지닌다. 이 우아함이 깨어진 형태들을 감싸 버린다. 그러나 가장 성공적인 경우에 그것은 깨어진 형태들을 풍요케 한다. 아르키펭코는, 주변을 싸고 있는 공간이 빽빽한 덩어리에 못지않게 중요하며, 오목하거나 구멍 난 마이너스의 형태가 입체감을 줄 수 있다는 사실을 발견하였거니와, 이것은 지각의 영역을 넓혀 주었다.[1]

아르키펭코의 마이너스 형태가 단순히 입체감을 만들어 내는 데 성공했다고 한다면, 그것은 하나의 흥미로운 재간의 자랑에 불과할 것이겠지만, 그것의 보다 중요한 의미는 그것이 조각의 유려함 또는 유동적 느낌을 만들어 내는 데 도움이 되었다는 데 있는 것일 것이다. 그렇게 함으로써 입

---

**1**  Katherne Kuh, *Break-Up: The Core of Modern Art*(Greenwich, Conn., 1969), p. 51.

체감 자체도 정태적인 무게와 크기보다는 동적인 가벼움의 성질을 띠게 되는 것일 것이다. 「머리 빗는 여인」은 질감보다는 움직이는 우아함을 표현하고 있다. 이것은 무엇보다도 조각의 여기저기 또 전체에서 느끼는 기하학적 단순화의 경향에서 느껴진다. 들어 올려진 팔의 곡선은 기하학적 직선으로 단순화되어 있다. 이것은 다리의 경우도 마찬가지다. 그것은 사실적이기에는 너무나 정확한 곡선과 직선의 변조로 이루어져 있다. 이러한 기하학적 단순화는 복부 또는 다른 신체 부분의 단순화되고 매끄러운 느낌을 주는 선과 면에 의하여 다시 강조되어 있다. 유동적인 것과 기하학적인 것은 어떻게 관련되는가? 경험적으로 이야기하여, 또는 현상학적으로 움직임은 물질의 표면적인 결을 단순화하여 기하학적 형태에 접근시킨다고 말할 수 있다.

이러한 세부의 단순화를 계속하고 물질의 물질성을 감소해 나간다면, 그 한계 지점에 나타나는 것은 비어 있는 형태가 될 것이다. 이렇게 아르키펭코의 마이너스 형태는 조각 전체의 유동성을 높이는 데에 관계된다. 그러나 「머리 빗는 여인」의 유동성은 역동적이라기보다는 유려함에 가깝다. 이것은 다이내믹하다기보다는 아름답다. 이 조각이 동적인 것이라고 할 때, 그 동적 성질은 실제 움직이고 있는 현실이 아니라 움직일 수 있는 잠재성에 관련되어 있다. 달리 말하여, 이 유동성은 어쩌면 단순히 살아 있는 인간의 유동성이다. 그것은 물론 죽어서 놓여 있는 물건과는 달리 의도와 표정과 움직임이 가능한 살아 있는 육체의 유동성이다.

이렇게 보면 아르키펭코의 마이너스 형태는, 적어도 지금 우리가 생각해 보는 조각의 경우, 단순한 기교적 실험의 문제가 아니다. 사실 「머리 빗는 여인」의 의미는 그것의 기발한 기교에 또는 그러한 기발한 것을 고안해 낸 조각가의 주관적 상상력에 있는 것이 아닐 것이다. 그것은 상투형을 넘어서서 우리의 지각 현실의 한 진상을 밝혀 준다. 사람을 단순히 객관적으로, 말하자면 하나의 커다란 물질적 덩어리로 보는 것이 아니라 살아 있는 존재로 보고 이를 형상적으로 표현하고자 할 때, 그 형상이 「머리 빗는 여인」에 비슷할 수 있다는 것을 우리는 깨닫는 것이다.

우리가 직접적으로 파악하는 육체는 근본적으로 외부적인 사물이 아니다. 그것은 나에게 직접적으로 주어진다. ── 그러니까 하나의 대상적 존재가 아니라 나의 의식과 거의 함께 있는 거의 주체적 존재로서 주어진다. 물론 우리의 육체가 대상적인 존재, 하나의 물건이라는 면을 가지고 있는 것은 무시할 수 없는 사실이다. 그것은 뼈와 살과 가죽의 덩어리이다. 그렇긴 하나 육체는 실제에 있어서 이 양극 사이를 왔다 갔다 한다. 어떤 때 그것은 대상 중의 대상, 매우 불투명한 물질성으로 나타나고 다른 어떤 때 그것은 거의 물질적 중량을 갖지 않는 어떤 가벼움으로 나타난다. 그런데 이 육체에 대한 양극의 경험 중, 우리는 매우 활발하게 움직이고 있을 때 육체가 그 무게를 잃고 주체의 가벼움을 얻는 것이라는 것을 안다. 이에 대하여 정지 상태에서, 또는 그것이 우리의 주체 의식의 대상으로서 수동적인 상태에 들어갔을 때, 육체는 생물학적 존재 또는 대상적 존재가 된다. 이러한 대조는 단순히 동적 상태와 정지 상태의 대조가 아니라 삶의 여러 형태의 대조이다. 가령 육체는 죽었을 때, 말할 것도 없이, 완전한 물건의 세계로 돌아간다.

그러나 사람이 사람다운 존재인 한 근본적인 것은 주체로서의 육체의 경험이다. 한편으로는 사람이 모든 물리적 존재의 제약을 완전히 벗어날 수 없다는 것이 인간적 고통의 근원이지만, 사람이 세계 속에 살고 있는 한, 그는 세계에 관계하여야 하고 이 관계에 있어서 그의 주체적 움직임은 그 바탕이 된다. 메를로퐁티는 주체로서의 육체의 비가시성, 또 그 객관적 대상물로의 변용 가능성, 그리고 다시 비가시적 육체가 구성하는 세계를 다음과 같이 설명한다. 그는 우리가 한 손으로 다른 손을 잡는 경우로부터 예를 들어 말한다. 이 경우 만져지는 손은 일정한 공간에 존재하는 뼈와 살의 덩어리이다. 그러나 만지는 손은 "마치 로켓처럼 공간을 가로질러 가 일정한 자리에 놓여 있는 사물을 드러낸다." 그럴 때 우리 육체는 하나의 지향성으로만 존재한다. 메를로퐁티는 말한다.

그러므로 내 육체가 세계를 보고 만지고 하는 한에 있어서는, 그것은 보이 지도 만져지지도 아니한다. 그것으로 하여금 완전한 객관적 대상물이 되지 못하게 하는 것, "완전히 구성되지" 못하게 하는 것은 이 육체로 하여 사물들 이 존재하기 때문이다. 그것은 보고 만지고 하는 것인 한 가촉적인 것도 가시 적인 것도 아니다. 육체는 따라서 외적인 대상물들 가운데에 늘 있는 그러한 속성을 가진 빈약한 대상물이 아니다. 그것이 영원하다면, 그 영원성은 절대 적이다. 그것은 살아지는 대상물들, 실제적 대상물들의 상대적 영원성의 근 거이다. 외부적인 대상물의 현존과 부재는 내 육체가 그 힘을 행사하는 근원 적 현존의 장, 지각의 영역 안에서 일어나는 변주에 불과하다.[2]

이렇게 육체는 주체적으로 존재하며 그 주체성으로 사물과 세계를 구 성하면서 동시에 객체로 바꿀 수 있는 가능성을 늘 가지고 있다. 그런데 이 러한 육체의 여러 양상은, 이미 말한 바와 같이, 수시로 변화하여 나타난 다. 그러나 동시에 이러한 여러 가지 주체적 또는 객체적 양상은 어느 정도 우리의 육체의 일정 부분에 배분하여 생각해 볼 수 있다. 말할 것도 없이 우리의 주체의 중심은 얼굴에 있다.(신체의 현상적 중심이 양미간에 있다고 하 는 것은 현상학적 심리학이 지적하고 있는 바이다.)
이것은 특히 시각적 세계에서 그렇다. 그다음, 이미 말한 바와 같이, 의

---

2  M. Merleau-Ponty, *Phenomenology of Perception*(Humanities Press, 1962).

식에 못지않게 움직임이 우리의 주체의 주체됨의 특징이라고 한다면(어느 쪽이 우위에 있는가를 가려 말하기는 어려운 일이다. 의식도 사물이나 공간에 있어서의 동작의 가능성을 따라가는 벡터의 선 이외의 다른 것이 아니라고 할 수 있기 때문이다.) 우리의 주체성은 우리의 움직임의 기관에 두드러지게 나타난다고 할 수 있다. 이중에도 우리의 손을 포함한 위쪽의 지체가 중요한 것임은 자명하다. 그러나 다른 한편으로 객관적 세계와 밀접하게 있으면서 지상에 있어서의 우리의 가동성을 보장해 주는 것은 다리이다. 이에 대하여 우리의 동체 부분은 몸 중에서 가장 사물에 비슷한 정지와 무게를 지니고 있는 것일 것이다.

이렇게 주체성을 그 정도에 따라 배분하면, 우리는 이것이 아르키펭코의 「머리 빗는 여인」에 있어서의 구멍과 오목한 형상과 볼록한 형상의 배분에 대응하는 것에 착안하게 된다. 육체의 주체성의 진중심으로부터의 거리, 중력과의 관계, 또 그것의 관능적 중요성으로 하여, 조금 더 큰 양감, 볼록한 풍만함을 얻는다. 말할 것도 없이 풍만함은 동체 부분에서 제일 강조된다. 이것은 위에서 말한 바와 같이, 이 부분이 주체적 의식과 움직임을 가장 적게 담당하고 있는 부분이기 때문이지만, 이 점은 「머리 빗는 여인」의 경우, 더욱 강조될 수밖에 없다.

그것이 옳은 것이든 아니든 오늘날의 문화에 있어서 여자는 남자에 비하여 한결 더 수동적인 즉 대상적인 존재이다. 서양 예술 전통에서 여자의 나상의 의미는 그것이 관능적 향수의 대상이 된다는 데 있다. 지금 우리가 생각하고 있는 조각에서 여자는 머리를 빗고 있다. 이것은 문제의 여자가 스스로를 대상적으로 내놓을 만한 것으로 꾸미고 있다는 것을 말한다. 이러한 것이 이 조각에 있어서 동체 부분의 풍만함을 설명해 준다. 여기에서 이 풍만함 또는 아름다움은 조금 지나치게 상투적 형체에 가까이 간다. 이것은 아르키펭코의 아이러니를 나타내는 것인지 아니면 그가 뜻하지 않게 상투적이고 상업적인 아름다움의 이상에 감염된 것인지는 알 수 없는 일이다. 「머리 빗는 여인」을 이와 같이 분석하고 나면, 우리는 이 조각이 머리 빗는 여자 자신의 주체적인 관점을 나타내고 있는 —— 다시 말하여 주체적 자기 인식을 포함하고 있는, 인체의 파악임을 알 수 있다.

물리적인 차원에서 우리는 우리 얼굴을 본 일이 있는가? 거울의 얼굴? 그것은 다른 사람의 눈을 빌려 우리를 볼 때 나타나는 얼굴에 불과하다. 주체적으로 볼 때 우리의 얼굴은 결코 일정한 형상으로 고정될 수 없다. 사진으로 고정된 얼굴과 실물의 느낌이 전혀 다름을 발견하고 놀라는 일은 흔한 경우이다. 다른 사람의 얼굴을 볼 때도 우리는 사실 꼭 객관적인 사물로서 그것을 파악하는 것이 아니다. 우리는 사물로서의 얼굴이 아니라 의지의 소재지로서의 얼굴을 본다. 이것은 조각의 경우에서도 우리가 경험하는 바이다. 헬레니즘의 조각과 고전 시대의 희랍 조각의 차이도 어쩌면 여기에 있다. 우리는 너무나 사실적인 조각에서 어떤 죽은 느낌을 받지만, 그것은 사실적 수법이 사람을 사물화시키기 때문이다. 케네스 클라크(Keneth Clark)의 서양 나상에 대한 논의에서 알 수 있듯이 희랍 조각의 본질은 사실과 이상의 조화에 있다. 조각의 이상화는 주체적 의지를 현실화한다. 이러한 점은 일본에 있는 조각의 경우 백제 관음과 중세의 사실적인 승려의 목상의 차이에서도 관찰된다.

이렇게 말하는 것은 어떤 인간의 형상화에 있어서나 그것이 살아 있는 것이 되려면 주체적 존재로서의 인간에 대한 인식이 거기에 아니 들어갈 수 없다는 것을 말하는 것이다. 그러나 아르키펭코의 「머리 빗는 여인」과 같은 조각은 대부분의 조각의 전통이 밖에서 본 인간, 객체적으로 파악된 인간을 원형으로 하고 있음을 우리에게 일러 준다. 우리는 흔히 희랍 조각이 나타내는 사람의 모습을 사실적으로 포착된 사람의 모습이라고 생각한다. 우리는 다시 한 번 무규정적인 사실성이라는 것은 존재하지 않는다는 사실에 이르게 된다. 희랍 조각의 볼록한 형상이 사실적이라면 그것은 밖의 관점에서 본 인간의 모습을 지칭하는 것일 뿐이다.

안의 관점에서 본 사람의 참모습은 어떤 것일까? 당대(唐代)의 남천보원선사(南泉普願禪師) 문답(問答)에 "선도 악도 생각지 말라, 아무 생각이 일지 않을 때, 너의 본래의 얼굴을 보이라." 하는 것이 있다. 여기서 "본래의 얼굴"이란 무엇을 말하는가? 이 얼굴은 남천선사의 또 다른 문답에 이어져 있다. 한 중이 그에게 "사람이 태어나기 전에 사람의 콧구멍은 어디에 있는가?" 하고 물었다. 이에 대하여 남천선사는 "태어난 다음에 사람의 콧구멍은 어디에 있는가?" 하고 반문하였다.

이러한 선문답들에 대한 해석은 여러 가지가 있을 수 있다. 그러나 제일 간단히 생각하는 것은 본래의 얼굴이나 태어나기 이전의 콧구멍에 대상적 사고가 생기기 이전 또는 대상적 사고를 통해서 객관화된 자아의식이 태어나기 이전의 순수한 주체적인 관점에서 파악된 신체, 특히 얼굴 부분을 말한다고 하는 것일 것이다. 우리는 세계 속에서, 다른 사람의 눈을 통하여, 비로소 나의 후천적인 얼굴과 후천적인 콧구멍을 의식하게 된다. 남천선사는 "태어난 다음에 사람의 콧구멍은 어디에 있는가?" 하고 반문함으로써, 후천적 얼굴이 아니라 본래의 주체적인 자아가 사람의 근본임을 상기시키고자 한 것일 것이다.

안의 관점에서 본 사람의 참모습은 어떤 것일까? 이 질문은, 아르키펭코의 마이너스 형체의 탐구나 마찬가지로 단순히 호사적인 유희 충동에서 나오는 질문이 아니다. 사람은 주체적 존재이다. 이 사실은 늘 잊히면서도 쉽게 눌러 없애 버릴 수 없는 사실이다. 위에서 우리는 조각품까지도 이 사실을 포착하지 않고는 생동감 또는 유동감을 확보할 수 없다는 점을 언급하였다. 또 이것은 살아 있는 인간과 인간의 관계에도 적용된다. 우리는 우리가 단순히 사물적 존재로, 또는 사회적인 범주에 의하여 한정되는 기능적 존재로 파악되는 것을 싫어한다.

사랑의 의미는 주체적 존재가 주체적 존재를 인지하는 데에서 발견된다. 어머니의 자식에 대한 사랑은 이상적으로 자식의 외형, 얼굴이나 사회적 지위에 근거하여 일어나지 아니한다. 그것은 이러한 외적인 것을 넘어간다. 그것은 이러한 외적인 것이 존재하지 않는 것인 양, 그것을 꿰뚫어서 주체적인 인지에 이른다. 남녀 간의 사랑은 처음에 외적인 것들에 의하여 자극될 수 있지만 이 사랑의 의미도 육체의 외형을 초월한 어느 지점에서 완성된다.(그렇다고 해서 그것이 어머니의 사랑에 미치지 못한다고 말하는 것은 아니다. 사람이 주체적인 존재인 만큼 객체적인 신체임도 무시할 수 없는 사실이다.) 하여튼 우리는 모두 주체적 존재로 있으며 다른 사람에 의하여 그렇게 인지되기를 갈구한다. 그러면서도 물론 우리는 우리 스스로에 대하여서 그러한 만큼은 어느 누구에게도 완전한 주체가 되지는 못한다. 그것은 사회 내의 존재로서의 인간, 세계 안에서의 존재로서의 인간의 소멸을 뜻한다. 우리가 완전한 주체로 존재한다고 한다면, 그것은 우리의 개인적 주체의 경험을 이상화한 연장선상의 어느 지점을 통하여서이다. 이 연장선상에 우리는 어떤 실험적 주체성을 상정할 수도 있지만, 구체적으로는 현재 또는 과거와 미래를 통하여 우리와 같이 있는 사람들의 문화 공동체, 민족 공동체 또는 인간 공동체를 상정할 수 있다.

우리는 개인으로서도 주체적인 자아의 관점에 서고자 한다. 그렇게 함으로써 우리는 자유로울 수 있고 창조적일 수 있다. 그러나 우리가 이러한 자유와 창조성을 얻는 것은 공동체와 역사의 주체성에 참여하고 또 그것을 회복하는 집단적인 노력에 참여함으로써이다. 우리가 볼록한 면으로 구성된 얼굴을 사람의 참얼굴로 생각하게 된 것은 어떤 과정을 통하여서일까? 그것은 우리의 시각 작용이 직접적으로 세계 속으로 향해 가며 스스로의 작용을 망각하게 되어 있다는 사실에 관계되어 있다. 그러나 그것은 또한 우리가 사회 속에서 살면서 끊임없이 다른 사람의 눈으로 스스로를 파악하게 강요받는다는 사실에도 관계되어 있다. 그리고 이러한 강요는 사회가 우리를 근본적인 사람됨보다는 외적인 증표로서 평가하는 관습에 젖어 있음으로 하여 더욱 강조된다.

미술이나 사진의 전통은 이러한 사회적 강요를 보강하기도 하고 또는 그러한 것을 나오게 하는 근본적 동기가 되기도 한다. 우리가 주체적이 되려면, 우리는, 우리가 무반성적으로 주체적인 작용이라고 생각하는 것이 사회나 문화에 의하여 또는 역사적 전통에 의하여 규정되어 있는 어떤 것이라는 것을 깨달아야 한다. 우리의 주체적 눈은 우리의 눈이 아니다. 밖의 것이 안으로 들어와 우리의 눈을 형성한다. 우리는 우리의 눈의 관점을 바꾸어 봄으로써 본다는 것의 창조성을 회복해 볼 수 있다. 즉 보이는 것은 보는 눈에 연결되어 있다는 것을 깨닫는 것이다. 그리고 이 보는 눈은 주체적인 관점이 인간과 세계의 상호 작용에 있어서 가장 인간적인 관점임을 우리에게 이야기해 준다. 본다는 것은 늘 주체적 통일의 결과이다. 그러나 더 근본적으로 주체적 통일은 시각적 통일로서 완전한 것이 되지 못한다. 그것은 세계가 역사적 창조물임을 깨닫고 또 이 창조에 참여함으로써 현실적인 의미를 갖는다.

이 창조는 내 개인의 힘만으로 가능한 것이 아니다. 내 개인의 힘은 오히려 주체적으로 움직이고 있으며 또 그것을 스스로 이해하고 있는 살아 있는 공동체에 의하여 풀려난다. 이것은 정치적인 이니시어티브(initiative)가 있는 사회 또 이 사회의 일정한 문화 수준이 우리의 주체적 삶의 전제가 된다는 말이다.

(1982년)

# 동양화의 정신과
생활에 대한 수상隨想[1]

월전미술관(月田美術館)으로부터 "과학 문명에서의 정신문명의 위상"
이라는 주제의 강연을 부탁받고 너무 거창한 주제라 생각되어서 제가 얘
기할 만한 게 있을 성싶지 않아 처음엔 사양을 했습니다. 과학 문명 하면
과학에 대해 좀 잘 알고 있어야 할 텐데 그렇지도 못하고 또 오늘 주제에서
말하는 정신문명은 동양 문명을 그렇게 해석한 것 같은데 그것 또한 제가
알지 못하는 것입니다. 그럼에도 불구하고 외람되게 이런 제목을 받아들
이게 된 것은 제가 무슨 전문적인 견식이 있어서가 아니라 서양 문학을 공
부하는 사람으로서 그런 문제에 대해 평소에 생각해 온 아마추어적인 인
상을 말씀드릴 수 있지 않겠는가 하는 생각에서였습니다.

동양 문화를 정신문화라고 하고 정신문화가 와해되었다고 할 때, 이 와
해의 느낌은 우리 생활에서 조화가 없어진 데에서 오는 것이라 하겠습니

---

1   월전미술관의 동방예술연구회(東方藝術硏究會)에서 행한 강의 원고로, 강의를 원고로 옮
    겨 준 월전미술관에 감사를 드린다. (이 글은 『풍경과 마음』(생각의나무, 2002)에 재수록되었
    다. ― 편집자 주)

다. 조화를 기할 수 있는 정신의 힘이 약해졌다는 것이지요. 그런데 이 조화의 기준은 자연입니다. 조화가 깨진 것은 사람의 삶과 자연의 균형이 깨어졌다는 것입니다.

　대개 한국 사람, 동양 사람들은 예로부터 자연과 친숙한 상태에서 지냈습니다. 따라서 동양 사상 하면 우선 자연을 연상하게 됩니다. 그리고 우리는 옛날에는 자연과 정신이 조화를 이루며 살았는데 서양 문명의 침범으로 해서 그런 것이 다 깨졌다는 느낌들을 가지고 있습니다. 서양 문명으로 인하여 우리의 전통적인 모든 조화가 깨졌다는 얘기가 맞는 건지 틀린 건지 분명히 밝히기는 어렵겠지만, 적어도 수백 년, 수천 년 동안 살아오던 생활 방식이 완전히 새로운 서양풍으로 돌변하는 것에서 부조화를 느끼고 있는 건 사실입니다. 요즘에 와서는 여러 가지 환경 공해가 중요한 문제로 대두되어 자연과 조화를 이루어 살던 옛날과 비교되게 되었습니다. 또 옛날식의 공동체적인 생활 방식도 깨지고, 이기적이고 군중적인 사천만이 뒤범벅이 되어 한 덩어리로 살다 보니, 옛날의 조그만 공동체 속에서의 편안한 조화가 깨진 게 아닌가 하는 생각도 갖게 됩니다. TV와 신문을 통해서 우리에게 물밀 듯이 밀려오는 정보와 광고, 정치 선전 또한 우리 마음이 안정되지 못하게 하는 요인이 됩니다. 이런 모든 것이 합쳐져 옛날에는 자연과 좀 더 친숙하고 정신적인 것에 충실하며 조용한 마음으로 살 수 있었다는 생각들을 하게 됩니다.

　이런 느낌에서 나오는 가장 간단한 진단은, 동양은 자연과 조화를 이루며 살았고 또 정신에 충실했는데 서양은 자연에 충실하지도 못했고 정신에 충실하지도 못했다는 것입니다. 이것은 지나치게 단순화한 진단입니다. 몇 년 전에 영문학계에서 영국과 미국의 학자들을 초빙하여 강연을 맡겼는데 거기서 서양 시에 있어서 자연과 시인의 관계에 관한 얘기들이 나왔습니다. 그 얘기가 끝나고 질문을 하는데 대학원생쯤 되어 보이는 어느 한 사람이 묻기를 서양 사람들은 계속하여 자연을 정복하려 했고 동양 사람들은 계속 자연과의 조화를 꾀하려고 애를 써 왔는데 어떻게 서양 사람들이 주제넘게 자연과의 조화 문제를 얘기할 수 있느냐는 내용의 발언을 하는 것을 들었습니다. 동양은 정신, 서양은 물질, 동양은 자연과의 조화, 서양은 자연의 정복이라고 하는 것은 상투적인 공식입니다. 사실 동양과 서양이라는 이원적인 생각 자체도 문제가 있습니다. 이 세상에는 대단히 많은 문명과 사회가 있는데 마치 동양과 서양이 언제든지 음·양으로 대립된 관계 속에 있는 것처럼 파악하는 것 자체에도 문제가 있습니다. 그림을 두고 보더라도, 동양화는 자연을 주로 하고 자연과의 조화를 표현하고 있는 반면에 서양화는 자연과의 조화를 기하기보다 자연을 있는 그대로 그린다든지 대부분 인물이나 정물 같은 것을 많이 그린다고 일반적으로 생각하고 있습니다. 그러나 이와 같이 동양과 서양이 딱 쪼개질 수 있느냐는 문제가 있는 것입니다.

제가 오늘 말씀드리는 내용에 그림 얘기도 조금 곁들이겠는데 그저 무식한 인상을 얘기한다 생각하시고 들어주십시오. 그런데 무식한 사람의 얘기가 더러는 맞을 때도 있으니 꼭 맞는가 하는 것은 여러분이 점검하여 주십시오. 저는 동양화가 자연의 조화를 표현하고 있다는 데 대하여 늘 그런 것은 아니라는 느낌을 가지고 있습니다. 여기 월전(月田) 선생님 그림들은 상당히 평화스럽고 조화로운 느낌을 주는데 실제로 전통적인 그림을 볼 때 꼭 그렇지만은 않은 것 같습니다.

매우 초보적인 인상을 말씀드리면, 동양의 전통적인 그림을 보면 옆으로 긴 것보다는 위아래로 긴 것이 많고 서양화는 위아래로 긴 것보다는 옆으로 긴 것이 더 많이 눈에 뜨입니다. 동양화가 위아래로 길어진 것에 대해 누가 뭐라 얘기한 걸 보진 못했지만 여러 가지 이유가 있을 것입니다. 그 원인에는 건축물 구조와의 관계가 있을 수도 있고 또 중국 한문 자체가 위아래로 쓰는 글이기 때문에 서예와의 관계가 있을 수도 있겠습니다. 저는 위아래로 긴 그림을 보면 옆으로 긴 그림보다 안정감이 부족한 느낌을 받습니다. 서양 사람들의 그림은 높은 데서 아래를 내려다보는 풍경들이 많은데 이와 같이 수평적으로 퍼져 있는 서양의 풍경화는 르네상스 후 17세기에 가령 라위스달(Jacob van Ruysdael) 같은 네덜란드 사람들이 많이 그렸습니다. 네덜란드는 산이 없고 평평한 나라이기 때문에 그림 또한 평평하게 퍼져 있습니다. 그러한 그림은 매우 한가하고 조용한 느낌을 줍니다. 그리고 동양화가 여백을 강조한다고 하지만 실제로 공간을 남기는 것도 이러한 네덜란드의 그림에서 더 많이 봅니다. 물론 하늘을 칠하고 구름을 칠하기 때문에 채색이 되지만 물(物)이 차지하는 비중으로 보면, 그쪽이 더 적습니다. 보통 동양의 산수화는 옆으로 퍼져 있는 그림도 있지만 산이 아래에서부터 위까지 첩첩산중으로 쌓인 그림이 많습니다.「모나리자」를 보면 물론「모나리자」는 인물이 주가 되지만 뒤쪽에는 평야를 밑으로 내려다보는 풍경이 배경을 이룹니다. 실제로 서양화에서 화면을 꽉 채우는 그림은 대부분 18~19세기 낭만주의 시대 때의 그림입니다. 이 문제에 대해서는 뒤에서 다시 한 번 말씀드리겠습니다만, 본래 서양화에선 원근법이 대단히 중요하게 다루어져서 르네상스 이후에는 원근법에 의해서 풍경도 배치하고 인물도 배치하고 정물도 배치했기 때문에 한곳에서 꽉 바라보는 그림이 그려졌고 동양화에서는 원근법을 중요시하지 않았기 때문에 여러 시선에서 본 중첩된 산들을 그렸는데 그것은 물론 기법과 관계가 있겠지만, 우리가 단지 조화의 느낌만을 가지고 동양화를 논한다면 제 생각으로는 한군데에서 내려다보는 서양화의 그림이 첩첩산중으로 쌓인 중첩된 산들을 올려다보는 것보다 사실은 더 평화스럽고 조화로운 느낌을 줄 수 있다고 생각합니다.

프랑스의 철학자 가스통 바슐라르(Gaston Bachelard)는『공간의 시학(*La*

*poétique de l'espace*)』이라는 책에서 우리가 높은 데서 내려다보는 광경을 왜 좋아하느냐 하는 문제들을 다루고 있는데 그건 왕자적인 관조의 위치를 제공해 주기 때문이라고 했습니다. 산꼭대기에서 내려다보는 시각은 사실 광선과 시선의 근본적인 원형을 드러내 주는 단순성을 가지고 있습니다. 높은 자리에서 내려다볼 때 시원하고 기분 좋은 느낌을 받는 것은 당연합니다. 이것은 등산할 때 눈앞이 숲과 나무로 가리워져 답답한 곳을 지나 기어이 꼭대기에 이르러 탁 트인 곳을 내려다보려는 욕구에서도 확인할 수 있습니다. 제가 보기에는 동양화의 중첩된 산은 사실상 평화스러운 느낌보다는 압도하려는 의도가 강한 걸로 보입니다. 산이 첩첩으로 있으면, 한없이 쳐다보게 마련이고 또 쳐다보는 사람은 꼭대기에 있는 하늘에 압도당하는 느낌을 갖습니다.

앞에서 비친 바와 같이 서양화에서 화면 구성의 커다란 변화는 낭만주의 그림에서 두드러지게 나타납니다. 서양의 낭만주의 그림들이 빽빽하게 산과 물건을 배치한 것은 우리를 압도하려는 의도와 관계가 있다고 봅니다. 일반적으로 서양의 낭만주의가 자연을 좋아하는 시대라고들 하지만 르네상스 때의 「모나리자」 그림의 배경에서 보이는 평화스러운 자연 묘사와는 달리 자연이라고 하는 것을 굉장히 강력하고 힘 있는 것으로 표출하고 있습니다. 서양 사람들이 낭만주의 시대에 자연을 통해 표현하려 한 것은 바로 숭고미입니다. 18세기 말부터 19세기 초까지 서양 미학자들이 얘기한 바와 같이 숭고미는 아름다움이면서 근접하기 어렵고 얘기할 수도 없는 신비스러운 힘을 나타내는 아름다움, 외포감을 주는 아름다움입니다. 이를테면 알프스 산 같은 경치에서도 숭고미를 찾을 수 있습니다. 알프스 산이 참 명산이고 아름다운 산으로 생각되기 시작한 것은 18세기 이후라고 말합니다. 그 전에는 험하고 사람 살기 어려운 괴로운 데였을 뿐입니다. 낭만주의 시대의 서양 사람들이 풍경화를 그릴 때 중요하게 여긴 점은 압도적인 느낌과 자연의 신비한 힘을 전달하는 숭고한 아름다움이었습니다. 이러한 미의식의 발전이 알프스를 명산이 되게 한 것입니다.

일반적으로 우리는 동양화가 평화스럽고 조화된 느낌을 준다고 하는데 그것 말고도 위에서 말씀드린 바와 같은 숭고미의 요소도 거기에 있는 것이 아닌가 생각해 봅니다. 동양화에서 기운(氣韻)이 중요하다, 힘이 있어야 한다 하는 얘기를 우리는 많이 듣습니다. 그런데 그 힘은 그림에 어떻게 표현되는 것일까요? 지금까지 비친 바와 관련지어 보면, 화면을 아래위로 길게 해서 그림을 위아래로 보게 하고 가야 할 길이 첩첩한 산(山)을 보여 주는 것, 이런 것도 기운과 힘을 연결하기 위함이라는 생각을 해 봅니다. 주제넘은 얘기가 되겠습니다만 가령 우리나라에서 명당자리를 볼 때도 비슷한 데가 있지 않나 합니다. 명당자리라는 건 여러 가지로 설명할 수 있지만, 주로 언덕으로 둘러싸인 가운데의 편안한 자리를 말합니다. 그러나 그것이 전부는 아닙니다. 그것은 힘이 모여 있는 자리입니다. 또 청룡이니 백호니 하는 얘기들을 하는데, 청룡·백호 같은 것이 달리다가 모여져서 떨어진 자리가 바로 명당자리라고 말합니다. 산세(山勢)란 말 자체가 산을 힘으로 파악한다는 것을 뜻합니다. 이와 같은 문제를 말씀드리는 이유는 통상 동양의 전통 산수화가 자연과의 조화를 전달하려 했다든가 간단히 평화의 느낌을 주려 했다고 하는 것이 조금 지나치게 단순한 말이라는 점을 지적하기 위해서입니다. 나중에 다시 한 번 말씀드리겠습니다만 동양화에서 골법(骨法)이라고 해서 뼈를 많이 그리는 것도 사실은 힘을 전달하려는 것하고 관계가 있는 것 같습니다. 뼈를 드러내지 않는 몰골법(沒骨法)으로 그린 그림은 모르는 사람이 봐도 상당히 편하고 순하고 온화한 느낌을 받습니다. 뼈를 앙상하게 그려 내는 것이 그렇게 편한 느낌을 주는 것 같진 않아요.

동양화와 서양화의 가장 큰 차이점은 동양화는 선(線)을 강조하는 데 반해 서양 사람들은 선보다는 표면에 있는 텍스처, 즉 그 결을 중요하게 여긴다는 것입니다. 서양화에서 계속 추구되어 온 단순한 이상 중의 하나는 축 늘어진 비단 커튼의 느낌을 어떻게 화면 위에 재생할 것인가였습니다. 서양화가들은 이와 같이 사실의 재생, 그것에 유사한 느낌을 주는 일에 노력하였습니다. 서양미술사가 중에 20세기의 미술사 발전의 원조가 되는 사람 중의 한 사람인 버나드 베런슨(Bernard Berenson)은 중국화를 보고 흥미는 있지만 근본적으로 미술이라고 하기 어렵다고 말하였는데, 그것은 미술의 기본이라는 게 촉각적 가치, 텍스타일 밸류(textile value)인데 중국의 그림은 텍스타일 밸류가 너무 약하다고 생각했기 때문입니다. 좀 황당한 편견입니다만 동양화와 서양화의 아주 중요한 차이점을 지적하고 있는 말입니다. 베런슨이 생각하지 않은 것은 동양의 화가들이 사물의 외면적인 인상과 느낌의 재생, 즉 사생에 별로 관심을 갖고 있지 않았다는 사실입니다. 동양의 선은 사실의 재생이 아니라 어떤 힘의 느낌의 전달에 관계되어 있습니다. 이것에 대해서는 나중에 다시 언급할 기회가 있을 것입니다.

결론적으로 여기의 이야기는 서양 사람들이라고 그림을 통해서 어떤 일정한 자연관만을 전달하고 조화를 전달 안 하려는 게 아니고 우리 동양 사람이라 해서 꼭 편안하고 조화된 느낌만을 그림에 표현하려 한 것이 아니라는 것을 말씀드리려는 것입니다. 나아가 동양과 서양을 대비시켜 이야기할 때도 동양은 정신, 서양은 물질로 생각하는 것을 조금 더 복잡하게 만들 필요가 있습니다. 그림의 예를 들어 말씀드렸듯이 동양은 정신이고 서양은 과학이다 하고 말하는 것보다 동양은 동양대로의 조화와 갈등이 있고 서양은 서양대로의 조화와 갈등이 있다고 하면 어떨까요? 다 같이 어떤 조화된 삶을 살고자 하는 공통된 욕구를 가지고 있으면서 동시에 그것을 방해하는 갈등 요소를 다 가지고 있다고 생각해 보자는 것입니다.

서양을 위한 변명을 시도해 보면, 서양 사람들이 반드시 부조화만을 추구해 온 것이 아니라는 것은 서양 시, 서양 미술, 서양 건축, 서양 거리에서 다 살필 수 있는 것입니다. 가끔 농담으로 서울에서 풍수지리를 제일 잘 보는 사람이 서양 사람이다 하는 얘기를 해 봅니다. 예를 들어 연세대, 이화여대, 서강대와 같이 서양 사람들이 만들어 놓은 학교를 보면 참 자리를 잘 잡았습니다. 또 그렇게 자연과 건물을 조화시켜 정원을 만든다는 생각 자체가 서양의 발상입니다.

우리에게도 물론 조화를 추구한 예가 있습니다. 서울은 남산에다 북악에다 산들을 빙 두르고 한강과 적당한 거리를 둔 가운데 터를 잘 잡았습니다. 20세기 초에 서양 여성으로서 우리나라에 왔던 비숍이라는 여성이『한국 기행(韓國紀行)』을 썼는데 거기에도 보면 서울이 세계적으로 아름답다고 쓰고 있습니다. 아주 선명하게 묘사를 했어요. 서쪽에 해질 때 낙산에 해 비치는 갈맷빛 산이 참 아름답다고 했습니다. 1911년에 나온 브리태니커 백과사전이 있는데 브리태니커 백과사전 1911년 판을 서양 사람들은 그 학문적 권위로 인하여 대단히 존중합니다. 거기에서도 서울이라는 항목을 찾아보면 백과사전에서 한 묘사인데도 "서울은 화강암의 아름다운 산으로 둘러싸인 도시다."라고 씌어 있습니다. 지금까지 말씀드린 건 우리는 우리대로의 조화가 있고 저 사람들은 저 사람들대로의 조화가 있다는 얘기입니다.

또 서양과 동양의 차이보다는 비슷한 점을 들어 보겠습니다. 아시겠지만 세상에 널리 알려진 역사적으로 중요한 저작 중에 조지프 니덤(Joseph Needham)이 쓴『중국과학기술사』라는 책이 있습니다. 니덤은 중국 과학기술이 17세기까지는 세계에서 제일이었다고 말하고 있습니다. 예를 들어 물리학·천문학·공학·도시 계획·의술 등 여러 방면에서 서양을 앞질렀습니다. 다만 17세기 서양에서의 새로운 과학 기술의 등장으로 중국의 과학 기술이 서양에 비교가 안 될 정도로 뒤떨어지게 되었다고 설명합니다.

여러 공학 기술이라든지, 생활을 더욱 편리하게 하는 실용적 기술이라든지 하는 물질 기술에서도 중국은 서양을 앞질렀습니다. 18세기에 영국 대사가 중국에 무역을 협상하러 갔을 때 천자의 답변이 우리는 당신네들한테서 필요한 것이 하나도 없으니 만일 당신들이 필요한 물건이 있으면 가져가라고 하는 것이었습니다. 중국은 정신문명뿐 아니라 과학 문명에서도 충족한 상태에 있다는 것을 과시한 것입니다. 말이 나온 김에 말씀을 드리면, 니덤의 책에는 중국의 과학 기술뿐 아니라 한국의 천문 기기나 과학에 대해서도 언급하고 있습니다. 거기에는 한국이 동양 문화권·중국 문화권에서 중국 다음으로 가장 과학적이고 현실적인 사람들이라고 우리 민족의 우수성에 대해 발언한 대목이 있습니다.

니덤은 중국의 과학 기술을 높이 칭찬하고 있을 뿐만 아니라 그 배경이 되는 사상의 맥락에 대해서도 여러 가지로 언급하고 있습니다. 그에 의하면 도교나 유교가 단순한 정신주의 윤리나 신비주의나 미신이 아니고, 물리학적이며 과학적인 통찰을 가지고 있다고 합니다. 거기에는 원시유교라든지 도교에 대해서도 얘기하고 있고 송나라 때 주희의 철학에 대해서도 언급하고 있습니다. 그것도 과학 사상의 성격을 가지고 있는 것이라고 합니다. 우리나라에서도 과학사를 하는 서울대학교의 김영식 교수가 그러한 것을 논한 바 있습니다. 우리는 일반적으로 주자의 성리학에서의 성리(性理)를 물리(物理)와 관계없는 것으로 생각하고 윤리적인 것으로만 생각하는데 김영식 교수는 주자의 철학 속에는 물리학적인 개념이 있다고 합니다. 그러니까 우리가 대학에서 '사물을 끝까지 탐구한다(格物致知)' 할 때 그것을 윤리 도덕적인 의미 외에 물건의 이치를 끝까지 공부해야 한다, 과학적 탐구가 필요하다는 말로도 해석되어 마땅합니다. 그런 관점에서 본다면 기운(氣韻) 할 때 기(氣)도 호연지기(浩然之氣) 할 때의 기(氣)도 물리학적인 관점으로 해석될 수 있습니다. 최근에서 서양 사람들 중에 동양의 사상 속에 들어 있는 그런 과학적인 요소에 대하여 관심을 가지고 있는 사람들이 있습니다. 대중적으로 현대 물리학을 해설한 책에 게리 주커브(Gary ZuKav)의 『물리 대가의 춤(The Dancing WuLi Masters)』이라는 책이 있습니다. 그 책 제목의 '울리'는 '피직스'인데 '피직스'보다는 '울리'가 더 낫다고 생각해서 중국 이름을 갖다 붙인 것입니다. 말하자면 성리학의 이치하고 일치시켜 보려는 뜻에서 영어를 안 쓰고 한문을 쓴 거죠. 성리학에서의 리(理)에는 대리석 할 때 리(理)의 무늬 또는 모양이라는 의미가 들어 있습니다. 저자는 '울리'를 영어로 Patterns of Organic Energy로 번역하고 있습니다. 오가닉 에너지는 기(氣)지요. 그러니까 울리 또는 물리는 기(氣)의 모양, 기(氣)의 형태를 말합니다. 우리 신체에도 있고 유기체 속에도 들어 있는 것이 기(氣)입니다. 중국 사람들은 이러한 기(氣)하고 물질적인 어떤 원리를 일치시켜 봤는데, 바로 이것이 현대 물리학의 통찰에 맞는 거다, 이 점이 주커브로 하여금 물리학을 설명하면서 중국의 개념을 갖다 쓰게 한 것입니다. 이것보다 조금 더 높은 차원에서 쓴 책이 프리초프 카프라(Fritjof Capra)의 『물리학의 도(道)(Tao of Physics)』라는 책인데 그 부제는 현대 물리학과 동양 사상이라고 되어 있습니다. 카프라는 오늘의 현대 과학에서 볼 때 서양의 생각보다 오히려 동양의 옛 사상이 오늘날 과학이 드러내 주는 어떤 사상하고 일치하는 점이 있다는 것을 지적하고 있습니다. 또 자연 현상을 서양의 뉴턴 물리학의 기계론적 사고로는 설명할 수 없다는 것이 오늘날 물리학에서의 생각인데 동양의 유기체적인 사고, 동양의 끊임없는 변화 생성의 이치, 역의 이치, 태극의 이치 등이 물리학적인 사고에 아주 가깝다는 것입니다.

지금까지 말씀드린 것은 되풀이하여 동양과 서양, 정신과 물질을 간단히 양분법으로 얘기하기가 어렵다는 것이었습니다. 그러나 동양 사람들이 서양 사람들보다 조금 더 자연과 친숙하고 정신과의 조화를 이루며 살지 않았느냐는 느낌이 전혀 근거가 없는 것은 아닐 것입니다. 이어서 말씀드릴 내용은 우리가 서양 사람들보다 더 정신적인 걸 가지고 있다고 얘기할 때 그게 무엇이겠느냐 하는 것에 대한 얘기가 되겠습니다.

이야기를 오늘의 부조화의 삶에 대한 우리의 느낌에서부터 시작해 보기로 하지요. 거기서부터 무엇이 그것을 조화스러운 것으로 되돌릴 수 있느냐 하는 것을 생각해 보기로 합시다. 그러나 우리가 지금의 삶의 방식에 조화가 깨졌다고 느끼는 것은 한두 가지가 잘못되어서 그런 것이 아닙니다. 그것은 우리가 사는 방식 자체가 금이 갔기 때문이라고 생각합니다. 문화재라든지 또는 동양 정신이라든지 하는 것들을 얘기하지만 그런 어떤 것 하나만으로 우리 정신을 얘기할 수도 없고 또 정신생활과 생활의 조화를 회복할 수 없다는 것은 자명합니다. 문제는 어떤 특정한 부분의 문제가 아니라 삶 전체의 조화의 문제입니다. 우리가 옛것을 찾으려고 해도 그것을 찾을 수 없게 된 것은 어떤 특정한 것이 아니라 생활 전체, 생활의 질서가 없어졌기 때문입니다. 그리고 그것을 되찾고 싶은 생각이 있는 것도 아닙니다. 어느 사회에서나 그렇지만 정신이나 전통이나 여러 가지 생활의 느낌을 표현하고 있는 총체는 사회 제도인데, 오늘날 우리가 과거 전통을 되찾는 얘기를 한다 해도 현재의 제도를 버리고 옛날의 그것으로 돌아가자는 얘기는 듣지 못합니다. 이것은 매우 재미있는 사실입니다. 제도 중에는 정치 제도가 가장 중요합니다. 정치 제도로써 옛 제도로 돌아가야 한다는 얘기는 들을 수 없습니다. 뿐만 아니라 그 정신에 대한 반성을 듣거나, 그것에 기초를 두고 오늘의 제도를 생각하는 일도 거의 볼 수 없습니다. 예를 들어 임금이 있어야 한다든지, 의정부(議政府)가 있어야 한다든지 또는 관찰사가 있어야 한다는 말을 우리는 듣지 못합니다. 그 정신을 살리자는 말도 듣지 못합니다. 임금이 어릴 때부터 왕도(王道)를 계속 교육을 받아서 집정을 하고 집정을 하는 사이에도 계속적으로 경연(經筵)이라는 제도를 통해서 유학자들의 강의를 듣고 하는 일에 대하여 우리는 생각해 보지 않습니다. 또 의정부의 의정(議政)은 상의해서 정치하라는 뜻이겠는데, 그것도 별로 생각해 보지 않습니다. 지금 도지사(道知事)라는 말을 쓰는데, 도지사의 원뜻은 도(道)의 일을 아는 사람을 말하는 것이 아니겠습니까. 요즘에 그것은 도에서 제일 높은 사람을 말하죠. 대통령이 무슨 뜻인지 우리는 잘 모릅니다. 그냥 높은 사람이다, 이렇게 알고 있을 뿐입니다. 이런 이름에서도 볼 수 있듯이 우리는 생활을 전체적으로 통제해 나가는 제도에 대해서는 거의 옛날 것을 다시 생각하지 않고, 또 오늘의 현상의 의미에 대해서도 생각하지 않습니다. 사실 우리는 계속적 생각의 과정 속에서 우리의 삶을 생각하는 것을 포기한 것으로 보입니다. 문화재를 보존하고 전통 예술을 되살리면서도 생활 전체의 문제를 생각하지 않습니다.

물론 옛날의 정치 제도, 경제 제도, 사회 제도를 살리자는 말은 아닙니다. 그것은 이미 돌이킬 수 없는 것이 되었습니다. 제가 말씀드리고자 하는 것은 되풀이하여 전통 정신이 상실됐다든지 문화적인 유산이 없어졌다든지 하는 문제가 아니고 전체가 우리의 문제라는 것입니다. 또 우리가 조화를 되찾는 데 관계되어 있는 것도 단순히 동양 정신의 회복이 아니라 동양 사회, 한국 사회의 부활입니다. 살아 있는 몸뚱이는 유기체로서 온전한 상태에 있지마는 목숨이 끊어지는 순간부터 썩기 시작해서 분해가 되고 단편화합니다. 살아 있을 때는 세균도 안 들어오고 썩지도 않고 있다가 죽는 순간부터 박테리아가 들어와 몸이 분해되고 쪼개지게 되는데 이런 현상은 문화의 경우도 마찬가지입니다. 서양 과학 문명이 들어왔다 할 때 서양이 본질적으로 과학 문명이고 물질문명이기 때문에 우리의 정신문명에 손상을 가한 면도 있지만, 그것이 어떤 종류의 문명이든지 간에, 또는 우리 자신의 문제로 해서, 그것은 우리에게 하나의 침해 현상으로 느껴질 수밖에 없습니다. 물론 거기에 제국주의가 있고 우리가 침범을 받아서 불가피하게 붕괴를 일으킨 것도 사실입니다. 또 과학 문명 자체가 거대한 규모를 특징으로 하는 것으로 온 세계를 한 덩어리로 묶어 가는 현상이란 점도 있습니다. 어떤 이유로든, 한 덩어리로 묶어 가는 과정에서, 여러 지역에 있는 여러 사회들의 유기적인 조화는 깨지게 마련입니다. 뿐만 아니라 서양 기술 문명의 거대화 경향은 서양 자체도 혼돈에 빠지게 하여 거기에서도 공동체가 깨지고 개인적인 정신세계의 조화가 깨지고 있습니다.

이것은 다시 한 번 우리가 당면하고 있는 것이 총체적인 문제이기 때문에 하나만 가지고 얘기하기는 어렵다는 이야기가 됩니다. 따라서 우리가 정신을 회복하고 새로운 조화를 수립하려면 새로운 차원의 어떤 새로운 질서를 만들어야 할 것입니다. 그것은 서양 사람들이 가져온 물질문명·과학 문명도, 그 자체로서는 아닐는지 모르지만, 새로 수용하는 새로운 문화가 될 것입니다.

그러나 이루어야 할 새로운 질서에서 우리의 동양적인 전통이 보다 더 나은 사회, 보다 더 조화 있는 사회를 이루어 나가는 데 기여할 수 있는 것이 있기는 있다고 생각합니다. 동양 문화에서는 사람의 내면생활 즉 정신생활을 대단히 중요시했습니다. 밖에 나가서는 바쁘게 활동하였지만 집에 돌아와서는 명상하고 관조하고 하는 것을 동양에서는 일찍부터 중요하게 여긴 것으로 보입니다. 이런 것이 앞으로 우리가 살아가는 데서도 중요한 요소로서 유지될 수 있었으면 좋겠다는 생각을 해 봅니다. 서양에도 정신생활이라는 게 없었던 것은 아니지만 서양의 정신생활에 핵심을 이루는 건 극히 단순화해서 얘기하면 신앙이나 이성으로 생각됩니다. 일찍이 서양에서는, 신앙에 의해서 개인 생활에 질서를 부여하고 사회생활을 조직화하는 것이 중요했습니다. 그다음에는 이성에 의해서 사회를 바르게 하고 자기 마음을 바르게 하고자 하는 노력이 있었습니다.

그에 대해 우리 동양 사람들이 가지고 있었던 것은 신앙이나 이성보다는 더 넓은 의미의 어떤 내면적인 삶을 가지고 있었던 게 아니냐는 생각이 듭니다. 동양은 심(心)이라는 걸 중요시하고 또는 성(性)을 중시했습니다. 이 마음이라는 것은 이성처럼 어떤 원칙에 따라서, 또는 신앙처럼 어떤 하나의 도그마에 따라서 자기 내면을 정리하고 생활을 정리하는 엄격한 질서의 원리가 아닙니다. 질서는 배제하고 억제하고 단순화하여 이루어집니다. 그러나 동양의 마음은 가진 바대로의 것을 받아들이면서 경험적으로 풍부하여지는 유기적 실체가 아니었나 생각됩니다. 서양의 이성이나 신앙은 예각적이고 동적이고 분석적이고 어떻게 보면 공격적인 데 대해서, 동양 사람들이 생각한 것은 있는 그대로, 본성 그대로, 자연 그대로의 마음을 지키면서 생활을 좀 더 풍부하게 하는 것이었습니다. 이런 마음이라는 게 뭐였느냐 하는 것을 정의하기는 대단히 어렵습니다. 제가 하려는 것은 철학적 분석이라기보다 느낌을 전달하려는 것입니다. 되풀이하여 말하지만, 서양의 이성이라는 것은 마음을 단순화하는 데에서 생겨납니다. 마음의 여러 면을 단순화해서 하나의 원칙을 만들고, 어떤 질서를 갖추려고 하는 노력이 이성을 만듭니다. 신앙의 경우도 그렇습니다. 가령 우리의 감각이나 충동을 단순화해서 그것의 어떤 면을 억제하고 우리를 정신적인 신앙생활에 얽어매려는 것이 신앙입니다. 이와는 달리 동양 사람들이 생각한 마음이라는 것은 자연스러운 것, 타고난 것, 어떻게 보면 좋지 않은 걸로 볼 수 있는 우리의 충동·욕심·본능까지 한 덩어리로 생각하고 그걸 조화롭게 유지하려는 노력 속에서 파악된 인간의 한 모습입니다.

질서의 원리로서의 마음에 중요한 것은 마음을 조용하게 두는 것입니다. 무엇을 헤치고 분석하고 하는 것보다 가만히 있는 조용한 상태, 정적(靜的)인 상태를 마음의 원형적인 상태로 중시한 것은 우리가 다 아는 일입니다. 그러나 조용한 것이 왜 중요합니까? 그것은 움직이고 미끄러지고 흐트러지기 쉽기 때문입니다. 본성의 어떠한 것도 배제하고 억제하지 않는다면, 그것은 잠재적으로 큰 혼란 또는 동란을 가진 것임에 틀림없습니다. 사단칠정(四端七情)을 다 포함하는 마음은 그럴 수밖에 없지요. 그것은 다양하고 또 끊임없이 움직이고 있습니다. 중요한 것은 균형을 유지하고 일정한 흐름을 유지하는 일입니다. 마음은 리(理)이기도 하지만, 기(氣)의 움직임이기도 합니다. 우리의 타고난 모든 걸 포함한 마음을 온전하게 유지하려니까 정적인 것이 필요합니다. 물론 그것은 끊임없이 움직이기 때문에 그 움직임, 그 힘을 더욱 잘 방출하기 위한 절제와 균형을 뜻하는 것이기도 합니다.

동양화(東洋畵)에서도 우리는 그림을 통하여 조용한 마음을 갖는 것을 원하고 관조적인 태도를 원합니다. 그것에 이르기 위해서는 사생보다는 전통적인 기법을 통한 계속적인 훈련을 방법으로 생각합니다. 사생보다는 붓 놀리는 걸 익히는 것이 기법의 중심입니다. 그러면서 필력(筆力)을 기르는 것입니다. 붓을 쓰는 법을 배웁니다. 그러면서 힘을 얻는 것입니다. 여기에도 역설이 있습니다. 한쪽으로는 조용한 집중적인 상태에 이르고 또 다른 한편으로는 조용한 가운데 움직이고 있는 마음을 표현하자는 것이지요. 그러면서 사물의 정(靜)과 동(動)에 이르고자 합니다. 그래서 아까 말씀드린 것처럼 평화롭고 아늑하고 따뜻한 느낌만이 아니라 힘을 표현하려는 것, 기운을 표현하려는 것 그리고 또 마음을 표현한다고 해도 느긋한 마음이 아니라 훈련을 통해서 어떤 집중적인 상태에 있으면서 움직이는 것을 표현하고 구조적인 것을 파악하려 하는 것이 예술 의지가 됩니다. 산을 그려도 그 뼈다귀를 중시하고 산의 전체적인 구조를 중시하지 그 부분적인 디테일을 중시하는 건 아니었습니다.

힘이라는 면을 조금 더 말씀드리면 동양화에 그려져 있는 바위나 산 또는 나무를 보면 순탄한 산이나 바위가 아니고 괴기한 것, 뭉쳐서 이상한 형태를 이룬 것이 많이 눈에 뜨입니다. 일반적으로 동양 사람을 집단적이고 개성이 없다고 그러는데 바위의 개성을 표현하고 산의 개성을 표현하고 동시에 하나의 어떤 구조적인 형상을 표현하려는 것이 동양화에 나타납니다. 그러니까 자연을 통해서 어떤 힘, 마음의 힘 또 마음의 힘 속에 나타나는 자연의 힘, 이런 것들을, 다시 말하여, 기운을 표현하는 방법으로 필력(筆力)·골법(骨法) 같은 것들을 중시하는 것이 아닌가 합니다.

사실 서양화에서도 꼭 이러한 것이 없는 건 아니죠. 현대 서양화가 파울 클레(Paul Klee)가 지은 『교육적 스케치북』이라는 얄팍한 책이 있는데 거기 보면 선을 긋고 무얼 그릴 때의 얘기가 나옵니다. 선을 그을 때 그것을 기하학적인 선으로 생각하지 말고 하나의 움직임의 표현으로 봐야 한다고 그는 말합니다. 길을 그리면 그 길을 공간에 있는 선으로 보지 말고 사람이 걸어가서 몸으로 느끼고 사람의 동작 속에 흡수된 길로 그려야 한다는 뜻입니다. 이것은 동양화에서 붓을 세게 했다가 약하게 하면서 힘을 표현하려고 하는 것과 비슷하다고 생각합니다. 이러나저러나 클레 같은 사람은 동양화적인 요소가 강한 그림을 그린 서양화가입니다. 물론 일반적으로 붓의 힘의 표현인 브러시워크로 힘을 표현하려 한 것은 동·서양에 공통된 일입니다.

개자원(芥子園)의 화법(畵法)에 관한 글들을 보면 내면으로부터 사물과 일치해서 사물을 표현해야 한다는 말이 많습니다. 이것이 무슨 뜻인지 분명하게 알 수는 없지만, 그것이 자연 속에 있는 어떤 힘을 표현하는 일과 관계 있는 것이 아닌가 나는 생각합니다. 물리학도 힘의 운동으로만 표현될 수 있는 것입니다. 그러나 그림에 운동이 있을 수 없지요. 정물의 힘은 우리의 몸속에 느끼는 긴장감으로만 감지될 수 있습니다. 팔에 느껴지는 힘, 팔이 나타내는 힘이 필력이지요. 그러나 어떤 형태는 우리에게 힘을 느끼게 합니다. 그런 것 중에 뭉치는 것, 뻗는 것 또는 개성적인 것, 구조적인 것이 있습니다. 저는 이런 것들이 우리 동양화에서 직접적으로 받는 인상이 아닌가 합니다. 동양화의 바위 같은 것을 보면 대체로 비뚤어지고 또 사람도 서양화에서처럼 매끄러운 사람보다는 웅크린 노인의 모습을 많이 봅니다. 형태가 괴기함으로써 드러나는 힘과 개성, 이런 것을 의도한 것이 아닌가 합니다. 영국에 홉킨스란 시인이 있는데 그 사람의 일기장에는 꼭 동양화처럼 그려 놓은 그림들이 있습니다. 힘이 뻗친 나뭇가지나 괴상한 돌의 모습들을 주로 그려 놓고 있는데, 그는 그러한 것이 존재의 개체적인 에너지를 표현하고 있다고 생각했습니다. 자기가 지은 시에서도 그는 기괴한 것에 주목하여 사물의 독특한 에너지를 표현하려고 했습니다. 우리 동양에서 비뚤어지고 엉클어진 나무라든지 마치 오랜 바위처럼 엉클어지고 비뚤어진 노인이라든지 하는 것들은 우리 마음이 에너지와 연결되어 있다고 생각합니다. 왜냐하면 동양화에선 사생(寫生)을 하여 사실(寫實)을 하려는 게 아니고 사의(寫意)를 하려 했고 그것은 마음의 의지(意志) 속에 나타나는 어떤 힘을 묘사하려 했기 때문입니다. 너무 추상적인 얘기를 한 것 같은데 조금 구체적인 논거를 살펴보겠습니다.

　서양 사람이 동양화에 대해서 논한 글로 버클리 대학교에 있는 제임스케이힐이라는 사람이 쓴 『강력한 영상(The Compelling Image)』이라는 책이 있는데 그 책에 실린 내용 몇 대목을 인용하겠습니다. 중국 위진 남북조 시대의 종병(宗炳, 375~443)이라는 사람이 이 같은 얘기를 했습니다. 그가 그림을 그리는 것은 산야를 다시 헤매고 강호에 가서 쉬었으면 좋겠는데 그럴만한 기력이 없기 때문에 벽에다 젊었을 때 돌아다니던 산하(山河)를 다시재현해서 그리고 그 당시의 느낌을 다시 가져 보려 하는 것이라는 것입니다. 또 명대(明代)의 문인 화가(文人畵家) 문징명(文徵明)은 한림학사(翰林學士)로서 바쁜 생활을 하는 가운데 그림을 그렸는데 왜 그림을 그리느냐 하면, 밖에서 일하다 보면 세속적인 일에 젖기 때문에 집에 돌아와서 옛날 젊었을 때 보았던 자연을 다시 접해서 정신을 새롭게 했으면 좋겠다 하는 생각에서 그림을 그린다고 했습니다. 또 11세기에 곽희(郭熙)라는 사람이 산수화에 대해 이런 얘기를 했습니다. 사노라면 산과 수풀과 냇물, 산수(山水)에 대한 갈망이 마음속에서 문득문득 일어나는데 그것을 꿈속에 그리면서 다시 보지 못할 것을 안타깝게 여겨 꿈속에서만 그리지 말고 실제 내 손에서 그것을 만들 수도 있다 하는 뜻에서 방에서 그런 그림을 그린다는 것입니다. 이러한 발언들을 통해서 보면, 중국의 화가들이 그림을 그리면서 원했던 것이 산수에 다시 접하겠다는 것이었습니다. 세속에서 물러나서 자기의 정신을 안정시키려는 데 산하가 중요했습니다. 이 산수의 회복에 그림이 필요했습니다.

저는 이걸 떠나서 중국의 그림을 이해하는 것은 잘못 아닌가 하는 생각을 해 봅니다. 단순히 자연을 재현한다든지 이해한다든지 하는 것만이 아니고 이 세속사에서 벗어나서 정신의 안정을 되찾는 하나의 수단으로써 그림을 대해 왔다는 사정을 고려해야 한다는 말입니다. 정신을 안정시키는 수단으로서의 의미가 없다면 그림의 의미는 상당히 줄어들지 않나 하는 것입니다. 아까 동양화에서 정신을 표현하려 한다, 사의(寫意)를 한다 했지만, 그것은 자기가 실제로 정신을 회복하고 안정을 찾기 위한 과정 전체를 말하는 것일 것입니다.

중국 사람들의 그림에 대한 태도는 세속적인 것에서 물러나서 가 보고 싶지만 가지 못하는 자연의 모습을 다시 재생하려는 것이라고 지금 말했습니다. 그런데 산수의 재생은 무엇을 뜻합니까? 다시 말하여 그것은 사생이 아니라 기억 속에서의 회상입니다. 이 회상 작용이 치유적 성격을 갖습니다. 또 이 회상은 단순히 일찍이 보았던 것의 회상이 아니라 원형적 풍경으로 정착한 풍경의 회상입니다. 그러기 때문에 이 회상은 역설적으로 일찍이 보았던 좋은 그림과도 구분되지 않을 수 있습니다. 종병과 문징명은 자연의 모습을 기억 속에서 재생하려 했습니다. 그러면서 자연에서 자기가 보았던 옛 대가들의 풍경화를 확인하려 하였습니다. 그들의 그림이 전통적이고 다른 대가들의 인용으로 이루어진 것은 당연합니다. 동양화는 우리의 생활에 있는 매우 핵심적인 것으로써 늘 자연을 회상하려고 합니다. 콘텍스트가 굉장히 중요한 것입니다. 회상은 실제의 자연과 함께 스스로의 꿈의 풍경을 환기합니다. 이 꿈은 전통의 집단적 꿈에 일치합니다. 나이가 들어 자연을 보고 싶어도 갈 수 없으니까 그냥 자기 소원을 풀기 위해서 산수를 그리는 것의 의미는 이러한 것입니다.

좀 다른 얘기를 해 보면 미국에 인류학자이며 소설가인 카를로스 카스타네다(Carlos Castaneda)란 사람이 있습니다. 그 사람은 서양 문물을 접하지 않고 원시적인 생활을 하는 멕시코 원주민들을 대상으로 처음에는 인류학적인 관점에서 그들을 연구하다가 나중에는 그 원시적인 사람들이 문명한 사람들보다 훨씬 더 위대한 지혜가 있다는 느낌을 받아 진짜 그 사람들의 제자가 되어 그들의 생활을 소설로 쓰기 시작해 나중엔 소설가가 되었습니다. 거기 보면 이 사람이 원시적인 멕시코 사람들한테서 수련을 받는 장면들이 있는데, 수련의 한 단계로 경치 좋은 산을 찾아다니는 단계가 있습니다. 원시적인 멕시코의 스승이 그에게 하는 말이 산야를 계속 가다 보면 빛으로 가득한 풍경을 보게 될 것인데, 그 풍경은 당신에게 굉장히 중요한 뜻을 가질 것이라고 말합니다. 카스타네다는 실제로 멕시코의 험한 산속을 가다가 불줄기 같은 빛들이 쭉 뻗쳐진 산을 보게 됩니다. 그 빛을 본 후 실제로 고난과 곤경이 닥칠 때마다 그것을 회상하면 그것은 그에게 큰 위안이 되고 침착한 마음을 돌이켜 주는 기능을 하게 됩니다. 앞에서 중국화가가 산하를 그리며 마음을 안정시켰다고 했는데 자연의 구조적인 이해뿐 아니라 회상을 통한 자연의 재생을 통해서 마음의 안정을 찾는 것에서 비슷한 이야기로 생각됩니다. 이 전 과정이 자연의 이치에 접하는 것이 아닌가 합니다.

황당한 추측일지도 모르지만 이러한 것은 동양화의 수법과 대단히 밀접한 관계가 있는 것으로 보입니다. 가령 동양화의 큰 특징의 하나는 원근법이 없는 것입니다. 전통적 서양화는 3차원의 공간을 2차원에다 정리해서 정연한 공간을 설정하는 것을 무척 중요하게 여겨 왔습니다. 서양 사람들은 르네상스 이후로 원근법이 없는 그림을 생각할 수 없었습니다. 동양화에는 원근법이 왜 없습니까? 여기에는 여러 가지 답안을 생각해 볼 수 있겠지만 실제 우리가 아까 이야기했던 기억 속에 회상하는 산수를 창조함에는 원근법이라는 게 별다른 의미가 없다고 생각됩니다. 회상되는 산수는 기억 속에서 다닐 수 있는 산수일 필요가 있습니다. 아까 곽희가 산수화를 그리며 원했던 것은 마음으로라도 대자연 속을 거니는 느낌을 주는 풍경이라는 이야기를 했습니다. 그러기 위해서는 케이힐에 의하면 북송 시대 그림에는 상당히 사실적인 그림들도 많고 또 원근법을 적용한 그림들도 있었다고 합니다. 11세기에 어떤 미술론을 한 사람이 이성(李成)이라는 화가가 원근법을 사용했다고 해서 혹평한 글을 썼습니다. 이성의 그림은 마치 지붕 밑에서 처마를 쳐다보는 것과 같은 말도 안 되는 불합리한 그림이라는 것입니다. 다시 말해 풍경의 의미는 전체의 관점에서 보아야 하기 때문입니다. 이성의 방법으로 눈을 고정시켜 놓고 산을 그린다면 산의 한 면밖에 보지 못합니다. 그러나 당시 사람들이 실제로 보고자 한 것은 산맥들이 한없이 연속되어 있는 중첩된 산세 전부였습니다. 아까 곽희가 말한 것같이 거닐 수 있으며 산의 현실을 실감할 수 있는 산이어야 한다는 이야기입니다. 아까도 말씀드렸지만 동양화와 서양화의 또 다른 차이는 하나는 촉각적인 가치가 있느냐 없느냐 하는 것인데, 동양화에서도 안개라든지 하는 것들의 결을 느끼게 하고 뼈를 빼 버린 꽃이나 나무 같은 그림에서 부드러움을 느끼게 하려는 의도가 없지는 않지만 그게 규범적이었던 것은 아닌 것 같습니다. 그런데 앞서 말씀드린 세 중국 화가의 경우처럼 기억 속에서 그림을 그리려면 뼈대가 중요할 것이 아닌가 생각이 됩니다. 기억으로써 사생하려면 산세를 분명하게 하고 나무는 어떤 모습이었고 산은 어떻게 놓여 있었는가를 생각하는 것일 것입니다. 다시 말하면 윤곽이라는 게 굉장히 중요해집니다. 물론 사람을 기억하는 데서나 사람을 식별하는 데서도 중요한 게 윤곽이죠. 그러면서 동양화의 윤곽은 원근법의 추상적 구도에까지는 나가지 않은 것입니다. 그것은 체험된 세계의 윤곽이지 지적인 분석으로 구성된 지도가 요구되는 것은 아니기 때문일 것입니다. 또 여기에는 힘의 표현의 문제도 관계되어 있는지 모릅니다. 윤곽은 힘의 방향 표시가 되는 것이니까요. 윌리엄 블레이크(William Blake)는 시도 썼지만 그림을 그렸습니다. 블레이크는 그림에서 윤곽(outline)을 중요시했고 당대에 레이놀즈(Sir Joshua Reynolds)니 게인즈버러(Thomas Gainsborough)의 그림이 결을 곱게 만드는 데에 대해서 비판적이었습니다. 블레이크의 그림은 거친 듯한 윤곽선이 상당히 많습니다. 그는 만물의 근원으로서 에너지를 중요시했습니다. 그리고 에너지가 분명히 드러나는 것을 바로 선(線)이라고 말했는데 실제 그의 그림을 보면 느낄 수 있습니다.

그림을 사람의 마음을 평정시키는 수련의 한 과정으로 생각할 때 이러한 모든 요소들이 저절로 의미 있는 것이 되는 게 아닌가 합니다. 속세를 떠난 헤매임의 장으로서 산을 그릴 때, 산 전체가 움직이는 중첩된 산을 그리는 것이 중요합니다. 서양화는 고정된 외눈의 시점에서 보는 것이고 동양화는 움직이는 시점에서 보는 것이라는 것은 잘 알려진 사실입니다. 또 동양화는 그 결보다는 윤곽을 중요시해서 선을 강조합니다. 이것도 정신적인 것에 관련되어 있습니다. 또 기억이 중요합니다. 기억의 문제는 아까도 말씀드렸지만, 다시 말씀드리겠습니다. 사혁(謝赫)이라는 사람이 중요시한 육법(六法)이라는 게 있죠. 그중에 마지막 부분이 "옛 그림을 모사(模寫)해야 한다"(전이모사(傳移模寫)), 다시 말해 전통적인 그림을 재생하는 능력이 있어야 한다는 것입니다. 그리고 동양화가는 옛 그림을 보고 산의 형세라든지 나무의 모습이라든지를 그것으로부터 다시 인용해야 합니다. 명나라 때 화가 동기창(董其昌)은 산을 직접 보고 그림을 그리지 않는 것은 물론이려니와 실제 산을 보더라도 그림을 통해서 산을 보려 했습니다. 옛 그림의 인용 전통의 중요성들도 다 여기에 관련된 것으로 생각됩니다. 기억을 개인에서 전통으로 확대하는 것입니다.

또는 그림을 보는 방법을 생각해 보지요. 옛날 중국이나 한국에서는 그림을 늘 걸어 놓고 감상하는 게 아니라 두루마리로 말아 놓았다가 가끔 끄집어내어 보고는 도로 제자리에 집어넣곤 했습니다. 그건 마치 시집에서 시를 감상하고 나서 책을 덮는 것과 같은 이치죠. 그림은 고리짝에다 넣어 두지만 그림의 산을 머릿속에 지니고 다니는 것입니다. 가끔 꺼내어 보는 것은 기억을 새로이 하고 마음을 깨끗하게 하려는 것입니다. 그러니까 그림은 장식품이 아니었다는 생각을 하게 됩니다.

제가 전공자가 아니기 때문에 자신 있게 말씀드릴 수는 없지만, 옛사람들이 그림을 그리는 의도, 그림을 보는 방식, 전시 방식들로 보아 그림은 그림이 아니고, 정신 수련의 방식이었고 무엇보다도 생활의 방식이었다는 생각이 듭니다. 되풀이하여 제가 말씀드리고 싶은 것은 동양에서 그림을 중시한 것은 단순히 보기 좋다 장식적이다 하는 것보다는 사람들이 가지고 있던 어떤 생활 방식 속에 들어 있는 한 부분이었기 때문이었다는 사실입니다. 실물을 재현하는 데서 쾌감을 얻기보다는 실제 마음을 수양하는 데 보탬이 되는 구체적인 계기로 삼는 데에서 그림은 문인(文人)들이 중요시한 분야가 되었습니다. 이것은 시도 마찬가지입니다. 그림하고 시하고가 따로 있는 활동이 아니라 다 생활 속에서 중요한 역할을 했던 것입니다. 예로부터 우리나라에서 전문적인 화가보다는 소양 있는 문인들이 화단의 중심을 이룬 것도 이러한 점과 관련이 있습니다. 저는 실제 그림을 보고 바로 이 그림이 나의 정신에 위안을 주는구나 하는 느낌을 받는 경험을 별로 갖지 못했지만 그 그림이 놓여 있는 생활의 맥락이 우리로 하여금 정신적인 위안을 줄 수 있다는 것은 믿을 만한 가설인 듯합니다. 그 생활의 맥락을 다 빼 버리고 그냥 막연하게 그 산수가 가지고 있는 리(理)와 기(氣)를 알려고 해 봐야 어려울 것이라는 생각이 듭니다.

아까 말씀으로 돌아가서 동양적인 또는 한국적인 전통을 살린다는 문제를 생각해 보겠습니다. 단순히 문화재를 살린다는 것은 전통을 잇는 일이 안 되는 것임은 분명하지 않은가 합니다. 우리 생활 맥락 자체가 마음의 화평한 상태를 가능하게 하여야 하겠지요. 그러한 마음에서 사물을 해석해 나가고 사람을 대하고 제도를 만들어 나가고 한다면, 이런 가운데서 우리의 그림이라는 것도 독특한 의미를 가질 것이라는 생각이 드는 것입니다. 다시 말씀드려서 전체적으로 마음의 평정, 마음의 밭을 개발하는 그런 수양의 과정이 있어야 그림도 살고 고전도 살 수 있다는 이야기입니다.

최근에 소설가 조성기 씨가 맹자(孟子)를 소설화하여 책을 냈는데, 제목이 『잃어버린 마음을 찾아서』입니다. 거기에 보면 구도라는 게 뭐냐, 학문이라는 게 뭐냐 하는 질문에 잃어버린 마음을 찾는 것, 구방심(求放心)이 바로 구도이며 학문이라는 맹자의 말을 빌려 온 것입니다. 그런데 공자나 맹자 마음은 이성이나 신앙보다 훨씬 구체적인 인간 심리를 말합니다. 영국의 영문학자 I. A. 리처즈란 사람이 맹자의 심성론(心性論)에 대해서 쓴 책이 있습니다. 북경 대학교에서 강의를 했고 동양에 대해서 관심을 많이 가진 사람인데 이 사람은 공·맹 사상(孔孟思想)의 핵심이 도(道)에 있는 것이 아니라 마음에 있다고 했습니다. 그러한 마음을 영어로 perfect mind라 번역했는데 리처즈는 중용(中庸)에 나와 있는 성(誠)이 완전한 마음을 나타내는 것으로 보았습니다. 그것은 "아무런 혼란이 없고 상충되는 바가 없는 완전한 마음"이라고 그는 설명했어요. 이 마음은 너무 고정된 습관에 매이거나 편역된 감정에 말려들거나 또는 관심의 초점을 잃거나 할 때 병이 날 수 있습니다. 이런 경우를 제외한, 우리 마음이 갖는 어떤 평정감(平靜感)이 곧 성(誠)의 상태입니다. 다시 말하면 마음이 고정관념에 빠지지 않고 감정적으로 격하지 않고 본능과 숙명의 끌림이 다 평형을 이루고 있는 상태, 그러면서 단순해지지 않을 때 마음은 온전합니다. 이것은 공자가 말한 중용을 그대로 서양식으로 해석한 거죠. 또 리처즈는 우리의 마음을 평정하고 정성스러운 상태로 이르게 하는 길은 큰 것을 보는 데 있다고 했습니다. 리처즈는 사람이 얼마나 광활한 우주 속에 외롭게 조그만 존재로 있는가 또는 사람이 태어나고 죽는 것이 얼마나 허무하고 이해할 수 없는 것인가, 그 얼마나 신비스러운 것인가, 또 무한한 억만 겁의 시간 속에서 사람의 생명이라는 게 얼마나 짧은 것인가, 사람의 무지(無知)가 얼마나 거대한가, 아는 것보다는 모르는 것이 얼마나 더 많은가, 우주 공간 속에 사람이라고 하는 것이 얼마나 작은 존재인가, 그 무한한 시간 속에서 사람이라는 게 얼마나 하잘것없는 존재인가, 그런 시간 속에 사람이 태어나고 죽는다는 게 얼마나 신비스러운 것인가, 우리가 이런 것에 대해서 아는 것이 얼마나 없는가 하는 것들을 생각하면 절로 평정에 이르게 된다는 것입니다. 리처즈가 한 이야기인데 물론 중용에도 비슷한 이야기는 나옵니다. 중용에 보면 "천지의 도(道)는 넓고 두텁고 높고 밝고 유구하고, 하늘은 밝고 밝음의 쌓임이니, 길어서 무한하고……." 하는 식으로 하늘하고 연결을 하고 그다음에 "땅은 또 주먹만 한 흙의 쌓임이니 그 작은 것들이 많이 모여 가지고 막중하게 큰 산 화옥(華嶽)을 짊어지고 있어도 무겁지가 않고……." 하는 식의 내용을 리처즈가 조금 인용해서 이야기한 게 아닌가 생각합니다. 거대한 것 가운데는 하늘도 있고 땅도 있고 또 그 안에는 온갖 짐승들이 있는데 이런 대자연 속에서 나고 죽고 하는 생물체를 보는 가운데 여유를 가지고 생(生)을 살피는 관점이 성립합니다. 거기에서 오는 안정감이 바로 산수(山

水)를 보는 데서 오는 게 아닌가 합니다. 이것은 우리 마음을 안정시키는 데 깊이 관련되어 있는 것입니다. 이러한 점은 새로운 질서를 만드는 데에도 중요할 것입니다. 이것은 모든 사람이 가지고 있는 것이고 본성이고 행복한 것이고 구체적이고 우리 생활 속에서 쉽게 실현될 수 있는 것이기 때문에 안으로의 질서가 어떤 것이든지 간에 우리에게 가깝게 쉽게 현세적으로 실현될 수 있는 것이라는 생각이 듭니다. 그래서 저는 동양 사상의 핵심은 현실 속에서 주변과 자기 마음을 조용하게 하고 화평하게 하는 데에 있지 않나 하는 것입니다.

일본 동경 대학교에 하가 도우루(芳賀徹)라는 분이 동양의 유토피아에 관한 연구를 한 바 있습니다. 그는 동양 사람들은 무엇을 가장 좋은 곳이라 생각했는가를 말하면서 동양에서 이상향을 생각했을 때 대개 꽃도 피고 나무도 있고 산수가 있고 닭도 있고 닭 소리가 들리고 하는 우리가 일상적으로 볼 수 있는 자연스럽고 전원적인 것을 생각했는데, 서양에서의 유토피아는 플라톤 이후 이성적으로 구획을 짓고 도시도 정방향으로 바르게 만들고 이성적인 질서에 복종하면서 사람들이 사는 세상, 금욕적인 세상 같은 것을 그렸다고 지적하는 것을 들었습니다. 동양 사람들은 자기가 사는 세계에서 균형과 조화를 이루는 것을 이상으로 보았고 서양 사람들은 자신들의 삶을 이성적·과학적 원칙과 공학적인 기술을 통해서 재정비한 상태를 이상적인 것으로 보았다는 것입니다. 그럴싸한 이야기가 아닌가 하는 생각이 듭니다. 동양 사람들은 자기 마음과 생활을 조용하게 하고 세속적이고 일상적인 세계 속에서 자연과 더불어 살면서 자기 마음과 주변을 평정하게 하고 또 다른 사람과 화평하게 하는 것들을 서양 쪽보다 좀 더 생각한 면들이 있지 않았나 하는 것입니다.

물론 이것을 오늘날 그대로 재현한다는 것은 우스운 일이며, 불가능한 일이겠습니다. 또 그림의 경우도 옛날 동양적인 화면을 오늘날 재현한다는 건 불가능할 것입니다. 그림을 보고 이 그림은 진실 되다 하는 느낌을 가져야 될 텐데 옛날 것을 그대로 답습한다고 그것이 될 것은 아닐 것입니다. 세상이 너무 바뀌었습니다. 우리들은 이미 서양적인 도시에서 살고 있고 또 우리가 요구하는 것도 다 그렇기 때문에 서양적인 질서가 침범해 들어오는 것을 어떻게 막을 도리가 없습니다. 또 지금 사정에서 동양적인 것만을 유지한다고 해서 그게 반드시 우리한테 실감을 주고 마음에 큰 호소력을 가진 것은 아닙니다. 또 앞으로 어떻게 동양적 전통의 평정한 마음과 인간적 평화를 만들어 내느냐, 그러한 이미지를 화면 속에 재창조하느냐 하는 것이 앞으로 해결해야 할 과제가 될 것입니다.

(1992년)

# 음악의 인간적 의미,
# 인간의 음악적 완성

새는 왜 우는가? 제일 간단한 답변은 짝을 찾아 운다는 것이다. 세상에 공리적이 아닌 것은 하나도 없으며, 모든 것은 무엇인가를 위해서 있는 것으로 보인다. 생명의 세계에서의 근본 원칙이 생명 그것이고, 달리 말하여, 개체와 종족의 보존이라고 한다면, 생명체가 하는 일은 모두가 이 원칙에 간접·직접으로 봉사하게 되어 있고, 새의 노래가 새의 종족 보존에 봉사하게 되어 있는 것은 당연한 일이라고 할 것이다.

그러나 새의 노래가 언제나 짝을 찾아 내보내는 신호인 것은 아니다. 새 소리를 들을 때마다 급한 성적 욕구의 표현을 생각할 필요는 없다. 우리는, 숲 속에서 한 마리의 새가 울기 시작하면 또 한 마리의 새가 울고, 순식간에 온 숲의 여기저기가 새소리로 차게 되는 현상을 볼 수 있다. 이런 때, 새들은 어떤 특정한 이성을 상대로 우는 것이 아니다. 서로 덩달아 울 뿐이다. 동물 행태의 연구가들은 이러한 '무방향의 울음'에서도 어떤 생물학적 의미를 발견하여, 이 경우에 새 울음이 하는 일은 집단의 유대를 강화하는 일이라고 생각한다. 여기에 일어난 것은 성적인 행위의 사회적 변화이다.

본래 개체와 개체 사이의 관계인 성관계의 신호가 집단적 관계의 신호로 바뀐 것이다. 이것은 동물의 상징 어휘가 제한되어 있기 때문에 불가피하다 할 수도 있고, 사실상 성이나 사회 유대나 다 같이 집단의 공간적 시간적 연결에 관계되어 있는 것이기 때문에 이러한 전이(轉移)가 부자연스러운 것은 아닐 것이다.

그러나 모든 생명체의 행동을 반드시 공리적 필연성으로 환원해 버리는 것은 섭섭한 일이다. 비록 새 울음의 첫출발은 피치 못할 성 본능에서 나왔을망정, 그것은 그 자체대로 즐길 만한 것이 된 것일 게다. 본래의 교미 신호가 집단적 유대의 예식이 되었다면, 그것은 그보다 더 막연한 쓸모 또는 쓸모없음에로 변화할 가능성도 있는 것일 것이다. 세상에 이유 없이 기쁨을 주는 것이 봄·여름·가을의 꽃이라 하겠지만, 이것도 성적 현상임에는 틀림이 없다. 그러나 꽃의 청초하거나 난만한 모습들을 볼 때 아름다움이 단순히 종족 보존의 위장된 기교의 소산이라고만은 생각하기가 어렵게 된다. 꽃은 스스로의 아름다움의 전개로써 완전한 것이 되는 것으로 여겨지는 것이다.

다른 생명체의 경우에도 그렇다 하겠지만, 사람에 있어서 성은 얼마나 많은 문화적 변용을 거칠 수 있는 것인가. 성과 사랑의 차이는 대체로 많은 문화에서 인정하는 것이다. 더 나아가 플라톤주의나 탄트라 불교에 있어서, 그것은 정신적 진리에로 인간을 유도하는 한 상징이 되기도 한다. 결국 새의 노래가 꽃이나 사랑이나, 생명체의 안으로부터 솟구쳐 나오는 충동에 불과한 것이라기보다는 그 충동에 따라 이 세상에 존재하는 방식이라고 할 수 있고, 모든 존재의 방식에는 세상의 모든 것으로 확대되는 줄기들이 얽혀 있게 마련이다. 이러한 줄기는 우리의 일상적인 삶을 엮고 있는 것이기도 하다. 그러나 그것은 습관적 생존 속에서는 잘 의식되지 못하다가 우리의 생존이 약간 특이한 변조를 겪게 될 때, 각별하게 경이감을 가지고 드러나는 것이다.

무릇 세상 아름다운 것 가운데 경이로운 것이 음악이다. 한편으로 이것은 새소리와 같은 원시적 소리 현상의 측면을 가지고 있다. 그러나 다른 한편으로 그것은 섬세하고 복잡한 구조일 수도 있다. 어떤 경우의 음악이든, 아무리 냉철한 현실주의자·이성주의자·도덕주의자라도 음악이 없는 세계를 좋은 세계라고 하지는 아니할 것이다. 그러나 왜 음악이 있어야 하는지를 이들이 설명할 수는 없다. 또는 설명한다고 해 보아야 실제의 음악적 체험에는 전혀 맞아 들어가지 않는 추상적 공식을 나열하는 데 그치기 십상이다. 다시 말하여 음악은 우리에게 가장 친밀하고 절실한 것이면서, 가장 설명하기 어려운 인간 현상이다.

우리는 아주 어린 시절에 음악을 하기 시작한다. 어른의 무릎 아래에서, 유치원에서, 국민학교에서 아이들을 위한 노래들을 배운다. 방금 '음악을 한다'는 말을 썼지만, 이것은 듣는 음악에 대하여, 그야말로 하는 음악을 말한 것이다. 물론 음악을 들어야 음악을 하는 것이지만, 듣는 것은 하기 위한 전제에 불과하고 그 과정은 하는 것과 거의 구분되지 아니한다. 자장가라는 최초의 듣는 음악이 있지만, 어린아이들의 경우 하는 음악이 앞서는 것은 그들이 행동적 존재인 만큼 당연한 것이다.

그러나 이 하는 음악이 어린아이들에게 한정되는 것이 아님은 말할 것도 없다. 우리는 일생 동안 하는 음악을 버리지 아니한다. 우리는 어떤 때 문득 혼자 노래하는 우리 자신을 발견하기도 하고, 산에서 바닷가에서 여럿이 어울려 신나게 노래하기도 한다. 악기를 배워 악기로 음악을 하는 경우도 마찬가지다. 또는 어떤 음악가의 음악은 끝까지 이 단계에 머물 뿐이다. 그러나 참으로 음악을 알고, 음악에 사로잡히는 것은 듣는 음악을 통해서이다.(여기에서부터 쉬운 설명이 불가능한 음악이 생긴다.) 듣는 음악을 통해서 음악은 객관적 현상이 된다. 우리가 하고 있는 일은 그 하고 있는 와중에는 그것을 잘 의식하지 못한다. 대체로 하는 것과 아는 것은 동시에 이루어지기가 어려운 것이다.

어린 시절 노래를 할 때, 우리는 대체로 율동과 함께 하기가 일쑤였다. 산이나 바닷가에서 노래하는 경우에도, 우리는 대체로 모여서 즐기는 왁자지껄한 움직임의 한가운데에 있다. 완전한 움직임 속에서는 그것에 신경을 써야 하기 때문에 노래할 정신적 여유가 없는 것이지만, 우리의 하는 노래들이 많은 집중을 필요로 하는 것은 아닌 활동적 에너지의 일부를 이루게 됨은 흔히 보는 일이다. 이에 대하여 듣는 노래는 수동적 경청의 자세를 어느 정도는 요구하는 것이다.(이런 뜻에서 음악회는 큰 문화적 발명이다.) 이때 우리의 자세에 맞추어서 노래는 하나의 전체적으로 놓아두고 볼 수 있는 대상이 된다. 물론 전문적인 성악가는 이미 이러한 객관적 관점에서 닦아 놓은 노래를 제공한다. 그리하여 우리의 수용 작업은 한결 쉬워진다.

음악에 대한 객관적 태도는 듣는 음악 ── 쉬운 예로 다시 듣는 노래에 대한 우리의 기준이 자못 엄격한 데에서도 쉽게 나타난다. 남이 하는 노래라면, 서툰 노래 듣기는 아무도 즐기지 아니한다. 그러나 전문적 성악가의 노래의 경우에도 우리는 웬만해서는 냉엄한 비판의 기준을 이완시키려 하지 아니한다. 이것은 우리 자신의 노래에 대한 우리의 태도와 매우 다른 것이다. 우리 자신의 노래의 경우, 그것이 서툴기 짝이 없는 것이라고 하더라도 우리는 노래 부르기를 영원히 그만둘 생각이 전혀 없다. 여기서 주안은 잘하고 못하고가 아니라 한다는 데 있다는 것은 분명하다. 하고 싶은 대로 하면서 잘한다면, 금상첨화이겠으나.

이러한 기준의 문제보다 더 기본적인 것은 듣는 음악을 통하여 비로소 깊은 의미에 있어서의 음악의 객관적 실체에 접한다는 것이다. 그러나 이렇게 말하고 보면, 여기에서 '객관적 실체'란 부적절한 말이다. 왜냐하면 음악이 우리에게 주는 것은 주관의 체험이기 때문이다. 물론 음악을 음의 객관적 구조나 질서로서만, 소리의 지적 유희로서만 보는 입장이 없는 것은 아니지만, 헤겔의 말대로 그것은 "대상 없는 내면의 삶, 추상적 주관성 그 자체"를 표현하는 예술이다.

　우리는 음악에서 소리를 듣는다. 이 소리는 움직이고 있다. 그러나 소리의 움직임은 우리의 마음 가운데에서도 움직임을 일으킨다. 그리고 소리의 움직임을 통해서, 비로소 우리 자신이 내적인 움직임을 가지고 있고 그것으로 이루어져 있음을 우리는 안다. 하는 음악에 있어서 움직임의 충동은 그때그때 발성이라는 움직임으로 옮겨지고 해소되어 버리는 까닭에, 우리는 움직이는 내면을 그렇게 강하게 느끼지 못하는지 모른다. 또는 그것을 느꼈다고 하더라도 움직임의 충동과 움직임의 간격이 너무 짧아 그 전체적인 모습을 하나로 느낄 수 없었다고 할 수도 있다.

　마음속에 움직이는 것은 무엇인가? 그것은 감정이라고 할 수도 있고 욕망이라고 할 수도 있다. 또는 삶의 충동 또는 쇼펜하우어가 생각하듯 의지라고 할 수도 있다. 음악은 우리가 어릴 때부터 익숙해 왔던 것이라고 하더라도 사춘기 또는 적어도 청년기에 새로이 발견되는 것이 아닌가 한다. 그것은 이때에 우리의 마음에 아직도 삶의 실천에 의하여 채워지지 아니한 감정과 욕망과 삶의 충동이 들끓고 있기 때문이다.

　음악의 마력은 나이와 더불어 약해지게 마련이다. 그러나 그것이 끝나 버리는 것은 아니다. 음악이 나타내는 것은 주체적 에너지의 움직임이다. 우리는 어느 때에나 주체적으로 존재하기를 그치지 아니한다. 다만 이 주체는 점점 객관화될 뿐이다. 어쨌든 음악이 일깨우는 것이 무엇인가 움직이는 어떤 것임은 틀림이 없다. 그것은 감정·욕망·의지 등등의 사람의 주체적 생존 방식에 관계되면서 동시에 사람을 움직이게 하는 동적인 에너지이다. 그러나 듣는 음악의 효과는 대체로 동적이라기보다는 정적인 것이다. 감정의 효과로 옮겨 볼 때도 음악이 가져오는 것은 들뜬 분위기보다도 가라앉는 심정이다. 군대 음악도 있고 무용 음악도 있고 또 다른 즐거운 음악이 없는 것은 아니지만, 대체로 우리가 심각하게 취하는 음악은 차라리 넓은 의미의 슬픔, 아니면 적어도 아름다움의 슬픔을 나타내는 것으로 보인다. 음악의 패러독스는 우리 마음에, 그것이 어떤 종류의 것이든지 간에, 내면의 에너지를 일게 하면서 동시에 그것을 정적에 이르게 하는 데 있다.

모든 아름다운 것은 그러한 것이다. 들에 핀 꽃을 보고 우리는 그것을 거의 본능적으로 꺾어 갖고자 한다. 그러나 꺾어 가져서 무엇을 할 것인가? 아름다운 꽃은 아름다운 꽃으로 피어 그만인 것을. 다만 소유하고 빼앗고 하는 것에 젖어 온 우리의 마음은 아름다운 것을 보고 손을 내밀어 우리 자신의 것으로 만들고자 한다. 그러나 그것은 그 순간 본래의 아름다움을 잃어버리기 시작한다.

소리가 그것을 향하여 움직여 가고, 우리의 마음이 그것을 향하여 움직여 가는 목표, 그 종착역인 아름다움은 어디에 있는가? 음악의 소리들은 사실상 어디를 향하여 가고 있는 것이 아니다. 그것의 아름다움은 그것의 움직임 자체에 있을 뿐이다. 그것은 운동이면서 자신 속에 있는, 자신으로 돌아오는 운동일 뿐이다. 음악과 더불어 움직이면서 우리의 마음이 깨닫는 것도 이것이다. 우리의 마음도 아름다움을 향한 움직임이면서 동시에 그 아름다움은 스스로의 움직임 이외의 다른 곳에 있는 것이 아니다. 마음은 끊임없는 자기 운동으로서 스스로를 의식한다.

이러한 점에서 음악의 본질은 궁극적으로 낭만주의적인 것으로 보인다. 그것의 실체는 심리적으로 말하여 그리움이다. 음악의 움직임은 우리 마음 가운데 아름다움을 향하여 가게 하는 움직임을 만들어 낸다. 즉 어떤 아름다움을 향한 그리움을 만들어 내는 것이다. 그러나 이 그리움은 밖에서 그 대상을 찾지 못하는 것이다. 자기의 움직임 이외에 아름다움이 어디 따로 있는가? 이런 의미에서 음악은 우리를 절망케 한다. 그것은 대상이 없는 까닭에 무한한 세계, 초감각의 세계를 예감케 한다. 그러면서 우리로 하여금 거기에 이르지 못하게 한다. 우리의 애인은 늘 멀리 있을 뿐이다.

그러나 다른 한편으로 음악이 찾는 것은 제 자신이다. 그의 그리움은 이미 출발부터 충족되어 있다. 음악은 스스로에 행복하다. 그것은 절망하면서 행복 속에 있다. 음악은 영원한 애인을 그리워하면서, 스스로의 고독 속에서 한 발자국도 움직이지 아니한다.

그러나 음악은 또는 음악으로 스스로 깨어난 마음은 최종적인 종착역을 가질 수 없다. 음악의 마음은 움직이면서 자기 가운데 움직인다. 그러나 이 움직임, 이 자기는 한없이 또 더욱더 정치(精緻)한 것이 될 수 있는 것이다. 음악의 그리움은 한없이 정치함 속에서만 만족될 수 있다. 음악은 출발부터 우리에게 더할 나위 없이 친밀한 것이면서, 도저히 가까이 갈 수 없는 어떤 것이다. 우리의 마음은 항상 우리와 더불어 있으면서 우리를 비껴가기만 한다. 그것은 한없는 자기완성을 통해서 비로소 그 모습을 드러낼 뿐이다.

음악에 교훈이 있다면, 바로 이 점에 있다. 그것은 무한한 자기완성의 운동으로서의 자아를 우리 가운데 태어나게 한다. 이 운동을 통해서 우리는 스스로의 영혼을 자각하고 개체적 자아로 성장한다. 그러나 이것은 동시에 음악이 그러하듯 무한히 스스로 펼쳐지는 형식의 훈련에 순응하는 것을 말하기도 한다. 어릴 때 아무렇게나 부르던 노래에서 우리는 이미 우리 자신이 주체적 행동의 주인임을 드러낸다. 그러나 이것은 듣는 음악에 대한 심미적 감별을 통하여 일정한 총체적 형식을 얻는다. 그리하여 좀 더 주체적이면서 좀 더 엄격하고 정치한 완성에로의 첫발을 딛는 것이다.

그러나 인간의 완성은 결국 윤리적인 것이어서 마땅할 것이다. 다만 이 윤리적 완성의 도정에서 음악 또는 일반적으로 예술을 통한 영혼의 각성은 빼어 놓을 수 없는 단계이다. 음악 또는 예술을 통해서 우리는 비로소 인간의 내면을 객체적으로 접하게 되고, 그것으로부터 우리 자신의 주체적 자각으로 나아갈 수 있다. 그러면서 동시에 그것이 움직임이며 자기완성을 향한 움직임이라는 것을 예감한다. 인간을 추상적이고 외면적인 범주로 파악하는 우리의 윤리 교사가 놓쳐 버리는 것은 윤리적 명령에 의하여 훈련되어야 하는 인간의 내면에 대한 인식이다. 훈련되어야 할 내면의 일깨움을 전제하지 않고 무엇을 훈련할 것인가?

그러나 다시 한 번 음악에 의하여서만 인간이 완성될 수는 없다. 지나친 내면성이 우리를 현실적으로 무력하게 할 가능성은 얼마든지 있다. 음악 자체가 순전히 내용 없는 내면성으로만 이루어지는 것은 아니다. 그것은 무한한 감별력과 자기 통제의 과정이다. 내면성의 전개는 섬세한 식별의 심화와 이에 따른 우리의 태도의 조절을 의미하는 것에 다름 아니다. 그리고 세상 스스로를 얼마나 섬세하게 수용적인 태도에 놓을 수 있는 훈련이 되어 있느냐에 따라 세상은 그 참모습을 드러내어 보여 준다. 다만 이러한 섬세한 수용력은 우리가 세상을 향하여 더 적극적으로 나아가지 않는 한 잠재적인 것으로 남아 있을 뿐이다. 또 세상을 향하는 음악적 감성은 스스로 그것이 비판적 감각으로 바뀌는 것을 알게 된다. 또 이 비판은 세상의 거침과의 싸움에서 섬세한 감성의 의미를 재평가하고 어쩌면 부정해야 할 수도 있다. 어쨌든 음악적 감성 자체는 자폐적인 데 머물 수 있는 가능성을 가지고 있는 것이다.

그리고 인간의 윤리적 완성에 대한 음악의 의미를 이야기할 때, 모든 종류의 음악이 그것이 가질 수 있는 전폭적인 의미를 갖는 것은 아니다. 음악은 일단 모두 그 나름의 인간적 이유와 기능을 갖고 있지만, 어떤 음악은 매우 초보적인 단계에 있는 것처럼 생각된다. 이것은 곡의 질의 문제이기도 하고 연주자의 질의 문제이기도 하다. 우리는 너무나 많이 우리 주변에서 어떻게든지 '하는 데에만' 주력하는 음악을 많이 본다. 모든 것이, 소리 하나하나와 전체가 완전히 섬세하게 통제된 곡이나 연주를 듣는 것은 흔한 일이 아니다. 또는 단지 외적인 사치와 뽐냄으로만 이루어지는 음악은 어떠한가?

우리는 내면의 깨우침이 아니라 그 피상적 외면화, 따라서 내면의 부패에 관계되는 음악 행위가 더 많은 것을 얼마든지 본다. 그러나 이미 말한 바와 같이, 대체로 음악은, 가장 심오한 의미는 아니더라도, 그 나름의 의미와 기능을 갖고 있다. 그러한 기능, 발산과 오락과 사치와 속물적 과시를 통하여도 발전이 이루어지지 아니하는 것은 아닐 것이다. 음악에 있어서의 깊은 인간성의 실현은 아마 우리 문화 전체에 있어서의 인간성의 진전과 병행하여서만 이루어질 수 있는 것일 것이다.

(1986년)

# 예술과 삶

그 일치의 가능성에 대한 고찰

## 1

종소리가 풀밭 위로 넘쳐 내린다……

부드럽게, 하늘에서 부르는 목소리처럼.

저녁 무렵 문득 들려오는 종소리는 우리로 하여금 보다 맑고 아름다운 곳, 다른 또 하나의 세계를 생각하게 할 수 있다. 이것은 모든 예술이 지니는 한 매력이다. 그것은 잠시나마 일상생활의 지루함과 무게로부터 우리를 해방시켜 준다. 해방은 종소리와 같은 예술의 암시가 주는 애틋한 향수의 순간일 수도 있고, 위대한 예술 작품이 깨우쳐 주는 새로운 행복과 광명의 압도적 체험일 수도 있다. 또는 그것은 더 통속적인 형태의 오락이 제공하는 일시적인 흥분일 수도 있다. 이런 경우에 예술은 우리의 인생에 대립되는 것으로 생각될 수 있다. 이러나저러나 우리의 삶의 답답함과 다른 무엇이 아니라면, 예술을 찾을 무슨 이유가 있겠는가?

그러나 다른 또 하나의 세계를 말하는 예술의 영감은 어디에서 오는가? 그것은 참으로 다른 하나의 세계에서 오는 것일지도 모른다. 그러나 적어도 예술이 나타내는바 현상이나 그 표현의 매체의 관점에서, 예술은 굳건히, 어떤 초월적 세계, 초감각적 세계가 아니라 감각적 세계, 지금 이곳의 세계에 머물러 있다고 말하여야 할 것이다. 이 감각의 세계는 반드시 그것에 한정되는 것은 아니면서 우리가 지각하고 느끼고 생각하고 행동하는 일상적 경험의 세계이다. 우리가 보고 듣고 느끼는 이미지와 소리와 인상과 경험들 ── 이러한 것들을 떠나서, 예술가들이 무엇을 어디에서 달리 구하여 그들의 뜻을 실어 펼 수 있을 것인가? 예술과 우리의 생활은 별개의 세계에 속하는 것이 아니다.

다만 주어진 대로의 생활이 예술의 암시를 모두 구현해 가지고 있지 아니할 뿐이다. 달리 말하여 예술은 우리의 삶을 표현하되 그것의 가능성을 표현한다. 이 가능성은 삶에 있을 수 있는 것이면서 아직 어디에도 실현되어 있지 아니한 순수한 가능성을 뜻할 수도 있다. 그러나 예술가의 영감이란 것이 대체로 거대한 방법론적 도약을 꾀하는 것이라기보다는 주먹구구식의 직관에 의지하는 것에 불과하기 때문에, 또 그것이 이러한 직관에 만족할 만큼 현실의 감각적 세계를 깊이 사랑하는 것이기에, 예술가가 표현하는 것은 이미 있는 삶의 암시에 크게 의존하는 것일 것이다. 그것은 이미 있는 삶의 어떤 면들에 특히 주목하고 그것을 새롭게 구성하여 펴내는 구도이기 쉬운 것이다. 더러 말하여지듯이, 예술이 인생의 강렬화(intensification)라고 하는 것은 이러한 의미에서이다.

이것은 삶을 보다 더 진하게, 더 풍부하게 살고 싶은 욕구가 예술에 표현된다는 것인데, 우리가 예술에서 구하는 것이 모두 이렇게 설명될 수만은 없다. 주목해야 할 것은 우리가 일상생활의 압박으로부터 예술적 해방을 구한다고 할 때의 우리의 심리 속에 들어 있을 동기이다. 앞에서 말한 첫 번째의 경우, 우리가 찾고 있는 것은 따분한 인생에 대한 대치물이다. 바라는 것은 주어진 인생의 가열화, 고양화, 풍부화가 아니고, 그것을 잊어버리거나 무화하거나 대체하는 일이다. 예술을 도피라고도 보상 행위라고도 하는 것은 이런 의미에서이다.

그리고 일단 이런 도피와 보상의 자료가 되는 예술을 퇴폐 예술이라고 부를 수 있다. 퇴폐 예술은 물론 조금 더 복합적으로 생각할 필요가 있다. 위에서 이것을 우리는 일단 삶에서 이탈되는 예술처럼 말하였다. 그러나 달리 생각해 보면, 무엇이 삶으로부터 벗어날 수 있는가? 삶으로부터 벗어난다는 것은 백일몽이나 환상에 침잠한다는 것이 되겠지만, 정신 분석이 이야기하여 주듯이, 백일몽이나 환상도 커다란 의미에서의 인간 현실의 지배를 벗어나지 못한다. 그것은 자유로운 것인 듯하면서 오히려 우리의 자유로운 의식의 통제를 벗어나는 어두운 세력의 강박적 필연 속에서 움직이는 것이다. 퇴폐 예술의 영감도 궁극적으로, 또는 건전한 예술에 비하여, 더 현실 원리의 지배를 받는다. 그것의 영감은 왜곡된 현실에서 온다. 다만 그것의 강박을 반성적으로 의식하지 못할 뿐이다. 심리적 차원에서 퇴폐 예술은 의식과 무의식의 불균형에서 발생한다. 그러나 더 표면적인 현상의 관점에서 말하여 그것은 전체적으로 왜곡된 삶의 한 결과이다. 이 왜곡은 삶의 부분과 전체의 불균형이라고 바꾸어 말할 수 있다. 어떤 한 부분이 과장되고 다른 한 부분이 억압되는 것이다. 그리하여 삶의 전체가 억압적인 상태에 놓이게 된다. 그 결과 인간의 전체적인 완성이 불가능하여지고, 이 전체적인 자아로부터 유리된 인간은 소외를 그 주어진 삶의 조건으로부터 받아들이지 아니할 수 없다.

이것은 개인적 상황이라기보다 사회적인 조건이다. 개인은 사회의 반영이고 사회는 개인의 반영이다. 그러나 이러한 교환 관계에서 사회가 더 강한 세력일 수밖에 없기 때문에, 사회에 있어서의 소외의 필요는 그대로 개인의 생존에 정도를 달리하여 재생되게 마련이다. 이러한 개인적·사회적 조건에서, 예술은 소외 극복의 수단의 역할을 한다. 그러나 그것은 그 의도에도 불구하고, 소외를 심화하거나 적어도 소외 상황의 일부를 이룬다. 마르쿠제가 '억압적 역승화(repressive desublimation)'[1]라고 부른 것이 이에 비슷한 도피와 보상 행위이다. 마르쿠제는 선진 산업국에 있어서의 알콜리즘, 야성 예찬, 도착적 성욕 충족 등이 쾌락 추구의 표현이면서, 깊은 의미에서의 불행과 소외 및 억압의 증후라고 하였지만, 이 '억압적 역승화'는 어떠한 단편화된 사회에서도 볼 수 있는 것이다. 우리가 삶의 어떤 부분의 병적인 항진을 요구한다면, 그것은, 이미 비친 바와 같이, 삶의 온전함이 손상되어 있기 때문이다. 감각적, 관능적인 것의 지나친 강조, 그 반대로 두뇌적인 것에 의한 비감정화, 또는 수동적인 순응과 그에 반대되는 공격적 투쟁성의 예찬, 사사로운 삶에의 집착, 구체적 삶의 이데올로기적 단순화, 이러한 인간의 단편화에 대한 가치 부여는 모두 퇴폐의 증후이다. 이러한 단편화된 인간 기능, 인간 활동이 도피와 보상의 예술적 환상의 내용을 이룬다.

물론, 다른 각도에서 볼 때, 퇴폐적 증후의 도피적·보상적 성격이 그렇게 자명한 것은 아니다. 현실적 삶에 대립하는 부정적 환상들은 보다 온전한 삶을 향한 예비적 파괴의 의미를 가질 수도 있다. 중요한 것은 그것이 한편으로는 삶의 현실과 혼동되지 않는 것이다. 또 다른 한편으로는 그것이 삶의 가능성으로서 다른 현실에 이어지는 것이다. 이 양면은 하나를 이룰 수도 있고 둘을 이룰 수도 있다. 현실과 대립되는 순수한 가능성의 세계로서의 예술은 현실의 세계를 부정하며 그것의 변화와 개조에 충동을 불러일으킬 수 있다. 그러나 이 예술의 순수한 가능성이 반드시 직접적으로

---

1   Herbert Marcuse, *One-Dimensional Man*(Boston: Beacon Press, 1964), p. 56 이하.

현실에 관계되어야 한다고 하는 것은 예술의 영역과 기능을 너무 협소하게 해석하는 것이다. 예술은 순수한 놀이의 성격을 가질 수도 있기 때문이다. 이러한 경우에도 그것이 왜곡된 현실과 분명하게 다른 것으로 남아 있는 한 그것은 보다 활발한 삶의 에너지의 보존자로서의 역할을 맡는다.


## 2

이와 같이 예술의 퇴폐적 증후를 재단하여 말하기는 쉽지 않다. 그리고 어떤 경우에나, 예술과 생활의 일치는 일단 바람직한 것으로 상정할 수 있는 것이면서 현실적으로 기대하기 어려운 것이다. 흔히 이야기되듯이 오로지 원시 공동체에 있어서만이 생활이 예술을 완전히 흡수할 수 있었을 것이다. 원시 공동체의 경우를 제외하고 예술의 존재 이유는 늘 그것의 생활과의 차이에 있었다고 할 수 있다. 또 바로 그것이 생활의 미적인 향상에 예술이 기여하는 원인이 되었다. 이때 그 차이는, 위에서 말한 바와 같은, 고양화의 효과이기도 하고 도피와 보상의 효과이기도 한 것인데, 이것은 딱히 구분하여 말할 수 없는 면을 가지면서도, 궁극적으로 삶의 전체적 조화와 고양에 기여하는 차이가 됨으로써, 삶의 건전한 미적 향상에 기여한다고 해야 할 것이다.

예술과 생활의 거리는 산업 문명에 의하여 특히 심화되었다. 물론 이 거리는 또 예술의 생활화, 생활의 예술화에 의하여 다시 좁혀지는 것이기도 하다. 이 거리와 일치는 일정한 변증법적 교환의 과정을 이룬다. 그러나 이 교환 과정의 대전제는 생활과 예술의 거리가 날로 벌어져 간다는 사실이다. 이것은 오늘의 삶의 불행의 한 원인이다.

대체적으로 말하여 또는 피상적으로 볼 때, 오늘의 생활 환경은 심미적인 관점에서 크게 향상되었다고 말할 수 있다. 그렇지 않다면, 1960년대 이후의 우리의 경제 발전의 상당 부분은 무의미한 것이 되고 말 것이다. 새마을 운동에서 시작한 농촌의 주거 환경의 변화는 경제적인 동기를 가진 것이면서도 적어도 그 목표와 효과에 있어서 생활 환경의 미적인 개선을 기하자는 것이었다. 도시에 있어서의 새로운 건축물, 도로의 정비, 공원 조성, 재개발 사업 등도 경제적 의미에 못지않게 심미적 목표와 효과에 관계되는 사회 변화였다. 또는 의상을 포함한 상품들의 모양이 전에 없이 아름다워진 것도 1960년대 이후의 경제 발전의 한 측면이라고 말할 수 있다. 지난 25년간의 경제 발전이 우선 우리의 가시적 생활 환경의 미적 수준을 괄목할 만하게 올려놓은 것은 부정할 수가 없는 것이다. 되풀이하여 말하건대, 이것은 경제 발전에서 나오는 한 효과이다. 또는 뒤집어서, 경제 발전 자체가 목표로 하는 것이 그 상당 부분에 있어서, 적어도 의식주의 최소한도의 충족이 가능해지는 선을 넘어선 다음부터 우리 생활의 미적 수준의 향상이라고 할 수 있다. 사실 어느 한계 너머에서 사람이 원하는 것은 오로지 미적 이상의 추구인 것처럼도 보이는 것이다.

그러나 날마다 아름다워지는 우리의 옷, 우리의 집, 공공건물, 길거리가 반드시 우리의 삶을 깊고 넓게 하는 것인가 하는 데 대하여 우리가 할 수 있는 답은 간단할 수가 없다. 우선 오늘날의 경제 발전은 환경의 면에서 인공물의 증가, 그것도 너무도 빠른 증가를 의미하기 때문에 자연환경의 파괴를 가져오게 됨을 지적할 수 있다. 자연환경의 파괴는 오늘날 환경 오염, 생태계의 파괴라는 말들로써 표현되는, 인간 생존에 대한 근본적 위협을 말하지만, 우리의 심미 감각에도 중요한 변화를 가져오는 일이다. 전통적으로 문학이나 미술, 또 예술론에 있어서, 인간의 아름다움에 대한 감각이 자연의 아름다움에 의하여 계발되고 그것에 의지하여 왔던 것임은 증명되고도 남는 일이다. 산업의 발달과 더불어 이제야 드러나는 것은 이 자연의 아름다움에 대한 인간의 느낌이 단순히 미적인 것이 아니고 인간의 생존에 깊이 이어져 있다는 사실이다. 어느 경우에나 아름다움의 느낌은 건전한 상태에 있는 삶의 느낌에 다름이 아니다.

자연에 대한 미적 감각은 적어도, 그 일부에 있어서, 쾌적한 생활 환경, 생존의 조건에 대한 감각이다. 그러나 이 감각은 더 일반적으로 확대될 수 있는 교훈적 의미를 갖는다. 그것은 일반적으로 삶의 유기적 조화에 대한 감각의 계발에 기여하는 것으로 생각된다. 워즈워스에게 자연의 교훈은 그러한 것이었다. 그것은 그에게

> 더욱 깊이 섞여 있는
> 어떤 것에 대한 드높은 느낌 —
> 지는 해의 빛 속에 머물며,
> 둥그런 바다, 설레는 바람,
> 푸른 하늘, 사람의 마음에
> 머무는 더욱 깊이 섞여 있는
> 어떤 것에 대한 드높은 느낌
>
> ──「틴턴 사원(寺院)」

을 길러 주는 것이었다. 이러한 자연과 삶의 일체성에 대한 교훈은 다른 낭만주의 시인 그리고 동양의 자연 시인들도 우리에게 이야기하여 주는 것이다. 인공물의 증가와 그것에 의한 자연의 후퇴는 아마 이런 종류의 깊은 의미에서의 삶에 대한 유기적 일체성의 감각을 손상시키는 것이 아닌지 모르겠다.

그런데 이 유기적 일체성의 손상은 다른 면에서도 이미 여러 가지로 촉진되는 현상이다. 그 원인의 하나는 산업 사회에 있어서의 생활 조직과 생

활 환경의 거대화이다. 산업화는 우리 생활의 지역적 자족성을 파괴하고 그것을 점점 더 넓은 시장 조직·산업 조직에 편입하는 과정이다. 이와 더불어 도시에서 가시적으로 볼 수 있듯이 우리의 환경 자체가 거대한 인위적 계획과 건조물에 의하여 규칙화되게 된다. 이것은 자연 발생적이라기보다는 관료적 타율적 지배 속에서 일어난다. 그리하여 유기적 일체성의 외연(外延)과 함께 그 중심인 능동적 주체가 제약을 받게 되고 우리는 생활인으로서 스스로의 환경으로부터 소외되게 된다.

그리고 이러한 공간적 인공화·이질화·소외와 더불어, 이에 못지않은 또는 그보다 더 중요한 것으로 일어나는 일은, 자연스러운 주체적 시간의 손상이다. 낭만주의자들은 인간을 식물에 비교하기를 즐겼다. 이것은 비유에 불과하지만, 사람의 행복에 관한 중요한 통찰을 담은 것이다. 자연스러운 시간의 모습은 성장(成長)이다. 이것은 밖으로부터의 힘에 의하여 빠르게 되기도 하고 느리게 되기도 하는 기계적이고, 외면적인 시간에 대립된다. 오늘날의 생활과 그 환경을 지배하는 관료적 계획은 그 기계적 시간으로 삶의 자연스러운 시간, 삶의 시간을 대치한다. 여기에서 조직과 오늘의 계획도시가 나타난다.

이러한 것들이 유기적 일체감을 손상하는 데 기여한다. 그리하여 삶은 가운데로부터 환경에로 나아가는 자연스러운 넘쳐 남의 과정이기를 그친다. 결과는 삶의 내적 요구와 그 환경적 조건의 부조화이다. 이렇게 하여 오늘의 도시 또는 산업 사회의 내적 수준의 향상에도 불구하고 그것은 쉽게 삶의 내적 요구와 불균형을 이루고, 삶의 부분과 부분의 일체적 조화를 어려운 것이 되게 한다. 이러한 불균형과 부조화는 도처에서 볼 수 있지만, 아마 가장 단적인 예가 되는 것은 여러 가지 재개발 사업일 것이다. 가령, 판자촌의 철거와 같은 데에서, 주체적 삶의 요구, 지역적이고 구체적일 수밖에 없는 삶의 요구가 타율적으로 부과되는 전체적이고 추상적인 아름다움의 요구에 대결하는 것을 우리는 보게 된다. 아름다움과 삶이 단적으로 적대 관계 속에 들어가는 것이다. 이러한 주체적인 삶의 파괴는 물질적 조건에만 한정되는 것이 아니다. 가령 아무리 조심스럽게 좋은 의도로 행해진다고 하더라도, 새로 발전된 도시에 농촌의 공동체들이 여러 공동체적 상징 형식들, 개인 생활과 공동체 생활, 일과 놀이, 현실과 정서 등을 적절하게 조절해 주는 여러 제도를, 가령 당산나무, 마을 우물, 안방과 사랑방 등의 상징적 구조물들을 온전히 보전하고 있는가? 이러한 것들이 없는 마당에 우리가 사는 동네는 정서적으로, 지적으로, 또 생활의 공간으로서, 우리의 삶 속에 유기적인 일체성의 공간이기를 그친다.

오늘날 아름다움과 삶을 유리시키고 더 나아가 적대적인 관계에 들어가게 하는 가장 큰 요인은 말할 것도 없이 상업주의이다. 서양의 속언에 아름다움의 깊이는 피부의 두께밖에 안 된다는 것이 있지만, 아름다움이 주로 표면의 문제 또는 현상 또는 가상의 문제인 것은 사실이다. 그러나 표면의 현상인 아름다움이 가치 있는 것으로 받아들여지는 것은 그것이 궁극적으로 표면의 뒤에 있는 실제의 표현이기 때문일 것이다. 사람의 아름다움은 대체적으로 건강과, 또는 적어도 그것을 반드시 하나로 확정할 수는 없는 대로, 어떤 삶의 충일과 고양을 나타낸다. 자연환경이나 인조물의 아름다움도 쾌적감이나 생명과 인간의 능력의, 적극적 증표로서의 의미를 갖는다고 말할 수 있다. 상업 문화에 있어서 아름다움의 표면과 실질의 관계는 극히 문제적인 것이 된다. 물론 산업의 발달, 고정밀도의 가공 기계의 발달이 우리의 환경의 구조물과 그 속의 물건들을 어느 때보다도 아름답게 한 것은 부정할 수 없는 사실이다. 그러나 그것은 많은 경우 포장의 성격을 가진 것이다. 상품의 표면의 미적 세련은 판매에 관계되어 있다. 물론 아름다운 표면이 물건을 더 잘 팔리게 한다면, 그것은 표면이 주로 실질의 증표가 된다는 이해가 있기 때문이다. 겉볼안이란 말은 그러한 통념을 나타낸다. 판매를 목적으로 하는 상품에 있어서 정성스럽게 만들어진 거죽과 속 내용의 정성스러움이 상관관계에 있는 것은 흔히 보는 일이다. 그러나 거죽만 번지르르한 물건은 또 얼마나 많은가. 이러한 물건을 많이 대하다 보면, 거죽의 상태를 일단 의심의 대상으로 삼는 것은 마음의 습관이 되기까지 한다. 그것이 근거 없는 것이라고 하더라도 형태와 기능이 지금 껏의 어떠한 인공물에 있어서보다도 상품에 있어서 분리될 수 있다는 것은 분명하다. 또 어떤 경우에는 상품에 있어서의 표면적 아름다움의 지나친 강조는 형태와 기능, 그리고 인간적 쓰임새의 적절한 배합에 혼란을 가져오게 마련이다. 19세기 중엽에 존 러스킨은 상업 제품에 있어서의 완벽성의 추구가 제품을 만드는 노동자의 삶을 불필요하게 고통스럽게 한다고 말한 바 있지만, 순전한 심미적 관점으로 보아도 불필요한 표면적 세련은 자연스러운 조잡함에 대한 우리의 미적 감각을 오도할 수가 있다. 어쨌든 이런저런 이유로 하여 상품 포장의 미학은 미의 표면을 실질에서 분리하고 아름다움과 생활의 관계를 근본적으로 왜곡함으로써, 미의 본질에 대한 사람들의 감각을 혼동시킨다.


## 3


산업 사회의 상업주의는 이보다도 더 근본적인 의미에서 미와 생활의 관계에 변화를 가져온다고 하여야 할는지 모른다. 산업 사회는 그 생활의 전체적인 흐름을 특정한 방향으로 몰고 가서 우리의 내면 그것을 바꾸어 놓고, 그에 따라 저절로 아름다움에 대한 느낌에 새로운 성격을 준다고 할 수 있다. 산업 사회가 크게 바꾸어 놓는 것은 인간의 욕망의 존재 방식이다. 우선 지적할 수 있는 것은 욕망과 그 충족 사이의 회로가 극히 짧아진다는 것이다. 전근대적 산업 체제 아래에서 많은 사람에게 욕망으로부터 그 충족까지의 사이에는 욕망 충족의 대상을 획득하고 이를 가공하고 하는 노동의 긴 과정이 개입되었다. 그러나 산업의 생산 능력의 전대미문의 확대는 이 중간 과정을 없애 버렸다. 이로 인하여 그 충족이 용이하여진 욕망은 한편으로 그 중절이나 좌절을 용서하지 않는 급박한 것으로 항진된다. 그리고 세계의 많은 것들이 욕망 충족의 대상이라는 관점에서 보아진다. 그러나 다른 한편으로 욕망을 지배하는 것은 산업 사회의 재화와 재화의 판매 전략이기 때문에 욕망은 밖에서 조종되는 수동적인 객체가 된다. 욕망의 공격적인 항진도 사실은 이러한 욕망의 수동화에 관계되는 것으로 말할 수 있다. 수동화된 욕망의 충족은 깊은 의미에서 인간의 능동적이고 주체적인 만족과는 다른, 헛그림자에 불과하다. 산업 사회에 있어서의 욕망·충족의 양식은 대체적으로 피상적인 것을 그 특징으로 한다고 할 수 있다. 욕망의 대상에 대한 관계가 피상적일 수밖에 없는 것은 둘 사이에 창조적 상호 작용의 과정이 배제되어 있기 때문이다. 욕망은 그 대상에 거의 관계나 접촉을 갖지 않는다고까지 말할 수도 있다. 또 욕망은 우리 내면의 깊이로부터 우러나오는 것이 아니기 때문에 우리 자신과도 깊은 의미에서의 상관관계를 갖지 못한다.

　사실 욕망은 산업 사회가 만들어 낸 것이라는 연을 가지고 있다. 그것은 우리의 생물학적 필연에 입각해 있는 필요와는 달리 어느 정도까지는 불필요한 필요, 잉여의 필요를 인위적으로 자극함으로써 생겨나는 것이기 때문이다. 그리하여 어떤 경우에나 그것은 전인적인 관계에서 이탈하기 쉬운 것이다. 그러나 다른 한편에 있어서 필요의 제약을 벗어난 욕망이야말로 문화 창조의 근본 동기가 될 수 있는 것이다. 욕망은, 필요와 달리, 비교적 자유로운 것이니만큼 위험스러운 것이기도 한 것인데, 사람의 삶에 기여하는 것이 되려면, 그것은 가장 조심스럽게 인간의 총체적 발전의 가능성에 결부되어야 한다. 그것이 인간의 한 부분과 또 한 부분에 불균형을 가져오거나, 또 사람의 근본적 사회성을 생각할 때, 사회의 한 부분과 다른 부분에 갈등을 가져오는 것이어서는 아니 된다. 그러면서 그것은 의식적으로 결단되는, 그래서 하나의 필연성으로 받아들여지는 인간의 미래 — 개체적이며 집단적인 미래에 연결되어야 한다. 시장 경제가 이룩해 내지 못한 것은 자유로워진 인간 욕망의 이러한 조소성을 인간 발전의 필연으로 전환하지 못한 것이다. 오히려 인간 욕망에 대한 끊임없는 조작은 단편화되고 불균형적이며, 강박적인 욕망에 시달리는 인간을 만들어 낸다.

이러한 욕망의 존재 방식은 우리의 예술 감각에 미묘한 영향을 미친다. 한마디로 그렇게 규정해 버릴 수 없기는 하지만, 산업 사회에 있어서의 욕망의 특수한 형태 — 추상화되고 수동화되고 단편화된 형태는, 한편으로 예술 감각의 고양 또는 항진을 가져오면서, 다른 한편으로는 그것 또한 추상화되고 수동화되고 단편화된 것이 되게 할, 한마디로 퇴폐적 성격을 가지게 할 위험을 증대시킨다.

## 4

이러한 관찰은 물론 아름다움이 우리의 욕망에 깊이 관계되어 있다는 것을 전제한 것이다. 이 관계를 우리는 여기서 간단히 생각해 볼 필요가 있다. 우선 그 관련은 의심할 여지가 없다. 그러나 그것이 너무나 직접적인 것일 때, 예술은, 기껏해야 프로이트가 말한바, '소원 성취'라는 보상적 욕망 충족의 꿈이 될 수 있을 뿐이다. 더 나아가 예술은 욕망보다는 욕망의 정지, 욕망으로부터의 해탈 또는 그것의 포기에 관련되는 것으로 생각되기도 한다. '심미적 거리'라는 것은 바로 욕망과 그 대상, 욕망과 그 충족과의 거리를 말하는 것이라고 할 수 있다. 예술은 사실 욕망에 관련되면서 욕망의 승화로 종결되는 측면을 강하게 가지고 있다. 아름다움이란 본능의 세계를 초월하는 초감각의 세계에 연결되어 있는 것이기도 하기 때문이다.

사실 예술은 욕망에만 관계되는 현상이 아니다. 그것은 욕망의 회로에 못지않게 또는 그보다도 더 긴밀하게 우리의 인식 작용에 관련되어 있다. 예술은 철학이나 과학과 마찬가지로 세계 인식의 한 방식이다. '심미적 거리'는 모든 인식 조건에 필수적인 무사무욕의 객관성의 이성을 나타내는 것으로 말해질 수 있는 것이다. 뿐만 아니라 인식의 여러 방식에 숨어 있는 실용적 관심과 이해의 관련을 생각할 때, 비실용성을 특징으로 하는 미적 인식이야말로 가장 객관적인 것이라고 할 수도 있다. 위에서 이야기한 예술의 두 상반된 동기, 욕망과 무욕망을 합쳐 본다면, 예술은 욕망을 자극하되 그 충족보다는 그 지향성을 통하여 현상 세계에 대한 객관적 이해에 이르려 한다고 말할 수 있다. 예술에서 일어나는 것은 욕망의 이데아에로의 전환이다.

욕망이 인식에 봉사하게 되는 것은 욕망의 억압이 아니라 욕망의 성취와 완성을 뜻하는 것이기도 하다는 것을 우리는 상기할 필요가 있다. 모든 실용적 또는 이론적 목적은 인간의 에너지와 경험의 위계적 조직화를 요구하고 또 그것의 상당 부분의 억압을 필요로 할 수 있다. 좋게 말하여 승화가 요구되는 것이다. 그러나 예술적 체험에서는 오히려 이러한 억압의 부재로 하여 승화가 일어난다. 어떤 경우에나 예술적 체험은 스스로 원하는 바 없이는 일어날 수 없는 것이다. 그러면서도 욕망은 보다 높은 다른 것으로 바뀌게 된다. 바슐라르는 이런 과정을 다음과 같이 말하고 있다.

승화가 반드시 욕망의 부정은 아니다. 그것은 늘 본능에 반대되는 것으로만 나타나는 것은 아니다. 그것은 하나의 이상을 위한 승화일 수도 있다. 그리하여 나르시스는, "있는 대로의 나를 사랑한다."라고 말하기를 그치고, "내가 사랑하는 대로의 나로서 있다."라고 말한다.[2]

이러한, 나르시스의 경우에도 이상을 위한 승화는 삶의 폭의 협소화를 불가피하게 하는 것이 아닐까 하는 생각을 할 수 있다. 그러나 위의 바슐라르의 말은 마르쿠제가 '성의 자기 승화'[3]라는 것을 이야기하고 있는 부분에서 인용하고 있는 것인데, 나르시스의 승화보다도 넓은 의미에서의 '성의 자기 승화'는 억압 없는 성의 상태 또는 더 일반화하여 억압 없는 욕망의 상태를 가리키는 것이다. 다만 마르쿠제에 의하면, 이 상태에서 인간의 리비도는 어떤 특정한 대상 또는 행위에 집중되기보다는 넓은 범위로 확대되면서 억압된 욕망의 폭발성을 잃어버린다. 그리하여 그것은 행복한 문화 작업의 원동력이 된다. 그런 의미에서 욕망은 승화되는 것이다.

이러한 가설이 옳든 그르든, 이것은 말할 것도 없이 현실의 역학에 관계되는 가설이다. 사실 마르쿠제는 이러한 자기 승화의 상태는 사회와 인간의 전면적 개조가 없이는 달성될 수 없는 것이라고 말한다. 그러나 예술에 있어서 우리의 욕망은 이미 비슷한 변화를 겪는 것이 아닐까? 이것은 예술의 비현실적 성격으로 하여 가능한 것일 것이다. 현실과 상상의 차이는 있을망정, 스스로 승화되는 리비도와 예술 인식의 욕망 조작에는 비슷한 데가 있는 것이다.

사람의 욕망이 좁은 대상과의 관계를 넘어서 다른 많은 대상으로 확산될 때, 거기에서 우리는 전경과 배경의 구조를 확인할 수 있다. 즉 전경에 있는 대상으로부터 리비도는 넓은 배경으로 확산되어 가고, 그 결과 그것

---

**2** Gaston Bachelard, *L'Eau et les rêves*(Paris: José Corti, 1942), pp. 34~35; Herbert Marcuse, *Eros and Civilization*(New York: Vintage Books, 1955), p. 191에서 재인용.

**3** Herbert Marcuse, op. cit., p. 186 이하.

의 폭발적 성격이 승화되는 것이다. 이때 배경의 대상들은 전경의 대상과의 관계에 일종의 지적인 인식의 바탕으로서 참여한다. 예술에 있어서도 이와 비슷한 것을 본다. 즉 예술은 우리들에게 욕망의 특정한 대상으로서의 영상들을 보여 준다. 그러나 그것은 다른 영상들로 이루어지는 배경에 대하여 전경으로서 존재하는 영상들이다. 이 배경에로의 확산은 예술적 체험에 들어 있는 인식의 동기에 의하여 매개된다. 왜냐하면 예술의 인식은 어떤 대상과 다른 대상들의 형식적 관계를 그 목적으로 하기 때문이다. 예술의 시각 속에 욕망의 대상은 이데아의 지평 속에서 전경을 이루는 것에 불과하다. 예술의 욕망은 이 배경과의 관계 속에서 저절로 스스로의 균형 속으로 승화되게 된다. 물론 이러한 과정이 현실을 이미 포기한 결과로 얻어지는 것은 사실이지만, 적어도 상상 속에서 예술 체험은 '성의 자기 승화'와 같은 해방과 충족의 상태를 만들어 낼 수 있는 것이다.

그런데 우리의 관점에서 중요한 것은, 현실에 있어서이든 예술에 있어서이든, 욕망의 포괄적인 성격이다. 마르쿠제가 그려 내는 심미적 경지에 있어서, 인간의 리비도는 한정된 대상에 폭발적인 형태, 또는 퇴폐적이고 도착적인 상태로 관계되는 것이 아니라 인간의 생존 전체에 널리 관계된다. 예술의 이념도 이와 같은 전체성에서 만족된다. 인간의 욕망이 개체적으로나 집단적으로나 인간 생존의 전체에 관련되는 상태를 예술은 지향한다. 미적 교육이야말로 인간의 전인성을 회복하는 길이라고 생각한 실러에게, 미적 능력은 인간의 감각과 이성, 다양한 능력들을 통합하는 것이라고 생각되었다. 아름다움은 인간의 여러 능력을 종합하고 조화하여 "사람으로 하여금 그 스스로 완전한 존재가 되게"[4] 하는 것이다. 그러나 실러는

---

**4**  Friedrich Schiller, "Über die ästhetische Erziehung des Menshen", *Schillers Werke*, Zweiter Band(München: Knaur, 1964), p. 605.

이러한 조화된 전인적(全人的) 상태가 그의 시대에 존재하지 않는다고 생각하였는데, 그것은 어느 정도는 인지의 발달로 하여 불가피한 것이었다. 위에서 우리가 말하고자 하였던 것은, 반드시 인지의 발달이라기보다는 오늘날 발달되고 있는 산업 사회의 성격으로 하여, 이러한 전인적 상태가 존재하기 어렵다는 것이었다. 또 오늘날 우리가 아름다움의 모습으로 받아들이는 것도 이러한 전인적, 총체적 조화의 동력이 되기 어렵다. 오늘의 아름다움은 우리의 삶의 전체적인 요구로부터 벗어나서, 유기체에서 떨어져 나온 단편이 지니는 퇴폐적 성격을 띨 가능성이 많은 것이다.

## 5

다시 말하여 오늘의 예술은 삶에 뿌리를 가지고 있지 않기가 쉽다. 이것은 예술의 상태가 그렇고, 그러한 상태 아래에 놓여 있는 예술에 대한 이해로 하여 그러한 것이지만, 더 근본적으로는, 위에서 살핀 바와 같이, 삶 자체가 그 전체성을 상실하고 있기 때문이다. 그리하여 어떻게 보면, 그것을 간단한 방법으로 온전한 모습으로 되돌려 놓을 수는 없는 것으로 보인다.

오늘의 예술의 대체적인 경향은 단순화하여 말한다면 낭만주의적이라고 할 수 있지 않을까 한다. 낭만주의라고 함은 삶의 현실과 그 건전한 가능성으로부터 유리되어 있다는 뜻에서인데, 그것은 좁은 의미에서의 낭만주의보다는 여러 가지 형태를 취할 수 있다. 그것은 여러 가지 환상적인 실험을 낳는다. 그러면서 우리가 놓칠 수 없는 것은 이러한 실험이 얼핏 보기에는 세련되고 정치한 예술의 원동력이 될 수도 있다는 점이다. 그러나 그것은 대체로 표면적인 완성에 그칠 가능성이 크다. 원래 예술은 표면과 현상의 영역에 속한다. 다만, 위에서 말한 바와 같이, 이 표면은 실질의 증후로서만 그 궁극적 정당성을 얻는 것이다. 그러나 그것이 그것만으로 독립될 수도 있고, 그 나름의 완벽에 가까이 갈 수 있는 것도 사실이다. 이것은 상품의 포장술에서 가장 단적으로 표현되는 것이지만, 예술에 있어서도 그러한 표면적 완성이 있을 수 있다. 장식적 예술이나 예술지상주의적 예술 표현들의 발달은 그러한 예의 하나이다. 이러한 태도는 조금 더 정신주의적 색채를 띨 수 있다. 예술가만이 아는 어떤 신비적 계시가 있는 것인 양 꾸미는 몽매주의도 우리가 더러 만날 수 있는 뿌리 없는 예술의 한 가지 철학이다. 또는 예술의 어떤 애틋한 감상이 어지러운 실사회의 모든 긴장과 고통을 어루만져 줄 수 있는 것처럼 생각하는 사람도 있다.

또 하나의 낭만적 경향의 표현은 관능주의이다. 앞에서 비쳤듯이 현실을 벗어나고자 하는 환상은 결국 그 환상의 자료를 현실에서 취해 오게 마련이다. 여기에 쓰이는 것은 주어진 현실에 대한 보상과 대체물로서의 현실의 일부이다. 여기에는 '특이한 감각'들이 특별한 위치를 차지한다. 억압되어 있는 리비도는 감각의 표면에 쉽게 집중된다. 그러면서도 그것은 책임과 작업을 요구하는 심층적 개입을 피할 수 있게 해 준다. 이렇게 하여 인간의 기능의 일부는 표면적으로 강화되고 환상적 가치를 부여받는 것이다.

이러한 삶의 뿌리가 절단되어 있는 환상의 조각으로서의 예술에 맞설 수 있는 것은 삶의 현실로 돌아가는 예술이다. 삶에의 밀착을 고집하는 예술적 태도가 흔히 리얼리즘, 사실주의 또는 현실주의라고 부르는 것이다. 그러나 삶의 현실을 부여잡는다는 것은 얼마나 어려운 일인가? 사실주의도 '특이한 감각'을 추구함으로써 관능주의와 크게는 다르지 않은 것일 수 있다. 격렬한 현실성을 가진 것으로 생각되는 사실들은 관능주의의 충격과 비슷한 효과를 낳는다. 사실상 그것이 과장되고 편벽된 상상력의 소산일 가능성도 크다. 아마 사실주의를 관능적 퇴폐주의로부터 구분해 주는 것은 그 놀라운 사실들이 아니라 강한 도덕적 관심일 것이다. 이 관심이 불의와 고통의 격렬한 사실들을 탐색해 내게 하는 것이다. 그러나 이 도덕적 관심이 또한 낭만주의적 과장과 왜곡에 오염되지 않기는 얼마나 어려운가? 공격성, 증오, 복수심, 또는 협소한 초자아(superego)의 도덕적 분노는, 다른 사람에게나 그것을 지니고 있는 당자에게나 진정한 도덕으로부터 가려내어 따지기가 매우 어려운 것이다. 또 이러한 부정적 요소가 없다고 하더라도 도덕은 하나의 교과서적 진실이 된 이데올로기적 도식성에 의하여 쉽게 사실적 정직성과 인간적 유연성을 잃어버린다.


## 6

이렇게 생각해 볼 때, 이 모든 것들은 삶의 온전성을 참으로 딛고 서 있는 어떤 예술적 비전이라기보다는 분열된 현실, 삶과 예술, 삶과 도덕 또는 이념과의 심각한 분열을 드러내 주는 증후이고 그러한 분열을 구성하고 있는 현실의 일부이다. 그러면 이러한 분열을 극복하는 길은 없는가?

문제의 발단이 삶의 현실로부터 우리의 관념과 감성과 상상력이 유리된 데 있다고 한다면, 얼핏 우리는 격렬하게 과장된 환상주의나 사실성에 대하여, 가장 사실적인 사실성, 가장 과학적이고 또 어쩌면 평면적이라고도 할 수 있는 사실성으로 돌아가는 것을 생각해 볼 수 있다. 그러나 그러한 사실적 사실성이란 것이 존재할 수 있는가? 그것은 이미 드러나 있는 사실 ─ 그것이 소외와 억압의 사실이라면, 그러한 사실을 숙명처럼 받아들임으로써 드러나는 사실일 것이다. 평면적 사실에의 충실성을 루카치는 자연주의에서 볼 수 있다고 생각하였다. 발자크의 '비정상'과 '특이성'에 대신하여 평상적인 것을 택한 졸라의 '자연주의의 단조로운 범상성'은, 루카치의 의견으로는 "자본주의의 따분한 현실을 기계적으로 반영하는 데에서 나오는 것이었다."[5] 또 이것은 맥없이 현상을 수용하는 일일 뿐만 아니라 위대한 예술의 감동을 포기하는 일이었다. 여기에 대하여 루카치의 생각으로는, 발자크의 "낭만적 요소, 그로테스크한 것, 환상적인 것, 기괴한 것, 추한 것, 아이러니를 가지고 또는 허세를 가지고 과장된 것"이 차라리 취할 만한 것이었다. 발자크는 그러한 '낭만적 요소'들을 통하여 "본질적 인간관계, 사회관계를 보여 줄 수 있었다." 그렇게 하여 그는 더욱 큰 의미에서의 리얼리즘을 이룩하고 "옛 문학의 위대한 성질을 유지할 수 있었다."[6]

사실 예술은 그 본질에 있어서 낭만적이라 할 수 있다. 주어진 삶을 넘어가든 그 안에 남아 있든, 조금 더 활력에 찬 삶을 원하지 않는다면, 사람이 무엇 때문에 예술을 원하겠는가? 예술은 욕망의, 낭만적인 욕망의 산물인 것이다. 다만 그 욕망이 삶의 전반적 고양을 가져오고 급기야는 바라는 바와 같은 고양된 삶을 살고자 하는, 바라는 것이 바로 삶의 사실이기를 원하는 것이다. 이러한 욕망과 사실의 관계를 월리스 스티븐스(Wallace Stevens)는 다음과 같이 기이한 역설로 표현한 바 있다. "우리는 사실을 떠난다. 그리고 그것으로 돌아온다. 우리가 그랬으면 하는 사실로 돌아온다. 그것은 그전의 사실도 아니고, 너무나 자주 그래 왔던 사실도 아니다."[7] 우리는 사실을 떠나서 다시 사실로 돌아온다. 그러나 이 떠남과 돌아옴 사이에 사실은 우리가 원하는 것과 일치한다. 우리는 이 새로 돌아간 사실과 우리의 원하는 것의 차이를 알지 못한다. 그리하여 우리는 우리의 상상에로의 비상에도 불구하고 계속적으로 사실 속에 있는 것이다. 이러한 사실을 떠나고 사실을 변형시키고 변형시킨 것을 의식하지도 못하는 것 — 이것

---

5  György Lukács, *Studies in European Realism*(New York: Grosest & Dunlap, 1964), p. 93.

6  Ibid., p. 94.

7  "Prose statement on the poetry of war", *The Palm at the End of the Mind: Selected poems and a play by Wallace Stevens*(New York: Vintage Books, 1972), p. 206.

이 시의 작업이며 문화의 의미이다. 문화 속에서 우리는 늘 사실의 세계에 있다. 그러나 그 사실의 세계는 우리의 삶과 현실에 대한 가장 깊은 개입에 의하여 우리 자신이 만들어 낸 것이다.

우리가 원하는 세계 그러면서 사실이 되어 있는 세계는, 방금 말한 바와 같이, 문화의 작업이면서, (문화의 의의는 그것이 우리의 현실적 삶에 형성적 영향을 준다는 데에서만 발견되는 것인 까닭에) 사회적이며 정치적인 작업이다. 그러나 동시에 우리의 원하는바, 우리의 욕망과 세계 사이에 심오하고 신비한 일치가 없다면, 어떻게 세계가 우리의 욕망의 모습을 띠게 될 것인가? 우리는 사실을 통하여 세계의 사실로 나아갈 수 있는 것과 같이, 우리의 욕망을 통하여서도, 사실의 세계에로 나아갈 수 있는 것이다. 세계의 안과 밖은 궁극적으로 하나이다. 예술의 가르침은 이 하나에 대한 것이다. 그러면서도 우리는 그것이 우리의 안에, 우리의 욕망에 더 친근한 것임을 안다. 거기에서부터 예술의 환상과 퇴폐와 낭만주의의 가능성이 나온다. 그러나 그것의 내면적 충동은 결국은 세계와의 조화를 통해서만 완성된다. 토마스 만은 프로이트를 논하는 자리에서 "객체와 주체의 대결, 그것의 혼용과 일치, 자아와 현실, 운명과 성격, 하는 것과 일어나는 일의 신비스러운 일체성, 심리의 작용으로서의 현실의 신비성 — 이 대결이 정신 분석적 지식의 처음이고 끝이다."[8]라고 말한 바 있다. 이것은 예술의 근본적 통찰과 일치하는 것이다. 이런 의미에서 예술은 정신 분석에 매우 가까이 있다. 만은 쇼펜하우어를 빌려 이 통찰을 다시 다음과 같이 부연 설명한다. 쇼펜하우어에 따르면,

꿈에서 가차 없는 객관적 운명으로 나타나는 것은 실은 무의식적으로 나

---

**8** Thomas Mann, *Essays*(New York: Vintage Books, 1957), p. 304.

타나는 우리의 의지다. 꿈속의 모든 것은 우리로부터 나오고, 우리는 모두 우리의 꿈의 숨은 연출자이다. 이와 꼭 같이 현실에 있어서도, 유일한 본질인 의지가 우리가 더불어 꾸는 커다란 꿈, 우리의 운명은 어쩌면 우리의 깊은 내면의 자아, 우리의 의지의 소산일는지 모르고, 우리한테 일어나고 있는 일은 사실상 우리 자신이 일어나게 하는 일일 수 있다.[9]

이러한 주장은 놀라운 주장이면서, 또 우리의 마음 깊은 곳에서 믿음을 촉발하는 주장이다. 다만 이러한 주장의 진리 됨은, 쇼펜하우어의 생각대로, 깊은 철학적 또는 불교적 깨우침을 통하여서만 또는 토마스 만이 시사하고 있는 대로, 정신 분석의 비교적(祕敎的) 교의로써만, 또는 예술적 체험의 구경에서만 짐작될 수 있는 것이다. 그러나 예술과 같은 현세적 의식의 형태에 이미 암시되듯이, 보통 사람에게 주객 합일의 조화는 주로 현세에 있어서, 그날그날을 생활해 나가는 현실 안에서만 그 의의를 갖는 것이다. 그리고 사실상 현실 세계가 그것을 허용하지 않는다면, 궁극적인 진리의 차원에서의 조화가 어떻게 짐작될 수 있을 것인가?

사람은 궁극적으로 그를 에워싸고 있는 자연의 아들이다. 그리고 사람은 문화를 만들어 냄으로써, 자연을 조금 더 그의 의지와 욕구에 순응할 수 있는 것이 되게 하였다. 이것을 위한 집단적 노력의 시간적 집적이 역사이다. 인간이 역사를 의도적으로 창조해 나간다면 말이다. 물론 이러한 객관적 조건의 창조가 객체에 대한 주체의 일반적인 작용만을 뜻하는 것은 아니다. 주체 그것도 자연과 사회의 진리에 열려 있게끔 형성되지 아니하면 아니 된다. 다만 이 형성은 밖으로부터의 제약을 통하여 이루어지는 것이 아니라, 안으로부터의 성장으로 이루어진다. 물론 그것은 일부 욕망의 포

---

9    Ibid., p. 312.

기와 체념을 요구한다. 그러나 동시에 자연과 사회의 핵심적 원리의 내면화를 통하여 그 원리, 그것이 자아의 성장의 원리가 되는 것이다. 이러한 핵심적 원리는 종교나 철학의 추상적 논의에서 추출되고, 또 윤리와 도덕의 강령이 되어, 교육의 내용이 되기도 하지만, 사람 사는 환경에 일관되어 있는 통일성으로 감지될 수 있는 것이기도 하다. 더욱 중요한 것은, 사람이 근본적으로 추상적이라기보다는 구체적인 존재인 한, 삶의 구체적 환경이다.

환경의 궁극적인 마련이 적어도 현대에 있어서 정치적 행위에 달려 있다고 할 때, 의식적인 행동의 대상과 수단으로 가장 중요한 것은 정치이다. 그것이 삶의 환경의 큰 테두리를 정한다. 이것이 전부인 것은 물론 아니다. 방금 말한 바와 같이, 사람은 구체적인 존재로서 수많은 실제적인 행동과 감각과 사고를 통하여 그의 환경과 관계를 맺는다. 이 모든 관계의 구체적인 맥락이 다 우리의 삶에 영향을 미치는 것이다. 조화된 세계의 건설은 전체로부터도 개별자로부터도 시작할 수 있다. 월리스 스티븐스의 난해한 시에 「바위(The Rock)」라는 것이 있다. 이것은 우리의 삶의 공간으로서의 전체와 특수의 관계를 다음과 같이 이야기하고 있다.

> 바위를 잎으로 덮는다고 끝나는 것은 아니다.
> 우리는 바위에 익어, 땅을 익히고
> 우리 스스로를 익히고, ── 그것은 땅을
> 익히는 것과 같은 일로, 잊지 않게 익히는 것이다.
> 그러나 잎들이 싹으로 핀다면,
> 싹으로 피어 꽃이 된다면, 그리하여 열매가 된다면,
> 그리고 싱싱히 끌어낸 것의 첫 빛깔을 먹는다면,
> 그 잎들도 땅을 익힘과 같다.
> 잎들의 꿈은 시의 성스러운 초상, 지복(至福)의 모습이다.

그리고 초상은 인간이다······

　이 시를 속속들이 분석하는 일은 힘든 일이다. 그러나 여기에서 그 상징들에 대하여 간단한 사전적 해석을 추가할 수는 있겠다. '바위'는 인간 조건의 기본을 나타낸다. 그것은 지구이고 대지이다. 우리는 이것을 깊이 깨닫고 잊지 말아야 한다. 그것이 인간 생존의 근본이고 전체적 테두리이다. 그것은 무르익어야 하고 익숙해져야 하고 돌보아야 하는 것이다. 그러나 이 인간 생존의 필연적 바탕은 삭막한 바위이다. 그리하여 그것은 잎으로 덮어서 비로소 볼 만하고 살 만한 것이 될 수 있다. 그러나 잎들을 기르는 것, 그것이 이 대지를, 근본을 다스리는 것이 될 수도 있다. 어쨌든 잎이 만개될 때, 그것은 대지를 익숙한 것이 되게도 하고, 행복을 그려 보여 주기도 하고 인간의 모습을 비추어 보여 주기도 한다. 이 잎이 시다.

　그것만으로 전부인 것은 아니지만, 사람의 세상을 살 만한 것이 되게 하는 것은 시요, 예술이다. 그것은 인간 조건의 전체적인 필연과 작은 구체적인 감각의 행복을 연결시켜 하나가 되게 한다. 전체가 잘되려면 정치가 잘되어야 한다. 그것은 기본적으로 인간의 삶의 기본적인 마련, 가차 없는 필연이며 행복의 약속일 수도 있는 바탕이다. 그러나 궁극적으로 사람이 그것에 의하여 참으로 행복하여질 수는 없다. 실러는 정치 공동체의 의무를 자유로 바꾸어 놓을 수 있는 것이 예술이라고 생각하였다. 사실 이것은 오래된 생각이다. 희랍 사람들은 이 전체적 필연과 행복한 자유의 연결을 '칼로카가티아(Kalokagathia)'란 말로 표현하였다. 이것은 이성적이고 의지적인 선과 감각적인 미를 하나로 합쳐 놓은, 이상적 인간의 자질을 말한다. 실러는 여기에서 미의 요소가 자유를 가능하게 한다고 생각하였다. 말할 것도 없이 이성과 도덕은 강제적인 성격을 띠고 있다. 정치는 그 최고의 형태에서 인간에게 사회적 이성과 도덕적 기율의 훈련을 줄 수 있다. 그러나 이것이 자발적으로 내면화될 수 있는 것은 정치 그것이 형식에 대한 감각과 일치함으로써이다. 공동체의 행사에 심미적인 의식들이 필수적인 것은 이러한 관련에서도 이해될 수 있는 것이다. 그러나 이 형식적 감각은 공동체뿐만 아니라 우리의 사생활의 구석에도 침투되어 비로소 참으로 삶의 구체성을 얻게 된다. 또 그것은 감각적 내용에 의하여 채워져야 된다. 이러한 과정은, 스티븐스의 시에서 암시된 바와 같이, 거꾸로 진행될 수도 있다. 즉 감각, 감각의 형식적 변용, 그것의 공동체적 균형에로의 확대 이러한 순서가 될 수도 있다는 말이다.

자연 발생적인 삶의 관점에서 볼 때, 오히려 이러한 순서가 경험의 사실에 맞는 것이라고 할 수 있다. 우리의 교육은 교육 이전에 이미 지각으로부터 시작한다. 지각은 이미 의미의 벡터에 의하여 관류되어 있다. (메를로 퐁티가 지적한 바대로 프랑스어의 '상스(sens)'는 감각이기도 하고 의미와 방향이기도 하다.) 이러한 지각은 아이들이 보고 만지고 관계하는 모든 것으로부터 그의 정신 속으로 흘러 들어간다. 이것은 다시 크고 작은 놀이와 여러 가지 축제를 통하여 강화되고, 최종적으로 제도와 공동체적 의무의 체계와 인간과 자연에 대한 이해에로 나아간다. 지각으로부터 시민과 인간으로서의 포괄적 의식에까지의 연결이 제대로 되지 않는 곳에, 조화된 인간 품성이 있을 수 없고 개인과 사회의 조화가 있을 수 없다. 그런데 이 연결은, 다시 말하여, 추상적 이념의 교육에 의하여서가 아니라 지각 작용을 통하여 ── 모든 형식 교육에 선행하여 시작되며 일생에 줄곧 우리의 삶의 느낌의 현실감의 핵심을 이루는 지각 작용을 통하여 이루어진다. 이것은 우리와 우리의 생활 환경과의 끊임없는 상호 작용 이외의 다름이 아니다. 이러한 상호 작용을 좀 더 강화하고 의식하고 그것을 삶의 전체적인 요청에 끌어올리려는 것이 예술이다. 또 예술이 없이 우리는 인간과 인간 환경의 자연스러운 상호 작용을 보다 만족할 만한 것으로서, 인간의 깊은 욕망과, 참다운 운명에 맞는 것으로서 방향지어 나아갈 수 없다. 그러나 다른 한편으로 예술은 삶의 전체에, 그것의 내면적이고 외면적인, 욕망과 현실의 전체적인 변증법에 뿌리내리고 있는 것이어야 한다. 그럼으로써 비로소 그것은 우리의 삶에 불가결한, 그것을 깊고 높은 곳으로 끌어올리는, 형성적 힘이 될 수 있다.

(1987년)

# 읽는 행위의 안팎

## 1. 삶의 역사적 · 사회적 성격

말은 우선 의사소통의 수단이다. 의사소통은 서로 다르기도 하고 같기도 한 사람들 사이에 성립한다. 내 생각과 네 생각이 완전히 같다면 의사소통은 필요 없는 일이고, 나와 너 사이에 아무런 공통의 기반이 없다면 나의 말을 네가 알아들을 수 있는 방도가 없을 것이다.

그런데 이러한 의사소통의 조건을 조금 더 단순화하여 일반적으로 생각하여 보면, 적어도 말을 듣는다는 것은 나 이외의 밖으로 나가는 것을 뜻한다. 이 밖으로 나가는 일은 정도에 있어서 차이가 있을 수 있다. 친구보다는 이방인의 말을 알아들으려면 우리는 조금 더 나의 밖으로, 이질적인 것에로 나갈 필요가 있다. 친구의 이야기라도 그의 이야기가 길어지면 우리는 좀 더 밖으로 발돋움을 해야 한다. 짧은 말의 경우와는 달리, 한 발자국마다 공동의 터전을 다짐하고 가는 것이 아니기 때문에 우리는 조금 더 조심스럽게 귀를 기울이면서, 그의 이야기를 들어야 한다. 우리의 친구가 긴 이야기를 할 필요가 있다는 것은 그만큼 알아듣게 하여야 할 사정이 많다는 뜻이다. 그의 이야기는 얼마만큼 전개된 사건의 줄거리에서, 여러 요인들이 착잡하게 얽혀 들어간 일정한 크기의 상황에서, 또는 그 나름의 인물과 사건과 사물이 일정한 인과 관계의 구조를 이루고 있는 하나의 세계에서 나온다. 우리는 내가 직접 끼어든 것이 아닌, 또 금방 이해할 수 있는 것이 아닌 사건의 줄거리, 어떤 상황, 하나의 세계 속으로 들어가야 한다.

이러한 사정은 글의 경우에 가장 극단적인 것이 될 수 있다. 친구의 이야기를 듣게 되는 것은 그럴 만한 계기가 있어서이다. 이 계기는 이미 우리와 친구 사이의 이해를 도와줄 수 있는 공동의 터전이 된다. 대면하고 이야기하는 경우에 우리는 내용 이외에 말의 억양이나 얼굴의 표정 등 이해를 돕는 많은 단서를 가지고 있다. 물론 말할 것도 없이 친구와 우리 사이에는 이미 서로 많은 것을 주고받아 온 긴 사연이 있다. 글을 통해서 의사소통이 이루어지는 때에, 우리는 이러한 여러 가지 실제적 상황의 보조 수단을 전혀 갖지 못하고 있다. 그리하여 우리는 글에 있어서, 직접 주고받는 말보다도 한결, 우리를 넘어가는 다른 것에 들어갈 용의가 있어야 한다. 그리고 글이 짧은 것보다는 긴 것의 경우 우리의 경청을 위한 자세는 더욱 조심성스러운 것이 되어야 한다. 우리는 다른 사람의 이해의 구조를 더듬어 가야 하고 궁극적으로 먼 길을 따라 다른 사람의 세계 안으로 참을성 있게 나아갈 수 있어야 한다. 글을 쓰는 사람은 실제 세계에서 우리가 경험하는 행동적 줄거리와 감각적 영상을 통하여 우리의 원정을 도와주며 또 증거와 논리를 우리의 길로 삼아 앞으로 나아갈 수 있게도 한다. 이러한 책의 세계에로의 여로는 쉬운 것이 아니다. 그리하여 우리가 일상적으로 살고 있는 세계, 또는 익숙하게 알고 있는 이외의 세계를 이야기하고자 하는 책은 우리에게 금방 피로감을 주고 또 구태여 그 세계 속에 들어가야 할 절실한 필요가 없는 한 우리로 하여금 그러한 세계로 나아가는 문을 닫아 버리게 하기도 한다.

또 구태여 어떤 책들이 보여 주려고 하는 낯선 세계에 들어갈 필요가 있는 것인가? 사람은 본래부터 바깥세상과의 교섭이 없이는 살아갈 수 없다. 또 이 바깥세상이란 단순히 목전에 보이는 것만으로 이루어진 것은 아니다. 목전의 것이라고 하더라도 그것은 범위가 여러 가지로 다를 수 있는 것이고 또 말할 것도 없이 세상은 목전의 것을 넘어선 보이지 않는 구역들을 포함한다. 뿐만 아니라 목전의 것의 실체는 그것을 넘어서는 보이지 않는 것에 이어져 한 덩어리를 이루고 있는 또 보이지 않는 먼 곳에서 오는 것에 의하여 결정될 수도 있다. 이 보이지 않는 먼 곳은 단순히 공간적인 의미만을 가진 것이 아니라 시간적인 의미도 가지고 있다. 그렇다는 것은 오늘 이 자리의 것은 과거에 일어난 일들의 영향을 받고 또 그것에 의하여 결정된다는 말이다. 이러한 시·공간적 일체성과 연계 관계는 물리적인 세계뿐만 아니라, 그의 역사적·사회적 세계에도 적용된다. 어쩌면, 인간 역사의 흐름이 사람의 집단적 삶의 범위를 점점 넓혀 간다고 할 때, 사람의 삶은 오히려 사회적·역사적 세력들의 움직임에 의하여 크게 좌우된다고 할 수도 있다.

그렇다면, 결국 목전에 있는 것은 보이는 대로의 그것이 아니라고 해야 한다. 현상이 반드시 실재일 수는 없는 것이다. 또 현상과 실재의 괴리는 단지 내가 보는 것, 객관적인 대상에만 해당되는 것이 아니다. 내 자신은 내가 좁게 아는 나, 그것과 일치하는 것일까? 말할 것도 없이, 지금 이 자리의 나는 나의 과거와 나의 미래, 다른 장소의 나와 일체하며 또 그것에 의하여 영향받고 결정된다. 그리고 나도 물리적 또는 역사적 세계의 일부라고 할 때, 그것에 의하여 영향받고 결정되는 것이다. 따라서 이 넓은 세계에 대한 이해 없이 알고 있는 나는 반드시 나의 참모습이라고 할 수 없다.

이러한 반성의 의의는 결국 나는 목전의 것들이나 한때의 나를 넘어서 밖으로 나아가지 않고는 참모습으로 파악되기 어렵다는 사실에 있다. 나는 나로부터 나가서 비로소 나 자신에게 되돌아온다. 그런데 여기에서 우선 주목하고자 하는 것은 나의 밖으로 나가는 움직임이다. 이미 말한 바대로, 이것은 우리 삶의 하나하나의 행위에서 이루어지고, 주고받는 말에서 이루어지고 또 글과 책을 읽는 데에서 이루어진다. 그중에도 책을 읽을 때 우리는 나의 이 자리와 이 순간을 떠나서 가장 참을성 있게 우리와 다른 세계로 들어가지 않으면 안 된다. 그것은 의도적인 다른 세계로의 출발이다. 어쩌면 최초의 책은 다른 세계로부터 오는 다른 목소리를 기록한 것이었는지 모른다. 많은 부족의 역사의 첫머리에 있는 것은 신들의 이야기, 신화이다. 또 그것은 히브리의 성경에서 보듯이, 신의 말씀을 그대로 기록한 것이다. 최초의 책이 어떤 것이었든지 간에, 최초의 글은 비의적(秘義的)인 것이었을 것으로 생각할 수 있다. 종교의 가르침이라는 것이 많은 경우 자생적이라기보다는 외래적인 것이고 또 그것을 기록하는 언어 자체가 외래적인 것이라는 것도 여기에 관련시켜 볼 수 있다.

## 2. 삶을 억압하는 것으로부터의 해방

이러한 것들은 다분히 사실보다는 상상의 세계에 속하는 이야기들이다. 그러나 우리 선조가 오랫동안 한문을 숭상하고 한문을 주요한 기록의 수단으로 삼아 왔다는 사실도 이러한 연관에서 생각해 볼 만한 일이다. 적어도 원인에서 그렇지 않았다면, 결과에 있어서는 그랬다고 할 수 있다. 한문은 다른 세계에 와서 다른 세계를 나타내는, 우리의 일상어와는 전혀 다른 비교(秘敎)의 언어였다. 그것은 다른 세계, 타자의 세계로 들어갈 것을 요구하는 글의 극단적인 사례가 되었다. 언어를 익히는 일 자체가 벌써 다른 세계에 들어가기 위한 정신 수련을 하는 일이었다.

그러나 극단적인 만큼, 한문의 예는 다른 세계로의 진출이 얻는 것과 함께 자칫하면 잃는 것이 더 많을 수 있다는 것을 보여 주는 사례이다. 다른 세계에 들어감으로써 잃는 것은 자기의 세계이다. 사람에게 다른 것에로의 초월이 중요하다면, 그것에 못지않게 또는 그것 이상으로 중요한 것은 자신에 머무는 것이다. 대체로 책을 통하여, 글을 통하여, 말을 통하여, 다른 사람에게 자극되어, 또는 스스로 꾸는 꿈을 통하여 다른 세계로 간다는 것은 위험한 일이다. 돈키호테나 마담 보바리를 기다리는 위험이 이와 같은 것이다. 그러나 이 함정은 글을 읽는 모든 곳에 숨어 있다.

전혀 낯선 세계에서 우리는 어떻게 하는가? 여기에서 우리는 완전한 수동 상태에 놓이며, 다른 사람이 시키는 대로 할 수밖에 없다. 우리의 주관적이고 능동적인 능력은 완전히 중단 상태에 들어가야 한다. 권위를 가진 자 또는 책이 일러 주는 것을 그대로 받아들이고 외는 것이 우리의 유일한 지침이다. 여기에서 중요한 것은 이해와 성찰이 아니라 암기이다. 그 결과 우리 자신의 이해의 확대로 시작된 바깥으로의 움직임은 순전한 바깥에 의한 움직임이 된다. 우리의 지식은 늘어 가지만, 우리의 이해 또 우리 자신의 세계는 넓어지지 아니한다. 그 결과는 우리의 삶의 신장이 아니라 우리의 우리 자신으로부터의 소외이다.

이러한 면이 한문으로 이루어진 학문의 유일한 특성인 것처럼 말하는 것은 옳은 일이 아니다. 그러나 거기에 이러한 면이 있었던 것은 사실일 것이다. 우리는 한문의 소양이 허사(虛辭)와 허례와 허식으로 경직화된 사례를 잘 알고 있다. 그러나 빈말의 공식을 암기하고, 또 그러한 암기된 이질적 언어로써 우리의 행동, 나아가 삶을 규제하는 예가 말기 중세에 들어간 한문 소양뿐이겠는가? 한문을 대치한 많은 외래적인 것, 가령 일본이나 서양의 것도 똑같은 역할을 한다. 외래적인 것을 무반성적으로 받아들일 때,

우리가 할 수 있는 것은 그 의미도 모르면서 거죽을 모방하는 일이다. 무의미한 것의 암기의 외면적 표현이 모방이다. 그러나 우리를 억지로 그 의미를 알 수 없는 이질적인 것에로 나가게 하고 우리 자신과 우리의 세계로부터 우리 스스로를 소외시키는 것이 비단 암기되고 모방되는 외래적인 것만인가? 우리가 읽은 모든 글, 모든 책은 외부로부터의 강제일 수 있고 우리의 자연스러운 삶을 왜곡하고 억압하는 것일 수 있다. 우리는 '고딕식 교육'의 폐단에 대하여 계속 여러 가지 논평을 들어 왔다. 여기의 '쏟아 넣는다'는 비유는, 앞에서 사용한 밖으로 나간다는 비유와는 반대가 되는 것이라고 하겠지만, 다 같이 우리 정신 안에 섞이지 않는 이물질이 존재하는 상태를 가리킨다. 다만 밖으로 나간다는 것은, 이미 비친 바와 같이 우리 삶의 확대와 진리에의 귀환을 의미할 수 있는 데 대하여, 쏟아 넣는 행위는 그러한 긍정적 가능성을 가지고 있지 않다는 것이 그 차이일 것이다.

하여튼 이물질 상태와 가르침을 우리 정신에 삽입하는 행위, 의미 없는 또는 아직도 의미를 깨우칠 수 없는 사실들을 암기하는 행위가 배우고 책을 읽는 일의 근본적 의미를 왜곡하는 행위임은 부인할 수 없다. 또 일방적 지시의 전달처럼 행해지는 교육, 정치적인 구호, 경직된 상투 개념과 사상—이 모든 것이 같은 범위에 속하는 것들이다. 오늘날 입학 시험에서 시험되고 정치적 신조로서 검사되는 것들은 대체로 이러한 것들이다.

우리 사회가 책을 안 읽는 사회라는 사실은 자주 개탄되는 일이지만, 동시에 우리만큼 책을 읽어야 한다는 강박관념 속에 있는 사람들도 드물다. 책읽기가 무작정의 낯선 것들의 흡수를 의미한다면 그것은 위에서 예를 든 다른 일들이나 마찬가지로 자기 소외의 다른 한 표현에 불과하다.

### 3. 밖의 세계로, 나의 세계로

위에서 말한 대로 책을 읽는다는 것은 나의 밖으로, 다른 세계에로 나간다는 것을 뜻한다. 그러나 그것은 동시에 나의 세계에 더욱 깊이 뿌리내린다는 것을 뜻하는 일이기도 하다. 여기에서 나의 세계에 뿌리를 내린다는 것은 나의 세계의 현상으로부터 참모습을 더듬어 나아간다는 것이다. 또 그것은 주어진 대로의 우리 모습이 바뀌는 것을 경험하는 것을 말하기도 한다. 이것은 쉬운 일이 아니다. 그리고 이 심화, 이 변화는 우리의 다른 세계에로의 출발에 의해 이루어진다. 낯선 세계로 나아가는 것은 익숙한 세계가 흔들리는 것을 경험하는 일이다. 낯선 세계에로 낯선 세계에로 멀리 나아가면 나아갈수록 익숙한 세계의 흔들림은 커지게 마련이다. 이렇게 하여 나는 낯선 세계 속에 흡수될 수 있다. 그러나 우리가 참으로 우리 자신을 떠날 수 있는가? 나는 한시도 내 자신의 이 자리, 이때, 나의 주어진 조건을 떠날 수 없다. 낯선 세계로 나아가면서, 우리는 우리로 남아 있으면서 나와 나의 세계와 낯선 세계가 다 같이 바뀌고, 바뀜의 전율을 통해서 새로운 하나의 세계로 통일됨을 경험한다. 이에 대하여 기계적이고 맹목적인 다른 세계에로의 여행, 또는 이 경우에 더 적절한 비유가 된다고 하겠는데, 낯선 것의 주입은 우리 자신에게 근본적인 변화를 가져오지 아니한다. 밖에서 주입된 것은 우리의 피상적인 자아와 단절된 상태에서 공존할 뿐이다. 여기에서 우리의 자아는 이질적인 것들의 모둠으로 존재한다. 우리의 말과 마음, 우리의 말과 행동이 서로 따로따로 존재하여 수미일관하지 않게 되는 것은 당연하다.

책은 우리에게 정보를 주고 우리 자신을 이해하게 하며 또 우리에게 오락을 제공하여 준다. 정보는 우리가 모르는 세계를 말하여 준다. 그러나 그것은 곧 우리와 상관이 없는 것으로 되어 받아들이고 암기하여야 할 대상이 되거나 우리의 노리개가 된다. 그리하여 그것은 우리의 잡담 속에 들어가고 우리에게 아무것도 말하여 주지 않는다. 어떠한 책들은 우리 자신을 말하여 주는 듯하다. 그러나 그것은 우리가 이미 알고 있는 우리를 말하여 줄 뿐이다. 또 우리는 우리가 필요로 하는 모든 지혜를 다 가지고 있는 것처럼도 보인다. 그것은 우리의 표면에 이미 드러나 있거나 또는 그 표면의 바로 아래 들어 있다. 우리는 이미 아는 우리에게 크게 만족할 수 있는 충분한 이유를 가지고 있다. 이렇게 하여 책이 제공하여 주는 것은 낯선 세계에 대한 진정한 경험도 아니고, 우리 자신에 대한 깊은 이해도 아니다. 결국 모든 것은 요설과 오락으로 바뀌어 버리고 만다.

글의 근본은 그것이 우리로 하여금 낯선 세계에로 나갈 수 있게 해 준다는 데 있다. 옛날에는 이것은 정신적 발전에 필요한 것이었다. 그러나 오늘날 이것은 우리의 현세적 삶을 유지하는 데도 필요한 것이 되었다. 신문에서 우리는 생활 정보라는 제목을 가진 난을 보지만 정보는 생활을 위한 필수 사항이 되어 가고 있는 것이다. 인구의 증가, 민족 국가의 거대화, 산업화, 또는 경제의 국가화 내지 국제화는 개체의 삶을 복잡한 사회관계 속에 편입시켰다. 그리하여 우리의 삶은 어느 때보다도 직접적으로 먼 곳에서 일어나는 사태의 영향하에 놓이게 되었다. 따라서 생존의 전략은 당연히 외부 세계에 대한 정보를 포함하게 되었다. 이 점을 생각하는 것은 중요한 일이다. 외부 세계의 정보가 단순히 호사적 관심이나 잡담의 화젯거리에 떨어지지 아니하려면 그것들은 우리 삶과의 관련 속에서 파악되어야 한다.


### 4. 말의 기쁨, 세계와 삶에 대한 찬미

그러나 외부 세계와 우리 자신의 삶의 관계는 더욱 깊은 것이 될 수 있다. 우리가 외부 세계의 사실들을 참조하면서 살아남자는 것은 단순히 어떠한 인과 속에서라도 목숨만 부지하자는 것이 아니다. 그것은 한 걸음 더 나아가 우리 나름의 사람다운 삶의 조건을 확보하자는 것이다. 우리의 전략 목표는 단순한 생존이 아니라 인간적 삶의 창조이고, 이것에 필수적인 만큼 우리의 삶을 조건 짓는 요인들을 개선·창조·통제하는 일이다. 그러나 우리의 삶은 무엇인가? 그것은 우리 자신의 것인가? 그것은 고칠 수 없게 고정되어 있는 것인가? 그것은 이미 있는 질서에 의하여 그 깊은 내면까지 형성되고 결정된 것이다. 그렇다면 우리 자신의 진정한 모습은 회복되어야 하고 새로 형성되어야 할 어떤 것이다. 그것은 낯선 것으로서 되찾아지지 않으면 안 된다. 이 회복의 길은, 어느 정도까지는, 전통적 학문에 있어서 수양의 과정에 비슷하다. '어느 정도'까지라는 것은 이것이 우리 자신에 대한 형이상학적 진실을 되찾는 것만을 의미하지 않기 때문이다. 오늘날 우리는 어느 때보다도 강력한 이데올로기적 조작 속에 살고 있다. 그리하여 우리는 우리의 내면 깊이까지 이 조작에 의하여 영향받고 있다. 여기에서부터 벗어나는 것은 매우 힘든 신화 해체의 작업을 필요로 한다. 전통적인 형이상학적 깨우침은 이러한 비판적 해체의 마지막 지평을 이룰 뿐이다.

이렇게 말한다고 하여, 글 읽는 일이 심각한 진리에의 길일 수만은 없다. 개인적인 또는 집단적인 삶의 궁극적인 테두리가 진리라고 하더라도 그것이 삶의 유일한 환원점일 수가 없다. 진리는 운명처럼 우리가 받아들여야 하는 어떤 것이다. 그리고 이 받아들임에 우리의 삶의 많은 것이 달려 있다. 그러나 운명에 대한 사랑은 사람의 최종의 위안일 뿐이다. 우리는 우리 삶의 에너지의 즉각적인 방출과 그 방출에서 오는 기쁨을 필요로 한다. 이 에너지와 기쁨은 운명을 거스르는 것일 수 있다. 우리가 글에서 찾는 것이 이것이라면, 그러한 무구한 갈구를 나무랄 필요가 있겠는가? 다만 우리는 그것이 삶을 위축하게 하고 병들게 하는 것이 아니라 확장하는 종류의 것이기를 바랄 수 있을 뿐이다. 그리고 궁극적인 삶의 진실은 단순한 삶의 분출에 있는 것이 아닌가? 우리가 바깥세상으로 나아가서 그것의 여러 표정에 귀 기울이는 것은 살기 위한 단순한 방편인가? 우리의 앎은, 그것이 외부 세계에 대한 것이든지 우리 자신의 삶의 신비에 관한 것이든지, 우리의 기쁨의 충동에 연결되어 있다. 앎은 기쁨인 것이다. 그리고 그러니만큼 그것은 세계와 삶에 대한 찬미이다.

지금까지 말한 것은 우리의 글 읽기가 바깥세상과 우리의 삶과의 서로 상반되는 긴장 속에 존재한다는 것이었다. 그것은 다시 말하여 비판적 독서에 관한 것이었다. 그리고 마지막으로 비판과 더불어 앎의 기쁨이 독서의 중요한 요소임을 말하였다. 이러한 독서에 관한 이야기는 책을 만드는 일에도 그대로 해당된다. 책을 만드는 쪽에서도, 책은 객관적 정보를 제공하는 것이라는 생각으로부터 말을 시작할 수 있다. 그러나 이 정보는 우리의 삶의 모습에 관계되어야 한다. 민주 사회에 있어서 삶의 정보는 어떤 특정한 인간, 특정한 집단에 의하여 독점될 수 없다. 민주주의는 우리 삶의 주요 결정을 우리 스스로가 내린다는 것을 말한다. 이러한 결정이 충분한 사실적 정보에 기초해야 하고, 그러니만큼 이 정보가 많은 사람이 가까이 할 수 있는 것이어야 한다는 것은 새삼스럽게 말할 필요도 없다.

되풀이하여 말하건대, 이러한 정보의 효용은 우리 삶의 현상에 대한 분석과 이해와 병행하는 데에서 발생한다. 한 편의 책들은 우리의 역사적·정치적·사회적 현실의 분석을 의미하지만, 동시에 이 현실 속에서 형성되는 개인적·집단적 자아의 근거를 밝히는 작업을 뜻하기도 한다. 그리고 또 다른 책들은 긴 시간의 차원, 단순히 근대사가 아니라 더 먼 역사, 진화의 역사, 그리고 영원의 차원에서의 인간에 대하여 우리의 생각을 깊게 해 주는 것일 수 있다. 마지막으로 이러한 심각한 주제의 책들에 못지않게 중요한 것은 우리를 즐겁고 기쁘게 해 줄 수 있는 책들이다. 이러한 지식과 지혜와 기쁨이 반드시 책을 통하여서만 얻어진다고 할 수는 없다. 그러나 책을 읽고 만들고 하는 일이 유독 이러한 것을 얻는 데 깊이 관계되어 있는 것만은 사실일 것이다.

(1984년)

# 회한·기억·감각
삶의 깊이와 글쓰기에 대한 수상隨想

## 1

　나이가 들어 가는 사람들이 과거를 돌아보는 것은 자연스러운 일이고 과거를 돌아보다 보면 즐거운 일도 있겠지만 후회스러운 일이 많게 마련이다. 잘못하여 저질렀던 일, 그리하여 다른 사람에게 해를 끼친 일, 부주의나 부족한 계산으로 큰 기회를 놓쳐 버린 일들이 다 후회의 대상이 된다. 그런데 재미있는 것은 보다 작은 일, 어떻게 보면 하찮은 것들이 보다 쉽게 후회의 대상이 된다는 것이다. 왜 그때 병상에 누워 계시는 아버지 곁에 조금 더 자주, 더 오래 머물지 못했던가? 주로 방 안에서만 지내시는 할머니에게 건성으로 인사만 드리고 곧장 도망가 버리고 하던 것은 잘한 일인가? 할머니는 손녀가 조금 더 머물러 있으면서 젊은이의 관심과 삶에 대하여 이야기하여 주기를 바라신 것일 터인데. 그때 그가 시간과 노력을 들여 나를 도와준 것을 나는 그가 그럴 만한 힘이 있어서 할 만한 일을 하는 것에 불과하다고 생각해 버린 것은 아니었을까? 그때의 그 말은 그의 마음을 적잖이 상하게 한 것일 터인데, 그것은 전혀 그럴 필요가 있는 것이 아니었다.

가령 사람이 하여서는 아니 될 일을 저질렀다고 한다면 그것은 후회의 느낌으로 처리될 수 있는 일이 아니다. 당장에 그것을 시정하거나 참회의 고행을 하거나 하는 것이 마땅할 것이다. 내가 그때 공부를 조금만 더 열심히 했더라면 대학에 갈 수 있었을 것이고…… 이런 것도 공부라는 것이 하루 이틀에 이루어지는 것이 아니라 할 때 거의 현실성이 없었던 일이 되는 까닭에 후회의 대상이 아닐는지 모른다. 그러나 나는 그때 조금 더 병상에 누워 계신 분을 자주 가서 뵈었어야 하는데…… 또는 그때 임종하는 그분의 소망대로 무릎을 꿇고 기도를 드릴 수도 있었는데……. 이러한 과거의 일은 조금 더 가능한 일이었다. 큰일의 경우는 이러나저러나 근본적으로 새 마련이 있기 전에는 다른 결과가 되었을 것으로 상상하기 힘든 것이 보통이다. 그때 내가 결혼하지 아니하였더라면 나의 인생은 다른 것이 되었을 터인데 하는 후회는 나의 인생의 방향이 전적으로 다르게 설정되었어야 한다는 것을 전제한다. 극단적으로 그것은 내가 가난한 집이 아니라 부잣집에 태어났더라면, 한국이 아니라 다른 어떤 나라에 태어났더라면, 오늘이 아니라 100년 전에 태어났더라면 하고 생각해 보는 것과 비슷하다. 그것은 후회를 하고 말고 할 대상조차 될 수 없는 엉뚱한 망상에 불과하다. 그러나 내가 할머니와 조금 더 시간을 보내고 노년의 외로움에 대하여 이해를 갖는다는 것은 충분히 할 수도 있었을 일이다. 그것은 인생 자체를 송두리째 재설정하지 않더라도 다를 수 있었다. 작은 후회들은 그 일이 있을 수도 있는 일이었기에 우리의 마음에 안타깝게 여겨진다.

그러나 사실은 그것 또한 돌이킬 수 없는 세계로 들어가 버린 것이라는 점에서는 큰일이나 다른 것이 아니다. 그러면서도 그것은 너무나 우리가 어떻겐가 할 수도 있었을 성싶은 것이다. 그렇다는 것은 사실상 여기에 관계되어 있는 것이 행동의 문제 이외에 이해의 문제가 들어 있기 때문이다. 할머니의 외로움은 그것에 대하여 아무런 행동적 대처를 하지 못하였다 하더라도 이해해 드릴 수는 있는 것이었다. 행동 없는 이해가 무슨 소용이 있느냐고 말하는 사람이 있을는지 모른다. 그러나 이해는 행동에 연결될 수도 있는 것이 아닌가. 노년의 외로움에 대한 이해가 있었더라면, 나는 조금 더 할머니 곁에 머물렀을 수도 있었을 것이다. 그러나 그렇지 못할 경우에도 그런 이해가 있는 경우, 할머니 곁에 머무는 짧은 시간 동안이나마 나의 행동은 질적으로 달랐을는지 모른다. 그때의 차이는 실질적 행동의 차이가 아니라 행동의 정감의 차이, 뉘앙스의 차이였을 것이다. 또는 이러한 차이가 눈에 띄게 드러나지는 아니한다고 하더라도 나의 이해는 삶에 대한 나의 느낌을 다르게 할 수 있을 것이다. 적어도 나는 내가 최선을 다했음을 알고 나의 지나간 삶에 대하여 뉘우침을 갖지 아니할 것이다. 이때 나의 위안은 나의 삶에 대한 일종의 형이상학적 위안에 불과한 것이지만, 어쩌면 궁극적으로 사람들이 원하는 것은 형이상학적 위안인지도 모른다. 나는 나의 최선을 다했다는 느낌은 가능성과 결과의 현실 사이에 과부족이 없다는 수학적 우아미이다.

물론 뉘우침이 없는 삶이 쉽게 가능한 것은 아니다. 따라서 우리는 형이상학적 위안 대신에 형이상학적 후회를 갖는다. 이것이 후회 가운데도 회한이라고 불릴 수 있는 정서이고 흔히들 단순히 한이라고 불리는 느낌이다. 김소월이 「초혼」에서,

  심중에 남아 있는 말 한마디는
  끝끝내 마저 하지 못하였구나

하고 가 버린 애인과의 사이에 이루지 못하였던 사연을 이야기할 때, 그가 말하는 것은 반드시 어떤 실제적 일의 미완수라기보다는 의사 전달의

미완성, 상호 이해의 불완전에 대한 아쉬움이다. 이러나저러나 하지 못한 말을 함으로써 실제적 결과가 있었다 하더라도 그것은 지금에 아무런 차이가 생기는 것은 아니다. 애인은 이미 죽어 버린 것이 아닌가. 그럼에도 시인은 잘못한 일 또는 놓쳐 버린 계기를 아쉬워한다. 그 말을 하였더라면. 이것이 뉘우침의 대상이 되는 것은 그것이 가 버린 사랑, 가 버릴 수밖에 없는 사랑의 질적 심화에 관계되기 때문이다.

이러한 분석이 말하여 주는 것은 우리가 후회를 하는 것이 반드시 사실적으로 차이를 가져올 수 있는 물리적 또는 도덕적 타산으로 인한 것만은 아니라는 사실이다. 그것은 우리가 사는 삶의 어떤 질에 관한 관심에 이어져 있다. 이것은 이미 본 바와 같이, 할 수도 있었을 작은 일에서 보다 쉽게 드러난다. 그러나 큰일이라고 그러한 면이 없는 것은 아니다. 다만 큰일의 경우도 실제 여기서 우리가 말하고 있는 후회 또는 회한은 사실이나 행동에 관계되기보다는 이미 이루어지게 되어 있는 일의 이해에 관계되기 쉽다. 문제가 되는 것은 우리 마음의 상태이고 마음은 세상일의 관점에서는 작은 것이라고 할 수 있기 때문에 그것도 결국은 작은 일인지도 모른다. 비록 일어난 일에 대하여 내가 고쳐야 할 것이 하나도 없다고 하더라도 그것을 조금 더 강한, 조금 더 절실한 의식을 가지고 할 수는 있지 아니하였을까. 어떤 문학적 관점에서 또는 어떤 삶의 관점에서 ─ 가령 삶의 마지막에 우리가 취할 법한, 이러나저러나 일은 끝나 버리고 다시 고칠 수 없게 되어 버린 시점에 섰을 때 ─ 이것은 숙명과 체념의 관점이고 죽음 앞에서 한번은 취하지 아니할 수 없는 관점이다. ─ 이 작은 가능성은 인생의 값의 전부일 수도 있는 것으로 생각될지 모른다.

그러나 이 작은 일에서조차도 후회는 우리의 피할 수 없는 몫이 되는 것으로 보인다. 이미 저질러진 일을 지금에 와서 어떻게 할 수 없는 것임은 물론이지만, 일이 저질러질 때 또는 그 일을 행할 때 나는 그 일의 의미에 대하여 충분한 의식을 가지고 있었을까? 동으로 길을 잡아 가면서 나는 충분히 동으로 가는 일의 의미를 알고 있었을까? 이것은 한편으로는 보다 나은 선택을 위하여 그 선택의 순간에 내가 좀 더 많은 것을 알고 있어야 한다는 것을 말할 수도 있지만, 이미 선택은 이루어졌고 또는 선택이 아니라 필연만이 있었다고 하더라도, 나는 나의 행동의 의미를 깨닫고 있었을까? 또는 행동의 현실을 충분히 깨닫고 있었을까? 공부를 열심히 하지 아니하였을 때, 나는 그것의 의미를 충분히 알고 그렇게 한 것인가? 그때 그 사람과 결혼하기로 한 것은 또는 파혼을 한 것은 그 뜻을 내가 충분히 의식하는 가운데 있었던 일인가? 그러나 대부분의 일에서 그 일의 의미를 또 그 현실성을 충분히 또는 완전히 안다는 것이 불가능하게 되어 있는 것인지 모른다.

그렇다는 것은 행동과 의식 사이에는 원천적 균열이 있기 때문이다. 햄릿은 흔히 사색적 인간의 비행동성을 대표적으로 표현하고 있는 것으로 말하여진다. 그러나 이것은 햄릿에게 유독 고유한 것도 또 어떤 우울증에 떨어진 순간에만 있는 현상도 아니다. 심리학은 인간 행동의 가장 원초적인 기제인 감각과 행동에 있어서 우리 의식이 감각 작용에는 따를 수 있으나 행동의 과정에는 따르지 아니함을 말한다. 또 행동은 사고의 억압을 필요로 한다고 말하여지기도 한다.

다른 관점에서도 행동과 의식은 양립하기 어렵다. 생각하고 의식한다는 것은 근본적으로 행동의 여러 가능성을 동시에 살핀다는 것을 말한다. 여기에 대하여 행동은 가능성의 하나를 선택하는 것, 다른 가능성을 배제하는 것을 뜻한다. 물론 행동에는 동기와 의도가 있고 전략적 선택이 있다. 그러나 행동의 과정 자체는 여러 선택을 계속적으로 배제해 나가는 경로에 따라 이루어진다. 산다는 것은 이러한 행동적 현재의 흐름 속에 있는 것을 말한다. 어떤 삶의 순간의 의미와 현실성을 완전히 포착한다는 것은 그 순간이 지나간 다음에야 가능하다. 그런 다음 우리가 자신이 하는 일을 충분히 알지 못했다는 점에서 후회는 불가피하다.

이때 우리의 후회는 또 다른 후회에 이어진다. 그것은 인간 행동의 제약에 대한 아쉬움에서 오는 것이다. 깨달음의 부족에 관계되는 후회의 가장 큰 계시는 이 후회에 있다고 할 수도 있다. 우리의 하는 일은 여러 가능성의 장 속에서 일어난다. 그러나 동시에 가능성은 선택되어야 하고 선택된 행위에 대하여 선택되지 아니한 행위는 영원히 할 수 없는 일이 되어 버리고 만다. 그것은 불가능의 금단의 지역으로 들어가 버리고 마는 것이다. 결혼을 안 했더라면 어떻게 되었을까? 결혼을 한 사람은 다시는 결혼을 안 한 상태로 돌아갈 수 없다. 독신자의 경우 결혼을 하였더라면 어쨌을까? 그러나 그에게 결혼한 사람으로서의 삶을 소급하여 살아 볼 도리는 없다. 따라서 키르케고르(Søren Kierkegaard)의 말대로 이러나저러나 후회하지 않을 수 없는 것이다. 그러나 우리의 후회 또는 회한에 의미가 없는 것은 아니다. 그것은 가능성을 재구성하여 줌으로써 피치 못할 선택의 절실성을 느낄 수 있게 해 준다. 그것은 삶의 근본적 제약에 대한 인식에 대응하는 정서를 이룬다. 그러면서 동시에 그것은 삶의 풍부성에 대한 인식을 가리키기도 한다. 내가 이 삶을 살 수밖에 없다는 것을 절감하는 것은 내가 사는 삶의 좁은 것을 말하면서 그 밖에 있는 삶의 넓음에 대한 아쉬움을 말하는 것이다.

이것은 회한의 형이상학적 기능이다. 과거에 있어서의 조그만 잘못에 대한 후회 또는 보다 큰 결정에 대한 후회는 현실적으로 어떤 결과를 가져올 수 있는 것이 아니다. 그것은 부질없는 것이다. 그러나 그것은 우리로 하여금 삶의 한계와 그 한계로 인한 귀중함을 깨우치게 한다. 그리하여 삶의 절실성을 우리에게 돌이켜 준다. 회한이 하는 일은 삶 그 자체의 회복이 아니라 삶을 에워싼 형이상학적 분위기 또 조건을 회복하여 주는 것이다.

이 형이상학적 분위기는 자못 문학의 기본 정서에 가깝다. 문학은 회한처럼 삶을 있는 대로 그리되 그것을 사라진 가능성 속에서 일어난 필연성으로 그린다. 그리하여 우리로 하여금 삶의 절실성을 새삼스럽게 느끼게 한다. 회한보다 더 절실하게 삶을 되돌려주는 것은 기억 또는 추억이다. 이미 말한 대로 삶의 참의미 그리고 그것의 참현실은 사후적으로만 드러난다. 즉 기억 속에서만 재구성되고 재구성되어 드러나는 것이다. 그러나 그것은 재구성 작업이 적극적인 것인 만큼, 회한과는 달리 우리의 삶을 새로운 의식 속에서 소유할 수 있게 한다. 회한이 우리로 하여금 지난 시간 또는 지나가 버린 오늘의 시간의 무의식과 빈곤에서 연유하는 것이라면, 기억은 그것을 다시 풍부한 것으로 소유할 수 있게 한다. 그러나 그것도 하나의 속임수에 불과하다. 기억은 현재적 시간의 근원적 빈곤을 감추지 못한다. 그것은 과거의 풍요 속에 들어앉아 있는 벌레와 같다. 그것은 회한의 경우처럼 실제적인 면에서는 어떠한 변화를 가져오지 못한다. 기억 또는 추억은 회한의 형식이다.


## 2


한밤중에 눈을 뜨면, 나는 내가 어디에 있는가를 모르거니와 처음에는 내가 누군가도 모르는 것이었다. 나는, 짐승의 깊은 곳에 명멸할 법한 존재의 느낌을 원초적으로 단순하게 가질 뿐이었다. 나는 동굴의 원시인보다 가진 것이 없었다. 그러나 기억이 ── 내가 있는 곳이 아니라 내가 살았던 곳 그리고 내가 있을 법한 곳의 기억이 밧줄처럼 위로부터 내려져 나 혼자의 힘으로는 도저히 벗어져 나올 수 없는 무(無)로부터 나를 구해 낸다. 나는 일순에 수세기의 문명을 건너뛰고 석유 등잔과 아래로 접힌 셔츠 칼라의, 흐릿하게 나타나는 영상을 넘어 조금씩 내 자아의 본래의 특징을 재구성하는 것이었다.

프루스트(Marcel Proust)는 『잃어버린 시간을 찾아서』의 첫 부분에서 잠에서 깨어나는 상태를 이렇게 그리고 있다. 그에게 잠이란 자신이 무화(無化)되는 상태이고 깨어나는 것은 이 무(無)의 세계로부터 세상에 돌아오는 일이었다.

그런데 잠을 잘 때만이 아니고 깨어 있는 상태도 사실상 완전히 무의 위협으로부터 벗어나 있는 것은 아니다. 프루스트에게 무와 존재의 차이는 잠과 깨어 있음의 차이만은 아니다. 잠에서 깨어나는 그에게 구원의 밧줄이 되는 것은 지금까지 자고 있던 곳이 어디인가 하는 것을 깨닫는 것이 아니고 과거에 살았던 곳과 또 자기가 있을 법한 가능성의 장소에 대한 기억이다. 단순히 현재의 장소가 어디인가를 아는 것은 어쩌면 동물적 의식의 심연 속에 어렴풋하게 있는 신체적 존재 의식, 세네스시시아(coenesthesia)에 비슷한 것이다. 이러한 존재 의식 또는 순수한 현재적 의식은 우리를 무로부터 구출하기에는 너무 빈약한 것이다. 그리하여 기억만이 깨어 있음의 느낌에 충분한 폭과 깊이를 줄 수 있다. 그가 생각해 내야 하는 것은 과거의 장소이다. 그러나 그것은 단순한 과거 사실의 집적이 아니라 그것이 모여서 하나의 있을 법한 일로, 즉 습관으로, 생활의 방식으로, 그러니까 말하자면 하나의 세계를 이루게 된 어떤 것이다. 프루스트에게 우리를 무화하는 잠에 대립되는 것은 단순한 깨어 있음이 아니라 기억이다. 잠과 생시의 차이가 기억에 있다면, 이 기억의 폭과 깊이는 클 수도 있고 작을 수도 있는 것이기 때문에, 그 크기의 정도에 따라 우리의 무로부터의 거리가 재어진다. 따라서 프루스트에게는 기억을 최대한으로 되찾는 것이 그 자신을 무로부터 지키고 확실히 하는 데 가장 중요한 일이었다. 물론 그에게 기억의 회복에 관계되어 있는 것은 단순히 자아의 느낌을 분명히 하려는 것이 아니고, 그의 세계의 회복이 또한 거기에 관계되어 있었다. 그의 잃어 버린 시간을 되찾는 행위는 그가 살아왔던 세계를 되찾는 행위였다.

프루스트에게 기억이 중요하였던 것은 그가 병자였던 것으로도 이해되는 일이다. 이러나저러나 그에게 삶의 느낌은 이미 살았던 삶으로부터 와야 했다. 기억은 그 자체로보다도 그것이 삶의 느낌에 필요한 것이기 때문에 중요하다. 프루스트에게 이 삶의 느낌은 의식의 생생함을 뜻한다. 우리 자신에 대하여 그리고 우리가 사는 세계에 대하여 분명하고 넉넉한 의식을 갖는 것이 중요한 것이다. 그리고 여기에서 기억은 가장 중요한 요소를 이룬다.

그런데 생각해 보면, 삶의 느낌이란 과거보다는 현재의 삶에 기초하여 일어나는 것일 것이다. 지나간 것이란 바로 죽어 버린 것을 말하는 것이 아닌가. 산다는 것은 바로 이 순간에 살아 있다는 것을 말한다. 어떤 경우에나 이 순간의 현실성이야말로 무한한 충만함의 느낌에 일치하는 것이다. 동굴의 원시인보다도 더 가난한 듯한 이 순간 ─ 불투명한 동물적 존재의 느낌까지도 어떤 지나가 버린 사실보다는 풍부한 것이다. 프루스트가 되돌려 찾고자 한 것은 사실 간단한 의미에서의 과거의 기억이 아니었다. 그가 말하는 기억은 지나간 일에 대한 사실적이고 추상적인 기억이 아니라 감각적이고 정서적 느낌을 가지고 있는 과거의 구체적 체험 자체이다. 그가 원하는 것은 무한하고 충만한 현실성을 가지고 있는 과거로서, 말하자면, 현재화된 과거, 또는 과거의 현재화인 것이다. 허무의 위협에 대하여 우리의 자아의 느낌, 그것과 삼투하여 있는 세계를 확실하게 하려면, 우리는 이 순간의 가득한 현실성을 포착하여야 한다. 다만, 프루스트에게 그것은 과거의 기억을 통하여서만 가능한 것이었다. 이것은 그의 특수한 경우가 아니고 삶 그 자체의 성격으로 인하여 불가피한 것인지도 모른다. 회한의 경우에서처럼, 이 순간의 삶은 과거로서 되돌이켜짐으로써만 또는 적어도 그 현재성을 떠나는 구성 작용을 통하여서만 그 현실적 충만감 속에서 포착되는 것으로 보이는 것이다.

현재의 내 삶은 공간적으로 나의 몸, 나의 의식에 집중된 하나의 작은 점으로 생각될 수도 있다. 그러나 동시에 그 점은 무한히 펼쳐져 있는 동시적 공간의 가운데 있는 점이며 또 이 동시적 공간을 그 속에 포함하고 있는 것으로도 보인다. 그것은 어쨌든 이 동시적 공간과의 상호 작용 속에 있는 것이다. 그리하여 나의 이 시점의 파악은 이 상호 작용의 동시적 공간을 파악하지 않고는 완전한 것이 될 수 없다. 그런가 하면 이 현재의 점은 시간의 계열 속에서의 한 점이다. 현재의 내 삶의 의의는 그것의 과거와 미래와의 관련을 떼어 내고 파악될 수 없다. 또 삶의 궤적이란 주어진 기회의 선택과 주변과의 교환 작용, 즉 선택적 교환 작용의 궤적을 말하는 것이기 때문에 사실 내 삶의 과거와 미래라는 것은 나를 넘어가는 과거와 미래를 포함하는 것일 수밖에 없다.

물론 이러한 과거와 미래가 사실적 내용만을 가리키는 것은 아니다. 과거와 미래는 한편으로 나의 현재를 중심으로 하여 원근법적 지평으로 펼쳐지는 것으로 생각될 수 있고 다른 한편으로는 끊임없는 움직임 속에 있기 때문에 음악적 리듬과 같은 역동적 연속을 이루는 것으로 생각될 수도 있다. 그것을 하나의 지평으로 생각하든 아니면 리듬으로 생각하든 우리의 삶의 현재는 좁은 시점이 아니라 실제 어떤 넓이나 확산을 가지고 있는 것이다. 이 시점은 극히 좁은 것일 수도 있고 지극히 넓은 것일 수도 있다. 그러나 이것은 특별한 조건하에서 또는 구성적 노력을 통해서만 충분히 큰 것이 될 수 있다. 프루스트의 잃어버린 시간을 찾으려는 노력은 이러한 조건, 이러한 노력을 나타낸다. 그리고 그것은, 이미 비친 바 있듯이, 현재가 현재로서가 아니라 과거로서 비로소 돌이켜지는 역설을 드러내 준다.

프루스트는 이러한 역설적 되돌이킴이, 과거에 그 현재성을 부여하며 동시에 그것으로서 현재를 충만한 현재성 속에 있게 할 수 있다고 한다. 또 이러한 돌이킴의 작업은 반드시 힘겨운 과정이 아니고 추억에서 문득 불어오는 어떤 향기처럼, 얻는 것이 아니라 그저 주어지는 은총처럼 직접적으로 일어난다고 말한다. 그러면서 동시에 그에게 마들렌의 한 순간의 의미 그리고 거기에서 시작되는 그의 자아의 충만한 맥락은 그리고 그의 삶의 의의는 『잃어버린 시간을 찾아서』의 방대한 재구성을 통해서 비로소 되찾아질 수 있었다. 또는 새로이 창조될 수 있었다.(그가 회복한 과거와 현재는 결코 있는 그대로의 과거와 현재가 아니다.) 그리하여 그의 현재는 과거의 재구성 작업 속으로 흡수되어 버리고 말았다.


**3**


잠들어 있는 때 또는 잠에서 깨어나는 때가 아니라 하더라도 우리의 자아는 사실상 원시인보다도 가진 것이 없는, 시간의 거대한 심연 밑에 명멸하는 하나의 가냘픈 불빛에 비슷하다. 그러면서도 이 현재의 순간은 어떤 절대적 성격을 가지고 나를 압도해 온다. 지금의 나의 삶과 또 그것에 대응해 있는 세계는 절대적 현실성을 갖는다. 그것이 사실이든 아니든(불교의 가르침은 그것이 환상에 불과하다고 할 것이다.) 그것은 나의 동물적 확신의 압도성을 가진다. 그것은 의식의 대상이기 전에 이 순간 이곳에서의 나의 육체적 존재로부터 솟구쳐 오는 근원적 느낌이다. 그러나 이 압도적 현실성 — 이 현재의 순간의 나와 세계의 현실성은 얼마나 빈약한 것인가. 나의 삶은 적극적 확신을 가지고 있다기보다는 거대하게 흘러가는 시간의 균열에 있어서 거의 보이지 않는 이음새가 되어 있을 뿐이다.

그러나 동시에 이 순간의 세계는 얼마나 풍부한가? 지금 이 자리의 눈길에 마주치는 세계만도 무한한 복합성을 가지고 있다고 할 수 있다. 우리의 세계가 좁다고 한다면 그것은 관점의 문제이다. 우리의 주의의 섬세함에 따라서 여기에 보이는 세계는 무한히 확대될 수 있다. 현미경 또는 전자현미경은 우리의 주의의 확대 가능성을 기계적으로 암시하는 데 불과하다. 세계의 풍부성은 디테일에 있다. 기계적 확대가 없는 자연스러운 상태에서 그것은 감각의 풍부함에 있다고 할 수 있다. 다만 급하게 영위되는 삶의 실제 속에서, 주의력이 회복할 수 있는 감각적 풍부성이 제한되어 있는 것이다.

사람들은 흔히 계속적인 감각적 자극을 삶의 감각적 풍부성과 혼동한다. 지금 이 순간의 현실성을 고양하는 방법 중의 하나는 내 감각을 흥분하게 하는 것이지만 또 그것이 세계의 감각적 풍부성의 일부를 이루는 것이기는 하지만, 그것은 어디까지나 나의 좁은 영역에서의 일이다. 그것은 오히려 나를 다른 시간, 다른 사물로부터 단절하여 이 현재의 현재성을 좁히는 결과를 가져오기도 한다. 이에 대하여 나 밖의 세계는 얼마나 넓고 풍부한가. 물론 나의 감각적 흥분에 있어서도 바깥의 사물이 작용한다. 그러나 그것들은 단지 나를 자극하기 위한 수단에 불과하다. 그것들은 대치 가능한 자극제로 단순화된다. 우리의 주변의 것들, 사물과 세상 또는 우리 자신의 내면적 상황에 객관적 주의를 기울인다는 것은 용이한 일이 아니다. 대체로 자기중심적인 우리의 삶은 우리에게 객관적 세계를 있는 그대로 알게 할 타자 중심적 주의를 허용하지 아니한다. 우리의 주의는 우리의 욕구, 필요 그리고 그에 따르는 행동적 계획에 사로잡혀 있고 세상의 모든 것은 여기에 종속되는 수단의 관점에서만 단순화되게 되어 있다. 또 이 주의는 사회화의 과정이 조건 짓는 여러 기호와 꼬리표에 따라 움직이며 사물 자체의 무한히 다양한 가능성에 대하여 열려 있지 않게 마련이다. 이 사물에 대체하는 기호의 체계는 사회적 목적을 가진 것이면서 물론 우리의 욕망을 충족하는 데 간단한 통로를 지시해 준다. 주어진 대로의 세계의 감각적 세부에 주의한다는 것은 이 개인적이며 사회적인 공리적 기호의 세계를 꿰뚫고 들어가야 한다는 것을 말한다. 그것은 사랑에 있어서와 같은, 자기를 버리는 마음의 집중으로만 가능하다. "어떤 물건이 당신에게 말을 걸게 하기 위하여서는, 당신은 그것을 세상에 유일하게 존재하는 것으로, 당신의 일편단심의 헌신적인 사랑을 통하여 우주의 한가운데 놓이게 되는 유일무이한 현상으로 대하십시오." 사물의 사물됨의 시화에 남다른 눈을 가졌던 릴케(Rainer Maria Rilke)는 이렇게 사물에 대한 집중적 주의에 대하여 썼다. 그러나 같은 정물을 한없이 응시하고 그것에로 되풀이하여 돌아가고 하면서 사물의 사물됨을 계시하려는 예술가들의 노력의 어려움은 이 집중적 주의의 어려움을 말해 준다.

그러나 도대체 삿된 마음이 없는 순수한 주의란 가능한 것인가. 모든 의식 작용이 지향성의 벡터 위에 성립하고 인식의 선험적 지평으로서 인간의 관심이 있다는 명제는 우리가 세계의 감각적 세부에 주의하는 경우에도 그대로 해당된다고 할 수 있다. 우리가 어떤 사물에 주의하는 것은 관심의 대상이 됨으로써다. 이 관심 가운데 가장 두드러진 것이 실제적 관심이다. 다만 방금 말한 바와 같이 이것은 우리로 하여금 사물의 지각을 가능하게 하는 어떤 관점을 제공하면서 동시에 그것을 단순화하고 은폐하는 일을 한다. 그러나 이러한 사실이 말하여 주는 것은 감각은 어떠한 전체성과 사실의 교차점에서 일어난다는 사실이다. 즉 지각은 "어떤 무엇으로서"만 일어난다.

다만 여기에서의 추상화, 보편화 또는 전체화의 바탕이 여러 가지로 다른 것일 수는 있다. 사물의 풍부성을 있는 그대로 지각하기 위해서는 조급한 욕망 또는 공리적 요구에 매이지 말아야 한다. 그러나 동시에 그것이 어떤 전체성의 바탕에서 일어나야 한다면, 이 전체성은 삶의 부분적인 관심이 아니라 삶 전체라고 하여야 할 것이다. 그러나 이 삶의 전체라는 것도 좁은 의미에서의 생존을 통한 세계에의 참여이다. 따라서 사람의 전체성은 세계의 전체성을 포함한다. 그러나 여기의 세계란 인간의 생존을 떠난 기계적, 공간적 확산을 말하는 것은 아니다. 그것은 우리의 생존에 의하여 열리는 세계의 열려 있음을 말한다. 감각적 디테일의 확인은 이 열림의 바탕 위에서 일어난다. 물론 다른 감각적 주의가 있을 수도 있으나 우리의 현재 순간의 현실성의 포착에 관계되어 있는 것은 이러한 연결 속에서 일어나는 지각 작용이다. 다시 말하여 이 연결은 우리의 삶 전체와의 연결이다. 이 삶은 시간 속에 펼쳐지는 삶이다. 그리하여 여기에 이어져 일어나는 지각 작용은 단순히 추상적이고 객관적인 것이 아니라 감정을 수반한다. 결국 감정의 원천은 우리의 생존의 시간성에서 연유하는 것이다. (그러니까 살아 움직이는 지각은 시간 속의 인간 존재의 방식인 행동과의 역설적 긴장 속에 있는 인지 작용일 때가 많다.)

시의 언어의 핵심을 이루는 비유는 바로 이러한 사실을 나타내 준다. 어떤 감각적 경험을 기술할 때, 자세한 사실적 기술은 별로 효과적인 방법이 아닐 때가 많다. 그것은 비유의 단순한 수사적 우위에 기인하는 것이 아니다. 그것은 우리의 경험의 성격에 관계되어 있다. 비유는 한 사상과 또 하나의 사상을 연결한다. 그것은 세상의 한쪽과 다른 한쪽을 이어서 공간을 형성한다. 그러나 인간 생존의 관점에서 이 공간은 시간과 별로 다르지 않다. 두 개의 다른 사상은 두 개의 다른 체험의 시간을 말한다. 그것은 우리의 기억에서, 또는 시간화의 과정에서 넓이에 못지않게 깊이로서 체험된다. 비유는 시간적 체험의 근본에 이어져 있어서 효과를 발휘한다.

바다는 뿔뿔이
달아날라고 했다.

푸른 도마뱀 떼같이
재재발렀다.

꼬리가 이루
잡히지 않았다.

흰 발톱에 찢긴
산호(珊瑚)보다 붉고 슬픈 생치기!

가까스루 몰아다 부치고
변죽을 둘러 손질하여 물기를 시쳤다.

이 앨쓴 해도(海圖)에
손을 싯고 떼었다.

찰찰 넘치도록
돌돌 굴르도록

화동그란히 비쳐들었다!
지구(地球)는 연(連)닢인 양 움츨들고…… 펴고……

── 정지용, 「바다2」 전문

바다를 이야기한 정지용의 시는 도마뱀의 비유로서 해변의 바다의 움직임을 생생한 감각적 인상으로 환기한다. 여기의 비유는 두 개의 사물을 연결시킨다. 이 연결이 가능한 것은 어느 정도는 지성이라고 할 수 있다.

해변의 물결의 작은 움직임과 도마뱀의 작은 움직임 사이에 어떤 유사성이 있다는 것은 쉽게 알 수 있다. 그러나 우리가 비교의 타당성에 동의하는 것은 이러한 움직임의 유사성에 대한 지적인 동의만을 뜻하는 것은 아닐 것이다. 미켈 뒤프렌(Mikel Dufrenne)은, 가령 모차르트의 어떤 음악과 봄과 사랑 사이에 어떤 공통된 바가 있다면 그것은 우리의 지각에 나타나는 물질적 아 프리오리(a priori)가 있기 때문일지 모른다는 말을 한 적이 있다. 바다와 도마뱀의 움직임을 하나로 묶는 어떤 물질적 아 프리오리가 있는 것일까? 그럴지도 모른다. 그러나 우리가 두 물상의 움직임의 유사성에 동의하는 것은 우리의 신체가 바로 세계를 읽어 내는 데 있어서의 척도가 되기 때문이라고 하는 것이 옳을는지도 모른다. 우리는 도마뱀의 움직임과 물결의 움직임을 몸에 느낀다. 그렇다는 것은 그것을 우리의 보다 큰 움직임과의 관계에서 재고 있다는 말이기도 하지만, 그것을 잡기 어렵다는 관점에서 파악하고 있기 때문이다. 물질세계의 숨은 원리로서 어떤 아 프리오리가 있다면 그것은 이러한 작용을 통하여 매개되는 것일 것이다.

그러면서 지용의 비유는 보다 직접적으로 시의 전체적인 의도에 의하여 지배된다. 바다는 여기에서 억제되어 다스려져야 하는 어떤 것이다. 그것은 현실의 세계인 바다를 지도로 옮겨 놓는 일에 비슷하다. 그러나 다스림의 과정은 조금 더 역동적이다. 그것은 중첩적으로 변용하는 여러 비유로 이야기되어 있으나 가장 핵심적인 것은 술잔의 비유이다. 바다는 말하자면 녹로에 회전되면서 빚어지고 있는 잔과 비슷한 것이다. 이 빚음의 과정은 육체적 긴장을 불가피하게 한다. 도마뱀과 같은 바다의 에너지를 제어하는 일은 피 흘리는 생채기를 입는 일이다. 또 그것은 빚음이 끝났을 때에도 에너지를 그대로 지니고 있어야 한다. 바다의 술잔은 스스로를 술로서 담고 있다. 그것은 늘 찰찰 넘침으로써만 존재하는 잔이다. 그리고 그것은 죽은 물체가 아니라 현실적이며 정신적인 연꽃으로 최후의 변용을 할 수 있는 억제와 에너지 그리고 형상화의 승화의 상징이다.

　이러한 분석은, 잘된 시에서는 대체로 그러한 것이지만, 바다 물결과 도마뱀의 비교가 단순한 감각적 유사성에 기초한 것이 아니라는 것을 보여 준다. 그것은 바다와 인간의 의지와의 관계에 대한 비유적 사고 위에 떠 있는 부유물에 불과하다. 비유의 근본은 물론 시인의 뻗어 나는 에너지의 자각이다. 정지용의 「바다」의 복잡한 묘사, 비유 그리고 사고는 이 에너지의 자각의 벡터에 의하여 뒷받쳐져 있다. 그렇다고 이 시가 시인의 내적 상태에 대한 알레고리를 이룬다고만 할 수는 없다. 지용의 자신의 내적 충동에 대한 자각은 실제에 있어서도 그의 일본 유학 시의 바다 경험에 촉발된 바가 있을 것으로 추측할 수 있지만, 시인의 바다에 대한 지각은 그의 내적 충동의 벡터에 따라서 결정화된 것이지 그로부터 지적 조작에 의하여 도출된 것이라고 할 수 없다. 이 시의 여러 연상들은 시인의 과거 체험으로부터 나온 것이라고 할 터인데, 물론 그것은 실제의 체험이기도 하고 또는 어떤 내적 체험에 대한 대응물이기도 할 것이다. 그것들은 어떤 현재의 체험 속에서 순간적으로 나타난 것이기도 하고 또 시작의 과정에서 자연스럽게 또는 약간의 지적 조작을 통해서 결정화된 것이기도 할 것이다. 어떤 경우에나 그것들은 시인의 시간적 체험의 궤적 위에서 통합된 것이다.

　괴테는 성숙한 시간적 통합에 대해서 다음과 같이 말한 바 있다.

　우리가 해후하는 위대하고 아름답고 뜻깊은 것은 밖으로부터 기억될 필요가 없다. 말하자면 뒤져 내어 잡아낼 필요가 없는 것이다. 당초부터 그것은 우리의 가장 깊은 자아 속에 쌓여 들어가고 그것과 하나가 되고 우리 가운데 보다 나은 새 자아를 만들어 내고 우리 속에 창조적 힘으로 살아 있게 되어야 한다. 그리워할 수 있는 과거가 있는 것이 아니다. 과거의 커져 가는 요소로부터 영원히 새롭게 성장해 가는 일이 있을 뿐이다. 진정한 그리움은 언제나 생산적이며 새롭고 보다 나은 것을 창조할 수 있어야 한다.

시적 과정의 밑에는 이와 같은 통합된 생존의 시간 작용이 있다. 이것이 만들어 내는 긴장의 장 위에 비유와 시가 성립한다. 그러나 시가 표현하는 체험은 어디까지나 잠재적인 것이다. 깊이 있는 시간의 적용이 우리의 생존 속에 움직이고 있다고 하여 이러한 잠재적 현존이 과거와 현재의 명징적 포착에 대한 요구를 사라지게 하는 것은 아니다. 그리고 이 과거와 현재의 충만한 삶은 직접적이고 직시적으로 주어지지는 아니한다.

위의 「바다」의 체험이 직접적인 감각의 순간으로서 한 번에 경험된 것이라고 말하는 것은 과장일 것이다. 우리가 정지용의 창작 과정을 추적할 수는 없으나, 시의 최종적 형태는 긴 반성과 창조의 과정의 결과임에 틀림이 없다. 물론 프루스트의 '불수의적 기억(memoire volontaire)', 또 그에 유사하게 조이스의 '에피파니(epiphany)', 또는 벤야민의 '아우라(aura)'는 전체와 부분이 하나의 구체화 속에 용해되는 경험을 이야기하는 것이다. 그러한 경험에서 우리의 삶은 가늘기 짝이 없는 실개천과 같은 현재에서 벗어나 현재에 있으면서도 모든 시간을 포용하는 그리고 괴테의 과거 시간이 잠재적 현재가 아니라 현재적 공존으로 현실화되는, 바다와 같은 아니면 적어도 깊은 강물과 같은 두께를 얻는 것처럼 보인다. 그러나 이러한 순간, 이러한 경험이 흔한 것인가? 또 그러한 경험이 있다고 하더라도 그것의 내용의 명징한 현상화는 예술, 그중에도 언어의 도움이 없이 가능한 것인가. 그리고 예술 과정이란 비록 그것이 어떤 경험에서 출발한다고 하더라도 그 자체가 새로운 발견의 과정이고 새로운 창조의 과정일 수밖에 없는데, 그렇다면 예술의 언어가 형상화하는, 위에 말한 바와 같은, 특권의 순간은 예술이 만들어 내는 것이다. 시간의 충만함이란 오로지 예술이, 특히 언어가 채워 내는 것에 다름 아닌 것이다.

예술에 의하여 보충되지 아니한 우리의 현재는 여전히 빈곤하기 짝이 없다. 또는 예술도 우리의 현재의 빈곤을 채워 줄 수 없다. 또는 그것은 우리의 삶을 더욱 빈곤하게 만든다. 예술로서 회복되는 과거가 참으로 충실한 것이라면, 과거의 시점에서 우리는 그것을 충실하게 살지 아니하였다는 것이 된다. 과거는 충만한 것이면서 충만한 것이 아니었다. 또는 회복되는 삶이 과거의 재현이 아니고 오늘에 재창조, 더 나아가 창조되는 것이라면, 우리의 과거의 삶 그것이 충분한 현실성을 가지고 있지 아니하였다는 것을 뜻한다. 그러면서도 그것은 오늘의 재창조에서 드러나듯이 충만한 현실성의 삶이었을 가능성을 가진 것이었다. 다만 우리가 그것을 그렇게 살지 못한 것이다.

오늘의 삶은 어떤가? 풍부한 것으로 창조되는 과거는 단순히 과거를 위하여 의미를 가진 것이 아니다. 그것은 오늘을 풍부하게 한다. 그러나 과거의 재창조에 바쳐지는 오늘은 그것대로 완전한 현실성 속에 있는 것인가? 시인이 어떤 특정 대상을 우주의 중심에 놓고 그것에 대한 긴 명상에 잠겨 있을 때, 그 명상 행위 자체의 오늘 이 순간의 관련들은 그의 주제적 관심 밖으로 벗겨져 나가 버리게 마련이다. 주체가 객체로서 파악될 수 없는 것은 감각이나 감정과 같은 수동적인 기능과 행동과 같은 능동적인 기능이 양립할 수 없는 것과 같다. 능동적으로 진행되는 행동이나 삶의 진행 과정은 추후적으로 회복되는 도리밖에 없는 것으로 보인다. 결국 현재의 삶은 그 자체로서 모든 가능성과 모든 의미를 포함하는, 완전한 의식 속에 있는 삶일 수 없다. 이 모든 것은 예술적 언어로써 회복될 뿐이다. 그러면서 그러한 언어는 삶을 한 발자국 뒤에서 좇아갈 뿐이며 그러는 만큼 주어진 삶의 충만한 현실성을 놓쳐 버리게 마련이다. 예술은 잃어버린 삶에 대한 추구이며 삶은 예술적 언어로서만 되찾아진다. 그러면서 그것을 놓쳐 버린다. 그리움과 회한이 예술에 흐르는 기본 정서를 이루는 것은 자연스럽다.

모든 예술에서 우리는 삶의 찬양을 발견하면서 동시에 잃어버린 삶에 대한 그리움과 슬픔이 스며 있는 것을 느낀다.


**4**


우리의 현재적 삶은 언제나 지극히 빈곤하다. 그것을 채워 주는 것은 예술적 언어가 구성해 주는 기억이다. 그러면서도 이 재구성은 사라진 실체를 쫓는 한없는 추적 행위에 불과하다. 그래도 우리에게 무로부터의 방어는 언어가 만들어 내는 세계밖에 없다. 스티븐슨의 시구대로, 가난의 주민들, 불행의 아이들에게, 언어의 발랄함만이 유일한 주인이다. 물론 누구나가 언어의 발랄함으로 빈한한 오늘을 하나의 세계로 만들 수는 없는 일이다. 예술가가 아닐 경우에 예술가의 언어는 대리 체험을 만들어 내고 그것은 우리의 가냘픈 존재에 깊이와 넓이의 환영을 줄 수 있다. 괴테가 말한 것처럼 과거라는 것이 어떤 실질적 내용이 아니라 우리의 내적 자아를 풍부하게 하고 창조적 탄력성을 부여하는 것이라면, 우리의 삶의 체험이 비록 빌려 온 것이라도 그것이 근본적으로 차이를 가져오는 것은 아닐는지도 모른다. 문제는 마음의 성장이며, 성장이란 과거의 시간을 현재에, 현재의 살아 있음에 지니는 방법이다. 그리고 마음을 성장하게 하는 것은 삶의 체험일 수도 예술적 체험일 수도 있는 것이다.

그러나 예술은 보다 직접적으로 우리의 빈곤의 시간을 채워 줄 수 있는 이야기, 전설, 신화 또는 소문을 만들기도 한다. 이것은 많은 사람들의 공허한 시간을 채워 준다. 여기에 대하여 우리의 현재는 삶의 이데올로기적 구성에 의하여 구출될 수도 있다. 그러나 이것은 위에 생각해 본 추억의 미학과는 전혀 다른 미학을 가진 것으로 보아야 한다. 그것은 대개의 경우 현재의 감각적 현실에 충분한 주의를 기울일 여유를 갖지 못한다. 왜냐하면 이데올로기적 삶의 기획은 다른 공리적 기획들과 같이 어떤 실제적 목적을 그 조직의 원리로 하고 이에 따라 주어진 삶을 단순화해야 하기 때문이다. 그것은 삶의 충만한 현실성이 아니라 삶의 단순화를 지향할 수밖에 없다. 그것이 그리는 삶은 추상적이 되기 쉽다. 그것의 현실은 과거가 아니라 미래에 있다. 미래는 아직 존재하지 아니하기 때문에 그 현재성을 되찾아야 하는 과거의 구체성을 가질 수 없는 것이다.

감각적 현실을 떠나서 존재할 수 없는 미학의 관점에서, 이데올로기적 삶의 비전을 미학적으로 형상화하는 일은 어려울 수밖에 없다. 그것은 근본적으로 실제적 행동의 영역에 속한다. 그렇다고 이데올로기적 미학이 불가능한 것은 아니다. 그것은 다른 경우보다 더 복잡한 시간의 짜임에 대한 통찰을 요구한다. 실마리는 어떻게 미래가 현재 속에 얽혀 있는가를 생각하는 데에서 얻어질 것이다. 그러나 우리가 여기에서 이 문제를 생각해 보려는 것은 아니다. 다만 오늘의 시간의 빈곤에 대하여 언어의 발랄함은 과거 이외의 차원에서 올 수도 있는 것임을 잊지 않을 필요를 말하려는 것뿐이다.

그리고 이 미래의 차원은 우리에게 추억의 미학의 특수성을 생각하게 한다. 한 또는 회한은 전통적 심미적 감정의 하나였지만, 추억의 중요성이 두드러지게 인식되는 것은 어떤 시대적 상황하고 관계되어 있는 일인지 모른다. 그것은 현재의 시간의 빈곤성을 보충하려는 노력이다. 현재가 늘 충만한 것으로 느껴지는 것이 불가능한 것은 아닐 것이다. 신화의 시대에 있어서 사람의 일은 늘 우주적 의미를 띠고 있었다고 할 수 있다. 그때 우주적 연관 속에 있는 나의 현재는 빈곤한 것이 아니었을 것이다. 그리고 그 현재는 개인적 추억에 의하여 보충되어야 할 필요가 없는 것이었다. 다시 말하여 현재의 빈곤화가 우리로 하여금 과거로 향하게 하는 것이다. 그러나 똑같은 시점에서 현재의 빈곤으로 촉발되는 또 하나의 움직임은 미래 지향의 이데올로기이다. 그것도 불행의 소산이다. 그러나 오늘의 시점에서 우리는 과거, 현재, 미래, 어느 차원에서도 빈곤하기만 하다.

(1992년)

# 과학 기술 시대의 문학

현실주의를 넘어서

## 1

오늘의 삶을 결정하는 중요한 요인의 하나가 과학과 기술에서 오는 것임은 틀림이 없다. 이것이, 삶의 가장 구체적인 인식에 가까이 가려고 하는 문학에 어떤 영향을 끼치리라는 것은 당연한 추측이다. 지금 당장에 과학으로부터 직접적인 영향이 방사되어 나온다고 할 수 없을는지는 모르지만, 오늘의 문학이 오늘의 삶에 반응하는 한 그것은 적어도 우리 사회에서 진행되고 있는 산업화를 압도적으로 의식하고 있고 또 산업화는 기술의 사회적 표현인 만큼 적어도 과학과 문학 사이에 간접적인 영향 관계가 있다는 것은 새삼스럽게 말할 필요도 없는 것이다. 과학과 기술을 분리해서 생각할 때, 과학은 생활 현실의 혼탁한 복합성에서 조금 떨어져 있는 추상적 의식의 차원에 속하는 것이라고 말할 수 있다. 생활을 통한 것이 아니고 의식상의 태도나 정위(定位)로서 과학이 문학에 어떤 영향을 미치고 있는가 하는 질문이 기술이나 산업의 문제와는 별개로 성립할 수 있겠는데, 이러한 질문에 대하여서도 우리는 그 상관관계가 적극적이라고 답하여야 할 것이다. 물론 이 상관관계는, 지금 단계에서 분명하게 공식화될 수 있는 것이라기보다는 단지 예감되는 것에 불과하다고 하겠지만 그것은 앞으로 더욱 뚜렷해질 것이라고 예언할 수 있는 것일 것이다.

서양에 있어서 과학과 문학의 대립 긴장 관계는 상당히 오랫동안 분명한 주제적 관심사로 인정되어 온 바 있다. 이것은 과학적 태도 및 세계관의 대두와 더불어 시작된 종교와 과학의 긴장 관계에서 예시된 바 있는 것인데, 과학은 초월적 존재와 그에 의하여 뒷받침되는 질서에 대한 신념을 무너지게 하고, 그에 이어져 있는 많은 전통적 가치를 흔들리게 하였다. 20세기 초에, 미국의 문학이론가 크루치(Joseph Wood Krutch)는 과학이 가져온 문화적 위기의 느낌을 요약한 한 책에서 이러한 사정을 다음과 같이 말한 바 있다.

시, 신화 그리고 종교는 사람이 원하는 세계를 보여 주고 과학은 사람이 점차로 발견하게 되는 세계를 보여 준다고 한다면, 이 두 세계의 비교는 그것들이 얼마나 화해할 수 없는 것인가를 드러내 준다. 사람은 그의 머리 위로 감싸 주는 듯한 원을 그리며 존재하던 아늑한 하늘이 아니라 무한한 우주 공간의 냉랭함을 받아들여야 한다. 그리고 그는 그가 꾸며 놓은 정신적 질서에 대신하여 자연의 혼란을 받아들여야 한다. 신이 인간을 사랑하였던 것은 신이 인간의 형상을 가지고 있으며, 인간의 모습으로 만들어진 신이 인간에 의하여 이해될 수 있는, 인간의 목적과 욕망을 가지고 있었기 때문이다. 그러나 자연의 목적은 ── 도대체 목적이 있다면, 그 목적은 인간의 목적이 아니며, 인간의 관점으로부터 이해될 수 있는 것이 아니다. 자연의, 무수한 형태 속에 생명을 맹목적으로 번식하게 하는 생명 충동, 인간의 가치에 대한 가차 없는 무관심, 불가항력의 의지의 맹목성 ── 이러한 것들은 인간의 영혼을 공포에 떨게 한다. 인간은, 경험의 시련을 통하여, 그가 성취하고자 하는 목표, 행복이라든가 질서라든가 이성이라든가 하는 것이, 도대체가 그러한 것이 성취될 수 있는 것인지 어쩐지도 불분명하지만, 성취될 수 있다고 하는 경우에도 자연에 대항하여서만 그것을 이룰 수 있다는 것을 알게 된다. 전에는 가장 캄캄한 절망의 순간에도 인간은 우주의 합리성을 믿고 이것을 파악하는 것을 그의 과제로 삼았다. 그러나 점차로 그는 합리성이 인간 자신의 속성에 불과하며, 그의 삶의 의미는 무(無)에서 무(無)로 가는 벌레의 삶 이상의 의미를 갖지 않는 것이라고 생각하게 되었다.[1]

크루치가 주장하듯이 ── 또 이것은 크루치가 주장하지 않더라도 흔한 주장이지만, 인간이 존중하는 가치의 관점에서 과학의 결과가 절망인지 또는 러셀이 말한 바 있듯이 절망에서 나오는 용기인지 또는 이러한 정신 상황의 책임이 반드시 과학에 있는 것인지 이러한 것이 확실치 않은 것은 사실이다. 그러나 적어도 일단은 과학적 세계관이라고 집약되는 태도의 지배 아래서 인간의 초월적·도덕적·심미적 가치가 수세에 몰린 것은 틀림이 없는 사실이다. 어떤 경우에나 서양에 있어서 가치에 대한 주장이 당연한 것으로 안심하고 주장되기 어렵게 되어 있는 것이 오늘의 실정이다. 그리고 문학도 그것이 가치에 관계되어 있는 한 과학의 몰가치적 태도를 참조하지 않고 그 작업을 진행할 수는 없다. 사실 20세기 서양 문학의 대표적 표현치고 이 문제를 의식하지 않는 것은 거의 없는 것으로 보인다.

방금 언급한, 서양 정신사 또는 문학사의 이러한 사정은 이미 상투적 공식이 되어 있는 것인데, 여기에서 새삼스럽게 그것을 들추어내는 의의는

---

1    Joseph Wood Krutch, *The Modern Temper*(New York: Harvest Book, Harcourt, Brace & World, 1956), pp. 6~7.

그것이 우리의 사정의 조명에 흥미 있는 시사를 던져 줄 수 있다는 데 있을 것이다. 즉 우리의 정신생활과 문학에 있어서도 이러한 주제, 곧 가치와 사실의 대립이 근본적인 주제로 등장할 것임을 우리는 예견할 수 있는 것이다. 그보다 그러한 주제는 이미 우리와 더불어 존재하고 있다고 말하는 것이 옳을 것이다. 다만 그것은 분명하게 파악되어 있지 않았을 뿐이다. 그러면서도 이것을 분명하게 파악하는 것은 중요한 일이다. 그렇다는 것은 그것이 우리의 상황 인식에 도움을 주고, 우리의 개인적·사회적 삶의 여러 분야에서 우리가 취하여야 할 자세를 가늠하게 해 주기 때문이다.

그동안 우리 사회에 일어나는 변화에 대하여, 또 그 이념적 변화에 대하여 많은 언급과 우려가 있었다. 이것은 말할 것도 없이 여러 사회적·경제적·정치적 요인의 중첩으로만 설명될 수 있는 복합적 현상이다. 그러나 이미 지적한 바와 같이, 관념의 인과 작용의 직접적 결과라고 할 수는 없지만, 이러한 현상은 일단 과학적 태도 또는 그것의 충격에 따른 가치관의 변화로서 수렴될 수 있는 면을 가지고 있다. 즉 우리가 오늘날 겪고 있는 변화는, 이념의 관점에서 볼 때, 가치 중심의 태도에서 사실적 태도에로의 이행이라는 각도에서 이야기될 수 있고, 이것은 이미 말한 바와 같이, 광범위한 의미에서 과학적 분위기에 관련되어 있다고 할 수 있는 것이다. 오늘의 정신적 태도를 한마디로 요약하건대, 그것은 사실주의 또는 현실주의 또는 리얼리즘이라는 말로 부를 수 있다. 오늘의 세계를 설명하는 것은 우리의 주관적 희망에서 나오는 가치가 아니라 주어진 사실들의 상호 관련이라고 이것은 생각하는 것이다. 말할 것도 없이 사실적 관계는 물질의 세계에만 적용되는 것이 아니다. 그것은 인간의 세계, 개인적 심리나 집단적 행동의 세계에도 적용되는 것으로 간주된다. 정치에 있어서의 리얼리즘의 보이지 않는 성장은 그 대표적인 예이다. 서양에 있어서 정치적 현실주의의 원조는 마키아벨리로 치거니와, 정치 현상에 대한 마키아벨리의 과학적 이해의 기초가 된 것은 정치 행동의 평가에서 도덕적 고려를 배제한 것이었다. 그에게 개인적으로나 집단적으로나 사람을 움직이는 힘은 냉정한 이해관계의 계산이었다. 얼핏 보면, 우리나라에 있어서의 정치 현상의 특징은 도덕적 정열과 도덕적 수사처럼 보인다. 그러나 이것이 표면에 불과한 것은 누구나 인정하지 않을 수 없는 것이 오늘의 실정이다. 적어도 우리는 우리 자신의 경우는 예외라고 하더라도 우리의 적수의 근본적 동기가, 말로 내세우는 것과는 관계없이, 개인적 이익, 계급적 이해, 권력에의 야망인 것을 의심하여 마지않는 것이다. 어쩌면 우리의 혼란은 가치의 수사와 사실적 현실의 혼동에서 온다고 할는지 모른다. 요청되는 것은 사실의 직시라고 할 수도 있다. 하여튼 정치에서뿐만 아니라 모든 일에 있어서, 오늘날 우리의 사고가, 정치 현실주의에 비슷한, 현실주의에 정복되어 가고 있음을 부인할 수 없다. 다시 말하여 오늘날의 정신 상황의 특징은 현실주의 리얼리즘의 상승에 있다. 이것은 넓은 의미에서 과학적 태도의 상승이다.

이것은 문학의 경우에도 비슷하다. 우리는 문학에 있어서 리얼리즘이라는 말을 많이 들어 왔다. 이것도 시대 전체의 현실적 경향의 한 국면을 이룬다고 말할 수 있다. 물론 뉘앙스가 상당히 다른 것임을 놓쳐서는 안 된다. 서양 문학에서도 그렇지만 특히 우리 문학에 있어서 리얼리즘 문학의 특징은 일단 그 사실적 태도보다는 도덕적 정열에 있는 것처럼 보인다. 그러나 주목할 것은 이 도덕적 정열의, 현실주의와의 역설적 관련이다. 그것은 한편으로 오늘의 도덕적 상황에 대하여 맹렬한 공격적 태도를 취하지만, 다른 한편으로는 공격의 대상이 되는 현실의 관련에 대하여 냉정한 사실적 눈을 돌린다. 이 후자의 면이 이러한 문학적 입장을 리얼리즘이라는 이름으로 부르게 하는 것이다. 또 뿐만 아니라 좀 더 깊이 검토해 보면, 문학적 현실주의의 밑바닥에 들어 있는 태도도 근본적으로는 정치적 현실주의의 그것에서 별로 멀지 않다. 그것은 일단 기존 체제의 도덕성을 믿지 않는다. 도덕성은 이해관계의 사실적 계산의 가면에 불과한 것이다. 뿐만 아니라 이러한 허위의 도덕성은 도덕적 배려를 받을 자격이 없다고 판단하는 한, 그것에 대한 자기 스스로의 태도와 행동에도 비도덕의 가능성을 인정한다. 이렇게 볼 때 문학적 현실주의도 일단 당대적 현실에 대한 반대명제처럼 보이면서 당대적 현실의 일부를 이룬다고 할 수 있다. (어떤 경우에 있어서나, 오늘날의 현실주의의 도덕적 냉소주의를 우리가 어떻게 생각하든지 간에 또 우리가 그것의 극복이야말로 시급한 과제라고 생각하고 있다고 하더라도, 현실을 떠나서는 어떤 사고도 개선책도 있을 수 없다는 점을 생각할 때, 현실주의는 통과해야 할 필연적 과정의 하나라고 해야 할는지 모른다. 그리하여 현실주의의 수용과 지양이라는 관점에서, 뉘앙스와 전략적 차이에 모든 것이 달려 있는 것이라고 할 수도 있다. 어떤 경우에나, 현실주의는 여러 가능성을 폭발적으로 내포하고 있는 위험스러운 물건 중의 하나인 것은 틀림이 없다.)

## 2

현실주의는 여러 차원을 가지고 있다. 그것은 이 다른 차원에 따라서 분석되고 정의될 필요가 있다. 그러나 일단 우리가 말할 수 있는 것은, 자명한 이야기이지만, 1960년대 이후에 전통적인 문학적 태도가 불가능하게 되었다는 것이다. 이것은 지각의 낮은 차원에서 인간관계에 대한 비판적 고찰에 이르기까지 해당되는 것이다. 가령 산수(山水)나 화조(花鳥)는 고래로 문학과 예술의 언어로 활용되어 왔거니와, 이것은 자연과 인간의 정서 사이의 대응 속에서 성립하는 것이다. 여기에 상정되어 있는 것은 자연과 인간의 깊은 정서적 일치이다. 이제 이러한 대응과 일치는 당연한 것으로 생각될 수 없는 것이 되었다.

한 그루의 파초를 두고 시인이 "남국을 향한 불타는 향수/ 너의 넓은 수녀보다도 더욱 외롭구나/ 소낙비를 그리는 너는 정열의 카르멘"(김동명, 「파초」)이라고 말하고, 또는 국화를 두고, "머언 먼 젊음의 뒤안길에서/ 인제는 돌아와 거울 앞에 선/ 내 누님같이 생긴 꽃이여"(서정주, 「국화」)라고 말하는 것이 어렵게 된 것이다. 또는 자연을 정신적 위안의 모범으로 대하는 것도 용이치 않은 일이 되었다.

산(山)은 산인 냥 의연하고,
강은 흘러 끝이 없다.
댓잎에 별빛 초가삼간
이슬 젖은 돌다리 모과수 그늘
하늘 밖 달빛에 바람은 자고,
대잎에 그윽한 바람 소리

——박목월, 「여운(餘韻)」

과학의 직접적 영향 때문이든 아니든, 이러한 자연의 정밀은 오늘의 한국인에게 이미 생소한 것이다. 또는 이러한 것은 더 적극적으로 배격되기도 한다.

서정주 씨는 1956년에 「무등(無等)을 보며」에서 인간 사회와 자연의 질서의 대응을 다음과 같이 이야기하였다.

가난이야 한낱 남루(襤褸)에 지나지 않는다.
저 눈부신 햇빛 속에 갈매빛의 등성이를 드러내고 서 있는
여름 산(山) 같은
우리들 타고난 살결 타고난 마음씨까지야 다 가릴 수 있으랴.

청산(靑山)이 그 무릎 아래 지란(芝蘭)을 기르듯
우리는 우리 새끼들을 기를 수밖엔 없다

목숨이 가다 가다 농물쳐 휘여드는
오후(午後)의 때가 오거든
내외(內外)들이여 그대들도
더러는 앉고
더러는 차라리 그 곁에 누어라

지어미는 지애비를 물끄럼히 우러러보고
지애비는 지어미를 이마라도 짚어라

어느 가시덤풀 쑥굴렁에 뉘일지라도
우리는 늘 옥(玉)돌같이 호젓이 무쳤다고 생각할 일이요
청태(靑苔)라도 자욱이 끼일 일인 것이다.

　　최근에 출간된 광주의 시인 문병란 씨의 시집에는 「무등을 보며」의 근본 가정을 맹렬하게 비판하는 시가 실려 있는데, 이것은 오늘의 우리 상황의 이해에 시사하는 바가 많다.

논 닷 마지기 짓는 농부가
자식 넷을 키우고 학교 보내는 일이
얼마나 고달픈가 우리는 안다

　　이렇게 시작하여 현실적인 빈곤한 생활의 문제를 계속 언급해 나가는

이 시는 다음과 같이 서정주 씨의 시를 비판하고 나선다.

> 온갖 궁리 다하여도 모자란 생활비
> 새끼들의 주둥이가 얼마나 무서운가 다 안다
> 그래도 가난은 한낱 남루에 지나지 않는가?
> 쑥구렁에 옥돌처럼 호젓이 묻혀 있을 일인가?
> 그대 짐짓 팔짱 끼고 한눈파는 능청으로
> 맹물을 마시며 괜찮다! 괜찮다!
> 오늘의 굶주림을 달랠 수 있는가?
> 청산이 그 발 아래 지란을 기르듯
> 우리는 우리 새끼들을 키울 수 없다
> 저절로 피고 저절로 지고 저절로 오가는 4계절
> 새끼는 저절로 크지 않고 저절로 먹지 못한다……
>
> ──문병란, 「가난」 전문

자연의 미학 또는 윤리학에 대한 문병란의 비판은, 서양의 과학주의의 태도에서처럼, 세계에 있어서의 인간적 가치에 대한 절망에서 나온 것은 아니다. 문병란 씨의 시를 움직이고 있는 것은 서정주 씨와는 다른 또 하나의 도덕적 태도이다. 그의 소리는 가령 그가 정다산(丁茶山)의 도덕적 태도에서 발견하는 바와 같이 "먹물이 아닌 피로 쓴/ 저 목민(牧民)의 아픔이 스민/ 저 애끓는 통곡 소리"이며,

> 몇 백 년이 지나도
> 무디어지지 않을 저 서슬 푸른 붓끝
> 이제는 칼이 되고 창이 되어

악의 정수리에 꽂힐

진실은 또 하나의 무기

무딘 양심을 찌르는

저 날카론 꾸지람 소리를 듣는가

— 문병란, 「불 꺼지지 않는 창(窓)」 부분

이러한 정다산의 추상 같은 도덕적 질타의 소리이다. 그러나 얼핏 보아 과학주의보다도 전통적 도덕에의 복귀를 부르짖는 문병란 씨의 목소리에는 더욱 미묘하게 오늘의 시대정신이 작용하고 있음에 우리는 주목할 필요가 있다. 우선 그 도덕적 태도의 날카로움은 수세적이 될 수밖에 없는 입장을 나타낸다. 이것은 오늘의 사회가 그러한 도덕적 태도를 용납하지 않은 데서 나오는 것이다. 그러나 더 중요한 것은 문병란 씨의 태도가 극히 현실주의적이라는 사실이다. 위의 시에서 주장되는 것은 빵을 위한 투쟁의 중요성이다. 이러한 현실주의의 관점에서 볼 때, 전통적 정신 가치는 "팔짱 끼고 한눈파는 능청"에 지나지 않는 것이다.

## 3

이러한 현실주의가 과학적 태도에 관계되어 있으면서, 그것에만 관계되어 있다고 말할 수 없는 것임은 물론이다. 또 직접적으로 과학의 대두 또는 과학적 확산에 기인하여 일어난 것이라고 할 수도 없고 또 분명하게 바뀌는 사회 현실의 인식에서 출발한 것이라고 할 수도 없는 면이 있다. 오늘의 변화가 새로운 감성으로 확산해 가는 원인이 되는 것은 우리의 달라진 생활의 조직과 결일 것이다. 이것은 과학보다는 기술에 의하여 또는 일반적으로 산업화의 결과로 생기는 것이다. 산업화는 우리의 삶의 새로운 조직을 요구하고 그에 따른 여러 생활과 생각과 느낌의 새 적응을 초래했다. 또 산업화의 소득인 경제 발전은 대중 교육의 확대, 인쇄물·음향 재생 장치의 보급, 대중 매체의 발달을 가져오고 이것이 또한 우리의 의식 생활을 바꾸어 놓게 되었다. 이와 함께 삶의 위와 아래의 구조가 바뀌면서 일어난 것은 과학주의적 또는 문학적 현실주의로만 설명될 수 없는, 보다 광범위한 의미에서의 지각과 인식의 혁명이다. 새로운 현실주의는 극히 광범위한 것이다. 이 혁명은 대체로 형식적인 관점에서 말하여, 복합화에 의하여 특정지어진다고 말할 수 있다. 지금까지 당연한 것으로 받아들여져 오던 정서적·도덕적 명제들이 당연하지 않은 것이 될 때, 우리가 느끼고 생각하는 것은 복잡해질 수밖에 없다. 또 그것은 사회 구조의 분절화와 더불어, 그러한 것들에 대한 공동체적 동의를 사라지게 한다. 이와 더불어 우리의 생각과 느낌은 다양한 범주에 의하여 삼투되게 마련이다.

우선 일어나는 것은 감각이나 지각의 차원에서의 복합화이다. 범주적 조직의 원리의 다양한 감각 생활도 여러 가지 새로운 뉘앙스를 띠게 한다. 이것은 감각 생활 자체에 대한 관심과 시각을 증대시킨다. 또 감각의 항진은 날로 많아져 가는 사물의 양에 의하여, 그리하여 그와 동시에 높아져 가는 사물의 밀도에 의하여 보강된다. 감각의 확충은, 다시 말하여, 그것을 통합하는 범주의 다기화에 관련되어 있는 것이다. 그것은 새로운 뉘앙스를 만들어 낼 뿐만 아니라 그것에 대한 새로운 필요를 만들어 내는 것이다. 당연시되는 근거를 잃어버린 개념적 원리들은 새롭게 감각적 증거의 뒷받침을 필요로 한다.

또 이렇게 뒷받침되는, 삶의 개념적 원리들은 달리 있을 수 있는 여러 원리들 사이에 경쟁적으로 존재한다. 즉 우리의 개념적 사고는 다른 가능성을 고려하면서 진행되지 않을 수 없는 것이다. 그러면서 그것은 자신의 논리적 타당성에 대하여 한결 더 신경을 쓰지 않으면 안 된다. 의지할 수 있는 것은 어떤 당연시되는 제일 원리도, 공동체적 합의도 아니고, 유일하게 사고 자체의 형식적 지속일 뿐이다. 이렇게 하여 사고의 논리적 조직은 한결 탄탄하여진다. 그러면서도 그것은 늘 잠정적 성격을 띠고 실존적 모험의 불확실성을 벗어나지 못한다.

다시 요약하건대, 새로운 산업 사회에 있어서 우리의 감각과 지각은 고밀도화되고 개념적 사고는 보다 이성적이 되면서 서로 복합적인 상관관계 속에 얽히게 된다. 이것은 대체적으로 심미적 섬세성이나 사고의 합리성에 있어서의 진전을 뜻한다고 할 수 있다. 물론 이러한 진전이 꼭 의식적인 형태로 이루어지는 것도 그렇게 파악되는 것도 아니다. 그것은 알지 못하는 사이에 일어나는 내면으로부터의 변화이다. 그러면서 그것은 우리의 의식 활동의 내용과 형식을 새로이 형성한다. 이것이 문화와 문학에 중요한 의미를 가질 것임은 말할 필요도 없다. 문학의 소재, 형식, 문체, 모든 면은 이러한 내면적 형성의 결과 다른 모습의 것으로 바뀐다. 그것은 한결 밀도 높은 묘사와 짜임새를 발전시키게 되는 것이다.

그 가운데도, 아마 새로운 감성을 잘 나타내는 것은 스타일이다. 그것은 외면적 대상보다는 느낌과 생각의 움직임의 직접적인 노출에 관계되기 때문이다. 말할 것도 없이 오늘의 스타일의 제일 큰 특징은 그 사실성에 있다. 그러나 이것은 새로운 감성의 장에 의하여 구성되는 사실성이다. 이러한 감성과 사실성의 결합은 문병란 씨의 시에서 보는 바와 같은 전통적 의미의 사실보다도 더 적절하게 새로운 문학적 변형을 드러내 준다. 여기에서 드러나는 것은 다시 말하여 사실을 보는 태도 자체의 변혁인 것이다. 그런 의미에서 이것은 더욱 현실주의에 깊숙이 관계되어 있는 것이다. 다음과 같은 시구는 세 부사에 대한 주의라는 점에서 전형적인 것이라 할 수 있다.

1978년 11월 나는 인생(人生)이 부르는 소리를 들었다. 시내 음식점 곰탕 국물에선 몇 마리의 파리가 건져졌고 안개 속을 지나가는 얼굴들, 몇 개씩 무리지어 지워졌다. 어떤 말도 뜻을 가진 만큼 분명하지 않았다.

— 이성복, 「인생(人生)」(1978. 11)

이에 비슷한 경향은 김광규, 최승호, 황지우, 박남철 등의 시인에서도 볼 수 있다. 이들의 기묘하게 현대적인 감성에 비추어 시적 기록의 대상이 되는 것은 대체적으로 정서보다는 사실이며, 이들의 방법은 주장보다는 관찰이다. 모든 시인이 다 그럴 수밖에 없는 것처럼, 이들에게 서정 또는 도덕적 분노가 없는 것은 아니지만, 그것은 직접적이고 소박하게보다는 간접적인 방법으로, 즉 벌거벗은 주장보다는 관찰과 기록을 뚫고 나오는 기지와 야유, 아이러니 등으로 표현된다. 그리하여 이들의 시는 얼른 보기에는 과학적 냉소주의에 완전히 굴복한 것처럼도 보인다. 그러나 이들의 특징이 되는 것은 시대의 사실주의적 요구를 참작하면서 위기에 처해 있는 미적·도덕적 감성을 표현하는 복합성에 있다고 할 것이다. 이런 점에서 그들의 시는 서구적인 현대시에 가까이 간다. 랜섬(John Crowe Ransom)은 모든 것이 전문화하고 단편화한 20세기 서양에 있어서의 시인의 작업을 다음과 같이 말한 바 있다.

[현대 시인은] 자신의 마음에 가장 가까운 소재, 엄청나게 주요한 의미를 가진 소재를 가지고 시를 쓸 수 있다. 그러나 그것을 다룸에 있어서, 도덕적 이론적 결론을 끌어내는 것을 보류하고, 그의 사실들을 흔들어 놓음으로써 아무런 적극적인 의미를 가질 수 없게 만든다.[2]

---

2  John Crowe Ransom, "Poets without Laurels", *Literary Criticism in America*, ed. by Albert D. Van

이러한 변화 — 도덕적·정서적 의미의 철회에 따르는 사실적 관찰의 대두, 그러면서 동시에 볼 수 있는 어떤 새로운 현실주의적 감성의 형성은 시에서만이 아니고 산문에서도 볼 수 있다. 여기에서도 우리가 주목할 수 있는 것은 스타일의 복잡화 또는 복합화이다. 1966년에 유종호 씨는 김승옥 씨로 대표되는 새 세대의 감각적이며 동시에 지적인 문체를 '감수성의 혁명'이라는 말로 주목한 바 있다.

1) 나는 그 방에서 여자의 조바심을 마치 칼을 들고 달려드는 사람으로부터 누군지가 자기의 손에서 칼을 빼앗아 주지 않으면 상대편을 찌르고 말 듯한 절망을 느끼는 사람으로부터 칼을 빼앗듯이 그 여자의 조바심을 빼앗아 주었다. 그 여자는 처녀는 아니었다.

2) 다리가 끝나는 바로 거기에서부터 그 여자가 정말 무서워서 떠는 듯한 목소리로 내게 바래다주기를 청했던 바로 그때부터 나는 그 여자가 내 생애 속에 끼어든 것을 느꼈다.[3]

김승옥 씨의 「무진기행(霧津記行)」의 이런 구절에 보이는 심리적 사실주의는 그 후의 산문에서도 그대로 답습되었다. 가령 최근의 강석경의 작품에서 예를 들어 보자.

그 아이는 대학 이 학년 때 사 층 강의실 창으로 몸을 던졌다. 영화반에 들었으며 집에서도 합창곡을 연습했던 영주였다. 혼자 시까지 썼지만 뜨거운 가슴을 감당치 못해 허위적거리는 외로운 혼에게 그것들은 모두 지푸라기에

<hr />

Nostrand(New York: Liberal Arts Press, 1957), p. 277.

**3** 유종호, 『문학과 현실』(민음사, 1975), 143~145쪽에서 재인용.

지나지 않았던가.[4]

여기의 비유를 통한 심리적 상황의 포착은 앞에 본 김승옥의 심리적 문장에 비슷하다. 이러한 심리적 통찰은 어떤 경우에는 보다 확대된 형이상학적 정서로 연결되기도 한다.

수옥은 주머니에 손을 찌른 채 한참 서 있었다. 일을 하다 말고 밤에 가끔 이렇게 나오면 달과 나무와 소솔한 밤공기가 수옥에게 무언의 위로를 하는 듯 느껴졌다. 너는 신의 버려진 아이가 아니다. 우리가 이 자리에 서 있듯 흐르듯 그렇게 서 있고 흐르는 것이라고. 그럴 때면 수옥은 인간의 불빛에서도 친화력을 느꼈고, 살아 있으며 사라져 갈 모두를 사랑할 수 있는 것 같은 생각이 들었다.[5]

그러나 이러한 심리 묘사의 섬세성보다도, 오늘의 시대가 바야흐로 과학주의의 시대라고 할 때, 다음과 같은 즉물적인 묘사가 더 대표적이라고 할 수 있을는지 모른다.

볕이 전혀 들지 않아, 퀘퀘칙칙한 냄새가 살내음처럼 깊숙이 배어 있는 이 집안에는 항상 축축한 어둠의 거머리들이 스멀거린다. 전등을 켜도 마찬가지다. 천장에 늘어붙어 있는 거머리들이 불그스레한 허공을 가로질러 식탁이며 시멘트 바닥 위로 뚝뚝 떨어져 내린다. 그러곤 전등빛을 빨아먹는다. 오래전에 제 빛을 다 빨린 천정과 벽의 피마른 살껍질은 거머리들의 습기에 젖어 온

---

4  강석경, 「지푸라기」, 『숲속의 방』(민음사, 1968), 164쪽.
5  강석경, 「지상에 없는 집」, 같은 책, 212쪽.

통 쭈글누글거린다.[6]

여기의 이인성 씨의 실내 묘사는 과장된 환상적 이미지를 사용하여 효과를 내는 것이다. 이러한 이미지는 사물이나 상황과의 관계에서 일어나는 감정 내지 정서를 표현하려는 것보다도 감각 ── 그것도 단순히 낭만적으로 가치화한 것이 아니라 사물의 사물로서의 감각을 기술하는 데 사용된 것이다. 즉 여기의 문장은 환상적 비유에도 불구하고 즉물적으로 포착된 감각 체험을 재현하려고 하는 것이다. 이러한 문체상의 변화를 다시 요약하여, 그것은, 심리적 관찰과 사실적 감각의 밀도가 높아진 것으로 특징지어진다고 말할 수 있는데, 이것은 세계에 대한 다각적 의식이 높아진 데서 나온 것이라지만, 동시에 지각의 밀도화는 개념적 조직의 보다 진전된 합리화와 병행한다.

오늘의 문장이 80, 90년 전 또는 한 세대 전에 비하여 지극히 복잡해진 것은 많은 사람들이 주목하는 것이지만, 이것은 일단 사고 구조의 복합화와 병행하는 것이라고 보아야 할 것이다. 앞에 예로 들었던 문장들은 일단은 감각적·심리적 사실에 관계되는 것이지만, 그러한 사실의 관찰과 기술은 심리적 추론의 끈질김이나 사실 관찰의 절차를 위한 기율이 없이는 불가능한 것이었을 것이다. 또 이것은 한편으로 감각적·개념적 구성에 있어서의 여러 가능성에 대한 의식을 전제로 하여, 다른 한편으로는 이러한 가능성 사이의 선택을 통하여 어떤 일관성을 구성해 낼 수 있는 주체적 능력, 더 나아가서는 창조적 능력을 기초로 한다.

---

6   이인성, 「유리창을 떠도는 별 한 마리」, 권영민 엮음, 『해방 40년의 문학 2』(민음사, 1985), 986쪽.

**4**

다시 한 번 문체의 변화에 나타나는바 과학 기술 사회의 확대는 대체로 감각적 섬세화와 합리적 조직의 진전을 동시에 가져온다. 그러나 이와 함께 우리가 주목하는 것은, 이러한 진전에도 불구하고 사회에 있어서 전체성의 쇠퇴가 일어나는 것처럼 보인다는 것이다. 서양에 있어서 합리성의 진전은 하나의 형이상학적 질서로 통합되는 전체성의 느낌을 사라지게 하였다. 위에서 인용한 크루치의 비유를 빌려 우주의 질서는 "감싸 주는 듯한 원을 그리며 존재하던 아늑한 하늘"에 견줄 수 있는 것이 아니게 된 것이다. 형이상학적 구성이나 종교나 마찬가지로, 이성의 원칙도 총체적 질서를 만들어 내는 중심적 원리임에는 틀림이 없으나, 흔히 설명되듯이, 과학적 이성의 원리는 사람의 정서적 요구나 가치 지향을 배제함으로써, 이러한 것들을 포함하는 질서를 만들어 내지 못한다. 그리하여 과학적 세계관에 의하여 지배되는 문학적 기술(記述)도 정서적 요구에 대하여 깊은 회의를 가지게 되며, 급기야는 그러한 요구에 대응하는 삶의 질서 또는 세계의 질서를 향한 발돋움을 포기하게 된다.

문학적 기획에 있어서의 전체성의 상실은 말할 것도 없이 문학적인 의미만을 갖는 것은 아니다. 그것은 사람으로 하여금 스스로의 삶을 전체적으로 파악할 수 없게 하는 보다 큰 상황을 반영하는 것이다. 새로운 산업 사회에서 현실은 사람의 삶에 대한 전체적 안목이 없이 움직여지게 된다는 것이다. 그것은 우연에 맡겨지거나 단편적이며 기계적인 원리에 의하여 조종된다. 그리하여 사람의 현실은 사람의 필요로부터 소외된 현실이 된다. 이러한 현실이 문학에 대하여 중대한 의미를 가짐은 당연한 일이다.

간단히 말하여 문학은 현실로부터 유리된 인간 활동이 된다. 사회의 관점에서 볼 때, 전체의 언어만이 힘의 언어이다. 부분적인 현실에 관계되는 문학은 전체적 현실을 통제할 수 있는 진리를 낳지 못한다. 또 그것은 전체를 설명할 수 있는 힘도 가지고 있지 않은 것으로 드러난다. 그리하여 그것은 최상의 경우에, 인간의 내면적 체험에만 관계되거나, 오락과 위안으로써 그 존재 이유를 갖거나 하게 된다. 독일에 있어서 교양 소설의 독특하고 깊이 있는 장르가 '내면적 이민'에 따른 내적 심화에 관련이 있듯이, 외적인 상황에 의한 역경은 하나의 의미 있는 발전의 계기가 될 수 있다. 그러나 사람의 내면과 외면에 전체적으로 관계되지 않는 모든 일이 그러하듯, 내면화된 문학의 기능은 결국 위안의 제공에 한정된다. 또 위안은 오락에서 그리 멀지 않은 것이다. 위에서 본 바와 같이, 산업 기술 사회에 있어서 리얼리즘이야말로 대표적 문학 형식인 듯하지만, 다른 한편으로 오락만을 목표로 하는 대중 문학이 번창하게 되는 것은 자연스러운 추세라 할 것이다. 어느 경우에나 문학과 문학적 관심의 대상은 사회의 총체적 상징 질서로부터 후퇴하고, 이에 따른 필연적 결과로서, 그것은 공동체 속의 힘으로 작용하기를 그치며, 단순한 개인적 활동으로 전락하게 된다. 그것이 심각한 정신세계의 모색에 관계되느냐 또는 기술 사회의 피로에 대한 대응적 레크리에이션을 제공하느냐 하는 차이는 중요한 것이 아니다.

새로운 기술 산업 사회에서 문학의 심각성은 크게 손상된다. 역설적으로 현실주의의 다른 면을 이룬다. 문학의 공동체로부터의 후퇴라는 근본적 상황에 추가하여 문학과 기타 문화 활동을 사인화(私人化)하고 세말화(細末化)하는 요소들이 저절로 생겨난다. 이것이 문학과 문화의 기능, 내용 및 형태에 중요한 영향을 끼칠 것으로 예상할 수 있다. 대체로 문화 매체의 발달은 한편으로 문화의 사회적 확산을 가져오면서 그 가치의 평가 절하를 초래한다.

언어 표현 또는 일반적으로 문화 표현의 효과는 침묵과 표현의 균형에서 나온다. 이 균형은 표현과 억제의 구조적 기율에 의하여 유지된다. 사회의 상징 질서의 구조적 기율이 사라진 때문이든 아니든, 대체로 문화 매체의 확장으로 인하여 표현의 홍수는 저절로 표현과 표현의 내용이 되는 현실과의 분리를 가져오게 마련이다. 그리하여 문화 표현은 진실의 에너지를 상실한다. 현실의 인간 질서가 언어에 의하여 매개되는 것이라고 한다면, 언어의 의미는 현실로부터 온다. 현대에 있어서의 언어의 무성함은 이러한 교환 작용과는 동떨어져 있는 것으로서, 그 결과 언어는 자기 탐닉이나 장식이나 선전으로 타락한다. 비록 심각한 내용을 가진 것이라고 하더라도 사사로운 일들의 과다한 표현은 언어를 자기 탐닉의 수단이 되게 함으로써 언어에 대한 존경심을 궁극적으로 약화시키게 마련이다.

오늘날의 사회에서 특히 언어의 타락에 크게 기여하는 것은 정치적 또는 상업적 선전을 위한 언어의 사용이다. 새삼스럽게 말할 것도 없이, 선전은 그 내용이 진실된 것이든 아니든 관계없이 그 의도에 있어서 단순한 진실의 전달보다는 특정한 방향으로의 설득을 목표로 하는 언어이다. 이러한 특정 목적을 위한 설득은 대화를 향하여 열려 있을 수 없다. 그것은 설득할 생각은 있어도 설득당할 용의는 없는 것이다. 그 기능이 설득에서 조종으로 또는 강압적 세뇌로 바뀌는 것은 너무나 당연한 추이이다. 선전에 의한 언어의 진실 전달 기능의 손상은 범람 효과를 갖는다. 그것은 모든 언어 표현에 대한 냉소주의를 팽배하게 하는 것이다.

언어 표현의 과잉과 타락은 진지하거나 또는 경박한 문학의 형태에도 영향을 미친다. 시끄러운 장소에서 우리의 말이 들리게 하려면 목소리를 높여야 한다. 거대해져 가는 도시 문화 속에서, 한 사람의 개성적 존재는 쉽게 무시될 수 있다. 이에 대한 반작용으로 개성적 주장은 더욱 강화되기도 한다. 지멜이 말한 바와 같이, "도시인은 제 소리가 제 귀에 들리게 하기 위하여도 개성적 요소를 과장하여야 하는 것이다."[7] 1960년대 이후 우리나라에서 주창되어 온바 민족주의 문학 또는 더 일반적으로 도덕주의적 문학의 드높은 목소리는 이러한 관련에서 생각해 볼 수 있다. 그것은 대체로 정신적·사회적 중심의 소멸에 대한 강한 방위 작용이라는 면을 가지고 있지만, 그것이 갈수록 강력한 주장이 된 것은, 현실적인 필요에 의하여 그렇게 재촉되었다는 외에, 일반적인 언어의 후퇴 속에 일어나는 현상이라고 볼 수도 있다. 그러나 과장의 요소는, 사회적 도덕적 문학보다도 형식주의적 문학 또는 일반적으로 문학의 형식에서 더 쉽게 볼 수 있는 것이다. 서양의 현대 문학을 특징짓는 것은 그 실험주의라 하여도 과언이 아니다. 19세기로부터 새로운 것의 추구는 문학에 있어서 늘 존재해 왔던 충동이지만, 상징주의, 초현실주의, 표현주의, 미래주의, 모더니즘, 누보로망 등의 이름으로 불리는 새로운 표현의 실험은 20세기 문학의 특징적 현상이 되었다. 습관적 사고, 습관적 언어의 파괴야말로 문학적 창조의 조건인 것처럼 생각한 현대 문학의 작가들은 랭보가 말한바 '모든 감각의 체계적 교란'을 방법으로 하여 새로운 언어와 표현의 실험을 계속적으로 추구하게 되었다. 이러한 교란의 미학은 그 자체로보다는 산업 사회에 있어서의 모든 삶의 표현 ─ 특히 언어의 습관화와 상투화와의 관련에서 의미를 갖는 것이다. 이 습관화 작용을 앞지르기 위해서 예술적 표현은 계속적으로 굳어지려는 언어를 파괴하고 새로운 언어, 이미지, 색채의 실험을 향하여 나아가지 않을 수 없었다. 예술이나 문학의 방법은 한 평자의 말을 빌려 "놀라움의 체계적 기술(une technique systématique de la surprise)"[8]이 되었다.

---

7  Georg Simmel, "The Metropolis and Mental Life", *The Sociology of Georg Simmel*, trans. by Kurt H. Wolff(New York: Free Press, 1950), p. 422.

8  Michel Carrouges, *André Breton et les données fondamentales du surréalisme*(Paris: Editions Gallimard, 1950), p. 134.

우리나라에서도 전위적 수법의 예술은 일찍부터 존재해 왔다. 이상(李箱)의 시와 소설, 또는 김기림의 주지주의 시론은 그 선구적인 예가 될 것이고, 1950년대의 모더니즘의 시들은 비교적 가까운 선례이다. 그러나 다시 한 번 리얼리즘에 대한 압도적 강조에도 불구하고, 우리는 새로운 문학적 실험이 나타나는 것을 볼 수 있다. 신문기사, 광고, 표지판의 지시 사항, 음악의 악보들을 아무런 금기를 느끼지 않고 사용하는 황지우 씨나, 최근의 《세계의 문학》(1986년 봄호)의 시에서 사진을 시의 일부로 도입한 박남철 씨의 경우도 새로운 아방가르드의 실험의 예가 될 것이다. 다만 예전의 실험주의자들이 주로 지적이고 인위적인 느낌을 준 데 대하여 새로운 실험주의자들의 경우 그들의 실험은 강한 현실 의식으로부터 필연적으로 탄생하는 것인 듯한 느낌을 준다. 그것은 주어진 현실을 있는 대로 진지하게 받아들이는 것을 거부하고 이를 유희와 야유로써 대하려는 태도에서 나온다고 할 수 있는데, 이 유희의 야유는 바로 도저히 받아들일 수 없으면서도 거부할 수 없게 압도해 오는 현실에 대한 강박적 의식에서 나오는 것이다. 이런 점에서는, 즉 현실을 단순하게 수용하기를 거부하며, 그렇게 함으로써 현실에 대한 엄숙한 감식으로서의 시의 이념을 깨뜨려 버렸다는 의미에서는 오늘의 많은 시인은 오규원, 장영수 또는 정현종까지도 전위적이며 실험적인 시인이라고 할 수 있다.

전위적 실험주의는 산업 사회의 대중성과 일상성 또는 보다 심각하게는 그 상품주의적 획일성에 대한 저항의 표현이다. 그것은 습관적 표현을 교란함으로써 이러한 압력에 저항하고 현실 또는 사물의 핵심에 이르고자 한다. 그러나 주목할 것은 전위적 실험주의까지도 습관화되고 상품주의적 사회의 일부가 될 수 있다는 것이다. 전위적 예술의 놀라움의 기술은 상품 광고의 놀라운 판매술 속에 흡수될 수도 있는 것이다. 어떤 경우에 있어서나 언어만의 실험에 의해 현실의 에너지를 회복하는 것은 불가능하다.

산업 기술 사회에 있어서 지배적인 것은 산업 사회의 사실이고, 그 정신적 태도와 문학을 규정하는 것은, 다시 말하건대 현실주의이다. 도시의 개인이 그의 강한 개성 추구에도 불구하고 궁극적으로 대중 사회의 획일성 속에 매몰될 수밖에 없듯이, 예술의 새로운 것의 추구, 새로운 감각과 새로운 상념, 새로운 황홀에 대한 추구는 물질세계의 사실에 압도될 수밖에 없다. 우리의 삶에 심투해 오는 물질적 사실의 압력은 지각과 인식의 정밀화를 가져온다. 이것은 다른 한편으로는, 전통적 사회의 순진한 가치들, 형이상학적이고 도덕적인 가치를 쇠퇴하게 한다. 물론 이러한 쇠퇴에 대하여 가치의 회복에 대한 주장도 더 높은 목소리를 지니게 된다. 특히 가중되는 좌절은 도덕주의로 하여금 점점 투쟁적이 되게 하고, 그러는 사이에 그것 자체도 사회 현상의 많은 것을 냉혹한 현실주의의 눈으로 본다. 그리하여 도덕주의는 도덕적 가치에 대한 냉소적 태도와 별로 구분할 수 없는 것이 된다. 예술적 표현의 놀라움을 통하여서든 아니면 도덕적 분노를 통하여서든 모든 것은 가장 넓은 포용자인 산업 사회의 리얼리즘에 흡수되는 것이다.


## 5


산업 기술 사회에 있어서의 문학의 운명에 대한 우리의 소묘는, 낙관적 요소가 없지는 않은 채로, 대체적인 윤곽에 있어서 더욱 비관적인 것이라 할 수밖에 없다. 그러나 문학이 할 수 있는 것은 없는가? 문학의 운명은 인간의 운명을 뜻한다. 그러는 한, 그것의 핵심적 역할이 약화되면 약화되는 만큼 그것의 건전한 창달은 화급한 과제로 등장한다. 이런 의미에서 19세기 말에 영국의 매슈 아널드가 말했던 것과 비슷하게 우리는 역설적으로 문학의 장래는 거대한 것이라고 말할 수도 있을는지 모른다.

　위에서 이야기한 바와 같이, 산업 기술 사회의 한 특징은 그 근본적 이념이나 사회 상황으로 하여, 말의 권위와 값을 하락하게 한다는 것이다. 문학이 바른 상태에 있으려면, 말의 권위와 값을 회복하는 것이 필요하다. 단순히 당위의 관점에서 말하건대, 말을 그 오락적·장식적·선전적 기능에서 분리하고 그 도덕적 심각성을 되돌려받게 하는 것이 중요하다. 그러나 이것이 간단하게 이루어질 수 있는 일이 아님은 말할 것도 없다. 지금 우리가 권위주의적 도덕의 순진한 세계로 돌아갈 수는 없는 일이다. 말의 새로운 도덕성은 우리 시대에 얻어진 결과를, 그것이 부정적인 것이든 긍정적인 것이든 수용하고 지양하는 것이 되어야 할 것이다. 그것은 과학의 회의와 산업 시대의 사실주의를 거친, 반성적이고 의식적인 도덕성으로서, 여러 가능성 가운데서 선택되고 결단되는 것으로만 존재할 수 있을 것이다. 그리고 그것은 세간적 고려를 한달음에 초월하는 어떤 것이 아니라, 오늘의 시대에 이루어진 감각적·지적 확장을 수용하는, 따라서 불가피하게 현세적이며 현세적 뉘앙스를 받아들이는 것일 것이다. 그것은 어쩌면 단순히 사람이 사는 세계 위에 어른거리는 정신의 빛 또는 놀이로서만 존재하는 것인지도 모른다.

　사실 문학이 우리의 삶을 위하여 제공할 수 있는 것은 어떤 내용을 가진 도덕이라기보다는 삶의 전체성에 대한 의식이다. 개인적으로나 집단적으로나 루카치의 문학 이론에서 삶의 전체성에 대한 비전이 중요함은 널리 이야기된 바 있다. 그에게 전체성이란 개인적으로나 사회적으로나 삶의 중심부와 변두리에 있어서의 의미의 편재성을 의미한다. 이 전체성이 있는 곳에서 삶의 어느 부분도 의미로부터 단절되지 않는다. 존재와 본질, 인식과 행동, 영혼과 그 형식, 자아와 세계, 개인과 사회 사이에 아무 괴리가 존재하지 않는 것이다. 천의무봉의 전체성이 있는 세계에서, "영혼은 세계의 복판에 있다. 세계의 윤곽을 이루는 경계는 사물의 윤곽과 본질적으로 다르지 않다."[9]

전체성은 개체의 원리이며 세계의 원리이다. 전체성에 있어서의 개체와 세계의 일치는 그것이 하나의 신비스러운 삼투의 관계라는 것을 말하여 준다. 루카치 자신이 향수를 가지고 말한 바 있듯이 이러한 일체적 관계는 희랍에 있어서 가능했을지 모르나 현대인에게는 ─ 서구인이든 한국인이든 ─ 불가능한 것이다. 그러나 그것이 반드시 신비적 일체성 속에 있는 것이 아니라고 하더라도 이러한 속성이 인간의 본래적 조건을 어느 정도 규정하는 것은 사실일 것이다. 문학의 암시는 대체로 이 조건에 관한 것이다. 그것은 신비적 일체성으로서의 전체성이 아니라고 하더라도 그것의 조건 ─ 그것의 내적·외적 조건에 관하여 이야기해 온 것이다. 문학은 예로부터 영원한 인간성에 관계되는 것으로 생각해 왔다. 그것은 문학이 인간의 전체적인 모습을 그리려 해 왔기 때문이다. 이때의 전체성은 이미 완성되어 있는 것은 아니다. 문학은 이것을 세 가지 변조 속에 투영한다. 문학은 물론 인간의 가능성을 말한다. 또 그 불행을 말한다. 그리고 이 불행의 어떤 것이 불가피한 운명인 한 인간의 운명적 한계를 말한다. 이 세 가지가 함께 우리에게 허용된 전체성에의 느낌을 이루는 것이다.

문학이 인간성의 가능성을 탐색하고 그린다고 할 때, 그것은 어떤 추상적 가능성을 투사하는 것이 아니다. 그것은 현실의 역사적 전개 속에 나타난 가능성을 포착하려고 한다. 그러면서 동시에 "인간의 창조적 품성의 절대적 세련화" 또는 "관습적 척도로 잴 수 없는 인간의 모든 힘의 진화"[10]를

9   György Lukács, *The Theory of the Novel*, trans. Anna Bostock(Cambridge, Mass.: MIT Press, 1971), pp. 32~33.

10  Jonathan Benthall ed., *The Limits of Human Nature*(London: Allen Lane)의 "Introduction" ix에 있어서의 Marx, "Grundrisse"로부터의 인용.

유념한다. 이 넓은 관점에서 볼 때, 불가피한 것은 인간의 불행에 대한 의식이다. 그것은 말할 것도 없이 인간의 자기실현, 그 힘의 섬세화와 진화 또는 전체성에의 발돋움의 이면을 이루는 것이다. 이러한 불행은 인간의 최대의 가능성에 비추어 인식되고 체험되는 좌절에서 오는 것이다.

그러나 우리가 주목할 필요가 있는 것은 인간성의 최소한도의 조건의 유린에서 오는 불행이다. 어떻게 보면, 우리에게 더욱 중요한 것은 끊임없이 변화 발전하는 인간의 보편적 가능성을 실현하는 일의 좌절에서 오는 불행보다도 이 보편적 가능성 밑에 놓인 최소한도의 인간성의 유린에서 오는 불행이다. 이러한 소극적 의미의 불행, 그러나 더욱 중대한 불행은 서양 문학에 있어서, 특히 20세기에 오면서, 문학의 전경을 차지해 온 것으로 보인다. 그러나 이것은 산업화 시대에 들어온 우리 문학에 있어서도 마찬가지이다. 이것은 서양에 있어서 우리나라에 있어서 산업화의 인간적 의미에 대하여 우리로 하여금 깊은 회의를 가지게 하는 요인이 되는 것이다. 즉 문학은 착취와 소외가 오늘의 인간의 상황을 규정하고 있다는 것을 고발한다.

문학이 인간의 전체적 가능성에의 발돋움을 말하고 그에 대한 불가피한 제약이 가져오는 불행을 말한다면, 우리는 문학의 궁극적 계시는 이 모든 테두리의 형이상학적 의미에 관한 것이라고 할 수 있다. 테두리라고 하면 그것은 제약과 한계에 관계되는 것으로 여겨진다. 그러나 그것은 전체성에의 희구가 규정하는 한계이기 때문에 모든 것을 포용하는 제약이며 한계이다. 물론 그것은 제약인 만큼 좌절을 뜻하고 불행을 뜻하지만, 그것은 인간적 가능성의 모든 것과 일치하는 것인 까닭에, 행·불행을 초월하여 인간 운명의 단순한 수락을 뜻한다고 할 수도 있다. 오늘날의 문학에서 우리가 얻지 못하는 것은 이러한 한계 의식, 이러한 대긍정이 주는 지혜이며 평화인 것으로 보인다. 이것에 이르는 것이 오늘날 가능한 것이든 아니든 이러한 문학적 사명을 생각해 보는 것은 무의미한 일이 아니다.

가령 문학의 최고 형태의 하나인 비극이 말하는 것은 행·불행으로 저울질할 수 없는 최고의 형태의 삶의 제약이라고 할 수 있다. 비극은 갈등의 전개를 내용으로 하지만, 그 감동은 슬픔과 체념이 기묘하게 섞인 대긍정에서 온다. 이 긍정은 우리로 하여금 인간의 모든 노력과 죄와 벌, 그리고 정의를 넘어가면서도 있는 그대로의 삶의 징당성을 받아들이게 하는 운명의 힘에 관한 것이다. 이것은 있는 그대로의 삶의 절대성에 대한 긍정이다. "비극적 슬픔의 반응은 비극적 사건 그것이나 주인공의 운명의 정의에 대하여서가 아니고 모든 사람에게 적용되는 형이상학적 존재의 질서에 동의하는 것이다." 그것은 우리 자신의 존재에 대한 동의이다. '그렇다'는 느낌은 관객에게 하나의 자기 인식, 다른 모든 사람이나 마찬가지로 사람이 그 안에서 사는 미몽(迷夢)으로부터 깨어나 돌아가는 자기 인식을 나타낸다.[11] 그러나 비극의 감동이 절망이나 부정이 아니라 긍정이며 고양이라는 사실에 다시 한 번 우리는 주목할 필요가 있다. 운명은 사람의 욕망과 기획에 대하여 가하여지는 제약이면서 또 그 승화이다. 그리고 이 운명은 신으로부터 오는 원리적인 힘, 헤겔이 파토스라고 부른 윤리적 정열을 통하여 사사로운 개인의 차원을 넘어간 사람에게만 허용되는 것이다. 비극의 행동은 고통스러운 것이면서 인간의 윤리적 차원에의 고양을 드러내 보여 주는 것이다. 그리하여 그것은 운명의 힘으로 사람을 압도하면서 또 윤리적 존재로서 그를 완성해 준다.

비극이 아니라도 문학이 우리에게 보여 주는 것은 정도를 달리하여 인간을 굴복시키며 또 완성하는 운명의 힘 또는 인간적 제약을 보여 준다. 사실 내가 여기에서 말하고자 하는 것은 비극과 같은 거대한 운명의 드라마

---

11 Hans-Georg Gadamer, *Wahrheit und Methode*, 4. Auflage(Tübingen: J.C.B. Mohr, 1975), p. 126.

가 아니라, 더 낮은 일상적 차원에서 작용하고 있는 인간 생존의 제약 조건들이다. 여러 가지 문학 표현은 결국 작게 크게 여기에 관련되는 것이라 할 수 있기 때문이다. 가령 서정시가 예로부터 끊임없이 노래하고 비유해 온 산수(山水)나 화조(花鳥)는 무엇인가? 그것은 사람을 제약하며 또 완성하는 것이 자연이라는 것을 상기시켜 주는 것이 아닌가? 또는 한없는 변주 속에서도 한결같은 사랑과 인정의 주제는 또 무엇인가? 그것은 '기하학의 정신'에 대하여. '섬세의 정신'의 존재론적 정당성을 설득하려는 시인들의 계속적인 노력의 표현이 아닌가?

여기에 지적한 것들은 매우 진부한 사실이다. 그러면서도 이것이 새로운 의미를 지닐 수 있다면, 그것은 오늘의 상황으로 인한 것이다. 흔히 지적되듯이 산업 기술 사회의 인간의 조건의 하나는 소외이다. 이 소외는 마르크스가 지적하였듯이, 인간의 자신의 생산품과 생산 활동과 궁극적으로는 인간적 본질로부터의 소외라고 정의할 수 있다. 그러나 문학이 우리에게 이야기하는 바에 따라 우리는 더 간단히 오늘의 사회 ─산업 자본주의 사회의 인간이 유기적 자연환경으로부터 또 스스로의 심성적 자발성으로부터 또 다른 사람과의 심성적 유대로부터 소외되어 있는 것에 주의할 수 있다. 이제야 현대인은 심성적 요구나 유기적 환경의 필요가 인간성의 근본 조건임을 깨닫기 시작하고 있다. 이러한 것들은 사람이 범할 수 없는 인간성의 한계에 속하는 것이다. 이와 같은 이유로 하여, 자연과 사랑에 대한 문학의 영원한 관심은 오늘의 상황에 중요한 의미를 가질 수 있는 것이다.

그러나 오늘날 인간성의 한계를 범하는 행위를 저지르는 것도 인간이라는 것을 우리는 기억하여야 한다. 우리가 밖에 있는 유기적 자연과 안에 있는 심성의 자연으로부터 소외되어 있다면, 그것은 데카르트의 철학적 탐구의 목표였던, 인간으로 하여금 '자연의 주인이요 소유자가 되게 할 수 있다'는 욕구의 결과 때문이라고 할 수도 있는 것이다. 이 요구는 자연의 소유주가 되겠다는 일념에 인간의 모든 것을 예속화시켰다. 산업 사회의 상황은 이러한 욕구의 한계를 새로이 인식할 것을 촉구한다. 앞에서 언급한바, 인간 능력의 무한한 가능성과 완성에 대한 신념도 한계의 새로운 인식에 의하여 테두리 지어질 필요가 있다. 이러한 관련에서 우리는 예로부터 문학이 인간의 진정한 행복과 운명이 단순히 인간 의지의 팽창에 있는 것이 아니라는 것을 말하여 온 것을 상기할 수 있다. 동서양에 있어서의 전원시(田園詩)의 전통은 계속 안분지족(安分知足)의 주제를 되풀이하여 유지해 왔다. 이러한 주제는 퇴영적이거나 억압적인 정치 철학의 표현으로 볼 수 있는 면도 있지만, 산업 사회의 여러 증상들은 우리로 하여금 이러한 금욕적 행복의 의의를 다시 한 번 생각게 한다. 문학은 그 전체적 메시지를 종합해 보면, 사람이 정신이며, 육체이며, 사회적 존재이며, 자연 속의 존재임을 우리에게 일깨워 준다. 이러한 여러 면은 무한한 것이 아니라 어떤 한계를 가지고 있으며, 이 한계를 인정하는 한도에서만 삶의 균형이 가능함을 문학적 예지는 이야기해 준다. 궁극적으로 모든 인생의 예지는 죽음의 한계에 관계되는 것이라고 할 수 있다. 이것은 반드시 인생의 허무를 말하는 것은 아니다. 죽음은 오히려 삶의 강렬함을 높여 줄 수도 있다. 그 행복의 조건이 될 수도 있는 것이다. 소비 사회에 있어서의 욕망의 무한한 자극이 가져오는 인간성과 자연환경의 황폐화는 우리에게 다시 한 번 삶의 한계의 예지를 생각게 하는 것이다. 가장 높은 형태의 문학이 늘 상기시켜 주는 것은 이러한 것이다.

이렇게 말하는 것은 문학의 형이상학적 사명을 말하는 것이다. 문학은 사람의 형이상학적 테두리를 모색하는 데 종사하여 왔다. 시인은 지금 이 자리에 있는 삶을 넘어가는 영원한 지평에 관심을 빼앗기는 사람이다. 그러나 그가 오늘 이 자리를 그대로 떠나간다는 말은 아니다. 다만 지금 이 자리에 풀려난 삶의 충동과 현실을 넘어서는 전체적인 가능성과 한계를 생각하지 않고 문학이 참다운 고양감을 줄 수는 없다는 것을 그는 안다. 물론 이러한 형이상학적 전체성은 지금 이 자리의 삶에 내재하는 것으로 생각할 수도 있다. 우리는 위에서 과학 기술 사회로의 전환에 따르는 문학의 변화를 대체적으로 현실주의란 말로 표현하였다. 이것은 오늘의 현실 속에 묶여 있는 우리의 정신을 의미한다. 그러나 그것은 동시에 그것을 넘어가려는 소망을 표현하고 있으며, 또 어쨌든 그러한 넘어감을 위한 기초 작업이 될 수는 있다. 도덕적 입장의 문학적 리얼리즘은 오늘의 현실에 대한 비판적 의식을 나타낸다. 그러면서 그것은 스스로의 도덕적 분노에 얽매여 자신의 입장을 제외한 모든 것을 악마의 세계에로 돌려 버릴 때 스스로 도덕적 현실주의에 사로잡히게 된다. 오늘의 사실 존중의 태도가 낳은 보다 심각한 현실주의적 증후는 더욱 모호할 수도 있다. 위에서 우리는 이것을 대체로 지각의 고밀도화와 합리성으로 특징지어 보았다. 또는 풍자와 야유, 실험과 놀라움도 그 한 표현이다. 이러한 것들은 문학의 형이상학적 사명에 도움을 줄 수도 있고 방해가 될 수도 있다. 그것은 우리의 삶의 세부에 대한 지각을 섬세하게 복잡하게 하고 동시에 다양한 가운데 움직이는 전체적 합리화를 향한 충동을 촉진한다. 그러면서 그것은 오늘의 삶의 전체적 통합의 실패에 좌절을 느낀다. 그것은 이 좌절에 대하여 순응할 수도 있고 저항할 수도 있다. 어느 쪽이든 그것이 주어진 상황에 대한 반작용으로 남아 있는 한 그것은 오늘의 상황의 허무주의적 분위기에 편입되기 쉽다. 이것은 보다 도덕적인 입장에 선 리얼리즘의 경우에도 마찬가지다. 우리는 이미 가장 비판적인 리얼리즘이 허무주의적 난폭성에로 하강하는 증후들을 본다. 그러나 어느 경우에 있어서나 문학은 그 원초적 충동의 심각성에 충실하게 남아 있는 한 어느 시대에 있어서나 그래 온 것처럼, 오늘의 현실의 전부, 그 중심과 주변을 동시에 거머쥐려는 노력이다. 그것은 당대적 상황이 허락하는 한 밖으로부터 부과된 초월적 입장의 억지가 없이,

중심과 주변이 삼투하는 전체성의 이미지를 제시하고자 한다. 다만 우리는 오늘의 문학이 좌절과 난폭성을 초월하여 보다 넓고 평정된 형이상학적 지평을 잃지 않아야 된다는 점을 강조하고자 할 뿐이다. 문학이 전체적인 삶의 이미지를 좌절과 위축, 그에 대한 반작용의 난폭성으로가 아니라 스스로의 운명을 스스로 거머쥐고 있는 평정 속에 보여 주기를 희망하는 것이다.

이러한 것이 산업 사회로의 전환점에 선 문학에 우리가 바랄 수 있는 것들이다. 그러나 이렇게 말하면서 우리는 인과 관계의 질서에 대하여 경고를 발할 필요를 느낀다. 오늘의 인간이, 새로운 생산력의 모든 약속에도 불구하고 위기에 처해 있다고 한다면, 이 위기의 원인이 무엇인가를 우리는 분명하게 바라보아야 한다. 즉 오늘의 위기는 문학에 의하여 재래된 것이 아니다. 그러니만큼 그것의 해소도 결코 문학이 이룰 수 있는 것이 아니다. 궁극적으로 오늘의 희망과 위험은 과학 기술의 생산력에서 온다. 희망을 조절하고 위험을 피하는 일은 이 생산력을 어떻게 사용하느냐 하는 데 달려 있다. 이것은 사회적 행동의 문제이다. 오늘의 위기를 참으로 극복하고 새로운 사회를 건설하는 전기를 마련하는 데 필요한 것은 사회적 행동의 재조정이다. 문학은 이 조정을 위한 교육적 기능을 수행할 수 있을 뿐이다. 이 기능의 수행을 위하여 문학은 생산력의 사회적 조직에 관심을 갖지 아니할 수 없다. 그러나 동시에 필요한 것은 문학의 자기 점검, 자기 성찰이다. 나는 위의 간단한 고찰이 이러한 자기 성찰의 일부로서의 의의를 갖기를 희망한다.

(1987년)

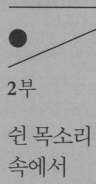

2부

쉰 목소리
속에서

# 마음의 빛과 그림자

피천득론

19세기 초에 영국의 낭만시인 워즈워스는 자연의 소박한 삶을 소박하고 단순한 말로 시 속에 담으려고 한 자신의 시작 태도를 옹호하면서, 그가 부딪치게 되는 어려움의 하나로서 시대의 복잡성과 그것으로 일어나는 감성의 둔화를 지적하였다. 그는 다음과 같이 썼다.

옛날에는 없던 많은 원인들이 힘을 합하여 마음의 식별력을 무디게 하고 자발적인 움직임을 가질 수 없게 하면서, 마음을 거의 야만적인 마비 상태에 빠지게 한다. 이들 원인 가운데 가장 큰 것은 날마다 일어나는 국가적 대사건이며, 도시에 있어서의 인간의 밀집인데, 도시에 있어서 일의 단조로움은 특이한 사건에 대한 목마름을 낳고, 신속하게 전달되는 정보가 이 목마름을, 시간을 다루어 달래 준다.

이러한 상황 속에서 워즈워스는 "사람의 마음이 조잡하고 격렬한 자극제가 없이도 움직여질 수 있다는 것"을 보여 주고자 하였다. 20세기 후반에 있어서의 우리의 상황은 정확히는 알 수 없는 것이나, 워즈워스가 당면했던 상황에 비교할 수 없이 거칠고 요란한 것이 아닌가 한다. 이에 따라서 우리의 문학 일반은 그리고 시는 매우 시끄러운 것이 되었다. 강한 주장, 현란한 이미지, 충격적인 언어 그리고 잡다성 ─ 이러한 것들이 오늘에 쓰이고 있는 시들의 특징이 된 것이다.

이것은 유감스럽게만 생각할 수는 없는 것이다. 각 시대에는 그 시대에 맞는 언어와 생각과 느낌이 있게 마련이다. 오늘날 모든 면에서의 소리의 강도가 높아진 것은 삶의 깊이와 폭을 크게 한다. 그것은 무엇보다도 삶의 구체성의 많은 것을 더욱 많이 구제하면서 그 보편적 폭을 넓히는 결과를 가져온다. 그러나 상실된 것이 없는 것은 아니다. 그중에서도 사라진 것은 나지막한 소리와 섬세한 모양과 움직임이며, 그러한 것에 주의하는 정신의 습관이다. 이러한 것이 사라진다는 것은 단지 그러한 것의 사라짐을 말하는 것이 아니고 전체적으로 우리의 삶이 거칠어지고, 삶의 많은 면에서 섬세한 배려에 의지하는 사람의 일과 사람에게 고통이 증대함을 말하는 것이다. 그리하여 그것은 오늘의 사회와 정치 또는 일상적 삶의 잔혹성과 무관하지 않다. 결국 작은 것에서든 큰 것에서든 사람의 마음과 사람의 일은 모두가 일체인 것이다.

시가 하는 일은 이 일체성의 마음을 만들어 내는 것이다. 그것은 우리로 하여금 '여기'와 '오늘'을 넘어가는 큰 것을 생각하게 하면서, 여기와 오늘에 있는 작은 것들의 섬세한 모양을 느끼게 한다. 그러면서도 이 두 면이 서로 다른 것은 아니다. 즉 시는 큰 것을 말하면서 작은 것을 이야기하고 작은 것을 말하면서 큰 것을 이야기한다. 그러나 대체로 서정시는 적어도 그 직접적인 관심사라는 관점에서는 작은 것들에 귀 기울여 왔다고 할 수 있다. 특히 우리의 서정시의 전통이 그러했다.

금아(琴兒) 피천득(皮千得) 선생의 시는 이러한 우리의 시 전통 속에 있다. 나는 금아 선생의 수필을 말하면서 그것이 작은 것들에 대한 사랑으로 특징지어질 수 있다고 한 바 있지만, 이것은 다른 시인의 경우보다도 금아 선생의 시에 특히 두드러진 것으로 말할 수 있다. 찰스 램을 말씀하시는 자리에서 선생은 다음과 같이 쓰신 바 있다.

나는 그저 평범하되 정서가 섬세한 사람을 좋아한다. 동정을 주는 데 인색하지 않고 작은 인연을 소중히 여기는 사람, 곧잘 수줍어하고 겁 많은 사람, 순진한 사람, 아련한 애수와 미소 같은 유머를 지닌 그런 사람에게 매력을 느낀다.

여기에 표현된 금아 선생의 인간에 대한 느낌은 그의 수필 그리고 시에 다 같이 적용되는 것이다.

금아 선생의 시의 소재는 자연과 인간 심리의 섬세한 현상들이다. 이것이 대체로 전통적인 것들임은 자명하다. 이것은 봄, 꿈, 기다림, 달무리, 진달래, 후회, 이슬, 시내, 단풍, 슬픔, 기쁨, 어린 시절 — 이러한 제목들에 나와 있는 말들만으로도 알 수 있다. 아마 얼핏 보아 놓치기 쉬운 것은, 이러한 것들을 소재로 한 시들이 가지고 있는 섬세의 변증법일 것이다.

오늘도 강물에
띄웠어요

쓰기는 했건만
부칠 곳 없어

흐르는 물 위에

던졌어요

이것은 이 시집의 첫머리에 있는 「편지」인데, 여기서 읊고 있는 것은 누구나 알 수 있는, 젊은 날의 막연한 그리움이다. 어떻게 보면 이것은 새삼스럽게 이야기될 필요도 없는, 모든 사람이 다 알 수 있는 정서이다.

그러나 이 시의 주인공인 젊은이는 편지를 써서, 왜 그것을 흐르는 물에 띄워 보낼까? 이것도 새삼스럽게 따져 볼 필요도 없는 일이라 할 수도 있지만, 혹 여기에 그런대로 의미 있는 대조가 있는 것은 아닐까? 가령 인간의 마음의 설렘과 좀 더 여유 있고 도도한 자연의 있음과.

설움이 구름같이
피어날 때면
높은 하늘 파란빛
쳐다봅니다

물결같이 심사가
일어난 때면
넓은 바다 푸른 물
바라봅니다

「무제(無題)」에 있어서의 인간과 자연의 대조는 더욱 분명하다. 인간의 설움과 심사는 분명하게 하늘과 바다가 나타내고 있는 평정과 관용에 대조된다. 그러나 인간과 자연의 대조는 절대적인 것일까? 위의 「무제」에서 우리는 설움과 심사의 움직임도 자연의 움직임에 비유되어 있음을 본다. 그것은 구름같이 피어나고 물결같이 일어나는 것이다. 사람의 마음 움직임도 자연의 그것에 일치하는 것이다. 자연과 인간의 관계는 서로 다르면서 일치하는 것이다. 그 다름도 어떤 관점에서는 자연의 부분과 부분, 또는 자연의 부분과 전체의 다름이다. 앞에 인용한 「편지」에서, 흘러가는 물은 편지를 보내는 행위와 비슷하게 한곳에서 다른 곳에로의 이동을 나타내고 있는 것이 아닌가? 오히려 편지를 쓰고도 부치지 못하는 사람은 자연의 자연스러운 움직임을 박탈당하고 있는 것이 아닌가?

「바다」에서의 바다의 이미지는 사람의 마음과 완전히 일치한다.

> 저 바다 소리칠 때마다
>
> 내 가슴 뛰나니
>
> 저 파도 들이칠 때마다
>
> 피가 끓나니

그런가 하면 「달무리 지면」에서는 자연의 세계와 사람의 세계가 완전히 다르다.

> 달무리 지면
> 이튿날 아침에 비 온다더니
> 그 말이 맞아서 비가 왔네
>
> 눈 오는 꿈을 꾸면
> 이듬해 봄에는 오신다더니

그 말은 안 맞고 꽃이 지네

달무리와 비에는 자연법칙의 인과 관계가 있다. 그러나 꿈과 현실에는 그러한 관계가 없는 것이다. 또 달리는, 「기다림 1」에서 보는 바와 같이 자연은 오히려 인간의 존재 방식을 모방하는 것처럼 보이기도 한다.

밤마다 눈이
나려서 쌓이지요

바람이 지나고는
스친 분도 없지요

봄이면 봄눈 슬듯
슬고야 말 터이니

자욱을 내 달라고
발자욱을 기다려요

또는 자연 자체 안에서도 일치와 차이는 이미 비친 바와 같이 매우 미묘한 모습을 나타낸다. 「봄」은 매우 소박한 이미지 가운데 이 미묘한 자연상을 집약해 준다.

걸음걸음 봄이요
파 ─ 란 파란빛 치맛자락
쳐다보면 하늘엔

끊어 낸 자욱은 없네

봄이 오는 것은 자연의 현상이다. 그러나 그것이 감지되는 것은 사람의 걸음이나 치맛자락을 통해서이다. 그러면서도 이러한 자연의 현상과 인간의 느낌은 "끊어 낸 자욱"이 없는 자연의 일체적이며 변함이 없는 포용 속에 있다. 자연과 인간은 움직임과 끊어짐 속에 있으면서 동시에 그것을 초월하는 고요와 일체성 속에 존재하는 것이다.

이러한 관찰은 말할 것도 없이 거창한 철학적 개념을 통하여 이루어진 것이 아니라 매우 소박한 자기의 의식 속에서 이루어진 것이다. 그것은 단순한 심정의 움직임 —주로 그리움과 같은 매우 약한 감정의 움직임을 주시한다. 그러면서도 그것은 더 큰 철학적·윤리적 의미 속에 있다. 아마 이런 관찰의 가장 단적인 효과는, 그것이 우리의 감정에 윤곽을 주고 그렇게함으로써 기율을 주고, 더 나아가 우리의 삶 자체에 의식과 규범을 준다는 것일 것이다.

「봄」은, 자연에는 계절의 바뀜이 있으나 동시에 이 바뀜의 바탕에 변함없는 평정이 있음을 말한다. 또 「봄」은 사람의 마음에도 스스로의 움직임이 있고 그 움직임의 바탕에는 변화하지 않는 어떤 것이 있음을 암시한다. 이것을 조금 조잡한 교훈으로 옮겨 보면, 사람이 그 감정 그리고 인간사의 움직임에 주의함은 마땅하나 동시에 그를 초월하는 바탕을 잃어버려서는 안 된다는 것이다. 이러한 교훈은 「그림」과 같은 데 분명하게 나와 있다.

나는 그림을 그릴 때면
하늘을 넓고넓고 푸르게 그립니다

집과 자동차를 작게 그리고
하늘을 넓고넓고 푸르게 그립니다

아빠의 눈이 시원하라고
하늘을 넓고넓고 푸르게 그립니다

「그림」에서 사람이나 사람이 만든 물건보다 하늘을 "넓고넓고 푸르게" 그리는 이유는 자명하다. 그 하늘의 넓음과 푸름이 사람의 일에 대조가 되고 바탕이 되면서 바른 균형을 잡아 주는 역할을 하는 것이다. 피상적으로 볼 때, 이러한 시들의 심정의 움직임과 그것의 바탕에 대한 관찰은 지나치게 세말적(細末的)인 것 같다. 그러나 그것이 사람 사는 일에 윤리적 기본을 제공해 준다. 이것은 단순히 비유적인 연장으로 그렇다는 것이 아니고 더 직접적으로 지각 속에 작용함으로써 그렇게 하는 것이다. 시가 작은 일에 주의하는 것은 그 자체로서 일어나는 기쁨 이외에 이러한 교육적 형성을 위한 것이다.

작은 심정의 움직임 또는 자연의 움직임이 갖는 윤리적 의미는 사실 동양의 철학적 지혜에 있어서도 중요한 자리를 차지했던 것이다. 주자(朱子)에게는 사람의 마음의 본바탕인 성(性)은 미발(未發)의 상태에서는 존양(存養)되어야 하며, 기발(旣發) 상태의 정(情)은 끊임없는 성찰을 통하여 교정되어야 하는 것으로 생각되었다. 이때 성정(性情)의 움직임은 은밀한 것, 작은 것, 남이 알지 못하는, 홀로 있을 때의 것을 다 포함하였다. 도에 어긋나지 않으려는 사람은 이 미세 은밀한 것에 계신 공구(戒愼恐懼)하여야 하는 것이다. "군자의 마음이 늘 경외하여 비록 보이지 않고 들리지 않아도 역시 조홀(粗忽)히 하지 않는 것은 천리(天理)의 본연한 모습이 있는 것이기 때문"이다. 여기에는 은미 신독(隱微愼獨)이 중요하다. "말인즉 어둡고 작은 일이라 하더라도, 그것은 흔적이 아직 형성되지 않으면서도 마음속에 이미 그 기미가 움직이고 있어서 남은 모르면서도 자기는 혼자 아는 것이기 때문이다." 세상의 뛰어나고 분명한 것도 사실 이러한 데서 시작하는 것이다. 따라서 주자의 생각으로는 사람의 마음이 싹을 틔우는 그 단초에서부터 이를 적절하게 조정하는 것이 중요한 것이다.(이 대목은『중용장구대전(中庸章句大全)』제1장에 나오는 것인데, 김성태(金聖泰)의『경(敬)과 주의(注意)』(1982)의 해설을 따랐다.) 전통적인 시의 인간의 심정에 대한 주의는 주자가 말하는 바와 같은 심리적·윤리적 관찰의 지혜에 이어지는 것이었다. 금아 선생의 일견 지나치게 단순한 서정시에서도 우리는 이러한 관련을 본다.

금아 선생 시의 상당 부분은 어린이를 주제로 한 것이다. 그것은 어떻게 보면 지나치게 산문적이라고 할 만큼 단순한 관찰에 그치는 경우가 많다. 그러나 거기에도 윤리적 의의가 깃들여 있다.

> 재깔대며 타박타박 걸어오다가
> 앙감질로 깡충깡충 뛰어오다가
> 깔깔대며 배틀배틀 쓰러집니다
>
> ──「아가의 오는 길」 부분

또는 좀 더 자란 어린이의 동작은 다음과 같이 단순히 기술되기도 한다.

> 새털 같은 머리칼을 적시며
> 너는 찬물로 세수를 한다
>
> '다녀오겠습니다' 인사를 하고
> 너는 아침 여덟 시에 학교에 간다

학교 갔다 와 목이 마르면
너는 부엌에 가서 물을 떠먹는다

— 「새털 같은 머리칼을 적시며」 부분

이러한 관찰은 너무 무미건조한 것으로 말해질 수도 있지만, 주의할 것
은 여기에 스며 있는 세심한 마음과 그것의 너그러움이다. 여기에서 우리
가 느끼는 것은 인생의 은미(隱微)한 일을 존중하는 마음의 여유이다. 다만
유감스러운 것은, 이 마음의 바탕이 시 자체에서 잘 암시되지 아니한다는
점이다.

그러나 이 바탕은 어쩌면 관찰의 대상에 너무나 합일되어 있기 때문이
라고 할 수도 있다. 아마 그것은 갈등 또는 불일치를 통하여 더 드러나는
것인지 모른다. 「아가의 기쁨」에서 어린아이의 동작은 그것을 지탱하고
있는 것에 대조된다.

엄마가 아가 버리고 달아나면 어쩌느냐고
시집가는 색시보다 더 고운 뺨을
젖 만지던 손으로 만져 봤어요

어린아이가 하는 짓이 귀엽다 하더라도 그것은 비극적 유기(遺棄)의 가
능성을 배제하지 못하는 것이다. 어쩌면 모든 아름다움은 그러한 바탕 위
에서 더 예리한 것이 되는지도 모른다. 사실 사람의 심정과 자연의 움직임
이 고요와 평정을 바탕으로 한다고 하더라도, 이 고요와 평정의 의미는 경
험의 세계에서 매우 모호한 것이다. 그것은 고난과 불의에 대하여 있는 침
묵 — 파스칼이 경험한 무한한 허공의 침묵에 불과할 수도 있다. 그러나
이러한 침묵 속에서 또는 그것마저 느낄 수 없는 세상의 혼란 속에서 근원

적인 평화를 회복하는 것이 윤리적 생존의 과제인지 모른다. 그런 때 본연의 천리(天理)가 가능하게 하는 평정, 관용, 사랑, 용서 등은 더욱 중요한 내면의 원리가 된다. 금아 선생의 시에서 윤리적 요소는 어떤 때 이러한 내면의 포용성으로 있다고 말할 수 있다. 어린아이에 대한 자애로운 눈길은 이러한 윤리성의 공간에서 성립한다.

> 마음대로 되는 일이 별로 없는 세상이기에
>
> 참는 버릇을 길러야 한다고 타이르기도 하였다
>
> 이유 없는 투정을 누구에게 부려 보겠느냐
>
> 성미가 좀 나빠도 내버려 두기로 한다
>
> ──「교훈」

여기에서 어린아이에 대한 너그러운 태도는, 한편으로 인간 본연의 너그러움에서 그것을 허용하지 않는 세상의 형편에 대립하는 원리로서 나온다. 어른의 세계에서 이러한 부조화는 더욱 불가피하다. 「금아연가(琴兒戀歌)」에서 보이는 사랑에 대한 태도는 이러한 부조화를 잘 드러내고 있다. 여기에 드러나 있는 것은 우리가 잘 아는 전통적인 사랑의 모습이다. 여기에서 사랑은 우선 전통적인 감정의 기미와 그 상징물들로 표현되어 있다. 사랑은 수양버들을 푸르게, 물결을 더 반짝이는 것으로 보이게 한다. 그러나 그것은 곧 장애에 부딪힌다. 사랑의 길은 "못 넘고 못 건너가 올/ 길"에 이르는 것이다.

이것은 외적이라기보다는 내면적으로 부딪치는 도덕적 장애로 생각된다. 장애에 대한 반응은 체념이다. 그러나 이것도 주로 내면적 순응이다. 그리하여 스스로 받아들이는 것인 까닭에 보다 넓은 도덕적 순응으로 바뀐다. 그것은 사랑하는 사람을 커다란 여유 속에 감싸는 일이다. 실연자는 사랑하는 사람과 합치는 일이 불가능하다면 이웃에서 살며 보기라도 하는 일, 그것이 불가능하면 멀리서 살며 생각만이라도 하는 일 그리고는 종국에 슬픔과 기쁨을 넘어 망각하는 일, 더 나아가 망각조차 필요 없는 상태가 되는 일을 순차적으로 받아들인다. 사랑에 대한 섬세한 느낌과 내적인 이유로 인한 그것의 스스로의 포기, 체념이 만드는 공간 속에서의 여유 있는 승화 — 이러한 사랑의 행로는 우리가 전통적 시에서 흔히 보는 것이지만, 금아 선생의 시적 표현을 통해서 우리는 그것이 자연스럽고 도덕적인 심성의 바탕 위에서만 허용될 수 있는 사랑의 모습이라는 것을 새삼스럽게 느낀다.

주의할 것은, 이것이 단순한 심리적 태도가 아니라는 것이다. 그것은 세계에 대한 보다 근원적인 형이상학적 이해, 또 그것에 입각한 심성과 지각의 훈련으로부터 나오는 것이다. 근본이 되는 것은 근원적인 포용성의 인식이다. 세계에 부정적인 것이 있다면 그것은 단순히 대결되는 것이 아니라 그것을 넘어서는 보다 넓은 테두리 속에 포용되는 것이다. 금아 선생은 매우 간략한 심정의 사건으로 이를 표현한 바 있다.

산길이 호젓다고
바래다 준 달

세워 놓고
문 닫기 어렵다거든

나비같이 비에 젖어

찾아온 그를


잘 가라 한마디로 보내었느니……

—「후회」전문


이것은 동시에서 흔히 보는 감상적 인정을 표현하고 있다고 할 수 있다. 그러나 그 핵심은 인생과 우주가 밝음과 함께 어둠을 수용하는 것이라는 진실이다. 이것은 인정의 작은 기미에 이미 들어 있는 것이다. 이러한 지각과 형이상학적 자각이, 위에서 말한 사랑의 윤리적 드라마의 근본이 되는 것이다. 단순한 심리적 태도의 차이처럼 보이는 것은 사실 사물에 대한 깊은 이해의 차이로부터 나오는 것이다.

옛날의 사랑의 윤리가 우리에게 낯선 것은 인간의 존재 방식에 일어난 깊은 변화에 연유한다. 하여튼 이제 이러한 변화와 함께 평화의 덕성은 사라지고 오늘의 덕성은 투쟁의 덕성이다. 앞에서도 이야기한 바와 같이, 여기에는 시대적 불가피성이 있다. 그러나 궁극적으로 도덕의 도덕 됨은 사람과 사람을 부드러운 사랑과 관용으로 묶고, 이에 대응하는 자연의 뉘앙스를 존중하고 하는 일에 있음은 틀림이 없다. 다만 오늘에 있어서 이러한 것은 갈등과 투쟁과 비극을 통하여 삶의 궁극적인 이상으로서 암시될 수밖에 없다고 하여야 할는지는 모른다. 그리하여 우리에게는 삶의 부정적인 조건들을 참조하면서 평화의 비전을 제시하는 문학만이 위대한 문학으로 생각된다. 오늘날이 아니라고 하더라도, 사람 사는 일에서 어느 때 있어서나 갈등과 고통을 피할 수 없는 것이라고 한다면, 그것과 크게 씨름하는 문학을 우리가 요구하는 것도 당연한 일이다. 그렇긴 하나 어떤 경우에 있어서도 갈등과 고통 또는 다른 부정적인 요소가 그 이상의 것이 되는 것은 아니다. 동양의 문학적 전통은 이러한 요소들보다도 인간 삶의 근본적 질서의 속성을 해명하는 데 주력하여 왔다고 할 수 있다. 금아 선생의 시도 이러한 전통의 관점에서 보아질 수 있는 것이 아닌가 한다.

(1987년)

# 시의 정직성

## 민영의 시에 부쳐

민영(閔暎) 씨는 그의 첫 시집(1972) 후기에서 스스로의 시에 대한 태도를 선언하면서, "오직 나는 그 누구도 속이려 하지 않았노라는 결백감"이란 말로 그 기본 자세를 정의하고, "끝까지…… 내 눈에 비친 바를 어설픈 재주로나마 성실히 표현하려고 애썼다."라고 말하였다. 그리고 그는 "젊음의 한때를 두고 체득한 이 기본은 바뀌지 않을 것이라고 믿는다."라고 그의 장래의 진로를 내다보았다. 이러한 첫 시집의 선언과 예언은 대체로 그 후의 그의 시 작업에서 줄곧 확인되는 일이다. 사실 이러한 성실성 — 다시 말하면 보는 대로의 것을 속임 없이 쓰겠다는 정직성의 결의는 그의 시를 전체적으로 가늠해 보는 하나의 기준이 될 수 있는 것으로 생각된다.

그런데 "그 누구도 속이려 하지 않"고 "끝까지…… 내 눈에 비친 바를…… 성실히 표현하"는 일이란 무엇을 뜻하는가? 정직하게 쓰는 일은 결의만으로 이루어지는 일이 아니다. 그것은 마음 정하기 하나로 되는 것이 아니고 끊임없는 노력을 통하여 가까이 가지고 조금씩 얻어지는 이상일 뿐이다. 따라서 어느 시인이나 작가를 두고 그가 있는 대로의 것에 충실하려고 한 사람이라고 하는 것은 단순히 그의 선의(善意)를 말하는 것 이상으로 많은 것을 말하는 것이다. 최선을 다하여 남을 속이지 않고 스스로를 속이지 아니하려 하여도, 거짓과 진실의 미로는 얼마나 깊은 것인가? 또 내가 남에 대하여 또 나 자신에 대하여 최대한도로 정직하려 한다고 하여도 그것이 보편적 진실의 차원에 이르게 될 것인가 그렇지 못할 것인가 하는 것은 별개의 문제이다. 내 마음속의 과정인 정직함이 단순한 도덕적 태도로서가 아니라 공적인 언어의 속성이 되려면, 그것은 그 자체로서가 아니라 쓸모 있는 진실의 보증으로서의 가치를 지녀야 하기 때문이다.

간단하게 말하면, 나의 느낌에 진실된 것으로 느껴지는 것이 진실된 것이라 말할 수 있다. 그러나 나의 느낌의 진실이 반드시 진실이라고 할 수 있는가? 필요한 것은 내 느낌을 보완하고 확증해 줄 수 있는 사실적 관찰이다. 사실 세계에 대한 관찰이 나의 느낌에 어느 정도의 객관성을 부여한다. 그러나 그것만으로 진실이 보장되는 것은 아니다. 나의 느낌과 나의 관찰은 나의 개인적인 편견에 의하여 또는 그렇지 않다고 하더라도 나의 개인적인 능력에 의하여 한정되게 마련이다. 그것은 어디까지나 전체적인 진실에 대하여 부분적인 진실에 불과하기가 쉬운 것이다. 가령 개인적 가난의 진실이 사회의 구조적 부정의(不正義)라는 전체적인 진실에 의하여 뒤집어지는 것은 오늘날의 사회과학적 사고에서 흔히 지적되는 것이다. 한 부분적 진실의 변증법적 변화의 진행은 개인적 체험에서 또 사회와 역사에서 얼마든지 경험할 수 있는 일이다. "전체만이 진실이다."라는 명제는 일단 수긍할 수 있는 명제이다.

그러나 전체는 무엇인가? 한편으로 그것은 결코 끝날 수 없는 무한수열의 저쪽에 있다. 다른 한편으로 그것은 개별적인 진실의 집적에 불과하다. 그것은 개별적 진실 — 주관적으로는 어떤 것이든지 간에 객관적으로는 진실이 아닌 것으로 드러나는 개별적이고 부분적인 것을 제쳐두고 진공 속에 성립할 수 있는 것이 아니다. 뿐만 아니라 진실로서의 전체는 — 최종적으로 나타나는 일반 명제로 표현되든지 아니면 개별적 사항들의 단순한 산술적 총화로 표현되든지, 이러한 전체는 매우 외면적으로 파악된 전체이다. 그것은, 쉽게 말하여, 우리에게 참으로 실감 나는 것으로 느껴지지 아니한다. 우리의 감정은, 양적인 것도 질적인 것으로 바꾸어질 때, 비로소 움직이는 것이기 때문이다. 우리의 감정에 있어서 외면적인 의미의 크고 작은 것은 별 의미를 갖지 못한다. 이러한 감정의 요구는, 생각해 보면, 단순히 감정상의 요구가 아니다. 어떤 전체를 추상적인 하나의 개념으로 또 개별 사항의 병렬적 집적으로 말하는 것은 개별적인 것들의 상호 내포의 관계를 놓치는 것이 되기 쉽다. 전체는 개별적 사항들의 상호 내포 관계의 일체, 즉 그 내면적 관계 전부를 지칭하는 것 이외에 다른 것이 아니다. 질적인 실감에 대한 감정의 요구는 주관적인 요구이면서, 사물과 진실의 이러한 내면적 관계에 대한 인식론적 주장을 포함하는 것이다.

시인이 표현하는 것은 개별적 체험의 진실이다. 이것은, 모든 주관적 진실에 대한 확신이 그러하듯이, 그 나름의 오차를 포함하게 마련이다. 이것은 전체적인 진실의 인식에 의하여 시정될 수 있다. 시인에게 중요한 것은 자기 나름의 체험적 확신이지만 그와 동시에 사물과 자신과 사회와 역사에 대한 객관적 인식을 필요로 한다. 그러나 이러한 인식이 그의 체험의 전체적인 틀의 역할을 한다고 하여 시인이 자신을 쉽게 그것에 맡길 수는 없다. 전체가 결국 개체적 체험의 진실로 이루어진다고 한다면, 개체적 체험을 고집스럽게 지키는 것이 보다 진실된 전체를 구성하는 데 기여하는 일이다. 어떤 경우에나 시인이 삶의 전체적 진실을 필요로 한다고 하여도 그 전체적 진실은 개체적 체험에 용해되어 있는 어떤 것이지 그것을 억압하고 대체하는 어떤 것이 아니다. 이것은 시적인 인식의 조건에서도 나오는 것이지만, 참으로 인간적인 인식과 인간의 존재 방식에도 관계되어 있는 것이다. 결국 개체가 개체로 있으면서 억압 없는 전체 속에 있는 것이 조화된 삶의 이상일 것이기 때문이다.

되풀이하건대, 시인은 개인적인 체험에 입각하여 시를 쓴다.(여기서 개인이란 반드시 시인 자신만을 말하는 것은 아니다.) 그러나 동시에 그는 그것이 지나치게 개인적이어서 번설하고 잡스러운 기록에 떨어지는 것을 원치 않는다. 또 그가 표현하는 것이 개인적인 감정을 과장하는 것을 경계한다. 어떤 경우에나 감정은 시에서 빼놓을 수 없는 것이면서 매우 조심스럽게 대하지 않을 수 없는 것이다. 그것은 감정이 번설한 신변 잡사에 어떤 의미를 부여하는 것으로 착각될 수 있기 때문이다. 그런데 이렇게 착각될 수 있는 것은 과장된 감정이란 개인적인 것이라기보다 상투적인 것, 따라서 공적인 정당성을 부여받고 있는 것이기 쉬운 까닭이다. 특히 이것이 도덕적 정당성을 갖는 경우 그렇다. 대체로, 시는 개인적인 것을 넘어서는 어떤 것을 필요로 하면서도, 감정뿐만 아니라 다른 면에서도, 참일는지는 모르지만, 체험의 면에서 공허한 진리, 공허한 상투적인 명제들을 기피한다. 사실 시는 진실을 원하면서도 지나치게 자명한 것으로 받아들여지는 진실까지도 기피하려는 경향을 갖는다. 그것은 진실에 저항하면서 진실을 받아들인다. 그것이 시가 진실에 이르는 방법이다. 세상이 무어라고 하든, 제 진실의 고집이 없는 시인을 어디에 쓸 것인가? 그리하여 무언가 심보가 뒤틀린 도착적 인간이야말로 시인적인 인간이라는 인상을 주기도 하는 것이다.

물론 이렇게 말하는 것은 시인의 기질을 부정적·소극적 측면에서 말한 것이다. 이것은 적극적으로 말하여 시인에게는 시인 나름의 기율과 절제가 필요하다는 뜻이다. 그도 과학적 진리를 탐구하는 자와 마찬가지로 테스트 없는 진실은 쉽게 받아들이지 아니한다. 진실은 한편으로 그의 감성의 깐깐함을 유지하는 데에서 보장된다. 도덕적 권위의 협박에도 불구하고 시인은 그의 감성의 깐깐함 속에 납득되지 아니하는 것을 수용하지 아니하는 것이다. 그러면서 그는 다른 한편으로 자신의 깐깐함을 넘어가는 것을 추구한다. 이 넘어가는 것 없이 시의 의미가 어디에 있겠는가? 이것이 시적 가치이다. 흔히 시적 가치는 개인으로 또 역사적 존재로서 사람이 자신의 삶을 살아가는 것과 관계없는 어떤 기교적 효과로 생각된다. 그러나 내 생각으로는 시적 가치는 진실되이 사는 삶 — 위에서 말한 의미의 착잡한 과정을 포함하는 진실된 삶의 한 결정(結晶)이다. 이런 의미에서의 시적 가치 또는 시적 효과는 바로 시인이 개인적이면서 초개인적 삶의 진실에 얼마나 충실했는가를 재는 척도가 된다. 시적 가치 또는 더 쉽게 시적 효과를 위한 형식적 고려들도 이런 의미에서 시가 전달하려는 진실에 깊이 간여되어 있다. 시의 형식적 완성이 없이 진실의 전달이 따로 있는 것처럼 말하는 것은 시에 내재하는 중요한 진실의 척도를 포기하는 것이다.

각설, 앞에서 말한 바와 같이 민영 씨는 누구도 속이지 않고 그의 눈에 비친 것을 성실하게 표현하겠다고 선언한 바 있다. 이것은 그의 시의 여러 곳에서 우리가 느낄 수 있는 결의이다. 그리고 그것이 그의 시의 감동의 핵심을 이룬다. 대체적으로 말하여 그는 단순한 의미에서의 시적인 것보다도 우리 시대의 삶의 진실에 대하여 이야기하여 온 시인이라 할 수 있다. 그러나 그는 이 진실을 그의 시에서 쉽게 헤프게 허용하지는 아니한다.

가령 그의 초기 시 중 정치적 발언을 담은 「시위(示威)」(1968)라는 것을 보면, (지나친 압축으로 하여 전체적인 맥락이 불분명한 채로) 시위를,

저 밀려오는
조수(潮水)를 듣기 위해, 나는
이 갑판(甲板) 위에 서 있네.

하고 호수(湖水)와 같은 힘에 비유하여 이야기하면서, 그것이 죽음에 이어져 있으며, 맹목적인 것일 수도 있다는 것을 경고한다.

　　다만 심중에 두려운 것은,
　　나침(羅針)이여!
　　그대의 눈먼 자력(磁力)뿐일세.

그렇다고 시인이 여기에서 군중의 힘을 부정하는 것은 아니다. 그는 그 매력을 느끼면서도 그것의 복합적 가능성을 깐깐히 주의하는 것이다. 「답십리(踏十里) 삼(參)」과 같은 시에서도 그러한 깐깐한 감성을 본다. 그것은 민중적 삶을 다음과 같이 그리고 있다.

　　어디로 간들
　　숨통이 트이랴,
　　여뀌풀 흐드러진 하빈(河濱)
　　기(氣)를 돌린다.
　　저자의 와자지껄
　　들 앞에서 멈추고,
　　거무튀튀한 쓰거운 물이
　　창자를 훑는다.
　　내 생애의 만리(萬里)의 구름,
　　짓씹는 어금니의 허전한 새벽.
　　예서 살으리
　　발굽 닳을 때까지!

이러한 시에서 "예서 살으리/ 발굽 닳을 때까지!"는 답십리의 인생에 대한 긍정을 나타내지만, 주의할 것은 그러한 긍정에 별다른 과장된 감정이나 감상이 없다는 점이다. 이러한 깐깐함은 보다 개인적인 (그러면서도 초개인적인 의미를 가진) 시적 표현에서도 볼 수 있다. 「전야(前夜)」(1967)는 헤프지 않은 시적 성실이 배태할 수 있는 시적 진실의 뛰어난 예가 될 수 있다.

모든 노래는 옛날과 같다.
빈 가지 끝에 시침(時針)이 멎고,
바람 젖은 휴지(休紙) 위에 눈이 내린다.

──사랑하네,
이 말은 사실이 아니다.
──영원토록! 이 말도 또한.

바다 위에 난파(難破)한
파선(破船)의 시간 ──
마스트에 펄럭이는 귀화(鬼火)를 본다.

"모든 노래는 옛날과 같다." ── 얼마나 간결한가! 모든 노래는 어느 시대에나 같다. 새삼스럽게 이야기하고 노래할 것이 무엇인가. 그러나 같다는 것은 달리 말하면 현실성이 없고 진실되지 못하다는 말도 되는데, 오늘날 노래는 유독 거짓말이다. 그것이 오늘의 시간이 "파선의 시간"임을 말하여 준다. 그런 까닭으로 오늘은 새로운 무엇을 예시하는 '전야'가 된다. 「전야」의 효과는 절제와 압축의 효과이다. 그것이 우리로 하여금 간결하게 제시된 현상으로부터 새로운 역전의 가능성을 시적인 과정 안에서 직접 체험하게 한다.

「변주(變奏)」(1972)와 같은 시도 사실적 ─ 어쩌면 비시적이라고 할 수 있는 사실적 기술의 절제에서 터져 나오는 시적 각성을 잘 보여 주는 시이다. 이 시는 시인을 조리사에 비유한다. 이 비유는 진부하다면 진부할 수 있는 비유이다. 그런대로 시인은 이 진부함에 충실하다. 그러나 거기로부터 계시적 이미지가 폭발한다.

오, 이마 위에 현상한 금환일식(金環日蝕)!

부엌에 빼욱 찬 캄캄한 연기
처마 끝에 펄럭이는 새파란 인광(燐光)
바람의 이빨은 벽을 씹었다.

「혜성(彗星)」(1974)은 민영 씨의 사실적 절제와 초현실적 깨우침이 정치적 비전에 적용된 경우이다. 이 시는 젊은 세대의 혁명적 정열을 혜성에 비유하고 있는 것이다.

십억 광년(十億光年)도 더 되는 투쟁(鬪爭)의 세월 속에서
뼈가 자란 불의 아이들은,
집요(執拗)한 늙은이의 등쌀에 못 이겨
한번 가면 다시 못 올
외계(外界)의 어둠에 몸을 던졌습니다.
(그들이 사룬 새빨간 피로
천애(天涯)의 한 자락은 황혼(黃昏)에 물들었지!)

미스터 김, 시방 그 별은

우리를 향해 오고 있습니다.

아이들의 투신(投身)으로 불 꺼진 숯이 되어

삼불(三不)의 원칙과 불가항(不可抗)의 강령을

유령선 깃발처럼 꼬리에 달고

낙하(落下)하고 있습니다.

(묘사의 세부에 문제가 없지는 아니한 대로 ─ 가령 귀에 거슬리는 "미스터 김", 불분명한 의미의 "삼불의 원칙" 또는 주장하는 내용이나 상황에 있어서 문제가 없지 않은 대로 ─ 가령 젊은 혁명가들이 꺼져 가는 불로 비유된 듯한 것), 「혜성」에 보이는 바와 같은 표현들은 크게 절제된 시적 상상력의 효과를 잘 드러내 주는 예들이라 할 수 있다.

이러한 예는 좀 더 기교적인 의미에서의 시적 통제들이 작용하고 있는 경우이지만, 위의 「답십리」와 같은 데서 보듯이 시적 절제는 좀 더 직절적인 사실성 속에도 나타난다. 「별빛」(1975)과 같은 시의 절제된 직절성은 또 다른 좋은 예가 될 것이다.

쫓겨 가는 자를 생각한다.

타오르는 불 가슴에 안고

캄캄한 들녘에서

외치는 자를.

쓰러지는 자를 생각한다.

무릎과 정수리에 대못을 맞고

시든 뿌리 밑에

거름 되어 묻힐 자를.


안개가 숨통을 쥔
시대의 암흑 속에
사그라져 가는 마지막 별빛!


그 명멸하는 수유(須臾)의 빛을
전신의 피로써
사랑한다.


위에 들어 본 민영 씨의 시들은 1977년의 시집 『용인(龍仁) 지나는 길
에』에서 따온 것들이다. 그러나 그의 시를 특징짓고 있는 시적 절제 ── 위
에서 비친 바 있듯이, 진실을 위한 전략으로서의 시적 절제는 대체로 그의
그 이후의 시들에서도 그대로 볼 수 있는 것이다. 형태적으로 보아 그것은
어느 때보다 더 통제된 시 형식 ── 우선 극도로 짧아진 시의 길이에서 볼
수 있다.


저 얼어붙은
무한천공(無限天空) 위에서
곤두박혀 떨어져 내리는
쌩쌩한 눈보라


그 어디메
새 한 마리 날아가더냐?

위에 인용한 것이 『엉겅퀴꽃』의 첫 시 「동천(凍天)」의 전부이다. 이 시집의 상당수가 이러한 단시이다. 오늘날과 같이 리듬, 행, 연 등의 사용에 있어서 무정형의 장황함이 표준이 되는 때에, 이러한 단시들의 고졸한 단순성은 일단 높이 쳐서 마땅한 것이다.

그러나 동시에 우리는 이 단순성이 그전의 간결함과는 다른 것임을 느낀다. 여기에는 『용인 지나는 길에』 이전의, 압축된 복합성이 없는 것이다. 그전의 시에 있어서, 우리가 위에서 예시하려고 했던 것처럼, 간결함은 삶과 상상력과 주장의 많은 것을 스스로 억제하는 데에서 이루어진 것이다. 그것은 의미에 의하여 긴장된 간결성이었다. 이에 대하여 「동천」과 그에 유사한 단시의 단순성은 평면적인 것으로서 무엇인가를 감추어 가지고 있는 것이 아니다. 이것을 반드시 나쁜 것이라고 말하는 것은 너무 이르다. 젊은 시절의 복합적 정열이 참으로 높은 경지의 단순성으로 줄어드는 예들은 흔히 볼 수 있는 것이기 때문이다. 이 단계만으로 본다면 「동천」의 평면적 단순성은 확실히 걱정스러운 것이다.

다시 말하여 「동천」의 무긴장의 단순성은 새로운 변용을 위한 과도기의 소산이라고 할 수도 있지만, 현상으로서의 단순성은 몇 가지 원인으로 설명해 볼 수는 있는 것이다. 이 앞의 시집 『냉이를 캐며』의 발문에서 신경림 씨는 민영 씨의 시의 소시민적 소극성에 대하여 불만을 토로한 바 있다. 이 불만이 민영 씨의 시의 모든 국면에 해당한다고 말하기는 어려울는지 모르고, 또 무조건적인 투쟁성이 시적 진실의 요체가 되는 것이라고 말할 수는 없지만, 소극적 인생관이 시를 평면적이 되게 하는 데 관계가 있는 것은 사실일 것이다.

피 묻은 무명 저고리
장대 끝에 매어 달고

북망의 하늘을 우러르면서
잊혀진 이름들을 목 놓아 부르네.


비바람 휘몰아치던 오월의 그날
시절의 아픔 여린 팔로 버티며
사시나무 떨듯이 온몸으로 떨다가
못다 핀 꽃으로 핀 꽃 어디 있는가?

―「가을 초혼가」 부분


　이러한 구절의 영탄 또는 이미 『냉이를 캐며』에 특히 두드러졌던 개인
적 비감,


아, 귀밑머리 희끗희끗
사륙 망통
이룬 것 없네
이 나이 이르도록.

―「사륙가(四六歌)」 부분


또는,


잠들기 전에
가슴 위에 손을 얹고
나는 빕니다
이대로 잠들면 깨어나지 말기를

―「잠들기 전에」 부분

이러한 구절들에 보이는 비감 같은 것이 시적 표현 자체를 정면적이 되게 한다고 할 수 있다. 이러한 태도는, 위에서 「전야」의 사물에 대한 이중적 조명의 긴장, 또는 더 개인적으로 「병(病)」(1975)에서 말하는 바와 같이, 고통스러우면 고통스러울수록 그것이 "안에서 밖으로 내쏘는/ 극기(克己)의 화살!"로 대결되어야겠다고 하는 강한 결의에 대조되는 태도이다.

그러나 여기의 변화는 반드시 정치적 태도의 변화로 하여 일어나는 것만도 아닌 것으로 생각된다. 『엉겅퀴꽃』은 민중주의적 선언과 민중적 삶에 대한 긍정적 묘사들을 어느 때보다도 많이 담고 있다. 「수유리」, 「다시 붓을 들고」, 「산비(山碑)」, 「다시 4월에」, 「공양화(供養花)」, 「작은 소나무」, 「새해 아침의 기도」, 「마늘 냄새」, 「답십리 무당집」, 「가을 소풍길」, 「달맞이꽃」, 「수정집에서」 등은 모두 정도를 달리하여 민중적 정치와 그 삶에 대한 동정적 언급을 포함하는 시들이다. 이렇게 볼 때, 민영 씨의 시에 있어서의 긴장의 감퇴가 흠이라고 한다면, 그것은 오히려 민중주의와의 일치에서 오는 것이라고 할는지도 모른다. 아니면 적어도 그것을 상투적인 차원에서 받아들이는 것과 관계되는 것인지도 모른다. 어쩌면 그것은 단순히 상투성의 문제라고 볼 수도 있다.(이것은 다른 민중시에서도 마찬가지이다.) 가령 우리는 민영 씨의 시에 계절과 식물에서 오는 비유가 많아짐을 본다. 시대의 억압성은 겨울이며, 자유의 신장은 봄이며, 또 나무나 꽃의 조락과 개화도 그와 같은 상황을 나타낸다고 하는 것은 우리가 당대의 정치시에서 무수히 보아 온 것인데, 이러한 것이 민영 씨의 시에도 그대로 나타난다. 위에서 인용한 구절을 보면 쉽게 알 수 있다.

비바람 휘몰아치던 오월의 그날
시절의 아픔 여린 팔로 버티며
사시나무 떨듯이 온몸으로 떨다가

못다 핀 꽃으로 핀 꽃 어디 있는가?

　이러한 구절의 상황을 설정하고 있는 비유, 비바람이나 나무나 꽃 등은 모두 쉽게 생각될 수 있는 비유이다. 시절의 아픔이라는 표현도 흔히 볼 수 있는 비유적 표현이다. 또는 여린 팔로 버틴다는 자세도 다른 시들에서 볼 수 있는 것은 아니면서도 어떤 정치적 상황과 태도를 제시하는 데 비교적 쉽게 떠올릴 수 있는 상투적 자세이다.
　「공양화」는 정치적 희생을 혁명의 새벽을 위한 정치 행동의 제단에 바쳐지는 꽃에 비유하고 있는데, 이것은 비슷한 희생의 상황을 취급한 1975년의 시 「의식(儀式) 1」에 비교될 수 있다.

　　숫돌 가는
　　소리가 들린다.

　　풀숲에는
　　벼락맞은 나무가 타고,

　　상(床)돌 위에 번쩍이는
　　새파란 소금.

　　어디 숨어 있느냐
　　검은 양(羊)아,

　　피의 고름의
　　죽음의

이노센트!

「의식 1」의 이야기는 말할 것도 없이 성경에서 따온 것이다. 그러나 성경의 이야기를 적절히 편집하는 솜씨의 압축과 절제가 민영 씨 자신의 것임에는 틀림이 없다. 이에 대하여 「공양화」의 구절,

> 캄캄한 밤입니다.
> 어머님, 저는 지금 어디로 향해
> 치닫고 있는지도 모를 막막한 파도에 실려
> 한없이 떠내려가고 있읍니다.

여기에 모든 묘사는 너무나 쉽게 상투적 상상력에 의존하고 있는 것으로 보인다. 물론 「의식 1」의 시적 기교는 오히려 인위적이며 그만큼 유치한 느낌을 줄 수 있고 또 「공양화」의 감정은 그 상투성으로 하여 오히려 진솔한 것으로 느껴지는 점도 있다. 아마 문제는 균형에 있을 것이다. 『엉겅퀴꽃』에서 성공한 부분들은 이러한 균형의 지점에 자리한 것들이다. 가령 「벗들에게」에서 시인이,

> 생각하면 서러워라
> 머리카락 검은 짐승
> 눈 내린 벌판 위의
> 소루쟁이 한 뿌리!

하며 자신의 모습을 눈 내린 벌판의 잡초에 비교할 때, 그것은 유난스럽게 독창적인 것은 아니면서 그 나름의 개인적이면서 일반적인 진실을 전달해

준다. 이러한 균형은 「산비」와 같은 시에 있어서의 정치적 상황의 파악에서도 볼 수 있다. 이 시에서, 이상을 위한 정치적 행동은 비록 아무것도 이루지 못하는 경우라도 세대를 이어서 되풀이될 수밖에 없는 필연성 속에 있는 것으로 파악되는데, 그것은 그 나름의 설득력을 가지고 등산 행위의 세대적 연속성에 비교된다.

일찌기 이 산 위에
오른 사람들은 다 죽었다.
그들의 이름은 허공에
새겨지고, 그들의 육신은
얼음 속에 갇히고 말았다

이따금 휘몰아치는 바람이
그들의 목소리를 먼 우뢰처럼
갈밭에 울리기도 했으나,
뒤미처 불어온 눈보라가
그것을 싸그리 뭉개 버렸다.

이리하여 산은 늘
아무것도 씌어지지 않은 거대한
공책으로 남았고,
후세에 태어난 젊은이들이 또다시
죽음을 바라보며 오르고 있다.

이러한 예들에 있어서, 민영 씨는 그의, 누구도 속이지 않고 눈에 비치는 대로 말하겠다는 정직성에의 맹세를 잃지 않으면서, 그러한 맹세의, 자칫하면 떨어지기 쉬운 협량함을 넘어 평이한 공동의 진실에로 나아가는 데 성공한 것으로 보인다. 이렇게 볼 때, 상투적인 것에 몸을 맡기면서, 시적 기율과 긴장을 이완시킨 것은 민영 씨에게 필요한 과도의 한 단계인지도 모른다. 그의 새 시집의 출간에 즈음하여, 몇 마디 소감을 적어 축하의 말을 대신한다.

(1987년)

# 선비의 시

김성식 교수의 시에 부쳐

조선조의 행정 관리를 채용하는 시험에서 한시(漢詩)의 능력이 중요시된 것은 일견 이해하기 어려운 일인 듯하면서도 잘 생각해 보면 인간에 대한 깊은 사려에서 나온 것임을 알 수 있다. 공적인 일 또는 사회관계의 여러 일들을 판단하고 집행하는 데에 있어서 근본이 되는 것은 행정이나 법률의 기술적이고 전문적인 지식보다는 심미적 언어 구사의 힘이다. ─과거 제도를 창시한 사람들은 아마 이렇게 생각한 것일 것이다. 심미적 언어 구사의 힘이야말로 단편화된 인간의 능력이 아니라 전인격적 수련을, 그리고 기계적인 적용의 기술이 아니라 변하는 상황에 따라 변할 수 있는 창조적 지성과 감성을 증거해 주는 것임에 틀림이 없는 것이다. 인간의 일을 처리함에 있어서 도야된 인간의 전체 능력 이상의 것이 있겠는가. 전통적 유자(儒者)의 수련에 있어서 시가 핵심적인 위치를 점함으로써 어떤 유자의 문집에 있어서나, 그가 정치가이든 군인이든 아니면 학자이든, 시가 가장 큰 부분을 차지하던 것도 이러한 이유에서였을 것이다.

김성식(金成植) 교수는 말할 것도 없이 사학자로서 또 정치적 지식인·행동가로서 알려진 분이지만, 그는 380쪽이 넘는 시집을 구성하는 200여 편의 시를 남겼다. 그가 거의 전문적인 시인의 시작에 맞먹는 분량의 시를 남겼다는 것은 놀라운 일이면서, 다른 한편으로는 그가 대표하고 있는 것이 우리 전통의 마지막 한 국면이라는 것을 느끼게 한다.

선대의 학자들에게 그러했던 것처럼 시를 쓰는 것은 그에게 매우 자연스러운 학문 생활의 일부였던 것이다. 그가 단순한 학자가 아니고 시대의 정의에 예민했던 논객이었고 행동가였던 것도 이러한 맥락에서 이해될 수 있다. 그에게 중요했던 것은 전인격적 수양과 생존이었고 그것은 심미적 언어의 표현에 뿌리를 내리고 있는 것이었으며, 서양사학자로서 또 정치 평론가로서의 활동은 오히려 이 미적 수련, 또는 전인격적 의지의 핵심으로부터 나오는 2차적 활동이었던 것이다. 김성식 교수는 일반 대중에게 『대학사』, 『독일 학생 운동사』 등의 역작을 남긴 서양사학자보다는, 시대의 부조리에 정의의 필봉으로 맞서고, 그 정론의 대가로서의 박해를 두려워하지 않았던 선비의 전형으로 생각되어진다. 1970년대에서 1980년대에 걸친 군사 정권에 맞서 투쟁한 민주 투사로서의 김성식 교수의 정치적 신념은 한마디로 말하여 자유 민주주의에 대한 그것이다. 그것은 그의 서양사 연구와 무관한 것이 아닐 것이다. 그러나 이미 비친 바와 같이 선비로서의 그의 자세는 오히려 동양적 전통에 더 깊이 뿌리를 내리고 있다고 하여야 할 것이다. 이것은 그의 인간주의 도덕적 관심 등에서도 엿볼 수 있는 것이다. 그의 시가 보여 주고 있는 것도 이러한 동양 전통의 전인격적인 수련의 정신이다.

김성식 교수는 청년 시절부터 1980년대 초까지 계속 시를 썼다. 그러나 시의 가장 많은 부분은 1970년대의 것이고, 이것은 그의 반군사 정권 투쟁이 가장 치열했던 시기와 일치한다. 따라서 그의 시의 상당 부분이 반군사 정권 투쟁 또는 민주 투쟁에 관계되는 것은 당연하다. 그러나 그의 시가 직접적인 의미에서 군사 정권하의 삶을 제시하고 있다든지 또는 민주 정치의 삶의 모습을 투사해 내는 것은 아니다. 그것은 그러한 근본적인 명제에 대한 탐구라기보다는 투쟁 현장에서의 의지의 확인에 반대된다. 물론 이것이 투쟁적 인간에게 가장 절실한 실존적 주제임은 새삼스럽게 말할 필요도 없다. 이것은 소위 참여시의 대부분에서도 볼 수 있는 일이다. 그러나 투지를 끊임없이 다져야 하는 문제는 김성식 교수에게는 그가 이상형으로 생각하는바 선비로서의 자세를 굳게 세우는 일이기도 하였을 것이다. 그는 1970년대 초의 상황에 대하여,

> 육신은 살아 있어도
> 자유가 없고
> 생각이 있어도
> 표시를 못하는 것은
> 산송장인가?
>
> ──「생(生)과 사(死)」 부분

라고 당대의 상황에 질문을 던진다. 이것은 자연스럽게 상황에 맞설 수 있는 용기의 문제를 제기한다. 물론 현실주의 시대에 있어서 용기만으로 모든 것을 해결할 수는 없다. 그리하여 김성식 교수는 "용기(勇氣)로 사람은 위기를 타파할 수 있으나/ 용기만으로는 실패하기 쉽다"(「용기」)라고 말한다. 그러나 그에게 역시 중요한 것은 굽힘을 모르는 의지이다. 그것은 전통적인 선비와 지사의 생존의 핵심을 이루는 것이다.

"청청(靑靑)한 대나무/ 곧은 대나무"(「내 마음」), 푸른 산의, "아무리 천동(天動)과 지동(地動)이 있어도/ 의연한 그 자세"(「산(山), 산(山), 산(山)」) 등은 그의 도덕적 결실을 보강하는 전통적 이미지들이다. 부채[扇]에 의탁하여

표현한 그의 인생의 지침은 이러한 이미지들의 교훈을 가장 전통적으로 요약한 것이다.

> 절개(節介)는 곧은 대나무요
> 양심(良心)은 흰 종이라
> 부앙천지(俯仰天地)하되
> 괴한(愧汗)이 없기를 바라노라.
>
> ──「선(扇)의 환상(幻想)」 부분

동양 윤리에 있어서 숨은 동기의 하나는 의지의 확인이다. 그리하여 뜻을 세우고 펴는 일은, 그것의 윤리적·도덕적 내용에 관계없이, 삶의 구도에 있어서 중요한 일로 생각된다. 다만 이러한 뜻은 자연의 질서 속에 있는 것으로 또는 그것이 부과하는 기율(紀律)을 받아들여서 마땅한 것으로 생각된다. 도덕적 의지의 표현이 푸른 대나무라든가 의연한 태산의 이미지를 빌리게 되는 이유의 하나는 여기에 있는 것일 것이다. 자연 질서의 의미는 이러한 직접적인 교훈으로서 전하여지는 것이 아니더라도 전통적 삶의 자기 이해에 있어서 가장 중요한 것이었을 것이다. 모든 전통적 시에서 상투형으로 마주치게 되는, 자연 풍경의 점묘는 이러한 자연관 ── 인간의 의지가 자연 질서 속에 너그럽게 포용된다는 의식의 성장에, 말하자면, 안정추와 같은 역할을 하였을 것이다. 1920년대 말에 시작한 김성식 교수의 초기 시는 자연에 대한 전통적인 반응에서 나온 것이다. 지금 남아 있는 최초의 작품의 하나인 「석모(夕暮)」(1929)와 같은 것은 그 전형적인 것이다.

> 저 산골 저 숲속에 석양이 비껴 있네
> 바람은 숲 사이로 무엇 그리 바쁜 듯이

한 줄기 검은 연기는 인가(人家)를 알리더라.

자연, 자연 속의 인간의 삶 ── 이러한 주제는 「부부(夫婦)」(1929)에서 더 확대되어 표현된다.

    뫼 기슭 부부가 가즉하여 김을 매네
    맞은편 부는 바람 속삭임을 전하옵고
    석양의 비끼는 볕은 갈 길 재촉하더라.

자연의 아름다움, 즐거움, 광막한 산야의 쓸쓸함, 고향 생각, 석양, 계절 ── 이런 것들은 줄곧 김성식 교수의 시의 원천이다. 이것들은 1970년대에 이르러 정치적인 시들에게 자리를 내주게 된다. 그러나 그때에도 자연 의식이 사라져 버리는 것은 아니다. 그의 민주주의 투쟁의 에너지의 상당 부분이 그의 자연에 대한 감각에서 나오는 것이라고 할 수 있다. 이것은 정치시에서도 수많은 자연의 이미지들에서도 증거되지만, 더욱 본격적으로, 당대의 정치적 상황을 다루는 시의 부분에서도 볼 수 있다. 「산, 산, 산」에서 산을 말하면서,

    나는 산이 좋아
    온갖 금수초목(禽獸草木)이
    자연의 법도에 따라 사는 곳
    다소간의 생(生)의 투쟁이 있기는 하지만
    배부르면 분수에 넘는 욕심은 없는 곳
    욕심이 없으니 죄도 없고
    죄가 없으니 사망(死亡)도 있을 리 없다

라고 할 때, 자연의 이미지가 당대의 사회상에 대한 비판적 준거가 되는 것임은 쉽게 알 수 있는 일이다. 「자연법(自然法)」에서 동양적 자연 의식은, 서양의 민주주의를 위한 투쟁의 한 중심 사상이 되었던 자연법사상에 연결된다. 묘사는 서재 밖의 자연으로부터 시작한다.

바람이 불면
흔들리는 나무
물결치는 나무들

석양이 환하게
계곡(溪谷)을 비추니
내 방 안이 온통 푸르르다

그다음, 생각은 자연의 아름다움, 고요, 고고, 평화로 옮겨 간다. 이러한 자연의 조화가 파괴된 것은 인간이 자연의 일부이기를 그치고 자연의 정복자가 되었기 때문이다. 그로 인하여 "전쟁과 유혈이 화산과 홍수와 같았고/ 억압과 착취가 기름 짜듯 해졌다." 근대의 자유와 평등사상은 여기에 대한 반작용이다. 그는 이렇게 말한다.

이때 사람들은
자연법(自然法)을 들고 나서서
인민(人民)의 자유(自由)와 평등(平等)을 부르짖었다.

왜 그랬나
자연은

자유와 평등이라서

그러면 이제 사람들은
자연법에서
순응하는 법을 배우라.

「산, 산, 산」의 서양정치사 해석은 이론의 여지가 있는 것이라고 하더라
도, 김성식 교수의 사회관에 자연의 섭리에 대한 느낌이 강하게 작용하고
있음은 틀림이 없다. 자연은, 앞에 언급한 대로, 여전히 "온갖 금수초목이/
…… 법도에 따라 사는 곳"이다. 「5월이 오면」은 단순한 자연 묘사이면서,
사는 법을 이야기하는 시이다.

5월이 오면
꿩이랑 꾀꼬리가
인적이 드문
뒷동산을 찾아들어
아름다운 소리로
짝을 불러
청신(淸新)한 녹음(綠陰) 속에서
사랑을 익혀
알을 낳고
새끼를 까고
한 세대를 이어 간다.

「우리집」은 자연에 대한 언급이 없이 한 이상적 가정 모습을 그린다. 이

가정에서는 "며느리가 버는 돈을 시어머니께 드리고, 시어머니는 그것을 다시 며느리에게 주고, 며느리는 그것을 자식을 위한 적금에, 그리고 시아버지 용돈에 사용한다." 또 이 집안에서는 며느리의 생일을 위하여 시어머니가 생일잔치를 준비하여 며느리가 "눈물이 나도록 고마운" 마음으로 "사랑의 요리"를 먹는다. 또 며느리는 기독교 신자, 시어머니는 불교 신자이나, 아무런 갈등이 없고, 일요일이면 "얘, 예배당 시간 늦겠다. 설겆이는 내가 하마." 하고 시어머니가 며느리의 종교 생활을 도와준다. 이러한 화목한 가정은, 김성식 교수의 생각에, 가장 모범적인 사회 질서, 인간 질서의 전형이 되는 것이다. 여러 사람이 다원적으로 자기 나름의 삶, 자기 의지의 삶을 살면서 동시에 법도를 벗어나지 않는 사회 질서는 바로 "온갖 금수초목이/ …… 법도에 따라 사는" 자연 질서에 모형을 얻고 있는 것인 것이다.

김성식 교수의 민주 투쟁의 영감의 동양적 근거를 생각해 보는 것은 매우 흥미로운 일이다. 위에서 본 바와 같이, 그것은 서구식 민주 사상에 이어져 있으면서도, 반드시 그와 똑같은 것은 아니다 「우리집」 등의 시가 말하고 있는 것은 민주적 질서의 이상이기는 하지만, 서구의 레세페르나 자유주의를 말하고 있다기보다는 공동체의 이상이다. 이것은, 서구식으로 말한다면, 사회 민주주의적인 정치 이념에 귀착할 가능성이 크다.(우리나라에 있어서의 민주주의의 이념적, 심정적 뿌리는 김성식 교수의 경우에서처럼 더 자세히 검토할 필요가 있다.) 그런데 김성식 교수가 생각한 민주 사회가 어떤 것이었든지 간에, 한 가지 확실한 것은 그가 느낀 시대적 불행이 농경 사회의 삶의 방식의 소멸에 깊이 관계되어 있다는 점일 것이다. 그런 만큼 그것은 보수주의적 향수에 젖어 있는 것이기도 하다.(이렇게 말하는 것은 가치 평가를 하자는 것이 아니다. 어떤 사람의 생각에도 진보적 요소나 보수적 요소는 섞여 있게 마련이다.) 김성식 교수는 「대지 깊숙한 곳에서」라는 시에서, "벌나비가 찾아오고/ 새들의 평화스러운/ 소리가 들려오는 곳"으로서의 자연을 말하고, 인정도 그러한 곳에서는 "꽃보다 더 아름답고/ 잎보다 더 너그럽다던데" 하고 아쉬움을 표현한 다음 인간의 자연 복귀를 외친다. "인간이 평화와 사랑을 원한다면/ 원시 시대로 돌아가야지." 여기에서의 자연 복귀는 단순한 낭만적 심정의 토로가 아니다. 근대화는 근대 이전의 농촌 사회의 그 나름의 인간적 질서를 파괴하고, 동시대의 많은 사람들의 삶과 마음을 삭막하게 한 것과 마찬가지로, 김성식 교수를 가장 괴롭게 하였다.

> 산은 있어도
> 수림(樹林)은 없고
> 하천(河川)은 있어도
> 물이 말랐구나
>
> 지붕엔 뼁끼를 발랐다지만
> 문지방은 거들망났고
> 뜰에 흩어진 지푸라기
> 인적기(人跡氣)마저 없는 것 같다
>
> 빌딩은 높이 솟았어도
> 생각은 낮아만 가고
> 길은 탄탄대로라지만
> 마음은 거칠어만 간다

「시(詩)가 없는 산하(山河)」의 묘사는 근대화 물결 속의 풍경에 대한 시적이면서도 정치적인 반응이다.

고도(古都)를 찾아
경주(慶州)엘 갔더니
신도(新都)만 보았다.

잠은 혼자 잤는데
조반상은 2인분 올린댄다.
으례히 짝지어 잔 줄 알고.

「왔노라·보았노라·그리고……」에서, 그는 "천년의 정적이/ 관광버스
에 휘날리고", "신적(新跡)"이 "고적(古跡)"을 추방하고, "천고(千古)의 비
적(秘跡)을 지닌/ 석굴암(石窟庵) 부처님이/ 사람의 손때에 더럽혀"지고
"소음과 돈과 그리고 또/ 사람의 살내음이/ 선인(先人)들의 혼을 싹 쓸어
버린" 세태의 변화를 개탄한다. 이러한 근대화의 혼란에 대하여, 그는 전
통적 삶을 선호하는 것이다. 「수인선(水仁線)에서」라는 시에서, 그는 말하
고 있다.

문명이 미개(未開)에 도전하고
부귀가 청빈을 경시하나
때로는 원시림이 그립고
청빈에의 향수를 느낀다.

포장도로를 달리는 것보다
오솔길을 걷고 싶고
가시 울타리 고루거각(高樓巨閣)보다
싸리 문짝 초가(草家)에 살고 싶다.

눈뜬 소란한 거리보다
깊은 동면(冬眠)에 잠긴 논밭이 낫고
전기·석유·석탄의 열량보다
양지바른 언덕이 좋다.

김성식 교수의 민주 투사로서, 정론가(正論家)로서의 도덕적 의지는, 그를 길러 주고 그를 떠받쳐 주고 있던 농촌적 사회의 파괴에 깊이 뿌리를 내리고 있었던 것이다. 이 파괴의 과정이, 주어진 상황 속에서 총체적이고 불가항력적인 것으로 보였던 만큼, 그의 저항 의지를 강고한 것으로 확인할 필요가 있었다. 걷잡을 수 없는 상황의 변화 속에서, 할 수 있는 일은 "청청(靑靑)한 대나무/ 곧은 나무"처럼 버티고 산의 "의연한…… 자세"를 견지하는 일이었다. 사실 우리 시대의 지사적 시에서 자주 보듯이 그의 시는 지나치게 의지의 투쟁적 측면을 강조하는 것으로 보이기도 한다. 그는 양심과 용기와 투쟁을 강조하여 나뭇잎이 흔들려도 그것은 흔들리는 것이 아니고 "움직이는 것"이라고 하고 바람이 부는 것도 그저 부는 것이 아니라, "생명력이 있어서 움직이는 것"이라고 한다.(「어느 대화」) 또 그는 오늘의 시대에 있어서는 거짓 행복이나 사랑을 노래하기보다는 "적과 불행과 증오를 노래하라"라고 하고 또 적을 기쁘게 하는 일이 없도록 각별히 조심하라고(" …… 너의 큰 기쁨이/ 적의 작은 기쁨이 될 때/ 너는 너의 큰 기쁨을 포기하라") 말하기도 한다.

김성식 교수의 자연 예찬, 그의 선비적 풍모에도 불구하고, 그에게서 우리가 온유돈후(溫柔敦厚)함을 많이 발견하지 못하고, 위에 비친 대로, 지나치게 경직한 의지적 요소, 때로는 독선의 섬광을 발견한다면, 그것은 투사들이 지닐 수밖에 없는 풍모의 일면이고, 별수 없는 일인지도 모른다.

그러나 김성식 교수가 늘 날카로운 도덕적 판단과 의지 위에 단단히 서 있던 것만은 아니다. 한편으로, 가시 울타리를 치고 하늘 높이 담을 쌓아 억압하는 억압의 정치에 대하여, 그는 정신의 "보이지 않는 세계"의 광활함을 설파하고, "…… 영혼이 살아 있는 한/ …… 보고 듣고 말하리"라는 그의 의지를 내세우기도 하지만(「1월(月) 8일(日)」), 더러는 모든 노력의 부질없음을 느끼는 때가 없었던 것도 아니었다. 그는 노년기에 들면서 유달리 고독과 적막과 죽음의 허무에 대하여 많이 생각한 것으로 보인다. 그러나 그것은 오히려 개체적 생존에 대한 집착의 다른 한 면을 말하는 것이라 할 수도 있는 일이다. 이에 대하여 「서린(徐燐)」과 같은 시는 모든 인간 경영의 밑바닥에 가로놓여 있는 허무 — 또는 심연의 의식을 드러내 준다. 「서린」은 제주도의 전설을 다룬다. 제주도에 비바람이 많은 것은 섬 가운데 한 동굴에 백사(白蛇)가 있어, 백사의 조화 때문이었다. 그리하여, 제주도 사람들은 백사의 노함을 삭이기 위하여 처녀를 바쳐 제사를 지내고 비바람을 멎게 하였다. 그러나 조선조 초의 도사(島司)였던 서린이란 사람은 이러한 참혹한 미신으로부터 섬사람들을 구하기 위하여 백사가 거주하는 동굴에 들어가 그와 대결하여 그를 죽여 없앴다. 그 결과 백사는 죽고 미신은 깨졌지만, 서린도 또한 깊은 허탈에 빠져서 병사하고 말았다. 그 잦았던 비바람은 어떻게 되었는가? 모든 시련과 위업과 수난에도 불구하고 비바람은 변함없이 계속되었다.

　　　뱀도 죽고 서린(徐燐)도 가고
　　　소녀(少女)의 희생도 없어졌건만
　　　비·바람은 예나 이제나 변함없었다.

　「서린」의 허무주의적 비전은, 그 산문적 언어에도 불구하고, 김성식 교수의 시 가운데 가장 시적인 전율을 주는 시이다. 이 점을 우리는 잠깐 생각해 볼 필요가 있다. 시의 전율은 본질적으로 허무에 대한 취미와 상통하는 것일까? 어느 정도는 그렇다고 하여야 할는지 모른다. 아니면 적어도 '형이상학적 파토스'는 보다 근원적인 심미적 쾌감의 한 요소라고 해야 할는지도 모른다. 시는 우리가 심연에 이르렀을 때 느낄 법한 당혹감 또는 경이감을 안겨 주는 면을 가지고 있는 것이다. 이것은 「서린」과 같은 이야기 시에서도 발견할 수 있지만, 가령 더 단순한 감각적인 체험을 그린 「화하미(花下迷)」같은 데에서도 느낄 수 있다.

이렇게 아득할 수 있을까
망망한 대해(大海)에
짙은 안개 속에서 헤매는
항로(船路) 잃은 배라고 해도

이렇게 아득할 수 있을까
심산유곡(深山幽谷)에
날 저물고 어둠이 깔리는 산로(山路)를
헤매는 길손이라 해도

바람은 불어
낙화(落花)는 분분(紛紛)
화하미(花下迷) 화하미(花下迷)여
귀로(歸路)를 잃었다.

여기의 꽃피는 계절의 당혹감은 어떤 상투적 상찬이나 교훈적 설교보다도 우리를 시 속으로 해방시켜 준다. 「서린」이나 「화하미」 같은 시는 김성식 교수의 시를 단순한 문헌적 가치 이상의 것을 지니게 할 수 있는 예이다. 이것은 그러한 시가 많지는 않다는 죄송스러운 말이기도 하지만, 우리가 정의의 논객 그리고 행동가로서의 김성식 교수를 높게 기리고자 한다면, 좋은 시는 포기하여야만 하는 일인지도 모른다. 논객과 행동가가 필요로 하는 확신과 허무주의의 무기력과는 양립할 수 없는 것이다. 그러나 다른 한편으로 우리는, 무(無)는 모든 것을 무화하면서, 새로운 것을 창조하는 근본이 된다고 할 수 있다. 모든 것을 무화함으로써, 우리는 제약 없는 가능성의 세계를 열어 볼 수 있다. 시적 작업은 어쩌면 허무의 위험과 창조의 환희의 긴장을 끊임없이 새로 체험하게 하는 일에 관계하는 일일 것이다. 그러나 이것은 단순히 시에만 한정되는 작업이 아니다. 그것은 생존의 새로운 가능성에 관계되는 것이다.

「서린」의 전설에서, 우리는 역사적 과업의 질문이 새로이 열리는 것을 경험한다. 모든 것이 부질없다면, 용기와 이성의 과업은 무엇을 뜻하는가? 여기에 대한 간단한 답변은 허무주의와 도피주의이지만, 더욱 넓고 책임 있는 답변은 보다 넓은 인간의 실체적 가능성과 보다 관용성 있는 인간의 도덕적 가능성에 입각한 역사적 과업의 추구가 될 것이다. 그러나 김성식 교수가 시인으로서 여기에까지 이르지 못한 것을 탓한다면, 그것은 지나친 욕심이다. 김성식 교수뿐만 아니라 우리 시대의 시 일반에서도 그러한 철저한 작업을 보기가 어려운 것은 그것이 얼마나 어려운 일인가를 증거해 주는 일일 것이다.

(1988년)

# 아파트인의 사랑

## 백미혜의 시에 부쳐

되풀이되는 이야기지만, 우리 시대의 많은 것들을 말함에 있어서, 급격한 사회 변화는 가장 중요한 요인이 된다. 우리의 시도, 1960년대 이후에 이 사회 변화를 간접적으로 직접적으로, 그 의식 속에 수용하지 않을 수 없었고, 이 변화는 많은 사람에게 고통스러웠던 것이었던 까닭에, 특히 사회 변화의 불이익을 한꺼번에 끌어안게 된 소외 계급의 고통스러운 이야기가 일반적으로 문학의 주된 내용을 이룰 수밖에 없었다. 그러나 우리 사회를 구성하고 있는 것은 노동자나 농민 또는 투쟁적 정치 행동가들만이 아니며, 또 오늘의 시대적 경험도 빈곤과 억압과 착취, 그리고 그것에 대한 투쟁으로만 이루어져 있는 것은 아니다. 우리의 특수한 사정과 또 그럴 만한 이유가 있어서, 우리의 문학의 이론들이 사회의 소외 계급의 문제를 강조해 왔지만, 사실 보다 넓은 의미에서 우리가 문학에 기대하는 것은 한 시대의 의식을 전체적으로 (물론 보다 초시대적인 안목도 관련하여) 표현해 주는 일이다. 또 우리가 설령 하층 계급의 문제와 의식을 표현의 대상으로 한다 하더라도 그것이 다른 계급과의 관계 속에서 표현되지 않는 한 ——외적으로

뿐만 아니라 내면적으로도 이러한 계급들이 서로 어떻게 관련되었는가를 보여 주지 않는 한 참다운 표현에 이르렀다고 할 수는 없는 노릇이다.

물론 여러 다른 계급의 삶을 한 번에 다 묘사할 수는 없겠고, 작가의 위치와 관심에 따라 역점이 놓이는 자리가 다를 수밖에 없을 것이다. 어쩌면 한 시대의 삶과 의식의 묘사는 여러 작가와 작품의 종합으로 가능하다고 하여야 할지 모른다. 다만 작가의 초점이 사회의 어느 한 부분에 놓여 있다고 하더라도, 그것이 상투적 단순화에 그치지 않는 한, 그 예술적 표현은 사회의 다른 부분도 어떤 방식으로인가 비쳐 보이게 마련이다. 그리고 한 시대에는 공통된 시대의 삶이 있고 또 사실상 흔히 말하여지듯이 문학에는 영원한 주제와 가치란 것이 있기는 있다고 말해야 할 것이었다. 이러한 의미에서는 부분적인 사회적 삶의 묘사도 일단은 문학의 전체성에 이른다고 할 수 있다.

하여튼, 다시 오늘의 우리 시의 상황을 되돌아볼 때, 소외 계층을 주제로 한 문학적 표현이 적다고 할 수 없는 데 대하여 그 이외의 계급, 특히 우리 사회의 중요하고 큰 부분을 차지하는 중산 계급의 삶과 의식에 대한 묘사는 그처럼 많지 않은 것으로 보인다. 많은 나라의 문학사를 구성하고 있는 문학 작품은 흔히 중산 계급이라고 할 수 있는 계층의 작가들의 작품들이거니와, 우리나라에서도 과거에 주종을 이루고 있는 문학 작품을 그렇게 볼 수 있을는지 모른다. 우리의 현대시사에 있어서도 김소월(金素月) 이후의 서정시가 대부분 그러하다 할 수 있다. 다만 그러한 시작품들은 적어도 표현의 표면에 있어서 어떤 계층이나 계급의 삶이나 의식을 표현하기보다는 보편적 시적 감정을 표현하고 있다. 김소월이나 김영랑(金永郞) 또는 박목월(朴木月)의 시를 중산 계급적이라고 분석하는 것이 불가능한 것은 아니겠지만, 그렇게 말하기보다는 그것을 보편적 시적 상태의 관점에서 말하는 것이 옳을 것이라는 말이다. 이것은 시적 상태가 어떤 사회 심리적 상태 또는 계급 의식적 상태라기보다는 더 보편적이고 근원적인 것이라는.말도 되고 또는 시인들의 의식이 이러한 보편적 근원적인 것에 직접 이를 수 있는 조건 아래 있었거나 아니면 적어도 그럴 수 있다는 자신감을 가지고 있었다는 말도 된다.

하여튼 김소월의 「진달래꽃」이나 「예전엔 미처 몰랐어요」와 같은 시를 어떤 근원적인 서정이 아닌, 사회 계층적 의식으로 환원하여 생각할 수는 없는 일이다. 이러한 시에 표현된 감정들이 우리는 어떤 근원적 또는 원초적 시적 정서임을 직감할 수 있다. 이러한 시들의 언어가 진달래꽃이라든가 봄, 가을, 밤, 달과 같은 자연물의 환기에 의지하고 있는 것은 우연이 아니다. 그런데 궁극적으로 그것이 무엇을 뜻하든 간에, 이러한 원초적 느낌의 표현이 근래의 시에 있어서 오히려 민중적 참여시에로 이어지고 있는 듯한 것은 흥미로운 일이다.

> 어디로 갈 꺼나 이 아이들 앞세우고
> 그 어디로 갈 꺼나
> 물 잠긴 산비탈에 비바람 치니,
> 갈 곳 없이 빈손 쥐고 그 어디로 갈 꺼나
> 돌자갈 진흙밭을 더듬거리며
> 가다가 주저앉아 허공에 삿대질하고,
> 가슴 치며 침 뱉으며 쫓겨 가는 길
>
> ──양성우,「갈 곳 없이 빈손 쥐고」

이 시는 수몰 지구 이주민 이야기를 하고 있는 것으로 보이지만, 그 낭만적 정조에 있어서, 김소월의 다음과 같은 시로 이어지는 것으로 느껴진다.

어디로 돌아가랴, 나의 신세는,
내 신세 가엾이도 물과 같아라.

험구진 사막이면 돌아서 가고
모질은 바위이면 넘쳐흐르랴.

그러나 그리해도 해날 길 없어,
가엾은 설움만은 가슴 눌러라.

                           ——「야(夜)의 우적(雨滴)」


또는 김영랑의,

언덕에 바로 누워
아슬한 푸른 하늘 뜻없이 바래다가
나는 잊었읍네 눈물 도는 노래를
그 하늘 아슬하여 너무도 하늘하여

                           ——「언덕에 바로 누워」


이러한 김영랑의 시에 나오는 자연과 인간의 대조에 기초한 정서는, 가령
신동엽(申東曄)의 다음과 같은 구절들,

아니오 미워한 적 없어요,
산마루
투명한 햇빛 쏟아지는데
차마 어둔 생각했을 리야.

아니오
괴뤄한 적 없어요,
능선(陵線) 위
바람 같은 음악 흘러가는데
뉘라, 색동 눈물 밖으로 쏟았을 리야.

—「아니오」

또는,

아름다운
하늘 밑
너도야 왔다 가는구나.
쓸쓸한 세상 세월
너도야 왔다 가는구나.

—「그 사람에게」

이러한 구절들에서도, 비록 정치적 맥락으로 인한 암시적 의미가 달라졌다고 하지만, 중요한 서정적 감정의 계기가 되는 것을 우리는 볼 수 있다.

참여시에서 전통적인 서정의 계속을 느낀다면 그것은 대체로 참여시의 높은 목소리가 감정의 고조를 요구하기 때문일 것이다. 그러나 참여시라고 원초적 감정의 활달한 표현을 반드시 요구하는 것은 아니다. 가령 김정환(金正煥)에는,

밟아라 밟아라 설운 세상
보름달 밝은데 우리네 가난

242

밟아라 밟아라 농협빚 독촉
발자욱 모이면 큰 힘이 된다.

—「마당 밟이 노래」

와 같은 직절적 구절이 있는가 하면, 또는 「지하철 정거장에서」의 좀 더 객
관적 상황에 실어서 그 뜻을 전하는 부분도 있다.

열차가 도착하는, 발밑의 지축을 울리는 경적 소리
그 몰고 오는 풍파의 장엄이나마
온전히온전히 가슴 설레지 않고
받아들일 수 있는가.

하고 지하철의 다가오는 움직임을 묘사하고 그는 이것을 혁명적 변화의
거창함에 비유하여 말하기도 하는 것이다.

그러나 진실은
훨씬 더 우람하고 시끄럽고
두려운 소리로 온다.

이러한 비유에서, 우리는 원초적 감정이 일단 사물과 사고의 매개를 통
하고 있음을 느낄 수 있는데, 또 다른 시들에서는 이렇게 매개되는 감정이
매개 과정에서 그 원초적 에너지를 잃어버림을 보게 된다. 황지우(黃芝雨)
의 시, 가령 「활로(活路)를 찾아서」에서 시인의 감정적 표현은 수많은 도시
의 세부적 사항들에 의하여 수없이 막히는 것을 우리는 보게 된다.

나갔다. 들어온다. 잠잔다. 일어난다.

변 보고. 이빨 닦고. 세수한다. 오늘도 또. 나가 본다.

오늘도 나는 제5공화국에서 가장 낯선 사람으로.

걷는다. 나는 거리의 모든 것을.

읽는다. 안전 제일.

우리 자본. 우리 기술. 우리 지하철. 한신공영 제4공구간. 국제그룹사옥 신축 공사장. 부산 뉴욕 제과점……

이러한 일상 행동과 사물들의 나열은 이것이 우리의 삶의 환경을 이룬다는 것을 말하고 또 이것들이, 황지우 씨 자신이 이 시의 끝에 가서 설명하듯, "나는 손 한번 못 댄 세월"을 이룬다는, 즉 우리의 주체적 창조적 의지와는 관계없는 소외 현실을 이룬다는 것을 말한다. 그런 의미에서 이것은 정치적 의식에 삼투되어 있는 시이다. 그러나 여기에서 주목하고자 하는 것은, 이미 비친 바와 같이, 이러한 시에 있어서 전통적 서정시의 시적 충동의 근원이 되었던 원초적 감정의 부재 또는 소멸이다. 그러나 감정은 그것을 둘러싸고 있는 수많은 사항들에 의하여 막혀 버린 듯 격정적으로 또는 자연스럽게 흐르지 못하는 것이다. 이것은 한편으로 보면 유감스러운 것이지만 다른 한편으로는 불가피한 추세로도 보이는 것이다. 그렇다는 것은 오늘의 생활 환경과 내용이 오늘의 의식과 감정을 다르게 하기 때문이다. 어떤 경우에든, 문학의 피할 수 없는 터전은 현실이고, 어떤 표현이든 이것으로부터 자라 나올 수밖에 없다. 그러므로 노동 계급의 문제든 중산 계급의 문제든 그 표현은 전통적 소재와 언어가 아니라 새로운 소재와 언어에서 새로이 만들어질 것으로 예상할 수 있다.

어떤 시인을 어느 특정한 사회 부분을 대변한다고 말하는 것은 대부분의 시인의 의도에도 맞지 않는 것이고, 또 그러한 말을 듣는 시인에게 유쾌

한 일이라고 할 수는 없다. 그러나 시인이 자기의 세계에 자리하고 자기의 세계를 묘사하는 것은 너무나 당연한 일이다. 그리고 그러한 경우 적어도 우리는 일단 그 예술적 정직성을 높이 사서 마땅하다. 다만 문제는 한편으로 시인의 작품 세계가 진실하고 풍부한 것인가를 생각해 보고, 다른 한편으로 결국 우리는 모두 자기의 좁은 영역에 살면서도, 그로부터 동심원을 그리며 확산되는 넓은 세계에 관련되고 살고 있는 까닭에, 그러한 넓은 세계, 특히 동시대의 이웃들의 세계의 보편성에 얼마나 미치고 있나를 저울질해 보는 일이다.

이번에 첫 시집을 내는 백미혜(白美惠) 씨는 분명 자기 나름의 독특한 세계를 그려 내는 데 성공하고 있는 것으로 보이는데, 그의 세계는 대체로 말하여 지금까지 등한시되었던 우리 사회의 중요한 한구석으로 알아볼 수 있는 세계이다. (그렇다고 그가 개성이 없는 시인이라는 말은 아니다. 개성과 그것의 세계가 반드시 별개의 것이 아님은 말할 것도 없다. 개성은 세계로 하여 뚜렷하여지고, 세계는 개성 속에 알아볼 만한 윤곽을 얻는다.) 백미혜 씨의 세계는 대체로 중산 계급의 세계라고도 할 수 있고 또는 더 좁혀서는, 그의 시집 중의 가장 중요한 부분이 '고층 아파트'라는 부제에 묶여 있지만, 지난 20여 년 사이에 우리의 도시들에 생긴 고층 아파트의 콘크리트 숲에 살며, 거기에 그 나름의 중산 계급적 보금자리를 마련하고, 그것을 기지로 하여 그날그날의 '화이트칼라'의 일에 종사하는 사람들의 세계라고도 할 수 있다. 백미혜 씨가 보여 주는 것은 이러한 배경 속의 사람들의 소망과 좌절, 기쁨과 불안이다. 여기에 드러나는 세계는 화려하지는 아니하면서 정직하고 섬세한 세계이고, 무엇보다도 오늘날의 한국인들에게 현실적으로 또 기대의 심상에 있어서 가장 중요한 자리를 차지하고 있는 세계이다. 그는 이 세계를 사실성과 심리적 섬세함과 분석적 예리함을 균형 있게 갖춘 스타일로 묘사해 낸다.

아파트 단지 내의 아파트는 많은 서민들의 현실적 추구의 목적이면서, 가치와 이론의 관점에서 비난과 혐오의 대상이 되어 왔다. 그러니까 주로 이야기되는 것은 이 후자의 관점에서의, 아파트가 이기적 개인주의와 자연으로부터 유리된 삶의 온상이라는 점이다. 백미혜 씨의 시에서도 우리는 이러한 통상적 비판 의식을 본다. 그러나 특이한 것은 이러한 의식이 아파트의 긍정적 의미를 덮어 버리지 아니한다는 데 있다. 아파트의 양의적 측면이 팽팽한 현실로서 포착되는 것이다. 그러나 이것보다 더 주목할 것은 이러한 양의성이 추상적으로 주어지고 생각되기보다 우리가 일상적으로 접하는 사물로부터 저절로 도출된다는 점이다. 이것은 백미혜 씨가 사물에 즉하면서 그러한 사물의 관념적 가능성을 투시할 수 있는 매우 정확한 시적 지성을 가졌음으로 하여 가능할 것이다.(백미혜 씨가 화가란 사실이 이러한 것에 무관한 것이 아닐 것이다.)

가령 「완전한 공간」은 그의 이러한 면을 잘 보여 주는 시이다. 여기에서 시인은 아파트의 개인주의적 고립의 문제를 다루고 있지만, 이것을 일면적 도덕주의의 관점에서 보지도 않고 추상적 논의로 다루지도 아니한다. 이 시에서 우선 시인은 비워 두었던 아파트로 돌아왔을 때 느끼는 막연한 불안감을 주목하는 것으로부터 상황을 풀어 나간다.

수도꼭지를 잠그자, 실내는 다시
정적으로 가라앉는다.
나는 집 안에 아무도 들어와 있지 않음을
한 번 더 확인한다. 그런데
웬 인기척일까,
욕탕에 더운 물을 받고 있을 때
두런대는 말소리가 들린 듯하다.

비워 두었던 집에서 인기척을 수상하게 생각하는 것은 오늘의 사회 형편에서 극히 당연한 것이면서 또 우리 삶의 불안정 요소의 하나로 문제 삼을 수 있는 것이다. 그것은 인간관계의 살벌함을 나타내는 증후이다. 그것을 우리는 안다. 그리하여 경계하고 의심할 필요가 없는 인간관계에 대한 그리움이나 의무감을 우리는 가지게 된다. 시인은 이 시에서 가장 미묘한 계기에서 그러한 느낌이 발동함을 회상한다.

> 706호에 살고 있는 여자와
> 그녀의 쌍둥이 아이들을 나는 어제
> 아파트 부근의 공중목욕탕에서
> 만났다. 그녀가 다가와
>
> 늦장을 피우는 온수 보일러 보수 공사를
> 불만스럽게 말할 때
> 불현듯 그녀와 내가 어떤 은밀함으로
> 묶여 있는 것을 느꼈다.
> 그 은밀함이 다정하게 서로의 등을
> 밀게도 하고, 샴푸와 비누를 나누어 갖게도
> 하였다.

시인의 심리적 통찰력이 포착하게 한 기묘한 사귐도 잠깐, 아파트의 주인들은 다시 곧 자신 속으로 움츠러들어 버리고 만다.

> 저녁 무렵에 보일러가
> 고쳐지자 느닷없이 공중목욕탕에서 생긴

그녀와의 은밀함도 사라져 버렸다.

그렇다고 소통의 단절을 일방적으로 비난하는 것으로 시가 끝나지는
아니한다. 고립은 바로 바라던 목표였고 목표이다.

나는 다시 익숙한 내 아파트의
닫힌 구조 속에 위안을 느끼며 돌아와
있다. 무엇보다도 이 아파트의
닫힌 구조를 사랑한다.

완전한 내 공간 하나를 늘 갖고 싶었고
그 꿈을, 아파트의 닫힌 구조가
완전히 지켜 낼 수 있을 것 같았으므로.

그리하여 이 아파트의 주인의 생각은 다시 시의 첫머리에 언급한 수도
꼭지로 돌아오고 수도꼭지를 잠금으로써 외부와의 교통을 차단하는 행위
로 이 에피소드는 끝나게 된다.

비눗물을 완전히 헹궈 내기 위하여
다시 수도꼭지를 열 때
웬 여자의 날카로운 비명 소리가
들린 듯하다.
아래층 여자의 소리가
연결된 수도관을 통해 들려온 것일까.
나는 서둘러 수도꼭지를 잠그고

욕실을 나와, 욕실의 문도 잠그고
그리고 두리번거리며
내 집 실내를 불안하게 둘러본다.

이러한 결론에 오늘의 아파트 주민의 상황에 대한 비판이 들어 있음은 분명하다. 그들의 문제는 이웃의 비명 소리를 차단하려 하는 데 있다. 앞에서 순간적으로 생겼던 이웃 간의 소통에 있어서도 보일러 공사의 지연이라는 문제를 통하여서만 그것은 잠시나마 생겨날 수 있었다. 그러나 앞에서 본 바와 같이, "완전한 내 공간"에 대한 욕구도 현실적인 것이다. 이 시에서 언급하고 있지는 않지만 그러한 욕구 자체가 갈등과 단절에 찬 현실로부터 오는 것이다. 이 시의 특징은 이러한 다른 욕구와 현실을 조심스럽게 시적 반성 속에 유지하고 있다는 데 있다.

이러한 조심스러운 균형은 백미혜 씨의 아파트에 대한 다른 관찰에서도 유지되어 있다. 이 관찰은 다시 아파트가 부과하는 단절과 고립에 관한 것인데, 이 관찰의 더 많은 부분은 인간과 인간의 단절보다도 인간과 자연의 단절에 관한 것이다. 이미 말한 바와 같이 아파트 생활의 자연과의 유리는 우리가 많이 들어 온 바이나, 백미혜 씨의 업적은 이것을 정확한 관찰과 성찰을 통해서 구체적인 사실들 속에서 검출해 낸다는 데 있다. 고층 아파트에 관한 시의 첫 번째, 「저희 집엔 찌르레기가 살지요」의 맨 첫 구절에서 벌써 우리는 아파트가 자연의 섬세한 생명을 허용하지 않는 곳이라는 사례를 제공받는다.

베란다의 쇠창살에 닿을 듯
노랑 팬지꽃을 스치며
이삿짐을 실은 콘도라가 위층으로 올라간다.

콘도라에서 삐어져 나온 철재 캐비닛의 손잡이가
얼핏 가늘은 팬지꽃의 목을 다치고
이삿짐은 이윽고 9층에 닿는다.

　그러나 이 아파트의 주인은 "우아한 아파트에서 꿈같은 화장을 하고, 나른한 게으름 속으로/ 다친 팬지꽃의 통증을 숨겨 버린다." 목을 다친 팬지꽃에 대한 연민과 그를 잊어버리는 행위에 대한 도덕적 분석은 대체로 유치한 과장과 지나친 화사함을 담고 있다고 하겠지만, 이 아파트 주민의 자연에 대한 느낌은 연약한 대로 절실한 것이다. 그리하여 그녀는 방 안에서 찌르레기 소리를 듣는다고 잠깐 착각하지만 그것이 샹들리에가 흔들리는 데서 나오는 소리라는 것을 안다.
　다른 시들도 이러한 관찰들을 계속한다. 「그러면 나는 거미일까」에서 고층 아파트의 허공에 뜬 삶은 어린 시절의 채송화꽃의 추억과 대조되고, 엘리베이터로 오르락내리락하는 사람은 거미줄을 타고 다니는 거미에 비교된다. 거미는 우리의 연상에서 부자연스러운 환경에 쉽게 적응하는 곤충으로 생각되지만, 개미는 또 다른 그러한 연상의 곤충이겠는데 「노란 줄무늬의 벽지 밑으로」에서는 아파트 주민의 생활은 개미의 생활 — 그것도 교과서에 나와 있듯이 "땅속이나 썩은 나무 속에/ 집을 짓고" 사는 것이 아니라 콘크리트 사이에 길을 뚫고 사는 개미의 생활에 비슷하다고 말하여진다. 그러나 이러한 아파트의 생활이 — 쉽게 버려질 수 없는 것임은 위에서 말한 바와 같다. 그것은 백미혜 씨의 생각이, 정확하게 관찰된 사실을 떠나지 않는 데에서 잘 나타난다. 생각은 사실 그 자체의 의미인 듯 또는 사실을 스쳐 가는 사실 자체의 환상인 듯 조심스럽게 암시될 뿐이다.
　자연과의 관계 속에서의 아파트의 양의성과 그것이 일으키는 현실적 딜레마는 「황혼의 길」에서 보다 직접적으로 이야기되어 있다. 「황혼의 길」

이 사용하고 있는 이미지는 흔히 생각할 수 있는 새장에 갇힌 새이다. 다만, 되풀이하여 말하건대, 주목할 것은 사실적 형상화와 사고의 균형이다. 이 시의 주인공은 여행을 떠난 이웃 부부로부터 새 두 마리를 돌보아 줄 것을 부탁받는다. 그러나 새 한 마리를 놓쳐 버리고 만다.

> …… 새는
> 유도화 푸른 잎사귀 곁으로 길을
> 풀어내어, 나의 창을 떠났다.
> 302동의 8층 허리께를 지나
> 거대한 기름보일러 굴뚝 아래로
> 작은 그림자를 그으면서
> 날아갔다.

새가 날아간 이유는 자명한 것이지만, 시인은 어색한 어법인 채로, "유도화 푸른 잎사귀 곁으로 길을/ 풀어내어"라는 말로써, 그것이 자연에 대한 동경임을 암시하고 있다. 그러나 아파트의 생활이 자연과 인공을 조화할 수 없는 것은 아니다. 새는 "휴가 여행 간 옆집 부부가 태양과 바람에 그슬린 피곤한 몸으로 돌아오듯이" 돌아올 수 있는 것이다. 그러나 새가 돌아와야 하는 것은 새에게는 다른 보금자리가 없기 때문이다. 새는 새장에서 태어나고, 새장에서 길러지고 새장에 뿌리를 내리고 사는 것이다. 그리하여 시인이 새장에 남은 한 마리의 새를 볼 때, "퍼득이는/ 새의 노란 날개 밑에 무성한/ 새의 뿌리가 보인다." 그러므로 새의 자연으로 가고 싶은 충동과 새장 속의 그의 삶의 뿌리, 또는 아파트인의 보다 활달한 삶에 대한 그리움과 아파트의 안정 ── 이 두 가지는 하나의 해결을 가질 수 없는 딜레마가 된다.

이러한 고층 아파트 생활의 딜레마의 양끝에 걸린 선택을 매우 조심스럽게 균형 속에 거머쥐고 있는 것이 백미혜 씨의 시적 태도의 특징이라고 하겠지만, 그 근본적 가치의 선택이 어디에 있는가 하는 것은 비교적 분명하다. 말할 것도 없이, 시인이 추구하는 가치는 아파트가 아니라 자연에 있다.「금빛 발가락을 가진 개구리」에서, 동화적으로 말하고 있듯이, 시인이 가고 싶은 곳은 "내 호주머니에 220원의 차비만/ 있으면, 언제든지 갈 수 있는" 교외의 숲이다. 그곳은 "꽃 피고 새 울고 금빛 발가락을 가진/ 개구리가 노는 곳"이며 "꽃향기 휩싸인 숲"이다.

물론 자연을 향한 그리움은 단지 그것에 그치는 것이 아니다. 그것은 주어진 삶의 테두리를 넘어가고자 하는 충동 일반에 이어지는 것이다. 이 시집에서 고층 아파트에 관계된 시를 제외한 나머지 시들은 대부분은 한정된 삶을 벗어나려는 주제를 중심으로 전개되어 있다.「열쇠를 찾아가지 않는 이유」에서 시인은 자신이 열리고 싶은 존재임을 말한다. 또 이 열림은, 비록 그것이 고통스러운 것일지라도, 스스로의 의지와 육체를 통하여 가능한 것이라고 말한다.

<u>스스로 열쇠가 된 사람들이</u>
제 몸을 비틀면서 겪는
사랑의 금빛 통증.
나를 가두고 있는 문들이
내 몸의 열쇠로 환히 열리고 있다.

「쌀통 위에 그림을 걸고 싶다」는 제목 자체가 이미 이야기하고 있듯이 먹고 사는 것 이상의 심미적 세계에 대한 동경을 매우 억제된 사실적 알레고리로 표현한다.「돌은 못 밑에서 열린다」는 폐쇄된 공간 속에서 확대되는 트인 공간에 대한 그리움을 연못 속의 돌을 빌려 말한다. 「쐐기풀」은 그림 형제의 동화를 빌려 고통의 과정을 겪어야 참다운 해방이 있을 수 있음을 말한다. 「빨간 물레방아는 돌고 있다」에서 시인은, 수족관의 물밑에서 방출되는 공기의 방울에서 자신의 사랑과 기쁨을 향한 충동의 상징을 본다. 「난로가에서」는 쉽게 타지 않는 석유난로를 보고 시인은 타올라야 할 정열을 말한다.

이러한 해방과 초월의 충동은 대체로 추상적 상황의 알레고리로 표현되어 있다. 그러나 구체적 인간적 상황의 암시가 없는 것은 아니다. 그것은 짐작건대, 남녀의 사랑의 어려움에 집약된다. 「끊긴 시간의 한끝을 잡고」는 끊어져 버린 교감의, "몸의 일부가 잘리운 듯한 통증"을 이야기한다. 이 시의 주인공은 전화의 단절과 더불어 사랑하는 두 사람이 "의혹의 미궁" 속으로 빠져 들어가 서로 다시 만나게 될 수 없게 될지도 모르는 가능성을 말한다.

두 사람의 교감의 단절에 대한 조금 더 미묘한 통찰을 담고 있는 시는 「오리는 악어 이빨을 미워해」이다. 이 시에 등장하는 부부는 행복한 부부이다. 그들의 금실은 두 마리의 오리로 상정할 만한 것이다. 그러나 잠든 아내가 흘린 분홍 이불 밑으로 드러난 아내의 가슴에는 악어의 이빨이 드러난다. 이것을 알아보았는지 어쩐지 알 수 없는 남편은 아내에게 이불을 "꼭꼭" 덮어 줄 뿐이다.

　　잠버릇이 나빴나 봐요.

　　그이가 깨어나니
　　내 벌어진 분홍 가슴에 돋친
　　싯퍼런 악어 이빨이 보였겠지요.

그이는 깜짝 놀라
잠결에 내가 흘린 분홍 이불을
가만히 끌어다 내 가슴 안에까지
꼭꼭 덮어 주었읍니다.

난 다시 잠들었지요, 행복하게
그이도 잠들었어요.
물위로 빨간 오리 한 마리가
지나갑니다. 그 뒤에
꿈인 양 파란 오리 한 마리도
따라갑니다.

이 시만큼 간결하게 서로 사랑하여야 할 부부 사이의 커뮤니케이션의
문제를 간결하면서 날카롭게 기술한 시도 많지 않겠다고 하겠는데, 이 시
에서 시인이 말하고 있는 것도 사랑은 사랑이지만, 그것은 상투적인 의미
에서의, 분홍빛으로 상정되는 또는 두 마리의 오리로 나타낼 수 있는 사랑
은 아니다. 어떻게 보면 그것은 불가피하게 이러한 사랑의 테두리를 파괴
하게 될 형이상학적 사랑 ── 일반적 해방과 화합에의 충동이라고 해야 할
는지도 모른다. 「사랑과 평화의 눈물」은 서로 대립하고 있는 국제 세력이
"사랑과 평화의 눈물" 속에 합칠 수는 없을까를 애타게 말하고 있지만 「지
금은 가장 행복한 시간」은 이 세상의 모든 것을 ── 특히 추하고 조각난 것
은 사랑 속에 껴안아야 한다는 당위를 말한다. 그 행위 속에서 모든 것은
하나가 되고 거기에 새로운 삶이 열린다.

폭죽처럼 공중으로 쏘아 올리는 사랑 속으로

깡통 병 못 치약 껍질 유리 조각, 무기물의 찌그러지고
흩어진 영혼들이 다 모인다. 행복한 그러나
지금은 가장 위험한 시간. 불타는 사랑의
감각 하나가 모든 사물의 평등을 껴안는, 뜨거운 삶의
열린 아침이 보인다. 그 곁에
아름다운 그대의 무덤도 보인다.

위 구절에 이야기되어 있는 바와 같이 이러한, 폭발적 사랑의 순간은 가장 행복한 순간이다. 그러나 그것이 동시에 가장 위험한 시간이라고 이야기되어 있는 점에도 주의하여야 한다. 암시되어 있는 대로 그것은 죽음을 의미할 수도 있는 것이다. 이 시의 서두에, 이 가장 행복한 시간에 "깡통, 병, 못/ 망가진 타이프라이터와 전화기의 빈 얼굴 속으로/ 긁히고 찔린 신의 몸이 비친다"라는 말이 있지만, 그것은 신의 수난과 같은 고통을 수반할 수 있는 것이다. 그것은 안정된 일상의 테두리를 깨뜨리고 미지의 세계로 가는 것이다. 「외계인의 손」은 시인의 손을 잡는 커다란 손이 외계인 — 우리의 일상생활의 밖으로부터 오는 어떤 존재의 손임을 말한다. 「외계인의 손」에서 주인공은 일상 속에 갇혀서 그것을 벗어날 수 있는 방도를 꿈꾸며 앉아 있다.

…… 그리움의
암울한 주파수를 외계로
막막히 흘러 보내며, 내 왼쪽 손은
탁자 위에 차갑게 놓여 있다.

그는 창 너머로 아이들이 노는 것을 본다. 아이들의 발랄함이 부러운지

도 모른다. 그러나 그는 깨금발을 뛰며 노는 아이들이 "뒤를 돌아보는 법도 없이……/ 정밀하게 금 안을 맴도는" 점에 주목한다. 아마 그는, 아이들의 놀이와 같이, 정해진 금 안을 맴도는 생활을 거부하는 것일 것이다. 그가 기다리는 것은 "전화가 아니다", 그것은 "사랑 같은 것/ 외계로부터 전해 오는 감수성의 주파수 또는 기적 같은 해답"이다. 그때 "이 암담한/ 어둠의 밑바닥에서 누가 따스히/ 내 손을 잡는다." 그것은 무엇인가?

> …… 바람인가, 은사시나뭇가지의
> 그림자가 어둠 속에서 달빛처럼
> 짧게 흔들린다. 사랑인가, 나를 찾아
> 우주의 캄캄한 궁창에 온몸을
> 찢기며, 이곳에 누가 왔나.

외계인이 누구인가는 분명치 않다. 그러나 그의 충동이 주인공의 모든 것을 치유하고 온전하게 하고 살아나게 할 것임을 주인공은 안다.

> 그가 내 손을 잡고 흔든다. 그래
> 이젠 일으키리. 서로 떨어진 채
> 마주해 있던 수억의 황폐한 시간을
> 거슬러 올라, 내 뜨거운 혈관 속으로
> 버림받고 허물어진 무엇이든지.

백미혜 씨의 또는 아파트 주민의 정신적 모험 속에서 한 한계적 지향점을 이루는 것은 이러한 미지의 커다란 구원의 약속이다. 이것이 무엇이 될지는 더 두고 보아야 할 것이다. 구체적 표현의 하나가 예술인 것은 틀림이 없다. 「존재 찾기」에서 백미혜 씨는 종이 위에 글을 쓰거나 그림을 그리는 것이 자신의 존재를 확인하는 방법이란 말을 하고 있다. 그가 예술 속에서 자기 실현의 모험을 하리라는 것은 우리가 짐작할 수 있는 일이다. 그러나 그것은 백미혜 씨가 생각하는 것 가운데 한 가지에 불과할 것이다. 「공구르기」는 화가의 즉물성을 가지고 마루에 놓여 있으면서 햇빛을 받고 있는 공을 묘사하고 있다.

> 해는 중천에 높이 타오르고 공은
> 햇빛에 부풀어 올라 부드럽게 긴장하고 있다.
> 부풀어 오르는 마루장과 공 내부의 힘이
> 아슬아슬하게 만나는 것을 누군가 숨죽이며
> 느끼고 있다. 그렇다면 공은 이제부터
> 어디로 굴러가나.

이제 백미혜 씨의 정신적 모험이 어디로 굴러갈 것인가 기다려 볼 일이다. 백미혜 씨는 우리 시에서 드물게 아파트 주민의 문제를 정확하게 표현하고 있다. 이미 살펴본 바와 같이 아파트는 완전히 버릴 수는 없는 생존의 조건이 되어 있으면서 또 문제들을 가지고 있는 것이다. 백미혜 씨는 이것을 단순화하지 않고 충분히 다양하게 검토한다. 그것은 그의 예술가적 정직성과 의식으로 인한 것이지만, 그 자신의 운명과 탐색이 여기에 깊이 개입되어 있기 때문에도 가능한 것일 것이다.

그러나 우리 시의 현재의 상황으로 볼 때, 주목할 만한 것은, 현실의 애매성을 여러 가지로 검토할 수 있는 정확한 사실적 관찰력, 심리적 민감성, 지적 분석력, 이러한 것을 합쳐 사실적이며 환상적 시작품을 빚어낼 수 있는 형상력이다. 우리는 백미혜 씨로부터 중요한 기여를 기대해도 좋을 것이다. 다만 우리는, 백미혜 씨의 이러한 특징들로 하여, 그의 시에 원초적 감정의 활달한 표현이 부족함을 느낀다. 그러나 이것은 오늘날의 사회적 여건이 부과하는 느낌의 방식의 변화에 비추어 불가피한 것이라고 해야 할는지도 모른다. 활달한 감정이 있어야 새로운 서정시는 가능한 것일 것이다. 그러나 그것은 전통적 서정에로의 복고를 의미할 수는 없다. 그것은 새로 얻어져야 하는 서정이며, 새로 획득하여야 하는 존재의 상태일 것이다. 그리고 그것은 백미혜 씨가 나타내고 있는 사실적이며 균형 있는 지성의 훈련을 거치지 아니하면 안 될 것이다.

(1986년)

# 쉰 목소리 속에서

유종호 씨의 비평과 리얼리즘

## 1

한 사람의 삶을 어떤 주제에 의해 정리하여 살핀다는 것은 말할 것도 없이 어리석은 짓이다. 그렇게 할 수 없다는 것이 소설과 현실의 삶의 차이이고 이것이 우리의 삶을 그 모양새 없음으로 하여 따분하고 의미 없는 것이게도 하고 또는 다른 한편으로 자유롭고 풍부한 것이게 한다. 어떤 경우는 둘을 혼동함으로써 ─ 소설과 삶, 또는 하나의 지적 공식과 한 사람의 삶을 혼동함으로써 희극과 비극, 허황된 환상과 가혹한 처형의 드라마가 벌어지기도 한다. 여기에 비해 원래부터 어떤 의도 속에 기획되게 마련인 글은 주제나 관심의 일관성으로 정리될 수 있는 것이다. 그러나 이것도 한 편의 글이나 저작이 아니고 한 사람의 긴 지적 활동의 결과일 때 당연시할 수는 없는 일이다. 더구나 그것이 문학과 같은, 지적 활동임에 틀림없으면서도 그것을 넘어서 삶의 리듬에 일치하고자 하는 글의 경우에 그렇다. 사람이 하는 일이란 어떤 경우에나 시간 속에서의 행동이기 때문에 결과에 못지않게 과정이 주요한 것이라 하겠고(산다는 것은 순수한 과정 이외의 다른 어떤 것도 아니다.) 글도 결론이나 요지 또는 요약 이상의 과정이며 또 그럼으로써만 살아 있는 의미를 간직하는 면이 있다. 문학의 글이 특히 그러한 것이다. 이것은 평론과 같은 시간적 체험보다는 지적 구도로서 성립하는 글의 경우도 그렇다. 어떻게 체험이면서 이성적 질서일 수 있느냐 하는 문학의 고민을 평론도 쉽게 벗어날 수는 없다.

1957년부터 오늘까지 30년 이상의 긴 평론 활동으로부터 뽑은 선집을 개관하면서 유종호 씨를 리얼리스트라 하고 그의 저작의 역정을 리얼리스트의 역정이라 하는 것은 극히 조잡한 단순화에 불과하다. 그러나 이러한 단순화가 조잡하면서도 불가피하다는 것을 떠나서도 그를 리얼리스트라 부르는 것은 꼬리표로서 단순화하는 것이 아니라 그의 삶과 지적 작업이 삶의—우리 시대의 삶의 복잡한 상황으로 열려 있는 것이었다고 말하는 것이라는—변명을 가지고 있기 때문이다. 지난 30여 년 동안의 그의 비평 작업은 우리 시대의 가능성에 대하여 가장 열려 있는 의식으로 대하여 온 지적 궤적을 대표하는 것이라 할 수 있고, 리얼리스트라는 이름은 이 사실을 지적하는 말에 불과하다.


2


유종호 씨를 리얼리스트라고 부를 때, 그것이 지적으로, 감성적으로 참으로 개방적인 상태를 지적하는 일이라는 것을 우리는 다시 한 번 강조할 필요가 있다. 이러나저러나 리얼리스트란 현실에 즉하여 살고 생각하는 사람일 텐데, 그것이 간단한 것이 아님은 말할 것도 없다. 현실이란 무엇인가? 그것에 즉하여 있다는 것은 무엇인가? 이러한 질문과의 씨름—단순히 이론적인 씨름이 아니고 그야말로 현실적인 씨름이 여기에 전제되어 있는 것이다. 우리의 이름을 정당화하기 전에, 조금 우회가 되더라도, 이러한 문제들을 서구 리얼리즘의 논의와 관련하여 살펴보자.

이미 잘 알려져 있듯이, 적어도 문화적 논의에서 이야기될 때의 리얼리즘은 대체로 한 가지 전제와 서로 모순되는 듯한 두 계기를 가지고 있다. 리얼리즘의 가장 적절한 번역은 현실주의이다. 리얼리즘은 모든 것의 출발을 현실에서 찾는다. 그런데 한 가지 전제되어 있는 것은 이 현실이 무엇보다도 사회적인 것으로 생각되어야 한다는 것이다. 디오게네스나 산림처사의 삶이 불가능한 것은 아닌 까닭에, 언제나 맞는 것이라 할 수는 없겠지만, 하여튼 리얼리즘은 인간이 사회적인 존재라는 것을 받아들인다.(엄격하게 말하여 디오게네스와 같은 경우도 완전히 혼자 살 수 있는 것은 아니지만, 여기서 우리는 대체적인 상황만을 이야기하고 있는 것이다.) 그리고 사람은 그의 생존의 문제를 해결하는 데에 있어서나 그 창달을 위해서 사회를 필요로 한다고 생각한다. 문학에 있어서의 리얼리즘은 이러한 현실을 있는 그대로 그려 내고자 한다. 그러니만큼 있는 현실을 수용한다. 적어도 그것의 중요성을 인정하는 것이 아니라면 구태여 그것의 언어적 재현이 큰 관심사가 될 수 있겠는가? 이러한 현실의 수용은 어떤 경우는 현실 긍정과 쉽게 구별되지 않을 수도 있다. 리얼리즘의 또 하나의 계기가 이것에 대하여 다른 쪽으로 평형추 노릇을 한다. 그것은 보다 나은 미래에 대한 이상(理想)이다. 그리하여 문학에서의 리얼리즘은, 그것이 비판이나 부정으로 표현되든 아니면 낭만적이고 낙관적으로 표현되든, 문학이 이 이상에 봉사할 것을 요구한다. 물론 이론적 관점에서는 리얼리즘의 두 계기는 서로 다른 요소를 접합해 놓은 것이 아니라 하나의 과정의 양면일 뿐이다. 현실은 이미 그것을 넘어서 보다 나은 미래로 나아가는 변증법을 담고 있다. 이 현실의 자기 초월을 궁극적으로 보장해 주는 것은 역사 진보의 법칙이다.

그러나 현실 안에서 또는 역사 법칙 안에서의 모순의 통합은 어디까지나 이론이고, 실제의 현실이 그렇게 뚜렷한 모양을 보여 주는 것은 매우 드문 일이다. 그럴 때 리얼리즘의 요구는 서로 합칠 수 없는 두 개의 선택을 강요하게 된다. 현실의 수용 또는 미래의 이상 추구 — 이것 중 어느 하나만이 가능한 선택이 되는 것이다. 얼핏 보기에 전자의 선택의 결과는 자명한 것 같다. 이에 대하여 현실에 관계없이 이상을 택하는 것은 고결한 일로 보인다. 그러나 그것은 부질없는 모험주의, 생명의 무분별한 낭비, 소영웅주의, 또 어떤 경우는 광증에 끝나는 것일 수도 있다. 그런가 하면 현실의 수용 또는 현실에 철저한 태도는 기회주의, 냉소주의, 순응주의로 이어지는 것이지만, 다른 한편으로서는, 사람의 삶 그것이 현실 이외의 다른 것일 수 없다는 뜻에서, 생명 긍정적인 가치에의 개방성을 의미할 수도 있다. 더나아가 보다 나은 삶을 향한 갈망이 사람의 삶에 본래적인 것이고, 진보적역사 이해 또는 진보하는 역사에 대한 소망도 거기에서 오는 것이라면, 현실에 철저하는 것이 오히려, 이론적 정연함이 주는 만족은 없다고 하더라도, 보다 나은 미래에 대한 탐색의 일부가 될 수도 있다고 하겠다. 리얼리즘의 출발이 현실을 인간의 유일무이한 생존의 장이라고 보는 데 있다는 것은 삶의 문제의 해결을 낭만적 영웅주의의 도박을 통해서가 아니라, 되든 안 되든, 현실 안에서 또는 현실의 가능성 안에서 찾아야 한다는 말이기 때문이다. 물론 어떤 경우에나 선택은 쉬운 것이 아니며 또 온전할 수 있는 것도 아니다. 이것은 특히 선택이 어떤 상황에서나 주어진 삶을 살아야 하는 사람의 실존적 선택이 될 때 그럴 수밖에 없다.

말할 것도 없이, 역사 그것이 진보하는 것이든 아니든, 그것이 객관적 사실로 존재하든 아니하든, 그것은 삶의 요구에서 나오고 또 그러니만큼 역사적 세력이 된다. 제일차적으로 역사의 진보 또는 발전에 대한 요구는 삶의 비참성의 해결 방책으로서 대두된다. 이 비참성이 참을 수 없는 것일 때, 그야말로 노예의 쇠사슬 이외에는 잃을 것이 없다는 심정에 이르렀을 때, 막보기의 도박이 없을 수 없는 것은 아니다. 비참의 상황이 쇠사슬 이외에 아무것도 잃을 것이 없는 경우가 많은 것이 또 인생이다. 비참성은 역동적 변화 속에서 또는 더 나아가 불균형 발전의 역학 속에서 발생한다. 그리하여 그것은 보다 나은 삶에 대한 약속으로 또는 그것을 향한 목표와의 관련 속에서 대두된다. 리얼리즘의 정치학에서(문학적 리얼리즘은 물론, 보다 넓은 리얼리즘의 일부이다.) 비참성의 의미는 그 자체에서보다 그것의 사회적, 역사적 극복과의 관계에서 생겨난다. 따라서 비참성의 극복을 위한 대응이나 행동에 있어서도, 리얼리즘의 정치학의 핵심은 개인적 행동의 심리적, 도덕적 정당성의 옹호에 있지 않고 보다 넓은 사회적·세대적 유대에 의하여 정당화되는 실제적 효율성, 달리 말하여 새로운 역사 창조의 가능성을 찾아내고 설득하는 데 있다. 그리고 역사는, 마르크스의 유명한 말대로, 해결 가능한 문제만을 사람에게 주고 또 다른 한편으로는, 역사는 주어진 조건 아래에서만 만들어진다. 이러한 생각의 맥락에서 생각해 볼 때 견딜 수 없는 상황에서의 개인적 결단의 문제는 매우 착잡한 것이 된다. 그런 경우에 현실주의적 비참이나 개인적이고 도덕적이고 헛된 선택, 둘 중의 하나가 있을 뿐이기 때문이다.

사회 현실의 중요성은 비참성의 역사적 해결과는 조금 다른 동기로부터도 나온다. 삶의 비참성은, 적어도 리얼리즘의 관점에서, 사회적 해결을 필요로 한다. 그러나 어떤 인간 이해에 있어서, 사회는 급한 문제를 해결하기 위한 필수적 조건이기보다, 보람 있는 삶의 실현을 위한 조건이다. 어떤 관점에서는 참으로 좋은 삶이란 사회 속에서의 좋은 관계를 통하여 실현된다. 이것이 가능하기 위해서는 사회가 바른 상태에 있을 것이 요청된다. 그러나 이 관점에서 사회가 어떠한 조건 아래에 있든지 사회로부터의 은둔은 사람다운 삶으로 생각되지 아니한다. 극단적으로는 사회 속에 있으면서 사회에 속하지 않는 방식으로라도 사회적으로 존재하는 것이 사람다운 삶이 되는 것이다.

물론 보람 있는 삶의 문제가 비참의 문제와 전혀 별개의 것은 아니다. 보람 있는 삶은 사람다운 삶, 사람의 본성과 가능성에 입각한 삶을 말한다. 사회가 동료 인간의 비참성을 창조하는 것이라면 그 사회 속의 삶이 사람다운 삶일 수 없다. 그리고 역사적으로 보람 있는 삶 또는 사람다운 삶에 대한 일반적인 소망은 비참성에 대한 극복 의지의 연장선상에 있기 쉽다. 앞에 말한 바와 같이 흔히 비참성의 자각은 발전적 역사의 산물이다. 그리고 발전의 과정에서 쉽게 그것은 상대적인 성격을 띤다. 불균형 발전에서의 상대적 박탈감을 뜻할 수 있다는 것만이 아니라, 그것은 최소한도로 생물학적 생존을 확보할 수 없는 상태를 지칭할 수도 있고, 조금 더 여유 있게 사람다운 삶이 불가능한 상태를 말하는 것일 수 있다. 후자의 경우, 사람다운 삶은 사회의 물질적, 문화적 수준과 그에 대한 여러 사람의 공감을 통해서 정해진다. 그리하여 그것은 더 적극적인 의미에서 사람다운 삶, 보람 있는 삶에 대한 요구로 발전한다. 그러니까 그것이 어떤 원인에서 나온 것이든 또는 어떤 삶의 필요와 가능성에 대한 인지에서 나온 것이든, 사회의 발전이나 진보에 대한 요구는 한마디로 보다 나은 삶에 대한 요구라고 요약할 수 있다. 그러나 다른 한편으로 비참성의 문제와 보람 있는 삶, 또는 사람다운, 참으로 사람다운 삶의 문제가 서로 다른 뉘앙스를 가지고 있는 문제임에는 틀림이 없다. 그리고 그것은 사회와 문학에 대한 생각에서 달리 강조될 수 있다.

마르크스의 사회 비판이나 진보적 역사관에서, 두 가지 문제에 대한 관심은 다 같이 나타난다. 그러나 대체로 후자는 그의 철학적 순간에만 두드러진다. 가령 『독일 이데올로기』에서 진보된 사회에서는 아침에 사냥하고 오후에 낚시하고 등등의 이상적 향수의 상태를 말한 부분, 또는 『경제학-

철학 수고』에서 '유적 존재'로서의 인간을 시사한 부분 같은 데에서 주로, 그는 역사가 현실화할 수 있는 높은 삶의 가능성을 이야기하였다. 그의 생각에 이러한 상태는 물론 사회적 발전의 궁극적인 단계로만 실현될 수 있는 것이다. 그것은 "진정한 공동체에서 개인의 자유는 다른 사람과의 연합을 통하여 또 연합 속에서 얻어지기"(『독일 이데올로기』) 때문이다. 그러나 보람 있는 삶의 문제가 참으로 주요한 관심사가 되는 것은 루카치와 같은 이론가에 있어서이다. 그의 문학 이론에 동기를 제공해 주고 있는 것은 거의 전적으로 보람 있는 삶의 가능성 또는 그가 괴테론에서 자주 거론하는 "자유롭고 충만한 인격의 발전"의 조건에 대한 관심이다. 사실 레싱, 괴테, 실러로부터 토마스 만에 이르는 독일 문학 해석에 있어서 그가 끈질기게 묻고 있는 것은 여기에 대한 질문이다. 이것은 그의 사회주의의 이론과 실천에의 투신에도 불구하고 그로 하여금 부르주아 문학의 테두리를 벗어나지 못하게 하고 또 공산 당국자들과의 마찰의 한 원인을 제공해 주는 것으로도 생각되지만, 그의 문학 평론을 풍부케 하고 궁극적으로는 사회주의 전통의 풍요화에 기여할 수 있게 하는 한 요인이 되게 된 것이다. 문학을 바라보는 관점으로서(특히 19세기 부르주아 문학의 경우), 한 사회에 가능한 가장 풍부한 삶의 가능성이 무엇인가를 묻는 것은 그 사회의 하한선의 삶이 어떤 것인가를 묻는 것보다 방법론적으로 생산적일 수 있다. 이러한 물음의 방식은 독자로 하여금 작품을 작품 자체의 전체 속에서 볼 수 있게 하면서 동시에 작품의 세계와 작품의 관점에 비판적 거리를 유지하게 해 준다. (또 그러는 사이에 하한선의 삶에 대한 문제는 대두되게 마련이다.) 루카치의 공적의 하나는 독일 문학의 고전적 전통을 마르크스주의에 다시 접목한 것이라고 하겠는데, 그것은 그가 이 전통의 핵심적인 질문이 이러한 것임을 지적하고 그것을 마르크스주의 비평의 질문이 되게 한 것이라고 해석될 수도 있다. (마르크스는 『경제학-철학 수고』에서 "문학과 문명의 전 세계를 추상적으로 부정하고 아무 요구도 없는 가난하고 교양 없는 사람, 그것을 넘어가기는커녕 사유 재산의 단계에 이르지도 못한 사람의 부자연스러운 소박성으로 돌아가는 일"에 날카로운 조소를 보내고 있다.)

괴테의 『젊은 베르테르의 슬픔』이나 『빌헬름 마이스터』에서의 중심적 질문은, 이미 말한 바와 같이, 인격의 발전이다. 그런데 이것은 행동적 삶에 있어서 가능하고 그것은 "사회 속에서의 상호 작용"을 뜻한다. 그러나 부르주아 사회는 이러한 인격적 이상 또는 의미 있는 대인 관계를 허용하지 아니한다. 그리하여 도처에서 인격의 가능성은 사회의 제약에 부딪히게 된다. 그러나 괴테의 위대성은, 루카치에 의하면, 모든 부정적인 요소에도 불구하고 내면성이나 낭만적 환상 또는 추상적 이상으로 도피하지 않은 것이었다. 그 결과는 체념과 주어진 현실에의 적응이지만, 루카치의 생각으로는 그러한 결과에도 불구하고 어디까지나 현실의 우위를 지키는 것이 바른 리얼리즘의 길이고 참으로 진보적인 역사에 기여하는 길이다. 물론 체념이나 적응이 완전한 항복을 뜻하는 것은 아니다. 어떠한 주관적 조작의 도입도 거부하는 현실주의는 바로 그 철저성을 통하여 현실을 비판 부정하는 또 다른 결과를 낳는다.

물론 이것이 괴테 자신의 동기였는지는 분명치 않다. 아마 여기에 작용하고 있는 동기는, 마르크스나 루카치의 진보의 변증법보다는 괴테 자신의 '조화된 인격'의 논리일는지 모른다. 그것은 스스로의 능력들의 조화된 발달과 함께 사회와의 조화를 의미하는 것이다. 따라서 그것은 한쪽으로는 그러한 조화가 가능한 사회에 대한 요청이 되지만, 다른 한쪽으로는 이미 있는 사회에의 순응일 수도 있다. 이것은 사실 괴테적 인격의 조화, 전인적 인간의 이상을 떠나서도 부정적 조건에서 인격적 완성 또는 적어도 인격적 온전함을 추구하려는 사람이 부딪히는 딜레마이다. 또 주어진 상황에서 유달리 모난 행동을 주저하는 것이 범상한 인간의 본능적 사회성의 일부이기도 하다. 이러한 인격적 이상이나 본능적 사회성은 사람의 사람다움을 이루는 것이면서 혁명적 정치 기획에 있어서는 거추장스러운 것으로 간주될 수 있는 것이다. 이러한 관찰에서 우리가 깨닫게 되는 것은 리얼리즘의 요청 속에 들어 있는 — 이때의 리얼리즘은 문학과 정치와 개체적 삶 모두에 관계된다. — 깊은 윤리적 물음이다. 리얼리즘은 단순한 예술 기법상의 또는 정치 노선의 추상적 선택의 문제가 아니고 윤리적 실존의 문제이다. 그리고 이 문제에 대한 답변은 깊은 양의적 모호함을 가질 수밖에 없다. 내일의 인간적인 삶 또는 오늘의 인간적인 삶 — 어느 것도 모순에 찬 것이 아닐 수 없는 것이다. 괴테에 있어서, 적어도 루카치의 너그러운 해석으로는, 다행스럽게도, 인격적 완성에 대한 이상은 넓은 사실적 감각과 결부되어, 중요한 현실 비판의 기능을 갖는다. 또는 괴테의 인격적 이상이 그의 비판적 현실 의식을 강화해 준다고도 할 수 있다. 괴테는 현실을 택하였다. 그러면서 궁극적인 의미에서 그의 윤리적 동기를 손상할 필요가 없었다. 그의 괴테에 대한 평가에서 루카치의 현실주의는 철저하다. 그 부정적 가능성에도 불구하고 현실에 철저한 것이 작가의 위대성 그리고 진보성의 표시인 것이다.

이러한 관점에서 그는 현실적 괴테를 정치적 정열에 불탔던 실러보다도 높이 평가한다. 그가 20세기의 가장 위대한 독일 작가로 부르주아 작가 토마스 만을 치는 것도 같은 맥락에서이다. 사실 괴테가 실러보다 보수적이었다면, 만은 괴테보다도 더 보수적이었다. 괴테는 그래도 가지고 있었던 유토피아에 대한 희망 — "경제적 토대와 사회도덕에 입각한 인간의 쇄신과 해방"에 대한 유토피아적 희망 — 이 토마스 만에게는 완전히 결여되어 있음을 루카치는 지적한다. 그는 철저하게 기존의 부르주아 세계에 남아 있었다. 그러나 동시에 루카치에 의하면 그의 리얼리즘은 부르주아 세계에 대한 가장 통렬한 비판이 된다. 이것을 가능하게 하는 것은 바로 현실 자체에서 포착된 변증법으로 인한 것이다. "토마스 만의 작품 속에서 우리에게 제공되는 것은 부르주아적 독일…… 그것의 내적 문제성에 대한 심원한 파악이다. 이 문제성의 변증법은 자연히 그 자체를 넘어서는 곳으로 나아가지만, 결코 마술적으로 현실화하여 리얼리스틱하게 생기를 띠게 되는 유토피아적 미래의 전망을 보여 주지는 않는다."[1] 이것은 이미 헤겔이 밝힌 바 있는 변증법이다. "당위는 칸트 또는 대부분의 경우 실러에게서처럼, 물질적 삶과 동떨어진 상태에서 당위와 다른 성질의 현실에 대립할 필요가 없이, 헤겔식으로 말하자면, 현상과 본질의 모순에 찬 동일성으로부터 생겨난다."[2] 이렇게 하여 현실의 재생은 그대로 현실 그것의 비판 또는 부정이 되는 것이다.

리얼리즘의 핵심으로서의 현실 우위의 견지 그리고 삶의 상한적 가능성으로부터의 현실 비판은 괴테나 만과 같은, 궁극적으로 보수적이라고 할 수 있는 작가의 경우에만 의미 있는 것은 아니다. 적어도 루카치의 평가로는 19세기 독문학에서 가장 진보적인 작가였던 뷔히너나 하이네의 위대성도 같은 관점에서 논해진다. 물론 그들의 현실 원칙이 어떻게 단순한 현실 긍정이 아니고 진정한 의미에서 역사의 바른 인식 또는 진보적 인식의 일부를 이루는가를 판단하는 것은 간단한 일이 아니다. 위에 언급된 헤겔의 말대로 현실의 움직임의 특징이 모순의 통일일 수도 있고 또는 헤겔의 생각과는 달리 모순의 모순으로서의 지속일 수도 있다. 현실을 포착하고자 하는 인간의 노력도 모순에 찬 것일 수밖에 없다. 하이네의 경우 우리는 낭만과 아이러니, 진지성과 역설, 귀족주의와 민중주의, 무신론과 종교적 귀의 ― "환호의 낙관론에서 암담한 절망으로 왔다 갔다 한 진동의 공

---

1    죄르지 루카치, 반성완 외 옮김, 『리얼리즘 문학의 실제 비평』(까치, 1987), 452~454쪽.
2    같은 책, 460쪽.

간"——의 구체적 이해를 경유하여서만 그의 현실적, 진보적 의미를 파악할 수 있다. 이러한 '진동'이야말로 그의 작가적 의식이 현실 속에서 인간적 의미를 구출하려고 한 작가적 실천의 표현이었던 것이다. 하이네나 뷔히너의 문제는 희망하는 사회에 대한 환상이나 구상을 제시하는 것도 또는 그 희망을 향한 진군의 나팔만을 울리고 있는 것도 아니고 그것의 현실적 계기를 포착하는 것이었다.

이것은 이들로 하여금 당대의 현실적 선택에 있어서 매우 모호한 입장에 처하게 하였다. 가령 이러한 선택의 모호성 그러면서 현실적이고 진보적인 모호성은 루카치의 해석으로는 뷔히너의 대표작 『당통의 죽음』에 가장 잘 이야기되어 있다. 연극의 핵심적 문제는 공포 정치 시대에 있어서의, 혁명 지도자의 한 사람이었던 당통의 혁명 대열로부터의 이탈이다. 이것은 그의 근본적 보수성 또는 부르주아성으로 또는 물질적 유혹에의 굴복과 타락으로 또는 심약한 인도주의적 또는 도덕적 망설임 등 여러 가지로 해석될 수 있는 것이다. 루카치는 이러한 가능성들을 완전히 배제하지 아니하면서 그리고 이 시점에서의 당통의 민중으로부터의 유리를 인정하면서도 당통의 입장에서 현실성 그리고 모순의 일치의 진보성을 읽는다. 공포 정치의 시기에 와서 프랑스 혁명의 결과로 민중의 물질적 상황은 향상은 고사하고 악화되었음이 드러난다. 그리하여 한편에서 혁명의 포기가 주장된다. 그러나 다른 한편에서는 "민주적 ——평민적인 혁명가들은 자코뱅당의 공포 정치를 끝까지 밀고 나가면 대중은 자연히 그들의 물질적 비참함으로부터 해방된다는 ——환상을 가지고 있었다."[3] 당통은 이 두 가지의 선택을 다 거부한다. 그는 자코뱅당과 로베스피에르의 '루소적 도덕 원칙'을 거부한다. 그것은 그가 철저한 유물주의자였기 때문이었다. 그에게

---

**3** 같은 책, 210쪽.

절실한 문제는 한편으로는 '굶주림'의 문제였고 다른 한편으로는 삶의 감각적 향수의 문제였다. 물론 굶주림의 문제는 이 연극에 있어서 (또 프랑스 혁명에 있어서) 당통보다는 생쥐스트에 의하여 대표되고, 당통을 로베스피에르 그리고 민중으로부터 떨어져 나가게 하는 것은 그의 쾌락의 철학이다. 이것은 당통의 세계관 속에 대두된 그리고 사실 지배 계급이 표현한, "인간의 도덕이 더 이상 금욕적 제한의 구속을 받지 않는, 보다 나은 새로운 세계에 대한 동경"[4]에 연결되는 것이다.

그러나 그것은, 루카치에 의하면, 당대의 현실 속에서 문제적인 것이면서도 진보적 전통이 수용하는 긍정적 내용이기도 하였다. 하이네는 "티치아노의 그림 속의 빛나는 살, 그것이 바로 프로테스탄티즘이다. 그가 그린 비너스의 궁둥이가, 독일 승려가 비텐베르크의 교회 문에 붙인 강령보다 훨씬 더 근본적인 것이다."[5]라고 인간의 현세적 해방의 가능성에 대하여 썼다. 마르크스와 엥겔스에게도 '금욕적 혁명론'에 대한 투쟁은 그들의 변증법적 유물론의 일부였다. 이렇게 볼 때, 뷔히너의 당통은, 문제가 없지 않은 대로 또는 바로 그의 양의적 문제성으로 하여, 진보적 인물이 된다. 이것을 간과한 것이 루카치의 판단으로는 '뷔히너의 위대한 리얼리즘'의 결과인 것이다.


3


이러한 리얼리즘에 대한 간단한 고찰이 그 모든 양상을 제대로 설명하

---

4　같은 책, 219쪽.
5　같은 책, 220쪽.

는 것이 아님은 말할 필요도 없다. 이러한 고찰의 의도는 리얼리즘의 문제가 간단한 것이 아니라는 것을 시사하려는 것에 지나지 않는다. 또는 달리 말하여 그것은 가장 단순하게 리얼리즘이 현실을 존중하는 문학과 삶의 태도 이외의 다른 것이 아니라는 것을 말하려는 것이라고 할 수도 있다. 그것은 삶, 그것이 삶의 현장이라는 것을 확인하는 일일 뿐이다. 역사적으로 형성된 리얼리즘의 신조에 현실에 대한 특수한 이해가 들어 있는 것은 사실이다. 이것은 인식의 경제를 위하여 불가피한 것이다. 그리고 그 대강에 있어서 상식을 크게 벗어나는 것이 아니다. 여기에서 현실이란 현실의 전체를 말하는 것이고, 이것은 역사적으로 형성된 구조를 이루며 이 역사는 보다 나은 사회를 가져올 수 있는 계기를 가지고 있는 것으로 생각된다. 그렇다는 것은 현실이 단일한 덩어리의 균형이 아니라 서로 모순 갈등하는 요소로 이루어졌다는 것을 말한다. 이 모순 갈등이 오늘을 내일로 나아가게 하는 역동성을 현실에 부여한다. 조금 더 한정적으로는 현실의 이 균열의 근본은 생산력과 그것의 사회적 조직의 불안정성에 있다. 이 균열에 따라 투쟁적 관계에 놓일 수밖에 없는 계급의 갈등은 역사의 역동성의 주된 요인이 된다. 물론 문학도 이러한 사회의 역사 속에 위치한다. 이러한 현실의 이론은 있을 수 있는 관점임에 틀림이 없으나 그렇다고 그 엄밀한 타당성에 대한 회의를 배제할 수 있는 것이 아니다. 그러나 어떤 경우에나 현실 존중의 원칙은 리얼리즘의 구체적인 표현을 쉽게 도식화할 수 없는 것이게 한다. 현실 존중이란 바로 현실의 다양함에 대한 열려 있음을 말한다. 주어진 시점에서의 상황의 다양한 가능성은 관련된 구체적 사실과 구체적 인간과 구체적 행위를 통하여서만 인지될 수 있다. (하나의 상황은 사람 또는 사람들의 실존적 관심이 구성해 내는 사실과 행위의 앙상블이다. 그것은 사회 전체 속에 있으면서 이 전체의 바탕(ground)에 대하여 표적의 대상(figure)이 된다. 그러나 다른 한편으로 구체적 상황의 총체적 앙상블이 바로 사회의 전체성이다.) 리얼리즘의 원형적인 모습은 결국 현실에 대한 어떤 이론에서보다는 현실과의 씨름 또 주어진 현실 속에 계시되는 현실의 가능성 그리고 이것에 포함된 인간적 가능성과의 씨름에 있다고 하여야 할 것이다.

이러한 복합적인 의미에서 또는 단순한 의미에서 우리는 유종호 씨를 우리의 가장 대표적인 리얼리스트라고 부를 수 있다. 그의 비평적 업적의 핵심은 우리의 사회 현실과 문학 현실이다. 그러나 주목해야 할 것은 그의 문학관이 리얼리즘의 그것이라고 하더라도 그것은 어떤 리얼리즘의 이론보다는 현실에 근접하여 그것을 점검하고 그것의 가능성을 탐구하는 끊임없는 노력으로 특징지어지는 리얼리즘이라는 점이다. 물론 현실이든 아니면 어떤 다른 대상이든 아무 준비 없는 눈에 드러나는 것이 별로 없음은 말할 것도 없다. 우리가 말하려는 것은 유종호 씨에게 아무런 이론이 없다는 것이 아니다. 사회적인 것이든 문학적인 것이든 리얼리즘의 이론적, 실제적 전통에 대하여 ― 사실 또 서양 문학이나 한국 문학의 구체적인 업적에 대하여 유종호 씨만큼 넓고 깊은 준비를 갖추고 있는 문학 이론가를 달리 찾기는 쉽지 않은 일이다. 1957년의 최초의 평문으로부터 시작하여 그의 글의 특징을 이루었던 것은 그 지적인 준비의 탄탄함이다. (어설프기 짝이 없었다고 할 수밖에 없는 1950년대의 평단에서 대학을 갓 졸업한 20대 초의 비평가의 펜이 엮어 내는 탄탄한 지적 사고의 텍스트는 실로 경이에 가까운 것이었다.) 그러나 그의 지적 탄탄함이란 단순히 해박한 지식보다는 생각하는 힘이고, 그것도 추상적인 생각의 힘이 아니라 현실과 ― 그것이 검토되고 있는 작품이든 우리의 사회 현실이든, 그리고 그의 관점에서 이 두 개는 전혀 따로 있는 것이 아니다. ― 씨름하는 생각의 힘이다. 35년에 걸친 그의 비평적 업적은 이 생각의 씨름의 궤적을 이룬다. 그것은 그 나름으로 ― 또 궁극적으로는, 정태적 현실의 모습이 아니라 계속 움직여 가는 우리의 현실을 확인할 수 있는 힘을 우리에게 주는 것이기 때문에 ― 보다 중요한 의미에서 우리 현

실과 우리 문학 또 세계 문학에서 어떠한 태도가, 또 어떠한 문학이 현실에
철하는 것이며 보다 나은 우리의 삶에 기여하는 것인가를 밝혀 준다.

유종호 씨의 리얼리스트로서의 공식적 신조는 분명하고 놀랍게도 그의
비평 경력을 통틀어 거의 단초부터 오늘날까지 흔들림 없이 유지되어 있
다는 것이다. 그것은 간단하게 요약될 수 있다. 즉 문학은 사회 현실에 깊
이 개입되어 있고, 문학하는 사람은 이 사회 현실의 개조를 위하여 노력하
여야 할 진보적 사명을 가지고 있으며, 그것은 가난하고 억눌린 사람들의
현실에 주목하고 그들과 함께 보다 평등하고 정의로운 사회를 실현하는
일에 참여하여야 한다는 것이다. 이러한 그의 신조가 그의 어느 글에서나
기본 틀을 이루고 있음은 거의 변함이 없는 일이다. 그럼에도 불구하고 그
의 특이성은 그것이 지루하게 주장되지도 않고 드높이 외쳐지지도 아니한
다는 것이다. 그는 문학과 이념의 관계를 논하는 자리에서 그것이 불가분
의 것이며 또 문학이 이념의 일부가 되는 것도 불가피한 것이라고 하면서
동시에 이념은 작품 안에서 직접적이 아니라 암시적으로만 효과적인 기
능을 가질 수 있다고 말한 바 있다. 이것은 바로 그 자신에 해당되는 것이
다. 그러나 그의 글에서 그의 리얼리스트로서의 신조가 암시적 편재성으
로만 존재한다고 한다면, 그것은 단순히 효율성이나 전략의 고려에 의해
서만 그러한 것은 아니다. 그에게 리얼리즘의 의미는 그러한 신조에 있는
것이 아니고, 그 신조의 계기를 현실에서 확인하는 데서 생기는 것이다. 그
리고 그는 현실에 대하여 ─ 현실의 불가피하게 다양한 함축에 대하여 있
을 수 있는 모든 물음, 그 비참함에 대하여, 그 해방적 가능성에 대하여, 그
것의 고양된 삶의 가능성에 대하여, 또 오늘의 삶의 심화에 대하여 모든 물
음을 묻는다. 그리고 이러한 질문들이 구체적인 상황 속에서 물어질 때, 그
의 리얼리즘은 더욱 복합적인 것이 될 수밖에 없다. 그렇다고 이 암시성이
나 복합성이 세련이나 현학적 취미에서 나오는 것은 아니다. 이것은 리얼

리즘의 참뜻으로부터 연역되어 나오는 것이지만, 다른 한편으로는 개인적인 ── 또는 개인적인 것이 아니라 모든 지적 작업의 전제 요건이 되는 진리에 대한, 있는 사실에 대한 충실성에서 나오는 것이다. (유종호 씨가 그의 비평적 경력의 단초에 쓴 「언어의 유곡」은 언어와 현실 사이에 존재할 수 있는 간격의 문제를 다룬, 말하자면 일종의 진리론인데 진리 표현의 어려움과 조심스러움에 대한 느낌은 내내 그의 걱정거리의 하나로 남는다.)

그의 신조는 그렇다 하더라도 그에게 주어진 현실은 어떤 것인가? 그것이 그러한 신조에 대하여서는 스쳐 지나는 관계밖에 갖지 아니할 때 어떤 종류의 리얼리즘이 가능할 것인가? 우리의 현실 그 자체가 어떤 것이든지 간에, 문학의 현실은 리얼리즘의 요청에, 특히 유종호 씨가 글을 쓰기 시작할 무렵에 있어서, 그러한 요청에 맞는 것이 아니었다. (문학이 어떤 경우에나 현실의 반영이라고 한다면, 위대한 리얼리즘 문학의 부재는 그것에 맞는 현실의 변증법의 부재를 말한다고 하겠는데, 그 원인은 현실의 미성숙, 심한 탄압의 상황 또는 의식의 미성숙 또는 그 복합, 어느 것일 수도 있다.) 이러한 상황에서 주어진 작품의 현실과 현실주의의 요청은 매우 복잡한 맥락 속에서 합치될 수밖에 없었다. 거의 서로 얽히지 않는 관계는 유종호 씨의 경우 그의 초기의 작품론, 작가론에서 가장 두드러지게 또 흥미롭게 드러난다. 가령 「산문정신고」나 「한국의 페시미즘」은 황순원, 백석, 이효석, 김동리 등의 작품에 대한 섬세하고 자상스러운 음미를 담고 있다. 그럼에도 불구하고 그러한 음미의 결과는 이들 작가들의 리얼리즘 부족에 대한 비판이다. 황순원론의 끝에서 그는 쓰고 있다.

황순원 씨로 대표되는 시적 소설의 계열은 자기류의 독자적 가치를 가지고 있고 또 사실상 많은 주옥편을 내고 있다. 그러나 우리는 동시에 인간 현실의 전면적 관찰과 이에 따른 인생에 대한 통찰을 주성분으로 하는, 요컨대 진

정한 의미의 산문 정신을 태반으로 하는 '인생의 서사시'를 요구한다.(1958)

위에 든 다른 작가의 경우도 황순원에 대한 것과 비슷한 공감적 음미와 냉철한 판단이 그 주조를 이룬다. 가령 유종호 씨는 이효석의 작품을 이야기하고 구체적으로 구절을 분석하면서 — 이효석은 비판적 결론에도 불구하고 유종호 씨를 사로잡았던 작가의 한 사람으로 보인다. — 그의 "세련된 문장, 탈속한 페이소스의 서정감, 어디론가의 노스탤지어"를 공감적으로 감별해 낸다. 그러나 결론에 있어서 그는 다른 작가의 경우에나 마찬가지로 그의 문학이 한국적 페시미즘을 구현하고 있음을 지적하고 그것은 초극되어야 할 유산이라고 역설한다. "우리들의 운명론적 페시미즘은 이러한 '니체적 강건성이 있는' 옵티미즘으로 대치되어야" 하고 "그것을 우리의 현실 속에서 실천해야 할 것"이라고 주장하는 것이다.

황순원이나 이효석에 대한 비판적 결론이 틀린 것은 아닐 것이다. 그러나 여기서 지적하고자 하는 것은 그 논의의 특이한 구조이다. 즉 그 결론들이 작품의 분석으로부터 저절로 나오는 것이 아니라 마지막에서의 조금 갑작스러운 규범적 요청으로 등장하는 것이다. 그리고 결론 전까지는 작품의, 대체적으로는, 긍정적인 감상에 받쳐져 있다. 이러한 논의 구조에 대하여 우리는 그 논리적 설득력의 약함을 탓할 수도 있지만, 달리 생각해 보면, 그것은 그 나름의 현실에 대한 충실성을 구현하려는 글의 전략으로도 보인다. 황순원이나 이효석이 우수한 작가라면 그것은 그들의 작품이 그 나름의 현실성을 가지고 있기 때문일 것이다. 또 유종호 씨 자신이 그것의 현실성에 공감할 수 있기 때문에 그것을 긍정적으로 섬세하게 감식할 수 있는 것일 것이다. 그러나 동시에 그는 이것이 현실이면서 마땅히 있어야 할 현실은 아니라고 판단한다. 이 부재의 현실은 작품 밖으로부터 규범적으로 환기될 수밖에 없다. 이렇게 본다면 유종호 씨가 직면하고 있는 것은 적어도 리얼리즘의 요청이라는 관점에서는 부재의 또는 의식으로 포착될 정도로 성숙하지 못한 현실이고, 그것의 문제성을 그의 논의가 드러내는 것이다.

다음 세대의 작가를 다룰 때에 유종호 씨와 현실의 관계는 조금 더 깊숙이 엉키는 것이 된다. 이것은 다른 이유도 있겠으나 현실의 성숙과 관련이 있는 것으로 보인다. 「감수성의 혁명」(1966)과 같은 글은 김승옥의 문명을 굳히는 데 도움을 준 글인데, 여기에서 우리는 유종호 씨의 리얼리즘의 기준이 위의 경우보다 더 복잡하게 작용하는 것을 볼 수 있는 것이다. 김승옥은 말할 것도 없이 본격적인 현실주의적 작가라고 할 수는 없는 작가이다. 유종호 씨도 그의 계보가 모더니즘적인 흐름에 있음을 인정한다. 그럼에도 불구하고 그의 탁월성은 그가 근접해 간 리얼리즘의 기준으로 평가된다. 유종호 씨는 「무진기행」의 실감을 섬세한 분석을 통하여 칭찬의 대상으로 삼고 있지만, 동시에 이 작품이 윤리적 가치에 있어서도 리얼리즘의 그것을 가지고 있음을 높게 평가한다. "그 결합을 통해서 인간이 위대한 순간을 마련할 수 있고 고양된 시간을 호흡할 수 있었던 인간 상호 간의 공감이 이 심리적 고립과 소외의 시대에도 건강하게 남아 있다는 것을 우리에게 실감시켜" 준 것이 「무진기행」인 것이다. 이러한 긍정적, 현실주의적 판단에도 불구하고 「무진기행」의 또는 김승옥의 작품 세계가 리얼리즘의 세계라고 할 수는 없다. 그리하여 유종호 씨는 그의 문학의 결함과 관련하여 "위대한 종합 능력이 결해 있는 문학은 결국 사회의 쇠약의 산물이며 그것이 아무리 첨예한 미를 자랑하더라도 필경은 전환기의 황혼을 장식하다 스러지는 저녁놀 이상의 구실을 하지 못한다"는 준엄한 경고를 말한다. 이러한 경고는 리얼리즘의 비평에서 흔히 보는 것이지만, 여기서 주의하고자 하는 것은 이것이 앞의 경우보다는 일관성 있는 논의 속에서 나오는 것이라는 점이다. 왜냐하면 처음부터 문제가 되었던 것이 바로 서정적 묘사가 아니라 현실성과 현실주의 도덕이었기 때문이다.

그러나 문제는 여전히 미성숙의 현실에서의 리얼리즘의 문제이다. 김승옥의 작품을 읽는 데 있어서 리얼리즘은 조금 더 유기적 성격을 가지게 된다고 할 수 있지만 그것이 참으로 성숙한 상태의 현실에 관계하는 것이라고 말할 수는 없다. 오늘날까지도 많은 현실주의적 비평이 생경한 당위론의 되풀이가 되는 것을 우리는 보는 것이다. 유종호 씨가 해결하려고 했던 그리고 그에 대하여 그 나름의 전략을 찾을 수 있었던 문제가 오늘에도 상존하고 있는 것이다. 그러나 작품의 현실과 현실주의의 요구의 균형을 유종호 씨가 전혀 찾지 못한 것은 아니다. 그의 비평 활동의 중기에 그는 하근찬 씨의 작품 같은 데에서 그러한 균형을 보았다.[6] 하근찬 씨는 "외유내강한 리얼리스트"이다. 그의 문학은 "이 나라 사회의 병리에 대한 가장 날카로운 증언이 되어 있고 가장 뼈대 있는 문학적 저항이 되어 있는", 리얼리즘의 문학이다. 그것은 한편으로 "체험의 협소성에서 나온 창조적 불모의 자의식"이나 "언어의 상인"의 문학과는 먼 "오직 심장의 언어만"으로 쓰인 것이다. 그렇다고 그것은 "휴머니즘"의 문학도 아니다. "인간성의 신화[는]…… 현존 사회의 기존 질서를 승인하고 들어가는 순응주의가 빚어낸 허위의식"이다. 그러나 다른 한편으로 하근찬 씨는 요란한 저항, 증언 등의 제스처를 즐기지는 않는다. 그의 작품에는 "이른바 현실 고발이나 사회 현실에 깊은 관심을 표방하고 있는 작품에서 볼 수 있는 일체의 공식성, 의도의 노출, 성급한 시위성을 찾아볼 수 없다." 그의 진술의 의도가 어떤 것이든지 간에, 그것은 정확한 사실, 토착적 상황에서 나오는 토착적 언어, 면밀한 구성을 통하여 이루어진다. 이렇게 하여 하근찬 씨가 그려 내는 세계는 전형적 농촌이다. 그것은 전적으로 그럴싸한 세계이다. 그러면서

---

6 유종호, 「화해의 거부: 하근찬」(1966).

그것은 사회의 전체적인 고통에 이어져 있고 그것을 예시한다. 하근찬 씨가 이룩해 내는 것은 "당장 그리고 있는 소외의 현실에 충실하면서 그것을 넘어서는 포괄성을 가지며 전형적인 국면을 포착하는(해 내는) 관찰"이다.


**4**


　하근찬 씨의 작품들이 드물게 정직한 기율에서 나오는 것은 사실이지만 그가 참으로 포괄적이고 전형적인 현실 재현의 예를 보여 준다고 할 수 있을지는 알 수 없다. 그러나 대체적으로 현실주의의 요청과 현실이 맞아떨어지는 경우가 흔하지 아니한 것이 문학의 실상일 것이다. 이미 되풀이하여 비친 바와 같이 우리나라와 같은 사회에서의 리얼리즘 문학관의 패러독스는 현실주의가 현실을 찾지 못한다는 것이다. 근년에 와서 유종호 씨는 리얼리즘에 대한 학술적인 논문을 여러 편 썼다. 이것은 여러 군데에서 있었던 리얼리즘론들과 함께 시사적 요청에 답하여 이루어진 업적일 것이다. 그러나 동시에 문학 작품을 생각함에 있어서 시대의 삶에 대한 절실한 느낌과 그것에 대응하는 규범적 요구의 결합에서 생겨난 리얼리즘의 처방이 부딪히는 아포리아를 넘어서 문학과 시대의 상호 관련에 대한 보다 넓은 성찰을 꾀해 보고자 하는 노력이 이러한 리얼리즘 연구에 의식적 또는 무의식적 동기가 되었던 것이 아닌가 짐작해 볼 수도 있다. 하여튼 이러한 연구와 병행하여 유종호 씨의 비평은 한결 덜 재단적인, 텍스트의 여러 관련들을 지적하는 데에서 더욱 복합적인 종류의 것이 된 것으로 보이는 것이다. (이러한 변화는—변화가 참으로 있다고 한다면—연령의 탓으로 보아야 하는 것인지도 모른다. 깐깐하고 논리적이기도 하면서도 격정적이고 화려했던 문체는 근년에 와서 전에 비하여 훨씬 간결, 직설적인 것이 된다. 이것도 나이와 관계있는 것일까?) 문학과 사회에 대한 넓은 고찰이, 양자의 관계가 참으로 역사의 포괄적 움직임에 의하여 결정되는 것이라면 ─ 사실 인간사의 많은 것이 그러한 것이라면, 작품 하나를 두고 또는 어느 한 사건을 두고 일희일비하는 것은 부질없는 짓일 수밖에 없다.

리얼리즘의 논의는 근래 서구 소설의 발생을 이해하고자 하는 노력의 일부로서 일어난 것이다. 리얼리즘의 소설은 서양 근대사에 있어서 정치적, 사회적, 철학적 변화 ─ 앙상 레짐의 붕괴, 중산 계급의 흥기, 경험주의적, 개인주의적 인식론의 우세가 가져온 거대한 문화 혁명의 일부를 이루는 것이다. 그러면서 물론 그것은 역사의 진보적 경향, 특히 민중과 인간 해방의 동력을 나타내고 있는 것으로 해석되어 단순히 사회학적인 사실 이상의 규범적 가치의 담당자로 생각되어진다. 유종호 씨는 여기에 관한 논의들을 적절히 정리하여 소개한다. 그러나 리얼리즘 문학의 역사적 이해에 있어서 유종호 씨에게 더 강력한 설명력을 갖는 것은 스타일의 분리와 통합의 개념이다. 에리히 아우어바흐는 『미메시스』에서 근대의 혁명적 시각보다는 긴 서구의 역사를 통하여 서구 문학의 현실 재현 능력의 성장과, 한편으로는, 민중의 역사적 대두, 다른 한편으로는, 보편적 인간 이념의 확대의 병행을 추적한다. 이 과정에서 핵심적인 개념의 하나가 역사 변화에 대한 의식 내의, 그리고 문학적인 표시 기호인 스타일의 원리이다. 소재의 경중에 따라 달라져야 하는 것으로 생각되는 문체의 위엄의 높낮이는 사회 계급의 상하에 밀접히 관계되어 있는 것인데, 고대로부터 현대에 이르는 서양 문학의 발달은 한편으로 현실 재현의 계속적인 확대, 즉 인간 현실 묘사의 전면화, 다른 한편으로 계급적 구분의 타파를 뜻한다. 이러한 민주적 발전과 밀접한 함수 관계에 있는 것이 문체의 분리로부터 혼합에로 나아가는 문체의 발달이다. 이 변화에 대하여 유종호 씨가 전적으로 긍정적인 환영의 뜻을 가지고 있는 것은 말할 것도 없다.

사회 변화와 문학의 변화에 대하여 중요한 그리고 독자적인 유종호 씨의 관찰은 문학 형식의 부침도 민중의 상승에 병행한다는 것이다. 이것은 그가 같은 제목의 논문(1984)에서 '변두리 형식의 주류화'라고 부르는 것인데 이것은 주로 한국 문학에 있어서의 현상을 설명하는 것이지만 잠재적으로는 문학의 사회적 변화를 설명하는 데에 있어서 가장 포괄적인 개념이다. 그 자신 지적하고 있듯이 변두리 양식의 주류화의 가장 대표적인 예가 근대 문학 장르 중 가장 큰 장르인 소설이고, 스타일의 혼합은 양식의 민중적 변화라는 구조적 변화에 조응하는 구체적인 결(texture)의 변화라고 할 수 있기 때문이다. 본래 변두리 현실의 주류화라는 생각에 대한 암시는 러시아 형식주의에서 온 것이다. 익숙하던 서술의 방법, 관점, 전개 등을 창조적으로 전위함으로써 사물을 새롭게 보이게 하는 것은 문학에 두루 보이는 수법이다. 새로움의 놀라움이 지각의 조건인 것은 널리 주목되는 현상이다. 또한, 역으로, 묵은 것은 지각의 피로를 가져온다. 이런저런 이유로 하여 새로움은 예술에 있어서 특별한 위치를 가지고 있다. 시클롭스키(Viktor Shklovsky)는 지각의 갱신을 위한 문학적 수법으로서 '낯설게 하기'를 말하였다. 또 로만 야콥슨(Roman Jakobson)은 비슷한 새로움의 추구가 이유가 되어 시기에 따라서 '지배적' 장르가 바뀌게 됨을 말하였다. 유종호 씨는 이러한 러시아 형식주의의 착상들을 더 일반화하여 문학사뿐만 아니라 사회사 또는 일반적인 역사 변화의 현상으로 파악하는 것이다.

　위에서 말한 바와 같이 변두리 형식의 주류화 현상의 중요한 증거의 하나는 서양 근대 소설의 부상에 있지만 유종호 씨는 이 개념으로써 주로 한국 현대 문학을 설명한다. 한용운이나 김소월의 문학적 업적의 비결은 그들이 영감을 전통적인 관점에서 주류일 수가 없었던 지류 또는 지하수의 흐름으로부터 얻어 왔다는 데에 있다. 그러면서 그들은 이 비주류의 것을 우리 문학에 있어서 또 우리 사회의 체험의 배분에 있어서 한가운데에 놓이게 한 것이다. 이미 다른 사람도 지적한 바이지만, 독자는 이들 시인의 목소리가 여성의 것인 점에 주목할 수 있다. 이것이 그들의 시의 유연한 정서 표현에 관계되어 있는 것은 누구나 직감할 수 있는 것이다. 그런데 이러한 표현의 힘은 전통적인 내간체에 고유한 어떤 스타일의 힘에서 오는 것이다. 특히 김소월의 경우 그의 업적에 있어서 민요의 형식과 체험의 중요성은 절대적이다. 그러나 이러한 것들이 편리한 외형적 틀이나 진진한 소재의 발굴을 말하는 것만이 아님은 물론이다. 눌려 있던 내간체나 민요의 상승은 눌려 있던 사회 계층, 즉 여성과 민중의 상승을 뜻하고, 계급적 억압은 일반적으로 그 계층이 대표하는 인간성의 일부의 억압을 뜻하는 까닭에, 내간체나 민요의 부활은 시인의 — 물론 독자의, "물질적, 육체적 근원으로의 하강"과 그 상승을 위한 노력을 뜻하는 것이다.

한용운이나 김소월의 시 외에도 한국 현대 소설의 발생 자체가, 서양 소설의 경우와 마찬가지로, 변두리 형식의 부상을 뜻하는 것이지만(서양과 일본에서 이미 얻어진 소설의 높은 지위, 또는 높은 위광을 가진 외세의 문화적 장식으로서 본고장에서보다 더욱 높아진 지위와의 기묘한 연결 속에서), 유종호 씨는 근년에 와서 두드러지게 변두리 형식의 대두를 볼 수 있다고 생각한다. 가령 1970년대, 1980년대의 정치 투쟁의 격화와 민중적 에너지의 방출과 병행하여 보게 된 마당극의 실험과 같은 것이 그 가장 좋은 예이다. 또는 현저하게 판소리나 민요 그리고 시장의 민중 언어에 줄을 대고 있는 김지하와 같은 경우도 이 테두리에 든다. 그러나 이런 민중적인 관련이 두드러지지 아니하더라도 주요 장르를 주축으로 하여 서열적 사고에서 제외되기 쉬운 새로운 표현 양식의 가능성에 대하여서도 주목할 필요가 있다. 수필이나 르포르타주, 전기 등이, 유종호 씨의 견해로는, 중요한 문학적 내용을 담지 말란 법이 없는 것이다. 가령 그는 이영희 교수의 「전쟁과 인간」과 같은 기록이 그 리얼리즘이나 성찰의 깊이에도 불구하고 주요 양식의 밖에 있기 때문에 문학적 검토로부터 빠지게 되는 것을 유감으로 생각한다.

반드시 체제에 대한 대결의 형태를 취한 것은 아니라고 하더라도 역시 사회의 민중화 또는 대중화에 관계되는 여러 문화 산업의 산품들, 연속극, 베스트셀러 극장, 르포르타주, 수기, 전기 등의 많은 것도 비주류의 진출로 볼 수 있다. 유종호 씨는 이러한 것들에 대하여서도 개방적일 필요를 말한다. 그러나 오늘날의 대중문화 현상에 대해서는 환영보다는 비판의 느낌을 그는 가지고 있다. 어떤 경우에나 모든 민중적 또는 대중적 양식과 그 사례들이 문학이나 역사의 발전을 나타내는 것은 아니다. 그 많은 것이 사람의 자연스러운 문화 욕구를 오도하고 끝내는 사람의 심성 자체를 부패하게 하는 소비 문화의 판매 활동의 일부라는 사실에 눈을 돌릴 수는 없는 것이다. 또 반드시 그러한 흉물스러운 동기를 가진 것은 아니라고 하더라도 확대되고 이완된 표현 기회의 산물들이 드러내는 "엇비슷한 규격화, 상투형에 대한 권태 없는 의존, 몇몇 공식의 상습적인 응용, 삶의 진실로부터의 터무니없는 유리, 삶에 있어서의 비정을 벌충하려는 듯한 기세의 감상주의, 해묵은 것에 대한 병적 집착을 보여 주는 보수주의", "현실 고발이나 세계의 교화를 표방하면서 사실은 선정주의, 폭력과 성도착의 세계로의 편향을 보여 주는 경향", 내면성의 결여, 역사에 대한 영웅호걸주의나 음모주의적 해석(「거짓 화해의 세계」, 1984)들이 커다란 문제점을 갖지 않을 수 없는 것이다. 새로운 표현 가능성에 대하여 개방적 태도가 중요함에도 불구하고 모든 형태의 문학의 궁극적 기준은 그 "교화 기능"이고 "형성적 영향력"이다.(「변두리 형식의 주류화」) 또 문학의 임무는 "과부족 없는 자기 인식과 시민 정신과 시민적 세련을 성취하는 일"을 돕는 것이다.(「거짓 화해의 세계」)

변두리 형식에 대한 주목은 당대 비평적인 성격을 가지고 있으면서 동시에, 이미 말한 바와 같이, 사회와 문학의 관계에 대한 보다 넓은 연구 또는 성찰의 일부가 된다. 이것은 사실 당대적 관심의 초급함으로부터 조금 뒤로 물러나 사물을 살핀다는 것을 말한다. 그런데 이러한 연구를 전후하여 유종호 씨의 문학 비평 자체가 한결 더 여유 있는 것이 되었는지는, 위에서 그러하다는 의견을 비친 바 있음에도 불구하고, 분명한 것은 아니다. (어느 때에나 그것이 급하고 초조한 것은 아니었으나) 그러나 시사적인 것은 그의 문학의 사회적 조건에 대한 탐구가 소설의 사회사 그리고 그 예로서 염상섭의 소설에 경도하는 것과 같은 시기라는 점이다. 염상섭의 리얼리즘은 리얼리즘의 이상과 현실 사이의 고민을 잇지는 아니하면서도 사실성의 큰 근본을 벗어져 나가지 않는, 그리하여 완전히 "무이상, 무해결, 무관심"(「승리와 패배:「만세전」과 「일대의 유업」의 거리」, 1965)의 현실과의 타협에 끝날 위험에도 불구하고, 종국적으로는 현실의 우위를 고집하는 리얼리즘이다. 그의 작품들이 보여 주는 것은 현실에 대한 특수하고 이상적 해결이 아니라 그것의 엄청난 무게이다. 유종호 씨는 그의 염상섭론들에서 염상섭의 뛰어남을 주로 작가가 그려 내는 현실적 무게의 여러 모습에서 찾는다.

「이심(二心)」은 제한적이기는 하지만, 일제하의, 일제하이기 때문에 일어나는 삶의 왜곡을 다루고 있다. 유종호 씨가 주목하는 것은 그것 자체보다도 그것의 높은 사실성 또는 "경험 세계에 대한 뜻깊은 조응성"이다. 가령 주인공은 주로 환경과 나쁜 사람들의 순진한 희생물이지만, 염상섭은 이 순진성의 다른 면을 놓치지 아니한다. 그녀는 순진한 처녀이면서 동시에 그 나름으로 "깔끔하고 악지가 세고 사박스러운 성격"도 가지고 있다. 또 그녀의 행동도 이중적이고 모호한 것으로 드러난다. 그런데 이러한 성격이나 행동의 이중성은 단순히 개인의 우연성에 기인하는 것이 아니라 환경의 필연성 속에서 형성된 것이고, 유종호 씨의 해독에 의하면, "일제 치하에서 면종복배의 정신으로 살고 있는 작가 자신과 같은 많은 생존 방식에 대한 은유적 조응"이 된다. 또는 '주의자'로서 감옥을 살고 나온 남자

주인공은 고결한 '주의자'만은 아니다. 그는 그의 아내를 부정했다는 이유로 사창가에 팔아넘긴다. 유종호 씨는 이것을, "억압적 구조의 반인간성은 이렇게 희생자를 가해자로 변형시키면서 그 과정을 한정 없이 확대하고 재생산시킨다."라고 설명한다. 이러한 인물이나 상황의 이중성은 다시 말하면 비뚤린 개인 취미나 특이한 기교의 소산이 아니다. 그것은 "경험적 전체에 대한 작가의 포괄적 의지"의 표현이다. 거기에는, 다른 논문에서 인용하건대, "사태의 진전이 복합적인 원인에 의해서 이루어지는 것이며 단일한 원인을 추적하는 환원적 방법에 의해서 설명될 수 없다는 성숙한 현실 이해가 바탕에 깔려 있는 것이다."(「결혼의 사회경제적 기초: 염상섭의 『모란꽃 필 때』」)

「이심」의 상황은 일제라는 정치적 상황이다. 유종호 씨가 이것을 대전제로 유념하고 있는 것은 말할 것도 없다. 그러면서 그 정치적 상황이 구체적 인간 현실에서 만들어 내는 합병증에 주의하는 것이다. 주의의 초점에 있는 것은 일제의 탄압이 첨예화되어 있는 부분도 아니고 또 그것을 타도할 전략도 아니다. 그러므로 이러한 종류의 관찰은 조금 유장한 느낌을 줄 수 있다. 여기에서 이러한 머리카락을 가르는 구분을 해 보는 것은 유종호 씨의 염상섭론이 사회사적 고찰의 테두리에서 이루어지고 있음을 상기하자는 것이다. 사실상 사회사적 관심은 실천적 관심으로부터 거리가 있을 수 있는 것이다. 전자에 우세한 것은 실천보다는 인식의 가능성이다. 사회사로서의 문학의 정당성의 일부는, 유종호 씨가 인용하는 리오 로웬달이 말하듯이, "작가의 창조적 과업이 수행된 후에야 비로소 사회는 자신의 곤경을 인식하게 된다."라는 점에 있다. 이것은 우리 밖에 있는 사회 상황뿐만 아니라 우리 자신의 내면의 경우도 그렇다. 라몰 후작의 집에서 쥘리앵 소렐의 권태는 위기에 있는 구제도의 인습성에서 나오는 분비물이다.(「스타일 분리에서 혼합으로」) 서양의 '긍정적 사랑'이 보여 주듯이 사랑이란 것도 인위적인 구성물일 수 있다. 근대적 양성 간의 사랑은 핵가족의 이데올로기일 수도 있다. 그런가 하면, 유종호 씨가 분석하는 『모란꽃 필 때』가 보여 주듯이, 부르주아 사회에 있어서 사랑의 밑바탕에는 그 사회경제적 기초가 있게 마련이다.

그런데 이러한 관찰들은 어떤 사회적 의미를 갖는가? 얼핏 보아 그것은 사회 현실의 개선과의 관련에서 별로 실천적 의미를 갖는 것 같지 않고 호사 취미를 충족시켜 주거나 인간의 동기에 대한 냉소주의의 태도를 정당화시켜 주는 데 불과한 것으로 여겨진다. 그러나 인간의 참다운 자유는 이러한 종류의 자기 이해와 탈신비 — 비록 냉소주의나 허무주의에 이르는 한이 있더라도 — 과정을 거칠 수밖에 없다. 그렇지 않고서야 계급과 성과 종족과 또 다른 사회적 조건과 범주들이 구성해 놓은 자아가 원하는 것의 참뜻을 어떻게 알 수 있는가? 큰 상황이 만들어 내는 작은 인간적 합병의 상황에 대한 이해 없이 인간 해방에의 노력은 궁극적으로 헛된 연자방아 돌리기에 불과할 것이다. 인식 없는 실천은 공허하고 맹목일 수밖에 없다. 유종호 씨는 염상섭의 사회사적 관심을 당대의 역사 소설의 유행과 대비하여 다음과 같이 정당화하고 있다.

당시의 (8·15 전의) 작가들에게 있어 역사 소설은 여러 모로 손쉬운 현실 도망의 방편이 되어 주었다. 현실에 대한 불만을 가지고 있으나 미래에 대한 능동적, 진취적 구상을 가지고 있지 못하며 그 전망조차 불확실할 때 사람들은 지나간 과거에 대해서 애착과 그리움을 느끼게 마련이다. 뿐만 아니라 식민지 상황에 묶여 있는 작가에게 역사적 과거는 유서 깊은 독립 왕국으로서의 조국을 작품 배경으로 제공해 주었다. 따라서 역사 소설 쓰기는 한편으로 식민지 작가의 손상당한 자부심을 쓰다듬어 주면서 한편으로 독자들의 민족의식을 계도한다는 즐거운 선량 의식까지도 제공해 주었다고 할 수 있다. 역사 소설 쓰기에 열중한 작가들이 대체로 의식 있는 민족주의자로 자처했다는 것도 우연이 아니다. 한편 미래에 대한 독자적이고 체계적인 전망과 구상을 가지고 있는 사회주의를 진하게든 엷게든 수용했던 작가들이 역사 소설에 손대지 않았다는 것도 우연한 일은 아니다.

이러한 상황 아래에서 염상섭이 역사 소설을 쓰지 아니한 것은 당연하였다. 그 대신 그는 사회 소설을 썼다. "그의 역사의식은 염상섭으로 하여금 역사 소설 쓰기를 방지하고 그를 뛰어난 당대 사회의 역사 소설 작가로 남아 있게 하였다."(벽초의 『임거정(林巨正)』만이 예외였으나, 유종호 씨는 그것이 성공적인 것은 역사 소설임과 동시에 사회 소설이었기 때문이라고 말한다.)

그런데 일제하에서 산출된 이른바 역사 소설에 대한 비판은 모든 현실의 관념적, 낭만적 구성에 해당되는 것일 것이다. 그 구성은 모든 좋은 의도를 다 가지고 있을 수 있다. 그러나 구체적 사실의 시련을 통과하는 것이 아닌 한, 그것은 진정한 역사의식의 형성에 별로 도움을 주는 것이 아니다. 유종호 씨의 역사 소설 비판, 사회 소설 옹호는 철저한 경험적 사실 존중 또는 현실 존중으로부터 저절로 나오는 것이다. 그러면서 이러한 존중은, 진정한 사회 소설이 진정한 역사 소설이 되듯이, 경험적 사실, 주어진 현실을 넘어 역사의 미래로 나아가는 것이다. 이 후자의 가능성이 어디엔가 있다면 그것은 바로 현실 안에 있는 것이 아니면 아니 된다. 우리는 다시 한번 그의 사회사적 관심의 국면에서도 진보적 리얼리즘의 신조가 변함이 없음을 확인한다. 더 보탤 것이 있다면, 그것이 한결 더 구체적인 형태로 더 복합적인 관련 속에서 표현된다는 것이다.

물론 그것은 이미 처음부터 그러했고 또는 그러해지고 있었다고 할 수 있다. 가령, 1978년의 「가난, 소외, 농촌, 옛날」은 당시의 문제작들과 문제적 사회상을 일변하는 글인데, 여기에서 인간의 고통을 이야기하는 언어의 구체성은 매우 증후적인 것이다. 그것의 이데올로기적 공식과 다른 구체성은 아주 특징적인 것이다.

사람살이를 속절없이 처참하게 하는 것에 가지가지가 있지만 그중에서도 가장 두드러지고 근본적인 것은 굶주림을 핵심으로 하는 가난, 보람 없는 중노동과 고역으로 점철된 나날, 전쟁통에 생겨나는 참변이나 혹은 부당한 박해나 육체적, 정신적 곤욕 등일 것이다.

또는 『장길산』의 조선조 사회와 관련하여, 그는 "자연의 우연이나 인사의 포학에 대해 무방비 상태로 노출되어 있던 사람들에게서 삶의 덧없음과 갑작스러운 재앙과 죄 없는 어린이들의 떼죽음과 포악한 자들의 번창 등은 삶이란 무엇이며 어디에서 와 어디로 가는 것일까 하는 근원적인 물음을 간절하게 일으켰음에 틀림이 없다."라고 관찰한다. 이러한 비참성에 대한 구체적인 느낌은, 이 글에서 논의의 대상이 되었던 박경리 씨의 『토지』나 황석영 씨의 『장길산』에 대한 비판에서도 잘 나타난다. 유종호 씨는 이들 작품이 자연 상태의 사회를 낭만적으로 높이 치는 것, 그리하여 참으로 인간적인 문명의 필요를 경시하는 것은 인간의 고통의 구체적 존재 방식을 충분히 이해하지 못하기 때문이라고 말한다.

걸치는 옷가지가 적을수록 사회와 문명의 억압적인 제약도 적으리라는 생각은 대체로 허구였음이 드러났다. 설사 사람의 자연 상태가 문명의 억압적인 제약에서 벗어나 있다 하더라도 그것은 그만큼 자의적인 자연의 포학에 속절없이 노출되어 있다. 문화나 문명이란 단순화해서 본다면 자연의 자의적인 포학으로부터 사람들을 보호하기 위해서 마련된 보호와 질서의 체계일 것이다. 그런 의미에서 문자 그대로 방책이다. 그리고 이 방책이 크고 조밀하면

할수록 그 억압적인 요소도 증대하지만 그것은 방책이 제공하는 안전에 대하여 불가피하게 치러야 할 보상이라 할 수 있다.

위의 인용에서 인간 조건에 대한 구체적인 고려는 사회 제도에 대한 존중으로 옮겨 감을 우리는 볼 수 있다. 이것은 다시 사람의 삶의 전체적 조건에 대한 현실적 태도로 이어지는 것이다.


## 5

유종호 씨의 비평을 말하면서 빼놓을 수 없는 것은 그의 언어에 대한 관심이다. 그의 첫 출발의 가장 중요한 논문은 「언어의 유곡」이었다. 그는 그후로도 언어의 문제에 대하여 쓰기를 그치지 아니하였다. 1981년에는 「시와 토착어 지향」을, 1984년에는 「시인과 모국어」를 썼다. 1968년의 「한글만으로의 길」도 언어의 문제를 광범위하게 다룬 것이다. 이외에도 그의 평문에서 우리는 무수히 언어 — 문학 언어의 문제에 대한 언급을 만난다. 말할 것도 없이 언어가 문학의 핵심에 있고 유종호 씨가 끊임없이 이것을 의식하는 것은 당연한 (그러면서도 너무나 흔히 그렇지 않게 되는) 일이다. 그러나 언어의 문제가 유종호 씨에게 각별하게 중요한 것임을 주목하지 아니할 수 없다. 그리고 그에게 그것이 그렇게 중요한 것은 구체적인 현실과, 그 사회적 전체성 속에서 인간의 근본적이고 역사적인 소망을 간직할 수 있다는 의미에 있어서, 이상으로의 현실이 언어를 통하여 구출될 수 있기 때문이다.

1962년의 「현대시의 50년」에서 한국 현대시의 신기원을 이룩한 시인으로 정지용을 들면서 유종호 씨는 정지용의 "경이에 값하는" 작품의 선언적 의미를 다음과 같이 요약하였다. 즉 지용은 1) 시란 언어로 만들어지고 그것의 우열에 의하여 평가되어야 한다, 2) 언어 예술로서의 시는 자율적이어야 하며 정치 이데올로기에 의하여 지배되지 말아야 한다, 3) 우리말의 가능성은 정밀하게 탐구될 수 있다, 4) 정형에 입각한 구조(舊調)를 벗어난 내재율의 수립이 가능하다. —— 이러한 것들을 실례로서 보여 준 것이다. 여기에 이야기되어 있는 것은 정지용의 업적 내지 신조이기도 하지만 또 유종호 씨의 시에 대한 생각의 근본이기도 하다. 여기에서 특이한 것은 그의 시에 대한 생각이 얼핏 보아 비정치적이란 것이다. 물론 정치적 입장이 확실해짐에 따라 시와 정치에 대한 그의 생각은 조금 더 모호한 것이되었을 것으로 추측할 수는 있다. 그러나 결코 정치와 시 사이의 긴장을 그가 일방적으로 결정한 일은 없다고 하는 것이 옳을 것이다. 1989년의 『문학 개론』에서도 그는 시의 '우의적 해설', 즉 정치적 해석을 통한 시의 희석화를 분명하게 거부한다. 우리가 알아야 할 것은 이런 거부가 반드시 시가 궁극적으로 정치에 무관하다는 것을 말하는 것이 아니라는 사실이다. 어떤 관점에서 시의 정치적 의미는 그것을 정치적 이념에 충족시키기에는 너무 큰 것이다. 어떤 종류의 시적 영감이 느끼게 해 주는 높은 삶의 암시 없이는 정치는 무의미하다. 그리하여 이 시적 영감의 보존은 정치로부터 따로 있어서 오히려 격렬하게 정치적일 수도 있다. (관계는 조금 더 복합적이다. 다른 예에 비교하여 말하건대, 정치와 삶의 관계에서 정치가 삶을 위하여 있지, 삶이 정치를 위하여 있는 것은 아니다. 그러나 어떤 경우, 삶 자체를 위하는 길은 정치의 완성을 위하여 삶을 버리는 일일 수도 있다. 김수영이 말한 것처럼 시를 버리는 것이 시를 위하는 것일 수도 있다.) 유종호 씨의 시 예술론은 보다 큰 정치론의 일부이다.

위의 정지용의 업적에 대한 나열 중, 구조(舊調)의 문제는 유종호 씨의 견해가 바뀐 것으로 보는 것이 옳을는지 모른다. 위의 정지용 평가에서 이미 우리말의 가능성의 탐구가 중요시되고는 있지만, 그의 시에 대한 생각은 구조에 속한다고 하여야 할 민요에 대한 적극적 긍정에 점점 굳게 이어지기 때문이다. 이것은 그의 현대시사의 영웅이 정지용보다 김소월 쪽으로 기울게 되는 데에서 볼 수 있다. 그런데 이 경위에 대해서 생각하는 것은 바로 시의 정치적 의미에 대한 그의 견해를 알아보는 손쉬운 방법이다.

유종호 씨의 시에 대한 견해는 민요 또는 민요의 특징을 이루는 토착어 옹호에 집약된다. 그리하여 조금 기이한 집념으로도 보이는 나중의 극단적인 견해에서는 시인이 사용하는 토착어만이 시의 시금석인 양 주장되기까지 하는 것이다. 유종호 씨의 토착어에 대한 집착은 해묵은 것이다. 이것은 산문의 경우에도 일찍부터 그러하다. 그에게 하근찬의 우수성은 적잖이 그의 민요의 언어에 가까운 토착적 언어에 기인한다. 염상섭의 경우도 마찬가지다. 시인의 경우, 이미 말한 바와 같이, 김소월이나 김지하 또는 황진이 시의 뚜렷함은 거의 전적으로 그들의 토착어와의 관계에 힘입고 있다. 그러나 그의 토착어 숭배가 유종호 씨의 어떤 특이한 형식주의를 나타내는 것이 아님은 물론이다. 그가 토착어의 음악과 연상을 그 자체로 즐기는 것은 그의 진정임에 틀림없다. 그러나 이 즐김에는, 사람이 즐기는 모든 것이 그러하듯, 깊은 의미가 없지 않은 것이다. 다만 그것을 의도적인 의미의 선택에서 출발하는 것으로 아는 것은 잘못이다. 사람은 먼저 사랑하고 그다음에 그 의미를 발견한다. 이것은 삶의 참으로 중요한 많은 계기에서 그렇다. 문학의 경우도 그러한 것이 아닌가 한다.

의미의 관점에서 자명한 것은 토착어의 계층적 관련이다. 유종호 씨는 하근찬 씨의 언어를 논하면서 이미 그의 "어리수굿하면서도 사무치는 저항 정신이나 토착어 유머는 우리 민요의 가장 생기 있는 부분과 제휴되어 있다."라고 하고, 그의 자아를 앞세우지 않는 문체도 "집단적 감정과 의식의 대변자인 민요 시인과 연결되어 있는" 것이라고 말한 바 있다. 이것은 유종호 씨의 다른 시어론들에서도 되풀이되는 주제이지만, 그 민중적 관련은 토착어가 시어 또는 문학어가 되어야 한다는 주장의 중요한 근거이다. 그러나 토착어가 민중어이기 때문에 써야 되는 것이라고 한다면, 그것은 지당한 말이면서 너무나 미리 정해진 말일 수 있다. 문학의 특성은 그것이 미리 작정해 놓은 생각을 넘어가는 자연 발생적인 자유의 활동이라는 데에 있다. 그런 의미에서 그것은 언어에 대해서까지도 물신화된 처방을 싫어한다. 다시 말하여 사랑의 의무에 앞서는 자유의 영역이 예술이다. 유종호 씨가 토착어를 강하게 미는 이유는 그것이 바로 좁은 처방을 넘어가는, 사람됨의 전체의 자유로운 표현일 수 있기 때문이다. 또 이 전체성은 밖으로부터 걷어 모아 이루어지는 것이 아니라 사람의 깊이에 연결됨으로써 가능해지는 것이다. 이 깊이가 자연스럽고 자유스럽고 창조적일 때, 이 자연스러움, 자유스러움, 창조성의 결과가 바로 전체성을 이룬다. 유종호 씨는 어린 시절의 언어야말로 강력한 호소력을 갖는다고 말한다. 우리의 어휘 중에서도 기초적인 단어들이 특별한 힘을 갖는 것은 이로 인한 것이다.

기초적인 단어일수록 어려서 습득한 단어이고 따라서 그런 단어는 개개인의 의식 속에서 가장 오랜 역사를 가지고 있는 낱말들이다. 그 기원은 이제는 심층 속으로 잠겨 들어간 아득한 어린 날이다. 따라서 이런 낱말들로 구성된 시는 잃어버린 낙원의 심층부에 깊이 호소하는 힘을 가지고 있고 따라서 향수자는 민감하게 정서적인 전염을 경험하게 된다.(「시와 토착어 지향」)

우리말에서 토착어의 근원성은 그것이 어린 시절의 기초어라는 데에서부터 시작한다. 그것은 커다란 정서적인 호소력을 갖는다. 그러나 이 호소력은 더 많은 것에 결정적인 기초가 된다. 그것은 모든 것을 결정한다. 유종호 씨의 생각으로는, 토착어는 사고의 힘도 겸비한 언어이다. 이것은 토착어 지향의 시가 생각과 느낌의 통합에 실패한 한자어 시에 비하여 이러한 통합에 성공한 경우가 많다는 데에서 증거되는 것이다. 그것은 토착어가 많은 사람들의 경험과 그 표현과 전달에 관계되는 오랜 역사를 가지고 있는 말들이기 때문이라고 유종호 씨는 말한다. 그러나 여기에 추가하여 다시 중요한 것은 원초적 정서이다. 한자어 시에 비하여 토착어 시의 성공은 토착어의 사고 기능의 탁월함보다 사고의 조건으로서 정서의 선행 또는 병존이 필수적임을 말해 주는 면이 있는 것이다. 흔히 생각하는 것과는 달리 강력한 사고는 강력한 감정의 기초 위에서 가능한 것이다. 토착어의 정서적 근원성은 그 민중적 성격에도 중요한 의미를 갖는다. 위에서 말한 바와 같이 토착어는 민중의 언어이지만 또 공동체적 언어라고 할 수 있겠는데(민중이 다수라는 의미 이상을 갖는 것은 그 공동체적 성격 때문이다.) 토착어가 가지고 있는 것이 공동체적 합일의 근본이 되는 정서이다. 이 정서는 어릴 때의 낙원의 체험에 관계된다. 이 낙원, 유종호 씨가 잃어버린 낙원이라고 부르는 것이 정서의 원천이 되고 공동체적 이상의 원형이 되는 것이다. 이렇게 따져 볼 때 토착어가 매개하는 것은 자아의 내면과 내면, 느낌과 생각, 사람과 사람, 개인과 집단의 근원적 연결과 유대이다. 그것은 여기에 대한 자연스럽고 자유스럽고 창조적인 ── 일체적 체험의 모태를 이룬다. 바로 같은 상태에서 분출하는 독특한 사고의 표현인 문학에 그러한 토착어는 중요할 수밖에 없다. (그러나 모든 문학 언어는 토착어든 아니든 이러한 근원적 일체성의 언어라고 할 수 있다. 가령 유종호 씨의 예로도 김승옥 같은 작가의 힘은 "지적 체험을 감각적·정감적 체험과 마찬가지로 직접적·구체적으로 표출해 낼 수 있는 능력"이며 그것은 궁극적으로 "참신한 언어 재능"의 힘이다. 김승옥 씨를 우리는 토착적 작가 또는 토착 언어의 작가라고 할 수는 없을 것이다.)

　토착어의 중요성은 이와 같이 단순한 민족주의나 민중주의에서가 아니라 인간과 문학 언어에 대한 깊은 통찰에서 주장되는 것이다.(민족주의나 민중주의는 이러한 근거에서 긍정된다.) 시의 중요성은 여기에 있다. 물론 시의 기능은 더 부연 확대하여 말해질 수 있다. "삶의 외경과 신비에 대한 감각, 모든 생명 있는 것에 대한 공감과 연민, 고통받는 사람들에 대한 상상적 이해, 자연과 세계의 아름다움에 대한 경탄, 도덕적 염결성과 정의에 대한 간구, 그리고 보다 정의롭고 보다 사람다운 사회에 대한 지속적인 갈망과 같은 것의 끊임없는 세련과 재생산"에 시는 관계된다. 또 시인은 "조화로운 감정 교육, 균형 잡힌 전인 교육"의 담당자이고 "야만과 폭력의 논리를 거부하면서 인간에의 길을 꾸준히 모색하는 존재"이다. 그리하여 시인의 작업은 막중한 "시민적 책임"이 된다.(「시인과 모국어」) 그러나 이러한 시인의 일과 책임의 핵심은 단순한 그의 시적 작업에 있으며 또 그 작업은 토착어의 일체적 영감에 충실하는 것이다. 유종호 씨의 시적 영웅 김소월은 "구전적 전통과 변형된 회화체의 청각적 충실"을 통해서 자기를 형성하였다.

유종호 씨의 시적 언어는, 다시 말하여 자아와 공동체의 일체적 실현을 보여 주는 범례이다. 이것은 그가 소설과 사회의 현실주의적 추구에 있어서도 모색하던 이상적 상태이기도 하다. 다만 소설과 사회의 일체적 현실화, 엔텔레키아는 부재와 부정으로 채워질 수밖에 없다. 시의 순간에 그것은 조금도 실질적인 수가 있다. 물론 그것도 충만한 현실로 주어지기보다는 시의 과정에서 (또 소설을 포함한 모든 예술의 과정에서) 가능성으로 암시될 뿐이다. 그것은 위안의 성질을 가진 것이다. 시인의 시민적 책임이 수행되고 있는가? 그것은 일반적으로 인정되기나 한 것인가? 또 시에서도 토착시에 한정된 세계는 얼마나 좁은 것인가? 오늘날 토착어의 세계는 어떠한 상태에 있는가? 신경림 씨의 사라져 가는 농촌 공동체에 대한 민요시를 두고, 유종호 씨 자신은 오늘날 "구전적 전통에의 하강적 회귀"는 불가능하다고 말한 바 있다. 오늘의 시인은 다른 모든 삶들과 더불어 거친 현실을 살면서, 그의 시적 순간에 그것의 부드러움을 산다. 유종호 씨가 한 글에서 인용하고 있는 시에서 브레히트는 말한다.

신발보다 더 자주 나라를 바꾸면서
불의만 있고 분노가 없을 때는 절망하면서
계급이 전쟁을 뚫고 우리는 살아
오지 않았느냐.

그러면서 우리는 알게 되었단다.
비천함에 대한 증오도
표정을 일그러뜨린다는 것을.
불의에 대한 분노도
목소리를 쉬게 한다는 것을. 아, 우리는

친절한 우애를 위한 터전을
마련하고자 했었지만
우리 스스로가 친절하지 못했단다.

브레히트는 분노가 없을 때의 절망과 분노의 추함과 그런 가운데 비치는 친절과 인간애와 관용성을 다 같이 생각하였다. 현실 속에 산다는 것은 이 모든 것을 거머쥐는 일이다. 그것은 모순을 사는 끊임없는 진동이며, 불안과 피곤이다. 그러면서 주어진 세계에서 보람 있는 삶의 실현에 가까이 가려는 노력이다. 이번 선집에서 유종호 씨의 머리말은 애상적이다. 우리는 그의 애상의 말에서 현실과의 씨름이 가져온 피로를 느낀다. 보람의 열매는 부질없는 씨름이 아닌 다른 곳에 열리는 것인지 모른다. 그러나 다른 어떤 곳이 있는가? 삶의 현실은 주어진 현실일 뿐이다. 물론 유종호 씨는 이 현실에, 그 막힌 무게와 있을 수 있는 가능성과 그리고 무엇이 어찌되었든, 지금 여기의 삶의 조화와 풍요에 충실하였다. 그의 현실과의 씨름의 궤적에 우리는 경의를 표해 마땅하다.

(1991년)

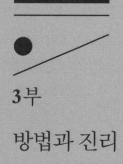

3부

방법과 진리

# 서양 문학의 유혹

문학 읽기에 대한 한 반성

## 1

오늘날 서양 문학은 상당히 번성하고 있는 학문 분야임에 틀림이 없다. 우리나라에서 학문의 서열과 인기의 쉬운 척도가 되는 대학 입학 지망생들의 선택을 보아도 서양 문학의 성가가 높음을 알 수 있고, 출판에서 차지하고 있는 번역 문학의 비율이나 각각의 외국어를 중심으로 한 학회의 회원 수나 활동 상황으로 보아도 그렇다. 이러한 서양 문학의 번성에는 그럴 만한 이유가 있다. 우선 서양 문학 그것보다는 서양어의 실용적 의미가 거기에 크게 작용할 것이다. 조금 더 막연한 이유는 외국, 특히 서양에 대한 동경에서 찾을 수 있을 것이다. 이것은 우리가 그렇게 의식하든 안 하든, 서양의 힘의 매력에 힘입은 것이다. 그렇다고 해서 우리가 반드시 힘의 경배자라는 것은 아닌데, 힘의 묘미는 그것이 노골적인 힘으로가 아니라 막연한 신비와 아름다움과 진리의 모습으로 우리 마음을 사로잡는다는 데 있다. 물론 서양의 매력은 좀 더 순수한 것일 수도 있다. 어떤 경우에나 그것이 서양이든 아니든 먼 것에 대한 동경은 젊은 시절에 있어서 정신적 모험의 가장 강력한 동기가 되는 것이다. 거기에다가 서양 문화와 같이 그 이룬 바가 적지 않은 경우, 그 견인력은 더 클 수밖에 없다. (물론 가장 순수하고 낭만적인 경우에도 자기 현실에 대한 혐오가 은근히 작용하고 있을 가능성을 배제할 수는 없다.)

하여튼 이러한 모든 낭만적·현실적 동기와 현상이 오늘날 우리나라에 있어서의 서양 문학 번창의 근저를 이룬다 하겠는데, 다른 한편으로 서양 문학의 표면적 번창에도 불구하고 반드시 만족할 만한 것이 아닌 것도 또하나의 부정할 수 없는 사실이다. 이것은 오늘날 우리나라의 서양 문학 이해와 연구의 수준이 만족할 만한 것이 아니라는 것을 두고 하는 말인데, 이것은 단순히 연구의 양과 질의 향상만으로는 해결할 수 없는 근본적 문제점에 이어져 있는 일이다.

어떤 동기에서 출발했든지 간에 서양 문학을 그 자체로 연구하려고 마음먹는 사람은 조만간에 그에게 닥치는 무력감 또는 좌절감을 면할 도리가 없게 된다. 이것은 한편으로는 문학 연구가 이성적 훈련으로써 정복될 수 있는 일정한 방법론과 대상을 가진, 본연의 의미의 학문 또는 과학이 아니라는 사실에 기인한다. 문학 연구에 방법이 있다면 그것은 생활 세계의 경험을 통하여 미리 주어지는, 직관적 방법이며, 어떻게 말하면, 눈치의 방법일 뿐이다. 그런데 외국 문학 연구에 있어서, 어떻게 이러한 생활 세계와 그것에 서식하는 언어에 대한 내적 친숙성을 얻을 것인가? 다른 문화와 언어 속에 자라난 사람에게 이것은 거의 희망할 수조차 없는 것으로 보인다. 그렇긴 하나 이것이 전혀 불가능한 것은 아닐 것이다. 두 개 이상의 문학에 능숙한 경우들을 서양에 있어서 볼 수 있는 것이 아닌가. 서양 문학 연구를 위한 근본적인 준비가 어렵다면, 여기에는 또 하나의 원인이 들어 있는 것으로 보인다. 그것은 우리나라에서 서양 문학 연구의 의의가 분명치 않다는 점이다. 이 의의의 부재 또는 불투명성이 우리의 서양 문학 연구에 대한 동기를 근본으로부터 무화(無化)해 버리는 것이다. 동기가 연약한 연구가 시들해지는 것은 당연하다. 서양 문학 연구가 근본적으로 매판적 성격을 가지고 있다는 일부의 극단적 회의를 문제 삼지 않는다 하더라도, 서양 문학의 연구가 도대체 우리 사회에 어떤 관계를 갖는 것인지 ─ 우리 문화에 대한 기여가 어떠한 것인지 ─ 모두가 분명치 않은 것이다. 물론 학문이 반드시 실용성에 의하여 정당화되어야 하는 것은 아니다. 그리고 어떤 경우에나 실용성이 좁게 해석될 필요는 없다. 그러나 어떤 인간의 노력이 문화의 장식이 된다는 정도의 쓸모라도 있어야 우리는 그 노력에 종사할 의욕을 가질 수 있다. 이 쓸모의 지평 의식이 없는 곳에, 다시 말하여, 우리의 작업이 어떻겐가, 몇 가지의 매개 단계를 통해서라도 우리 사회와 문화에 기여한다는 느낌이 없는 마당에 그것이 심각성을 띨 수는 없는 일이다. 우리의 작업은, 기껏해야, 사실 우리나라에서 씌어지는 많은 외국 문학 논문이 그러하듯이, 개인적인 취미와 세련의 행사에 그치고 말게 되고 또 국가적·문화적 자원의 낭비라는 꺼림칙한 느낌을 벗어 버릴 수가 없는 것이다.

사실 현실과 지적 작업의 관계에 대한 모호성은 모든 서양 학문이 다 가지고 있는 것이라 할 수 있다. 다만 문학의 경우보다 본격적인 학문들이 이점을 덜 의식하는 것은 그 학문들이 내거는 보편성의 주장 때문이다. 서양 철학, 서양 사회학, 서양 경제학은 단순히 서양의 사실을 다루는 것이 아니라 보편적 사실과 그 원리를 겨냥한다는 주장을 가지고 있는 것이다. 서양의 사회과학이(학문적 방법론을 가진 여러 학문 가운데에서도 자연과학 다음으로는 철학과 같은 학문보다 경제학과 같은 사회과학이 적절한 예가 될 것이다.) 보편적 법칙을 이야기할 수 있고, 그렇기 때문에 서양의 현실만이 아니라 우리의 현실도 이야기할 수 있다면, 그것은 그러한 학문이 객관적 대상의 세계를 다루고 있다고 생각되기 때문이다. 이에 대하여, 문학이 보여 주는 것은 주관적 체험의 세계이다. 이것은 전혀 자의적이며, 보편적 법칙에 의하여 체계화될 수 없는 세계이다. 이러한 이유로 하여 서양 문학의 체험은 우리 현실에 별다른 관계를 가질 수 없는 특수한 사례에 불과한 것으로 생각될 수 있는 것이다.

물론 문학의 체험이야말로 보편적이라고 하는 주장이 있는 것도 사실이다. 이러한 문학의 보편성에 대한 주장은 상당히 널리 받아들여지고 있는 생각으로 『세계 문학 전집』과 같은 기획의 배후에도 들어 있는 전제이다. 사실 우리는 인간의 주관성이 시대와 장소를 초월하여 보편적 호소에 열려 있다고 말할 수 있다. 이로 인하여 이곳의 인간은 저곳의 인간의 어려운 형편에 공감할 수 있으며, 호메로스의 영웅들은 오늘의 우리에게 이야기를 걸어 올 수 있다.

그러나 주관과 주관이 외적 조건을 건너뛰어 서로 공감할 수 있다는 사실에 나타나는 보편성은 추상적 보편성에 불과하다. 참다운 보편성은 현실 속에 뿌리내리고 있는, 현실의 원리로서의 보편성이어야 한다. 우리가 대중 잡지에 나오는 실화의 주인공이나 시공간을 초월하여 우리에게 이야기해 오는 세계 문학의 걸작의 주인공에게 공감할 수 있는 것은 사실이며, 또 이것은 놀랍고 귀중한 인간의 감성의 한 면이다. 그러나 이 공감의 바탕을 이루는 인간의 보편성은 그러한 주인공과 우리 자신과의 현실적 기초 위에 서 있는 것이 아니다. 현실적으로 실화의 주인공과 우리, 소설의 주인공과 우리는 건너뛸 수 없는 수많은 장애물에 의하여 갈라져 있는 것이다. 마담 보바리가 그녀가 읽었던 소설들에 공감한 것은 바로 주관과 주관을 연결해 주는 인간의 보편성에 입각하여 가능한 것이었지만, 이 보편성을 하나의 환상이 아니라 현실로 착각했을 때, 그녀의 운명은 비극으로 끝날 수밖에 없었다. 보바리즘이 나타내는 공감은 하나의 보편성의 가능성이지, 그 현실은 아니다. 이것은 추상적인 차원에 머물며, 매우 특수하고 자의적인 현실의 표면에 명멸하는 귀화(鬼火)와 같은 것이다. 그런 의미에서, 그것 자체는 자의적인 주관적 환상에 불과한 것이다.

이렇게 말하고 보면, 앞에서 비쳤던 바와 같이, 문학이 보여 주는 주관적 체험의 세계는, 문자 그대로, 객관성도 보편성도 없는 것처럼 보인다. 그러나 문학에 객관적 보편성은 참으로 없는 것일까? 우리가 문학에서 배우는 것이, 단순히 흥미로운 실화에 한정되는 것이 아니라고 할 때, 문학에 객관적 보편성이 없다고 할 수는 없을 것이다. 다만 그것은 어떤 법칙적 일반성에서 찾아지는 것도 아니고, 주관과 주관의 공감에서 얻어지는 것도 아니다. 어떠한 고전적 작품도, 그것이 고전적 작품의 높이를 지니고 있는 한, 오늘의 우리에게 이야기하여 주는 바가 있다. 그런 점에서 그것은 보편적 의의를 지니고 있다. 그러나 이때의 보편성은 우리의 주관적 일치의 가능성이란 의미에서의 보편성이 아니라, 인간의 구체적인 현실로서의 보편성의 전범을 보여 주는 데에서 성립하는 것이다. 이것은 고전적 작품 속에 사실의 총체로서 예시된다. 물론 이렇다는 것은 고전적 작품이 어떤 이상적 현실만을 보여 준다고 말하는 것이 아니다. 그것은 당대 현실의 움직임 속에서 — 다분히 갈등과 투쟁의 움직임 속에서 — 암시되는 인간의 보편적 가능성에 불과한 것이다. 그러나 지시하는 것이 이러한 불완전한 보편성이기 때문에 오늘의 우리에게 더 강력한 전범이 되는 것이라고 할 수도 있다. 이 고전의 전범이 평정을 보여 주든, 갈등과 모색을 보여 주든, 그것은 우리의 독서를 통하여 오늘의 현실을 보편성을 향하여 열어 놓는다. 이렇게 그것은 인간이 주체적 존재로서 존재하며 보편적 가능성을 향하여 노력하는 존재라는 것을 예증해 주는 것이다.

그런데 여기의 보편성은 단지 추상적인 전범으로보다는 구체적·역사적 업적으로서 존재하는 것이다. 문학을 읽는다는 것은 이 역사적 업적으로서의 보편성에 참여하는 것을 말한다. 그러나 아직도 보편적 세계사가 현실적으로 존재하는 것이 아닌 한, 이 업적은 한 민족사 또는 문명사 속에서만 의미를 갖는 것으로 생각된다.

그러니까 문학에도 보편성이 없는 것은 아니다. 그것은 법칙적인 것이 아니면서도 직접적 공감의 대상이 되는 개인적 체험을 넘어간다. 이것을 불러 우리는 역사적 보편성이라 할 수 있다. 그것은 보편성이면서 그것을 만들어 낸 역사의 내부로부터 획득되는 보편성이다. 따라서 그것은 어느 정도는 그 역사의 밖에 있는 사람에게 닫혀 있는 것이다. 외국 문학, 특히 우리에게 서양 문학의 문제는 이러한 문학의 특수한 보편성이 드러내는 난점에 관계되는 것이다. 궁극적으로 문학의 교육적 의의는, 이미 비친 바와 같이, 역사적 현실 속에서 구성되는 주관의 보편성의 각성에 있다. 이것은 외국 문학의 경우에는 성립할 수 없는 것처럼 보인다. 우리는 다음에서 이 난점에 대하여 생각해 보고자 한다. 이것은 위에서 간단히 비친 바와 같이 결국 문학의 보편성에 대한 보다 복합적인 성찰이 될 것이다.


## 2


위에 비친 바를 다시 간단히 말하면, 문학의 의의는 그 문화 전통 속에서만 얻어진다는 것인데, 이 관점에서 서양 문학은 우리에게 아무런 의의도 지닐 수 없는 것이라고 말할 수도 있다. 그러나 되풀이할 것도 없이, 서양 문학은 대학의 학과로서, 번역 문학으로서, 또 사실 잘 들여다보면, 우리의 현대 문학을 만들어 낸 사람들의 교육 내용으로서, 우리 문화의 빼놓을 수 없는 일부가 되어 있다. 필요한 것은 이러한 사실의 원인을 생각해 보고, 또 정녕코 그것이 우리 문화에 대한 숨은 원천의 하나라고 할 때, 그 영향과 기여의 맥락을 의식화해 보는 일이다.

어떤 경우에나 문학의 매력 또는 영향을 의식화하는 것은 매우 어려운 일이다. 플라톤은 육신의 양식과 정신의 양식을 구분하여 말하면서, 전자는 사절할 수도 있는 것이지만, 후자는 언제나 이미 취해 버린 것이라고 말한 바 있다. 정신적 노작의 출발점은 이미 우리 속에 생성되어 있는 '편견'일 수밖에 없다는 점을 예시하기 위해서 한스 게오르그 가다머는 어느 논문에서 이 플라톤의 말을 들고 있는데[1] 모든 정신의 양식 가운데 가장 이미 우리가 먹어 버린 것에 해당하는 것이 문학에서 오는 양식일 것이다. 그리하여 우리는 문학의 경우 또는 우리 정신 내용을 이루는 데 중요한 역할을 한 문학적 소재의 경우, 무엇을 어떻게 먹었는지도 퍽이나 알기가 어려운 것이다. 문학의 매력은 또 그 위험은 ─사실상 우리의 정신에 근본적 영향을 끼치는 것은 대체로─이와 같은 것이라는 데 있거니와, 그것은 우리 자신도 모르게 우리의 마음에 영향을 주고 우리의 마음의 모양을 바꾸어 놓아 버린다.

우리는 문학 작품을 가장 쉽게, 가장 죄 없는 순진한 오락으로 처음 접하게 된다. 그리고 그것이 끄는 대로 끌려가다 엉뚱한 곳에 이르게 되는 것이다. 그러면서 우리가 이른 곳이 어떤 마술의 땅인가도 알지 못하는 것이다. 문학은 우리에게 가장 낮은 목소리로 말하고, 때와 장소만을 바꾸었더라면 우리가 보았음 직도 한 광경을 펼쳐 보여 준다. 그리하여 그 목소리는 거의 우리 자신의 목소리가 되고 그 광경은 거의 우리 눈으로 보는 광경이 된다. 문학 예술의 체험은 '감정 이입'이라는 동화 현상, 또는 '불신의 자발적 중단(a willing suspension of disbelief)'이라는 일체적 신뢰를 통하여 이루어진다고 말하여져 왔거니와, 이것은 문학이 밖으로부터 대결해 오는 것이 아니라 우리의 마음 가운데로부터 마치 우리 마음 그 자체인 것처럼 작

---

[1]  Hans-Georg Gadamer, *Philosophical Hermeneutics*(Berkely, 1976), p. 9.

용한다는 것을 말하는 것이다. 보바리즘적 현상, "스스로를 있는 그대로의
자신과 다르게 상상하는 기능"²도 이러한 문학의 본질적 작용에 기인하여
일어나게 되는 것이다.

　보바리즘의 위험을 내포하면서, 모든 문학 또 모든 예술 체험은 내면의
경로를 통한 전염의 가능성을 가지고 있다. 그것이 문학의 전달의 수단이
다. 그러나 이 내면으로부터의 전염은 서양 문학, 그중에도 서양 현대 문학
의 특징이 되는 것으로 보인다. 그것은 서양 문학이 인간의 내면적 상태에
민감한 문학이라는 데 관계된다. 내면은 내면을 부른다. 여기에서 내면의
상태란, 심리적인 의미에서 파악된 것을 말하는데, 이 심리는 모든 충동과
욕망과 정신적 동경을 두루뭉수리로 싸잡아 가지고 있는 개인의 마음의
움직임을 지칭한다. 나는 한 인도의 문학자가 "심리란 서양이 발명한 위대
한 도착증"이라고 말하는 것을 들은 일이 있지만, 서양의 현대 문학은 변
덕스러우면서 많은 것을 수용하고 또 하나가 되는 자아에 대한 집착에 기
초해 있는 것으로 보인다. 아우어바흐는 서양에서 최초의 현대적 인간관,
경험적이고 개인적이며 문제적인 인간관을 표현한 사람으로서 몽테뉴를
든 일이 있지만, 몽테뉴는 "세상의 모든 일 가운데 가장 위대한 것은 자신
의 주인으로 있는 일"이라고 말하고, 이 자신을 모든 세간적인 관심과 감
각적 쾌락 가운데 일관적으로 있는 자아로서 받아들였다.³ 종교적·도덕적
개념 속에 제약되는 인간에 대하여 이러한 세속적이고 자연스러운 인간의
이해는 과연 르네상스 이후 서양 문학의 한 근본 전제처럼 생각되는데, 자
연스럽게 또는 심미적으로 파악된 자아 중심적 태도는 낭만주의를 거쳐
다시 한 번 강화되면서 어느 때보다도 세간적이라 할 수 있는 현대의 문학

---

2　쥘 드 고티에(Jules de Gautier)의 말. 김화영, 「보바리 부인과 스타일」, 김우창·김흥규 엮음, 『문
　학의 지평』(고려대학교출판부, 1984), 109쪽에 인용되어 있다.
3　Erich Auerbach, *Mimesis*(Bern u. München: Francke Verlag, 1977), p. 295에 인용되어 있다.

에 이어지는 것으로 보인다. 우리가 서양 문학에 끌리게 된 것은 역사적으로 이와 같이 강화된 경험적 내면성 때문이 아닌가 한다. 이러한 내면성은 우리의 전통에서 두드러지게 눈에 띄는 것이 아닌 만큼 우리가 서양 문학에 끌리는 데는 어떤 역사적 불가피성, 운명적 관계가 있는 것처럼도 생각된다.

그러나 여기에서 다시 한 번 주의해야 할 것은 이러한 서양 문학의 유혹은 단순히 문학적 의식에 한정되는 것이 아니라 인간 이해의 전면적인 새로운 조종을 요구한다는 점이다. 이미 비친 바와 같이, 서양 문학의 내면성은 종교적·도덕적 가르침에서 말하는바 사람의 마음속에 움직이는 형이상학적 가능성을 말하는 것이 아니다.(가령 우리 전통에서 이야기되는 본연지성과 같은 것이 아니다.) 그것은 경험적 내용의 자아이다. 그리고 여기에서 핵심이 되는 것은 욕망이다. 이 욕망이 인간 이해의 조직 원리가 되는 것이다. 서양 문학의 체험은 알게 모르게 이 원리의 타당성을 설득한다.

이미 말한 바와 같이 문학의 독서는 주관과 주관의 일치를 통하여 가능하여진다고 하겠지만, 이것이 단순한 정태적 공감에서 동태적 공감이 되는 것은, 또 이렇게 하여 강력한 일치가 되는 것은, 우리가 주인공의 욕망에 일치하여 그 욕망의 추이에 빨려 들어가기 때문이다. 이것은 다시 한 번 보바리즘에서 우리가 잘 살필 수 있는 것이다. 르네 지라르가 말했듯이, 에마 보바리의 비극은 그녀가 자기도 모르게 다른 사람의 욕망 — 그녀가 독서에서 전달받은 다른 사람의 욕망 — 에 의하여 소유된 데에서 발생한다.[4] 그런 의미에서 고티에의 말처럼 에마는 "일정한 성격, 자신의 독자성을 결여"[5]하고 있다고 할 수 있다. 그러나 에마가 다른 사람의 욕망에 의하

---

4  René Girard, *Deceit, Desire and the Novel*(Baltimore: Johns Hopkins University Press, 1965), p. 5 및 여러 곳. *Mensonge romantique et rerité romanesque*(Paris: Gallimard, 1961)의 영역.

5  Ibid., p. 63.

여 소유되는 것은 스스로의 욕망을 그것에 대하여 개방함으로써이다. 그 녀는, 의식적으로든 무의식적으로든, 자신을 욕망의 존재로 파악하고 있 는 것이다. 다만 그녀는 이 욕망의 내용을 자신의 독자성으로 채워 넣지 못 하고 있을 뿐이다. 우리가 문학 작품을 읽는 것은 에마 보바리와 같이 욕망 의 존재로서이다. 이 욕망이 독자적이냐 순정한 것(authentic)이냐 하는 것 은 우선적인 문제가 아니다. 문학의 자아는 이 욕망에 의해 깨어난다.

문학 체험에서의 욕망과 자아의 중요성은 문학이 사춘기(思春期)의 청 소년에게 갖는 강한 매력에서도 볼 수 있다. 특히 서양 문학의 매력은 사춘 기에 강하게 작용한다. 사실상 사춘기는 서양의 현대 문학을 통해서 그 존 재론적 정당성을 얻게 된다고 할 수 있다. 원초적인 의미에서의 우리의 자 아의식은 의지와 의지에 저항하는 세계에서 생겨난다. 우리가 의지를 처 음으로 강하게 경험하는 것은 사춘기의 성적 자각을 통해서이다. 이 자각 의 주체화는 흔히 문학에 의하여 매개된다. 그리하여 사춘기에 문학 작품 또 일반적으로 예술에 친숙해지는 것은 우연이 아니다. 많은 사람들의 경 우 문학에 대한 본격적인 입문은 낭만적 사랑의 이야기를 통해서이다. 사 실적 조사가 필요한 일이겠으나 우리의 청소년이 문학 작품을 처음으로 의식을 가지고 읽는다고 할 때, 그것은『젊은 베르테르의 슬픔』,『춘희(椿 姬)』,『좁은 문』및 헤세의 작품들과 같은 낭만적 청춘의 이야기가 되는 것 이 아닌가 한다.

우리나라에서 최초로 서양 문학 또는 일본 문학의 영향 아래 소설이 씌 어지기 시작하였을 때, 주요한 제재로 등장한 것이 자유연애의 문제라는 것도 이러한 맥락에서 이해될 수 있다. 물론 사랑의 주제는 어느 문학에나 공통된 것이다. 이것을 빼놓고 문학 또는 예술을 말한다는 것은 이러한 사 랑의 문제가 서양 문학에 있어서, 특히 골똘한 가치의 대상이 되었다는 점 이다. 사랑의 성취와 생명의 완성을 일치시키려는 베르테르의 생각은 전형적인 것이다. 이러한 사랑의 가치화는 '궁정적 사랑(courtly love)'에서부터 서양에 존재해 왔던 것이지만, 이것은 낭만주의에 와서 다시 한 번 서양문학의 과결정(過決定)된 주제가 된다. 우리의 전통 문학에서도 사랑의 문제 또는 성의 문제는 중요한 것임에 틀림이 없다. 다만 그것이 삶의 가치에서 중심적인 것으로 생각될 수 없었다. 그것에 대한 낮은 평가는 결국 그러한 문제를 중심적으로 다루는 문학의 장르 자체의 격하에서도 표현되었다. 이광수 이후의 문학에서 달라진 것은 이러한 가치 서열이다.

이렇게 이야기하면서, 또 흥미롭게 생각할 수 있는 것은 가치 서열의 전도, 또 그에 따른 사랑의 가치 상승에 작용하고 있는 의식상의 변화이다. 그러니까 우리가 개인적으로 체험하는 서양 문학에 의한 의식의 변화는 우리 신문학의 역사에 확대되어 나타나고, 또 그러니만큼 어떤 역사적 필연성이 있는 것처럼도 보이는 것이다. 김윤식, 김현 양 씨의 『한국문학사(韓國文學史)』는 초기의 개화인들에게 자유연애론이 얼마나 충격적이었던가 하는 것을 예증하면서, 그 사례로서 『무정(無情)』에 나오는 주인공들의 한 대화를 들고 있다. 이것은 서양 문학이 표현하는 바와 같은 서양적 체험이 우리의 의식 가운데 어떤 변화를 가져오는가를 잘 보여 주는 것으로 취하여질 수 있다.

[형식은] "선형 씨는 나를 사랑합니까?"
하고는 선형의 눈을 보았다.
선형은 하도 뜻밖의 질문이라 눈이 둥그레진다.
더욱 무서운 생각이 난다. 실로 아직 선형은 자기가 형식을 사랑하는가 하지 않는가를 생각하여 본 적이 없다. 자기에게는 그런 것을 생각할 권리가 있는 줄도 몰랐다. 자기는 이미 형식의 아내다. 그러면 형식을 섬기는 것이 자기의 의무일 것이다. 아무쪼록 형식이가 정답게 되도록 힘은 썼으나 정답게 아

니 되면 어찌되겠다는 생각은 꿈에도 한 일이 없었다. 형식의 이 질문은 선형에게는 청천벽력이었다.[6]

이러한 부분에서 보이는 것은 단순한 남녀 간의 사랑의 묘사가 아니다. 여기서 주장은 그 사랑이 생각의 대상으로, 의식의 대상으로 정립되어야 한다는 것이다. 그리고 그것은 정당한 자아의 '권리'의 일부를 이룬다는 것이다. 『무정』의 이러한 구절에서 우리는, 사랑이 사실로부터 의식으로, 의무로부터 가치 또는 권리로 바뀌는 것을 본다. 이런 의미에서 자유연애에 대한 각성은 주체화된 자아의 내면적 각성의 한 계기가 되는 것이다.

이렇게 사랑의 각성은 자아의 새로운 구성에서 하나의 계기가 된다. 되풀이하건대, 전형적 문학의 체험이 사랑에 관한 것임은 틀림이 없지만, 다만 서양 문학의 영향하에 이루어진 신문학에서, 이것은 의식화되는 것이다. 이것은 한국의 자아의 역사에서 매우 중요한 전환점을 나타낸다. 이제 사랑 또는 인간의 감각과 관능 또는, 일반적으로 말하여, 욕망은 자아 구성의 중요한 원리로서 생각되게 된 것이다. 다시 말하여 자각된 욕망이 자아의 조직과 지속의 원리로서 내세워지는 것이다. 그리고 이러한 주장은 전통적 자아관 또는 인간관에 대한 반대 명제가 된다. 전통적 자아관에서 성에 대한 것을 포함한 인간의 욕망은 사실로서 인정될망정, 원리로서 또는 권리로서 인정될 수 있는 것이 아니었다. 그것은 사실로는 인정되더라도, 높은 사회적 규범 또는 철학적 수양의 규범에서 점차적으로 배제되어야 하는 어떤 것이다. 새로 등장한 것은 사회적·규범적 자아에 대하여 욕망을 주축으로 하는 개인적 자아이다.

---

6  『이광수전집』(삼중당, 1971), 250쪽 ; 김윤식·김현, 『한국문학사』(민음사, 1973), 119쪽에서 재인용.

『무정』을 서양 문학적 체험을 처음으로 기록한 것이라고 할 때, 여기에 나타나는 욕망과 자아의 인식은, 이미 비친 바와 같이, 우리 사회 내면의 역사에 하나의 결정적인 전기를 기록하고 있는 것이다. 이러한 깊은 내면적 변화는 개인적인 독서의 체험에서도 대체로 일어나는 것이다. 그 변화는 의식하든 안 하든, 주제화되든 아니 되든, 욕망의 자아에 대한 존재론적 정당성을 부여한다.

그러나 그것은 현실 속에 자리 잡는 것은 아니다. 서양적 문학 체험의 기록이라고 할 수 있는 신문학이 보여 주는 것은 새로 깨어난 개인적 욕망이 부딪치는 현실의 장벽이며, 그 부딪침에서의 좌절이다. 이것은 『무정』으로부터 계속 나타나는 주제의 하나이다. 이 좌절을 페이소스가 없지는 않은 채로 풍자적으로 취급하고 있는 것이 김동인의 「김연실전(金姸實傳)」이다. 동경 유학생 김연실의 드라마는 연애와 문학에 집중되어 있다. 그녀가 여기에 눈뜬 것은 『젊은 베르테르의 슬픔』과 지금은 잊혀진 시어도어 왓츠던튼(Theodore Watts-Dunton)의 『에일윈(Aylwin)』을 통해서이다. 서양에 눈뜬 김연실이 "서양의 걸음걸이와 서양식 몸가짐과 서양식 표정 태도"[7]를 배우며, "연애를 죄악으로 아는 우매한 조선 사람의 사상을 타파하고 …… 연애의 실체물인 문학을 건설하고 …… 이리하여서 조선 여자의 수준을 세계적으로 올리려는 큰 이상"[8]을 품게 된다. 그러나 그녀를 기다리는 운명은 모든 헛된 신문화의 놀이가 끝난 후에 경제적 현실에 눈뜨고 한 복덕방 영감의 마누라가 되는 것이다. 개화 초기의 문인들에게 그랬던 것과는 달리, 오늘의 독자에게 자유연애의 문제는 그다지 큰 매력을 가진 문화적 주제가 아닐 것이다. 그러나 욕망의 주체로서의 자아가 암시하여

---

7 「김연실전」, 『김동인 선집』, 신한국문학전집 41(어문각, 1977), 219쪽.
8 같은 책, 217쪽.

주는 유혹은, 그렇게 분명한 주제로 표현되지 않은 채로 비슷하게 작용한다고 할 수 있다. 서양 문학의 내면성의 본질이, 위에서 비친 바와 같이, 그것에 있다고 볼 수 있기 때문이다. 이 내면에 이끌리는 사이에 독자의 내면은 새로운 욕망에 소유되고, 그 소유된 움직임을 따라가노라면 전혀 예기치 못한 곳에 이르게 되고, 급기야는 주어진 현실 저 밖에 서 있는 자신을 발견하게 되는 것이다.


## 3

그러나 문학에 있어서 다른 사람의 욕망에 사로잡히는 것은 반드시 거짓의 세계에 빠져 들어가는 것만을 의미하지는 않는다. 이미 말한 바와 같이, 에마 보바리는 다른 사람의 욕망에 놀아나지만, 그녀 자신의 욕망이 열려 있지 않았더라면 그릇된 욕망의 놀이는 불가능했을 것이다. 그녀 스스로가 알지 못한 채 그녀는 욕망의 존재로서 존재하기 시작한 것이다. 그녀에게 필요한 것은 이 사실을 의식화하고 스스로의 주인이 되는 것이다. 에마 또는 김연실의 비극적 종말에서 이미 자아에 대한 인식이 생겨났다고 할 수 있다. 그리고 작품 『마담 보바리』나 「김연실전」은 그 여주인공의 욕망의 움직임만을 그대로 반영한 것이 아니다. 주인공들의 욕망은 그들의 생애의 궤적을 통하여 이미 일관성의 원리로 파악되어 있다. 이러한 일반화 과정은 작가의 의식에 하나의 전체로서 파악되고 판단되어 있는 것이다.

이 전체적 파악을 위한 노력은 사실 주인공들의 욕망의 궤적을 추적해 나가는 작가의 언어의 움직임 속에 이미 들어 있다. 문학 작품이 성적 욕망을 표현한다고 하더라도 그 표현은 처음부터 성적 욕망, 그것을 떠나 있다. 문학에 표현된 욕망의 종착역은 그것의 자연적 충족이 아니라 언어적 표현이며 언어적 표현에 의하여 매개되는 전체적 인식이다. 여기에서 추구되는 것은, 프로이트식으로 생각되는 단순한 대상적(代償的) 욕망 충족도 아니다. 문학적 표현은 욕망을 언어의 구성적 활동 속으로 끌어들인다. 욕망이 참다운 의미에서 새 인간의 기초가 되는 것은 이 활동을 통해서이다. 언어의 구성 작용에 의하여, 우리는 주체의 축으로서의 자아를 얻고, 다른 한편으로는 열려 있는 언어의 로고스를 통한 일반화·보편화의 영역에 들어설 수 있다. 문학의 교육적 의미도 바로 이 점에 있다. 우리는 문학을 통해서, 직접적인 사물들을 넘어서서 보다 큰 자아의 가능성 —— 사회와 역사 —— 속으로 합류될 수 있는 것이다.

사실 이것은 모든 교육 또는 사회관계 일체가 함축하고 있는 목표이다. 다만 문학은 다른 교육 수단과 다르게 이러한 보편화의 작업을 우리 자신도 모르게 수행한다. 그것은 그 언어가 우리의 안으로부터 작용하여 거의 우리 자신의 욕망의 움직임처럼 움직이기 때문이다. 다시 말하여, 문학의 언어는 질서의 언어이면서 욕망의 언어이기를 그치지 않는 것이다. 지나치게 추상적·일반적 또는 보편적 언어는 이 역설적 고리를 끊어 버린다. 그리하여 인간의 내면에 대하여(또 욕망은 사람과 그 대상을 이어 주는 것인 까닭에) 사물의 세계에 대하여 그 마술적 영향력을 상실해 버린다. 이러한 언어를 우리는 딱딱한 추상어와 상투어에서 본다. 문학의 언어는 이러한 소외의 언어를 꺼린다. 나아가 그것은 이러한 추상어를 파괴함으로써만 적절한 표현에 이를 수 있다. 그것은 언어이면서 언어의 굳어지는 껍질을 뚫고 본래의 욕망의 흥분 속으로 돌아가고자 한다. 그렇게 하여 문학의 언어는 우리에게 추상적이고 일반화의 언어가 가질 수 없는 감정적 호소력을 갖는 것이다.

그런데 문학 언어의 이 호소력은 단순히 수사학적인 또는 전략의 문제로 생각되어서는 아니 된다. 사람의 생존이 받아들여야 하는 보편적 질서가 개체적 실존의 구체성에 의하여 변경될 수 없는 경직된 외면적 질서라면, 그것은 매우 견디기 어려운 것일 것이다. 여기서 질서란 간단히 말하여 사실들의 질서이다. 이 질서는 개체적 생존의 제약이 되며, 이것을 참조하지 않는 개체적 생존은 거짓된 환상이나 비극적 난파의 운명에 떨어지게 마련이다. 그것은 우리의 욕망에 맞서는 현실의 원리이다. 그러나 이 질서 자체는 원천적으로 나를 포함한 수많은 개체적 실존의 요구로 이루어진 것이다. 그것들의 상충하는 요구와 그 요구의 실천의 관성이 하나의 객관적 질서로 나타나는 것이다. 그러니만큼 그것은 한 사회 공동체의 보편적 질서 — 단순히 외면적인 것이 아니라 내면에 이어져 있는 보편적 질서 — 가 되는 것이다. 그러나 그것은 반드시 나의 새로운 욕망 또는 다른 개체적 생존의 새로운 욕망을 포함하지 아니할 수 있고, 그러니만큼 참다운 보편성을 갖지 못하는 질서이다. 그것은 새로운 욕망을 수용함으로써 비로소 보편성에 이르게 된다. 이때 사실 나의 욕망이야말로 보편성의 원천이 된다.

이런 관점에서 볼 때, 한 사회의 보편적 질서는 고정되어 있는 것이라기보다는 움직이며 변하는 변증법적 과정 속에 성립한다고 하는 것이 옳다. 그것은 개체적 욕망과 현실적 여건의 모순과 종합의 과정을 말하는 것에 다름 아니다. 문학 언어의 구체성과 보편성, 이 양면적 성격은 이러한 모순과 종합의 과정에 핵심적으로 관련되어 있는 것이다. 그것이 언어의 과정이든 현실의 과정이든, 모순과 종합을 동시에 포함하는 것은, 사람의 생존의 테두리를 이루는 보편적 질서가 현실의 필연성에서 오는 것이면서 동시에 사람의 창조적 실천의 능력에 대응하여 일어나는 어떤 것이기 때문이다. 더 간단히 말하여 보편적 질서는 창조·변화되는 것이며, 이러한 창조와 변화는 주체적 인간의 실천에 의하여 이루어지는 것이다. 그리고 이 주체적 인간을 구성하는 핵심적 원리의 하나는 그의 욕망이다. 문학이 우리에게 보여 주는 것은 일단 욕망의 움직임이면서 또 그것의 창조적 능력에로의 변형이다. 물론 문학만이 이러한 보편성의 질서를 단독으로 또는 일시에 창조해 낼 수 있다고 말하는 것은 아니다. 모든 인간의 의식화 작업, 또 모든 실천, 그 관행과 제도가 여기에 관계된다. 다만 문학은 가장 원초적인 의미에서 이 질서의 형성 원리에 관계되는 것이다.

이 관계의 기본은 문학의 언어에서 전범적으로 볼 수 있는 것이다. 언어는 사람의 삶과 사람이 거주하는 세계에 대응하는 가장 포괄적인 질서이다. 문학적 표현은 이 질서 가운데 이루어지는 가장 좋은 질서의 결정(結晶)이다. 그러면서 그것은 추상적이지 않고 가장 구체적으로 우리의 감각적·관능적 삶을 포함할 수 있다. 이 언어에 나타난 양면의 결합은 사실상 우리가 생각하는 보편적 질서가 고정된 것이 아니라 차라리 보편적 능력을 가리키는 것이라는 사실을 말하여 준다. 언어는 이 보편적 능력의 가장 분명한 전범이며 또 매개체이다. 우리가 언어를 자유자재로 구사하면서 유려하고 유창한 미적 특성을 형상화하고 하나의 이성적 질서를 건축해 낼 수 있다는 것, 이것이 가장 좋은 인간의 보편 능력의 정표인 것이다.

고전적 문학 표현이 작은 서정적 구절로부터 서사적 구조에 이르기까지에서 우리에게 보여 주는 것은 이러한 언어의 통합적 질서이며, 또 통합적 질서를 창조해 낼 수 있는 힘이다. 사실상 이러한 전범이 없이 우리가 이러한 질서의 깨우침에 이르는 일은 매우 어려운 것이 될 것이다. 어쩌면 이것은 고전적 전범의 역사적 업적이 없이는 영영 깨달아질 수 없는 것인지도 모른다. 헤겔은 "역사를 움직이는 것은 정신이지만 정신은 세계 속에서 이루어지는 구체적인 업적을 통해서만 스스로를 알게 된다."라고 하였다. 우리는 예술 또는 문학에 대해서도 이렇게 말할 수 있다. 즉 중요한 것은 그 창조적 힘이지만 그것은 구체적인 작품의 전범을 통해서만 인지되고, 또 헤겔을 빌려, 현실적이며 구체적인 것 가운데 나타나는 "규정성의 총체(die Totalität von Bestimmungen)"로서만 드러날 수 있다. 예술의 자유로운 창조적 정신은 그 안에 "개별화의 필연성"을 지니고, 또 개별적이고 구체적인 것은 "개념의 보편성과 본질성"[9]을 지니는 것이다.

그러나 이것이 고전적 문학 표현을 고정된 것으로 받아들이라는 말이 아님은 물론이다. 고전의 정태적 이해가 문학 수업의 종착역일 수는 없다. 적어도 그 목표가 인간의 보편적 능력에까지 나아가는 것이라고 한다면 그렇다. 그리고 아마 고전적 문학 표현은 우리를 그 외면적인 권위로 받아들이는 데 머물러 있게 하지는 않을 것이다. 그것의 구체적 성격이 근원인 개체적 실존으로 우리를 이끌어 갈 것이기 때문이다. 어떤 문학적 표현은, 뛰어난 것이면 뛰어난 것일수록, 높은 조소성과 함께 그 자체의 해체 가능성을 드러낸다. 그것은 그 조소성으로 하여 삶에 객관성을 부여하지만, 다른 한편으로는 그 암시하는 창조의 힘으로 하여 다시 한 번 주관 속으로 해체되어 사라질 수 있는 가능성을 보여 준다. 이 해체의 위험은 우리를 작가의 주관으로도 끌어간다.

동시에 그것은 우리 자신의 주관으로 끌어간다. 그리하여 우리는 그것을 새롭게 의식하게 되는 것이다. 물론 이때의 주관은 외부와 절단된 내면의 세계 그것을 지칭하는 것이라기보다는 인간과 세계의 교호 작용을 통하여 언어의 질서를 만들어 내고, 나아가 인간의 세계를 만들어 내는 창조적 주체이다. T. S. 엘리엇은 『사중주』의 「리틀 기딩(Little Gidding)」에서, 그에게 고전적 귀감이 되는 선배 시인의 입을 통하여 옛것에 대한 후대인의 태도를 다음과 같이 이야기하였다.

그대가 이미 잊었을 나의 생각과 이론을

---

**9** G. W. E. Hegel, *Ästhetik* I(Frankfurt am Main: Suhrkamp Verlag, 1970), p. 40.

되풀이하여 뇌일 생각은 없다.

그것들은 그 나름의 쓸모를 다했음에 이제 버려두라.


그대의 것도 마찬가지, 그것들이 잊히기를 기도하라.

내가 그대에게 나의 길고 짧음을 다 같이 용서해 주기를 빌 듯.

지난 철의 열매는 이제 다 먹었고


배부른 짐승은 빈 여물통을 걷어차리니.

지난해의 말은 지난해의 말에 속하고

다음 해의 말은 다른 목소리를 기다리리니.


그러나 엘리엇에게 새로운 창조의 근원은 죽은 고전적 시인의 말이며 그와의 해후이다. 그리하여 그들은 모두 "침묵의 구성" 속에 함께 있으며, "하나의 무리 속에 젖어 있는 것"이다.


## 4


문학 수업의 궁극적 효과는 인간의 창조적 보편 능력에 관한 통찰에 이르는 것이다. 그러나 그것은 역사적 규정성 속에서만 실현되는 능력이다. 그리고 여기에서의 역사란 특정한 역사를 말한다. 이렇게 생각해 보면, 서양 문학과 관련하여 이 역사는 매우 복잡한 문제를 제기하는 것임을 알 수 있다. 말할 것도 없이, 문학을 읽으면서 그 문학과 뗄 수 없는 관계에 있는 역사를 알아야 한다는 것은 부담스러운 일이다. 그러나 여기서 특히 문제 되는 것은 이 역사를 하나의 지식으로서가 아니라 안으로부터 아는 것, 그 역사의 참여자로서 아는 일의 어려움이다. 그것은 역사를 나 자신의 삶과 떼어 놓을 수 없는 것으로 아는 일을 말한다. 그것은 내 삶의 외연을 이루면서 동시에 나의 실천에 대하여 열려 있는 것이다. 그러한 열림은 그것이 나를 앞서간 사람과 나의 동시대인에게 열려 있었던 것임으로 하여 가능한 것임을 우리는 안다. 그러나 동시에 이것은 오늘의 역사에 또 그 미래에 참여하고 있음으로 하여 아는 것이다. 서양의 역사에 우리가 참여하고 있는 것이 아닌 한, 우리는 그 역사를 인간의 실천적 궤적으로서 안으로부터 이해하기가 어려운 것이다.

역사에 대한 이해는 그것을 움직일 수 없는 사실로 아는 것과 그것을 실천의 궤적이며 대상으로 아는, 양면의 변증법적 교환을 내포한다. 이것을 지적 조작으로 옮겨서 보면, 이것은 부분적 이해와 전체적 이해에 관계되어 있다. 역사적 사실은 부분에 있어서 움직일 수 없는 사실로 나타나고 전체적인 관련 속에서 인간의 실천의 소산으로 나타나는 것이다. 그러니까 이해의 역정은 부분에서 전체로 나아가는 초월의 움직임을 끊임없이 포함하게 된다. 역사 인식의 내부에 이르는 한 방편으로서의 문학 읽기에도 이러한 움직임이 작용한다.

위에서 이미 추적해 본 문학적 체험 궤적의 의의는 이 움직임을 드러내 보이는 데 있다. 가장 초보적 단계에서 문학의 체험은 보바리즘을 낳는다. 독자는 자기도 모르게 다른 사람의 욕망에 의하여 소유되는 것이다. 그러나 이 소유를 통하여 그는 스스로가 욕망임을 깨닫는다. 그러면서 그가 사는 현실을 욕망의 장으로서 인식하게 된다. 그러나 나의 욕망과 나의 현실 인식은 또다시 목전의 현실에 의하여, 또는 거기에서 암시되어 나오는 욕망의 움직임에 소유되어 버리고 만다. 이것은 우리가 소비주의 사회에서 너무나 잘 알고 있는 현상이다. 나의 욕망은 사회적 암시에 의하여 목전의 사물에 강박적으로 고정된다. 여기로부터 해방되는 것은 물화(物化)된 욕망과 그 대상을 넘어서서 그것을 인간적 실천의 전체적 매트릭스에서 나오는 것으로 알게 됨으로써이다. 이 매트릭스의 관점으로부터 살펴볼 때, 많은 객관적 대상물들은 주체적 정신의 대응물로서 존재한다는 것을 알게 된다.

그런데 이러한 이해 — 헤겔식으로 이야기하여 객관적 정신에 대한 이해 — 는 사실의 사실성과 실천적 성격이 통합되어 구성하는 역사에 대한 원근법을 얻음으로써 얻어진다. 이 역사의 원근법은 우리의 지적 노력을 통하여 정복되는 것이기도 하지만 역사의 전개 자체가 스스로 펼쳐 보이는 것이기도 하다. 문학은 의식적으로 그러는 것은 아니면서 이 역사의 자기 이해에 중요한 한몫을 담당한다. 에리히 아우어바흐의 『미메시스』와 같은 저서가 보여 주는 것은 어떻게 하여 문학의 현실 묘사 또는 현실 인식이 오랜 역사적 과정을 통하여 진전되어 왔는가 그 진전의 경로이다. 그것은 어떻게 서양인이 사회적·이데올로기적 제약을 넘어서 자아에 대한 총체적 의식에 이르고, 또 보편적 인간성의 가능성을 깨우치게 되는가를 이야기해 준다. 이러한 역사적 개관에서 느낄 수 있는 바와 같이, 문학은 현실 인식의 진보의 역사적 움직임 속에 있다. 또 현실 인식은 의식의 자유화를 뜻하고, 이 자유화란 인간이 스스로를 구성하는 자유를 지칭하는 까닭에 문학의 과정은 보다 더 보편적인 인간성의 역사적 구현 과정인 것이다. 단순한 욕망의 최면술의 최종적인 의의는 이 움직임, 이 과정으로 우리를 이끌어 가는 데 있다. 그것은 부분으로부터 전체에로, 욕망으로부터 역사에로 움직여 가는 탐구의 첫걸음인 것이다.

이 탐구의 역정은, 이미 말한 바와 같이 쉬운 것이 아니다. 또 이것은 학문적 철저함, 그 전체성을 이야기하는 것만이 아니고, 역사적 움직임에의 참여를 말하는 것이다. 그러나 우리가 서양의 문학을 공부한다고 할 때, 참여를 통한 직접적인 이해는 우리에게 닫혀진 것이다. 우리가 서양 문학을 문화와 역사의 전체적인 지평에서 이해한다는 것은 엄청난 지적 부담을 떠맡는 것이다. 또 이것은 양의 문제만이 아니라 질의 문제이다. 인간의 역사적 이니셔티브에 대한 문학을 통한 입문은, 쉽게 옮겨서 생각하면, 언어에 대한 창조적 이해에 이르고 또 그 보편적 창조의 힘을 스스로의 것으로 할 수 있게 되기를 지향한다. 그것은 언어의 전통적 표현을 수용하며, 이것을 해체하여 새로운 창조로 나갈 수 있을 힘을 회복한다는 것을 말하는 것이다. 그러나 이러한 언어의 숙련은 외국인에게는 지극히 어려운 것이다. 그것은 능력의 제한 때문만이 아니다. 언어는 우리 자신의 육체적·정신적 역사의 날실이며 씨줄이다. 다른 나라 말의 창조적 근원에 이른다는 것은 우리 자신의 실존적 역사 자체를 재구성하는 일에 가깝다. 이러한 사실은 외국어 또는 적어도 이질 문화에 대한 우리의 접근에 근본적인 제한을 가한다.

설령 우리가 서양 문학과 문화의 보편적 이해에 이르고 그 역사에서 나오는 보편적 능력을 획득하였다고 하더라도 그것은 외면적으로 획득된 것에 불과하다. 그것은 우리 자신을 배제한 보편성에 불과하다. 그것이 외면적 원리라는 것은 창조의 원리로서 우리의 주체적 의지 속에 내면화되어 있지 않다는 것이고, 우리에 대하여 밖에 있다는 것은 그것이 진정한 의미에서 보편성을 결하고 있다는 것을 나타낸다.

우리의 이해 속에 드러난 서양 문화의 보편적 원리는 사실상 부분적이며 특수한 원리에 불과하다. 그것이 보편적인 것으로 받아들여지는 것은 제국주의적 압력을 통해서이다. 어떻게 하여 하나의 현상이 동시에 보편적이면서 특수할 수 있는가? 위에서 말한 바와 같이, 역사적 특수화를 통하여서만 보편이 스스로를 드러내는 것이라고 한다면, 역사 속에 나타나는 보편의 구체적 표현은 여러 가지일 수밖에 없고, 이 표현들은 서로 투쟁적인 관계 속에 들어갈 수 있다. 서양사가 구현하고 있는 보편적 이념은 결국 이러한 구체적 보편의 한 형태에 불과한 것이다. 그리하여 그것은 비서양의 관점에 대하여 외면적인 통일 원리, 즉 제국주의의 원리가 될 수 있는 것이다. 그것을 외면적인 것으로 안다는 것은 그것을 하나의 지방주의로 안다는 것을 말한다. 그러나 서양사가 세계사라는 암묵적 주장은 지방주의라는 판단을 거부한다. 이것은 서양인의 입장에서 그렇고 또 비서양의 서양 숭배자의 입장에서 그렇다. 서양사의 지방적·국지적 성격이 인정되지 않는 한 그것은 하나의 제국주의로 생각될 수밖에 없다. 사실 우리의 서양 문학에 대한 이해를 규정하고 있는 것은 서양의 제국주의적 패권이다. 따라서 서양 문학에 대한 이해는, 적어도 우리의 입장에서, 그것과 제국주의와의 관련을 앎으로써 객관적인 것이 될 것이다.

그러나 서양 문학의 보편적 호소력이 어떻게 제국주의라는 외면에 관계되는가에 대해서는 별다른 연구가 없는 것으로 보인다. 학문의 한 연구 분야로서, 이것은 우리가 마땅히 해야 하는 것이겠으나 그것이 매우 어려운 작업이 될 것임에 틀림없다. 그것은 서양 문학에 대한 이해와 더불어 서양의 제국주의적 관행에 대한 연구를 요구할 뿐만 아니라, 우리의 연구가 자아와 인간에 대한 보편적 인식을 목표로 한다면 우리 자신의 정신사에 대한 이해를 요구할 것이기 때문이다. 그것도 이 여러 분야를 각각 별도로 아는 것이 아니라 상관관계의 동력학 속에서 알아야 할 것이기 때문이다.

서양 문학과 문화를 제국주의의 테두리에서 생각한다는 것은 그것을 비판적으로, 부정적으로 본다는 것을 말한다. 그러나 부정의 목적은 궁극적으로 역사에의 창조적 참여에 있다. 물론 서양 문학과 문화의 부정이 완전히 부질없는 파괴에 불과한 것은 아니다. 문화적 유산의 의미는, 위에서 비친 바와 같이, 전범의 제시와 함께 전범의 해체에서 진정으로 발견된다. 서양의 부정도 이러한 면을 갖는다. 그것은 하나의 발전적 지양이다. 그러나 적어도 이질적 문화들의 변증법에 있어서 부정이 낳은 긍정은 추상적인 요청에 불과하다. 필요한 것은 이 요구를 구체적으로 충족시켜 줄 수 있는 고유한 문화의 내용이다. 서양의 부정이 요청하는 것은, 저절로 자기 문화에의 복귀이며 회복이다. 그것도 단순히 정태적이며 물화되어 있는 형태로의 회복이 아니라, 그 창조적 동력학의 관점에서의 회복이다. 이것은 우리가 우리의 문화를 안으로부터 이해할 것을 요청하고 또 우리 문화가 안으로부터 창조적 전개를 이루고 있을 것을 요청한다.

그러나 오늘의 우리 문화의 창조성은 우리에게 쉽게 눈에 띄지 아니한다. 이것은 일부 우리 자신의 시각의 습관으로 인한 것이다. 서양의 유혹에 넘어간 눈은 서양을 내면화하고 우리 자신의 문화와 역사를 외면으로 바라보는 데 익숙해진다. 이 시각 습관의 전도를 바로잡는 것은 용이치 않다. 뿐만 아니라 우리 문화가 밖으로부터 보여진다는 것은 그것 자체가 보편적 능력을 상실했다는 것을 말하기도 한다. 우리의 시각 습관의 교정은 보편적 지평을 여는 창조력을 우리 문화가 회복하는 일과 일치할 것이다. 이것은 아마 새로운 세계사의 전개 속에서만 가능할 것이다. 이 모든 것은 오로지 막연한 가능성이며 거대한 과업으로 남아 있을 뿐이다. 현실에 있어서, 서양 문학의 유혹은 변함없이 우리를 사로잡으며, 창조적 역사로부터의 소외는 서양 문학 독자 또는 우리들 모두의 지속적 상황이 되어 있는 것으로 보인다.

(1986년)

# 외국 문학 수용의 철학

서양 문학 수용과 발전을 위한 서론

## 1. 오늘의 상황과 문제

표면상으로는 우리나라에 있어서 외국 문학은 매우 융성한 상태에 있다고 하여야 할 것이다. 외국어 문학, 특히 서양 어문학과는 대학에 있어서 가장 중요한 학과들로 되어 있다. 이것은 일부 대학에서가 아니라 전국적인 현상이다. 여기에는 거대한 숫자의 인력과 자원이 투입되어 있다. 전국적으로 어문학 계열에서 공부하고 있는 학생의 수는 1985년 현재 12만 3546명이 되고 이중에서 한국 어문학을 공부하는 학생을 제외한 외국어 문학 전공자만도 10만이 넘는다. 이것은 전국 대학에 재학하는 학생의 각각 10퍼센트, 8퍼센트에 해당하는 숫자이다. 또 이러한 학생 숫자에 상응하는 교수가 대학에 재직하고 있다. 문교부의 통계에 의하면 대학의 어문 계열의 교수가 1985년 현재 4165명에 이르는 것으로 되어 있는데 정확히 외국어 문학 교수만의 숫자는 알 수 없으나, 전국 대학교수의 15퍼센트에 육박하는 어문계 교수 가운데에서 외국어 문학 교수는 절대다수를 차지할 것으로 생각된다.[1] 학교의 사정이 이렇다면 출판계의 사정은 외국어 문학의 중요성을 더 두드러져 보이게 한다. 출판협회의 1984년 통계에 의하면 3만 3000여 종의 출판물 중 7000종이 외국인 저작 도서인데 이중의 다수가 번역 문학일 것으로 생각된다.[2] 지금까지 살펴본 것이 그대로 외국 문학 또는 더 좁혀서 서양 문학에 해당되는 것은 아니다. 그러나 어문학 전반에 있어서 또 외국어 문학 전반에 있어서 서양 어문학 그리고 서양 문학이 차지하고 있는 비중을 생각하여 볼 때 대체적으로 외국 문학, 특히 서양 문학의 융성함은 의심할 여지가 없다. 위에서 본 외적인 증표로부터 보다 비공식적인 차원으로 내려가 보아도 이것은 느껴질 수 있다. 가령 세계 문학이나 고전적인 문학 작품을 읽으라는 신문 잡지의 권유 같은 것을 보아도 서양 문학이 많이 거론되는 것을 볼 수 있거니와, 범박하게 말하여, 우리나라에서 문학이라는 것이 공부되고, 가르쳐지고 연구되고 읽혀진다고 할 때, 그것은 우선적으로 외국 문학이 된다고 말하여도 과언이 아닐 정도라는 생각이 든다.

그러나 오늘의 외국 문학의 융성이 어떤 확실한 토대에 기초한 것이라고 말하기는 어렵다. 그것은 달리 말하여 이러한 융성이 완전히 비공식적인 것이기 때문이다. 그렇다는 것은 융성하든 쇠퇴하든 공적인 인정과는 전혀 관계없는 마당에서 오늘의 외국 문학이 존립하고 있다는 말이다. 그것은 쉽게 말하여, 국가 정책과의 관련 없이, 어떻게 보면, 우연적인 이유와 원인으로 하여 존립하고 있는 것이다. 물론 각급 학교에서 외국어가 가르쳐지고 대학에 외국어 문학과가 있는 것은 국가와 정부의 인정에 따른 것이지만, 이 인정 자체가 어떤 필연적인 이유에 대한 고려에서보다도 막

---

1  『문교통계연보』(문교부, 1986), 487, 493, 516, 582쪽 참조.
2  『한국출판연감』(대한출판협회, 1986), 101쪽.

연하고 우연적인 추세에 대응한 것에 불과한 것으로 보이는 것이다. 학문이나 문예가 국가 정책의 일부로 존재하게 된다는 것이 반드시 바람직한 것이냐 하는 데에는 의문이 있을 수 있다. 그것은 학문과 문예의 자유로운 신장을 왜곡하기 십상이다. 그렇긴 하나 국가 정책의 규정 속에 편입되지는 아니하더라도 학문이나 문예도 다른 인간 활동과 마찬가지로 어떤 공적인 필연성에 의하여 정당화될 필요를 갖는다. 필연성의 근거가 없는 곳에 강한 동기가 있을 수 없고, 일정한 우선순위를 가진 연구의 계획이나 전략이 있을 수가 없다. 그리하여 이런 마당에서는 모든 것이 개인적 취미나 우연이나 시간의 압력에 내맡겨지게 마련인 것이다.

외국 문학의 비정상적인 위치는 가령 서양사 또는 세계사와 비교해 볼 때 좀 더 분명해진다. 아마 오늘날 서양사는 가령 대학의 전공 교수, 학생 수, 출판량, 이러한 면에서 서양 문학만큼 번창한 상태에 있다고 할 수 없을 것이다. 그러나 서양사의 연구 또는 지식이 필수적이라는 것은 널리 인정되어 있다. 또 어떤 이유로 하여 필수적이라는 것도 대체적으로나마 짐작이 되어 있다고 할 수 있다. 그것이 오늘을 살아가는 한국인이 필요로 하는 지식 내지 교양의 일부가 된다는 사실은 부인할 수가 없는 것이다. 그것은 여러 가지 공적인 논의와 토론에서 당연한 전제에 속하고 각종 시험에 있어서 시험의 대상이 되며 무엇보다도 비록 양과 질에 있어서 문제가 있다고 할망정, 각급 학교에서 교과 과정의 일부가 되어 있다.

이러한 서양사의 사정에 비하여 서양 문학의 지식이나 연구가 연구자나 동호자들 사이가 아니라 오늘의 공민 교육에서, 교양인의 교양에서 어떤 자리를 차지하여야 하는가에 대하여는 아무런 공식적인 마련이 없는 것이다. 이러한 공식적 무규정의 상태는, 제일 손쉽게 각급 학교의 교과 과정에서 증후적으로 파악될 수 있다. 특히 오늘을 사는 국민의 기초적인 지식과 교양의 이념이 어떤 것이어야 하는가에 대한 우리의 통념은 중등 교육 이하의 교과 과정에 가장 잘 반영된다고 할 수 있는데, 여기에서 외국 문학은 거의 아무런 공식적 위치를 가지고 있지 않는다. 중고등학교에서 외국어가 가르쳐지고 이것이 교과 과정의 중요한 일부를 이루고 있는 것은 사실이다. 그러나 이 외국어 교육에 문학이 개입해 들어갈 여지는 별로 없게 되어 있다. 그것은 외국어 숙달의 정도로 인하여 그렇고 또 그 설정된 목적에 있어서 그렇다. 즉 목적이란 문학이 아니라 다른 지식과 교양의 습득을 위한 수단으로서의 어학 교육이다.(이것 자체에 문제가 있다고 말할 수 있기는 하다.) 그러므로 중고등학교에서의 외국 문학의 수용을 보려면 국어를 보아야 한다. 이론이 있기는 하겠지만 국어의 교육 과정은 한국어라는 언어의 교육 통로에 그치지 아니하고 인간 교육의 필수적 구성 요소로서의 문학 교육의 통로로 생각되기 때문이다.(국어 교육이 단순히 국어 교육으로만 생각된다면 그것에도 중대한 문제가 있는 것이다. 그렇다면 문학은 어디에서 가르쳐질 것인가? 어떻게 보면 우리 교육 체제 내에는 심각한 의미에서의 문학 교육은 존재하지 않는다고 해야 할는지도 모른다.) 하여튼 국어 교육을 대상으로 하여 볼 때 외국 문학에서 온 자료는 중고등학교 6년 과정을 통하여 아주 미미한 부분을 이루고 있을 뿐이다. 즉 국어 교과서의 총 220여 개 과 중 8개 과만이 외국 문학 자료를 담고 있는 것이다. 그것도 포함되어 있는 작가로 보아 — 호손, 가드너, 주자청(朱自淸), 예이츠, 디킨슨, 슈토름, 안톤 슈나크, 페이터, 도데, 베이컨의 가벼운 글들이 포함되어 있다. 외국 문학 내지 서양 문학이 가벼운 읽을거리 이상의 것으로 생각되어 있지 않음이 분명하다. 중고등학교 국어 교육의 이러한 상태는 초등학교와 대학에서도 그대로 반복되고 또 다른 어문 교육 과정에도 그대로 해당되는 것일 것이다.

국어 교육 또는 국어를 중심으로 하여 편성되는 문학 교육에 외국 문학이 어떤 체계적이고 심각한 기획하에 포함되어야 하느냐에 대하여서는 여러 가지 논의가 있을 수 있다. 또 어문 교육이 공식 교과 과정을 통해서 이루어지는 것이 좋은 일이냐 하는 것도 이론이 있을 수 있다. 그러나 여기에서 지적하려는 것은 서양사나 다른 학문의 경우와는 달리 외국 문학 또는 서양 문학은 국민 교육 과정에 공식적인 연결을 가지고 있지 않다는 단순한 사실이다. 이것은 확대하여 말하건대, 국민 교양에 있어서 또 국민 문화에 있어서 외국 문학이 어떤 자리에 있어야 하는가에 대하여 아무런 이념이 존재하지 않는다는 것을 말하는 것이다. 대학과 출판에서 또 대체적인 문화 활동에서 외국 문학에 막대한 인력과 자원을 투입하고 있지만, 이것을 우연에 맡김으로써 우리는 어쩌면 중대한 낭비를 하고 있는 것일 수도 있다. 이 낭비를 막기 위해서라도 외국 문학이 한국 문화에서 차지해야 할 위치는 계속 헤아려 볼 필요가 있는 일이다.

그러한 헤아림은 우선 외국 문학의 교육과 연구의 의의에 대한 토의로부터 시작되어야 한다. 그러나 이것은 일반적으로 문학이 문화 과정에서 어떤 의의를 가지고 있는가에 대한 고려에 연결된다. 여기에도 새로운 토의가 필요하다. 위에서도 잠깐 비추었지만 오늘날 국어 교육이 문학 교육의 통로가 되어 있지 않다면, 사실상 교육에 있어서 또 문학에 있어서 문학의 의의에 대한 반성 자체가 필요한 것으로도 보이는 것이다.


## 2. 문학과 외국 문학의 교육적 의의

### 1. 문학의 교육적 의의

문학은 그 자체로서 값을 가진 것으로서, 다른 어떤 것에 의하여 값을 부여받을 필요가 없는 인간 활동이며 업적이다. 삶의 다른 모든 값있는 것들이 그러한 것처럼 그렇다고 하여 다른 더 큰 것에 의하여 규정되는 의미를 그것이 갖지 못하는 것은 아니다. 스포츠는 그 자체로 목적이 될 수 있으면서 또 삶의 균형 있는 개화에 한 요소가 된다. 문학은 그 자체로 값있는 것이면서 다른 큰 의의를 가질 수 있는데 아마 궁극적으로 문학의 가장 중요한 의의는 그것이 정신 훈련과 기율에 기여한다는 데 있다고 할 수 있을 것이다. 문학의 훈련은 개인적인 의미에서 충실한 삶을 살아가는 데에도 필요한 것이지만, 무엇보다도 개인이 큰 사회 속으로 사회화하는 데 필수적인 것이다. 물론 이 정신 훈련이 문학을 통하여서만 이루어지는 것은 아니다. 그것이 어떤 것이든 사회는 개인을 그 개체적 생존에의 집착으로부터 떼어 내어 큰 사회 안으로 편입할 필요가 있고, 그러기 위하여 일정한 정신적 기율을 부과하게 된다. 다만 이러한 과정은 최상의 상태에서는 외면적인 강제력의 부과 과정이 아니라 사회화의 과정이면서 동시에 개인의 심화와 확대의 과정이 된다. 그것은 개인으로는 단순히 내면화 과정에 불과한 것으로 비칠 수도 있다. 이러한 내외 일치의 사회화 과정 또 개인적 심화 및 확대의 과정이 흔히 말하는 교양적 형성 과정이다. 문학은 사회화의 과정으로서의 교양의 일부를 이루는 것이다.

그리고 이 교양에서 문학의 위치는 매우 독특한 것이고 빼놓을 수 없는 것이다. 다시 한 번 말하건대 교양은 우리의 정신이 좁은 데로부터 넓은 데로 나아가는 과정이다. 즉 그것은 인간 정신의 보편성에로의 고양을 말한다. 이것은 전통적으로 철학적 수련에 의하여 이루어질 수 있는 것으로 생각되었다. 경험의 직접성으로부터 반성된 일반성에로 나아가는 것, 다시 말하여 경험의 협소함과 단편성으로부터 점점 더 포괄적인 사유의 지평으로 나아가는 것이 철학의 목표이기 때문이다. 그러나 다른 한편으로 보편성은 경험적 구체를 떠나는 데에서가 아니라 그것에 끊임없이 근접함으로써 얻어진다. 세속적으로 생각하여도 경험이 많은 사람은 그렇지 않은 사람보다 세상에 대하여 조금 더 포괄적인 안목을 가진 것으로 생각된다. 즉 그는 현실 세계에 대하여 조금 더 보편적인 이해를 가진 사람으로 통하는 것이다. 이 경우 일단 경험은 일반적 결론에 이르는 데에는 귀납의 근거가 된다고 할 수 있다. 또는 실제에 있어서 넓은 정신이란 보편적 법칙의 인식에 도달한 정신이라기보다는 경험 세계의 다양한 사상(事象) 속에서 유연하고 너그러운 자세를 유지할 수 있는 정신이다. 그러나 구체적 사상과의 교섭은 경험적 넓이에서 뛰어난 인간에게만 필요한 것이 아니다. 그것은 내면적인 뜻에서 보다 넓은 보편적 지평으로 나아가는 데도 필수적인 계기가 된다. 우리의 정신이 그 직접성에서 깨어나는 것은 우리 자신의 정신이 아닌 다른 것과의 관계를 통하여서이다. 즉 타자와의 관계 ── 대립·융합의 관계를 통하여 스스로의 의식 속으로 깨어나는 것이다. 헤겔이 말한 바와 같이 "자의식이란 감각과 지각의 세계로부터의 되돌아봄(Reflexion)이며, 본질적으로 타자 존재(Anderssein)로부터의 회귀인 것이다."[3] 그러면서도 이 회귀는 단순한 회귀 속에 정지하는 것이 아니다. 그것은 끊임없는 운동(Bewegung)의 일환으로서 사물의 세계로 나아가고 또다시 되돌아오는 작용이다. 그렇게 하여 의식은 보다 높고 넓은 의식의 단계에로 나아가게 되는 것이다. 그러니까 보편성의 의미로서, 우리가 단순히 내적으로 심화·확대된 정신을 생각하든 외적으로 경험의 다양성과 유연성을 획득한 정신을 생각하든, 넓은 의식 세계로 나아간다는 것은 경험의 구체와의 대결 또 그것의 지양, 두 계기를 가지고 있는 것이다.

그러나 이 넓은 의식 또는 보편 의식에로의 진전에 있어서 경험의 구체를 특히 강조할 수는 있다. 문학이 보여 주는 정신의 모험은 특히 경험적 보편성의 획득에 깊이 관계되어 있다. 문학은 경험의 세계의 기록이며 또 그 안에서 그를 지양하고 초월하는 움직임이다. 그렇기 때문에 그것은 경험적 세계 ── 사실상 보통 사람에게 가장 근접한 세계 내에서의, 보편화를

---

3  G. W. F. Hegel, *Phänomenologie des Geistes*(Frankfurt am Main: Ulstein, 1973), p. 108.

위한 가장 적절한 수단인 것이다.

공민 교육에 있어서의 문학의 중요성도 여기에서 연유한다. 공민으로서의 의무에 충실한 시민은 그의 세계에 대한 관계와 그 안에서의 자신의 행동을 보편적 원칙에 의하여 헤아릴 수 있어야 한다. 이 헤아림은 행동자의 판단에 의하여 매개된다. 그는 보편적 원칙과 목전의 구체적 사항 사이의 포괄 관계를 설정할 수 있어야 하는 것이다. 그러나 문제되는 구체적 사항은 무슨 원칙에 귀속되어야 하는가? 사실 자체는 어떠한 것이라고 인지 판단되어야 하는가? 우리가 끌어들이고자 하는 보편 원칙은 타당한 것인가? 도대체 보편 원칙이라는 것이 여기에 적용 가능한 것인가? 보편 원칙에 따라 우리의 행동을 헤아려 보고자 한다고 하더라도 구체적 상황 속에서는 원칙은 매우 불분명하고, 위에 열거한 바와 같은 무수한 질문에 부딪쳐 거의 해체 직전에 이르게 된다. 결국 할 수 있는 일은 구체적인 상황 속에서 원칙을 해체·재구성하는 일이다. 이러한 모호한 처지에서 작용해야 하는 것이 공민에게 필요한 현실적 판단력(Urteilskraft)이다. 그것은 다시 말하여 원칙을 경험적 구체에 적용하고 경험적 구체에 의하여 원칙을 변형·수정하고 또 더 극단적으로는 상황 자체, 사물 자체에서 보편적 원리를 발견하고 구성하는 능력이다. 이러한 능력은 칸트가 밝히려 한 것처럼, 이론적·실천적·심미적 영역에서 각각 다르게 발휘되면서도 근본적으로 하나인 능력이다. 그리고 자연의 법칙성이나 도덕적 합목적성이 분명하지 않은 데에서 작용하는 심미적 판단 능력이야말로 가장 포괄적이며 근본적인 것이다. 그러니까 사실상 심미적 판단 능력과 일상생활에서의 판단 능력은 그다지 상거해 있지 않은 것으로 볼 수 있다는 말이다. 이런 관련에서 심미적 판단 능력 또는 문학적 판단 능력은 공민 교육에서도 필수적인 것이다. 우리의 전통 교육에 있어서 예술적 또는 문학적 능력이 인간 수련의 근본으로 생각되고 그것이 행정 관리 선발의 기준이 되었던 것은 그럴 만한 이유가 있었던 것이다. 다시 말하건대, 보편성 속에 움직이면서 사실적 적용의 유연성을 유지할 수 있는 심미적 능력이야말로 우리로 하여금 시민의 보편적 의무를 틀림없이 또 유연하게 수행할 수 있게 하는 능력의 기본이 되는 것이다. 그러므로 우리의 교육 제도가 오늘날 문학 교육을 등한시하고 있는 것은 시민 교육의 근본을 잊어버리고 있는 것이다.

## 2. 외국 문학의 교육적 의의

외국 문학이 우리 교육이나 문화에서 행할 수 있는 기능도 위에서 간단히 살펴본 문학의 일반적 기능의 관점에서 생각되어야 한다. 즉 외국 문학도 그 나름으로 보편성에의 고양—공민적, 실존적 기능의 하나로서의 보편성에의 고양에 기여하는 것으로 보아져야 마땅한 것이다. 이 기능의 관점에서 그것은 그것 나름의 존재 이유를 가지면서 동시에 적지 않은 위험을 가진 것으로 생각된다.

이러한 관점에 대하여, 외국 문학 연구와 교수의 정당성을 그 정보적 가치에서 찾는 수도 있다. 그것은 호사가의 호기심을 만족시켜 주는 이국적 정보의 전달자일 수 있다. 또는 시류적 사고방식으로는 그것은 국제화 시대에 필요한 국제 정세에 대한 정보의 하나로 간주될 수도 있다. 이것은 오늘의 공리주의 철학에서 가장 설득력 있는 이유가 된다. 외국 문학 연구와 교수에서 이러한 면을 무시할 수는 없다. 그러나 이러한 이유는 참다운 의미에서 교육적인 이유라고 할 수 있는 것이라기보다는 모든 것을 공리적 목적에 봉사하는 전략적 수단으로 간주하고 교육도 여기에 필요한 지식과 정보로 생각하는 오늘의 문화의 비속화의 한 측면을 드러내 주는 것에 불과하다. 인문과학의 정당성은 근본적으로 전략적 지식과 정보에서 찾아질 수 없다. 그것은 인간의 자기 이해에 기여하는 데에서 그 존재 이유를 찾아야 한다. 외국 문학의 경우도 인간이 스스로의 직접성을 넘어 보편적 지평에서 스스로를 바라볼 수 있게 하는 데 기여함으로써만 그 존재 이유를 가질 수 있다.

오늘날의 외국 문학 특히 서양 문학의 번창이 서양 세력의 강대화, 그 제국주의적 패권의 한 기능이라고 하는 비판적 견해는 오히려 경청해 볼 필요가 있는 견해이다. 이 견해에서 볼 때 서양 문학은 우리에게 아무런 정당성을 가질 수 없는 것이다. 제국주의는 부정할 수 없는 사실이다. 다만 우리가 주의하여야 할 것은 문화에 있어서 제국주의란 말은 하나의 비유라는 사실이다. 그것은 외적인 힘을 통하여서보다는 내적인 복속을 통하여 작용하기 때문에 그 침략의 경로도 물리적 제국주의보다도 더 복합적으로 추적할 필요가 있다. 이것은 중요한 연구의 과제이다. 우리도 여기에 대하여 조금 더 언급할 기회가 있을 것이다.

그러나 우리가 여기에서 지적하고자 하는 것은 외면적·우연적 이유와 제국주의적 영향에도 불구하고 외국 문학의 존립에는 그 나름의 필연적이고 본질적인 이유가 있을 것이라는 사실이다. 그것은 위에서 말한 바와 같이 정신의 보편성에의 진화에서 한 중요한 요인을 이룬다. 위에서 말한 바와 같이 우리의 정신의 확대 심화는 타자와의 대립적 관계를 필요로 한다. 이것은 개인의식의 경우에도 그렇고 집단의식의 경우에도 그렇다. 어떤 경우이든, 우리의 의식에 대하여 있는 타자로서, 외국의 문화 또는 문학만큼 극명하게 타자적인 것이 또 있겠는가. 모든 낯선 것들은 우리에게 대하여 타자이고 확대를 위한 도전이 되지만, 이질적 정신이야말로 진정한 의미에서의 우리의 의식의 확대와 심화 —— 같은 평면에서의 확대가 아니라 이질 영역에로의 질적 확대 또는 심화를 위한 계기가 될 것이기 때문이다. 헤겔이 그의 시대에 있어서 희랍 로마의 고전 어문 교육을 정당화한 것은, 적어도 부분적으로는 정신 발달의 촉매로서 타자적 의식이 불가결하다는 인정에 의한 것이었다. 우리나라에 있어서도 또 우리의 개인적 의식의 역사에 있어서도 외국의 문물과 문학은 필연적인 타자로서 우리 자신에게 묶여 있는 것이 아닌가 생각되는 것이다.

헤겔의 생각으로는 그가 교장이었던 뉘른베르크 고등학교 학생들에게 고대 문화는 그 높은 정신적 업적으로 하여 교양의 중요한 부분이 되어 마땅한 것이었다. 그러나 그 교양의 과정은 고대어를 배운다는 것 자체에 이미 시작되었다. 다른 나라 말을 배운다는 것은 일단 자신으로부터 자기를 매고 있는 직접성의 줄로부터 풀려나야 한다는 것을 의미한다. 이것은 자기를 넓혀 가려는 교양의 첫 계기가 된다. 교양을 위하여서는 우리들에게 "어떤 이종의 것이 없어서는 안 된다."[4] 사실 이러한 이종의 것에 대한 요구는 이미 젊은이의 "먼 것"에 대한 자연스러운 갈망 속에 들어 있다. 고대어와 고대 문화의 훈련은 자신에게서 분리되어, 먼 것으로 나아가려는 이 자연스러운 충동의 통제된 실현의 일부에 불과하다.

영혼이 그 본래의 성질과 상태에서 구하는 분리를 영혼은 그 자체에다 제공하고, 먼 타인의 세계를 젊은 정신에게 집어넣지 않으면 안 된다. ──이 필요는…… 상기와 같은 영혼의 원심적 필요에 기초하고 있다. 그런데 교양을 위해서 이 분리를…… 실시하는 그 칸막이는 고대인의 세계와 그의 언어이다.[5]

물론 이 분리와 소외는 그 나름의 역할을 갖지만 교양의 과정은 여기에 끝나지 아니한다. 그것은 우리 자신에의 복귀 또 보다 보편적인 정신에의 진전에 의하여 완성된다. "우리를 우리에게서 분리하는 그 칸막이는 동시에 우리 자신에로의 복귀, 그들과의 친교, 우리들 자신의 재발견, 더구나

---

4   칼 뢰비트, 『헤겔에서 니체에로』(민음사, 1985), 338쪽. 원문을 참조하여 한국어 번역을 손질하였다.

5   『헤겔 전집』 제1판, 제17권, 143쪽 ; 뢰비트의 앞에 든 책, 337쪽에서 재인용.

정신의 참된 보편적 본질에 의한 우리들 자신의 재발견 등의 일체의 출발점과 단서를 포함하고 있다."[6] 이러한 실마리는 고전어 학습의 '기계적' 요소로부터 시작하여 문법, 학습을 통한 로고스의 각성, 그리고 고대 문화의 유산 — 이러한 순서로 풀려 나간다. 그렇게 하여 사람은 개인으로서 또 시민으로서 요구되는 일반적 교양에로 — 헤겔이 다음과 같이 정의하는 교양에로 나아갈 수 있게 되는 것이다.

학문적 교양은 일반적으로 정신을 자기 자신에서 분리하고 직접적이고 자연적인 상태와 감정과 행동의 부자유한 영역에서 끌어올려 사상 가운데 집어넣는 작용을 한다. 그리하여 정신은 이전에는 단지 외계의 자극에 대한 필연적이고 본능적인 반응에 지나지 않았던 것에 대한 의식을 요구하고, 이와 같은 해방에 의하여 직접적인 표상과 감정을 지배하는 힘이 된다. 이 해방은 도덕적 행위 일반의 형식 기초를 이룩하는 것이다.[7]

보편적 교양의 과정과 거기에서 고전 어문학 또는 일반적으로 외국어 문학이 차지하는 위치에 대한 헤겔의 생각은 지나치게 사변적이고 또 조금은 궤변과 같은 느낌을 준다. 그러나 그것이 외국 문학이 우리에게 주는 유혹의 필연성에 대한 심오한 통찰을 담고 있음에는 틀림이 없다. 경험적으로 생각하여 보아도 많은 나라의 문화가 세련된 발전을 이룩하는 데 그것에 대하여 타자적 역할을 하는 다른 문학 또는 문화를 필요로 하는 것을 관찰할 수가 있다. 유럽 여러 나라에서 희랍 라틴어 문학과 철학 또 문화 일반이 르네상스로부터 20세기 초까지 줄곧 교양 교육의 핵심을 이루

---

6 같은 곳.

7 『헤겔 전집』 제17권, 170쪽; 뢰비트, 같은 책, 339쪽부터 재인용.

었던 것은 우리가 잘 알고 있는 일이다. 우리나라에 있어서 중국 고전의 교육이 그에 비슷한 위치를 차지했던 것도 우리는 상기할 수 있다. 그 외에도 역사의 발전적 에너지가 폭발하는 시기에 외국 문물이 기폭제로 작용하는 예를 역사에서 많이 볼 수 있다. 르네상스 유럽, 계몽주의, 낭만주의 시대의 유럽이 그렇고 우리가 경험하고 있는 19세기 이후의 우리의 신문화가 그렇다. 이러한 현상들은 단순히 영향 관계나 제국주의라는 외부적 요인에 의하여서만은 설명될 수 없는바 헤겔이 암시하는 필연적 계기를 포함하고 있는 것이다. 우리 역사가 미증유의 변화를 겪고 있는 현대에 있어서 외국 문학 또는 서양 문학이 우리에게 대하여 갖는 의미는 외적인 또는 우연적인 원인만으로 설명해 버릴 수 없는 필연성을 가진 것이라고 말하지 아니할 수 없는 것이다.

## 3. 서양 문학과 보편성의 문제

### 1. 서양 문학의 보편성과 제국주의

외국 문학이 한국인에게 갖는 의의는 위에서 말한 바를 되풀이하건대, 정신의 보편적 확대에 필요한 타자라는 데 있다. 그러나 우리에게 중요한 외국 문학은 우리와의 관계에서만 보편성의 과정의 일부를 이루는 것이 아니라 그 자체로서 보편성을 가지고 있다는 주장을 스스로 내세우고 있다. 즉 그것은 그 자체로 보편적 가치가 있어서 우리가 우러러보아 마땅한 것으로 주장되는 것이다. 이것은 옛날에는 중국 문학이 그리고 현대에 와서는 서양 문학이 암암리에 내세우고 있는 주장이다. 헤겔 자신이 고대 어문학의 타자적 의의를 말하면서 그것의 독특한 가치를 생각하지 아니한 것은 아니었다. 그것은 그에게 "소재적인 것이 아니라 …… 스스로 형성되어진 것, 그것 자신이 이미 내용이 풍부하고 우수한 것이다."[8] 오늘날 서양 문학은 "풍부하고 우수한 것"이며 그런 만큼 모든 다른 문화 지역의 인간에게도 특별한 의의가 있는 것, 즉 세계적·보편적 의의를 갖는 것이라고 할 수 있는 것일까?

우리는 이러한 질문에 대하여 일단 기정사실을 가지고 답할 수 있을 것이다. 우리가 20세기에 와서 서양 문학을 열심히 공부한 것은 그 보편적 의의를 이미 인정한 때문이라 말할 수 있다. 이러한 것은, 앞에 언급한 일이 있는 『세계 문학 전집』과 같은 상업적 기획에도 암시되어 있다. 이것은 흔히 대부분 서양 문학으로 이루어져 있으면서 세계 문학이라는 이름으로 묶어 그 보편성을 과시하는 것이다. 서양 문학의 세계적이고 보편적인 의의의 인정은 국문학 연구에도 들어 있다. 백철(白鐵)의 국문학사를 비롯한 현대 문학사들이 서양 문학 사조의 이입이라는 관점에서 20세기 한국 문학을 파악하고 있는 것이 그 좋은 증거이다. 우리 문학의 역사는 서양 문학의 역사의 보편적 흐름에 합치되는 것으로 생각되는 것이다.

물론 기성사실이 정당성을 보증해 주는 것은 아니다. 자주 비판되듯이 오늘날 서양 문학 및 서양 문화의 영향은 서양의 정치, 경제, 군사력의 강대함으로 인한 일방적 강요라고 할 만한 면을 가지고 있다. 물론 앞에서 비친 바 있듯이, 문화의 영역에서의 힘의 작용은 밖으로부터의 강제력보다 여러 가지 간접적 유인을 통하여 이루어진다. 그중에서도 가장 이겨 내기 어려운 것은 이론의 설득력이다. 이 설득력의 기초가 되는 것이 흔히 문화 가치의 보편성에 대한 호소이다. 보편성은 무엇인가? 도대체 모든 인간에게 또는 인류 일반에 적용될 수 있는 보편적 진리라는 것이 있을 수 있는가, 일단 이러한 질문을 발해 볼 필요가 있다. 최근의 한 비판가에 의하면

---

**8**  같은 책, 337쪽.

서구의 보편주의(universalism) — 이해타산을 초월한 진리의 탐구와 그렇게 하여 탐구된 진리의 보편타당성에 대한 주장은 사실이라기보다는 여러 가지 불법적 수단으로 받아들여지게 강요되는 신앙일 경우가 많다. 그것은 "자본주의의 역사적 발달에 있어서의 이데올로기적 구조물의 초석"이 되는 것이며 그 안에서 "문화 이상으로서의 진리는 하나의 아편"으로 작용한다. 그것은 자본주의의 확장을 용이하게 하는 데 봉사할 뿐이다.

자본주의 세계 경제의 확장이 개재되어 있는 여러 과정은 — 즉 여러 다른 경제 구조의 극변화, 국제 체제에 의하여 통제되고 거기에 참여하는 약체 국가의 창조 등은 문화 차원에서의 여러 가지 압력을 요구했다. 기독교 선교, 유럽 언어의 강요, 특정한 기술과 관습들의 교수, 법률 규범의 변경 등이 그러한 압력으로 사용되었다. 이러한 과정의 상당 부분은 군사력을 통하여 이루어졌고, 다른 것들은 '교육가'의 설득을 통하여 이루어졌다. 이 '교육가'의 설득은 군사력에 의하여 뒷받침되는 것이었다. 이것이 우리가 '서양화(westernization)' 또는 더 오만하게 '근대화(modernization)'라고 부르는 일련의 사회 변화 과정이다. 이것은 보편성의 이데올로기의 열매와 신앙을 나누어 갖는 것이 바람직한 일이라는 주장에 의하여 정당화되었던 것이다.[9]

제국주의의 의도적·무의도적, 의식적·무의식적 작용 — 특히 보편성의 주장을 통한 서양 문학의 내면화, 서양 문화의 객체화는 서양 문학과 문화를 공부하는 데 있어서도 조심스럽게 새겨 두어야 할 가장 중요한 사항이다. 이것은 많은 경고에도 불구하고 충분히 또 세세하게 연구되지 않았고, 아직도 앞으로의 중요한 연구 과제로 남아 있을 뿐이다. 여기에 주의가

---

9  Immanuel Wallerstein, *Historical Capitalism*(London: Verso Editions, 1983), pp. 80~82.

가해짐에 따라서, 우리는 서양의 문학이 얼마나 깊이 제국주의에 의하여 오염되어 있는가를 알게 될 것이다. 이것은 제국주의적 주제를 제국주의적 관점에서 다룬 작품에서만이 아니라 그것을 보편적·인도주의적 관점에서 취급한 작품에서나 또는 그것과는 전혀 관계없는 문학적 내용을 가진 작품에서도 드러나는 것이다. 다만 그것을 알아내는 데에는 세계사에 대한 관점과 미세한 부분에 대한 섬세한 감수성이 필요하다. 가령 한 분석가에 의하면, 톨스토이와 같은 가장 보편적인 인류의 양심을 대변하는 듯한 작가에서도 이러한 현상을 볼 수 있는 것이다. 그것은 복합적인 분석을 통하여서만 알아볼 수 있다. 예를 들어 『코사크』에서 톨스토이는 코사크의 자유분방하고 자연스러운 삶을 찬양하고 이들의 자연스러운 덕성을 부패한 러시아 사회에 대조시키고 있지만, 커다란 역사적 관점에서 볼 때, 자유분방한 변경의 투사들은 바로 부패한 중심 사회의 정복과 억압의 수단이 되었던 것이다.[10] 이러한 착잡한 관련은 작품만의 호소력에 매여 있을 때 그렇게 쉽게 드러나지 아니할 뿐이다. 사실 제국주의적 관련은 현대 서양 문학의 전반에 걸쳐 있는 것으로서 그 가닥을 쉽게 가려낼 수가 없는 지경이다. 앞의 분석가가 예를 드는 것만 보아도, 데포, 월터 스콧, 제임스 페니모어 쿠퍼, 톨스토이, 마크 트웨인, 키플링, 콘래드 등이 모두 여기에 관계되어 있는 것이다. 결국 서양 문학에서 발견하는 자유, 정의, 진리, 사랑, 문명 — 이러한 주제들은 제국주의의 틀 속에 들어갈 때 그 본래의 내용과 전혀 다른 것에 봉사하는 수단이 되는 경우가 많은 것이다. 이러한 왜곡에 대한 자세한 평가가 있을 때까지 우리는 서양 학문의 참다운 의미를 파악할 수 없을 것이다.

---

**10**  Martin Green, *Dreams of Adventure, Deeds of Empire*(New York: Basic Books, 1979), pp.192~202.

## 2. 보편성의 성격

서양 문학의 보편성은 지금 단계에서 공정하게 평가될 수 없는 것이다. 필요한 것은 보편성 비판이다. 그럼에도 불구하고 다른 한편으로 서양 문학의 세계적 패권은 의심할 여지가 없다. 그리고 오염과 왜곡 또 허위의식에도 불구하고 이 패권이 반드시 국제 정치상의 패권에 의해서만 설명될 수 없는 것인 것도 사실일 것이다. 그것은 틀림없이 어떤 종류의 보편적 호소력을 가지고 있으며, 우리의 결여 사항을 보완해 주는 요소를 가지고 있는 것으로 생각되는 것이다. 물론, 앞에서 시사한 바와 같이 이 수수께끼의 보편성은 서양의 발전에 대한 세계사적 고찰을 기다려서 비로소 분명하게 평가될 수 있을 것이다. 그러나 그것의 복합적인 성격을 인정하면서도 그것이 어떤 보편적 호소력을 가지고 있다고 할 때, 이 보편성은 경험적 연구가 없이도 어느 정도 공평하게 또 한정적으로 규정될 수 있는 것으로 생각된다. 이것은 문학이 가질 수 있는 보편성에 대한 유형적 고찰을 통하여 가능하다.

문학은 다른 의식 활동이나 마찬가지로 보편성에 관계되지 아니하고는 정당화될 수 있는 사회 활동으로 성립할 수 없다. 그것의 존립은 적어도 인간의 보편성에로의 초월 가능성을 전제로 하는 것이다. 이것은 가장 간단히 말하여 문학의 의사소통적 성격에 벌써 들어 있는 전제이다. 문학은 독자를 필요로 한다. 또 이것은 특정한 사람이 아니라 일반적 독자이다. 여기에 상정되는 것은 인간의 보편적 의사소통의 가능성이다. 문학을 쓰고 읽는 행위 자체가 우리의 개체적 특수성을 넘어서 보편성에로 나아가는 단초가 된다. 이러한 전달의 조건 외에 대부분의 문학 작품은 그 안에 이미 보편성에의 지향을 그 조건으로 지니고 있다. 노스럽 프라이가 말하듯이,[11]

---

11  Northrop Frye, "The Archetypes of Literature", *20th Century Literary Criticism*, ed. by David Lodge(London: Longman, 1972), p. 430 참조.

모든 이야기는—시도 커다란 의미에서는 이야기의 테두리에 들어갈 수 있다.[12]—궁극적으로 탐구(quest)의 이야기이며, 이 탐구는 구체적인 대상을 넘어선 의미의 탐구이다. 문학은 의미 지향을 내적 동력으로 하여 움직이는 드라마이며 그것을 움직이는 것은 개개의 사건이나 인물을 넘어선 보편성에의 발돋움이다. 문학 작품의 효과나 독자가 받는 감동의 크기는, 적어도 어느 정도는 구체적 사상들의 생생한 묘사와 전개 이외에, 종국에 가서 또는 전체적인 분위기로 독자가 느끼게 되는 의미, 그 보편적 타당성의 크기에 달려 있다. 이 보편성은 어떤 이론적 명제로 번역될 수는 없으면서, 로만 인가르덴(Roman Ingarden)이 문학 작품의 최종적 효과로서 지적한 "형이상학적 성질(Metaphysische Qualitäten)"[13]에 비슷한 것이다. 그것은 "여러 상황이나 사건에서 하나의 특이한 분위기로 나타나서…… 사람과 사물 위에 떠돌며 모든 것을 꿰뚫고 그것을 빛으로 밝혀 주는 어떤 것"이다. 그것에 의하여 "잿빛으로, 아무 중요성도 없이, 의미 없게" 흘러가는 일상적 삶은 "보다 깊은 뜻(ein tieferer Sinn)"을 얻게 된다. 이러한 의미의 현현, "이상적 본질의 구체화(Konkretisierungen von idealen Wesenheiten)"야말로 문학 작품의 가장 중요한 효과를 이루는 것이다. 이것이 모든 문학 작품에 나타나는 것은 아니라고 인가르덴은 말한다. 그러나 조금 더 평상적인 의미의 문학적 묘사에 있어서도 낱낱의 사항들을 넘어가는 어떤 보편성이 문학 작품의 한 동기를 이루고 있는 것임은 틀림이 없다. 그 내적인 성격으로 인해서나 또는 그 의사 전달의 전제로 인해서 문학은 보편의 차원을 갖는다. 앞에서 말한바, 보편성에의 고양이라는 정신의 과정에서 문학이 중요한 위치를 차지하는 것도 이러한 문학의 특성으로 인한 것이다.

---

12 가령 케네스 버크가 시를 상징 행동으로 본 것과 같은 것도 그 한 예이다. Kenneth Burke, "Symbolic Action in a Poem by Keats", *A Grammar of Motives*(New York: Braziller, 1953) 참조.

13 Roman Ingarden, *Das Literarische Kunstwerk*(Tübingen: Max Niemeyer, 1965), pp. 310~316.

서양 문학의 보편성은 많은 경우 궁극적으로 이 형이상학적인 성질에의 참여와 관련이 있는 것으로 생각된다. 그러나 이것은 섣불리 전단하여 말할 수 없는 것이고, 또 (나중에는 얼마간 이러한 면을 언급할 기회가 있겠으나) 이것을 여기에서 논의하려는 것도 아니다. 여기에서 말하고자 하는 것은 문학의 호소력이 보편성에 관계되어 있다는 것이고, 그것에 이어서 이 보편성의 성격을 조금 자세히 검토해 보는 것이 우리가 서양 문학의 위력을 대함에 있어서 바른 자세를 지니게 되는 데 도움이 될 것이라는 점이다.

다시 한 번 문학의 보편성이란 무엇인가? 문학은 만인에 호소하고 만인에게 진실이라고 생각될 만한 것을 이야기한다. 문학은 보편적 인간 진실을 가지고 모든 사람에게 감동을 줄 수 있다. 흔히 이야기되는 문학의 보편성은 이러한 것을 지칭한다. 이것이 옳다면 서양 문학의 호소력은 그것이 다른 어느 전통의 문학보다도 보편적 인간의 진실에 깊이 참여하고 있기 때문이라는 말이 될 것이다. 문학에 이러한 측면이 있고 또 서양 문학에 그러한 보편성이 있는 것을 부정할 수는 없을 것이다. 그러나 문학 일반 또는 서양 문학의 보편성을 보편적 인간성에 환원하는 것은 역사와 사회와 문화의 맥락 안에 착잡하게 존재하는 인간을 너무 단순화하는 것이다. 보편적 인간성이 존재한다고 하더라도 그것은 구체적인 상황 속에서 다르게 나타난다. 사실상 문학이 가지고 있는 것은, 설령 사람 마음은 다 같고, 사람의 희노애락은 다 같고, 사람 사는 것은 다 같다고 할 만한 이유가 있다고 하더라도, 이것들의 독특한 나타남, 다른 나타남으로 대치할 수 없는 독특한 모습이다. 그러니까 다시 말하건대 문학의 보편성은 법칙적 보편성에 대하여 구체적인 경험의 세계에 배어 있는 상황 구속적 보편성이다.

이렇게 말하면서도 우리는 문학의 호소력이 보편성에서 나온다는 것을 다시 한 번 기억할 필요는 있다. 단지 그것이 어떤 것인가에 대하여 조금 면밀한 검토를 가할 필요는 없는 것이다. 그러기 위하여 우리는 일단 그러한 것이 거의 존재할 수 있는 것처럼 상정하는 것이 좋다. 문학의 보편성이 상황 구속적 보편성이라 하여도 문학 작품에서 시공을 초월하는 인간 정서와 구체적인 정황들이 결합한다고 생각하여서는 아니 된다. 보편적인 것이 있다고 하더라도, 그것은 어떤 실질적인 내용을 가지고 있는 정서나 충동 또는 행동 양식의 보편성이 아니다. 극단적으로 말하여 보편적인 것은 가장 추상적인 범주의 인간 생존의 사실뿐이다. 시대와 상황은 언제나 다르다. 다른 상황 속에서 지속하는 시대적·개인적 삶은 다른 모습을 지닌다. 그러면 같은 것은 무엇인가? 그것은 여러 다른 상황 속에서 삶이 지속한다는 것이다. 삶의 지속이 같은 것이다. 그리고 그것은 일정한, 매우 추상적이지만 유형적으로 파악될 수 있는 모양을 갖추고 있다. 그것은 삶이 늘 상황 속에 있으며, 상황이 제시하는 선택 가운데 그 통로를 마련하여 그 속에서 지속한다는 것이다. 달리 말하여 삶이 어떤 보편적인 모습을 가졌다는 것은 그것이 삶의 나타남이란 점에서이고, 그것이 다르다는 것은 나타남의 외적 표현이 여러 주어진 여건에 따라 천차만별이란 점에서이다. 실제 문학 작품의 보편성은 이러한 추상적 공식이 말하는 것보다는 실질적 내용을 가지고 있는 것일 것이다. 그러나 인간의 보편적 정서나 충동의 존재를 배제하지는 않은 채로, 문학 작품의 보편적 호소력은 방금 말한 바와 같은 극히 일반적인, 내용이 없는 보편성과 일회적 내용의 구체적인 느낌으로 이루어진 특수성에서 나오는 것일 것이다.

우리는 어느 문화, 어느 시대의 작품을 읽고도 그것에 공명할 수 있다. 서양 문학에서도 시대를 달리한 두 작품을 읽고 거기에서 감동을 느낄 수 있다. 어떤 경우에나 우리가 비슷한 감동을 갖는 것은 비슷한 요소에 대하여서라고 할 수 있다. 이 비슷한 요소는 무엇인가? 소포클레스의 「안티고네」와 카뮈의 「정의의 사람들」은 다 같이 정의를 주제로 한다. 어떻게 보면 이 정의의 주제가 시공을 초월하여 우리에게 호소력을 갖는 것이라고 할 수 있다. 그러나 조금 더 자세히 살펴볼 때, 이 작품들이 독자의 정의의 개념에 일치함으로써 독자를 감동시킨다고 할 수 있을 성싶지는 않다. 조금 단순화하여 말한다면 소포클레스의 작품은 근본적으로 보수적인 세계관에 기초해 있다. 그것은 새로이 등장하는 국가주의와 이성주의에 대하여 관습과 전통을 옹호한다. 카뮈의 작품은, 유보가 없지는 않은 채로 진보적이고 혁명적인 사회관을 내비치고 있다. 여기서 말하여지는 것은 관습과 전통도 아니고, 그것에 의하여 뒷받침되는 자연스러운 인정도 아니고 새로운 집단적 질서에 대한 비전이다. 따라서 보수주의자와 진보주의자의 대립은 이 작품들에 대한 반응을 달리하게 할 수 있다.

　물론 비록 실질적 내용을 달리한다고 하더라도 두 작품이 다 같이 정의의 주제를 가지고 있는 것은 사실이다. 우리는 이 주제를 중심으로 하여 두 작품을 비교하고 두 작품의 상황에 공감하여 볼 수 있다. 「안티고네」에서 주인공은 혈육 간의 정과 의무에서 나오는, 말하자면 원시적인 정의를 위하여 국가의 권력에 맞선다. 「정의의 사람들」에서 주인공들은 혁명적 정의의 이름으로 국가권력에 대항하고 또 살인이라는 인간 생존의 원초적 금기를 깨뜨리지 아니할 수 없게 된다. 「안티고네」에서 정의의 행위는 사람들 위에 군림하는 신들의 어두운 질서에 의하여 뒷받침된다. 그것은 인간의 행위에 기묘한 확실성을 부여하지만, 그 행위의 가공함, 이 가공함의 불가피성을 완화하는 것이 아니라 오히려 강화해 준다. 「정의의 사람들」에서 테러리스트들인 주인공들의 정의는 유토피아의 꿈에 의하여 뒷받침된다. 그것은 확실한 것이 아니고 어쩌면 실존적 결단을 위한 허구에 불과할 수도 있다. 그러니만큼 그들의 행위에는 확실성도 없고, 또 그들의 행위는 가공할 만한 것이지만 「안티고네」의 초자연적인 불가피성을 보여 주지도 않는다. 그러나 그들의 실존적 고민의 논리는 그 나름의 타당성을 갖는다……

　이러한 비교에서 두 작품의 공통 요소로서 우리에게 호소하는 것이 있는가? 위에서 말한 바와 같이 여기에 정의의 주제가 있다. 그러나 구체적인 상황 속에서 그것은 도저히 일치시킬 수 없는, 하나의 이념으로 추출해낼 수 없는 것이 되었다. 다만 우리를 움직이는 것은 정의라는 이념을 둘러싼 인간 드라마이다. 사실 이 두 연극을 구체적으로 체험하는 데 중요한 것은 어떤 정의의 이상에 대한 공감이 아니라 주인공들의 상황에 이입하여 들어갈 수 있는 공감이다. 우리는 주인공들의 삶에 일치한다. 그 삶은 비극적인 것으로 드러난다. 안티고네는 육친의 의무의 '파토스'[14]의 가공할 불가피성을 우리에게 보여 준다. 「정의의 사람들」의 주인공들은 혁명적 행위의 공포의 불가피성(파토스적이라기보다는 심리적이며 실존적인)을 우리에게 느끼게 한다. 여기서 핵심이 되는 것은 공포이며 그것의 불가피성이다.(카뮈는 "비극 작품의 모든 노력은 틀림없는 귀납으로 주인공의 불운을 장식할 논리적 체계를 보여 주는 데 경주된다……. 그 필연성이 가공할 운명을 성스럽게 한다."[15]라고 말한 바 있다.) 이러한 공포의 불가피성 이 두 작품에 공통된 것이고, 그것이 우리가 이 두 작품에 공감하게 되는 근본일 것이다.

공포를 강조했다는 점에서 아리스토텔레스의 비극론은 정당하다. 이 공포는 어떤 특정한 내용을 가진 정서가 아니다. 아리스토텔레스는 비극이 불러일으키는 공포가 우리 자신의 생존에 대한 염려에서 나온다고 하였거니와, 그것은 일반적으로 우리 생존의 기본적 정조(情調)라고 말할 수 있는 것이다. 물론 비극이 보여 주는 것은 우리의 일상적 삶보다 고양된 차원에 있는 사람들의 삶이기 때문에 모든 것은 과장되어 나타날 수밖에 없

---

**14** 비극의 핵심에 πάθος(정열, 수난)가 들어 있다는 헤겔의 말은 중요한 관찰이다. 헤겔은 '파토스'를 "그 자체로서 정당화되는 심정의 힘, 이성적인 것과 자유 의지의 본질적 내용(eine in sich selbst berechtigte Macht des Gemüts, ein wesentlicher Gehalt der Vernünftigkeit und des freien Willens)"이라 정의하고 이것이 사람을 행동과 결단에로 몰아가는 것이라고 한다. G. W. F. Hegel, *Vorlesungen über die Aesthetik* I(Frankfurt am Main: Suhrkamp), p. 301.

**15** A. Camus, *The Myth of Sisyphus*(New York: Knopf, 1955), p. 95.

다. 비극은 우리에게는 가능성으로만 있는 공포를 보여 준다. 그것은 우리에게 막연한 생존의 불안감으로 더 친숙한 것이다. 이 불안감은 우리의 생존이 요구하는바 불확실한 상황에서의 기약 없는 선택으로 인하여 불러일으켜지는 것이다. 비극에서의 이 선택은 훨씬 단호하다. 이것이 가공할 결과를 가져오는 것이다. 위의 두 작품에서 주인공들은, 그것의 실질적 내용이 무엇이든지 간에 정의를 선택하고 그 두려운 결과를 산다.

이러한 연극의 구조를 조금 더 일반화하여 말하면, 이 연극들은 인간 생존에 있어서의 '이상적 본질'의 움직임을 보여 준다.(위의 연극들에서 이 본질은 정의이다.) 이것은 밖으로부터 오는 이상이 아니다. 그 주인공이 처해 있는 상황을 —즉 객관적 조건이란 관점에서와 인간의 최대의 가능성이란 관점에서 그의 상황을 극명하게 정의해 주는 어떤 것이다. 그러나 이러한 극명한 정의, 즉 이상적 본질에 따른 행동은 일상적 삶에 대하여 파괴적 공포로써 또는 신비스러운 전율(mysterium tremendous)로써 작용한다. 그러면서도 그것은 상황과 인간적 가능성의 가장 높은 선택을 나타낸다. 비극의 주인공은 이상적 본질의 선택으로서 자신에게 가장 충실한 행동을 하는 것이다. 여기에서 다시 말하여야 할 것은 이러한 본질의 드라마가 비극이나 고양된 문학에서 두드러지는 것이기는 하지만, 우리의 일상적 생활로부터도 그렇게 동떨어져 있는 것만은 아니라는 사실이다. 앞에서 말한 바와 같이 우리도 주어진 상황에서 상황이 부여하는 또 우리 자신의 자아의식이 요구하는 선택에 부딪치며, 그 결과에 괴로워하는 것이다. 다만 이러한 일이 얼마나 상황과 인간 존재의 전폭적인 가능성과 한계의 의식 속에서 이루어지는가에 따라 차이가 생겨날 뿐이다.

위의 분석을 다시 요약하건대, 소포클레스와 카뮈에 공통된 것은 이상적 본질에 의하여 규정된 인간 생존 속에 일어나는 공포의 경험이다. 이것은 인간 생존의 기본적인 모습에 속하는 것이기 때문에 우리로서도 쉽게 공감할 수 있는 종류의 경험이다. 문학의 보편적 호소력 또는 보편성은 이러한 근원적 경험의 유사성에서 나오는 것이다. 다른 말로 일반화하여 말한다면, 인간 존재의 어떤 근본적인 가능성에 열려 있음으로 우리와 어떤 종류의 작품들은 서로 보편적인 의사 전달에 성공할 수 있는 것이다. 더 간단히, 삶에의 열림, 존재에의 열림이 많은 문학 작품을 우리가 접근할 수 있는 하나의 보편적 차원에 놓는 것이다.

문학의 보편성은 인간의 존재에의 열림에 의하여 가능하다. ── 이것은 무엇인가 많은 것을 이야기하는 듯하면서 많은 것을 이야기한 것이 아니다. 이 보편성은 구체적 상황에 따라 천차만별로 다르게 나타난다. 여기에서 보편성이란, 앞에서 이미 비친 바 있듯이, 개방성, 무규정성에 다름이 아니다. 어떤 작품 속에 구체화된 본질은 다른 작품에 구체화된 본질과 같은 것이라고 말하기 어렵고 또 오늘의 이 자리의 독자인 나에게 직접적인 의미에서 보편적 법칙이나 가치를 제공해 주는 것일 수가 없다. 문학 작품이 나타내는 보편성은 어떤 하나가 다른 하나로부터 발전되어 나오거나 또는 어느 하나가 다른 하나를 대체하는 것이 아니다. 각 작품들은 적어도 그것이 구현하고 있는 보편적 진리의 면에서 모두 유니크한 것이다. 그것들은 하나의 법칙이나 체계 속에 포괄되지 아니한다. 그렇다고 작품들 사이에 상관관계나 유사성이 없는 것은 아니다. 그것들은 하나의 포괄적 가능성을 서로 다르게 구현하고 있는 여러 범례들이다.

이것은 사람 하나하나가 모두 인간이면서 또는 인간의 가능성을 나타내고 있으면서 인간의 가능성의 유니크한 모범이 되는 경우와 같다.[16] 인

---

16 넬슨 굿맨은 예시(exemplification)를 예술의 의미 작용의 중요한 특징으로 분석한 바 있다. 그에 따르면 그것은 지시(denotation)의 역(converse)이다. 지시는 대상을 속성에 귀속시키며, 예시는 대상으로 하여금 속성을 가리키게 한다. 전자는 속성 또는 개념으로 구체적 대상을 규정하는 것이고, 후자는 구체적 대상으로 하여금 속성을 지시케 하는 것이다. 한 그림은 사람을 묘사한 것으로 또는 지시하는 것으로 말하여질 수 있고, 달리는 사람의 그림은 사람 일반, 사람다움

간의 개방적 조소성(彫塑性)을 생각할 때 이 예시 모범은 어떤 특정한 형태에 한정될 수 있는 것이 아니다. 따라서 어떠한 의미에서는 모든 사람이 인간성과 그 가능태에 대한 예시이며 모범이다. 특별하게 훌륭한 사람이 있다면, 그 사람은 다른 사람에 대하여 두드러진 범례가 된다. 그러나 어떤 훌륭한 삶도 우리 자신의 삶과 일치할 수는 없다. 훌륭한 삶이 우리에게 이야기하는 것은 우리 자신의 삶 속에 우리 나름의 인간적 가능성을 구현하라는 것이다. 훌륭한 삶은 인간의 높은 가능성 — 모든 사람에게 공통된다는 의미에서만이 아니라 인간의 가능성을 더 넓게 크게 보여 준다는 의미에서 보편성을 지닌 삶이고 우리에게 모범이 되는 것이다. 그러면서도 그것은 단순히 범례적 보편성을 가진 것에 불과하다. 문학 작품의 보편성도, 이미 말한 바와 같이 이에 비슷하다. 그도 그럴 것이 바로 특수하면서 보편적이고 보편적이면서 특수한 인간 생존에 가장 깊숙이 뿌리내리고 있는 것이 문학이기 때문이다. 문학 작품의 보편성은 우리에게 준수, 일치 또는 모방을 요구하는 종류의 보편성이 아니다. 그것은 인생에 있어서나 마찬가지로 새로운 모험에의 초대이고 우리 자신의 창조력에 대한 도전일 뿐이다. 서양의 중세에 있어서 이야기는 종종 '귀감(exemplum, paradeigma)'을 제공해 주는 수단으로 생각되었다.[17] 분명하게 규정될 수 없는 인간의 탁월성은 예시를 통하여 가장 잘 보여 줄 수 있다고 생각되었던 것이다. 한 작품의 다른 작품에 대한 관계도 기껏해야 귀감의 관계일 수 있을 뿐이다.

문학 작품의 보편성에 대한 이러한 관찰은 장황하기는 하였지만, 서양

---

을 예시하는 것으로 말하여질 수도 있다. 우리의 논의와 관련하여 문학 작품은 인간다움에 대한 예시로 생각될 수 있다. 그리고 이 인간다움은 열려 있는 상태의 모든 인간적 가능성일 수 있다. 예시에 대하여서는, Nelson Goodman, *Languages of Art*(London: Oxford University Press, 1969), pp. 52~57 et passim 참조.

**17** Ernst Robert Curtius, *European Literature and the Latin Middle Ages*(Princeton University Press, 1953), pp. 59~61 참조.

문학에 대한 우리의 입장을 생각함에 있어서도 하나의 근거가 될 수 있다. 위에서 행한 분석에 따르면 서양 문학의 보편적 호소력 또는 그 보편성을 우리가 인정한다고 하더라도 그것을 다른 가능성을 배제하는 전제적 패권으로 생각할 필요가 없다. 그것은 기껏해야 범례적인 것에 불과하다. 한 사람의 훌륭함이 다른 사람의 훌륭함을 부정하지 아니하고, 한 가지의 훌륭함이 다른 종류의 훌륭함을 배제하는 것이 아닌 것과 같이, 서양 문학의 보편적 가치는 다른 전통의 보편적 가치를 부정하는 것이 아니고, 서양 문학의 보편성이 다른 종류의 보편성을 배제하는 것일 수 없다. 우리가 인류의 보편적 자산을 구성할 미래의 문학을 생각하는 경우에도 그것은 반드시 서양 문학의 업적의 일직선적 발전에 누적적으로 추가되는 어떤 것으로 생각될 필요가 없는 것이다. 서양 문학은 비서양 문학에의 도전이지 처방이 아니다.

어떻게 보면 어떤 경우에나 직접적인 의미에서의 보편적 문학 가치에의 접근은 일단 차단되어 있는 것이라 할 수 있다. 하나의 가치나 교리로서 추출된 작품의 특징은 대부분의 경우 허위의식의 일부를 이루는 것에 불과하다. 위에서 말한 바와 같이 문학이 구체적 작품 속에 보여 주는 것은 상황 속에 구체화되는 상황적 보편성이다. 주어진 것은 보편적 인간성이 아니라 작품에 고유한 상황이며, 우리에게 요구되는 것은 우선 무사공평한 입장에서 우리 자신을 주어진 상황에 투입시키는 일이다. 이 투입의 가능성이 보편성의 근거를 이룬다. 이것은 일단 우리의 투명한 이성적 능력을 지칭할 수 있다. 그러나 이것은 동시에 실존적 긴박성에 연결되어 있는 능력이다. 그것은 우리의 개인적·시대적 관심에 얽혀 들어 있으면서, 인간 존재에의 열림에 기초해 있는 것이다. 그것이 서양의 것이든 우리 자신의 것이든, 문학 유산의 소유는 이 열림을 향하여 우리 자신을 심화함으로써 가능하다. 여기에서 객관적 이해가 열리고 그것의 우리의 삶에의 전용이 가능하여진다.

### 3. 서양 문학의 한 보편적 특성

위에 요약한 문학 전통의 소유에 관한 반성은 모든 문학에 해당되는 것이겠지만, 서양 문학에 특히 해당되는 것이 아닌가 한다. 왜냐하면 서양 문학을 특징짓고 있는 것은 그 개방성이며, 그것으로 하여 가능하여지는 상황적·범례적 보편성으로 생각되기 때문이다.

물론(이런 종류의 모든 일반론의 어리석음을 인정하고) 서양 문학의 특징의 하나는 그 리얼리즘에 있다고 서양문학론을 시작해 볼 수도 있다. 희랍 시대로부터 오늘날까지 서양에 있어서 문학이 삶의 현실 묘사라는 것은 대체로 수긍되어 온 문학 이론의 전제이다. 이것은 제일 간단히 말하여 사물적 대상이나 인물 또는 정황의 실감 나는 묘사가 문학의 핵심임을 말하는 것이다. 그러나 서양 문학에 있어서의 리얼리즘의 발달에 대한 탁월한 연구인 아우어바흐의 『미메시스』가 주장하듯이, 사실성의 문제는 사물의 실감 나는 묘사 그 자체에 있다기보다도 그것을 어떤 일관성 속에서 수행하느냐 하는 것이었다. 쉽게 말하여, 사실성이란 이성적으로 이해될 수 있는 사실성을 뜻하는 것이다. 그러나 더 일반적으로 말하면, 일관성은 단순한 이성적인 구도가 아니라 일관된 삶에 대한 관심을 나타내는 것이고 궁극적으로는 세계의 일관성이나 총체성에 대한 추구에 관계되는 것이다. 그러나 이 추구는 쉽게 어떤 보편적 원칙 — 형이상학적, 과학적, 도덕적, 정치적 원칙에 도달하는 것으로 만족될 수 없다. 그것은 대부분의 추상적 개념이 그렇듯이 현실을 참으로 꿰뚫는 일관성 또는 총체성에 미치지 못하기가 쉬울 것이기 때문이다. 현실이 전체성에 대응하려고 한다면 여기에서의 추구는 계속적으로 추구로서 남아 있을 수밖에 없다. 일관성이나 총체성의 추구는 차라리 끊임없는 추구의 도정으로 암시될 뿐이다. 늘 새로 묻고 새로 시험하고 새로 시작할 수 있는 데에서 그것은 암시되는 것이다. 어떻게 보면 진정한 일관성은 이러한 새로운 시도를 시작할 수 있는 인간 능력에 있다고 할 수 있다. 그러나 그렇다는 것은 단순히 주관적인 결단만을 말하는 것이 아니기 때문에 앞에서 썼던 말을 다시 써서, 일관성과 총체성에 이르는 것은 단순히 존재에 대하여 열려 있는 것을 말한다고 하는 것이 좋을는지 모른다. 이 열림으로부터 새로운 시도와 결과가 끊임없이 태어나게 된다. 서양 문학의 사실적 풍요도 여기에서 나오는 것이 아닌가 한다. 그 리얼리즘도 외면적 특징에 대한 단순한 충실보다도 적어도 지속되는 탐구의 과정에 대한 대응물로서 나타나는 것으로 생각될 수 있는 것이다.

하이데거는 서양 정신의 근본을 희랍인의 존재에 대한 개방성에서 찾는다. 그러므로 하여 결국 과학적 지식으로 나타나는바 외부 세계에 대한 객관적 지식이 가능하여진다. 그러나 여기에서 더 중요한 것은 그 세계에 대하여 의문을 제기할 수 있는 가능성이다. 객관적 세계라는 것도 이 물음 속에 나타나는 한 가능성의 결정에 불과하기 때문이다. 하이데거에 의하면, 희랍 철학의 단초에서, 파르메니데스는 인간을 물음에 의하여 규정하였다. "인간 존재의 규정은 답이 아니라 본질적 물음이다." 이것은 개인적인 것이기도 하지만 집단적인 과정이다. 시대 속에 내재하는 이 물음의 작업의 성질에 따라서 인간의 집단적이고 역사적인 존재가 결정된다. "물음을 묻는 것을 결정하는 것은 역사적인데, 대체적으로 그렇다는 뜻에서만이 아니라, 그것이 역사의 본질이라는 뜻에서이다."[18] 이 물음은 존재 전체를 향한다. 그것이 다시 말하여, 역사 속에 드러나는 존재의 모습을 결정한다. (데카르트 이후의 자연과학적 사고의 발달은 존재의 한 가능성에 대한 선택에 기초하는 것이면서, 존재에 대한 망각(Seinsvergessenheit)을 가져왔다. 물음의 생생함

---

[18] Martin Heidegger, *Einführung in die Metaphysik*(Tübingen: Max Niemeyer Verlag, 1953), p. 107.

이 사라진 것이다.) 서양 문화의 본질을 하나의 본질로 규정하는 것은 지극히 어리석은 일이지만, 존재의 물음의 중요성에 대한 하이데거의 지적은 우리의 직관적 예감과 일치하는 것으로 여겨진다. 즉 서양 문학의 핵심에 들어 있는 것은 무엇보다도 그 질문하는 힘에 있지 않나 하는 우리의 직관을 확인해 주는 것이다. 이것으로부터 인간과 세계, 그리고 존재에 대한 끊임없는 추구가 나오고 그 다른 한편으로 객관적 사물에 대한 관심이 나오는 것이다.

이 물음 속에서는 어떠한 것도 당연한 것으로 받아들여지지 아니한다. 물론 이때의 물음은 천박한 물음의 장난에 떨어질 수도 있다. 허무주의, 냉소주의, 퇴폐주의는 그 천박하고 부정적인 표현이다. 그러나 이러한 부정적 표현은 서양 정신이 자유로운 탐구 속에 남아 있고, 삶의 근본으로부터 삶을 보는 데 지불해야 하는 하나의 대가이다. 이러한 대가를 무릅쓰면서 무전제의 창조적 자유를 유지할 수 있었던 것이 우리가 서양 문학에서 느끼는 보편성의 업적을 가능하게 한 것이 아닌가 하는 것이다. 소포클레스와 카뮈의 공포는 인간 존재의 심연을 보여 주고 우리를 전율하게 한다. 그러면서도 그것은 인간 존재의 보편적 지평을 드러내어 보여 준다. 이 지평에서 모든 것은 무서운 가능성 속에 열린다. 위에 언급한 연극들이 보여 주듯이 그것은 파멸과 죽음의 가능성을 포함한다. 그러나 다른 한편으로 거기에는 창조적 인간의 삶, 정의와 용기의 삶의 가능성도 들어 있는 것이다.

그러나 물음에 의하여 열리는 보편적 가능성은 위에서 말한 바와 같이 범례적인 것에 불과하다. 그것은 자유로운 선택의 가능성으로 남아 있는 무규정의 보편성을 제시해 줄 뿐이다. 소포클레스와 카뮈의 물음과 답변은 다른 물음과 답변을 불필요하게 하는 것이 아니라 그것을 재촉한다. 이것이 서양 문학의 풍요와 힘의 근원이 되는 것이다. 그리고 이것이, 이미 말한 바와 같이 서양 문학이 우리에게 주는 교훈이다.

## 4. 서양 문학과 한국 문학

서양 문학의 교훈은 우리에게 우리 자신으로 돌아가라고 한다. 즉 우리 자신의 창조적 가능성을 깨달으며, 그것을 가지고 세계 문학의 보편적 차원으로 들어서라는 것이다. 이러한 회귀는 어떻게 가능한가? 여기에서 이 문제를 우리가 전반적으로 생각해 볼 수는 없다. 주로 서양 문학과의 관계에서 생각해 볼 때 우리는 서양 문학이 우리의 보편성의 수련에서 필수적인 타자가 될 수 있음은 앞에서 이미 이야기하였다. 여기에 대하여는 이미 충분히 말한 것으로 여겨지지만, 서양 문학을 수용한다는 입장에서 이것을 다시 한 번 검토해 보자.

간단한 명제로부터 시작하건대, 서양의 보편성도 우리의 보편성이다. 그러나 위에서 이야기한 것은 이것이 같은 보편성은 아니라는 점이다. 우리는 우리 자신과 타자를 분명하게 나누어 생각하여야 한다. 그러면서 서양 문학의 존재 방식에 귀 기울여야 한다. 일반적으로 문학 읽기가 가져올 수 있는 병리적 문제의 하나는 '보바리즘'이다.[19] 이것은 간단히 말하여, 독자가 작품의 주인공과 자신을 혼동하여 그의 욕망과 가능성을 자신의 것으로 수용하는 데에서 일어나는 병이다. 이것은 개인과 마찬가지로 집단의 경우에 또 한 작품에 대하여서만이 아니라 한 문화 전체에 대한 태도에서도 일어날 수 있는 병리 현상이다. 그러므로 문학이나 문화의 대상을 접함에 있어서 저쪽에 있는 것을 내 자신의 것으로 혼동함이 없는 것이 중요하다. 이것은 다른 편에서 말하면 주어진 현상을 현상이 있는 바대로 객관적으로 파악하는 것을 말한다고 할 수도 있다. 진정한 객관적 인식은 거리

---

**19** 보바리즘 문제는 졸고, 「서양 문학의 유혹: 문학 읽기에 대한 한 반성」, 《외국문학》 8호(1986년 봄호)에서 논의한 바 있다.

속에서의 일치를 말하는 것이다.

그러나 객관적 인식만은 충분한 것이 아니다. 그것이 우리 자신에게 의미를 가지기 위해서는 그것이 우리의 내면에 연결되어야 한다. 문학은 물건을 소유하듯 외면적으로 소유될 수 없다. 객관화된 지식은 인식 대상에 대한 우리의 태도가 물건의 소유에 있어서처럼 외면화될 때 용이해진다. 참다운 의미에서의 문학의 소유는 지식에 의한 소유가 아니라 안으로부터의 일치 또는 최상의 상태에서는 대화적 일치라야 한다. 그러나 이 일치가 에마 보바리의 일치여서는 아니 된다. 그것은 어떻게 보면 객관적 지식의 경우에 있어서보다 더 객관적이 됨으로써 가능하다. 문학적 소유에 이르기 위하여서는 우리는 작품이나 문학 전통의 내면으로 들어가야 한다. 그러나 이것은 우선적으로 타자의 내면으로 들어가는 것임을 우리는 강조할 필요가 있다. 문학의 업적은 그것에 대응하는 정신의 소산으로 파악됨으로써 내면을 우리에 열어 놓아 준다. 탁월한 문학 작품은 정신의 역동적 움직임의 외면화이다. 여기서 움직이는 정신은 작품이나 문학 전통의, 즉 타자의 정신이지 나의 정신이 아니다. 그러나 정신만이 정신과 대화할 수 있다. 다른 문학에 대한 객관적·역동적 정신으로부터의 이해는 그 문학에 대한 이해인 동시에 우리 자신에 대한 이해가 된다. 우리의 이해는 우리 마음 가운데 깨어나는 가능성을 통하여 이루어진다. 서양 문학에 대한 이해의 과정은 그것과 우리와의 차이에 대한 환기이며, 그것과의 일치이다. 그러면서 인간의 보편성에 대한 깨우침이다.

이 깨우침은 앞에서 말한 바와 같이 자기 현실에의 복귀를 요구한다. 이것은 있는 그대로의 현실에 돌아오는 것을 뜻하는 것이 아니라 보편적 가능성 속에 재평가되는 현실로 돌아오는 것을 뜻한다. 현실은 보편적 인간성의 영역으로 재창조되어야 할 것으로 보이는 것이다. 그리하여 여기에서부터 현실 개조, 새로운 문학적 창조 등의 가능성이 열린다. 그러나 서양 문학의 수용 또는 문학의 사회적 기능이란 관점에서 중요한 것은 교양의 작업의 진전, 정신의 보편성에로의 고양의 진전이다. 이것은 자기 안에 잠재해 있는 능력을 깨우치는 일 그 자체에 달려 있는 것이다. 그리고 이 능력이란 어떤 특별한 능력을 말하는 것이 아니라 인간 존재 그것이 끊임없는 창조적 결정에 있다는 의미에서의 능력이다. 그것은 다시 말하여 인간이 문화적·역사적으로 형성되며 또 문화와 역사를 형성한다는 사실에 드러나는 능력이다.

늘상 이야기되는 바와 같이 인간의 문화적·역사적 형성을 이해함에 있어서 가장 중요한 것은 전통에 대한 이해이다. 오늘의 나는 바로 문화적 전통에 의하여 오늘의 나로서 형성된 것이다. 그러나 중요한 것은 외국 문학의 이해에서나 마찬가지로 재산 목록처럼 열거될 수 있는 유산이 아니다. 우리가 우리 자신의 창조적 능력을 깨우치려면, 전통의 외면적 업적이 재산 목록이 아니라 거기에 대응하는 창조적 능력의 소산이라는 것을 알 수 있어야 하는 것이다.

그런데 여기에도 역설적 과정이 들어 있다. 확실하게 하나의 전통 속에 있다는 것은 무반성적으로 그 안에 있다는 것이다. 이 상태에서 전통의 많은 것들은 당연한 것으로 받아들여진다. 그것들은 바꿀 수 없는 물건의 단단함을 가지고 물화되어 나타나는 것이다. 필요한 것은 바꿀 수 없는 물건들과 또 바꿀 수 없는 원칙들로 이루어진 객관적 세계를 인간의 역사성 속으로, 역사적 결단과 창조적 선택 속으로 용해하는 것이다. 객관적 세계는 정신의 역사적 외면화이다. 우리는 이 외면화된 세계의 밖에 또 한 번 서야 한다. 이 소외를 통해서 역사적 정신의 유동성은 다시 회복된다. 이 정신의 유동성 속에서 물론 전통의 확실성과 안정성은 크게 흔들리고, 역사는 확실성이나 확신의 세계가 아니라 불확실과 결단의 문제적 상황임이 드러난다. 이것은 회의와 부정의 길이다. 그러나 그것이 진정으로 전통을 소유하는 길이다. 하이데거의 말을 빌려, 극단적으로는 "파괴(Destruktion) 가 참으로 전통을 소유하는 방법이다. 지배적인 전통은 대체로 전해지는 것의 내용을 접근 불가능한 것이 되게 하여 그것을 차라리 은폐한다. 그것은 전해지는 것을 자명함에다 내맡겨 버리고 우리에게 전수된 범주와 개념들이 그 안에서 적어도 어느 정도는 순수하게 창조되었던 본래의 '근원'에의 접근로를 차단한다. 그것은 그러한 근원을 망각하게 한다."[20] 그러므로 다시금 이 근원에 가까이 가기 위해서는 전통을 파괴해야 하는 것이다. 물론 그것은 완전히 두들겨 부순다는 것이 아니라 그것을 되찾기 위한 우회이다. 전통을 "파괴한다는 것은 귀를 열고 전통 속에서 존재자의 존재로서 우리에 말해 오는 것을 들을 수 있도록 자유로워진다는 것을 뜻한다."[21]

우리는 전통의 단절이라는 문제에 대한 논의를 많이 들어 왔다. 지난 100여 년간에 우리의 전통에 커다란 단절이 있었던 것은 사실이다. 단절은 밖에서 오는 충격으로 인하여 야기된 것이지만, 어쩌면 내면적으로도 이미 일어나고 있었는지도 모른다. 그것은 역설적으로 지배적인 전통이 너무 지배적이었던 까닭이었다고 진단할 수도 있을 것이다. 그것은 근원의 자유 속에 이루어졌던 것을 범주로, 개념으로, 객관적 대상과 원칙으로 경화시키는 결과를 가져왔을 것이다. 그리하여 그 본래적인 역사성, 그 자유와 열림을 잃어버린 것이다. 이것을 되찾으려는 노력은 물론 불안과 불확실성, "본래의 무근거성(die eigene Bodenlosigkeit)"[22]을 무릅쓰는 것이다. 그러나 전통을 참다운 의미에서 계승하는 데 이것은 불가

20 Martin Heidegger, *Sein und Zeit*(Tübingen: Max Niemeyer Verlag, 1972), p. 21.

21 Martin Heidegger, *What is Philosophy?*(New Haven: College and University Press, 1956), p. 72.

22 Johann Wolfgang Goethe, "Weltliteratur", *Gedanken und Aufsätze*, *Goethes Werke*(Zwölfte Band, Basel: Verlag Birkhäuser, 1944), p. 178.

피하다. 심연의 지평 속에서 새로이 질문됨으로써, 회의와 부정을 무릅 씀으로써 역사적 지평의 근원성은 회복된다. 이것이 전통의 해석 작업이 며, 이 해석의 연속성이 없이는 참다운 의미에서의 전통의 내면적 연속 성은 있을 수 없다.

그런데 전통에 대한 질문과 해석은 전통의 내면적 힘만으로도 지속될 수 있지만 그것은 지배적인 전통에 대한 다른 사고방식의 또는 다른 전통 과 문화의 전통에 의한 도전을 통해서 비로소 활발한 상태로 유지될 수 있 는 것이 아닌가 모른다. 이러한 도전이 적었던 지배적 전통의 지배적 위치 가 바로 전통의 단절, 내면적 단절을 가져온 것으로 생각되기 때문이다. 이 제 서양 문학 또는 다른 문학과 문화의 범례와 도전은 우리의 전통의 회복 과 갱생을 위하여도 필수적인 것으로 말할 수 있다. 괴테는 독문학과 다른 문학과의 관계를 말하면서 "하나의 문학은 다른 문학의 참여로 인하여 갱 신되지 아니하면 궁극적으로 자체 내에서 해이해지게 마련이다.(Einejede Literatur ennuyiert sich zuletzt in sich selbst, wenn sie nicht durch fremde Teilnahme wieder aufgefrischt wird.)"[23]라고 말한 바 있다. 이것은 우리의 전통적 문학에 나, 옛 전통은 무너지고 새로운 것의 탄생의 혼돈 속에 있는 오늘의 문학 에나 다 해당되는 것일 것이다.(우리의 전통적 정신생활에서 중국과의 관계는 자 기 폐쇄적이라거나 또는 외국에 열려 있는 전통이라는 간단한 개념으로 이야기될 수 없는 것은 사실이다. 그러나 어떤 경우이든 하나의 "지배적이 되는 전통(Die······ zur Herrschaft kommende Tradition)"의 근원 상실이 그 하나의 특징을 이루었다고 할 수 는 있을 것이다.) 물론 이렇게 말하는 것은 다시 한 번 궁극적인 자아 망각이 나 허무주의를 주장하는 것도, 서양의 것에 의하여 우리 것을 대체하자는 것도 아니다. 위에서 말한 소외와 회복의 변증법적 움직임은 결국 자아의

---

23  Ibid., p. 178.

보다 높은 가능성의 획득을 목표로 한다. 그렇다고 이것은 배타적인 자아 중심주의에 칩거할 것을 말하는 것도 아니다. 다시 한 번 괴테가 생각한 바와 같이 보편적인 것은 개성적이고 특수한 것으로부터 나온다. 우리가 우리 자신으로 돌아가는 것은 그것을 통하여 인간 일반의 새로운 보편적 차원에 이르기 위한 것이다.

### 5. 실제적 문제들

지금까지 우리가 살펴본 것은 외국 문학이 우리의 정신생활 안에서 차지하여야 할 의의와 그 존재 방식에 관한 것이었다. 이것은 우리의 외국 문학 교육과 연구에 어떤 관계를 갖는가? 위에서 살펴본 것에 기초해서 그 실제적 적용을 다음에 간단히 생각해 보자.

교육과 연구의 실제적인 문제를 생각함에 있어서 중요한 것은, 이미 말한 것이기는 하지만 외국 어문학 또는 서양 어문학의 우리 문화에 있어서의 의의나 목적에 대하여 바른 이해를 갖는 것이다. 되풀이하건대, 그것은 정신의 보편성을 향한 자기 훈련의 일부가 될 수 있어야 한다. 즉 교양의 — 장식적 의미에서가 아니라 공민 교육의 이념의 하나로서의 교양의 일부가 되어야 한다는 말이다. 여기에 대하여 외국어 문학의 교육을 순전히 실용적 관점에서 파악하려고 하는 주장이 근년에 와서 점점 강력하게 대두되는 것을 우리는 보게 된다. 즉 외국 문화 연구가 외국 또는 외국인과의 실리적 교섭에 유용한 도구로서의 성격을 띤 것이라야 한다는 것이다. 이것은 특히 영어 교육에서 그러한 주장이 강하다. 그리하여 중고등학교는 물론 대학 교육까지도 소위 실용 영어(무엇에 실제 쓰인다는 것은 밝히지 않은 채 막연히 관광 요원, 해외 파견 회사원 등의 편의가 그 기준으로 생각된다.)

를 주된 내용으로 해야 한다는 주장이 등장한다.[24] 그리고 이것이 국가 정책에서도 채택된다. 이러한 실용 영어적 발상에 있어서 물론 주안이 되는 것은 어학이다. 여기에서 문학은 어학을 더 잘하기 위한 방편이 되어 말의 문화적 '배경'으로서의 의미를 가질 뿐이다. 그리고 문학의 연구는 앞에서 이미 말한 바와 같이, 개인적 취미와 기분의 황혼 지대에 방치된다. 이러한 어문학에 대한 접근이 말이 안 되는 것은 아니다. 영어 교육을 받았으면, 영어를 말할 줄 알고 영어를 쓸 줄 알아야 한다는 것은 당연한 요구이다. 이것은 외국어와 외국 문학을 순전히 도구로 생각하거나, 그 자체로 인간 형성의 과정으로 생각하거나 간에 타당성을 가진 요구이다. 그러나 우려되는 것은 당장에 얻어질 수 있는 실리에 연결될 때 일어나는 인간의 천박화, 인간 정신의 황폐화이다. 우리에게 중요한 것은 당장의 이익보다 긴 안목에 있어서 인간다운 발전이다. 근본적 검토 후에는 실리적인 면이 바른 균형 속에서 조금 더 쉽게 확보될 수도 있을 것이다.[25] 하여튼 우리 사회를 풍미하고 있는 다른 실용주의적 사조와 함께 어문학 교육에 대한 천박한 견해들은 작은 문제인 것 같으면서도 우리 사회의 중대한 문화적 위기의 한 표현이고 요인이다.

　말할 것도 없이 여기에서 길게 또다시 한번 짧게 내세워 본 외국어 문학 교육의 명분 옹호는 실제적인 문제들을 해결해 주지 못한다. 이 옹호는 연구의 결과를 말하는 것이 아니라 필요를 말한 것에 불과하다. 인문 교육, 교양 교육의 이념에 입각하여 외국어 문학 교육이 이루어지려면, 무엇이 어떻게 되어야 할 것인가는 앞으로 실제적 경험을 참고하면서 많이 연구되어야 할 것이다. 교양 교육의 일부로서 행해지는 외국어 교육이라는 관

---

**24** 이 견해의 대표적 표현으로, 배양서, 「한국 대학 영어 교육의 좌표」, 《영어교육》 제25호(1983년 2월호) 참조.

**25** 실용 영어의 폐단에 대하여 필자는 《월간 조선》(1984년 3월호)에서 논한 바 있다.

점에서 지금의 외국어 문학 교육에 어떠한 역점이 새로이 주어져야 하는가, 말의 숙달뿐만 아니라 말의 질을 생각한, 또 말이 전달해 주는 문화적인 내용을 생각한 자료들은 각급 학교와 수준에 맞추어서 어느 정도로 교수되어야 할 것인가, 각급 학교에서의 교수 방법은 어떻게 되어야 하는가, 이런 질문들이 구체적으로 답해져야 할 것이다.

처음에 말한 바와 같이 외국어의 학습은 그 자체로서 중요한 정신 훈련이다. 외국 문학 또는 문화에 대한 학습도 그러한 훈련이다. 그리고 외국어 학습과 외국 문학 내지 문화의 학습은 불가분의 관계에 있다. 그러나 외국의 문학이나 문화가 상당한 정도까지 언어와 분리해서 학습될 수 있는 것도 사실이다. 또 이것은 외국 문학과 문화의 보편적 필요를 참으로 받아들인다면 불가피한 일이기도 하다. 즉 상당 부분의 외국 문학은 번역을 통하여 이루어질 수밖에 없다. 번역의 중요성은 김용옥 교수가 『동양학 어떻게 할 것인가』라는 저서의 서두에서 자세하게 논한 바 있다. 김 교수는 여기에서 번역의 문화 창조적 역할을 강조하면서 동양 고전의 번역 상태에 대한 불만족을 표현하였다. 그런데 오늘날 우리나라에 있어서 서양 어문학의 번역 상태가 동양 고전의 경우에 비하여 더 나은 상태에 있다고 말할 아무런 근거가 없다. 김 교수는 위의 글에서, 산스크리트와 팔리어로부터의 번역에 경주한 중국인의 노력이 중국 불교라는 독특한 문화적 개화를 가능하게 하였다고 지적하고 있거니와[26] 훌륭한 번역은 일시적인 상업적·오락적·장식적 활동이 아니라 한 문화의 토대를 구축하는 역사(役事)일 수 있는 것이다. 서양 문학의 의의를 오늘날보다 조금 더 심각한 것으로 받아들일 때 번역에 보다 많은 노력과 자원이 투입되어야 한다는 것은 말할 필요도 없는 일이다. 여기에서 목표가 되어야 할 것은 김용옥 교수의 용어로

---

**26** 김용옥, 『동양학 어떻게 할 것인가』(민음사, 1985), 35쪽 및 다른 여러 곳.

"완전 번역"[27]의 출간이다. 적어도 고전적 완벽성에 가까이 가는 비판적 번역본들의 출간이 필요하다. 이것은 전문가 개인의 역량과 양심에 관계되는 문제이기도 하지만, 그것보다는 공적인 관심과 자원의 문제이다.

모든 번역이 고전적 완벽성을 가질 수는 없는 일이다. 그러면 어떠한 작품과 문학이 그러한 대접을 받아야 하는가? 제일 간단한 대답은 서양 문학의 고전이 그러한 세심한 주의를 받아 마땅하다는 것일 것이다. 무엇이 고전적 가치를 가지고 있는가를 정하기도 어려운 일이고, 또 정하는 일이, 우리의 가치와 필요를 참조한다면, 서양의 값매김을 그대로 수입하는 것일 수도 없는 일이다. 또 문제는 무엇이 중요한 작품들인가 하는 것만이 아니고 각급 특수 목적을 위해서 무엇이 어느 정도 어떻게 수용되어야 하는가 하는 것이다. 오늘날 각급 학교 국어 교과서에 채택되어 있는 외국 문학의 자료가 외국 문학 이해의 실마리로서나, 문학 교육의 자료로서나, 인간 교육의 자료로서나 별다른 안목을 보여 주는 것이 아니라는 것은 앞에서 말한 바 있다. 이러한 문제의 결정에는 외국 문학 연구가 또는 문학 연구가의 조금 더 심각하고 적극적인 참여가 있어 마땅할 것이다. 물론 이들은 그 이전에 이미 심각한 의도를 가지고 우리나라의 인간 교육을 위한 외국 문학 고전의 캐논(canon)을 생각하고 있어야 할 것이다. 사실 외국 문학 전공자의 가장 중요한 임무 중의 하나는 우리 교육의 실제적 요구 조건에 맞는 외국 문학의 고전의 캐논을 정하는 일이라 할 수 있다. 이것은 원문으로 생각되어질 수도 있고 번역으로 생각되어질 수도 있다.

이러한 일은 어느 정도는 제도적인 요청으로 표출되어 행해질 수도 있지만, 보다 자유로운 학문 연구의 자연스러운 소산물이라는 형식으로 이루어지는 것이 더 좋은 것일 것이다. 오늘날 우리나라에 있어 외국 문학 연

---

**27** 같은 책, 46쪽 이하.

구는 그 의의와 목적에 대한 아무런 확신을 가지고 있지 못하다. 그 결과의 하나는 연구에 있어서의 우연의 지배이고, 달리 말하면 연구의 경중과 우선 순위에 대한 지침의 결여이다. 일의 목적과 절차에 대한 심각한 자기 성찰이 이루어짐에 따라 분명하게는 아닐망정(또 너무 분명한 것이 바람직한 것도 아니다.) 중요한 연구 영역에 대한 의식이 생겨날 것이다. 보다 의미 있는 연구를 위하여 맨 먼저 필요한 것은 그러한 의미의 필요에 대한 추구가 강화되는 것이다. 그러면서 연구의 우선 순위에 대한 의식적인 성찰이 나와야 한다.

이러한 성찰에서 아마 한 중요한 과제로 생각되는 것은 위에서 말한바 고전의 문제일 것이다. 이것은 우리의 보편적 인간성의 교육에 있어서 무엇이 중요한가에 대한 검토가 될 것이지만 다른 한편으로는 도대체 문화 교육이나 인문 교육에 있어서 고전이라는 것이 무엇을 뜻하는가에 대한 자아비판도 포함할 것이다. 여기에 추가하여 우리 시대의 요청에 부합하는 연구 분야와 과제가 무엇인가에 대한 반성도 필요할 것이다. 문학에 초시대적 차원이 있는 것은 사실이고, 또 그것이 문학의 영광을 이루는 것이기는 하지만, 당대적 필요에 부응하지 않는 또는 적어도 당대적 과제의 긴박감에 의하여 동기지어지지 않은 요구는 오래 지속될 수가 없다. 그리고 당대적 가치와 보편 가치가 반드시 따로 존재하는 것도 아니다. 오늘날 모든 사람에게 충격을 미치고 있는 사회 변화는 근대화나 산업화란 이름으로 총괄할 수 있는 것이겠는데, 이것은 반드시 서구화를 의미하는 것이 아니면서 서구라파의 사회 모형에 크게 영향을 받는 변화 과정임에는 틀림이 없다. 말할 것도 없이 서구에서 이미 일어난 바 있었던 비슷한 변화는 그에 수반하는 여러 가지 문화 변화와 동시에 진행된 것이었다. 이 문화 변화는 인간의 자기 인식에 큰 영향을 주고 또 인간의 내면적·외면적 변화는 문학 작품에도 그대로 표현되었다. 우리에 선행한 그러면서도 다르게 경험된 문화 변화에 대한 관심은 자연스럽게 우리의 서양 문학 연구에 있어서 두드러진 것이 되어 마땅한 것으로 생각된다.

이러한 근대화와 관련해서 관심을 가질 만한 것은 현대에 와서 우리가 서양의 압도적인 영향에 노출되었던 만큼 동서 문화 또는 문학의 상호 영향 관계이다. 이것은 한 측면에서 긴박성을 띤 연구의 대상일 수도 있다. 즉, 앞에서도 언급한 바 있는 제국주의의 문제라는 측면에서 그렇다. 이것은 우선 정치나 경제만이 아니라 문화에 있어서도 우리의 자주성을 유지하기 위하여 중요한 방어적인 목적을 갖는 연구의 대상이 될 것이다. 그러나 궁극적으로 문제되는 것이 보편적 문학성이고 보편적 인간성이라고 할 때 제국주의적 왜곡의 함수로서 생겨나는 허위의식과 보편성의 인식을 구분해 내는 것은 그 자체로서 또 세계적으로 중요한 일이다. 허위의식으로서의 보편성의 의식을 차치하고라도 순전한 의미에서의 보편성까지도 매우 착잡한 경위를 통하여 제국주의적 관련 또는 억압 체제와의 관련을 가질 수 있는 것이기 때문에 모든 보편성의 주장은 엄밀한 검토를 요구한다. 셰익스피어가 표현한 보편적 가치는 그 나름으로 인류 공동의 유산을 이루는 것이지만, 아무런 직접적 관련이 없는 어떤 보편적 가치의 경우까지도 그 보편성의 성립은 바야흐로 세계적 패권으로 등장하게 되는 영국의 팽창 세력과 무관한 것이 아니었을 것이다. 대체로 서양 여러 나라에 있어서 그 나라의 문학이 세계 문학의 무대에 등장한 것은 ── 그러니까 인류의 보편적 가능성의 어떤 측면을 표현하게 된 것은 그 나라가 국제 관계에서 공격적 세력으로 성장하게 되는 것과 일치하는 것이 아닌가 하는 혐의가 있는 것이다. 이러한 것들의 연구는 비판적 정신의 활발한 전개와 더불어 진행될 것이다.

그런데 대체적으로 우리에게 필요한 것은 서양 문학에 대한 연구만이 아니라 일반적으로 비판적 연구가 활발하여지는 것이다. 가령 국문학을 분석적으로 대할 때 우리는 이에 대한 학문적 연구와 비평이 나누어질 수 있는 것을 어느 정도는 인정하여 왔다. 여기에 비하여 서양 문학의 연구는 대체적으로 학문적 연구 일변도였다고 할 수 있다. 연구와 비평이 참으로 분리될 수 있느냐 또는 그것이 바람직한 것이냐 하는 것은 의논의 여지가 있는 문제이나, 적어도 태도에 있어서 차이가 있을 수 있는 것은 인정할 수 있는 일이다. 순수한 학문적 연구가 보다 냉정하게 사실적이고 객관적이라면, 비평 또는 비판적 연구는 보다 주관적인 평가가 포함되는 연구나 분석을 말한다. 후자의 주관적 태도는 ── 여기의 주관은 최대한도로 객관화될 수 있게 훈련된 것임이 바람직하지만 ── 연구자의 연구에 가치가 개입되었다는 것을 말한다. 그것은 연구자가 당대의 현실에 실존적으로 관여되어 있다는 증표이다. 그에게 당대의 현실은 어떤 선택을 요구하는 것으로 나타나고 선택의 기준에 대하여, 즉 가치에 대하여 그는 무관심할 수가 없는 것이다. 그의 가치 평가는 당대의 작품에서나 마찬가지로 과거의 작품, 다른 나라의 작품에서도 작용할 수 있다. 이때 과거와 이방으로부터 오는 작품도 하나의 공시적 테두리 속에서 이해되는 것이다. 의식적이든 무의식적이든 오늘 여기를 넘어선 상황들이 연구자에게 긴박한 실존적 의미를 갖는 것으로 생각되는 것이다. 그리고 이러한 관점에서의 분석과 평가를 글로 쓰는 한 독자에게 또 일반적으로 우리 전체의 삶에 그것을 적어도 잠재적 의미를 갖는 것으로 생각되는 것이다. 서양 문학의 비평적 연구가 필요하다는 것은 그것이 이런 공시적이고 공동체적인 관심의 테두리 속에서 생각될 필요가 있다는 말이다. 서양 문학의 연구는 많은 경우 전문가들 사이의 암호 통신 또는 개인적 취미놀이로 생각되어 온 것이 지금까지의 우리의 실정이다. 비평적 논의가 필요하다는 것은, 다시 말하여 서양 문학의 연구가 암호이기를 그치고 문학의 공동 토의장과 국민 교육의 공동 토의장에 입장하여 공적인 의미를 갖는 관심의 대상으로서 토의되어야 한다는 말이다.

　이러한 토의는, 위에서 말한 바와 같이 서양 문학 연구가 우리의 문화 발전에 중요한 관계를 가지고 있기 때문이다. 그러나 동시에 그것은 인류의 공동 발전에 대한 기여가 되기도 하는 일이다. 역사의 어느 시점, 세계의 어느 곳에서 일어나는 일에도 우리는 관심을 가질 수 있다. 그것은 우리에게 깊은 관계를 가질 수 있다. 적어도 한 먼 곳에서 일어나는 일까지도 우리의 생존과 입장을 지킨다는 방어적 관점에서 중요한 관계를 가질 수 있는 것이다. 그러나 우리가 서양 문학에 대해서 또는 다른 외국 문학에 대해서 비판적 입장을 취한다는 것은 역사와 인류 전체에 대한 하나의 보편적 가치, 보편적 진리를 전제함으로써이다. 의식하지는 않더라도 우리가 서양 문학에 대하여 비판적 태도를 취하는 데에는 이러한 보편적 가치와 진리가 전제되게 마련이다. 따라서 우리가 서양 문학에 대하여 또 우리 문학을 포함한 세계 문학에 대하여 비판적 감식의 눈을 돌린다는 것은 그것을 넘어가는 새로운 보편성의 차원에로 나아간다는 것을 뜻한다. 물론 이러한 보편성이 당장에 확보될 수 있는 것은 아니다. 지금의 분열된 세계에 그러한 것이 있다면 공허하고 무기력한 보편주의 또는 사해동포주의에 불과한 것일 것이다. 우리에게 주어진 것은 지금 이 자리의 상황이고 또 그것을 넘어갈 수 있는 가능성일 뿐이다. 오늘 주어진 상황들이 그 스스로를 초월하여 하나의 보편적 인류 문화 속에 합치느냐 그렇게 되지 못하느냐 하는 것은 미래의 문제이다. 그때의 개성적이면서, 민족적이면서, 범인류적인 총화만이 구체적인 역사 속에 실현되는 참다운 보편성일 것이다. 그러나 이러한 보편성이 어떻게 실현되든지 간에 우리가 서양 문학을 공부하면서 궁극적으로 이를 수 있는 지평이 이러한 범인류적 보편성의 지평이며, 그것이 오늘날 아무리 허황해 보인다고 하더라도, 서양 문학 또는 세계 문학 연구의 궁극적 목적이 되는 것이라고 말하여 나쁠 것이 없는 것이다.

우리의 서양 문학 연구는 이러한 인류의 문화적 유산의 조화와 풍요화에
도 마음을 쓰는 것이어야 마땅하다.

(1988년)

# 역사의 객관성과 인간적 현실
## 새로운 사회사의 의의

서양의 어떤 언어에서는 역사(history, histoire, historia)라는 말이 이야기(story)라는 말과 상통한다. 어원적 의미에서 그것이 반드시 이야기라는 뜻을 가진 것으로 보이지는 않지만, 역사가 이야기와 매우 가까운 것임은 분명하다. 세간의 일반 독자나 텔레비전 시청자에게 역사는 이야기이며, 이야기로서 흥미의 대상이 된다. 더욱 세련된 역사에서도 이야기적 요소, 이야기적 흥미가 없을 수 없다. 사마천(司馬遷)이나 헤로도토스로부터 시작하여 과거의 대역사가들로서 오늘날까지 살아남아 있는 역사적 저작의 저자들은 뛰어난 이야기꾼들이다.

그러나 심각한 학문으로서의 역사가 단순히 재미있는 옛이야기에 그칠 수 없는 것임은 새삼스럽게 말할 필요도 없다. 그것은 적어도 과거의 사실을 정확히 확인하고자 한다. 그리하여 "있었던 바 그대로(wie es eigentlich gewesenist)"를 구성하는 것이 역사 서술의 목표가 된다. 그리고 가능하다면 여기에서 한 걸음 더 나아가 잡다한 역사적 사실 속에서 어떠한 법칙성을 찾으려 하기도 한다.

그러나 역사가나 역사에 대한 독자의 관심이 사실이나 법칙성을 확인하고자 하는, 과학적이거나 학문적 동기에서 일어나는 것이라고만은 말할 수 없을 것이다. 그것이 분명하게 그렇게 표현된 것이든 아니든 역사는 전통적으로 교훈적 의의를 가지는 것으로 생각되어 왔는데, 이러한 가정은 아마 가장 객관적인 역사 기술 속에도 잠재되어 있는 것일 것이다. 사실 이 것은 이야기로서의 역사에 대한 우리의 관심에서도 발견되는 것이다. 사람이 보편적으로 가지고 있는 이야기에 대한 흥미의 밑바탕이 되어 있는 것은 실천적 결단의 장으로서의 삶에 모든 인간이 깊이 말려들어 있다는 사실이다. 우리 자신의 삶에 대한 실천적 관심이 없다면, 모든 이야기는 죽은 이야기가 되어 버릴 것이다. 듣거나 보는 이야기는 남의 이야기이면서 나의 실천적 관심을 통하여 현실화된다. 우리 자신의 삶으로 돌아가서, 어떤 실천적 결단을 내리려고 할 때에 실제로 우리는 우리 스스로에게 이야기를 펼쳐 보임으로써 결단과 행동의 근거로 삼는다. 현실 속에서 움직이는 우리 자신의 의식 생활의 상당 부분은 지금 하고 있는, 또는 앞으로 할 일들에 대한 시나리오의 전개이다. 다만 이 시나리오는 역사 서술의 정확성이나 일관성을 가지고 있지 않을 뿐이다. 실천적 삶이 이루고 있는 이야기의 관심의 지평은, 이미 비친 바와 같이, 학문적 역사 서술의 지평이기도 하다.(물론 그 폭과 세련, 특히 관심의 주체가 크게 다른 것임은 말할 나위도 없다.) 우리가 과거로부터 직접적인 교훈을 끌어내든 그렇지 않든, 우리가 과거에 관하여 만들어 내는 이야기들은 우리의 현재 인식과 미래의 행동의 기획에 커다란 영향을 미친다. 개인적 차원에서나 집단적 차원에서나, 사실적이든 허구적이든 사람의 이야기는 그의 행동의 궤적을 헤아리는 시운전의 성격을 띤다. 사람은 개인적으로나 집단적으로나 이야기를 하면서 산다.

　오늘날 세계의 현재와 미래를 결정하는 데에 중요한 역할을 하는 것은 우리가 파악하는 우리의 역사이다. 물론 우리의 역사는 가장 광범위하게 생각되는 우리의 역사이다. 이를테면 오늘날 독특한 것은, 세계의 어느 곳에서나 사람들의 현재와 미래를 결정하는 데에 압도적인 영향을 끼치고 있는 것이 서양 역사이다. 이것은 사람들이 역사에 일정한 방향이 있고 그 방향에 법칙적 필연성이 있다고 보든 말든 거의 상관없는 일이다. 근대화라든가 산업화라든가 경제 발전이라든가 하는 자연적 또는 의도적 변화는 서양사에 대한 일정한 파악이 없이는 불가능한 일이었을 것이다. 그러한 변화에 비판적인 입장과 움직임도 서양 역사의 범례에 대한 일정한 이해가 없이는 상당 부분이 불가능했을 것으로 생각할 수 있다. 실로 서양 근대사에 대한 일정한 해독이 없이는 오늘날의 정치, 사회, 경제 변화와 그 변화에 대한 반작용은 전혀 성격을 달리하였을 것이라고 말할 수 있다. 물론 이 서양의 역사가 그대로 우리의 역사가 되는 것은 아니다. 그것은 서양과의 직접적인 관계없이 형성되어 온 우리의 고유한 역사와 맞물려 돌아감으로써 우리 역사의 일부가 된다. 그리하여 서양의 근대사는 우리의 고유한 역사에 대하여 투쟁적인 관계 속에 있는 적수가 됨으로써 이러한 우리의 역사 또는 현재의 일부가 되는 것이다. 이 두 가닥의 역사가 어떻게 맞물리고 갈등을 일으키며 하나로 합치느냐 하는 것은 많은 비서양 사회의 오늘의 과제가 되어 있다.

여기의 요점은 역사의 시나리오가 오늘의 행동과 내일의 계획에 정당성을 부여한다는 점이다. 그리하여 역사를 읽는 방법은 맹렬한 투쟁의 쟁점이 된다. 여기에서 역사의 이데올로기화, 허구적 조작의 가능성이 생긴다. 또 그러니만큼 중요한 것은, 그러므로 역사의 실천적 차원을 인정하면서, 말할 것도 없이 역사의 사실성과 과학성을 지키는 일이다. 그것의 의의에 관계없이 과거의 사실을 확인하는 일은, 적어도 문서 또는 다른 종류의 증거가 있는 한 일단 어렵지 않은 일이라고 할 수 있다. 그러나 여러 가지 이유로, 그 가운데에서도 정치적, 이데올로기적 이유로 그것이 어려운 것이 오늘의 실정이다. 이것은 간단한 사실상의 문제이면서 인간의 개명된 생존에 대하여 매우 중대한 위협을 가하는 일이다. 사람의 생존이 허구가 아니라 사실의 밑받침 위에 있어야 한다는 것은 모든 인간 경영의 기본 중의 기본이다. 그렇다고 하더라도 근년의 여러 역사이론가들이 주장하듯이 과거의 사실이 그대로 역사가 되는 것은 아니다. 그것은, E. H. 카의 말과 같이, 역사적 해석의 결정에 따라서 역사적 사실이 된다. 우리가 관심을 가지는 것은 개개의 사실이 아니라 개개의 사실의 연계가 만들어 내는 의미 있는 사건의 추이인 것이다. 그뿐만 아니라 사실이란 그저 주어지는 것이 아니라 시간의 지속성 속에서 드러나는 구조에 의하여 구성된다. 이 구조는 시간 속에서 저절로 드러나는 면을 가지면서 우리의 의식 작용——개인적일 뿐만 아니라 집단적인, 또는 더 나아가 초개인적이며 초집단적인 보편성에 도달한 의식 작용에 의하여 확정된다. 어떤 구조주의자들이 말하는 바와 같이, 사실이 이론적 구성의 소산이라고 하는 것도 맞는 말이다. 그리고 어떤 경우에나 이론, 법칙성, 또는 적어도 일정한 모양 속에서 파악되지 않는 과거의 사실은, 실천적 관심이라는 점에서 보면, 별 의미가 없는 것이다. 단순한 사실이 아니라 사실의 이월 가능성이 실천적 의미를 가지는 것이고, 이것은 어떤 종류의 법칙성을 통해서 얻어지는 것이기 때문이다.

이 법칙성은 아마 엄격한 의미에서의 법칙성이라고는 할 수 없을 것이다. 역사의 재구성은 단순히 일회적인 사건의 재구성일 수 있다. 이때에 사실과 사실을 이어 주는 것은 꽉 짜여진 원인과 결과의 관계라기보다는 비교적 이완된 동기 관계라고 말해야 할 것이다. 이 동기 관계에는 다분히 심미적인 고려가 작용하게 마련이다. 그러나 일회적이고 심미적인 역사의 재구성도 이월적 의미를 갖는다. 극단적인 경우에 그것은 예술 작품의 형식적 완성에 가까이 갈 수도 있겠는데, 예술 작품의 경우에도 그 의미의 이월성을 우리는 인정하지 않을 수 없는 것이다. 상상적 가능성은 현실적 가능성일 수 있다. 옛날에 일어났던 일은 오늘에 다시 일어날 수 있으며, 저기에서 일어났던 일은 여기에서도 일어날 수 있는 것이다. 또 예술 작품의 궁극적 교훈은 인간의 내면의 형성에 있다. 예술 작품의 체험을 통해서 아주 작은 정도일망정 보이지 않게 우리는 다른 사람으로 바뀌어 간다. 역사도 이러한 형성적 의미를 갖는다. 이런 관점에서 역사는 더러 주장되듯이 정신의 역사이다.

물론 이러한 인문주의적 일관성 또는 심미적 완결감에 견주어 더욱 직접적인 의미에서 역사의 법칙성을 발견하려는 노력들이 있다. 하나의 사회나 문명에서 탄생과 번성과 쇠퇴를 보는 순환적 역사관도 이러한 노력의 소산의 하나로 볼 수 있지만, 서양의 영향 아래에 있는 현대에서 가장 중요한 것은 여러 가지의 발전론적 역사관이다. 계몽기의 콩도르세의 문명의 단계론, 콩트의 인간 지혜의 진보에 대한 생각, 헤겔의 역사철학, 마르크스의 유물 사관 등은 모두 다 넓은 의미에서의 발전 사관들이라 할 수 있다. 우리의 눈을 근대사에 한정해 볼 때에 역사가 누적적으로 변화한다는 것은 상당히 확실한 인간의 집단적 체험이라고 할 수 있을 것이다. 따라서 역사에서 발전의 전제는(그것이 어떤 종류의 것이며 어떻게 이루어지는 것인가는 논외로 하고) 적어도 근대사의 경우에는 타당한 것일 것이다.

그런데 발전의 사실적, 이론적 정당성보다도 더 중요한 것은 어쩌면 그것의 실천적 의미일 것이다. 위에서 말한 바와 같이, 역사는 사실이면서 곧 이데올로기가 될 수 있다. 발전은 현상을 옹호하는 데에, 또는 그것을 변화시키고 개조시키는 데에 중요한 무기로 사용된다. 단적으로 근대화, 서구화, 경제 발전의 이념들이 얼마나 강력한 현실 개조의, 또는 현상적 권력 유지의 뒷받침이 될 수 있는가 하는 것은 우리 자신의 지난 몇 십 년 동안의 역사에서 너무도 잘 경험해 온 바 있다. 또는 조금 다른 뉘앙스를 가진 발전의 이념에 기초한 마르크스주의가 혁명의 무기로서 현실에 개입하여 왔던 것도 근대사의 중요한 부분을 이루고 있는 사실이다. 이와 같이 역사에서의 발전이란 가설이면서 동시에 스스로 현실화되는 예언이다. 여기에서 우리가 끌어낼 수 있는 추론의 하나는 역사의 엄정한 파악을 목표로 하는 이론이야말로 이데올로기적 성격을 강하게 가질 수 있다는 사실이다. 그리고 그것은 폭력적 사회 실천을 정당화할 수도 있다. 이것은 분명하게 그렇게 표현되지는 않더라도, 관료적 근대화 이론의 한 기능이기도 하고 공산주의의 역사 이론의 숨은 의도이기도 하다. 근대화론의 이데올로기적 성격, 또 그 폭력적 성격은 숨어 있는 것이면서도 틀림이 없는 것이다. 그러나 이론과 이데올로기 및 폭력과의 관계는 마르크스주의에서 더 분명하다. 통속적 변증법적 유물주의의 과학으로서의 자만과 스탈린주의의 가혹성과의 관련은 많은 사람들이 지적한 바 있다. 한 해설가가 말하는 바와 같이, "역사를 생산력과 생산 관계의 경제적 모순에 기초한 '철칙'과 생산력의 불가항력적 진전의 소산으로 보는……스탈린주의 역사 파악은 역사 과정에서의 창조적이며, 지향적이며, 의무 부여적인 인간 주체의 역할을 부정하였다. (그리하여) 마르크스주의는 혁명적 자기 해방이 아니라, 반론을 허용하지 않는 '철칙'의 이름으로, 역사에 위로부터 방향을 부과하는 자칭 과학이 되었다." 이렇게 하여 스탈린의 마르크스주의는 피압박자의 해방을 부르짖으면서도 "억압받고 착취받는 사람들의 살아 있는 경험과의 참다운 상호성과 유리된 비밀의 과학이 되었다."[1] 이렇게 하여 과학은 억압과 관료 체제의 정당성의 근거가 된 것이다.

그러나 역사가 참으로 엄격한 인과율에 지배되는 것이든 아니든, 주체적 창조성을 확인하고자 하는 인간의 요구는 줄곧 결정론적 인간관에 반

---

[1] Ted Benton, *The Rise and Fall of Structural Marxism: Althusser and His Influence*(New York: St. Martin's Press, 1984), pp. 6~7.

감을 가져왔다. 그리고 이 요구와 이 요구에 연결되어 있는 인간의 주체적 활동이 역사 진행의 일부를 이루고 있는 것임은 틀림이 없는 일이다. 그러나 이러한 인간의 주체에 관계되는 요소가 역사의 객관적 법칙성을 — 그러한 법칙성이 있다고 한다면 — 그대로 부정하는 것은 아닐 것이다. 문제가 되는 것은 그러한 법칙성의 인간적 의미이고, 또 이것이 역사의 한 요인임에 틀림이 없는 한, 그 법칙성의 부분적인 타당성이다. 이것은 생물학적 존재로서의 인간에 대한 모든 법칙이 모두 과학적 정당성을 가지는 것이라 하더라도, 그것이 주체적 행동자로서 또 내면을 가진 존재로서의 사람을 완전히 설명할 수 없는 것과 같은 것이다. 인간의 이러한 주체적이고 주관적 측면을 참조하지 않는 생리학의 법칙이 틀린 것이 아님은 물론이지만, 그것은 인간 존재의 총체적인 설명이란 관점에서는 부분적인 것으로 남아 있는 것이다.

반드시 엄격한 의미에서의 법칙이 아니더라도 사람은 여러 가지 제약의 규제 아래에서 산다. 그것은 인간의 생물학적인 조건, 문화의 정도, 사회 구조, 생산 능력을 포함한 물질적 자원들로부터 저절로 부과되는 것이다. 그러나 말할 것도 없이 인간의 인간됨의 특징은 이러한 제약들이 절대적으로 고정된 것이 아니라는 데에 있다. 적어도 이 제약들은 지역과 사회에 따라서 서로 다른 양상을 띠고, 또 서로 다른 통일체를 이룰 수가 있다.

그런데 인간 존재의 이러한 외적인 제약들을 이해할 때에 중요한 것은 그것의 통일체적 성격이다. 곧 인간 생존 조건의 여러 가지 것들은 서로 조화되어 유기체로서의 성격을 가질 수 있다는 말이다. 그리하여 그러한 제약의 구조 속에 사는 인간에게 구조 그것은 대체로 그의 생존을 영위하는 데에 적절한 기능을 발휘하는 것으로 느껴진다. 그 결과의 하나는 그러한 제약의 구조가 문제 해결에 적절하게 작용하고 또 그 속에 사는 인간 자체가 그러한 제약의 조건에 의하여 형성되는 한, 사실 제약은 제약으로조차 느껴지지 않는다는 것이다. 그리하여 모든 것은 천의무봉(天衣無縫)의 기능적 통일성 속에 있는 것으로 생각될 수 있다. 그러한 결과로 생존에 가해지고 있는, 또는 그것을 이루고 있는 제약을 이해한다는 것 자체가 쉬운 일이 아니다. 또 다른 한편으로는 체제 안에서의 주체적 의식, 그것의 진리성도 문제가 된다고 말할 수 있다. 주체적 의식 그 자체가 객체적 조건 아래에서 형성된 것이기 때문이다. 그리하여 이러한 기능주의적 관점에서 볼 때에, 인간에 대한 외부적 조건들의 제약은 거의 완전한 것처럼 보이기도 한다. 그리하여 주관적 관점에서 파악된 자유 또는 주체성이 주관적으로나 객관적으로나 자유와 주체적 의지를 나타내어 준다고만도 쉽게 말할 수는 없을 것이다. 참다운 주체성에 이르는 길은 그렇게 간단한 것이 아니다. 이러한 고려에 비추어 볼 때에는 능동적 주체성이 오히려 바로 객체적인 것에 매여 있다는 증거가 될 수도 있다.

그러나 어떤 경우에서나 천의무봉의 기능적 조화를 이룩한 사회가 존재한다고 생각하기는 어렵다. 역사적 변화는 문화, 사회, 경제 현상에서 엄연한 사실이며, 이것은 사회 구조 안의 불균형을 나타내는 것이다. 어쩌면 전근대적 사회는 기능적 균형의 면에서 비교적 안정된 사회였다고 할 수 있을지 모른다. 그러나 과학 기술의 발달, 인구의 증가, 여러 문화의 상호 접촉 등은 이러한 안정을 크게 흔들어 놓았다. 산업주의와 자본주의의 대두 및 팽창은 모든 사회를 지역적으로, 세계적으로 급격한 변화 속으로 몰아갔다. 이것은 우리 자신의 체험을 통해서도 잘 아는 일이다. 그것이 좋은 것이든 아니든 이러한 변화, 불균형의 변화, 또는 어떤 사람들이 '적대적 발전'이라고 부르는 변화는 인간의 자기의식과 실천에 중요한 계기를 마련하였다. 사회 속에 일어나는 균열은 불가피하게 사회 현상을 의식의 대상이 되게 하게 마련이다. 다른 한편으로 산업주의에서의 변화는 상당 부분이 인간 실천의 결과이고 또 대응적 실천을 촉발하여 스스로를 가속화해 가는 변화이다. 물론 이 작용과 반작용의 변화 전부가 반드시 의식되고 실천된 변화라고 할 수는 없다. 대체로 사회 공간 안에서의 인간 행동의 어려움은 의도와 성취, 원인과 결과의 불가피한 부정합에서 오는 것이라고 하겠는데, 이것은 복잡한 현대 사회에서 더욱 그러하다. 다시 말하여, 우리의 의식과 실천은 우리 자신을 넘어가는 것이다. 그러나 그것이 의식적이든 아니든, 완전히 우연에만 맡겨져 있는 것은 아니다. 자연적 조건, 기술, 생산 조직, 사회 조직 등이 일정한 법칙을 가지고 인간의 의식과 실천을 제약하고 또 동시에 그 제약이 어떤 법칙성을 띨 수 있다는 것은 허용될 수 있는 가설이다. 사회과학의 목표의 하나는 이 법칙성을 밝히는 것이다. 근대화론은 이러한 사회 변화의 법칙을 정식화하려는 노력의 표현이다. 자본주의적 발전 이론에서 월트 로스토(Walt Rostow)의 '경제 성장의 단계'와 같은 것은 그 가장 단순화된 정식화의 하나이다. 물론 사회 변화에 대한 가장 강력한 설명은 마르크스주의에 의하여 제시되는 것이다. E. J. 홉스봄이 마르크스주의 사관을 논하면서 지적하는 바와 같이, 로스토의 단계설 또는 기능주의적 사회관은 근본적으로 사회 구조에 대한 정태적 인식에 기초한 것이다. 그리하여 그것이 구조와 역사를 양립할 수 없게 하는 데에 대하여, 마르크스주의 역사관의 강점은 '사회 구조와 그 역사성'을 동시에 설명할 수 있는 장치를 가지고 있다는 데에 있다.[2] 그러나 어느 쪽이든 여기에서 우리가 다시 주목해야 할 것은, 사회의 기능적 균형 또는 역사적 변화에 대한 설명으로서 어떠한 이론이 궁극적 타당성을 가지든지, 사회의 구조와 역사에 대한 지나치게 엄격한 법칙적 설명은 자칫 잘못하면 강권적이고 폭력적인 정치 행위의 명분으로서 작용하기 쉽다는 사실이다. 법

---

2  E. J. Hobsbawm, "Karl Marx's Contribution to Historiography", *Ideology in Social Science*, ed. by Robin Blackburn(New York: Vintage Books, 1973), pp. 272~281.

칙의 결정론적 엄격성은 인간의 주체적 실천의 현실에 맞아 들어가지 않는다. 물론 이 주체성은 환상에 불과할 수도 있다. 그러나 환상의 주체성까지도 인간 현실의 중요한 일부라는 것을 우리는 인정해야 한다. 어떤 경우에나 사회와 역사는 인간의 구체적 현실과 느낌을 초월하는 어떤 것을 가지고 있다. 그것이 인간을 사회와 역사의 객체가 되게 한다. 그 객관적 타당성의 정도는 학문적으로 정확히 연구될 필요가 있다. 그러면서도 사회와 역사의 공간이 구체적 인간들의 주체적 실천의 총화로서 이루어져야 한다는 것은 그러한 객관성과는 관계없이 하나의 도덕적 요청이기도 하다. 사회와 역사에 대한 학문적 연구도 그 객관적 법칙과 함께 실천의 장의 주관적 또는 상호 주관적(intersubjective) 구성을 포함해야 마땅할 것이다.

　이미 말한 바와 같이, 경직성은 역사의 과학적 인과 관계에 대한 열쇠를 손에 쥐었다고 생각한 마르크스주의에서 가장 두드러진 것이었다. 그것은 그 뛰어난 설명력에 대한 자부심에 기초한 것이기도 하고, 행동적 요청의 긴급성으로 말미암은 것이기도 하였다. 그러나 20세기의 사회주의적 실험들의 문제점들이 의식의 표면에 새겨짐에 따라, 마르크스주의의 독단론에 대하여, 그 원칙적 명제들과 함께 그 고민을 수용하는 새로운 반성들이 등장하게 되었다. 이러한 반성의 결과로서 두드러진 것들이 일반적으로 서방 마르크스주의라고 불리는 일련의 사회사상의 경향에 포괄될 수 있는 것이다. 그러나 마르크스의 영향 아래에 있든 그렇지 않든, 사회의 물질적, 문화적 발전에 대한 근래의 연구들은 사회 구조나 역사의 전체에 대한 관심으로부터 또 거기에서 확인될 수 있는 법칙으로부터 조금 더 작은 집단과 개인들의 삶으로, 또 그것의 더욱 섬세하게 변하는 뉘앙스로 옮겨 갔다.

　이것은 역사학에서도 볼 수 있는 변화이다. 영국에서 마르크스주의적 영향 아래에 있다고 볼 수 있는 사회사의 번성은 이러한 반성적 관점의 대두에 관계된다고 할 것이다. 다른 한편으로는 주목해야 할 것은, 역사가들이 전통적으로 다루어 온 사건들의 추이보다는 그것을 넘어서고 포괄하는 커다란 역사의 진폭에 관심을 보여 왔다는 점이다. (페르낭 브로델(Fernand Braudel)이 '장기 지속(longue durée)'이라고 부르는 것, 또는 다른 기후나 인구에 대한 긴 변화의 파장을 그 대상으로 삼는 경우가 그 대표적인 보기이다.) 이것은 또 프랑스의 아날 학파에서 두드러지게 볼 수 있는데, 이러한 장기적 추이에 대한 관심이 반드시 마르크스주의의 입장에 있는 것은 아니다. 그러나 넓은 의미에서 그것은 마르크스주의적 영향 아래에 있는 것으로 말할 수 있는데, 우리의 논지와의 관점에서 중요한 것은 이러한 커다란 역사의 파장에 대한 관심이 오히려, 위에서 말한바 미시적 인간 세계의 뉘앙스를 주의 깊게 다루는 것을 가능하게 한다는 점이다. (이것은 이를테면 브로델의 『필립 2세 시대의 지중해와 지중해 세계(*La Mediterranée et le monde mediterranéen à l'epoque de Philippe II*)』(1949, 1966)의 백과사전적인 사실들에 대한 관심에서 단적으로 볼 수 있다.) 근래에 와서 서양의 역사학은 "인간에 관한 모든 것이 역사학적 관심의 대상이라는"[3] 태도를 가지게 되었다고 할 수 있다. 이것은, 지금껏 말하려고 한 바와 같이, 단순히 사학의 문제가 아니고 서구인의 역사 체험에 대한 깊은 반성에서 나온, 또 사회적 실천적 직접적인 의미를 가지는 발전이다.

그러니까 다시 말하여 서구의 역사 이해가 경직된 법칙에 대한 관심으로부터 해방되어 더욱 넓고 유연하게 인간사의 많은 것을 포용하게 되었다는 말인데, 그렇다고 역사의 과학적 탐구가 포기되었다는 것은 아니다. 달리 말하여, 역사가 전통적 의미의 인간적 이야기로 되돌아간 것은 아니다. 그것은 객관적 사실에 대한 탐구이기를 그치지 않은 채 섬세화, 광역화, 다양화한 것이다. 오히려 새로운 역사의 과학적 주장은 더 강해졌다고

---

3  게오르그 이거스, 이민호·박은구 옮김, 『현대사회사학의 흐름』(전예원, 1982), 48~49쪽.

할 수 있다. 이를테면 홉스봄의 『원시적 반항아(*Primitive Rebels*)』(1949)나 브로델의 『필립 2세 시대의 지중해와 지중해 세계』(1949)나 에마뉘엘 르루아 라뒤리(Emmanuel Le Roy Ladurie)의 14세기 프랑스 남부 지방 도시에 관한 연구인 『몽타유(*Montaillou*)』(1975)는 어떠한 역사서보다 주변적이고 우연적인 듯한 사실에 자세한 주의를 기울이면서도 정치사회사의 대체적 법칙성이나 사회 발달의 물질적, 구조적 제약의 필연성에 대한 의식을 강하게 드러내고 있는 저작들이다.

홉스봄의 역사적 저작이나 그의 65세를 기념하는 여러 서구 사가들의 글을 모은 『문화와 이데올로기와 정치』(1982)에서도 우리는 이러한 역사의 다양화와 동시에 과학적 탐구의 심화를 볼 수 있다. 이 책을 편집한 래피얼 새뮤얼과 개러스 스테드먼 존스가 서문에서 말하고 있듯이, 홉스봄의 특징은 "고전적 마르크스의 명제들과 사회사가들 및 경제사가들의 강한 경험주의적 관심을 한데 얽어 그야말로 이음매 없는 그물 같은 것을 짜낼 수 있었다는 점일 것이다."[4] 이것은 이 책에 기고하고 있는 논문들에서 대개 볼 수 있는 특징이다.

오늘날의 마르크스주의 역사관을 한마디로 규정하기는 쉽지 않은 일이다. (1987년 5월에 한국을 방문했을 때의 발언에서 홉스봄은 오늘날의 마르크스주의는 '다원적 마르크스주의'라고 말한 바 있다.) 그러나 어떤 종류의 마르크스주의적 입장이든지 궁극적으로 역사를 결정하는 것이 경제적 하부 구조라는 명제를 떠나서는 마르크스주의의 테두리에 남아 있을 수 없을 것이다. 다만 이 하부 구조의 정확한 정의와 그것이 인간의 사회적 삶의 다른 차원 또는 상부 구조와 맺는 관계에 대한 여러 가지 모델이 있을 수는 있다. 홉

---

4　Raphael Samuel and Gareth Stedman Jones eds., *Culture, Ideology and Politics: Essays for Eric Hobsbawm* (London: Routledge & Kegan Paul, 1982), p. ix.

스봄의 경우에, 지나치게 엄격한 경제결정론이나 역사단계론은 배격하지만, "생산의 사회관계를 우선적인 것으로 하는 차원의 모델과, 체제 안의 모순의 존재 — 거기에서 계급 갈등은 단순히 하나의 특수한 보기에 불과하다고 할 수 있는데, 그 체제 안의 모순의 존재"[5]를 인정하는 것을 그는 최소한도의 마르크스주의의 공리로 받아들인다. 물질적 생산력과 생산의 사회관계를 우선적인 차원으로 받아들임으로써만, 홉스봄에 따르면, 역사의 일정한 방향과 그 방향 속에 계기하는 사회관계의 단계를 설명할 수 있다. 그러나 이러한 경제 우선주의가 그로 하여금 모든 역사 현상을 경제결정론의 관점에서 보게 하는 것은 아니다. 홉스봄 자신이 단순화된 경제결정론을 통속 마르크스주의라는 이름으로 비판하고 있음은 물론, 그의 역사적 저술은 그러한 결정론적 주장을 드러내지 않는다. 그러나 아마 홉스봄의 경우보다도 더 유연한 태도는 이 『문화와 이데올로기와 정치』에 실린 여러 논문에서 더 두드러진다고 할 수 있다. 여기에 실린 논문들은, 이론적 문제를 다루고 있거나 아니면 구체적 역사 현상을 다루고 있거나, 경제결정론으로부터 적이 거리를 유지하고, 또 그것을 수정하고 보강하는 태도를 취하고 있다.

사실 이 책의 필자들의 주된 관심은 경제결정론을 공박하는 데에 있다는 인상을 주기도 한다. 그들의 이론과 연구는 그만큼 하부 구조와 상부 구조의 혼재에 대한 예민한 감성을 드러내 주고 있는 것이다. 물론 궁극적으로 따지고 보면, 그들은 하부 구조의 중요성을 부정하는 것이 아니라 그것이 인간의 총체적 현실 — 다분히 상부 구조가 중요한 몫을 차지하고 있는 인간의 총체적 현실 속에 어떻게 굴절되어 나타나는가 하는 것을 보여 주려고 하는 것일 것이다. 경직된 경제결정주의의 관점에서 볼 때에만 그들

---

**5** Robin Blackburn, op. cit., pp. 278~279.

의 논지는 관념론적 성격을 띠는 것으로 보인다. 미셸 보벨(Michel Vovelle)은 스스로의 학문적 입장이 "지하실에서 다락방으로", 곧 하부에서 상부로 옮겨 간 것을 자인하고 있지만, 마르크스주의의 입장을 버린 것은 아니라고 말한다. 다만 그는 현실의 새로운 복합적 구조를 인정하는 것일 뿐이다. 소박한 마르크스주의적 관점에서, 상부 구조는 이데올로기의 영역에 지나지 않는다. 알튀세르의 정의대로, 이데올로기는 기껏해야 "개인들이 현실의 생존 조건과 맺는 가상적 관계"[6]를 나타내는 것에 지나지 않는다. 알튀세르의 이러한 정의는 그의 체계 속에서 좀 더 정확히 생각될 필요가 있는 것이지만, 그것은 이데올로기가 허위의식이라는 마르크스주의의 일반적 주장으로부터 크게 떨어져 있는 말은 아니다. 이에 대하여 보벨은 지배의 정당화를 위한 교묘한 책략으로서의 이데올로기와는 다른 '이데올로기적인 것'의 세계를 인정하고, 이를 아날학파의 용어를 빌려, '정신 습속(mentalité)'이라고 부른다. 이것의 관념적 규칙들은 경제나 사회로 환원될 수 없는 독자적인 정신의 영역을 이룬다. 그러면서 역사나 일상적 삶에서 하나의 독자적인 힘으로 작용한다. 이데올로기는 허위의식이면서 동시에 다른 차원에서는 경제 ─ 사회의 현실에 기초해 있는 것이다. 그리하여 그것은 이 기초적 현실로 환원됨으로써 진실은 아니더라도 진실의 증후로서 취해질 수 있다. 이데올로기는 아무리 여러 차원의 매개를 통하여 변용되더라도 계급의 이해관계를 나타낸다. 그러나 18세기 프랑스에서 혁명적 이념들의 담당자는 신흥 계급인 부르주아가 아니라, 혁명에 의하여 그 계급적 존재가 위협을 받게 되는 "귀족들 또는 인재 엘리트의 대변자"였다는 것이 근대의 역사 연구의 결과이다.[7] 그렇다면 "이데올로기를 벗어나

---

6  Raphael Samuel and Gareth Stedman Jones, op. cit., p. 3에서 재인용.

7  Ibid., p. 4. 여기에서 보벨은 다니엘 로쉬(Daniel Roche)의 통계적 연구를 언급하고 있다. 18세기에서의 이념과 계급의 불일치는 에마뉘엘 르루아 라뒤리의 '슈아느리(Chouannerie)'에 관

는" 관념의 부분이 있는 것을 인정하지 않을 수 없다. 아마 이 관념의 가장 포괄적 표현은 '세계관'이라고 할 수 있을지 모르지만, 이 세계관은 높고 보편적이고 추상적인 표현에만 한정되지 않고 그 안에 인간 생존의 모든 구체적인 면들 ──가족, 도덕, 꿈, 언어, 유행, 사랑, 죽음 등에 대한 규정들 을 포함한다.

그렇다면 역사의 주된 동력은 이러한 '관념'들 또는 '정신 습속'인가? '정신 습속'의 존재는 경제 우위적 역사 이해에 중요한 도전이 된다. 그러 나 이것에 대한 설명과 역사 연구의 실제는 반드시 관념론으로 환원되지 않는다. '정신 습속'을 독자적인 것으로 또는 '정신 구조의 관성의 힘'으로 생각할 수 있지만, 보벨의 생각은 얼핏 보기에 독자적인 '정신 습속'의 존 재는 "인간 삶의 객관적 조건과 그것을 인식하는 방식 사이에 존재하는 매 개 활동 및 변증법적 관계"[8]로 설명될 수 있다는 것이다. 알튀세르나 풀란 차스(Nicos Poulantzas)가 말한 바와 같이, 매개 관계가 복잡해지는 것은 서 로 다른 생산 양식이 병존하면서 사회를 구성하기 때문이다. 이것이 여러 다른 역사적 단계의 '정신 습속'이 서로 다른 시간의 리듬을 가지고 병존 하게 되는 원인이다.

어떻게 보면 이념과 사회 현실의 시간 차는 자본주의 시대의 복잡한 사회에서만 존재하는 것이라고 할지 모른다. 모리스 고들리에(Maurice Godelier)의 에세이 「현실적인 것 안의 관념적인 것」은 사회의 물질적 현실 로부터 이데올로기적 요소를 분리해 내는 것은 불가능하다고 주장한다. 마르크스주의의 사고에서 우선권을 부여받고 있는 것이 단순히 생산력이

---

한 에세이에서도 볼 수 있다. 라뒤리 저서의 영역본인 *The Territory of the Historian*(University of Chicago Press, 1979)에 실린 "The 'Event' and the 'Long Term' in Social History: The Case of Chouan Uprising" 참조.

**8** Raphael Samuel and Gareth Stedman Jones, op. cit., p. 11.

아니라 생산관계 또는 생산의 사회관계라고 한다면, 이 관계는 그것에 대한 의식 안의 표상을 통하여 맺어질 수밖에 없다. 또 이 표상이 바로 그 관계를 형성하는 것이다. 그리하여 이데올로기적인 요소는 현실 속에 있고 또 현실의 일부이다. 사실 전근대 사회에서, 사회의 생산 조직과 상부 조직은 하나가 되어 있어서 분리될 수 없는 것이었다. 자본주의 사회에 이르러서야, 그 두 조직이 실체의 면에서가 아니라 기능의 면에서 서로 분리되었다. 고들리에의 보기에 따르면, 고대 이집트에서 종교는 곧 생산관계였고, 오스트레일리아의 원주민 사회를 비롯한 원시 사회에서는 친족 관계가 곧 생산관계였으며, 서양의 중세에서는 개인적 의존 관계의 위계질서가 토지 소유의 규칙을 통하여 생산관계를 규제하였다. 이런 보기가 말해 주는 것은 사회에서 지배적인 사회관계의 구조가 있고 이 구조가 사회의 생산 조직을 규정한다는 것이다. 이 '지배적 구조'는 반드시 경제적인 것이 아니다. 다만 자본주의 사회에서만 지배적인 구조 자체가 경제적인 것이 된다. 이러한 생각에 들어 있는 것은, 상부 구조와 하부 구조의 분리가 사회의 항구적인 양상이 아니며, 모든 인간 활동이 근본적으로 이념과 물질을 분리할 수 없는 일체적인 성격을 갖는다는 것이다. 그렇다고 하여 고들리에의 생각이 관념적이라고 할 수는 없다. 상부 구조에 속하는 것으로 말할 수 있는 사회 기능의 구조가 시대와 사회에 따라 지배적이라고 한다면, 사회의 재생산 기능이 그 지배적 구조에 의하여 수행되기 때문이다. 더 적극적으로 표현하여 지배 구조의 존재는 그것의 경제적 기능에 의하여 정당화된다고 말할 수도 있다. 그뿐만 아니라, 고들리에의 생각으로는, 자본주의 사회에서, 경제적 요인들의 지배적 위치는 의심할 여지가 없는 것이다.

그렇기는 하나 고들리에가 현실적인 것 안의 관념적인 것에 대해 강조한 의도의 하나가 이 관념의 자율적인 힘을 말하고자 하는 데에 있음은 틀림없는 일이다. 논문의 마지막에서 그가 언급하고 있는 것은 에른스트 블

로흐(Ernst Bloch)의 '희망의 원리(Das Prinzip Hoffnung)'이다. 그것은 "실제 존재해 본 일이 없으며 앞으로도 존재하지 않을 현실, 유토피아"[9]에 관계되며, 기존 질서에 대비되는 원리가 될 수 있는 어떤 것이다. 물론 이것이 현실과 관계없이 존재하는 것은 아니다. 그것은 현실의 반대 명제로서 현실로부터 나타난다. 그러나 그것은 반드시 현실의 법칙을 나타내 주는 것이라고는 말할 수 없다. 역사의 현실 속에서 우리는 이 희망의 원칙이 여러 가지 형태 — 과학적인 관점에서 볼 때에 미신이며 오류라고 할 여러 가지 형태로 나타났다고 부연해 볼 수 있다. 그러면서도 그것은 인간의 현실의 일부이며 현실을 형성한 힘이었다. 톰슨(E. P. Thompson)의 고전적 연구 『영국 노동 계급의 형성(The Making of the English Working Class)』(1963)은 영국 노동 계급의 역사에서 종교가 얼마나 중요한 역할을 하였던가를 이야기하고 있다. 이『문화와 이데올로기와 정치』에 실려 있는 여러 논문들에서도, 이를테면 한스 메딕의 「자본주의로의 이행기의 평민 문화」, 또는 테오도르 샤닌의 「농민의 꿈: 러시아 1905~1907」 등에서도, 우리는 종교나 도덕이 노동자 의식에서 얼마나 중요한 것이었나를 알 수 있다. 또 다른 논문들은 교양, 교육, 문학, 신화, 마술 등이 사회 세력들의 움직임과, 성공하거나 실패한 역사의 전개에 어떠한 역할을 하였는가를 보여 준다. (마술의 현실적 기능에 대한 새로운 의식을 일깨우는 데에 기여한 토머스(K. V. Thomas)의『종교와 마술의 쇠퇴(Religion and the Decline of Magic)』(1971)라는 역사적 저작도 이러한 테두리에서 생각해 볼 수 있다.)

인간의 역사는 상부 구조의 관점 또는 하부 구조의 관점, 어느 쪽에서도 볼 수 있다. 그러나 어느 쪽에 우선적인 위치가 주어지는가 하는 것은 역사 서술뿐만 아니라 인간의 이해와 실천에도 중요한 차이를 가져온다. 그리

---

**9**  Ibid., p. 37.

고 위에 비친 바와 같이, 의식의 관점에서의 역사 이해는 인간의 자유에 대하여 조금 더 관대한 태도에 이어지는 것으로 보인다. 이것은 관념론적 입장 때문이 아니라 주체성의 정당한 기능의 인정이 삶의 구체적인 파악, 또는 더욱 세부적인 파악을 허용하기 때문이다. 그런가 하면 우리는 약간 각도를 달리하여, 삶을 크게 보는 것과 작게 보는 것 —— 두 가지 방법을 생각할 수 있다. 이것은 관념론적인가 물질주의적인가의 구분과는 반드시 일치하지 않는 것이다. 삶을 규정하는 모든 일반적 범주는 주어진 삶의 직접적인 현실을 넘어가는 것이다. 대부분의 사회학적, 역사학적 범주, 이를테면 계급, 국가 또는 봉건주의, 자본주의, 사회주의 등은 주어진 삶의 추상화이다. 그러나 과거나 미래에 대하여 현재야말로 불가항력적 현실성을 갖는 시간의 구획이듯이, 모든 일반적 범주에 대하여, 구체적 인간에게 절대적으로 주어지는 현실은 나날의 일상적 삶이다. 위에서 말한 바와 같이, 오늘날의 역사 서술이 인간의 모든 것에 열린 것이 되었다고 할 때에, 그것은 인간의 일상성의 차원에 대한 새로운 주의를 포함하는 것이다. 실제로 사랑이나 죽음이나 가족과 같은 정신 습속의 주제를 추적하는 역사나 기후, 인구, 또는 브로델이 말하는 물질생활(La vie materielle)의 조건들 —— 이를테면 식량, 가옥, 의상, 일상적 기술들을 다루는 역사는 일상생활에 매우 가까운 역사이다. 일상생활은 시간의 현재적 흐름과 더불어 끊임없이 살아지는 것이면서 동시에 어떤 끈질기고 항구적인 특성을 가진 것으로 보이는데, 그것은 일상생활이 사회 구조의 역사적 변화보다도 항구적인, 또는 적어도 '장기 지속'의 리듬에 따라 바뀌는, 인간과 환경의 생물학적 또는 지질학적 요인들에 묶여 있기 때문이다. 그러면서도 일상적인 삶은 다만 긴 리듬의 여러 가닥으로만 이어진 것이 아니라 그 나름의 조직과 실체를 가진 것으로 생각될 수 있다. (이것은 이를테면 앙리 르페브르(Henri Lefebvre)의 『현대의 일상생활(La vie quotidienne dans le monde moderne)』(1968)과 같은 책에서 주장되는 것이다.) 아무튼 사람의 일상생활은, 사회학적 범주로 설명되는 커다란 사건들에 영향을 받으면서, 또 그것에 의하여 형성되면서, 그러한 것을 넘어서서 그 나름의 고집스러운 현실성을 갖는 것으로 생각된다.(이를테면 역사적 격변 속에서도 변함없이 지속하는 일상적 삶의 모습은 아널드 베넷(Arnold Bennet)의 『할머니 이야기(*The Old Wives' Tale*)』의 파리 코뮌 시절의 서술에 잘 나와 있다.) 이러한 일상생활은 그 나름으로 연구와 역사 서술의 대상이 될 수 있다. 이 『문화와 이데올로기와 정치』에 실려 있는 글 가운데에서 알프 뤼트케(Alf Rüdtke)의 「일상생활의 역사 서술: 사사로운 것과 정치적인 것」은 이러한 일상생활에 대한 역사학의 관심을 표명하고 있다. 물론 일상생활에 대한 역사의 관심이 특히 새로운 것이라고만은 할 수 없다. 그것은 전통적인 사회사의 중요한 서술 대상을 이루는 것이었다. 다만 그것이 어떠한 독자적인 현실을 가지는 것으로서, 또는 더욱 커다란 역사 사건이나 구조와 일정한 연관을 맺는 구조와 형체를 갖는 것으로서, 단순한 호사적 관심이 아니라 과학적 관심의 대상이 된 것은 비교적 최근이라 할 수 있다. 이러한 인정은 그 현실적 의미와 밀접한 관계를 가지고 있다. 뤼트케는 독일에서 일상생활의 현재와 과거에 대한 학문적 연구가 중요한 현실적 의미가 있음을 지적하고 있다. "과거의 일상생활의 연구에 대한 적극적인 참가는 미리 제조되어 있는 해석의 무비판적 흡수에 대한 가장 효과적인 방벽을 만드는 일이 될 것이다."[10]라고 뤼트케는 말한다. 이것을 일반적으로 확대하여 말하면, 별개의 현실로서의 일상적 삶에 대한 의식은 모든 거창한 이데올로기적 조작에 대하여 반대 명제가 될 수 있다는 생각이 된다. 다시 말하면, 일상생활은 역사나 사회의 격동 속에서도 그 나름의 자족성을 가지고 그것에 대항하는 면을 가지고 있기 때문이다. 물론 이 자족

---

**10** Ibid., p. 38.

성은 하나의 진실이면서 또 진실의 왜곡일 수 있다. 뤼트케가 언급하고 있는 나치 시대의 일상생활에 대한 연구는 그것이 적어도 한 시기에는 놀랍게도 평온하고 안정된 것이었음을 보여 준다. 그러니만큼 그러한 일상생활을 규정하고 만들어 내고 있던 커다란 역사의 세력들을 의식하고 있지 않은 일상성은 현실에 대한 허위의식에 의하여 특징지어지는 것이다. 현실에 대한 학문적 연구가 진실의 인식을 목표로 한다면, 그러한 일상생활에 대한 탐구는 의식과 삶의 병리학에 기여할 수 있을 뿐이다. 그렇기는 하나, 일상생활이 하나의 독자적인 현실성을 가지고 있다는 것에는 변함이 없다. 그리고 아마 모든 사회 계층, 모든 사회 활동의 분야에서 똑같이 그러한 것은 아니라고 하더라도, 뤼트케가 지적하듯이, 사회의 객관적 조건과 세력들은 그 성원의 일상생활의 일상적 고민과 투쟁에 반영되게 마련이다. 밖으로부터 가해지는 제약 조건 속에서 "신체적 자기 보존과 인간적 위엄과 사회적 존경의 확보"를 위한 여러 노력 — 작업 시간에 어떻게 대처하며 동료와 더불어 휴식 시간을 어떻게 활용하는가 하는 데에 나타나는 노력의 형태에 객관적인 역사적 힘의 움직임이 반영되는 것이다. 그리고 어떤 역사의 매듭에서는 일상생활의 현실이야말로 모든 역사적 움직임의 궁극적 시험장이 될 수도 있다. 앙리 르페브르가, 어떤 시기에 "일상생활은 작용과 반작용의 사회학적 핵심점이며…… 섬세한 균형과 불균형의 위협이 존재하는 점이다…… 혁명은 사람들이 그들의 일상적 삶을 살 수 없게 될 때, 그러할 때에만 일어난다."[11]라고 한 것은 이러한 뜻에서일 것이다.

사회와 역사를 이해하는 데에 일상생활의 궁극적 의미가 무엇이든지, 또는 그 객관적 사실성이 어떤 것이든지, 주관적으로 체험되는 일상생활

---

11  Henri Lefebvre, *Everyday Life in the Modern World*(New York: Harper Torchbooks, 1971), p. 32.

이 매우 중요한 인간의 현실을 이루는 것임은 틀림이 없다. 이것은 더욱 넓은 역사와 사회의 장에서 객관적 사실이 어떤 것이든지, 주체적으로 경험되는 이념과 생산관계 — 그것은 개인적으로 또는 집단적으로, 일시적이거나 단기적으로 또는 한 역사의 전 시대를 통틀어 경험되는 것일 수 있다. — 이러한 것이 인간의 진실의 중요한 부분임과 같다. 그것은 인간이 다만 외면적 존재일 뿐만 아니라 내면적 존재로서 의식을 가진 존재이기 때문이기에 그러하다. 그러나 그것보다 더 중요한 것은 인간이 실천적 존재로서 주체적으로 역사를 만들어 간다는 사실 — 그것이 세계의 객관적 과정으로 존재한다는 사실이다.

그리하여 어느 시기에나, 고들리에가 지적하듯이, 사람의 삶과 행동에서 이념적 요소와 현실적 요소는 서로 분리될 수 없는 하나를 이룬다. 물론 이 일체성은 개인 차원이나 집단적 차원, 어느 하나의 차원에서만 성립하는 것이 아니다. 그것은 두 차원에서 동시에 성립하며, 또 어느 한 차원, 또는 두 차원에서 다 같이 좌절과 저항을 경험할 수도 있다. 또 궁극적으로 인간의 주체적 행동은, 인간의 내면이나 외면에 다 같이 존재하는 자연 조건, 물질 조건에 의하여 제한된다. 그런 의미에서 마르크스가 한 말, 곧 "인간은 스스로의 역사를 만들되 주어진 조건 속에서만 만든다."라는 말은 다시 음미해 볼 필요가 있다. 이 자유와 필연의 기묘한 얼크러짐 속에 있는 인간과 인간의 역사를 바르게 포착하는 것은 지극히 중요한 일이다. 오늘이나 앞으로 형성할 미래에, 인간다운 인간을 확보하는 것은 인간의 과거와 현재와 미래에 대한 섬세하면서도 굵직한 이해, 그 바른 이해에 상당한 정도 이어져 있는 것이다. 이것은 초보적인 의미에서는 인간이 스스로에 대하여 바른 이야기를 하며, 좀 더 학술적으로는, 될 수 있는 대로 유연하면서 포괄적인 과학적 인간학을 수립해 나가야 한다는 것을 뜻한다. 근래의 서양에서 유연하면서 포괄적인 사회사의 발전은 이러한 인간학에 대한 매우 의의 있는 기여라고 할 수 있을 것이다. 이 『문화와 이데올로기와 정치』의 번역이 우리나라에서도 더욱 넓은 인간학의 발전을 위한 한 기여가 되기를 기대한다.

(1987년)

# 역사와 공민 교육[1]

　제가 오늘 드리고자 하는 말씀은 일반적이어서 오늘의 주제에 적절한 것이 될는지 모르겠습니다. 다만 역사 교육의 이론과 실제에 도움이 되고자, 전공자가 아닌 국외자의 입장에서, 가르치는 사람의 입장이 아니라 읽고 배우는 자의 입장에서 말하려고 합니다. 또 전체 주제가 '역사 교육의 이념과 현실'로 되어 있으나, 이념에 대해서는 별로 아는 바가 없고 현실에 대해서는 더욱 모르기 때문에 문학을 공부하는 사람으로서 문학적 편견이 많은 입장에서 역사가 이러했으면 하는 소망을 표현하고자 합니다.

## 1

　오늘날 역사는 '개인을 초월하는 총체적인 범주'로 말해집니다. 또 역

---

[1]　역사교육연구회에서 발표한 것을 받아써서, 문자화한 것이다. 역사교육연구회에 감사드린다.

사의식은 역사에 대한 의식이며 동시에 사회 문화, 즉 공동체 속에서의 삶이나 운명을 의미합니다. 여기서 역사는 대개 세 가지로 나누어 볼 수 있습니다. 먼저 일반적으로 연상되는 역사적 사실, 두 번째는 역사가 가지는 법칙적 구조 즉 필연적 법칙을 들 수 있고, 마지막으로 역사란 도덕적 세력으로서의 역사에 대한 가설을 뜻한다고 할 수 있습니다. 다시 말하면, 역사란 첫째 과거에 일어난 사실에 대한 실증적 지식으로서의 역사, 둘째 사회 전체가 시간 속에서 움직여 나가고 있는 법칙의 이론적 연구, 셋째 도덕적 교훈을 끌어내는 작업이라고 하겠습니다. 이것과 관련하여 볼 때 공민 교육으로서의 역사 교육은 역사와 역사 법칙을 알게 하고 도덕적 교훈을 얻게 하는 것이라고 하겠습니다. 그러나 이것만으로 공민 교육 내지 역사 교육을 하기에는 부족하다고 봅니다. 앞에서 언급한 것처럼 여기에는 역사란 초개인적 범주이며 나름대로의 구조를 가지며, 도덕적이든 사회 경제적이든 간에 어떤 형태의 질서를 가진 것이라는 전제가 들어 있습니다.

그러나 다른 면에서 보면 '혼란스러운 것이 역사다.'라고 할 수도 있습니다. 즉, 역사의 구조란 뚜렷하게 식별할 수 있는 것이 아니라는 느낌도 가질 수 있고, 설사 그 구조가 뚜렷하다고 해도 일정한 방향에서 포착될 수 있는가에 대해서도 의심의 여지가 있습니다. 역사가 사회과학적으로 되거나 윤리·도덕에 흡수됨으로 혼란이 없다고 한다면 역사를 탐구할 의미 자체도 없다 하겠습니다. 예컨대, '역사를 알아라'라고 할 때, 이것은 역사에 분명한 진보가 있으며 또한 그 속에서 도덕적인 사항을 자각할 수 있다는 것을 의미합니다. 그러나 어떤 의미에서 역사는 아무런 방향도 없고 인간의 계속적인 영고성쇠의 수레바퀴에 불과하며, 많이 연구해야 기껏 순환론적인 약간의 교훈적 예를 지닌 이론적 틀이라고 하는 느낌을 주는 데 불과할 수도 있는 것입니다. 한국 문학에서는 한용운(韓龍雲)이 역사적 인물 또는 역사의식이 있는 인물로 언급되고 있습니다. 그러나 그는 역사를 혼란스럽다고 보고 있다는 느낌을 줍니다. 그가 지은 시 「당신을 보았습니다」에 다음과 같은 구절이 있습니다. "온갖 윤리(倫理)·도덕(道德)·법률(法律)은 칼과 황금에 제사 지내는 연기인 줄 알았습니다." 여기에는 칼과 황금 즉 권력과 금력에 윤리·도덕·법률이 봉사하는 것에 불과하다는 매우 냉소적인 느낌이 표현되어 있습니다. 이어서, "영원한 사랑은 무엇일까. 인간 역사의 첫 페이지에 잉크칠을 할까, 술을 마실까, 망설일 때 당신을 보았습니다."라고 하고 있습니다. 결국 사람 사는 것은 권력이나 금력을 추구하는 것에 불과하므로 영원한 곳으로 가든 잉크칠로 없애 버리든 퇴폐적인 길로 가든지 하려다가 종국에는 한용운 자신은 결단을 통해 당신을 보았다고 말합니다. 이처럼 한용운 자신에 있어서도 역사란 혼란에서 출발합니다.

역사 교육을 함에 있어서 흔히들 역사의 도도한 흐름을 학생들이 의식하도록 해야 한다고 생각합니다. 그러나 역사에 있어서 혼란의 연속이 있음을 체험하는 것도 역사 교육의 중요한 일부임을 부인할 수 없습니다. 사실은 이 점이 상당히 무시되고 있어 그 교육적 가치가 묻혀 버렸다는 느낌입니다. 역사의 혼란에 주목하는 것이 중요한 이유는, 역사의 삶이란 다양하고 순간적이며 구조 속에서 포착되지 않는 면을 가지고 있다고 하는 점에 있습니다. 이런 것은 역사 속에서 드러날 뿐 아니라 문학이라든지 개인의 인생 체험을 통해서 느껴지기도 합니다. 그러니까, 역사란 단일한 이론이나 교훈을 제시해 주는 것이기보다 개인의 의지와 사회적 제약이 투쟁을 벌이는 곳 또는 개인의 의지가 집단적 의지에 수렴되며 다시 그 집단적 의지가 사회적 제약에 대해서 투쟁하는 개인적 노력의 장이기도 하다는 것입니다. 그러나 사람의 의지와 의지가 싸움을 벌이고 있는 장(場)으로서의 역사는 반드시 혼란만 보여 주는 것은 아니며 어떤 질서가 있는 것으로 생각합니다. 그러나 이 질서는 하나의 이론적인 적용이라기보다는 인간 드라마의 전개를 의미합니다. 즉, 커다란 사회과학적 범주가 움직이는 장의 역사가 아니라 투쟁도 있고 갈등도 있고 모양도 있고 모양 없는 것도 있는 인간 드라마로서의 역사를 이해할 필요가 있으며, 또 학생들에게 이것을 전해 줄 필요도 있다고 생각됩니다.

이 말을 바꾸어서 하면, 제 짐작으로 요즈음 역사학에서 많이 후퇴하는 것으로 보이는 '서술의 역사(Narrative History)'가 기본적으로 중요하다는 말입니다. 즉 인간 드라마로서의 역사는 사회과학적 방법에 의해서 포착되지 않는, 핵심적이며 역사가 역사되게 하는 근본적인 것이 아닌가 하는 생각입니다. 그래서 인간 중심의 서술적 역사를 보여 줄 필요가 있으며, 너무 집단적 범주(collective category), 사회과학적 범주만을 보여 줄 필요는 없다고 봅니다. 그렇다고 해서 그것에 따르는 위험을 무시하는 것은 아닙니다. 물론 서술적 역사만을 강조하게 되다 보면, 역사를 의지주의적으로만 보게 되고 이것은 또한 역사에 대한 왜곡·단순화 등의 길로 나갈 수도 있습니다. 예컨대 텔레비전 등에서 나오는 역사 드라마를 보면 거의가 영웅적인 인간들의 의지, 모략으로 되어 있음을 알 수 있는데, 이것은 어느 면으로 봐서 역사를 왜곡하는 것이라 하겠습니다.

제가 인간 드라마라고 말한 것은, 넓은 의미에 있어서, 인간을 에워싸고 있는 사실과 인간 간의 변증법적인 관계를 의미하는 것입니다. 이 관계는 인간과 인간의 관계이기도 하지만 인간과 구체적 사물과의 관계이고 인간과 사물을 이루는 구조와의 관계이기도 합니다. 환언하면, 인간 드라마를 통해서 인간과 사물, 인간과 생산 구조·사회 구조와의 관계가 이루어지는 가운데 조화를 이루는 면과 그렇지 않은 면을 다 같이 보여 줄 필요가 있다고 생각합니다. 즉 인간과 사물과 구조와 이념에 싸여 있는 사람이 자기의 의지를 실현하려고 하며 실존적으로 살아가려고 하는 모습을 보여 주는 것이 역사일 것이라는 말입니다. 이런 모습을 전체적으로 보여 주는 것이,

바꾸어 말하면 변증법적 관점에서 보여 주는 것이 바람직하지 않느냐 하는 것입니다.

여기서 주의할 것은 인간 드라마로서의 역사에 있어서 단편적으로만 볼 것이 아니라, 또 법칙성을 강조하지 않으면서도, 전체적으로 어떤 모양이나 진전이 있어야 한다는 점에서 전체성(Totality)을 구성하게 해 주어야 한다고 하는 점입니다. 그런데 이 전체성을 단지 하나인 것으로 본다면 곤란합니다. 가령 한국사에 있어서 민족사만이 전체성을 보여 주는 유일한 것인지는 생각해 볼 필요가 있습니다. 역사의 전체성은 여러 가지로 존재할 수 있고, 작게도 크게도 존재한다고 생각합니다. 즉 세계사적으로 볼 수도 있으며, 민족사, 지역사, 개인사까지도 그 나름대로의 전체성을 드러내는 것입니다. 유일한 전체성을 강조하다 보면 역사는 다시 법칙·이론·교훈으로 되어 버립니다.

학생들에게 전체를 보여 줄 필요도 있지만 그 속에서 작은 역사들에 대해서도 신경을 써야 할 것입니다. 가령 생활사, 문화사, 정신성(Mentality)의 역사라고도 하는 것을 중시해야 된다고 봅니다. 일상생활·물질생활·가족·사랑·성(性)에 대한 역사는 나름대로의 전체성을 유지하고 있을 뿐 아니라, 생산 구조, 정치·사회 구조 등에 의해서는 반드시 규정되지만은 않는 끊어지지 않는 강인한 기억을 유지하고 있다는 점에 주시할 필요가 있습니다.


**2**


이번에는 역사 교육이 어떻게 이루어져야 할지를 말해 보겠습니다.

역사 교육은 국민 교육이라고 합니다. 국민 교육의 어떤 특정한 이념,

소명 의식을 부여한다는 점에 역사 교육이 봉사할 때 상당한 왜곡을 초래할 수밖에 없다고 봅니다. 그러나 역사 교육이 참다운 기여를 하기 위해서는 인간에 대한 인식을 확대시켜 줌으로써 인간 교육에 봉사하며 보다 더 높은 의식을 가진 인간을 형성해야 한다고 봅니다. 도덕적 교훈, 이론적 법칙적인 사회 변동에 관한 이해가 역사에 의해서 부여될 수도 있지만 이 과정에서 다소의 왜곡은 피할 수 없습니다. 역사 교육에서 중요한 점은 기억을 향상시키는 점이라고 봅니다. 개인 생활에 있어서 중요할 뿐 아니라, 마찬가지로 집단적으로 기억을 유지한다고 하는 것은 사회의 동질성 유지에 중요한 것입니다. 이것이 어떤 특정한 이념을 가진 것이라고 말하는 것은 조금 단순화된 것입니다.

앞서 역사가 다양해야 한다고 했을 때, 중요한 것은 역사의 법칙적 발전적 차원을 넘어서 역사의 진로라는 것이 단순하게 결정되는 것이 아니고 여러 많은 문화 선택의 가능성 속에서 이루어진다고 하는 점을 말한 것입니다. 또 중요한 것은 시간의 흐름 속에서 의미 있게 기억된 것을 생각하고 그러므로 우리가 해야 할 일이 무엇인가를 생각하도록 하는 것입니다. 이러한 과정에서, 한 가지의 길이 아니라 생(生)의 다양성, 경이로움, 풍부한 삶도 있구나 하는 것을 깨닫게 하는 것도 중요하다고 봅니다.

옛부터 동양에서는 모범을 보여 주는 것이 역사라 보고 역사의 교훈성을 강조해 왔습니다. 그렇지만 역사가 모범을 보여 준다고 했을 때, 이는 교훈으로서 모범이 아니라 우리로 하여금 대리 체험을 하게 한다는 의미에서의 모범입니다. 개인 생활에 있어 우리가 노인의 경험을 경청하는 것은 그 경험 가운데 이론화할 수 없는 지혜가 있다고 생각하기 때문입니다. 이론적으로 설명되어지는 것은 젊은이나 늙은이나 다 같이 가집니다. 그러나 이론만으로는 설명되지 않고 구체적 예로서 집적되는 지혜가 있다는 전제하에서 노인의 지혜를 말하는 것입니다. 이 점은 역사에 있어서도 마찬가지입니다. 역사를 논하는 것도 교훈적 공식화가 부여된다는 이유에서 가 아니라 이론의 테두리를 넘어서는 상당히 구체적인 체험의 예를 우리에게 부여하기 때문이라고 봅니다. 이 같은 체험의 예를 통해서 우리는 현명한 선택을 내릴 수 있습니다.

　문학에서 예를 들어 봅시다. 미국의 시인 월리스 스티븐스는 "하루의 좋은 날을 알기 위해서는 서른 날의 좋고 나쁨을 알아야 한다. 한여름의 좋음을 알기 위해서는 삼십 년 동안 여름의 좋고 나쁨을 체험해야 한다."라고 「이상적인 시간과 이상적인 선택」이라는 매우 추상적인 시에서 말했습니다. 이것은 이상적인 시간을 갖기 위해서는 경험적인 무수한 시간의 되풀이 속에서 우리가 경험적인 지혜를 훈련했어야 한다는 뜻입니다. 저는 이론에 의해서 이룰 수 있는 지혜와 경험에서 이룰 수 있는 지혜는 상당한 차이가 있다고 생각합니다. 그런 의미에서 역사는 사회과학적으로 할 것이 아니라, 그와는 다른 종류의 것을 줄 수 있어야 독자적인 학문으로, 교육의 내용으로서 중요성을 가질 수 있는 것이 아닌가 생각합니다. 이렇게 함으로써 역사가 하나의 체계로서의 지식으로 전개되는 것만이 아니라 하나의 교육적인 결과를 줄 수 있다고 봅니다. 이런 것은 이렇게 된다, 또는 왜 그렇게 되었는가만을 가지고서는 역사 교육의 목적을 이룰 수 없습니다. 우리는 역사를 체험으로서도 알게 해 주어야 합니다.

　체험으로서 안다는 것은 역사를 내부의 상황으로부터 접근함을 말합니다. 간단히 말하면, 역사를 의미로서 파악하는 것을 말합니다. 역사철학에서는 역사를 인과 관계로 생각할 것이 아니라 동기 관계로 이해해야 한다고 말하고 역사를 내면으로부터 이해해야 한다고 합니다. 이것은 정신성의 역사가 사실의 역사보다 더 중요하다는 것과, 이것을 통해서 역사를 체험으로서 안다는 것을 의미합니다. 역사를 체험으로서 안다는 것은 여러 가지 사실 속에서 선택하는 실존적 경험 속에서 안다는 말입니다.

역사와 문학에 차이가 있다면, 후자는 마치 과거를 현재에 있는 것처럼 접근하고, 전자는 과거를 과거로서 접근하는 점이라고 하겠습니다. 역사는 이미 일어난 것이기에 법칙 속에 통합될 수 있습니다. 그래서 우리는 어떤 법칙 속에 살고 있지만 오늘날의 우리의 체험은 법칙 속에서 다양한 가능성을 선택함으로써 이루어집니다. 여기서 흥분(suspense)이 일어나고 앞으로 어떻게 될 것인가에 대해서 흥미를 가지게 됩니다. 역사 소설은 과거를 현재로 다시 열고 미래의 가능성으로 다시 열어 과거를 현재적 시점에서 살려고 하는 것입니다. 여기서 생기는 서스펜스는 우리의 실존적 의미와 맞아떨어지기 때문에 참으로 느낌을 가지고 이야기를 보게 합니다. 이것은 역사 자체에도 해당될 수 있습니다. 좀 더 구체적으로 말하면 역사 교사는 역사를 통해서 이미 종합되고 요약되어 있는 것만을 보여 주지 말고 실제 당시 사람들이 여러 문제에 부딪혀서 그 해결을 위해 고민하는 모습을 그대로 보여 주어야 한다고 봅니다. 즉 일차적인 자료(문학적인 기록, 역사 기록, 서간문 등)를 통해서 학생들에게 역사를 가르쳐야 할 것입니다. 종래에는 단지 요약된 것만을, 지식으로서의 역사를 제시한 데 불과했지만, 이와 달리 역사가 주는 흥분을 학생들에게 보여 주는 것이 실제 체험을 알게 하고 또 인간 형성에 도움이 되지 않나 하는 생각입니다.

그같이 하기 위해서는 여러 가지 방법을 생각해야 할 것입니다. 교사는 학생들에게 중요한 테마·문제 등을 직접 전부 가르치려고 하지 말아야 할 것입니다. 학생들 스스로 함께 고민하고 판단하도록 하면서, 교사는 전체적인 배치와 어떤 것들이 어떤 법칙 속에서 전개되는 갈등이고 고민이며 선택인지를 보여 주면 좋으리라고 봅니다. 주제의 선택은 국사에서나 세계사에서나 마찬가지로 우리 사회, 우리 관심으로부터 이루어져야 합니다. 가령 서양사에서 자본주의·제국주의·사회 과학 이론·혁명 등에 학생들이 관심을 많이 기울이고 있는 형편인데, 이런 것들이 아니더라도 우리 주변의 중요한 문제와 오늘날 살고 있는 사람들의 실존적인 문제를 해명하는 데 도움을 줄 수 있는 면을 역사에 도입하면 어떨까 하는 생각입니다. 이렇게 하여 역사는 학문이면서, 문제의식이고, 체험이 되는 것이 아닌가 합니다.

(1986년)

# 문학 연구의 방법에 대한 몇 가지 생각

심미적 감수성과 그 테두리

## 1. 설명, 이해, 평가, 언어

모든 학문적 연구는 주어진 대상들의 인과 관계를 규명하고 인과율의 관점에서 그 대상들에 일정한 질서를 부여하는 데에 그 본령을 갖는다고 말할 수 있을 것이다. 문학적 대상을 어떻게 연구하느냐 하는 것을 생각하고자 할 때도, 우리는 일단 이러한 학문 활동의 일반적 규정하에서 이것을 생각해 볼 수 있다. 인과 관계의 분석은 작품의 성립, 작품의 내적 구조, 작품의 정신적 사회적 결과를 대상으로 할 수 있다. 또는 작가의 전기, 작품의 제작 배포의 기술적 사회적 조건 등에 대한 사실적 탐구가 문학 연구의 일부를 이룰 수 있다. 또는 작품 내부의 언어적, 의미론적, 행동적 관련의 인과 관계를 규명하고 또 이것을 당대의 여러 조건들에 관련시켜 볼 수도 있다.

그러면서도 말할 것도 없이, 이러한 문학과 문학의 조건에 대한 인과 관계의 분석은 단순히 외부적인 의미에 있어서의 원인과 결과를 찾아내는 일에 그칠 수는 없다. 행동 주체가 그것에 부여하는 의미를 떠나서 인간의 행동을 해명하기 어렵다는 것은 인간의 사회적 행동의 연구에서 흔히 지적되는 일이다. 한 남성이 한 여성에 접근하는 경우, 그 행동의 연쇄적 과정은 그 남성의 마음속의 동기가 성애인가, 배고픔인가, 또는 다른 동기인가 하는 것에 의하여 크게 달라진다. 물론 그렇다고 해서 어떤 행동이 내적인 동기를 통하여서 완전히 해명될 수 있다는 것은 아니다. 말할 것도 없이 인간의 동기는 착잡하고 복합적이어서 외적인 관찰자뿐만 아니라 행동자 자신도 분명하게 알기 어려운 때가 드물지 않다. 뿐만 아니라 우리가 분명하게 알고 있는 동기도 실제는 우리의 행동의 사실적인 원인으로 생각하기 어려운 경우가 많다. 쇼펜하우어는 남녀 간의 사랑이란 종족이 그 보존을 위하여 우리에게 사용하는 사기적 수법이란 내용의 말을 한 일이 있지만, 우리 스스로 의식하는 동기가 그것과는 영 다른 목적에 봉사하고 있는 것을 발견하는 것은 흔한 경험이다. 정신분석학은 이것이 의식적, 합목적적 행동보다 인간 행동의 참모습에 가깝다고 말한다. 또 달리는 자발적인 것으로 생각되는 감정 ─사랑을 포함한 감정이 사회 구조와의 함수 관계 속에서 일어난다는 것은 구조주의 인류학이 지적하여 주는 바이다. 그러나 일반적으로 말하여, 인간 행동이 행동자의 동기 또는 행동자가 의식하는 의미를 모르고 이해할 수 없는 것은 사실이다.

이것은 문학의 경우에 특히 그렇다. 문학은 아무리 객관적인 관찰에만 한정되어 묘사를 진행하는 것이라 할지라도, 내면생활이 없이는 성립할 수 없다. 이것은 사건의 소박한 추이만을 추적하는 원시적인 모험담에서나 객관주의를 표방하는 오늘날의 실험 소설에서나 마찬가지다.(로브그리예와 같은 작가의 작품은 사람이 없는 대상물들의 세계를 그리려고 한다. 그러나 묘사 기술되는 대상물들은 사람이 왜소화되고 난 다음의 사람의 관점에서 관찰되는 대상물의 측면이다.) 자각되는 동기가 행동의 설명 요인으로 객관적 타당성이 있든지 없든지, 그러한 동기의 내면적 체험에 문학은 그 관심을 기울일 수 있다.(심한 경우 미친 사람의 내면생활도 문학적 기술의 대상이 된다.) 그러니까 문학 연구에 있어서도 이러한 내면생활의 측면이 중요한 관심의 대상이 될 수밖에 없다. 문학 연구의 한 작업은 문학이 그리는 내면생활에 나타나는 동기 관계를 이해하는 일이다.

그러나 다른 인간 행동에 대한 연구에서와 마찬가지로, 문학의 내면적 측면에 대하여 납득과 이해가 그것으로써 끝날 때, 우리의 연구의 목표가 달성되었다고 말할 수는 없다. 여기에서의 납득이나 이해는 어떤 관점에서의 납득이나 이해이다. 다시 말하여, 우리가 궁극적으로 모든 학문적 연구의 근본으로서 이성의 관점을 인정한다면, 이것은 이성적 관점에서의 납득이나 이해를 말한다. 그리고 이성적 관점의 중요성은 그것이 사실적 질서의 원리가 입각해 있는 관점이란 점에 있다. 이해는 이성적 이해를 말한다. 그리고 이것은 결국 인과 관계의 질서에 이어짐으로써 궁극적인 타당성을 얻게 된다.

우리가 여기서 이야기하고 있는 것은 막스 베버로 하여 유명하여진 '설명(Erklären)'과 '이해(Verstehen)'의 관계인데, 베버는 인간 행동의 과학으로서의 사회학의 목표를 말하면서, 이 목표의 달성은 사실적 인과 관계를 '설명'하는 일과 이를 내적 동기를 통해서 '이해'하는 일을 포함한다고 말하였다. 그러나 궁극적으로 학문의 목표는 과학적 법칙성의 수립에 있으므로, '이해'는 '설명' 속에 수렴되어야 하는 것으로 말하였다. 가령 그는 『경제와 사회』의 서두에서 사회학을 정의하여, "사회 행동을 의미 있게 '이해'하고 이를 통하여 그 작용 면에 있어서 인과적으로 '설명'하는 과학"[1]이라고 하였다. 문학 연구와 사회학의 목표가 같을 수도 없지만, 이미 말한 바와 같

---

**1** Max Weber, *The Theory of Social and Economic Organization*, trans. by A. M. Henderson and Talcott Parsons(New York: Free Press, 1947), p. 88.

이, 문학 연구도, 그것이 학문적이기를 표방하는 한, 이해를 경유하면서 궁극적으로는 이성적 해명에 이르려고 노력하지 않을 수 없다.

다만 문학이 삶의 내면적 기술을 존중한다면, 그것은 단순히 내면생활에 대하여 하나의 과학적인 자료로서의 관심을 가지기 때문이 아니라는 점은 상기될 필요가 있다. 문학의 관점에서 인간의 내면생활은 그 자체로서 가치가 주어질 수 있는 삶의 한 부분이며, 또 그것의 객관적 지위가 어떤 것이든지 간에, 실존적 절실성을 가진 현실의 일부이다. 그리하여 문학 연구가 내면생활에 관심을 갖는 것은 반드시 그것의 실증적 기층에로의 환원 가능성을 생각하기 때문만은 아니다. 사실 이렇게 말하고 보면, 문학 또는 문학 연구가 인간이 구획 짓는 다원적 현실 영역 또는 현실층 가운데에서 어떤 특별한 부분을 기본적인 영역 내지 층으로 인정하고 있는지는 의문이다. 문학은 다분히, 현상학적 환원에서와 같이, 주어진 세계의 사실성을 괄호 속에 넣고 주어진 대로의 삶, '생활 세계'의 동기 관계를 그대로 그리고 이해하는 데 몰두한다고 할 수 있지 않나 한다. 문학이 현실적 우위를 인정하는 것이 있다면 그것은 생활 세계이고, 이것이 과학적 분석에 의하여 설명될 수 있는 한에 있어서 과학적 분석을 하나의 이해의 수단으로 받아들인다. 그렇기는 하나, 이미 말한 바와 같이, 문학의 연구가 문학 현상의 학문적 해명을 추구하는 한, 그것은 이성적 개념화를 피할 수 없고 이성적 개념화는 인과 관계의 과학적 설명에서 하나의 엄밀성의 모형을 발견한다. 그리하여 사회학의 경우나 마찬가지로, 역점을 달리하면서, 문학의 연구도 '설명'과 '이해'를 연결 종합할 수밖에 없다. 다시 베버의 말을 빌려, "'이해하는' 설명"[2]을 추구하는 것은 문학에 있어서도 타당성 있는

---

2    Max Weber, *The Methodology of the Social Sciences*, eds. and trans. by Edward Shils and Henry A. Finch(New York: Free Press, 1949), p. 14.

목표가 될 수 있는 것이다.

　'설명'이든 '이해'이든, 이러한 접근 방법을 통한 문학 작품의 분석 및 해명이 참으로 문학을 다루는 바른 방법일까? 우리가 위에서 전개한 논의가 옳은 것이라고 하더라도 이러한 질문은 말해질 수 있을 것이다. 문학 현상에 대한 인과 관계적 설명, 또는 동기적 이해가 있을 수 있는 연구이고 반드시 배제되어야 할 것은 아니라고 하더라도, 문학의 근본은 미적 대상의 창조에 있고 문학 연구의 목표도 이에 따라 작품의 미적 특성에 대한 음미와 평가이어야 한다고 생각될 수 있는 것이다. 사실 칸트에서 비롯하는 많은 미학적 성찰은 미적 대상이 경험적 내용을 사상한 어떤 형식적 원리, 또는 궁극적으로는 선험적 원리에 의하여 인지 평가될 수 있다는 전제에서 출발한다. 그러나 다른 한편으로, 이것은 미의 형식적 요소가 경험적 내용으로부터 분리되어 성립한다는 주장은 아니다. 예술 작품의 형식적 아름다움은 경험적 내용을 기초로 하면서 이를 초월하는 이념으로 존재한다. 언어 예술에 있어서 이러한 이념의 경험적 기초는 특히 두드러진다. 그리고 작품을 구성하는 경험적 내용은 인과 관계나 동기 관계 속에 존재한다. 작품의 형식적 아름다움은, 반드시 그것에 일치하지는 아니하면서도, 작품이 구현하고 있는 사실적 인과 관계의 타당성과 동기 관계의 타당성에 이어져 있다. 다시 말하여, 작품 내에 있어서의 사실적 심리적 관계의 일정한 맥락은 곧 미적 만족감의 한 요소가 되는 것이다. 물론 이 두 가지가 하나가 되는 것은 아니다. 예술의 이념은 삶의 법칙적 이해를 포함하면서도 일반화되고 추상화된 법칙의 진술이 아니라 어디까지나 감각적이고 구체적이고 일회적인 형상화에 있다. 예술에 있어서의 법칙성을 뒷받침하는 원리는 서양 미학 사상에서 전통적으로 '판단력'이라는 이름으로 불렸는데, 판단력은 특수를 보편의 개념에 종속시키는 데 필요한 능력이면서도, 특수자의 특수성에 적용되는 능력이다. 그리하여 그것은 일반 법칙의 진술보다는 구체적인 사항 하나하나에 새롭게 작용한다. 그리고 이러한 적용은 단순히 선험적으로 주어진 원리에 의하여 한꺼번에 완성되어 버리는 것이라기보다는 미적 대상 또는 사람의 경험의 섬세한 기미 하나의 실감과 법칙성을 식별할 수 있는 오랜 감성의 훈련을 통하여 적절한 것이 된다. 이러한 감성의 훈련은 말할 것도 없이 개인적인 감성의 도야만이 아니라 구체적인 판단의 업적으로서의 한 사회의 전통과 문화를 흡수하는 과정을 의미한다. 개인적인 감성의 도야 그것도 이런 문화적 과정의 내면화 이외의 다른 것을 뜻하는 것이 아니다.

　그리고 이렇게 말하면서 한 가지 주의해야 할 것은 미적 향수와 판단에 있어서 표현 매체와 매체 조작의 수법의 중요성이다. 말할 것도 없이 미적 지각은 표현을 떠나서 또는 작품의 구체적인 현실을 떠나서 생각할 수 없다. 이것은 작품 없이 예술을 논하는 것이 허황된 것이 되기 쉽다는 편의상의 문제가 아니다. 인간 체험의 전체성은 그것에 대한 구체적인 표현이 없이는 지각되기 어려울 뿐만 아니라 어쩌면 특정한 형태로는 존재하지 않는 것이라고 할 수도 있지 않나 한다. 위에서 우리는 미적 체험의 구체성과 섬세함을 지적하였거니와, 이러한 특질은 특히 표현된 작품이 없이는 존재하지 않는다고 할 수 있다. 구체성이 그렇다는 것은 말의 정의대로 자명한 것이고, 섬세함은 우리가 본래 가지고 있는 느낌이나 지각의 섬세함이기보다는 매체의 굴곡이 태어나게 하는 지각의 파문이다. 이 파문은 매체에 서식하고 또 표현으로서의 매체는 하나의 전체에의 이념으로서만 존재하기 때문에, 사람이 가질 수 있는 일반적인 정서를 배경으로 하여 일어나는 것은 사실이면서, 예술적 대상의 전체적 짜임새의 그물에 의하여서만 구체화한다. 그러니까 예술적 지각의 무늬는 일반적 배경을 가지면서 일회적인 조직의 일부로서 나타나는 것이다.

　이런 의미에서 예술에 있어서, 미적 인식, 향수, 판단 —— 또는 일반적으로 미적 이념은 매체와 분리해서 생각하기가 극히 어려운 일이다. 이념과 표현의 분리는 어떤 경우에나 쉬운 일이 아니다. 논리적으로 규정되는 철학적 개념도 그것을 정의하는 언어적 표현에 따라 뉘앙스를 달리한다. 그러나 근본적으로 일반적 추상적 개념은 그것을 나타내는 언어와 분리하여 하나의 독립된 실재성을 갖는 것으로 볼 수 있다. 그러나 예술의 경우, 또 예술의 한 가지 형태로서 문학은 표현 매체인 언어와 분리하여 성립하기 어려운 면을 가지고 있는 것이다. 하나에 하나를 보태면 둘이라는 것과 1에 1을 더하면 2라는 것은 같은 개념 내용을 가지고 있지만, 미적인 관점에서는 다른 함축적 의미를 가지고 있다.

이와 같이 미적 향수와 판단은 그 구체성, 섬세성, 형식성, 표현성 등으로 하여 그것 나름의 독자적 성격을 가지고 있다. 그러나 이것이 인간 행동 일반에 대한 설명과 이해의 과정에서 크게 벗어나는 것은 아니다. 넓은 의미에서 심미적 판단도 인간 행동에 대한 이해와 설명을 향한 노력의 일부이다. 또 후자는 전자 없이 완전한 것이 되지 못하고, 또 어떤 의미에 있어서는 설명과 이해는 미적 판단에서 그 완성에 이른다고 할 수 있다. 심미적 판단은 설명과 이해의 작업을 주로 예술 작품 전체에 집중 또는 한정한다. 구체적이고 섬세한 사항들에 주목하는 것은, 삶 일반을 문제 삼는 경우와는 달리, 예술 작품이 하나의 폐쇄된 세계의 내적인 인과와 동기 관계를 총체적으로 완전하게 밝혀낼 수 있기 때문이다. 여기에서 대상의 내적 균형을 중시하고 그것 자체를 절대적 가치로 정립하려는 형식주의적 강조가 생겨난다. 그렇긴 하나, 미적 대상의 형식적 완성 또는 내적 균형을 구성하는 요소들은 삶 자체에서 온다. 또 그 완성과 균형도 궁극적으로는, 삶의 현실이 배태하고 있는 삶의 형식적 완성의 가능성에서 온다.

따라서 예술 작품의 학문적 분석은 설명, 이해, 평가 — 이 모든 것을 포함한다. 그중에 설명과 이해는 작품의 외적인 관계에 적용될 수도 있고 작품 내의 여러 요소들의 상호 관계에 적용될 수도 있다. 후자의 경우 그것은 평가 행위의 내용을 구성한다. 다만 이 평가에 있어서의 설명과 이해는 과학적 일반의 차원이 아니라 구체적 작품의 현실에 처한 것이기 때문에 일반적인 법칙성에 대한 안목 이외에 감각적 구상에 대한 판단력, 감수성 또는 세련된 심미안(Geschmack, Taste)을 필요로 하며, 이러한 능력은 개인적 미적 훈련과 아울러 인문적 전통의 내면화 과정 ── 즉 교양의 과정을 통하여 계발된다.

## 2. 설명의 범주

설명은 대체적으로 말하여 어떤 특수한 대상을 일반적 법칙 또는 범주에 포함시키는 행동이다. 물론 이러한 포함의 행위는 아직 분명하게 드러나지 않는 일반적 범주를 지향하는 것일 수도 있다. 경험적 사례로부터 귀납적으로 일반 법칙에 이르는 경우가 이러한 것이다. 그러나 대부분의 학문적 설명은 근본적인 또는 새로운 법칙의 발견에 관계된다기보다는 이미 받아들여져 있는 일반 법칙에 구체적인 사례를 포함(subsumption)시키는 데 그친다고 할 수 있다. 다만 이러한 포함의 관계는 얼른 보아 직관적으로 드러나지 아니하므로 중간 단계의 설정을 비롯한 여러 가지 조작이 필요할 뿐이다.

학문적 설명이 사례의 일반적 범주에의 포함이라고 한다면, 설명 행위에는 설명의 근원이 될 일반적 범주에 대한 대략적 동의를 전제로 한다. 그러면 이러한 설명의 근거가 되는 범주는 어떠한 것인가? 여기에는 항구적인 것도 있지만, 시대와 문화에 따라서 다른 것도 있을 수 있다. 초시대적, 초문화적이라고 할 물리 현상의 경우에도 이러한 차이와 변화가 있다. 아리스토텔레스에 있어서 물체가 아래로 떨어지는 것은 하락하는 물체에 그러한 성질이 있어서 그러한 것이지만, 뉴턴 이후 그것은 인력의 작용에 의한 것이 되었다. 물리 현상에 있어서 이렇다면, 인간의 사회적 행동을 설명하는 데 있어서 근거가 되는 범주가 일정치 않은 것은 충분히 이해할 만한 것이다. 말할 것도 없이 인간 행동을 설명하는 가장 근본적인 범주는 인간성 또는 인간 존재의 구조이다. 사람이 이기적이고 사악한 행동을 하는 것은 사람의 본성에 있는 이와 기의 균형에 있어서 기가 승하기 때문이다.──유교의 인간 이해에서 어떤 바람직하지 못한 행동은 이렇게 설명된다. 그러나 17세기 이후의 서양의 관점에서, 인간 행동을 설명하는 우선적인 범주는 과학이 설정하는 인간관에서 나온다. 오늘날에 인간 행동에 대한 설명은 대체로 과학적 인간관에 관계되어 비로소 납득할 만한 것으로 받아들여진다. 이 과학적 인간관에서 근본이 되는 것은 말할 것도 없이 첫째, 물리 법칙이고 그다음으로는 생물학적 법칙이다. 사실상 인간 행동의 설명에 의미 있게 적용하기에는 이러한 법칙이 너무나 기초적이고 단순한 것이라고 생각할 수도 있지만, 인간의 대부분의 행동에 대하여 마술적인 설명을 받아들이지 않는다는 것은 중요한 현대적 태도이고, 이것은 물리 또는 생물학 법칙에 어긋나는 것을 받아들이지 않는 초보적인 과학적 태도의 한 표현이다.

물론 물리와 화학 또는 생물의 법칙으로 설명할 수 있는 인간의 행동은 극히 한정되어 있다. 이에 대하여 사회적 관계에서 일어나는 어떤 우선적인 요인들은 훨씬 더 큰 설명 능력을 가지고 있다. 물론 사회적 범주도 근본적으로는, 적어도 현대적 관점에서는, 더 초보적인 물리적 생물학적 존재로서의 인간을 전제로 한다. 가령 인간의 사회 조직의 근본이 되는 친족 집단은 생물학적 존재로서의 인간의 성(性)의 한 표현이다. 인간의 경제 관계의 원시적 기초는 인간의 생물학적 물질적 필요에 있다. 또 성과 물질을 포함한 여러 필요와 욕구의 사회적 배분을 규정하는 정치 기구의 바탕에는 가장 원시적 의미의 강제력, 즉 폭력이 깔려 있다. 그러나 친족이나 경제 또는 정치 조직이 단순한 물리적 생물학적 법칙으로 설명할 수 없는 복잡한 양상을 띠는 것은 말할 필요도 없다.

이러한 복잡성은 다분히 인간의 행동의 문화에 매개됨으로써 생겨난다. 여기에서 우리는 인간 생활의 물질적 사회적 토대와 문화의 관계를 '매개'라는 말로 연결하였지만, 사실 두 사항의 관계는 매우 복잡한 것으로서 많은 논쟁의 대상이 되는 것이다. 가령 마르크스주의에 있어서의 하부 구조와 상부 구조의 관계나 인류학에서의 '제도적(etic)' 요인과 '인식적(emic)' 요인에 대한 토의, 구조주의와 실증주의의 논쟁 등이 모두 여기에 관계되는 것이다. 그러나 그것이 정확히 어떠한 관계이든지 간에, 두 항목 사이에 밀접한 관계가 있다는 것은 일원론적인 과학적 세계관의 관점에서는 부정할 수 없는 것이다. 이 관점에서 본 문화와 물질생활과의 관계는 마르크스의 유명한 말, "인간의 생존을 결정하는 것은 의식이 아니다. 그 반대로, 인간의 사회적 생존이 그들의 의식을 결정한다."라는 명제에서 출발한다. 이를 확대하여 볼 때, 모든 의식 활동에 속하는 것, 즉 문화적인 것은 물질적 기초에 종속한다. 한 인류학자가 명명한 바와 같이 '하부 구조 결정론(infrastructural determinism)'[3]의 관점에서 볼 때, 사람의 행동은 제한된 조건하에서의 자기 보존과 종족 보존을 확보하려는 기본적인 충동에 의하여 설명된다. 여기에서 문화적이고 상징적인 개념, 심상 또는 동기들은 이 욕망의 환경과의 적응 과정에 있어서의 충분히 설명되지 아니한 어떤 변조를 나타내는 것이거나, 아니면 단순한 이데올로기에 불과하다. 이 이데올로기는 사람의 정신 작용에서 생기는바, 적응 구조로부터의 일탈을 교정

---

**3**    Marvin Harris, *Cultural Materialism* (New York: Vintage Books, 1980), p. 56.

하는 역할, "체제 유지를 위한 교정 작용을 통하여 핵심적인 체제 보수 역할"[4]을 할 뿐이다. 이렇게 문화적 상부 구조가 완전히 하부 구조에 의하여 결정된다고 할 때, 양자의 관계는 매개되는 것이라기보다는 거의 일대일로 대응되는 것으로 볼 수 있다.

그러나 '하부 구조 결정론'은 경제 또는 정치 구조와 판이한, 그리고 적어도 주관적인 관점에서 이에 못지않게 중요한 문화 현상들의 존재를 설명하지 못한다. 사람의 행동이 일정한 필요와 욕망 충족을 위한 여러 활동으로써 설명된다고 하더라도 사람의 충족의 체계는 극히 복잡다기하며, 긴급한 생물학적 요구를 벗어날수록 이 복잡성은 심해지는 것이지만, 이러한 요구까지를 포함하여 사람의 욕망, 또 특히 욕망의 체계는 문화적 공간 속에서 형성된다는 것을 부인할 수 없다. 한 문화옹호론자가 말하고 있듯이, "생산 과정에 있어서의 인간의 실천적 관심은 상징적으로 구성된다. 생산의 최종 목표나 방법들은 문화의 측면에서 온다. 즉 문화적 조직의 물질적 수단이나 물질적 수단의 조직화는 다 같이 문화에서 오는 것이다."[5]

또 여기서 주목할 만한 것은 문화의 세계는 하나의 의미 있는 체계를 구성한다고 볼 수 있다는 점이다. "문화 질서의 통일성은 (경제와 사회에 대하여) 제삼의 공통 요소, 즉 의미에 의하여 구성된다. 모든 기능적인 것을 규정하는 것은 이 의미의 체계이다. 즉 그것은 문화적 질서의 독특한 구조와 목적들에 의하여 규정되는 것이다. 그리하여, 어떠한 기능적 설명도 그것으로 자족적일 수 없다. 기능적 가치는 언제나 특정한 문화의 구도에 연관되어 있다."[6]

그런데 인간 생존의 물질적 기반과 문화의 관계가 무엇이라고 하든지

---

4   Ibid., p. 92.

5   Marshall Sahlins, *Culture and Practical Reason* (Chicago: University of Chicago Press, 1976), p. 207.

6   Ibid., p. 206.

간에, 문학 연구의 관점에서 인간 행동의 중요한 한정 범주로서의 문화적 의미는 매우 중요한 것이다. 결국 문학의 관심은 객관적 타당성을 가질 수 있는 인간 행동의 설명을 제공하는 것이 아니라 행동의 내면적 동기와 그 얽힘 또 이 동기와 외적인 수단들의 얽힘을 실감나게 보여 주는 일이기 때문이다. 말하자면 문학은 인간 행동의 진리 내용에 못지않게 이 내용을 전달하고 또는 은폐하는 수사학에 관심을 가지고 있다. 그리고 인간의 심성은 진리에 못지않게 수사에 의하여 크게 흔들리는 수가 많다.

이미 비친 바와 같이, 그 중간적 매개체가 무엇이냐 또 매개 관계가 어느 정도 결정론적이라고 할 수 있느냐 하는 데에는 문제가 있겠으나, 구극적으로 문화의 제약은 인간 생존의 물리적 조건들이다. 그리하여 여러 가지 문화는 이 조건들에의 다른 적응 상태를 나타낸다고 할 수 있다. 또 그러니만큼 문화의 다양성도 어떤 항수적인 요인으로 환원될 수 있을 것이다. 그러면서 여러 문화는 그 범위 안에서 매우 다른 동기 체계를 가질 수 있다. 헌신적이며 정신적 기율에 귀착한 기사들의 사랑, 사랑 속에서 정신적 관능적 완성과 초월을 발견한 낭만주의적 사랑, 또는 동양적 가족 제도 내에서의 부부 관계 또는 유희적 남녀 관계 등등은 서로 다른 가치에 의하여 지배되고 다른 동기에 의하여 움직여지는 사람들의 행동 양태를 나타낸다. 군인과 성직자 두 가지의 직업적 가능성을 생각했던 쥘리앵 소렐과 돈 많은 사람들의 소비 생활의 화려함을 그리워한 클라이드 그리피스는 다른 종류의 성취동기에 의하여 움직여지고 있는 인물들이며, 그러한 인물에게 그러한 동기를 부여하는 세계는 서로 다른 종류의 가치와 동기 체계를 가진 세계이다. 한국의 신문학 초기의 등장인물들의 행동을 지배하고 있는 가치와 동기는 어떠한 것인가? 우리가 이야기할 수 있는 것의 하나는 여기에서 서구의 경우와도 달리 초월적 동기가 약하다는 것이다. 그 대신 사회적 동기, 사회적 명성을 향한 욕구는 매우 강한 것으로 보인다.

말할 것도 없이 우리 현대사에 있어서 애국은 매우 중요한 가치인데, 이것도 이 사회적 동기에 이어져 강화되는 것으로 보인다.(애국은 생활에 대한 사랑과 고통에서 나오는 것일 수도 있다.) 사랑은 매우 중요한 동기이지만, 그 형태와 형태의 완성을 위한 사회적 제도적 표현이 전혀 고정되어 있지 않은 것으로 보인다. 사실 초기 현대 한국 소설 또는 일반적으로 한국 소설을 바르게 이해하는 데 우리가 무엇보다도 필요로 하고 있는 것은 소설들을 에워싸고 있는 세계의 가치 질서 또는 동기 질서이다. 이러한 질서에 대한 이해 없이 우리의 주인공들의 세계는 닫혀 있는 수수께끼가 되고 만다.

지금까지 우리는 다른 인간 행동의 인과 분석에서나 마찬가지로 문학에 있어서도 우리가 의식해야 할 설명의 근거가 되는 범주, 그중에도 우선적으로 그러한 근거가 되는 범주에 언급하였다. 그러나 우리가 알아야 할 것은 문학의 관심은 인간 행동을 규정하는 물리적, 생물학적, 사회적, 경제적, 정치적, 또는 문화적 일반 법칙이 아니라는 것이다. 기껏해야 문학의 관심은, 문학의 외적 조건이나 내적 구조와 관련하여, 구체적 사항들의 인과 관계에 있다. 인간 행동의 여러 차원을 규정하는 일반 법칙은 구체적 사항들의 인과적 연쇄를 밝히는 지평으로서만 의의가 있다. 그리고 사람의 행동의 기저에 엄격한 인과 법칙이 있다고 하더라도(가령 물리적, 생물학적 법칙의 총체가 사람의 행동의 궁극적이고 필연적인 제약을 이룬다는 것은 과학의 입장에서 쉽게 생각할 수 있는 것이다.) 우리가 관심을 갖는 구체적 사항에는 이러한 인과 법칙이 해당되지 않는다고 할 수 있다. 우리가 알고자 하는 것은 어떤 선택된 사항과 다른 선택된 사항과의 납득할 만한 연쇄 관계 또는 게슈탈트이다. 이러한 게슈탈트는 엄밀한 법칙에 의하여서보다는 직관적인 느낌이나 상상력을 통한 재구성을 통하여 드러난다.

그러나 여기에 전혀 방법이 없는 것은 아니다. 막스 베버는 역사적 사건에 있어서 의미 있는 원인을 규명하는 방법으로, 요인배제법이라고 부를 만한 방법을 권장한다. 이것은 "복합적인 역사적 상황에서 하나의 역사적 요인이 없었다고 상정한다면, 그 사실은 역사적으로 중요한 면에서 사건의 추이에 영향을 주었을 것이라고"[7] 생각해 봄으로써 어떤 요인의 역사적 중요성을 정하는 방법이다.(가령, 마라톤 전쟁의 중요성은 거기에서 희랍이 패배하였더라면, 유럽의 문화의 향방이 어떻게 되었을 것인가를 상정함으로써 추정될 수 있다.) 그러나 이러한 요인배제법에 의한 역사적 상황에 대한 해석은 자의적인 것이 아니다. 그것은 일반적 경험적 사실의 관점에서 타당성이 있는 것이라야 한다. 마라톤 전쟁의 의의에 대한 우리의 판단에는 희랍과 페르시아의 다른 사회 체제에 대한 사실적 지식과 어떤 상황하에서는 사람들이 어떻게 행동할 것이라는 추정이 들어 있다.

물론 이런 추정은 엄밀한 의미에서의 법칙적 관계를 말하는 것이 아니다. 베버는, 역사적 사회적 테두리 속에서의, 이완된 인과 관계의 타당성은 '인과의 적의성(Kausaladäquanz)'이라는 말로 부르는 것이 옳다고 생각하였다. 이것은 제1차적으로는 인간 행동의 관찰에서 나온 평균적 가능성에 비추어 특정한 인간 행동의 사항을 설명하는 것을 뜻한다. 그러나 다른 한편으로, 이 관점에서의 인간 행동의 해명은 내적인 동기 관계에 의하여 납득할 만한 것이 됨으로써 완성된다.

전형적 행동의 바른 인과 관계적 해명은, 전형적이라고 주장되는 행동 경과가 의미의 차원에서 적의하게 파악되고, 그 해명이 어느 정도 인과 관계에 있어서 적의하다는 것을 뜻한다. 의미의 관점에서의 적의성이 부족하다면, 제일성(齊一性)이 아무리 높고 그 개연성이 아무리 정확히 결정된다 하더라도, 그것은 객관적인 과정에 관계되든, 주관적인 과정에 관계되든 이해할 수

---

**7**  Max Weber, *The Methodology of the Social Sciences*, p. 166.

없는 통계적 확률이 되어 버린다. 다른 한편으로 의미의 차원에서 가장 적의한 것도, 사회학적인 관점에서는 어떤 행동이 정상적으로 의미 있는 것으로 생각되는 행동의 경위를 취한다는 개연성의 증거가 있을 때, 비로소 인과 관계의 의의를 갖는다. 이것을 위하여서는 어느 정도 평균적 또는 순수한 전형에 접근하는 빈도가 있어야 되는 것이다.[8]

이와 같이, 베버는 인간 행동은 한편으로는 객관적 개연성과 다른 한편으로는, 주관적 동기로 설명되어야 한다고 생각한다. 그런데 여기서 주관적 동기는 행위자의 것일 수도 있고 행위를 관찰하는 사람이 자기 나름의 유추를 통하여 납득하는 것일 수도 있다. 알프레드 슈츠(Alfred Schütz)는 이를 구분하여, 전자만을 '의미 적의성(Sinnadäquanz)'에 속한다고 말한다.[9] 그러나 이 두 가지, 객관적 개연성과 주관적 동기는 그렇게 다른 것만은 아니다. 어느 경우에나 인과 관계 또는 동기 관계는 엄밀성의 결여에 의하여 특징지어진다고 하겠는데, 그것은 경험적 사실의 원인적 요인을 우리가 다 알 수 없다는 데에도 기인하지만, 다른 한편으로는 어떤 경우에는 인간의 행동은 내면을 통과하여서만 외면적 실천으로 나타나고, 이 내면은 결국 자유로운 선택의 장이라는 데에 기인한다고 할 수 있다. 사실 인간 행동에 있어서의 인과 관계는, 슈츠가 베버의 개념을 설명하여 말하듯이, '자유의 인과 관계'[10]이다. 그러나 이와 동시에 우리가 생각해야 할 것은 사람이 스스로의 목적을 가지고 수단을 선택한다고 하더라도 이러한 목적과 수단의 선택에 작용하는 동기는 반드시 자기 자신의 것이 아니라는 사실이다.

---

8  Max Weber, *The Theory of Social and Economic Organization*, pp. 99~100.

9  Alfred Schütz, *The Phenomenology of the Social World*, trans. by George Walsh and Frederick Lehnert(Evanston, III: North Western University Press, 1967), pp. 234~236.

10  Ibid., p. 231.

우리의 행동의 동기를 지배하는 것은 우리가 사물에 대하여 가지고 있는 가치라고 할 수 있고 이 가치는 자기 자신의 것이면서 동시에 사회적으로 주어진 것이다. 이것은, 최선의 상태에서는, 한 문화 전통의 내면화를 통하여 형성된 가치 체계 속에서 일관성을 얻는다.

이렇게 말하는 것은, 사람의 행동이 일정한 사회 전통 속에 성립한 가치 체계에 의하여 규제되는 한, 거기에는 일정한 규칙성이 있게 마련이라는 것을 뜻한다. 위에서 말한 행동의 인과적 개연성은 이러한 규칙성을 밖으로부터 관찰한 것이다. 다만 이것은 단순한 통계적 사실로 성립하는 것이 아니라 그것과 아울러 내적인 의미와 동기에 의하여 적의한 것으로 성립한다. 이러한 고찰에서 우리가 다시 한 번 생각하는 것은, 우리의 행동 이해가 일반적인 것을 향하든 아니면 어떤 선택된 구체적 사항을 향하든, 거기에는 반드시 규범적이고 일반적인 범주가 전제될 수밖에 없다는 것이다. 이러한 범주의 여러 가지 가운데서도 문화적으로 설정되는 동기 관계는 가장 중요한 것이다. 인간은 물리적 법칙에 의해서보다는 문화적 조건들에 의해서 그 행동을 기획하기 때문이다. 이렇게 말하면서 우리는 인간 행동을 이해하려는 노력에 대하여 중요한 절차상의 관찰을 할 수 있다. 우리는 위에서 인간 행동, 특히 그것의 구체적인 사례의 설명 또는 이해가 직관과 상상력에 의존할 수 있다는 것을 말하였다. 그러나 동시에 이에 못지 않게 중요한 것은 합리적 설명의 노력이다. 그것은, 이미 비친 바와 같이, 모든 행동의 지평에는 일반적 범주가 전제되어 있고 또 이 일반적 범주가 반드시 합리적인 것이 아니라고 하더라도 적어도 우리의 설명과 이해의 전제에는 사물의 이성적 해명의 가능성이 전제되어 있기 때문이다.

## 3. 이해의 과정

위에서 우리는 인간 행동의 해명이 상상과 이성의 결합에서 이루어진 다고 하였다. 여기서 상상력은 우리의 판단이 선택한 사항들의 객관적 가 능성을 개관하고 이것들을 인과적으로 연결할 수 있는 능력을 말한다고 할 수 있다. 그런데 문학 작품의 이해에 있어서 이 상상력의 작용은 다른 어느 경우에보다 이해의 대상이 되는 사실이나 행동과의 직관적 일치 속 에서 움직인다. 어떻게 보면, 문학이 제공하는 것은 어떤 행동의 객관화된 기술이나 분석보다는 하나의 체험이다. 그리고 이 체험은 이성적으로 설 명되기보다는 직접적으로 체험으로써 재현 흡수되기를 요구한다. 딜타이 (Wilhelm Dilthey)의 용어로 추체험(追體驗, Nacherleben)이 요구되는 것이 다. 이 추체험은 두 개의 체험 주체의 일치 속에서 이루어진다. 이 일치의 과정은 테오도어 립스(Theodor Lipps)가 유명하게 한 말로는 '감정 이입'이 라는 비이성적이며 직접적인 정서적 혼융 상태를 말한다. 추체험이나 감 정 이입이 인간 이해 또는 문학 작품 이해의 이념을 나타낸다는 데에는 이 론이 있을 수 있다. 그러나 그것이 문학 작품의 중요한 특징을 이루고 있는 것은 사실이다. 하여튼 문학 작품이 요구하는 것은 인간 행동의 설명이나 사회학적 이해가 아니라 작품에 형상화된 내용과의 체험적 일치이다. 이 체험적 일치를 강요하는 힘이 강할수록 일단은 작품으로서의 성과가 큰 것이라고 말할 수 있다.

체험적 일치를 문학적 전달의 중요 목표가 되게 하는 데는 몇 가지 중요 한 계기들이 있다. 말할 것도 없이 문학 작품이 체험적 일치를 요구하고 또 가능하게 하는 것은 그것이 체험의 구체적 제시이기 때문이다. 체험만이 체험을 불러일으키는 마술적 힘을 갖는다. 체험의 특징은 구체성과 일체 성이라고 할 수 있다. 그것은 추상적이라기보다는 감각적, 의지적 세부들의 직접적인 현재성이 없이는 생각하기 어렵다. 그러면서도 그것은 어떤 일체성 또는 일관성을 갖는다. 하나의 체험으로 하여금 일체적인 것이 되게 하는 데 가장 핵심적인 것은 대체로 그것이 어떤 개체에 의하여 겪어지는 일이라는 것이다. 체험의 개체성이 그것에 일관성을 주고 또 늘 개체로서 세계, 특히 세계의 감각적 양상을 체험하게 마련인 우리에게 즉각적 일치의 계기가 된다.

그러나 한 체험이 일체성 또는 일관성을 갖는 것은 단순히 그것이 한 사람의 체험이기 때문만이 아니다. 한 체험은 머리와 가운데와 끝의 일정한 시종의 리듬을 가지고 있다. 사실 체험의 일체성은 이 리듬의 일체성이며, 여기에 체험의 주체로서의 개인이 개입한다면 그것은 이러한 리듬의 담당자로서 개입하는 것이다. 물론 현실적으로 볼 때 이 리듬은 개체가 단순히 경험하는 것이 아니라 그로 인하여 생겨나는 것이다. 다시 말하여 그것은 개체의 행동의 리듬 또는 그것의 정서적 번역이다.

이것은 문학 작품에 있어서의 서스펜스의 요소에 해당한다. 문학 작품은 행동에 있어서의 서스펜스와 그 해소의 과정으로 볼 수도 있는데 서스펜스는, 달리 말하여, 행동적 선택 속에 있는 인간의 실존적 전율을 지칭한다. 그런데 이것은 인간의 행동을 체험적으로 표현하고자 하는 문학 작품의, 정도에 있어서의 차이는 있지만, 일반적 특징이라고 할 수 있고, 또 그것은 사실상 끊임없는 선택으로서의 삶, 또는 적어도 미래를 향한 투기로서의 삶의 본질을 이루고 있기 때문에, 우리를 쉽게 그 자신의 흥분 속으로 끌어들이는 요소이다.

문학 작품의 인간 이해 또는 인간 행동의 재현의 특징이 되는 몇 가지 성질 — 감각적 구체성, 일체성, 행동적 리듬은 위에서 이미 비친 바와 같이 삶 그 자체의 존재 방식에서 나오는 것인데, 이러한 성질들은 따지고 보면, 무엇보다도 인간이 육체로서 존재한다는 사실에 기초해 있는 것이 아닌가 한다. 모든 문학적 서술의 특징이 되는 감각적 구체성은, 말할 것도 없이, 우리가 육체의 오관을 가지고 세상과 접촉한다는 사실에서 나온다. 어느 시인 또는 작가의 경우도 마찬가지이지만, 예이츠가 시의 근거가 '육체의 사고'에 있다고 한 것은 적절한 말이다. 이 말과 연결해서 우리가 생각하여야 할 것은 시적 또는 문학적 지각의 기초로서의 육체는 단순히 객관적인 사물로서 또는 생물학적 의미의 유기체로서 존재하는 육체를 지칭하는 것이 아니라는 점이다. 문학적 지각의 육체는 살아 움직이는 육체이다. 그것은 감각을 통하여 세상을 지각할 뿐만 아니라 이 감각에 대한 대응물로서 세상을 존재하게 한다. 더 확대하여 그것은 세상과 우리를 연결해 주며 동시에 그 세상을 살아 있는 육체의 대응물로서 열리게 한다. 그리하여 그것은 "세계에 있어서의 우리의 닻"[11]이며 "일정한 세계의 가능성"[12]이다. 그런데 이 가능성이란 것은 육체와 세계의 교섭의 가능성, 즉 육체의 행동의 가능성이다. 삶의 근본으로의 육체의 가능성은 행동의 가능성, 동작의 가능성이다. 행동은 육체의 공간에의 확산의 가능성이다. 또는 거꾸로 이 공간의 가능성은 육체의 행동의 가능성에 대응한다. 적어도 이 공간은 육체의 동작의 가능성에 대응하여 의미 있는 공간으로 질서지어진다. 그런데 행동과 동작은 우리의 지향의 한 표현으로 존재한다. 그것은, 다시 말하여, 일체적인 단위를 이룬다. 그리하여 그것은 하나의 형상, 하나의 의미를 지향한다. "동작 가능성은 …… 의미를 부여할 수 있는 원초적인 힘을 가지고 있다."[13] 그리고 사실상 이 의미 부여의 능력은 개체적 또는 사회적 역사 속에서 하나의 침전된 의미의 체계를 형성할 수 있다. "우리의 육체는 기동력 또는 지각 능력의 체계로서 …… 하나의 균형을 지향하는

---

11  Maurice Merleau-Ponty, *Phénoménologie de la Perception*(Paris: Gallimard, 1945), p. 169.

12  Ibid., p. 124.

13  Ibid., p. 166.

체험된 의미(significations vécues)의 덩어리이다."[14]

문학의 구체적이며 일체적인 특징은 이러한 육체의 특성에 연결되어 있는 것으로 보인다. 문학이 말하자면 육체의 사고의 표현이 되는 것은 이러한 연관에서다. 문학적 사고의 이러한 관련은 문학적 이해의 특수한 형태에도 연관된다. 체험적 일체라는 문학 이해의 방식은, 말할 것도 없이, 문학이 개념적이고 객관적인 사고의 체계가 아니라 직감적이고 육체적인 체험의 기술이라는 데에서 나온다. 육체적 체험의 절박성이 추상적 언어로 전달될 도리가 있는가? 그러면 체험의 절박성은 감정적 일치 또는 감정 이입의 과정을 통해서 추체험될 수 있는가? 육체적 체험에의 근접 방법이 감정적 동정 이외에 다른 것이 없다는 것은 일상적으로 흔히 체험하는 것이다. 그러나 이것은 좀 더 심층적으로 깊이 검토해 볼 필요가 있다. 다른 한 가지 설명 방법은 다른 사람의 육체적 체험에 우리가 참여할 수 있는 것은 우리의 육체를 통하여서라고 말하는 것이다. 상호 작용하는 육체는 반드시 일치할 수 있는 것이 아니면서 하나의 세계 속에 속한다. 우리는 육체로서의 우리 자신과 타인을 "다 같이 그들의 세계에 의하여 압도되어 버린, 따라서 서로서로에 의하여 압도될 수 있는 존재로"[15] 느낀다. 두 사람은 다 같이 세계에 관계하는 두 가지 방식을 나타낸다. 그리고 궁극적으로 "두 육체는 하나의 체계를 이루고, 나의 몸과 타인의 몸은 일체를, 같은 현상의 두 측면을 이루고, 그에 대하여 내 육체가 순간마다 그 새로운 흔적이 되는, 이 익명의 현상이 두 육체에 동시에 서식한다."[16] 따라서 두 사람이 서로 일치하는 것은 세계라는 상호 작용의 틀에 비슷한 존재로서 같이 속함으로써 가능해진다. 아마 육체에 의하여 매개되는 두 사람의 일치는 우

---

14  Ibid., p. 179.

15  Ibid., p. 405.

16  Ibid., p. 406.

리가 보고 있는 자리에서, 망치로 손가락을 치는 다른 사람의 고통에 대하여 또는 잔혹 영화의 장면에서 고문의 육체적 고통을 우리의 내장 속에 직접 느끼는 사례 같은 데에 가장 잘 나타나는 것일 것이다. 문학의 체험적 일치는 단순한 정서상의 융합 반응보다는 이러한 보다 원초적이고 직접적인 일치 ── 같은 체계 속에서 상호 작용함으로써, 말하자면 축구 경기 속에 있는 한 축구 선수가 다른 선수의 움직임을 직감적으로 감지 이해하는 것과 같은 방식으로 일어나는 것이 아닌가 모른다. 물론 이러한 동작과 육체의 차원으로부터 더 높은 정서적, 지적 이해에의 변조와 고양화의 가능성이 배제될 수는 없을 것이다. 단지 우리가 지적하고자 하는 것은 문학적 체험의 밑바닥에는 인위적인 것처럼 보일 수도 있는 정서적 일치 이상의 존재론적인 조건이 있다는 점이다.

문학 작품의 이해에는 이와 같은 원초적인 차원, 감각적 육체적 정서적 일치의 차원이 있다. 사회학적인 의미에서의 설명과 이해의 범주로 문학 작품을 해명한다고 하더라도, 그것이 체험적 일치, 또 그에 따르는 체험적 감동이 없이는 우리는 문학 작품이 제공할 수 있는 모든 것을 다 받아들였다는 느낌을 갖지 않는다. 그러나 문학 작품의 설명 또는 이해가 체험적 일치에서만, 완전히 이루어진다고 할 수는 없다. 넘쳐흐르는 감정의 상태와 해명의 명증성과는 전혀 별개의 것이다. 이것은 문학을 학문적으로 해명하고자 할 때 더욱 그렇다. 어떤 종류의 해명이든지, 학문적 연구는 또 일반적으로 사물을 안다고 하는 것은 앎의 대상을 이성적 언어로 기술한다는 것을 말한다. 작품의 체험에 일치한다는 것은 그 직접성, 특수성에 주의한다는 것을 뜻하지만, 이와 아울러 우리는 완전히 직접적이고 특수한 대상 앞에서는 침묵할 수밖에 없다. 처음에 우리는 설명이란 특수한 사항을 일반적 보편적 범주 속에 포섭하는 것이라고 말하였다. 그것이 과학적 엄밀성을 가진 것이든 안 가진 것이든 이성적 언어에 의한 모든 해명의 노력은 특수한 것의 일반적 의미에로의 지향을 포함한다. 그런데 이미 위에서 비친 바와 같이, 예술 작품의 체험 자체는 일체성, 또는 의미에로의 지향을 가지고 있다. 예술 작품에 대한 이성적 이해란 이 작품의 체험이 가지고 있는 의미 있는 게슈탈트를 주체화하고 의식화하는 일에 불과하다 할 수 있다.

이때 주체화와 의식화의 배경에 움직이는 것은 여러 가지의 설명과 이해의 범주들이다. 이러한 범주의 그물이 없이 일회적인 현상의 의미를 파악하는 일은 지극히 어려운 일이기 때문이다. 그러면서도 우리가 예술 작품에서 찾는 것은 일반적 범주나 법칙의 확인이 아니다. 또는 내용의 면에서도 이성적으로 확인될 수 있거나 분류될 수 있는 정형적 내용이 아니다. 물론 이러한 일반적이고 형식적인 규칙성과 정형적 내용이 예술 작품의 구성 요인을 이루는 것은 사실이다. 그러나 이미 비친 바와 같이 배경이 될 뿐이고 예술적 체험 자체는 감각적이고 구체적인 사항으로 이루어지고 그 핵심은 이러한 사항들의 연쇄이다. 이 연쇄는 구체적인 사항들을 충분히 수용할 수 있을 만큼 유연한 것이면서, 이성적인 통일성을 가진 것이다. 여기서 이성적이라는 것은, 엘리엇이 헨리 제임스의 지성(intelligence)을 말하면서, "개념에 의하여 범하여질 수 없는" 지성이라고 한 것에 비슷하다고 할 수도 있고, 또는 메를로퐁티의 표현으로는 "대상적 세계를 초월하는, 세계의 미적 로고스"라고도 할 수 있는 것이다. 또는 이것은 흔히 예술 작품의 원리로서 이야기되는 상상력이라고 할 수도 있다. 그러니까 예술 작품의 구체적 사항과 사항을 잇는 것은 작가의 상상력이고 작가의 마음이다.(작품의 구체적 세부들도 자연스럽게 주어진다기보다는 이 상상력 또는 마음의 작용의 연쇄 위에서만 구성된다.) 그러나 우리가 다시 한 번 주의해야 할 것은 이러한 의미 연쇄(Syntagmatic Sequence)를 만들어 내는 것이 인간의 주관적 능력만이 아니라는 점이다. 그것은 객관적 세계의 이성이기도 하고 또는 보다 적절하게 객관적 세계에의 행동적 개입을 통해서 스스로를 실현해 가는 삶의 에너지이기도 하다. 이것은 조금 더 내면화하여 '내적인 에너지(l'energie interieure)'가 되고 다시 예술 작품의 실재 속에 구성적 원리로 나타난다.

그 삶과 객관적 세계에 있어서의 존재론적 근거가 무엇이든지 간에, 예술 작품의 형성적 원리 또는 상상력 또는 예술적 통일성의 원리는 그것 나름으로 그대로 주어지는 것이라기보다는 형성되는 것이다. 이 형성의 동인이 되는 것은 미적 교양 또는 일반적으로 교양이다. 이 교양은 한 문화의 인문적 전통에 퇴적된 상상적 체험, 이성적인 틀 속에 움직이면서 그보다는 구체적이고 유연한, 모든 인문적 유산과 제도와 삶의 유형에 관한 체험으로 이루어진다. 이렇게 말하면서 우리가 생각해야 할 것은 이것이 결코 물화(物化)되어 버린 유물로서의 문화 전통의 흡수를 뜻하는 것이 아니라는 것이다. 인문적 전통을 통한 교양은 한편으로는 전통의 흡수를 요구하지만, 다른 한편으로는 그것으로부터의 자유를 목표로 한다. 왜냐하면 교양의 참의미는 경험적 사실을 꿰뚫고 지속하는 일체적 힘의 함양에 있고 이것은 어떤 대상화된 사물로부터도 자유로울 수 있는 (그러면서 이 사물에 충분히 주의할 수 있는) 능력을 말한다. 인문적 전통은 우리의 마음에 퇴적된 문화적 업적을 통하여 의미의 뉘앙스에 주의하면서 그것을 넘어서서 유연성을 유지하는 훈련을 제공해 주는 것이다. 다시 말하여 인문적 전통을 통한 교양은 지식의 훈련과 함께 지식으로부터 또는 모든 외적인 속박으로부터 자유로워지는 마음의 해방을 목표로 한다.

여기에서 지식은 위에서 논의한 설명과 이해의 범주들도 포함한다. 그런데 이러한 지식은 자유로운 마음에 흡수되고 또 이 마음을 자유롭게 하는 데 기여함으로써 그 의미를 갖는다. 이렇게 인문적 지식을 흡수하고 이것을 통하여 자유로운 마음을 소유하게 될 때, 비로소 예술적 또는 문학적 체험의 이념은 달성된다. 또 예술과 문학이 기여하는 것은 이 이념의 달성이다. 물론 학문적 연구라는 관점에서, 예술적 심성만으로 모든 것이 끝나는 것은 아니다. 이것은 다시 보다 이성적이고 체계적인 언어로 해명될 필요가 있다. 그러나 학문적 연구의 근거에 있는 것은 이러한 예술적 심성이다. 아니면 학문적 연구와 예술적 심성의 관계는 순환적인 것이라 할 수도 있다. 학문적 논리적 범주가 제공하는 예비적 시각 조절이 없이는 예술적 심성은 맹목이지만, 예술적 심성의 발견은 다시 학문적 논리적 언어로 옮겨질 수 있어야 한다.


## 4. 한국 현대 문학과 비평의 문제

지금까지의 고찰을 요약하여 되풀이하건대, 문학은 구체적 사고에 의하여 특징지어진다. 그리고 문학 연구는 이 구체적 사고를 논리적이고 사실적인 설명에까지 옮기려고 하는 노력이다. 문학의 사고 또는 논리적 면은 보다 학문적인 인간 내지 인간 행동의 해명에 있어서의 여러 가지 일반적 범주로부터 도움을 받는다.

구체적인 면은 한편으로 우리의 현실적 체험으로부터 얻어지면서 다른 한편으로는 예술과 인문적 전통의 구체적 업적을 통해서 훈련되는 감성에 의하여 포착된다. 그러나 최종적으로 예술의 구체적 사고의 바탕이 되는 것 또는 적어도 원숙한 형태에 있어서 그 바탕이 되는 것은 살아 있는 인문적 전통이라고 할 수 있다. 인간의 행동의 인과적 요인은 과학 법칙 또는 적어도 통계적 개연성의 관점에서 설명될 수 있는 듯하지만 앞에서 말한 바와 같이, 이러한 인과적 설명은 결코 엄밀한 합리적 필연성을 얻을 수 없고 따라서 우리는 '인과적 적의성'에 만족할 수밖에 없다. 그리고 이 인과적 적의성은 의미의 차원에서의 적의성에 의하여 보완되어야 한다. 다시 말하여, 인간 행동의 해명은 어떤 경우에나 내면적 의미와 동기를 통과하지 않을 수 없고 이 내면의 세계는 가치에 이어져 있으며, 가치는 다시 개인적인 것이라기보다는 문화적으로 결정되는 것이다.

그리고 문화는, 적어도 고급문화의 표현으로서는, 한 사회의 인문적 전통의 전부 이외의 다른 것이 아니다. 따라서 예술 또는 문학에 있어서의 구체적 사고는 그때그때 새로울 수밖에 없는 개체적이며 일회적인 사실에 적용되는 것이지만, 그 구체적 사고의 지평은 문화에 의하여 결정되는 것이라고 할 수 있다.(또 그때그때의 사실도 문화적 가치에 비추어 주목되고 선택된다는 의미에서 문화의 소관이라고 할 수 있다.) 이런 의미에서 예술과 문학은 문화적 전통 속에서의 체험의 산출이며 여기에 대한 연구는 이러한 산출의 문화적 모체에의 재편입이며 그 테두리 안에서의 평가이다. 문화가 조각나고 문화의 전통이 단절될 때(원인이 무엇이든지 간에 이러한 단편화와 단절이 19세기 이후의 우리 문화의 양상이라고 할 수 있을 것이다.) 문화적 전제를 필요로 하는 작업, 예술과 문학의 작업은 매우 곤란한 처지에 떨어질 수밖에 없다. 이 난점은 일단 구체적 사고의 쇠퇴에 나타난다. 위에서 말한 바와 같이 작품의 원리가 되는, 구체적인 사항들의 뉘앙스에 주목하면서 이것을 하나의 일관된 질서에 통합할 수 있는 능력은 매우 섬세한 인문적 훈련 ─ 또는 반드시 의식적인 훈련이 아니라 조화된 문화 속에서 저절로 흡수되는 감수성의 형태를 취할 수도 있겠는데, 이러한 감수성의 유지를 통하여서만 발휘될 수 있고 이것은 이성적 범주와 구체성을 미묘하게 결합하는 데에서 성립한다.

문화의 붕괴와 더불어 일어나는 것은 이 양 축에서 우선 구체에 대한 감각의 상실을 가져오는 것으로 생각할 수 있다. 물론 더 정확히는 경험의 구체적인 사실들이 일체적 질서에로 편입되기를 그친다는 말이다. 그리하여 그것은 불투명한 생사실로 방치되어 버리고 만다. 다른 한편으로 우리의 사고의 일반적 추상적 측면은(그것은 그것 나름의 독자성과 지속성을 가지고 있기 때문에) 그것만이 강조 항진되는 경향을 띠게 된다. 그리고 우리의 언어는 딱딱하고 건조한 것이 되어 버리고 만다. 그런데 이 추상적 사고 또는 언어는 일견 논리적 이상적인 것인 듯하면서도 반드시 그러한 것은 아니다. 상실되는 것은 구체에 대한 감각과 함께 또는 그에 못지않게 더욱 중요하게 정신의 일체적 에너지이다. 이성적이라는 것은, 그것이 언제나 충분히 유연한 개방성을 유지할 수 있느냐 하는 문제가 있는 채로, 이 정신의 내적인 에너지를 나누어 가진다는 것을 말한다. 아마 문화의 미적 감수성이 쇠퇴함과 더불어 일어나는 것은 논리성의 항진보다 단순한 경직된 추상성의 현저화로 말하여져야 할 것이다. 내용의 관점에서 이 추상성은 이데올로기적 성격의 주의 주장으로서 나타난다.

문화의 미적 감수성의 쇠퇴와 추상적이고 이데올로기적 사고의 현저화는 단순히 문화의 질이나 수준에 관한 문제가 아니라 한 사회 내의 개체적 집단적 실존에 직접적으로 관계되는 문제이다. 그 결과는 루트비히 빈스방거(Ludwig Binswanger)가 '지나친 솟구침(Verstiegenheit)'이라고 부른 정신적 혼란과 비슷한 것으로 생각해 볼 수 있다. 빈스방거는 자연스러운 인간의 생존의 구조의 축으로서 경험의 폭과 높이를 생각할 수 있는데, 이 두 축의 균형이 깨어져서 "인간의 현존이 경험과 지성의 지평에 맞을 수 있는 한도를 넘어 높이 오르려고 할 때"[17] 일어나는 것이 '지나친 솟구침'이다.

이 높이 솟구쳐 오르는 행위는 경험적 지평의 협소함과 경직성에 관계를 갖는다.(여기서 '경험'이란 가장 넓은 뜻으로. '개방성'으로 취하여질 수 있다.) '지나친 솟구침'은 단지 어디에 '붙박인다'는 것 이상을 의미한다. 그것은 경험

---

**17** Ludwig Binswanger, "Extravagance(Verstiegenheit)", *Being-in-the-World*; *Selected Papers*, trans. by Jacob Needleman(New York: Harper Torchbooks, 1967), p. 344.

적으로 밖으로 나갈 수 없다는 것을 의미할 뿐만 아니라 인간 경험의 어떤 특정한 층이나 단계에 매여 있다는 것을 뜻한다. 여기에서 널리 융통성 있는 인간적 '높이의 위계'가 근본적으로 잘못 취해지고 한 상념 또는 이데올로기가 고착되고 절대화되는 것이다.

'경험'이 현실적으로 얻어진다고 하더라도 그것은 가치를 얻지도 못하고 또 사용되지도 아니한다. 그 '가치'는 경직된 상태로 고정되어져 버린 것이다. '지나친 솟구침'은 따라서 하나의 결정을 '절대화'한다는 것을 의미한다.[18]

빈스방거의 생각으로는 '지나친 솟구침'은 경험의 개방적 가능성을 도외시하고, 흔히 하나의 생각으로 고착되고, 하나의 실존적 결정에 한정되는 상태를 말하는데, 이러한 현상의 원인은 "사랑과 우정의 고향과 영원함으로부터 절망적으로 유배될 때 존재에 대한 회의 없는 신뢰, 문제가 있을 수 없는 존재론적 보장의 배경 속에서 '위'와 '아래'의 '상대성'을 알고 느낄 수 있는 고향과 영원으로부터 유배될 때"[19] 일어난다고 한다. 이러한 빈스방거의 해석은 실존 분석에 기초한 것이지만, 인간의 생존이 어느 때를 막론하고 사회적으로 문화적으로 매개된다고 한다면, '지나친 솟구침'의 실존적 조건은 단순히 인간학적 요인 이외에 사회적 문화적 요인에 의하여서도 성립된다고 말할 수 있다. 우리는 위에서 문화의 심리적 감수성이 사회의 비교적 지속적이고 외부적인 가치 체계 또 설명의 체계와 경험적 구체의 섬세한 결합을 가능하게 한다고 말하였지만, 문화에서 이러한 두 가지의 축이 단절될 때, '지나친 솟구침'의 효과를, 정신적 일탈 현상에서 보는 바와 같은 뚜렷한 모양은 아니지만, 적어도 산만하고 모호한 상태

---

18  Ibid., p. 347.
19  Ibid., p. 347.

로 볼 수 있을 것으로 생각할 수 있다. 그것은 정신 병리 현상으로서의 '지나친 솟구침'의 경우처럼, 사람의 이성적 능력과 구체적 경험의 능력 사이를 차단해 버린다. 그리하여 우리의 생각은 현실에 적용될 수 없는 고정 관념이 되고 우리의 감각적 현실은 불투명하고 무정형한 원시적 평면으로 가라앉아 버리고 만다.

문화적 '지나친 솟구침'에 대한, 위에 펼쳐 본 논의는 하나의 가설에 불과하다. 그러나 엄밀한 인과 관계를 수립할 수 없는 채로 이러한 '페르슈티겐하이트'의 증후는 20세기 초의 신문학의 많은 현상에서 발견할 수 있는 것이 아닌지 모른다. 신문학 초기의 많은 논설, 자전적 기록, 소설 등의 자유분방한 에너지와 혼란은 위에 말한 단절의 자유와 망연함을 나타내는 것으로 보이기 때문이다. 뿐만 아니라 우리 신문학은 이러한 상태를, 아마 그 병리를 모르는 채로 기록하고 있다. 이렇게 말하는 것은 신문학 초의 여러 단편 소설에 나오는 일탈 행위자들의 동기적 관계가 여기에 관련되는 것이 아닌가 생각하기 때문이다. 가령 김동인의 「배따라기」, 「광염(狂炎) 소나타」, 「광화사(狂畫師)」, 염상섭의 「표본실(標本室)의 청(靑)개구리」, 「암야(闇夜)」, 「제야(除夜)」, 현진건의 「빈처(貧妻)」, 「술 권(勸)하는 사회(社會)」, 「타락자(墮落者)」 등의 유미주의자, 술꾼, 방탕자 등은 무엇을 뜻하는가? 이들의 일탈 행위는 서양의 세기말적 문학 사상의 영향 그리고 이에 더하여 시대적 상황의 암울함에 의하여 간단히 설명될 수도 있는 일이고 실제 그렇게 설명되어 왔다. 그러나 그것이 옳은 견해라고 하더라도 유미주의적 정열이나 정치적 억압과 이들 주인공들의 비정상적 행동을 이어 주는 경험적 매개는 어떤 것인가? (김동인의 단편들에 있어서의 유미주의적 정열은 작품의 실제에서 발견되는 것이나, 염상섭의 첫 몇 개의 작품, 또 현진건의 초기 단편에 정치적 전통적인 관점에서의 사회 진출 또는 출세의 길이 막혔다는 데 대한 불우 의식으로 나타난다. 이런 의미에서, 가령 염상섭의 「표본실의 청개구리」와 같은 작품을 "조국을 잃은 지식인의 정신적 좌절과 방황"(김치수)[20]의 표현이라고 보는 견해보다는 "문학인 — 지식인이 가장 높은 대우를 받은 적이 있는 사회에서 그것이 불가능하다는 것을 알아 버린 문학인들의 자조"(김현)[21]라는 맥락에서 이를 해석하는 것이 타당할 것이다.) 사실 이들 작품의 특징은 주인공의 행동과 그들의 고정 관념이나 그들의 상황과를 연결해 주는 경험적 매개를 분명히 제시하지 않는다는 데에 있다. 다시 말하여 우리는 주인공들의 비정상적 행동의 관념적 원인을 알지만, 이것이 어떤 경험적 또는 실존적 동기나 원인에서 나오는 것인지를 분명히 알지는 못하는 것이다. 그리고 독자로서 우리가 느끼는 것은 이들 단편들은 이들 단편들에 가득 찬 무어라고 분명히 이름할 수 없는 에너지이다. 이들 주인공들이 보여 주는 것은 이러한 무정형의 에너지가 좁은 미학적, 사회적, 정치적 고정 관념 속으로 치솟아 분출하는 모습이다. 이 에너지는 경험적 사실의 지평으로 서서히 확산하면서 보다 높은 생존의 차원으로 상승하지를 못한다. 이러한 생존의 전형은 바로 빈스방거의 '지나친 솟구침'의 모습이라고 할 수 있지 않을까? 다만 여기에서 덧붙일 수 있는 것은 경험적 지평의 협소 또는 부재가 사회적으로 생각되어야 한다는 점이다. 사람이 내면으로부터의 충동을 가지고 있으며 또 이것의 외적인 표현이 어떤 형태로든지 없을 수 없다는 뜻에서, 사람은 누구나 경험의 세계를 가지고 있다. 생존 그것이 경험의 연속을 말한다. 그러나 위에 든 신문학 초기의 단편들에 있어서의 경험의 협소 또는 부재를 말한다는 것은 어떤 형태로든지 있게 마련인 경험 외적인 명석화 — 제도, 행동, 사물, 관념, 가치, 감정을 통한 객관화를 얻지 못하고 있다는 것을 말하는 것이다.(이것은 빈스방거의 '페르슈티겐하이트'에 있어서도 마찬가지이다.) 그러면 위에 든 단편들의 주인공의 '지나친

---

**20**  김병익·김주연·김치수·김현, 『한국현대문학의 이론』(민음사, 1972), 233쪽.
**21**  같은 책, 217쪽.

솟구침'은 인간의 경험에 객관적 표현을 줄 수 있는 제도, 행동, 사물, 관념, 가치, 감정이 괴멸되었다는 데에서, 다시 말하여, 이것을 하나의 일체적인 것으로 보아 문화라고 한다면, 문화의 붕괴에서 그 한 설명을 찾을 수 있는 것이다.

그런데 한 문화 전통의 붕괴, 쇠퇴, 또는 위신 추락은 문화적 상상력의 영역에서뿐만 아니라 일체 행동의 설명 방법에 혼란을 가져온다. 이것은 현실의 상상력 재현과 이론적 설명의 사이에 걸쳐 존재하는, 그러면서도 구체적 사고를 핵심으로 하는 문학 해석의 작업에서도 마찬가지이다. 인간 체험의 감각적 구체와 문화적 전체 사이의 교통이 활발하지 못한 마당에 두드러지게 되는 것은 단편적인 그러면서도 전체의 자리를 차지해 버리게 되는 추상적 관념과 이론들이다. 신문학 초기로부터 오늘까지 우리의 문학 해석, 또 문학 이론에 있어서 개념적 설명 또는 이데올로기적 설명이 지배적인 현상은 이러한 관련을 가진 것으로 보인다.

물론 우리는 이론의 추상성, 다시 말하여 삶의 현실과 이를 설명하려는 언어 사이에 존재하는 거리가 불가피한 거리라는 것을 간과해서는 아니 될 것이다. 모든 이론은 가설적 성격을 완전히 떨쳐 버릴 수 없다. 특히 문학의 해석의 경우에 그렇다. 그렇다는 것은, 문학의 이론이 어떤 체계성 또는 포괄성을 겨냥한다면, 여기에서 삶 전체, 그 감각적 구체성과 구체성을 꿰뚫는 전체적 연관을 거머쥐는 포괄, 체계성만이 허용될 수 있을 것이기 때문이다. 그리고 이러한 포괄성이나 체계성은 있을 수가 없는 것이다. 그것이 있다면, 거기에 포괄되는 삶은 그 유연성과 창조성을 완전히 상실한 삶일 것이다. 이런 의미에서, 문학의 이론은 삶의 현실에 비하여 볼 때 언제나 추상적이고 관념적이며, 가설적일 수밖에 없을 것이다. 사실 문학의 이론은 의식적으로 가설로서만 성립한다.

말할 것도 없이, 우리 근대 문학의 설명에 있어서 가장 기본적인 범주가 된 것은 정치, 사회, 경제적 요인이었다. 가령, 앞에서 이미 언급한 바와 같이, 신문학 초기의 (또 사실상 근년의 작품들의) 해석에 가장 빈번히 사용되는 범주는 일제 침략, 식민 지배, 봉건적 사회 구조, 계급적 갈등 등이다. 이러한 범주들의 사용이 그 자체로서 타당성이 없다고 할 수는 없다. 다만 이러한 범주를 구체적인 문학적 현실에 연결해 줄 수 있는 중간 매개체가 없는 것이 문제일 뿐이다. 다시 말하여 이러한 범주의 사용은 많은 경우 그러한 범주의 높이에서 삶의 경험적 현실로 내려갈 수 없을 때가 흔한 것이다.

그런데 이것은 이러한 인간 생활의 물질적, 집단적 조직의 범주를 생각하지 않는 경우도 마찬가지일 경우가 많다. 흔히 문학에 대하여 갖는 감상적 견해의 하나는 문학이 영원한 인간성에 관계된다고 하는 것이다. 그것은 사회와 시대를 초월한 사람의 삶의 모습을, 또 그 심성의 움직임을 그림으로써 문학이 영원하고 보편적인 호소력을 갖는다는 견해이다. 그러나 이 경우에 있어서도 추상성이나 일반성을 면하기는 쉬운 일이 아니다. 가령 인간 정서의 영원한 요소로서 희로애락을 문제 삼는다고 할 때, 이것보다 더 추상적인 것들이 있는가. 어떤 문학 이해는 이러한 정서들의 환기를 문학의 본령으로 생각하는 경향이 있다. 그 결과는 상투적 수단으로 상투적인 정서를 기술 환기하는 문학이고 문학 이해이다. 말할 것도 없이 문학이 희로애락을 비롯한 인간의 영원한 정서 또는 이러한 정서를 환기하는 영원한 삶의 계기, 탄생과 사랑과 죽음, 또는 고독과 불안 또는 사람과 어울림의 즐거움과 자기 성취와 — 이러한 것들에 관계를 가지고 있는 것은 사실이다. 다만 여기에서도 문제가 되는 것은 이러한 영원한 정서와 영원한 계기가 충분히 구체화할 수 있는 중간 매개체이다. 사람의 정서와 삶이 일정한 유형을 가진 것이고 그 안에서 움직인다고 하더라도 그것은 어떻게 하여 개체적, 집단적 삶 속에서 구체화하는가 — 이것이 문학 작품에 대하여 우리가 묻는 근본적 질문인 것이다.

삶의 영원한 계기와 정서라는 관점에서 문학을 접할 때, 지금까지 우리가 지적한 것과는 다른 의미에서 문제가 되는 것이 있다. 그것은 그러한 접근이 막연하고 모호한 것이 되기 쉽다는 점이다. 다시 말하여 문학이 영원한 삶의 마디와 느낌에 관계된다고 생각하는 것 자체로 막연한 정서로만 존재하여 개념적 분석의 엄밀성을 갖지 못한다는 것이다.

여기에 대하여 문학의 설명적 테두리로서 심정적 상징을 넘어서는, 어떤 일반적 테두리들이 있을 수 있다. 이것은 흔히 심리적인 차원에 있으며 이 심리적 차원의 영구불변성을 전제한다는 점에서는 영원한 정서로서의 문학관과 비슷하다. 다만 그것은 좀 더 개념적 객관성을 얻고 있는 점이 다르다. 문학의 심리적 차원으로부터의 이해는 개인 심리 또는 집단 심리의 관점에서 이야기될 수 있다. 개인 심리의 관점에서 문학과 문학가의 생애의 이해에 중요한 기여를 한 것은 프로이트의 정신 분석인데 우리 비평계의 경우 이것은 그렇게 중요한 영향을 준 것으로 보이지는 아니한다. 이에 대하여 융의 심리학은 조금 중요한 영향을 끼친 것으로 보이지만, 그 영향은 직접적이라고 할 수 있기보다는 그 영향하에 형성된 신화 비평 또는 원형 비평을 통하여서 소개된 영향이다. 원형 비평은 한국인의 원형적 심상을 문제 삼을 경우에 중요한 방법으로 등장하고(가령 김열규 씨의 글들), 또는 작품의 원형적 구조를 추출하는 데 사용되기도 한다.(가령 김병욱 씨가 김동리 씨의 소설에서 자연의 영원한 회귀의 주제를 보는 경우.)[22] 문학에 대한 원형적 접근의 폐단도, 다시 말하여, 그것의 일반성 내지 추상성에 있다. 그것은 모든 작품의 개별성을 하나의 또는 몇 개의 유형 속에 용해해 버린다. 그런데 이 일반성은 약간 다른 종류의 문학 이해 방법에서도 발견된다. 즉

---

**22** 김병욱, 「영원회귀의 문학: 김동리론」, 김병욱·김영일·김진국·최무 엮어 옮김, 『문학과 신화』(대람, 1981).

융으로부터 출발하는 원형은 주로 경험의 내용에 관계된다. 이 내용이 너무 일반화될 수 있는 것이다. 그런데 이러한 원형적 양식은 문학에 대한 형식적인 고려에서도 발견될 수 있다. 가령 이야기의 내용이 아니라 방식이 어떤 일정한 유형을 보여 줄 수 있다. 이러한 유형에 주목하는 일이 문학 연구의 한 분야가 될 수 있는 것이다. 이것은 한편으로는 신화적 원형의 추출과 비슷한 일일 수도 있고, 다른 한편으로는 매우 형식화된 이야기 구조의 요소에 대한 시학적 분석에 가까이 갈 수도 있다. 그리하여 이것은 신화학과 구조학의 양편의 영향을 받는다. 또 이 양편으로부터의 접근은 극히 유사한 것일 수 있다. 가령 위에서 우리는 김동리 씨에서 영원 회귀의 주제를 보는 비평을 언급하였지만, 회귀는 쉽게 그 내용에 관계없이, 단순히 소설의 기하학적인 구도를 말하는 개념이 될 수도 있는데, 김윤식 씨가 「만세전(萬歲前)」에서 '원점 회귀'의 구도를 보는 것과 같은 것이 그것이다.[23] 이러한 추상적 구도에 대한 관심은 오늘의 국문학 연구에서 점점 두드러져 가고 있는 것으로 보이는데 이것은 작품의 설화 구조의 도식을 만드는 일에서부터[24] 어떠한 작품에 "콤마가 번번이 사용되고 있다"[25]는 종류의 작은 문체적 특징에 대한 언급에 이른다. 이런 경우 기하학적 도해는 작품의 의미의 실체로부터 유리되어 거의 공허한 공식에 떨어지는 경우가 허다하다.

문학이 당대의 사회적 역사적 맥락, 또는 인간의 심성의 영원한 기층, 또는 심성에서 나오는 이야기의 시학적 질서에 어떻게 관계되든지 간에, 문학은 문학대로의 독자적인 질서를 이룬다. 즉 그것은 이미 씌어진 문학,

---

**23** 김윤식 엮음, 「염상섭의 소설 구조」, 『염상섭』(문학과지성사, 1977).

**24** 가령 서종택, 『한국 근대 소설의 구조』(시문학사, 1982)에서의 「삼대의 구조에 관한 도식」, 173~179쪽 참조.

**25** 김현, 「사랑과 재확인: 『광장』 개작에 대하여」, 최인훈, 『광장』(문학과지성사, 1982) 해설.

동시대의 문학 그리고 어떤 경우는 미래에 있어야 할 것이라고 생각되는 문학과의 관련 속에서 씌어지는 것이다. 다시 말하여 문학은 문학사 속에 존재한다. 이렇다는 것은 문학의 설명, 이해, 평가가 대체로 선행하는 문학적 업적과의 관련에서 이루어질 수 있다는 말이다. 그런데 우리나라에서 문학 상호 간의 관계에 대한 관찰은 특히 추상적인 형태를 띠는 것으로 보인다. 문학과 문학의 전반적인 맥락보다는 어떤 특정한 문학사상의 유파에 해당되었던 어떤 특정한 표제를 중심으로 하여 문학을 보려고 하는 경향이 있다는 말이다. 이러한 경향은 서양 문학의 유파적 명칭, 낭만주의, 상징주의, 심미주의, 자연주의 등을 우리 문학에 적용하여 문학 현상을 설명하고자 할 때 발견된다. 가령 염상섭이 과연 바른 의미에서의 자연주의자인가 하는 논쟁이 바로 이러한 경향을 가장 잘 드러내 준다. 여기에서 우리는 문학 작품의 의미가 한 개의 유파적인 이름으로 포괄될 수 있는가, 특히 문학 작품이 어떤 바른 의미의, 그것도 외국의 문학의 실제에서 유도되어 나온 이름에 의하여 저울질될 수 있는가 하는 물음을 물을 수 있다. 우리가 이러한 물음에 긍정적 답변을 하기 전에, 낭만주의와 자연주의가 우리 문학의 설명에 중요한 역할을 한다고 상정했다면 그것은 우리가 문학을 외국으로부터 배워 피상적으로 접목, 이식할 수 있다고 생각한 때문이다. 어쨌든 그러한 문학 이해의 방법은 문학 현실을 이해하는 작업을 추상화하는 데 기여했다고 할 수밖에 없다.

그렇기는 하나 문학이 문학사의 맥락 속에서 이루어지는 것은 사실이다. 필요한 것은 문학 작품과 작품, 사상과 사상, 작가와 작가의 관계를 전체적이며 구체적인 관계에서 생각하는 일이다. 이것은 작품을 구체적으로, 또 전체로 보면서 그것을 작가의 구체적 삶에 관련시키며 이를 다시 그의 전체적인 상황에 연결시키는 일일 것이다. 가령 정명환 씨는 염상섭의 자연주의를 이야기하면서 이를 그의 한국문학사와의 관련 속에서 파악한다. 즉, 염상섭이 자연주의적 관점을 일단 취해 본 것은 사실이나, 전통의 중압 속에서 자신의 입장을 좁게 규정할 필요가 있었던 졸라의 경우와는 달리, 그것은 단순한 가능성의 한 단초에 불과했기 때문에, 다시 말하여 "무한히 넓은 공간"[26]에 열려 있는 것이기 때문에 낭만적이고 분방한 예술관으로 나아갈 수밖에 없었다고 지적한다. 이러한 해석이 딱 맞아 들어가는 것이 아닐 수도 있지만 그것이 일단 있을 수 있는 가설이며, 또 무엇보다도 문학 사상과 작가가 처해 있는 문학사적 맥락과의 구체적인 관련 속에서 생각되어진 것이기 때문에, 일단의 설득력을 갖는다는 것을 우리는 인정해야 할 것이다.

### 5. 결론에 대신하여

이렇게 하여 다시 한 번 우리는 구체적 사고의 문제, 즉 작품이나 작가의 구체적 양상을 어떻게 그에 알맞게 파악하느냐 하는 문제에 부딪친다. 결국 위에서 생각해 본 문학에 대한 설명과 이해의 방법들에 문제가 있다면 그것은 그것들이 너무 일반적, 추상적 또는 개괄적이어서 충분히 고려가 되는 현상의 구체적 모습에 가까이 가지 못한다는 데에 있기 때문이다. 물론 우리가 문학의 구체적인 실체에 가까이 간다고 해서, 그것을 초월하는 일반적인 설명의 범주를 완전히 벗어난다는 것은 아니다. 이렇게 한다는 것은 설명, 또 공적인 언어로 표현될 수 있는 형태의, 이해를 포기한다는 것을 말하는 것이다.

또 그렇다는 것은 구체성의 의미를 잘못 이해하는 것이다. 구체적이란

---

**26** 김윤식, 「염상섭과 졸라」, 『염상섭』, 89쪽.

일회적이고 개체적인 특성에 의하여 특징지어지는 것이다. 그러나 어떤 것이 개체적이고 일회적인 것이라고 하는 것은 그것의 본질이 말로 표현할 수 없는, 일반적 개념 속에 포착될 수 없는 것이라고 하는 것은 아니다. 시간적, 공간적 특수성에 의하여 특징지어진다는 의미에서 모든 가장 구체적인 사상은 무엇인가 언표를 초월하는 것이 있지만, 대체로 어떤 사상의 구체성, 개체성, 또는 일회성은 그 초월적 본질보다는 그것의 역사적인 성격에서 나오는 것이 아닌가 한다. 과학적으로 볼 때, 세상의 어떠한 것도 필연적이든 확률적이든 법칙적 관계를 떠나서 존재할 수는 없다. 그런 의미에서 모든 사상은 일반적 법칙 관계의 사례에 불과하다. 그러나 그것은 동시에 이러한 법칙 관계의 짜임새의 맥락에 의하여 그것만의 성격을 띤다고 할 수 있다. 그러나 다른 한편으로 하나의 사상이 특수성을 띠는 것은 그것이 시간 속에 지속함으로써다. 이 지속이 짜임새의 다발을 가능하게 한다. 그런데 이 짜임새 속의 지속은 의지적 존재에 있어서 가장 복합적이고 지속적인 것이 된다. 반드시 스스로의 의지에 의하여서만 결정되는 것은 아니면서, 주체적인 관점에서의 공간적 연쇄와 시간적 지속이 비로소 역사를 지닌 개체를 낳는다. 다시 말하건대, 이와 같이 역사적인 것은 일반적인 범주와 주체적 지속성의 종합 위에 성립하고 이러한 역사성이 어떤 사물에 구체성과 개체성을 부여하는 것이다.

구체적 사고는 역사적 개체를 들추어낼 수 있는 사고이다. 문학은 역사적 개체를 일반적 법칙성의 차원에서보다도 일상과 감각의 현재성으로부터 계시하여 준다. 그리고 문학 연구는 이 직접적인 계시를 조금 더 일반적이고 법칙적 차원으로 옮겨 해석하려고 노력한다. 이러한 노력에서 우선 중요한 것은 한편으로는 감각적 현재에 대한 민감성이며 다른 한편으로 그러한 현재 속에서의 주체적 지속을 탐지할 수 있는 힘이다. 그러면서 또 중요한 것은 이러한 감각적 지속 속에 종합되는 일반적이고 법칙적 범주들이다.

　그러면서 우리가 유의해야 할 것은 이러한 감각적 법칙적 지속은 단순히 대상적으로 파악되기보다는 문학 연구 자체의 의미화 과정 속에 재현된다는 것이다. 이런 의미에서 문학 연구는 주체와 주체의 결합이라는 뜻에서의 이해의 작용을 포함한다. 그러나 어디까지나 이 이해 작용은 사물의 역사성과 법칙적 연관에 대한 의식을 포용하고 있는 주체들의 결합이다. 그러니만큼 여기에 개입되는 주체는 단순히 주어진 대로의 주체가 아니라 문화의 전통에 의하여 순화된 주체이다. 그것이 이미 개관화된 주체이다. 이 주체는 한 문화가 다시 스스로에게 돌아가는 과정을 능동적으로 말한 것에 불과하다. 문학 연구는 이 주체의 자기 회복 운동의 일부로서 성립한다.

(1983년)

# 전체적 반성

인문과학의 방법에 대한 한 관찰

## 1. 문제의 위상

오늘날 우리가 경험하고 있는 것이 가치의 위기라는 것은 이미 많이 이야기된 바 있다. 외면적인 발전의 여러 증표들에도 불구하고, 많은 사람들은 그러한 발전이 일의 경중(輕重)이나 이치의 정사(正邪)를 제대로 평가하는 가치의 원리들에 의하여 다스려지고 있는가에 대하여 의구심을 가지고 있는 것이다. 가치의 혼란은 오늘날의 사람들의 마음속에 서려 있는 불행 의식의 한 바탕을 이룬다.

인문과학(人文科學)은 가치의 학문이다. 그것은 인간 존재에 대한 근원적 이해를 기초로 하여 윤리적, 심미적, 실천적 가치 기준을 확립하려는 일에 관계한다. 그러니만큼 부재하는 가치를 현재화하고 혼란된 가치를 질서의 순위 속에 정리하는 작업을 인문과학에 기대해 보는 것은 자연스러운 일이다. 그러나 인문과학이 내거는 가치 또는 가치 체계가 반드시 납득할 만한 것이 되리라는 보장은 없다. 잡다한 가치에 대한 주장은 가치의 혼란을 조장하고 오늘의 가치의 위기의 일부를 구성할 수도 있다. 여기에서 방법론에 대한 성찰의 요구가 일어난다. 타당성이 있는 방법론만이 인문 과학의 결론에 대한 엄밀성, 객관성, 보편성 등을 확보해 줄 것으로 생각되기 때문이다.

하나의 방법이 있을 수 있겠는가? 단일한 방법은 아니라고 하더라도 연구의 절차에 대한 어느 정도의 수렴은 상정할 수 있는 것일 것이다. 아니면 적어도 방법론 자체에 대한 관심 그것도 중요한 한 걸음이라고 할 수 있다. 방법론적 반성의 습관은 이미 방법론적 통일의 시작이 된다. 반성적 성찰은 이성적 법칙 속에서 움직인다. 이성의 통일성은 이미 거기에 들어 있다.

## 2. 전체성

어떤 특정한 관점에서 인문과학은 이러한 방식으로 존재하여야 한다, 이러한 방법으로 연구되어야 한다고 말할 수는 없는 일이다. 그것은 바로 가치를 말하면서 가치의 혼란에 일역을 담당할 뿐인 독단론을 내세우는 것에 불과하다. 그러나 일단은 오늘날의 인문과학의 업적을 종합적으로 수용하는 입장을 생각해 볼 수 있다. 이것은 이미 인문과학에 대한 한 전제를 상정하는 것이다. 우리는 인문과학의 업적들이 어떤 근거에서 종합될 수 있는가에 대하여 생각하지 아니할 수 없다. 이때, 일단 우리는 하나의 가정으로 그 근거를 인문과학이 인간의 과학이라는 데서 찾을 수 있다.

물론 인간에 관한 학문은 매우 광범하게 생각될 수도 있고 좁게 생각될 수도 있다. 가령 인간의 신체를 다루는 생리학이 여기에 들어갈 수 있고, 인간과 인간이 모여 발생하는 현상을 취급하는 사회학도 여기에 들어갈 수 있다. 인간을 공부함에서 이러한 학문들의 성과들을 무시할 수는 없는 일이다. 그러나 인문과학을 인간의 과학으로 보면서 그것을 조금 더 좁혀 생각하면, 우리는 인간의 독특한 속성과 관련하여 일어나는 현상만을 그 영역으로 잡을 수 있다. 인간의 독특한 속성이란 것도 어떤 독단적 규정이 있을 수 없겠지만, 일단 하나의 가정으로, 자기 자신의 세계를 만들어 가는 존재, 즉 실천적 존재란 점을 하나의 초점으로 잡아 볼 수 있을 것이다. 세계의 창조는 우연적이거나 맹목적일 수도 있다. 그러나 참다운 의미에서의 인간의 일은 의식 생활의 결정으로 이루어진 것이다. (궁극적으로 인간이 세계를 완전히 의식적으로 창조하고 또 그 창조된 세계를 완전히 의식적으로 통제할 수 있다는 것은 아니다. 그러나 그러한 세계의 창조에 의식의 순간이 개입되게 마련인 것은 틀림없다.) 그리하여 인간은 가시적인 물질 환경뿐만 아니라 문학, 철학 또는 기타 학문이나 예술을 그의 세계의 일부로 창조해 낸다. 이런 연유로, 흔히 정신과학(Geisteswissenschaft) 또는 인간과학(human sciences, sciences humaines)이라고 불리는 학문은 인간의 정신이나 의식의 직접적인 표현으로서의 문화적 업적에 주된 관심을 쏟았다. 모든 인간 실천의 업적은, 그것이 인간의 독특한 창조적 정신의 표현이라고 볼 수 있는 한, 인간과학의 영역에 들어갈 수 있다.

인문과학 또는 인간과학의 영역이나 대상을 여기에서 다 밝힐 수는 없는 노릇이다. 그러나 이러한 초보적인 고찰이 우리에게 상기해 주는 것은 인간의 과학으로서의 인문과학의 이념이다. 우선 이 이념은 — 그것이 정확히 정의되지 아니한 대로 — 오늘의 전문화된 연구들이 결국 인간의 탐구로 통합될 수 있어야 된다는 것을 말하여 준다. 인간에 대한 종합적 과학으로서의 인문과학이 성립할 수 있느냐 하는 사실적 문제를 제쳐 두고 인문과학적 분과 연구의 궁극적 의의는 인간과학의 성립 가능성에서 의의가 찾아져야 하는 것이다. 이미 말한 바와 같이, 오늘의 분과 연구들은 하나로 종합될 수 있어야 한다. 이것은 너무 자주 놓쳐지는 이념이다. 결국 모든 인문과학은 인간의 삶이라는 하나의 정원을 내다보는 유리창에 불과한 것이다. 이미 말한 바와 같이 인문과학은 분과 학문의 종합으로 성립하겠는데, 이 종합 자체가 방법론적 의의를 갖는다. 그것은 분과 과학에서 나오면서 다시 분과 과학에 영향을 주고 그 지표를 정하여 줄 것이기 때문이다.

인문과학의 분야를 이루는 여러 개별 학문에 공통된 방법론이 있는가? 아마 역사든, 문학이든, 철학이든, 사회학이든, 그것이 학문의 이름을 표방하는 한 과학적 방법을 외면할 수는 없는 일이다. 사실의 확인, 사실 간의 인과 관계의 설정, 일반 법칙의 도출, 또 일반적으로 과학적 합리성의 원칙의 수용은 모든 학문에 공통된 과학적 절차이다. 그러나 이에 추가하여, 인문과학이, 위에서 정의한 대로, 인간 고유의 속성에 관련하여 일어나는 현상을 그 연구의 대상으로 한다면, 그 방법도 이 고유의 속성에 관계되어 규정될 수 있다. 인문과학은 인간의 의식 또는 정신에 관련된 방법을 가질 수 있다는 말이다. 의식이나 정신이 인간만이 소유한 것이든 아니든, 인간이 인간의 의식과 내용을 그 학문적 연구의 대상으로 하는 한, 그것은 이미 대상에 대한 특권적 접근 통로를 가지고 있다. 즉 의식과 정신을 통한 접근이다. 우리는 자연과학적 대상에 대한 접근 방법으로서의 '설명(Erklären)'과 인문과학이 정신 현상에 대한 안으로부터의 접근 방법으로서의 '이해(Verstehen)'의 차이에 대하여 익히 들어온 바 있지만, 여기에서 우리는 다시 한 번 이러한 차이에 대한 논의를 상기하게 된다.

이것은 인문과학에 있어서, 그 대상이 의식 또는 정신의 관점에서 이해된다는 말인데, 안으로부터의 이해는 인간의 과학의 종합화란 점에 대하여서도 중요한 의미를 갖는다. 여기서 종합화란 실제적으로 얻어진 성과를 거두어 모은다는 것을 의미하지만, 다른 한편으로 그것은 단순히 수량적 누적을 뜻하는 것이 아니라 여러 현상을 하나로 꿰뚫을 수 있는, 일이관지(一以貫之)할 수 있는 체계화를 뜻한다. 이러한 체계화의 원리가 되는 것이 인간의 정신이다. 인간의 실천에서 나오는 여러 현상은 이 정신의 다양한 표현 또는 외면화로 이해될 수 있다. 그러면서 다시 이 외면화된 대상들을 거두어 모으는 관점에서 볼 때, 외면화된 현상들은 정신의 단일성 속에 집약된다. 결국 하나와 여럿의 끊임없는 상호 작용 속에서 인간의 실천적 현상은 존립한다. 이 특성을 우리는 전체화 작용이라고 부를 수 있다. 그것은 여럿이 하나로 존재하는 방식을 말한다. 인문과학은 이 전체화, 전체성의 원리를 포착하려 한다. 이 원리로부터 여러 분과 학문은 그 구체적 업적으로 나아간다.

### 3. 정신의 자기 해방

인문과학이 정신의 원리를 가지고 있다고 하는 것은, 간단한 방법론적 관찰이면서, 오늘의 문화 상황에서 중요한 비판적 의의를 갖는다. 우리가 살고 있는 현실 세계에서나 학문의 세계에서나, 우리를 지배하고 있는 것은 과학주의이다. 과학주의는 모든 것을 객관화하고 대상화한다. 이 대상화에는 인간의 정신도 포함된다. 인간의 정신이 객관화되어 파악될 수 있는가? 객체는 주체의 조작 대상으로 성립한다. 과학적 태도가 정신적 의미나 실제적 의미에서의 조작(operation, manipulation)에 관계되어 있다는 것은 더러 이야기된 바 있는 일이다. 그러나 더 중요한 것은 과학주의의 세계에 있어서, 이론적으로나 현실적으로나 우리가 행동의 주체인 인간을 망각하고 조작의 대상으로만 파악된 물질세계와 사회에만 주의를 기울인다는 점일 것이다. 인간의 행동과 조작의 대상으로 설정되는 세계는 공학 기술과 사회 조직의 기술의 발달과 더불어 미증유의 확장을 보여 왔다. 그러나 주체적 행동자의 자기의식은 가장 단순한 상태에 있는 것이 오늘의 상황이다. 오늘날 인간이 스스로 만들어 낸 기구와 세계의 노예가 되어 있다면, 그것은 그가 무반성적 자아에 내맡겨져 있다는 것에 관계되어 있다. 그리하여 가장 자아 중심적인 현대인은 세상의 부림에 내던져진 노예가 되어 있는 것이다. 이러한 관련에서 인문과학이 그 원리로서 정신을 인정하고 이것을 회복하려는 것은 방법론적 요청이면서, 오늘의 인간의 상황에 대한 비판적 열림의 단초가 되는 일이다.

인간이 사는 세계를 그 전부는 아니라고 하더라도 적어도 그 대부분을 인간 정신의 창조물로 볼 수 있게 되려면, 우리는 주어진 세계의 사실성(facticity)으로부터 일정한 거리를 유지할 수 있어야 한다. 우리는 사실의 관계로 보이는 것을 실제에 있어서는 정신의 또는 인간 실천의 표현으로 이해할 수 있어야 한다. 사실에 의한 정신의 위장은 지배적 이데올로기 또는 문화적 세뇌 작용으로 일어난다. 그러나 그것은 단순히 역사적 경과로 인한 근원의 망각에서 비롯된 것일 수도 있다. 역사적 발생의 근원을 들추어내고 그 시간적 추이를 이해하는 것도 정신적 환원 작용의 중요한 일부이다. 세계의 사실성에의 몰두는 결국 그 사실성이 인간의 정신과 실천의 소산이라는 것을 잊어버리게 할 뿐만 아니라, 이미 비친 바와 같이 그 자신을 잊어버리게 한다. 인간의 정신은 스스로를 움직이는 것이 무엇인가를 알지 못한다. 그리하여 그것은 한편으로는, 자신을 세계의 사실성에 의하여 움직여지는 수동적 희생물로 생각하기도 하고, 다른 한편으로는 세계 속에서의 무한한 정복만을 자신의 과업으로 생각하기도 한다. 어느 경우든 그것은 자기를 스스로 거머쥐지 못한다.

인문과학의 원리가 정신이라고 하더라도, 이것은 쉽게 어떤 적극적인 내용을 가진 것으로 말할 수는 없다. 그것은 어떤 특정한 원칙이나 가치를 그대로 제공해 주는 것이 아니다. 가령 충효나 민족이나 인간—이러한 것들은 인문적 탐구의 원리가 되기에는 너무 부분적인 것이다. 부분적 원칙들은 정신의 본래 모습인 유동성, 움직임, 자유 등의 속성을 제한한다. 또 그러니만큼 모든 연구의 궁극적 동기가 되는 보편성을 향한 움직임을 저해한다. 정신은 스스로가 세계의 사물성에 얽매이는 것을 경계해야 한다면, 그것은 스스로 만들어 놓은 고정 관념들에 대하여도 스스로를 방어하여야 한다. 세계의 사실성의 많은 것이 인간 정신의 외적인 표현이라면, 관념들도 그러한 표현에 불과하다. 그것들이 그 나름의 유용성을 가지고 있지 않은 것은 아니다. 다만 관념은 관념들의 상호 연관, 삶과의 교환 작용을 통하여 비로소 의미를 갖는 것이다. 관념에, 화이트헤드의 용어를 빌려, '잘못된 구체성(misplaced concreteness)'을 부여하는 것은 관념과 삶의 변증법적 운동의 회로를 차단하는 것이다. 그런 의미에서, 정신은, 그 자신의 운동 이외의 어떤 것에 대하여도, 일단은 중립적이어서 마땅하다. 사실성과 고정 관념에 막힘이 없이 정신은 사물을 있는 대로 보려고 한다. 그렇게 함으로써 사물과 사물, 관념과 관념 간의 인과 관계, 동기 관계를 있는 그대로 명증하게 드러나게 할 수 있다. 그리고 주어진 현실을 넘어서서 새로이 설정할 수 있는 가능성의 영역을 전반적으로 드러나게 할 수 있다. 이렇게 하여 현재와 미래에 대한 가장 객관적 인식에의 접근이 가능하여진다.

우리가 주목해야 하는 것은 객관적 인식과 정신의 자유는 별개의 것이 아니라는 사실이다. 객관적 인식은 방금 말한 바와 같이 자유로운 정신에 대응하여 가능해진다. 스스로의 안에 있는 일방적 충동, 편협한 이익, 부분적 고정 관념으로부터 해방될 때 비로소 정신은 사물을 있는 그대로 볼 수 있는 민첩함과 자유를 얻게 된다. 정신에게 자유에의 길은 객관화의 수련의 길인 것이다. 그러면서 거꾸로 객관화는 정신의 자기 포기가 아니라 주체적 유연성의 회복으로 얻어진다.

이렇게 말하면서 우리가 다시 한 번 상기하게 되는 것은 정신의 자유가 한 번에 주어지는 것이 아니라는 점이다. 그것은 수련을 통하여 비로소 도달하게 되는 한 경지이다. 있는 그대로의 정신은 외적 내적 조건들에 의하여 제약되어 있다. 만하임의 말을 빌려 존재 구속성(Seinsgebundenheit)이 순진한 상태의 정신의 조건인 것이다. 전통적인 정신 수련의 방법을 통하여 이르려고 하는 것도 가령 불교의 정각(正覺)이 겨냥하는 것, 또는 더 현대적인 관점에서, 정신 분석의 분석, 현상학의 '에포케(epoché)'와 같은 것이 목표로 하는 것도 존재의 구속으로부터 정신을 해방하고자 하는 것이라고 할 수 있다. 또는 더 경험적으로 이미 주어진 세계에 대한 여러 비판적 조작들을 통하여서도 인간의 정신은 보다 자유로운 경지에 나아갈 수도 있다. 혼란된 일상의 세계에서 일정한 객관적 질서를 인지하고자 하는 과학적 인식의 과정은 그것 나름으로 하나의 정신적 단계를 구성하는 것이다. 그것은 변화무쌍한 공리적인 세계로부터 빠져나올 것을 우리에게 요구한다. 그러나 과학적으로 정립되는 객관적 세계는 하나의 명증한 세계이면서 주관의 일정한 자세에 대하여 성립한다. 이 주관의 일정한 자세, 그것이 합리화 행위로 의식의 비판적 성찰의 대상으로 들어올 필요가 있다. 그럼으로 하여 우리의 주체적 활동은 무의식적 결정으로부터 자유로울 수 있다. 하버마스는 『인식과 관심』에서 이론적 인식이 관심 또는 이해관계의 선험적 결정의 영역 안에 있음을 주장한 바 있다. 순수한 이론적 영역에서 사회적 영역으로 옮겨 갈 때, 정신의 자유롭고 공평한 인식을 제약하는 조건들은 너무나 자명하다. 계급적, 사회적, 역사적, 문화적 조건들이 우리의 인식에 가하는 제약들을 완전히 떨쳐 버리기는 거의 불가능한 것처럼도 보이는 것이다.

자기 해방은 우선 주어진 사물과 제도 그리고 당대적 고정 관념과 이데올로기에 대한 계속적인 비판을 요구하면서, 동시에 자기 자신의 입각지에 대한 비판을 요구한다. 즉 그것은 대상과 사회 제도에 대한 비판, 이론 비판, 그리고 자기 비판의 삼중의 비판을 통하여 근접될 수 있다. 그러나 완전한 해방은 결국 불가능하다고 하여야 할는지 모른다. 최고의 목표는 역사적으로 허용되는바 가장 자유로울 수 있는 한계에 이르는 일일 것이다. 이 상태에서 가장 공정하고 보편적인 인식이 가능하게 될 것이다.

보편적 인식의 지평에 이르는 것은 학문의 한 이상이다. 그러나 이것은 하나의 예비적 조작에 불과하다. 보다 적극적 작업은 이 보편적 지평 속에서 배열될 수 있는 여러 사상(事象)들에 대한 감별이다. 이것은 감별이나 감식과 더불어 선택을 요구하는 작업이기도 하다. 인문과학이 참으로 가치에 대한 후견자가 될 수 있다면, 이때의 감별과 선택에서 우러나오는 가치에 대하여 그렇게 할 수 있을 것이다. 그러나 이것은 흔히 특별한 문화 전통과의 연결을 통하여 가능하다.


## 4. 문화의 전통

정신의 가장 높은 경지가 보편성의 원리에 의하여 규정된다고 하더라도, 인간의 삶은, 추상적인 원리에 의하여서만 규정될 수는 없다. 사람의 삶은 그것 나름의 구체적 자발성을 가지고 있고 또 그것을 발휘할 수 있으면 발휘할 수 있을수록 좋은 상태에 있다고 말할 수 있다. 그러나 이러한 자발성은 반성적 노력에 의하여 질서 속에 편입될 필요가 있다. 또 그렇게 됨으로써 더 고양되는 면이 있다. 자발성을 고양하면서 양식화하여 삶의 일부로 고정하는 것이 문화의 작업이다. 이것은 작은 삶의 여러 계기에 대한 섬세한 감식과 결정과 습관화의 작업이다. 그러니만큼 그것은 하루아침에 이루어질 수 없다. 이러한 감식과 결정의 작업이 뜻있는 것이 되는 것은 그러한 작업의 많은 퇴적을 통해서이다. 그것은 문화의 전통 속에서 의미 있게 존재하며 또 문화 전통을 구성한다. 인문과학의 한 작업은 이러한 전통을 보존하는 일이다. 그러나 인문과학의 전통 보존은 단순한 의미의 문화재 보존과는 다르다. 위에서 우리는 인문과학의 한 기능이 보편성의 관점 아래에서 사실과 가치를 선택하는 작업에 있다고 하였다. 이 선택의 작업이 하루아침에 이루어질 수는 없다. 그것은 이미 문화의 전통 속에서 이루어져 있는 것이기가 쉽다. 다만 전통의 여러 양상들은 보편성의 관점에서 다시 수용되어야 한다. 사실 인문과학의 중요한 기능의 하나는, 다시 말하건대, 전통적인 문화의 표현을 보편의 지평에 수용하고 의식적 반성의 대상으로 삼는 일에 있다.

그러나 살아 있는 인문적 전통이 있는 곳에서 이러한 작업은 전적으로 새로운 작업일 필요가 없다. 문화적 반성의 작업은 이미 이루어져 온 것이기 때문에 사실상 새로이 이루어져야 하는 것은 역사적 변화에 따르는 수정과 보완일 따름이다. 이러한 새로운 보완은 구체적인 문화 현상과의 관계에서 행해질 수도 있다. 그러나 학문적 작업으로서의 인문과학의 관심은 이미 성립해 있는 문화의 보편적 이념과 새로운 보편성의 원리와의 긴장된 관계에 대한 반성에 있기 쉬울 것이다.

어떤 경우에나 문화의 체험은 표현된 문화적 대상물의 체험이면서, 문화의 창조적 정신의 체험이다. 그것은 우리로 하여금 이미 있는 문화적 표현을 찬양하게 하면서 또 쉬임 없는 창조의 놀이 속에 있는 정신의 자유를 알게 한다. 그리하여 구체적 문화적 표현들은 우리를 끌어당기면서 밀어내어 우리 자신의 정신 속으로 돌아가게 한다. 다른 한편으로 한 시대의 총체적 정신의 표현으로서의 문화는 우리를 한 시대의 보편적 지평으로 이끌어간다. 그러면서 그 지평이 그 시대에 허용되었던 보편적 지평, 따라서 보편적이 아니라 제한되고 특수한 지평임을 알게 한다. 따라서 모든 문화의 체험은 감동의 체험이면서 동시에 기존 문화에 대한 비판을 포함한다.

그렇긴 하나 우리의 문화 비판, 또는 문화 비판으로서의 인문과학의 반성은 주어진 문화를 초월하여 존재할 수 없다. 그것은 한 문화의 전통 안에 있으면서, 자기비판의 힘으로 그것을 초월한다. 그런 의미에서 인문과학의 반성은 기존 문화를 흡수하고 그것의 무엇인가를 기점으로 하여 출발한다. 이 문화의 흡수의 과정이 교양이다. 이것은 문화유산 속의 특정한 성찰들을 습득하면서, 그것들을 관류하고 있는 보편화의 능력을 획득하는 과정이다. 이러한 능력은 흔히 하나의 미적 감수성으로 존재한다. 물론 이 감수성은 조금 더 이론적인 것으로 예각화될 수 있다. 또 이것은 이미 주어진 문화유산의 범위를 넘어가서, 비판적이며 미래 지향적인 것이 될 수 있다. 이 단계에서 이것은 그 가장 큰 가능성에 이르렀다고 할 수 있다. 이 단계에서 우리의 감수성 또는 보편적 능력은 오늘의 상황을 자신의 것으로 떠맡고 새로운 창조에 나아갈 수 있다.

## 5. 전체화하는 반성과 스타일

역사적 문화의 체험을 통하여, 우리의 정신은 구체적인 업적을 배우면서 점점 더 넓은 보편성의 인식에로 나아간다. 이것은, 긴 정신의 형성의 과정이면서 또 늘 현재적인 능력으로 존재한다. 이것은 일에 당하여, 모든 것을 보편적 지평으로 끌어들이면서, 그 일에 반성적 시각을 돌릴 수 있는 힘이다. 하나의 구체적인 작업으로써 전체를 만들어 가는 행위의 일부를 이루며 전체를 표현하는, 실천과 사유를 사르트르는 '전체화(totalization)'라고 불렀는데, 위에서 말한 보편적 능력은 이 전체화를 가능하게 하는 능력이라고 부를 수도 있다. 이것은 일반적 진리에 이르는 과정에서도 작용하지만, 매우 간단한 실천과 반성에도 현재한다고 볼 수 있다.

어떤 경우 그것은 단순히 언어의 움직임 속에도 있는 것으로 생각할 수 있다. 글을 쓰는 것은 명제를 진술하고 이 명제를 큰 체계 속에 포괄시키는 일이지만, 어떻게 보면 이러한 움직임은 우리의 의식적 노력에 의하여서라기보다 글 스스로의 내면에서 나오는 에너지로 인한 것이다. 말은 그 스스로 말의 움직임을 만들어 낸다. 이것의 기계적인 예는 공문서의 서식, 편지틀, 논문작성법 등에서 볼 수 있다. 그러나 이러한 소외된 형식이 아니라도 말은 우리의 내면 속에 하나의 잠재적 리듬으로 맥동하고 있다가 어떤 기연(機緣)으로 하여 밖으로 표출되는 것으로도 보인다. 이것은 시적 충동에서 가장 분명하다. 엘리엇은 그의 시작(詩作)의 처음에 느끼는 것이 어떤 실현되어야 할 언어를 예상하는 리듬이라고 하였다. 시작 행위와 더불어 이 리듬이 실현되는 것이다. 그런데 이 리듬은 한 시인에게 고유한 언어의 율동, 한 표현 방식으로 발전한다. 그리하여 우리는 말의 움직임의 맵시만 보고도 그것이 누구의 말인가 알 수 있다. 운문에 비하여 산문은 보다 분명한 개념적 내용을 언표할 필요가 있어서 쓰이는 것이다. 그러나 산문에도 내용과 직접적으로 관계가 없는, 리듬, 스타일 또는 언어 내적 에너지가 있는 것은 분명하다. 쓰는 사람에 따라 다르기는 하지만, 산문 작가는 산문 작가 나름으로 독특한 성격의 언어를 구사한다. 그리하여 우리는 그의 스타일을 그의 모든 말에서 감지할 수 있다. 어쨌든 우리의 사고가 언어 속에 존재한다고 한다면, 그 언어가 어떤 종류의 존재 방식을 가지고 있으며 또 형성적 힘을 가지고 있을 때, 우리의 사고는 그 언어적 구현을 얻기가 쉽게 된다. 이러한 형성적 힘을 가진 어떤 존재 방식을 보여 주는 언어가 스타일을 가진 언어이다. 물론 일정한 스타일은 우리의 표현을 도와주면서 그 가능성을 제한한다. 그러나 모든 새로이 규정하는 작용은 바로 정해진 한계와 그것을 넘어가려는 변증법적 투쟁에서 이루어지는 것이다.

여기에서 언어와 스타일에 대해서 특히 언급하는 것은 오늘날 우리의 인문과학적 연구가 유연한 사고의 리듬을 얻고 있지 못하다는 점에 착안한 것이다. 오늘, 문학에서와 마찬가지로, 다른 인문과학적 표현에 있어서도, 스타일에 대한 지배적인 관념은 그것이 인위적으로 조미해 넣는 정서적 첨가물에 의하여 만들어진다는 것이다. 그리고 이에 대한 반발로서, 과학적 스타일은 공문서의 서식에 비슷한 것이어야 한다는 생각이 있다. 문장의 힘은 감상(感傷)에서도 응고된 관념에서도 오지 아니한다. 그것은 우리의 생존을 꿰뚫고 그것과 더불어 움직이는 언어의 리듬에서 온다. 좋은 스타일이 파토스적인 요소를 가지고 있다면, 그 파토스는 생존과 역사의 진실이 가능하게 하는 파토스이다. 그리하여 가장 추상적인 철학 사고에도 또 가장 실증적 사실의 해명에도 이러한 진실의 파토스는 존재할 수 있고 그것이 언어 속에 묻어날 수가 있는 것이다. 그러나 근본적으로 중요한 것은 전체화하는 사유와 실천의 리듬을 가진 문장의 스타일을 만들어 내는 것이다. 이것은 거꾸로 우리의 사유와 실천을 유연하게 한다. 이러한 스타일은 어느 개인의 창조물이 아니고, 모든 학문적 일에 종사하는 사람의 공통된 창조물이다. 그것은 우리의 사고를 용이하게 한다는 점에서 방법론적 의의를 갖는다.

## 6. 결론을 대신하여

물론 말의 중요성은 그것의 좁은 의미의 방법적 의의에 있는 것이 아니라 그것이 여러 사람의 의사소통을 가능하게 한다는 데 있다. 오늘날과 같이 지리멸렬한 문화 상황 속에서, 만인이 서로 말을 나눌 수 있는 공동 문화를 만들어 내는 것은 인문과학도의 궁극적 사회적 의무이다. 이 공동 문화는 인간적 삶의 가능성을 최대한도로 포용할 수 있는 것이어야 한다. 이 인간의 삶은 부분적이고 무반성적이고 자의적인 것이 아니라, 끊임없는 질문과 반성과 새로운 선택을 통하여 진정한 보편성에 기초하는 것이어야 한다.

물론 이러한 공동 문화에 대한 관심이 모든 전문적 연구를 평균치의 차원으로 내려오게 해야 한다는 말은 아니다. 여기서 문제 삼고자 했던 것은 인문과학 연구의 기본 정신 또는 원리에 관한 것이었다. 그 기본 정신은 보편적 기초에 대한 여러 갈래의 반성적 노력으로 접근되어야 한다는 것을 우리는 위에서 이야기해 보고자 했다. 이러한 반성이 반드시 모든 사람에게 쉽게 이해될 수 있는 것은 아니다. 그러나 잠재적으로 보편성은 ─ 그것에 대한 성찰이 가장 어려운 것일 수 있다는 역설을 피할 수 없는 채로 ─ 모든 사람에게 열려 있는 것이다. 여기에서부터 인문과학의 분과적 연구가 시작될 수 있다.

(1987년)

# 학문의 정열

## 과학 기술 시대의 인문과학과 자연과학

## 1

오늘 이 자리에서 문제의 테두리가 되어 있는 것은 과학 기술의 발전의
문제이다. 인문과학을 문제 삼는 것도 이 테두리와의 관계에서이다. 과학
기술 발전과 인문과학 — 이 둘을 나란히 놓고 볼 때 둘 중 어느 쪽에다 역
점을 두느냐가 우리 생각의 방향을 상당히 다르게 할 것이다. 최근에 우리
의 경제 사정과 관련해서 과학 기술의 진흥의 긴급성이 자주 말하여지는
만큼, 지금 인문과학을 문제 삼는다는 것은 그것이 어떻게 과학 기술의 발
전에 기여할 수 있는가 하는 질문에 대한 답변을 찾는 것으로 생각된다. 이
것이 우리가 묻는 물음이라면, 인문과학이 기여할 것은 별로 없다고 대답
하는 것이 가장 간단한 것이 아닐는지 모른다. 인문과학은 그것이 다른 무
엇에 봉사하거나 기여할 것을 생각하기보다는 다른 것이 인문과학의 발전
에 기여해야 한다고 생각할 가능성이 크다. 이것은 어떤 근거 없는 자만심
에서만 나오는 생각이 아니다. 인문과학이 어떠한 기능을 가지고 있다면,

그것은 아무것에도 예속되지 않는 인간 정신의 자유와 고귀성을 지키는 데 있다. 그리고 인간의 다른 활동은 인문과학에 의하여서는 아니더라도 자유와 고귀성의 인간 이성에 의하여 가늠되어야 한다고 생각한다. 그리하여 인문과학은 과학 기술 발전에 무엇을 기여한다기보다 그 인문적 이상에서 멀리 있는 듯한 과학과 기술의 일방적 확대에 비판적 시각을 던지는 경우가 많은 것이다. 그러나 인문과학이 과학과 기술의 발전에 기여하기도 하고 또 관계되어 있는 것은 사실이다. 이것은 인간 정신과 인간 활동의 일체성으로부터 저절로 연역되어 나오는 너무나 당연한 명제이다. (물론 오늘의 문제는 이 일체성이 상실되었다는 점에 있다.)

얼마 전에 나는 어떤 외국 인사에게 문화의 경제적 가치를 어떻게 생각하느냐 또 그것이 상업적으로 어떻게 이용될 수 있다고 보느냐 하는 질문을 받은 일이 있다. 여기에 대하여 나는 문화의 소산이 경제적 의의를 가질수는 있겠지만, 그것은 말하자면 문화 활동의 우연한 부산물이라고 보아야 하며, 경제적 목적을 위해서 문화를 추구하는 것은 그 타락을 의미하는 것이라고 말하였다. 이것은 진부하고 시대에 뒤진 고리타분한 대답임에 틀림없을 것이다. 현실에 있어서 문화가 커다란 경제적 의의를 가지고 있는 것은 자명하다. 오늘에 와서 상품의 판매가 상당 부분 매력적 물품 디자인과 광고 디자인에 달려 있음은 누구나 알고 있는 사실이다. 뿐만 아니라 오늘 이 세련된 산업 디자인의 효과는 그 물품 자체의 미적 구도로 한정되는 것이 아니라, 그것에 관련되는 많은 것 ── 삶의 스타일을 반영하는 매우 복합한 비유적 구조를 통해서 확산된다. 상품의 상업성이 어떤 종류의 선망의 대상이 되는 삶의 스타일을 연상시키게끔 만들어져 발휘되는 것이다. 궁극적으로 그것은 한 사회의 문화 전통 ── 물론 상업적으로 조작된 전통에 대한 시넥더키(synecdoche), 제유로서 가장 큰 위력을 발휘한다. 파리라든지 이태리의 어떤 문화적 연상 또는 스웨덴이나 독일의 다른 종류의 문화적 연상이 그들 나라의 상품의 매력을 저절로 증가시키는 것은 우리가 다 아는 사실이다. 국제 시장에 있어서의 한국 상품의 문제는 낱낱의 상품의 문제이기도 하지만 한국이라는 나라가 국제적으로 투사하는 이미지가 어떤 것이냐 하는 문제이기도 하다. 오늘날 상품 생산이 산업 기술의 소산이고 그것을 추진하는 원동력이라고 한다면 그리고 이 상품의 상품으로서의 값이 상당 정도로 미적 제시에 달려 있다고 한다면, 이러한 미적 제시의 감각과 능력을 발전시키는 것은 매우 중요한 일일 것이다. 이것이 의식적으로 학습되는 것은 미술에서이다. 이러한 미적 능력은 기술적 훈련으로서 생겨날 수 있고 그것만으로도 충분할 수 있다. 그러나 다른 많은 인간 활동의 경우에서나 마찬가지로, 보다 깊이 있는 미적 훈련의 근본은 보다 넓은 문화사적 교육에서만 얻어질 수 있다. 이러한 것이 인문과학에서 이루어지는 교육과 지식의 산출에 관계된다.

그러나 더 간접적인 뜻에서 인문과학이 과학 기술은 아니라도 경제 활동에 도움을 주는 일로 중요한 것들이 있다. 가령 국제 무역에서는 외국어 훈련 그리고 외국 사회와 문화에 대한 지식을 산출하고 제공받을 필요가 있다. 이러한 것은 주로 사회과학의 소관 사항이라고 할 수도 있으나 그 소관 영역을 확연하게 떼어서 말할 수 없는 것은 물론이다. 어떤 사회의 골격에 대한 지식은 민족지나 사회학적 서술에서 얻을 수 있지만, 깊이 있는 이해에는 문화와 역사가 첨가되어야 한다. 또는 이러한 문화적 역사적 지식은 일상적 거래에서도 필요할 수 있다. 나는 외국에 주재하던 상사원이 문화 활동이나 화제를 통한 인간적 교통이 없이 단순히 사업상의 상담만으로 사업하는 일의 한계를 절감한 경험을 이야기하는 것을 들었다. 상담이 주제라고 하더라도, 그것이 인간적 교류의 한 양식인 한, 상담만으로 잘되기가 어려운 것이다. 국제적 경제 질서도 인간의 질서인 한, 다른 나라에 대한 깊이의 정도를 달리한 이해는 불가결의 것이다. 문화에 대한 이해의 기초가 되는 것은 자신의 문화와 역사에 대한 이해이다. 이러한 것은 모두 인문과학의 활동 영역에 관계되는 일이다.

경제적 관련에서 일어나는 간접적인 것 말고 과학 기술의 발전과 인문 과학 사이에 어떠한 상관관계가 있을 수 있는가? 언제나 해당되는 것은 아니지만, 다시 인간 정신의 일체성이라는 가설로부터 출발하여, 우선 과학이나 과학자들의 성장에 정신적 영향을 이루는 요인들로 인문과학은 아니더라도 문화적 업적의 자극들을 생각해 볼 수 있다. 가령 과학자의 성장에 있어서, 대체로 인문적 영역의 일들에 지적 호기심을 개안하게 되는 일이나 과학적인 사실들에 호기심을 갖는 일이 별개의 일이 아니라고 말할 수 있다. 우주 탐험의 길을 연 로켓 연구가 고더드(Robert H. Goddard)로 하여금 우주 공간에 최초로 관심을 가지게 한 것은 웰스(H. G. Wells)의 『우주 전쟁(The War of the Worlds)』이었다. 이것은 열여섯 살 때의 일이지만, 그는 여기에서 받은 영감을 기억하여 마흔 살이 넘어 웰스에게 감사의 편지를 보냈었다. 보다 성숙한 사람의 예로서 또 보다 밀접하게 과학적 사고의 복잡한 연계를 보여 주는 예로서, 케플러의 유성의 거리에 대한 발견과 플라톤주의와의 관계를 들 수 있다. 그의 유성 법칙에 대한 사고가 플라톤주의의 수의신비주의에서 영감을 받은 것이라는 것은 흔히 이야기되는 일이다. 그리고 궁극적으로 그의 인력에 대한 사고는 모든 것은 신의 사랑에 이끌리며 또 서로 이끌린다는 신플라톤주의에서 나온 것이었다. 이것은 그릇된 생각이지만, 과학적 사고와 다른 종류의 상상력의 친화성을 예시하여 주는 예가 되기는 할 것이다.

중세로부터 현대적 과학이 성장해 나오는 데 있어서 가장 중요한 과학자의 한 사람인 케플러의 신비주의적 근원은 유명한 이야기이다. 브로놉스키(Jacob Bronowski)는 케플러의 이러한 관련을 과학과 다른—또는 문학적 상상력의 근원이 같은 것임을 역설하는 자리에서 들고 있다. (물론 브로놉스키의 더 큰 의도는 과학의 이론이 주어진 현실을 그대로 나타내는 것이 아니라 그것에 대한 잠정적 기술의 체계임을 말하려는 것이다.) 그런데 더 적절한 예는 뉴턴의 인력의 법칙이다.

뉴턴이 $G = k\dfrac{mm'}{r^2}$ 에 착안하게 된 날…… 그는 이렇게 혼자 말했다. "내가 공을 던진다면, 그것은 땅에 떨어질 것이다. 그것을 더 힘 있게 던지자. 그것은 더 멀리 가서 떨어질 것이다. 그것을 지평선이 떨어지는 만큼 빨리 떨어지게 힘을 주어 공을 던진다면, 공은 세계를 빙빙 돌게 될 것이다." 좋은 생각이다. 세계가 둥글다는 것에 대한, 공이 어떻게 움직일 것인가에 대한 가정적인 생각이 가득 차 있는 것이기는 하지만, 화려하고 장대한 상상력의 구상이며, 대단한 시각적 상상이다.

뉴턴은 이것은 눈으로 보듯 볼 수 있었다. 그는 잘 그려진 도해를 만들었다. 공은 지구를 돌며 떨어질 것이다. 그것은 얼마나 걸릴까? 계산은 어렵지 않다. 그것은 대략 구십 분이다.

뉴턴이 이것을 시험해 볼 도리는 없었으므로 달로 공을 대치했다. "뉴턴은, '물론, 나는 공을 지구 둘레로 던질 수 없다, 그러나 달을 생각하여 그것이 지구의 주변으로 던져진, 25만 마일 저쪽의 공이라고 하자.' 이렇게 말하면서, 지구 표면의 중력의 값에 대하여 자승의 역의 법칙을 가정하여 계산하여 보았다. 그 결과가 스무여드레로 대충 맞아 들어가는 것이었다."[1] 이러한 비유적인 사고로부터 출발하여 뉴턴이 이르게 된 것이 중력에 관한 알고리즘이라고 브로놉스키는 말한다.

뉴턴의 인력의 알고리즘이 상상적 구성에서 나온 것이라고 할 때, 둘 사

---

1 Jacob Bronowski, *The Origins of Knowledge and Imagination*(Yale University Press, 1978), pp. 60~61.

이의 관련은 고더드의 경우에서와 같이 순전히 전기의 사실의 문제도 아니고, 케플러의 경우처럼 우연한 그리고 잘못된 그러나 지성사적으로, 플라톤에서 뉴턴에 이르는 사변적 이성의 전통의 연속성이라는 관점에서, 필연적이기도 한, 유추의 문제도 아니고 조금 더 긴밀한 내적 연결을 가진 것으로 보인다. 그러나 뉴턴의 과학적 사고와 비유적 상상력 사이에 우연적인 것이 아니라 좀 더 필연적인 내적 관계가 있다는 것을 보여 주기 위하여는 아마 과학과 상상력 — 문학 또는 인문적 사고에 있어서 중요한 역할을 하는 상상력에 관한 보다 체계적이고 실증적인 연구가 필요할 것이다. 바슐라르(Gaston Bachelard)의 시적 상상력에 관한 연구는 『불의 정신 분석』과 같은 데에서 드러나듯이 과학적 사고에 숨어 있는 시적 사고에 착안한 데에서 시작한 것이지만, 유감스럽게도 그의 관심은 과학의 시적 성격에 대한 연구보다는 시적 상상력 자체 또는 시나 과학에 대비하여 보다 원초적인 존재론적 경험의 탐색을 향하였다. 그러나 그의 당초의 관심은, 그가 물리학에서 출발한 만큼, 과학의 상상적 기초에 있었던 것 같고 이것은 체계적으로 이루어질 수 있는 것이었을 것이다.

다시 뉴턴으로 돌아가서, 뉴턴의 상상력 같은 것은 어떻게 해서 가능해지는 것인가. 거기에 대한 간단한 답변이 있을 수는 없을 것이다. 그것에 단순히 과학적 훈련만이 관계된 것이 아닌 것은 분명하다. 사실 그의 삶의 모든 것이 그의 비유적 사고 속에 들어 있다. 공을 가지고 놀아 본 경험이 거기에 들어 있음은 분명하다. 지평선의 경험은 높은 산에 둘러싸였거나 깊은 숲에 싸인 환경에서만 자란 사람에게는 얻기 어려운 경험일 것이다. 그런데 이러한 일상적 경험을 관류하고 있는 것은 경험적 디테일을 하나의 시각적 도해 속에 종합할 수 있는 힘이다. 아른하임(Rudolf Arnheim)은 『시각적 사고(Visual Thinking)』에서 우리의 사고에 얼마나 많은 원초적인 시각 체험이 들어 있는가를 이야기하고 실제로 시각 훈련이 사고 능력의 발달에 도움이 됨을 말한 바 있다. 그가 드는 예에 따르면 코페르니쿠스의 지동설에는 별들의 운행에 관한 새로운 시각적 상상력과 조종이 중요했다. 또는 패러데이의 전기 이론 또는 현대 물리학의 전자기장의 이론에는 시각 현상의 근본인 바탕(background)과 모양(figure)의 관계, 그리고 그것의 전도 가능성이 작용하고 있다. 즉 이들이 이룩한 이론의 혁명은 바탕이 전경에 나서고 그 결과 모양으로 하여금 바탕 위에 나타나는 이차적 현상이 되게 한 바탕 ─ 모양의 관계의 전도로 말하여질 수 있는 것이다. 래더포드나 보어의 원자 중심의 사고에서는 비어 있는 바탕에 원자가 모양으로 존재하는 것으로 생각되었다. 그러나 전자파 이론에서, 이러한 모양들은 "파동의 이론이 분명하게 규정하는…… 파동의 장에서의 잠정적인 존재"에 불과한 것이 된 것이다. 이것은, 아른하임의 생각으로는, 유럽의 회화사에서, 모양 그리기 위주의 그림 수법으로부터 계속적인 형태와 색상의 연속으로의 화면으로, 화면 구성이 바뀌어 간 것에 비슷하고 또 성장 심리의 관점에서는 아이들의 그림이 나이와 더불어 이와 유사하게 변화하는 것에 평행하는 것이다.[2] 이러한 지적이 말하여 주는 것은 위의 셋 사이에 어떤 필연적인 인과 관계가 있다는 것은 아니지만, 적어도 이 세 가지 사례에 공통된 인간 능력이 두루 작용하고 있다는 사실이다. 한발 더 나아가 이 셋이, 이 능력을 통하여 서로서로 부추기는 작용을 한다고 생각하더라도 그것은 무리가 아닐 것이다.

아른하임이 이야기하고 있는 것은 모든 사고와 상상의 기본으로서 시각 능력, 시각 체험, 시각 훈련의 중요성이다. 그러나 쉽게 이야기할 수는 없는 일이면서, 어떤 분야에서든지 보편적으로, 사고와 상상의 근본이 되는 것은 언어이다. 근년에 와서 문학 텍스트에 관한 연구들은, 그것이 구

---

2  Rudolf Arnheim, *Visual Thinking*(University of California Press, 1971), p. 91, pp. 285~286.

조주의에서 연유하는 것이든, 정신 분석에서 연유하는 것이든, 텍스트를 수사적 기술로 해체하는 해체주의의 입장이든, 아니면 여러 가지 기호학적 통찰에 근거하는 것이든, 근본적으로 언어학이나 수사학에서 빌려 온 분석의 도구를 많이 활용하고 있다. 그런데 이것은 단순히 개념을 빌려 오는 것이 아니라 문학적 상상력의 구조가 언어의 구조를 가지고 있거나 적어도 그것에 의하여 규정된다는 것을 암시한다. (라캉의 정신 분석이 주장하는 것처럼 무의식이 언어의 구조를 가진 것이라면, 상상력이 모든 의식 작용의 토대가 되는 무의식의 언어 구조를 가질 것이라는 것은 당연한 것으로 생각된다.) 물론 상상력의 언어적 구조는 앞으로 연구되어야 할 과제이다. 나는 아직 이것을 엄밀하게 또 체계적으로 정리하는 연구에 접해 보지 아니하였다. 여기에서 내가 말하고자 하는 것은 오늘의 문학 연구가 여러 가지로 이러한 가능성을 암시한다는 사실 자체보다도 상상력과 언어 사이에는 일상적 차원에서도 깊은 관계를 가지고 있을 가능성이 많다는 것이다. 그렇다고 한다면, 언어의 여러 세련된 기능에 민감할 수밖에 없는 인문과학적 훈련이 일반적으로 상상력의 훈련에 도움이 될 것이다. 이 상상력은 단순히 인문과학의 영역에서만 중요한 것이 아닐 것이다. 이러나저러나 언어와 사고 사이에 긴밀한 관계가 있으며 어쩌면 언어가 없이 사고가 있을 수 없다는 것은 흔히 이야기되는 것이다. 적어도 문화적 기여의 측면에서 볼 때, 언어 능력과 사고 능력은 완전히 일치하는 것이다. 자연과학적 사고에 있어서 언어는 어떠한 작용을 하는가. 수학적 기호를 통한 사고와 일상 언어에 기초한 사고 사이에는 어떠한 관계가 있는가. 아무래도 인간 지성의 발달, 지적 훈련의 과정 또 기회의 범위에 있어서 선행하거나 또는 우위에 있을, 언어적 사고 능력의 발달은 수학적 기호에 의한 사고에 토대를 이루는 것인가. 이러한 질문은 교육적 관점에서 인문과학과 과학의 관계를 밝히는 데 답해져야 할 중요한 질문들이다. 여기에 대한 답변은 자세한 연구가 있어야겠지만, 적어도 개략적 차원에서 이 둘 사이에 깊은 관계가 있을 것이라는 사실은 여전히 남을 것으로 생각된다. 우리 과학도가 외국어로 과학을 — 가령 수학을 할 때, 그 나라 말을 사용하는 사람에 비하여 더 많은 장애물을 갖는다고 한다면, 그는 단순히 일상 언어의 소통에서 또는 자신의 아이디어의 언어적 표현에서만이 아니고 근본적 발상의 원천에서부터 장애물에 부딪치는 것일는지 모른다. 이러한 의심들은 과학적 상상력, 과학적 사고 능력의 훈련과 해방에 있어서 언어 훈련 — 좁은 의미에서의 국어나 외국어 훈련이 아니라 언어의 높은 표현인 시와 문학, 철학, 지성사 등의 훈련이 필수적일 것일 수 있다는 생각을 갖게 한다.

미시적인 면에서 상상력과 과학, 또는 문화적 요인 또는 인문과학적 요인과 과학의 관계를 밝히는 것이 쉽지 않다면, 거시적 차원에서 그 관계는 분명하다. 법칙적 구속력을 가진 것은 아니지만 시대적 환경 — 과학이 독립적으로 만들어 내는 요인으로 결정된 것이 아닌, 시대적 환경과 조건이 과학의 발전에 결정적 역할을 한다는 것은 의심할 여지가 없는 것이다. 가령 데카르트나 말브랑슈(Nicolas Malebranche) 또는 베이컨이나 로크에 의하여 이성이 기존의 사실이나 체제에 대한 비판의 도구가 되고 경험의 직접적인 검토가 중요시되는 풍토가 형성되지 아니하였더라면 뉴턴의 물리학이 가능했겠는가. 또는 더 길게 보아 르네상스 이후의 서구 사회의 계속적인 세속화와 17세기 이후의 서양 과학의 흥기를 분리할 수 있겠는가. 세계 과학 기술사에 있어서의 중국의 위대한 업적을 널리 인지되게 하는 데 결정적인 역할을 한 조지프 니덤의 계속적인 질문의 하나는 왜 중국이 본격적인 현대과학을 발전시키지 못하였는가 하는 것인데, 그가 암시하는 대답의 일부는, 중국의 경우 유럽에서의 사상의 자유로운 발전을 가능하게 했던 다국가 공동체 대신 일찍이 단일적 제국이 성립했다는 역사적 조건에 있다. 그것이 사상의 경쟁적 발전을 제약한 것이다.[3] 영국의 희랍 과학사가 로이드(G. E. R. Lloyd)는 희랍의 경우와 중국의 경우를 대비하면서 중국에 있어서 백가쟁명의 시기였던 춘추 전국 시대에 있어서도, 희랍의 경우와는 달리, 사회적 효용을 떠난 순수한 이론적 사고에 대한 관심이 결여되었던 것을 말하고 또 이것을 민주적 사회와 민주적 대화 방식의 미발달에 연결시키고 있다.[4] 과학과 기술의 발전이 반드시 이러한 역사가들이 지적하는 요인과의 관계 속에서 이루어지는 것인지 아닌지는 분명히 말할 수 없으나, 부정할 수 없는 사실은 그것이 전체적인 지적, 문화적, 사회적 풍토와 불가분의 관계에 있다는 것이다. 이것은 우리의 관찰을 더 좁힐 때 과학적 사고와 보다 넓은 문화적 사고 사이에 불가분의 관계가 있다는 것을 말한다. 여기에서 우리가 끌어낼 수 있는 교훈은 거시적인 관점에서의 과학과 기술의 발전은 바른 문화적 풍토 속에서만 자라 나올 수 있다는 것이다. 모방적인 발전 또는 작은 규모의 단기적 발전은 문화적 토대가 없이도 가능할지 모르나, 독창적이고 자발적인 발전은 문화의 모태로부터 탄생하는 것이라야 할 것이다. 물론 이것은 추론에 불과하다. 이렇게 말하면서 우리가 금방 반증으로 생각할 수 있는 것은 일본의 경우와 같은 것이다. 일본의 과학과 기술은 단기적이고 모방적인 것인가. 일본에는 그 나름으로 과학 기술을 위한 문화적 토양이 정착한 것인가. 물론 유럽과 미국의 과학사만이 유일한 가능성은 아닐 것이므로 전혀 다른 종류의 질문과 시각을 가지고 이러한 문제를 생각해 볼 수도 있는 일이기는 하다.

문화적 사회적 요건이 과학과 기술의 발전에 결정적인 요인이 된다고

---

3 가령 Joseph Needham, "Science and China's Influence on the World", *The Legacy of China*, ed. by Raymond Dawson(Oxford, 1964).

4 G. E. R. Lloyd, "A test case: China and Greece, comparisons and contrasts", *Demystifying Mentalities*(Cambridge, 1990), Ch. 4.

할 때, 그러한 발전을 위하여 할 수 있는 것 중의 하나는 적절한 문화적 사회적 토양을 조성하는 일이다. 그러나 이러한 조성이 단순화된 의미에서 정책을 만들고 이것을 시행해 나가는 것을 뜻한다면, 그것은 바람직한 것이거나 가능한 것이 아니다. ── 이런 이야기를 하는 것이 이 글의 남은 부분의 주된 주장이다. 이러한 말은 과학 발전을 바라는 우리의 마음에도 어긋나고 또 이러한 모임의 정신에도 어긋나는 것이어서 나 자신 조금 난처한 느낌을 아니 가질 수 없다. 인문과학적 마음가짐의 하나는, 속된 표현을 빌려, '비딱한' 마음가짐이다. 이것은 미국의 비딱한 작가 에드거 앨런 포(Edger Allan Poe)가 '비뚤어짐의 도깨비(Imp of Perversity)'라고 부른 것으로 이성적 계획이면 무턱대고 깨뜨리고 싶은 비이성적 충동이다. 과학 기술 발전을 위한 문화 풍토의 조성이 불가능한 일이라고 하는 인문학자의 주장은 그러한 충동의 표현에 불과할 수 있다. 그러나 과학적 인간도 그러한 도깨비에 끌리는 사람이 아닌지 모른다. 위에서도 인용한 바 있는 브로놉스키는 과학적 인간이 근본적으로 '망나니 성품(maverick personalities)'을 가졌으며, '전투적이며, 비딱하고, 따지고, 도전적인(belligerent, contrary, questioning, challenging)' 인간이라고 말한다.[5] 이것은 진정으로 독창적인 인간과 체제의 관계는 모순의 관계라는 말이 되기도 한다. (물론 모순도 하나의 관계이며, 모순의 두 개의 항은 서로를 규정하며 또 궁극적으로는 숨은 공생의 관계에 있다.)

과학 기술의 발전을 위한 것이든 아니면 다른 어떤 것이든 문화가 정책적 계획의 대상이 되기 어려운 것은 우선 그 성격의 산만성 때문이다. 문화는, 인류학에서 사용하는 광범위한 뜻대로, 한 사회에 있어서의 삶의 스타일 전부를 의미할 수 있다. 그것은 삶 전체이면서 그 삶의 독특한 편향성을

---

5    Ibid., p. 120.

말한다. 그것은 살아가는 방식이다. 그러기 때문에 그것은 대상화하고 인지할 수 있는 것이 아니기 쉽다. 말하자면, 명사적 실체로보다는 형용사적 성향으로 존재하는 것이다.

이와 관련하여, 어려움은 인문과학의 성격 때문에 생겨나는 것이기도 하다. 우리는 위에서 인문과학이란 말을 사용하면서 그것이 무엇인가를 정의하지 않았지만, 인문과학은 방금 말한 문화의 자기 이해의 노력의 표현이라고 말해 볼 수 있지 않을까 한다. 일단 이렇게 정의하면서, 지적하고자 하는 것은 인문과학의 — 사실은 조금 더 넓은 의미 함축을 위하여 문화과학 또는 정신과학이라는 말을 사용하는 것이 좋을는지 모른다. — 학문적 목적과 방법의 특이성이다. 그것은 제일 간단하게는 자연과학과의 차이를 통하여 이야기될 수 있다. 우리가 여기에서 이 논쟁적인 문제를 자세하게 논할 수는 없지만, 적어도 그것이 그 학문적 대상에서 자연과학에서 보는 바와 같은 엄격한 인과 관계, 법칙적 관계를 추구하는 것도 아니고 또 추구하지도 못한다는 것을 말할 수는 있을 것이다. 방법론 논쟁에서 여러 가지로 이야기되듯, 문화 현상의 세계는 필연적 인과 법칙의 세계가 아니라 사람의 선택과, 동기, 의미와 가치가 개입되어 있는 훨씬 유동적인 세계이다. 그것은 필연이 아니라, 반드시 그것이 전부는 아니면서, 자유의 세계이다. 이러한 특징은 중요한 정책적 의미를 갖는다. 그렇다는 것은 — 자연과학의 법칙이 참으로 기계론적 인과 법칙이냐 아니면 통계적 확률의 규칙성을 나타내는 것이냐를 따지는 수도 있겠지만 — 자연과학의 법칙의 기계적 구속력은 그러한 법칙을 곧 세계 조종의 수단으로 사용할 수 있게 하기 때문이다. 달리 말하여 과학은 쉽게 기술로 번역된다. 그러나 원인으로부터 결과를 구속해 낼 수 없는 관계에서 이러한 기술적 조종은 쉽게 가능할 수가 없다. 즉 인문과학에서도 유형, 규칙성 또 동기 관계 — 단순화하여 말하건대, 의사 인과 법칙이 중요한 의미를 가지고 있다고 하더라도, 그것이 곧 결과가 보장된 정책으로 번역될 수 없다는 말이다.

인문과학의 이러한 측면은 연구자들의 짜증의 원인이 되기도 하고 인문과학의 학문적 위엄을 손상하는 것으로 생각되기도 한다. 그리하여 자연과학을 모델로 한 인문과학의 방법에 대한 추구가 쉬지 않고 계속되어 왔다. 그런데 문화나 인간의 현상이 법칙적 구속력으로부터 전적으로 해방되어 있는 것이 아님은 물론이다. 인간 존재를 근본적으로 한정하고 있는 것이 생물학 그리고 물리화학의 법칙인 것은 말할 것도 없다. 인간 행동의 동기를 결정하는 본능과 충동의 강박적 성격도 인간의 개방성을 제한하는 요소이다. 정신 분석이나 구조주의적 인간학은 인간의 의식, 무의식 그리고 상징 체계까지도 외부적인 힘에 의하여 지배된다고 말한다. 사회적 요인이 인간 행동에 결정적 영향을 끼친다는 사실은 현대 사회과학의 발전이 기여한 인간 이해의 가장 중요한 항목이다. 학문적 주장을 빌리지 아니하더라도 사람들은 예로부터 사람이 조종될 수 있는 존재라는 것을 잘 알고 있었다. 힘이나 재물이나 기타 유혹들은 사람들을 조종하는 태고로부터의 수단이다. 오늘날에 있어서도 사람이 이러한 것들에 의하여 구속되는 것이 아니라면 국가 권력은 존재할 수 없을 것이고 경제학이나 경제 정책 또 사회 정책도 성립할 수 없을 것이다. 힘과 물질과 인간의 자유가 혼재하는 중간 지역 ── 문화나 정신의 영역도 같은 필연성 속에 움직인다고 생각하는 것이 불가능한 것은 아니다. 인간을 조건 지어진 존재로 보는 극단적인 한 예로, 스탈린이 작가를 '인간 영혼의 기술자'라고 했을 때, 그 배경에 들어 있는 것은 인간의 정신의 법칙적 피구속성이다. 정치 선전이나 광고가 전제하고 있는 것도 인간 정신의 조종 가능성이고, 어떤 종류의 원인에 대하여 그것이 불가항력적으로 어떤 결과로서 반응하게 된다는 인간 이해이다.

양자 물리학에서 우리는 관찰자의 선택이 어떻게 피관찰체의 성질을 결정하는가 하는 이야기를 듣는다. 인간의 현상에서 이러한 상호 의존 관계는 더욱 큰 것으로 말할 수 있다. 인간성의 조소 가능성이 그만큼 큰 때문이다. 인간성은 방법에 의하여 구성되는 면을 가지고 있다. 과학 기술이 지배하는 여론의 풍토에서 사실은 그 법칙성과 조작 가능성의 기준에 의하여 구성된다. 그렇지 못한 것은 비사실로 격하되거나 보이지 않는 것이 된다. 인간 현상의 경우에도 법칙적인 것, 정량화될 수 있는 것이 사실로서 특권적 우위성을 부여받을 수 있다. 그리고 이러한 면이 ─ 그리하여 정치와 사회와 정신 치료의 대상이 되는 인간성과 인간 행동과 문화 현상이 인간의 현실의 일부를 이루게 된다. 문제는 이것이 인간의 다른 면들을 보이지 않게 하고 쇠퇴하게 한다는 데에 있다.

어떠한 경우에나 어떤 긴급한 목적을 위한 인간의 단순화가 불가능한 것은 아니면서 그것이 인간의 전면적 현실을 왜곡하는 것이 되기 쉽다는 것은 부인할 수 없다. 이에 대하여 인간에 대한 과학적 태도는 조금 더 객관적인 균형을 가진 인간 이해를 제공해 줄 수 있는 것으로 생각될 수 있다. 그러나 여기에서 말하고자 하는 것은 그것마저도 있는 그대로의 인간의 모습을 보여 주기 어렵다는 것이다. 과학적 연구는, 한 철학적 설명에 따르면, 대상의 형식화, 기능화, 정량화 등을 요구한다. 즉 과학은 자료의 여러 계기 중 어떤 것을 일정하게 추상화하여 형식적 특징으로 바꾸고 이것을 다시, 'p라면 q(if p then q)'의 형식의 일반적 구도에 따라 다른 기존의 형식화된 요소들에게 기능적으로 관계되게 한다. 여기에서 정량화는 기능적 형식화를 용이하게 하는 수단이다. 이러한 방법으로 성립하는 과학의 대상이 본래 주어진 현상에 비하여 '단순화된 모형(reductive model)'일 것은 당연하다. 이러한 단순화는 본래 과학적 태도가 요구하는 관심 또는 주제화(thematization)의 필요에서 일어난 것이다.

여기에 대하여 같은 설명자는 현상학은 이러한 예비적인 한정이 없이 주어진 대로의 현상 또는 자연스럽게 존재하는 삶에 대한 성찰을 시도한 다고 이야기한다.[6] 하여튼 현상학은, 다른 단순화 또는 이차적 구성에 선행하는 가장 근원적인 현실 ── 체험 또는 현상을 드러낸다고 주장한다. 현상학적인 방법이 참으로 인간 현상을 연구하는 데 있어서 그러니까 인문과학을 공부하는 데 있어서 유일한 또는 가장 좋은 방법인가 하는 것은 방법론에 대한 보다 깊이 있고 체계적인 검토가 있기 전에는 단정할 수 없는 일이고, 아마 인간 과학의 방법을 현상학적인 것에 제한하는 것은 무리일 것이다. 그러나 현상학이 요구하는 특별한 사유의 태도는 적어도 인간성의 기본적인 탐색에는 적절한 것으로 생각된다. 현상학은, 후설이 생각한 바와 같이, '선입견 없는' 자세로 가장 근원적인 '사물 자체로' 돌아가고자 한다. 물론 비판적 검토 없는 선입견이나 가정을 배제하려는 것은 모든 학문적 엄밀성의 이상 속에 들어 있는 것이지만, 후설의 현상학의 계획은 다시이것을 더욱 엄격하게 확인하고자 한다. 이 엄격성은, 다른 실증과학에서선험적 전제로 도입되는, 주어진 체험 이전의 개념적 구성의 배제 또는 검토까지도 포함하는 것이다. 이것은 모든 것을 새로운 눈으로 사심 없는 마음으로 다시 살필 것을 요구한다. 그것은 태도의 변화 ── 이미 있는 세계를 '자연스럽게' 또 '순진하게' 받아들이는 것을 중단하고 나타나는 대로의 현상으로 환원하여 이를 성찰하고 그 본질을 꿰뚫어 봄으로써 가능해진다. 즉 후설이 '현상학적 환원' 또는 '에포케'라고 부른, 경험적, 세속적이해와 관심으로부터 초연하여, 나타나는 대로의 현상에 대하여 수동적이면서 치열하게 관조적인, 태도의 조정이 이루어져야 하는 것이다.

여기에서 현상학의 초보적인 방법에 언급하는 것은 그것을 새삼스럽

---

6  Joseph J. Kockelmans, *The World in Science and Philosophy*(Milwaukee: The Bruce Publishing Company, 1964), pp. 155~166 참조.

게 논하자는 것보다 그것이 인간의 현상에 관한, 또 인문과학에 있어서의, 모범적 방법일 가능성이 있다는 것을 말하자는 것이고 또 다른 한편으로는 이러한 방법으로 미루어 인문과학이 과학 기술 발전이나 또는 어떤 특정한 목적을 위하여 조직되고 동원하기가 극히 어려운 것이라는 것을 생각해 보자는 것이다. 현상학에서 요구하는 '에포케'는 인간 체험의 근원적 인식에 필요한, 모든 실제적, 개념적 조작 이전의 초연한 관조를 지칭한다. 이것은, 위에서 비친 바와 같이, 다른 무엇보다도 인간성, 인간의 가능성 및 인간의 현상 일반을 이해하는 데 적절한 방법으로 생각된다. 인간성의 참 모습 그리고 그 문화적 업적은 그 조소성으로 인하여 가장 초연한 관조 속에서만 그 여러 모습을 있는 대로 드러낼 것으로 생각되기 때문이다. 너무 급한 특정한 기획은 인간의 모습의 여러 면을 보이지 않게 한다. 또 말하자면, 수량적인 의미에서만, 인간의 다양한 성질과 업적을 놓치는 것이 아니다. 그것은 인간성의 여러 면의 상호 의존과 균형을 놓친다. 사람의 마음 상태를 가리키는 명경지수(明鏡止水)라는 표현은 암시적인 비유이다. 인간의 마음은 정지되고 조용한 상태에서 그 참모습을 ── 그 다양한 요소와 그 요소들의 본래적인 균형을 드러낸다는 것을 말하는 것일 터인데, 마음이 실제적 개념적 선입견에 의하여 동원될 때 그것은 이 본래의 모습을 잃어버리는 것이다.


## 2


현상학은 여러 가지로 실증적 과학에 대한 비판이다. 현상학은 학문 활동이 실제적 이론적 선입견 없는 자유로운 상태에서 행해져야 함을 말하고 실증과학이 충분히 선입견으로부터 자유롭지 못함을 비판한다. 그러나 학문의 이름에 값하는 인간의 경영으로서 선입견 없는 객관적 지식에 이르고자 노력하지 않는 경우가 있겠는가? 이것은 물론 과학에도 해당이 되는 것이다. 일이 아무리 실제적인 동기 또는 개념적 선입견에 의하여 재촉되는 것이라고 하더라도, 생각이 필요할 한 순간은 그러한 재촉으로부터 자유로워야 한다. 생각이 요구되는 일에는 관조적 정지의 계기가 포함되게 마련인 것이다. 이러한 계기가 과학에 특히 중요할 것임은 말할 것도 없다. 과학은 과학 나름의 '에포케'를 통하여 그 생각을 추진한다. 다만 그것은 현상학적 반성이 요구하는 것과 다르고 또 아마 덜 철저한 것일 것이다. 현상학의 '에포케'는 인식론적 절차를 넘어서 거의 삶 자체의 금욕적 정지(아스케시스)에 가까운 상태를 요구하는 것으로 생각할 수 있다. 기존의 체계와 현실에 대한 판단 정지를 요구할 뿐만 아니라 일체의 판단의 근원에 대한 판단의 정지를 요구하는 현상학적 '에포케'는 말하자면 일체의 유무(有無)의 이분법적 사고로부터 벗어날 것을 시도하는 선(禪)의 명상에도 비슷한 바가 있다. 여기에 대하여 과학적 탐구에서 요구되는 것은 단순히 기존 관념의 제약으로부터 벗어나서 널리 모든 가능성을 검토할 수 있는 자유로운 마음의 상태이다. 그러나 아무것에 의하여도 — 이해관계, 실제적 목표, 개념적 선입견에 의하여 제약되지 않는 상태가 철학이나, 인문과학이나 또는 자연과학이나 더 나아가 기술에 있어서의 필수적인 계기임은 부인할 수 없다.

이러한 학문적 탐구에 있어서의 내적 요구는 쉽게 학문 연구의 외적 요건으로 번역되어 나타난다. 학문이 제약 없는 자유 — 현실적 자유뿐만 아니라 공리적 동기로부터의 자유 속에서 번성하는 것임은 우리가 일반적으로 알고 있는 일이다. 과학자들 그리고 과학 사가들이 지적하듯이, 과학 연구의 실제 체험은, 참으로 독창적 발견과 발명이 이루어지는 지점에서, 그것이 얼마나 상상력과 밀접한 관계를 가지고 있으며 그러니만

큰 정신의 자유에 의존하는 것인가를 말하여 준다. 과학은 개인적, 집단적 자유의 조건에서 번성한다. 희랍의 과학은 희랍의 민주주의와 깊은 관계를 가지고 있다. 서양의 대학에서 학문의 자유가 대학의 정신적 지주를 이루는 것으로 말하여지는 것은 새삼스럽게 언급할 필요도 없다. 어떠한 연구 기관보다도 연구의 자유를 기본 정신으로 했다고 할 수 있는 프린스턴의 고등연구소(Institute for Advanced Study)의 첫 소장이었던 에이브러햄 플렉스너(Abraham Flexner)의 에세이에 「쓸데없는 지식의 쓸모(The Use of Useless Knowledge)」라는 것이 있는데, 그는 이 글에서 어떻게 과학의 발전이 쓸모를 추구해서가 아니라 지적 호기심과 이론적 관심의 자유로운 추구로서 이루어졌는가를 수많은 예를 들어 설득하려고 하고 있다. 프린스턴의 고등연구소는 바로 이러한 쓸데없는 지적 추구를 권장하기 위하여 만들어진 것이다. 물리학자 리처드 파인만은 과학자의 순수한 이론적 관심을 다음과 같이 설명한다. "신문은 이것을[뇌의 방사성 인에 관한 연구] 가지고 '과학자들의 이 발견이 암 치료의 연구에 중요한 것이 될는지 모른다.'라고 보도한다. 신문은 생각 자체가 아니라, 생각의 쓸모에만 관심이 있다. 놀라운 것은 생각 자체의 중요성을 이해하는 사람이 거의 없다는 것이다. 아마 어린아이라면 그것을 재미있게 생각할 아이가 있을 것이다. 그 아이가 과학자와 같은 것이다."[7] 그러나 과학 발전의 이치란 이상한 것이어서 쓸데없는 이론적 추구는 결국에 가서는 유용한 기술적 발명으로 이어지는 것이 보통이다. 그러므로 플렉스너의 글은 쓸모없는 지식에 관한 것이면서 또 그 쓸모에 관한 것이다. 다만 이 연계가 직접적이 아닐 뿐이다.

---

**7** Richard Feynman, "The Value of Science", *What Do You Care What Other People Think?*(New York: Bantam Books, 1989), p. 244.

이렇게 말하면 결국 쓸모없는 것도 쓸모 있는 것이 된다는 말로 들릴 수 있다. 그리고 이 궁극적인 쓸모에 이르기 위해서 중간에 짐짓 쓸모없는 놀이 공간을 남겨 두는 것이 좋다는 말이 된다. 이것을 부정할 필요는 없다. 그러나 우리는 이러한 결과가 계산을 통하여서가 아니라 세상의 자연스러운 이치의 일로서 일어나기를 바란다. 아마 여기에서 문제되는 것은 '세상에 대한 믿음(confiance au monde)'일 것이다. 좋은 일은 하나이며, 그러니만큼 의도하든 아니하든, 한 좋은 일에서 저절로 여러 가지로 좋은 결과가 일어나게 되어 있는 것이라고 할 수는 없을까. 어쨌든 지금 확인될 필요가 있는 것은 쓸모없는 지식의 그 자체로서의 가치이다. 예로부터 사람들은 진선미가 그 자체로서 드높은 가치임을 믿어 왔다. 그러나 근년에 오면서 그것은 수사적 장식에 불과하게 되었다. 그리고 유용성의 관점에서 — 정치적, 경제적, 사회적 유용성의 관점에서 정당화되지 않는 모든 것이 슬그머니 밀려나는 형국이 되어 가고 있다. 학문의 경우도 사정은 마찬가지이다. 학문을 하는 이유는 여러 가지이다. 생활, 영예, 애국, 국가적 필요 — 이 모든 것이 어울려 사람들은 학문의 세계에 들어간다. 그러나 그 과실을 떠나서 학문의 고귀함은 그 자체의 고귀함 이외의 것이 아니다. 영국의 물리화학자 마이클 폴라니(Michael Polanyi)는 과학자로 하여금 과학을 하게 하는 동기는 '지적 정열(intellectual passion)'이라고 말한다. 이것은 단순한 열렬한 호기심을 말하기도 하지만, '지적 아름다움(intellectual beauty)'을 향한 정열이다.[8] 폴라니가 쓰고 있는 이 지적 아름다움이란 말은, 그 말 자체가, 시인 셸리의 유명한 시 「지적 아름다움을 위한 송가(Hymn to Intellectual Beauty)」에서 나온 것으로 짐작이 되는데, 셸리에 있어서 그러한 것처럼, 감각적 세계의 저 너머에 있는 정신적 아름다움, 플라톤적 이데아의 세계의 아름다

---

**8** Michael Polanyi, *Personal Knowledge*(University of Chicago Press, 1974), p. 133 et passim.

움을 지칭한다. 폴라니의 암시하는 바로는 케플러, 뉴턴, 래더포드, 아인슈타인 등의 과학적 정열을 지탱해 준 것은 플라톤적 이성, 누스의 세계에 대한 비전이다. 과학자에게 정열을 불어넣는 것은 실증적, 경험적 사실보다는 세계의 이성적 가능성인데, 이러한 가능성에 대한 믿음은 궁극적으로 플라톤의 이데아의 세계에 대한 비전에서 과히 멀지 않은 것이다.

이러한 이성의 세계에 대한 비전 또는 인식은, 적어도 가정(假定)에 있어서는, 객관적 세계에 관계되는 것이다. 말할 것도 없이 과학은, 또 모든 학문은 그러한 객관적 세계를 그 자체로 존중하는 마음에서 가능하다. 그런데 여기에서 방금 '마음'이란 말을 썼지만, 주의해야 할 것은 과학과 학문이 보여 주는 이성의 세계가 사람의 지적 정열의 대상이 된다는 사실이다. 다시 말하여 객관적 세계가 주관적 정열에 대응하여 나타나는 것이다. 과학의 지식은 이 두 요소가 합치는 데에서 성립한다. 폴라니에게 과학적 지식은 개인적 지식(personal knowledge)이다. 있는 그대로의 세계 — 그 것으로 드러나는 법칙적, 이성적 세계는 객관적 세계의 확인이면서 동시에 인간의 내면에 있는 이성의 확인이며 인간의 능력과 보람의 확인이다. 그리고 이러한 동시적 확인은 냉냉한 지적 인지 이상의 것이다. 사람들은 이 일치에서 황홀에 가까운 흥분을 경험하였다. 셸리는 지적 아름다움의 비전에서 빛나는 아름다움과 진리, 고양된 기쁨을 느꼈다. 그리고 "자신의 모든 힘을" 그것에 "다 바치겠다고 맹세했다." 이러한 고양은 과학자에서도 찾을 수 있다. 폴라니가 전형적인 예로 든 케플러의 경우가 그러하다. 그는 유성에 관한 법칙을 발견하였을 때의 느낌을 이렇게 썼다. "열여덟 달 전에 새벽이, 석 달 전에 밝은 낮의 빛이, 그리고 며칠 전에는 가장 경이로운 관조 앞에 태양 바로 그것이 환하게 비쳤다. 아무것도 나를 눌러 둘수 없다. 나는 성스러운 광증을 그대로 풀어놓겠다. 나는 세상을 비웃으며 고백하겠다. 이집트의 강역에서 멀리 떨어진 곳에 나의 신을 위한 절을 짓고자 이집트의 황금 꽃병을 훔쳤노라고."[9]


**3**


케플러의 말은 '황홀한 영교(ecstatic communion)'의 언어이다. 이것은 냉
철한 과학의 언어가 아니라 시적인 언어이다. 폴라니가 과학이 근본적으
로 개인적 지식이라고 말하면서 실증과학을 비판한 것은, 그것이 과학의
이러한 시적, 개인적, 인간적 차원을 보이지 않게 하기 때문이다. 현대 과
학의 시대에 와서 인문과학과 자연과학을 갈라놓고 있는 중요한 차이는,
순전한 지식의 종류와 범위에서 오는 거리를 논외로 하고, 세계관에 있어
서, 이 시적, 개인적, 인간적 차원을 얼마나 중요한 것으로 생각하느냐 하
는 것이라고 말할 수 있다. 자연과학의 객관주의의 패권 아래에서 열세에
몰린 인문과학이 또는 인문적 상상력이 시도한 것은 이 차원을 계속 주장
하거나 새로운 토대 위에서 정립하려는 것이었다. 제일 쉬운 것은 실증과
학 또는 그 에토스를 직접적으로 규탄 배격하고 삶의 여러 비과학적 요소,
비이성적 요소들은 이에 맞세우는 일이다. 그런 과학주의에 대한 인간적
차원의 옹호는 보다 학문적으로 이루어지기도 하였다. 자연과학의 객관적
이성에 대한 인문과학의 인간적 이성의 주장은 단순히 학문의 위계나 영
역에 대한 싸움이 아니다. 적어도, 인문적 입장에서 볼 때, 그것은 사람이
그의 요구와 능력에 맞는 세계 속에서 살 수 있느냐 하는 것에 대한 현실적
결정이고, 이 현실적 결정에서의 바른 인식의 문제이다. 그것은 인간이 스
스로의 능력을 일체적으로 활용하고 그 활용이 세계와 하나라고 생각할


---

9   Ibid., p. 7.

수 있느냐 하는 데에 관계되는 것이었다.

위에서 언급한 현상학은 해석학, 생철학, 문화과학 논쟁, 사회과학방법론 논쟁에서의 인문과학의 과학적 성격, 인간 이성의 본질의 문제를 주제로 하는, 특히 독일에 있어서의, 여러 위기적 문제의 지평에서의 한 답변의 시도이다. 현상학의 답변의 특이성은 그것이 과학적 이성에 대하여 그것을 부정하는 다른 어떤 이치를 내세우는 것이 아니라 그것의 보다 철저한 검토를 요구한다는 것이다. 후설은 과학자보다도 더 철저한 이성주의자였다. 적어도 그 관점에서, 과학과 과학 비판은 별개의 것이 아니었다. 위에서의 우리의 주장도 이미 되풀이하여 비친 바와 같이 과학과 과학 비판의 근원 또는 더 나아가 인문과학의 근본적 동기가 다른 것이 아니라는 것이었다. 후설의 과학주의 비판은 바로 이것이 분리되는 것을 위기로 의식하고 그것을 다시 회복하려는 노력의 표현이었다. 우리가 상기하게 되는 것을 후설에게 현상학의 이념이 단순히 학문적 방법론적 관심에서만 나오는 것은 아니었다는 사실이다. 그것은 실증주의적 과학의 잘못된 진리 인식으로 인하여 재래된 '유럽 과학의 위기' 또 '유럽 인간의 위기'에 대처하는 교정책으로 생각된 것이다. 이 위기는 이성의 지나친 확대에서 오는 것이라고 할 수도 있지만, 더 근본적인 의미에서는, 그 위축으로 인한 것이다. 후설의 생각으로는 르네상스 이후의 유럽의 발달은 인간 이성의 힘의 신장과 병행하였다. 이 이성은 인간의 가치와 사실, 윤리적 행동을 다 포함하는 것으로서 그 발달은 당연히 인간을 보다 높은 차원으로 끌어올릴 수 있는 것이었다. 그러나 실증과학의 발달은 객관적 사실 이외의 모든 것을 인간 이성의 영역 밖으로 몰아내어 버리고 인간의 가장 중요한 삶의 부분에서 이성적 지침을 빼앗아 갔다. 현상학적 반성은 실증 과학의 검토되지 아니한 전제들을 새로이 검토하고 더 근원적인 반성을 통하여 진리의 전체성과 균형을 돌이키고자 했고 이것이 유럽 문명의 건강을 위하여 필요한 일이라고 보았다.

　현상학적 반성의 기본적 발견의 하나는 객관적 과학의 밑에 들어 있는 주체이다. 객관적 대상은 이 주체의 대상화를 통하여 등장하는 것이다. 물론 여기에서의 주체는 심리적인 개인이 아니라 '선험적 주체성'을 말하는 것이지만, 어느 경우에도 이 주체의 발견이 말하여 주는 것은 객관적 세계가 있기 전의 근원적 현상 속에 이미 주체적 요소가 작용하고 있다는 것이다. 이성 — 그것이 과학의 실증적 이성이든 아니면 다른 어떤 것이든, 이성도 이 주체의 업적이다. 후설의 주체성의 발견은 반드시 포괄적 인간 이성의 권위를 회복하여 주는 것은 아니지만, 인간의 주체적 활동이 세계에 대하여 이질적 존재가 아니라는 것을 확립할 수 있게 해 준다. 그리고 이성도 주체적 활동의 일부라는 것을 확인하여 준다. 그런데 실증적 이성 속에서 또는 '자연적' 태도에서 우리는 이것을 잊어버리는 것이다. 이것이 후설의 생각으로는 유럽의 위기의 핵심을 이루는 것이었다.

　오늘에 있어서 과학 비판은 수없이 많다. 그것은 과학의 단순한 인간성 왜곡에 대한 비판에서 시작하여 그것의 전적인 배격으로 나아갈 수도 있고 또는, 후설의 현상학의 경우처럼, 과학의 자기 망각과 그 자기 각성의 필요를 역설하는 것일 수도 있다. 그러나 오늘날 더 많은 비판은 앞의 입장을 취하는 것이다. 그리고 그것은 과학 기술의 배격과 함께 그것을 무반성적으로 수용하는 태도와 공존하는 것일 수 있다. 즉 과학적, 객관적 태도에 대신하여 또는 그것에 추가하여 인간적 가치를 옹호하면 된다고 생각하는 것이다. 그러나 어떤 가치를 옹호할 것인가? 자의적인 근거로 선택되고 옹호되는 가치의 엄청난 결과는 그것이 정치적인 이데올로기와 결합되었을 때의 경우를 살펴보면 곧 알 수 있다. 이성적으로 중재될 길이 없는 무서운 정치적 투쟁은 가치의 투쟁이기도 한 것이다. 이러한 문제에 부딪쳐서 차라리 막스 베버가, 「직업으로서의 학문」, 또 다른 여러 곳에서 설파한 바와 같이 가치의 문제에 있어서는 (또 의미의 문제에 있어서는) 과학적 기준이 없다고 말하는 것이 학문적 양심에 벗어나지 않는 일이라 할 수 있다. 그것은 적어도 다른 부분에서의 이성과 객관성의 기준의 존재를 확인하고 그것을 넘어서서 가치의 투쟁을 완화할 수 있는 합리적 조정의 방책을 고안해 볼 수 있게 한다. 그리고 베버의 경우에 그러한 것처럼, 이성의 한계의 인정은 비록 그 힘이 제대로 미치지 못하는 영역이 있음을 인정하면서도 합리성의 필요성을 버리는 것은 아니다. 아니면 적어도 그것은 가치의 상대성을 인정하기 때문에 가치의 투쟁을 완화할 수 있다.

그러나 후설의 현상학적 반성은 이러한 이원적 입장이 불러일으키는 고뇌를 해소하려는 것이었다. 그는 (초기에 베버와 같은 입장을 취했으나) 위에서 이미 말한 바와 같이 서구에 있어서의 이성이 사실의 세계와 함께 가치와 의미를 포괄하는 것이었음을 또 포괄할 수 있는 것임을 상기시키려고 하였다. 그러나 이것도 이미 위에서 말한 바이지만, 자의적인 가치를 학문적 성찰에 도입함으로써가 아니라 과학보다도 더 철저하게 '사물 자체에로(zu den Sachen selbst)' 돌아감으로써 그렇게 하려 하였다. 적어도 그의 생각으로는 과학적 태도를 버리는 것이 아니라 그것을 더 철저히 하려는 것이었다.

여기서 내가 하려는 것은 현상학의 옹호가 아니다. 인간의 문제, 도덕의 문제에 있어서는 과학적 기준이 있을 수 없고 (각자가 절대적인 것으로 받아들이고 있는) 인간적 가치를 도입하는 문제만이 있다는 생각이 팽배해 있고 그러한 생각이 인문과학적 노력의 많은 부분을 이데올로기가 되게 하고 있는 것이 오늘의 우리의 일반적 사정이다. 여기에 대하여 후설의 경우는, 우리가 그에 동의하든지 안 하든지 과학 비판이면서 학문적 엄밀성을 버리지 않는 입장의 예로서의 의미를 갖는다. 엄밀한 학문의 기준을 지키려는 노력은 후설의 경우에 분명하지만, 그것 없이는 어떤 경우에나 학문이 성립

할 수는 없다. 가령 현상학적 인문과학의 경우에 오스트리아 현상학자 슈
테판 슈트라세(Stephan Strasser)의 그러한 학문의 요건에 대한 주문에서도
경험과 그것에 대한 이성적 반성의 요구 ── 경험과 이성은 과학의 두 원리
이다. ── 는 두드러진 것이다. 우선 그는 현상학적 반성의 필요를 인정하면
서도 그러한 요청이 현실적으로 경험적 인간 과학에서 수용될 가망은 별로
없다는 것을 인정한다. 그리고 어떤 경우에도 경험과학이 새로운 학문에
의하여 대치될 수는 없는 일이다. 현상학적 반성의 주 기능은 경험과학에
대하여 비판을 수행하는 일에 있다. 비판적 개입은, 슈트라세의 의견으로
는, 두 지점에서 효과적으로 이루어질 수 있다. 하나는 인간 현상에 대한 탐
구에 있어서 그러한 탐구가 참으로 경험에서 ── 후설의 말로 '사물에서 먼
(sachferne) 의견'이 아니라, 가령, 이론, 가설, 모델 등이 아니라, 진짜 경험에
서 시작하게 하는 일이다. 두 번째로는 탐구 해석, 이론, 모델 등을 통한 설
명을 만들어 나갈 때에도 그러한 것들이 진짜 경험의 테두리를 벗어난, 밖
으로부터 도입되는 모델에 의하여 왜곡되지 않도록 하는 일이다.[10] 다시 말
하여, 인문과학의 기준도 어디까지나 경험의 사실과 그것의 형식화 ── 합
리성의 원칙에 따른 형식화이다. 다만 현상학적 인문과학은 경험과학보다
경험에의 충실성, 그 이성적 정합성을 더 철저하게 생각할 뿐이다.

　이러한 고찰은 과학과 인문과학의 뿌리가 하나임을 다시 확인하는 일
이다. 자연과학은 그 사실성에 몰입하여 그 자신의 근본 또 인간적 의의를
망각할 수 있다. 이것은 인문과학의 과학 비판 또 그 인간 현상에 대한 넓
은 성찰로 교정되어야 할 것으로 말할 수 있다. 그러나 어떻게 보면, 자연
과학이 참으로 그 근본적 학문적 충동에 충실한 한, 인문과학은 오히려 거

---

**10** Stephan Strasser, "Phenomenology and the Human Sciences" [Excerpt from *Phenomenology and the Human Sciences*], *Phenomenology*, ed. by Joseph J. Kockelmans(New York: Doubleday Anchor Books, 1967), p. 528.

기에서 배워야 할 것이 더욱 많은 것으로 보인다.

인문과학이 과학에서 배워야 한다는 것은 강조할 필요가 있다. 자연과학의 문제가 인간적 가치와 의미를 망각하기 쉽다는 데 있는 것처럼 말하였는데, 사실 그러한가? 위에서도 언급한 브로놉스키는 『지식과 상상력의 근원』 또 『과학과 인간 가치』에서 오늘의 정치와 사회가 잘못되었다면 그 것은 그것이 충분히 과학의 윤리에서 배우지 못하였기 때문이라고 말한다. 과학에는 과학의 윤리가 있다. 이 윤리는 과학에 장식으로 추가된 것이 아니라 과학이 성립하기 위한 조건이다. 과학은 모든 점에서 진실되어야 한다. "과학을 하는 데서 진리의 개념은 모두 세부에까지 절대적이다. 좋은 수단과 좋은 목적의 구분이 있을 수 없다." 이것은 신뢰의 기본이다. 과학은 과거의 과학자와 당대의 과학자에 대한 신뢰가 없이는 존재할 수 없다. 이 신뢰는 과학적 진리에 대한 신뢰라기보다는 과학하는 절차와 사람에 대한 신뢰이다. 잘못을 했을 때 뇌물을 주고 협박을 하고 해서 감출 도리가 없는 것이 과학의 세계이다. 이 신뢰가 어떠한 복합적 관계 속에서 생겨나는 것이든지 간에, 그것으로부터, 상호 존중, 고려, 너그러움과 같은 덕성도 생겨난다. 이러한 것이야말로 도덕적 인간의 품성들일 뿐만 아니라 다양하면서 보다 나은 것으로 발전하는 민주적 사회를 지탱하는 덕성들이다. 그리하여 브로놉스키는 말한다. "민주주의는 과학과 같은 방법으로 성공한 국가 조직의 원리이다. 그렇다는 것은 그것이 끊임없는 자기 변신을 할 수 있다는 점에서이다. 이것은 과학의 방법, 즉 절대적 정직성과 도덕성을 통해서만 가능하다."[11]

과학이 도덕과 도덕적 정치의 근본이 될 수 있다는 생각은 19세기 말에서 20세기 초에 여러 사람에 의하여 생각된 것으로 그중에도 미국의 사회

---

**11** Jacob Bronowski, op. cit., Ch. 6, "Law and Individual Responsibility".

학자 베블런(Thorstein Veblen)의, 엔지니어가 정치를 맡아야 된다는 생각 같은 데에 가장 단적으로 표현되었다. 브로놉스키는 이러한 전통을 다시 확인하고 있는 깃이다. 그리고 이것은, 특히 모든 인문적 담론이 이데올로기로 타락하기 쉬운 오늘의 시점에서, 극히 그럴싸한 것으로 보인다. 그러나 다른 한편으로 과학이 단편적이고 편협한 관심에 빠져 또는 그러한 관심에서 나온 스스로의 생산성에 빠져 더 큰 인간적 콘텍스트를 잊어버릴 수 있다는 것도 부정할 수는 없는 일이다. 그것은 과학이 너무나 직접적으로 기술에 봉사하고 경제적, 공리적 이해관계에 예속될 때 일어나기 쉬운 것이다. 그런데 이것은 과학이 정치와 산업과 일체가 되어 돌아가는 20세기 후반의 과학 기술 문명의 상황에서 더욱 그러하다. 과학의 인간적 가능성에 대한 무한한 신뢰를 표명하고 있는 브로놉스키도, 위에서 언급한, 같은 자리에서, 미국의 과학의 연구가 정부와 산업의 자금에 지나치게 의존하고 있는 데에 대하여 우려를 표명하고 있다. 하여튼 이러한 시점에서 과학의 윤리성, 인간성을 너무 신뢰할 수는 없다. 그것은 어느 때보다도 비판적 이성의 보완을 필요로 한다.(과학이 기술과 산업 그리고 정치에 의존하는 것이 그 자체로 잘못되었다는 것은 아니다. 기술이나 산업이나 정치는 그 나름의 정당성을 가지고 있다. 또는 인간의 행복이라는 관점에서 볼 때, 기술은 과학보다, 산업은 기술보다, 정치는 산업보다 중요하다고 할 수도 있다. 그리고 이것들이 상호 의존은 필요하고 또 상호 의존은 각각의 분야를 위한 시너지(synergy)를 발생하게 할 수 있다. 나는 이러한 분야들 사이의 관계를 생각하는 데에 하나의 비유로서 기어 장치 같은 것을 생각해 볼 수 있지 않나 한다. 그것들은 각각 독립해 있으면서 어떤 기어를 통하여 직접적으로가 아니라 간접적으로 연결되어야 한다. 그러나 이러한 각 분야를 함께 연결할 때 더욱 필요한 것은 인문적 반성 — 인간의 가치와 의미의 관점에서의 총체적 반성이다. 여기에서 나는 기술이 도덕과학에 속해야 한다고 말한 폴 굿맨(Paul Goodman)의 말을 상기하고 싶다.)

## 4

과학 기술의 발전과 관련해서 인문과학이 무엇을 할 수 있는가? 여기에 대한 답변은 위의 여러 고찰로부터 어느 정도 도출해 낼 수 있다. 오늘의 과학과 기술이 국제적 연관 속에서 발전하고 오늘의 산업이 국제적 경쟁 속에 있는 한, 인문과학은 여기에 필요한 지식과 훈련을 생산 공급할 수 있다. 그것은 어학 기술 그리고 다른 사회에 대한 지식을 포함한다. 인문과학은 학생들이 과학 기술을 학습하게 하고 일반적으로 여론이 과학에 호의를 가지게끔 하는 상상적 구성물과 수사적 설득을 준비할 수 있다.

그러나 위에서 가장 역점을 두어 주장한 것은 독창적이고 창조적 과학은 외부적 목적에 봉사함으로써가 아니라 그 자체의 값에 대한 믿음과 스스로의 정열로 움직일 때 가장 번성한다는 것이었다. 이것은 자연과학과 인문과학이 공유하고 있는 동기의 맥락이다. 그러나 얼핏 보아 창조적 자유의 표현의 전형은 인간의 인문적 노력에서 더 쉽게 나타나며 또 더 많은 사람에게 접근 가능한 것으로 생각된다. 그리하여 그것은 진정한 의미에서의 과학의 성장에 토양이 될 자유와 창조의 분위기를 조성하는 데에 한 역할을 할 수 있다. 그러나 이러한 논리는 인문과학이나 자연과학에 다 같이 필요한 정신의 자유를 말하면서도 대체로 그 필요의 근거를 궁극적인 유용성에서 찾는 일이 된다. 위에서 강조한 다른 요점의 하나는 과학이나 인문적 업적이 드러내 주는 것이 단순히 진선미의 가치라는 것이다. 그것은 그것 자체로 값진 것이다. 그것은 사람의 삶을 살 만한 것이 되게 한다. 그러나 동시에 진선미의 고양이 그 부산물인 양 과학과 학문을 발달하게 하고 또 그것을 통하여 기술과 산업의 발달에 기여하게 될 것임을 부정할 필요는 없다.

여기에 더하여 과학에 필요한 정신적 풍토를 다시 한 번 구체적으로 언급하는 것이 좋겠다. 과학은 그 자체로 진실성, 정직성, 상호 존중, 너그러움 등의 덕성에 깊이 관계되어 있다는 것은 위에서 언급하였다. 거꾸로 이러한 덕성이 없는 곳에서 과학이 발달하기 어렵다고 할 수도 있다. 이러한 덕성은 사회와 문화의 특성이 될 수 있는 것인데, 사회와 문화에서 이것을 의식적으로 옹호하는 의무를 가지고 있는 것은 인문과학이라고 할 수 있다. 인문과학은 어떤 용법으로는 도덕과학과 같은 것이다. (존 스튜어트 밀은 인문과학을 뜻하면서 도덕과학이라는 말을 썼다. (moral science의 moral은 우리말의 도덕보다는 넓고 일반적인 의미를 가지고 있다.)) 이런 면에서의 인문과학의 임무 수행은 과학의 발전에 도움을 줄 수 있다. (그러면서 이 도덕적 문화의 옹호가 어떤 학문적 노력으로만 이루어질 수 있는 것이 아님은 말할 필요가 없다. 오늘날 인문과학이나 자연과학은 다 같이 학문적 번영을 위하여 필요한, 도덕적 풍토의 부재를 병으로 앓고 있다고 할 수 있다.)

자연과학이나 인문과학의 발전을 논하면서 우리는 마치 그것이 단순히 철학적 반성이나 정의의 문제인 양 이야기하였다. 그러나 학문의 진흥에 경제적 지원이 절대적 중요성을 가지고 있음은 너무나 자명한 것이기 때문에 오히려 언급되지 아니하였다고 할 수도 있다. 우리가 이야기한 것은 주로 정신의 자유였다. 그러나 오늘과 같은 경제의 시대에서 자유가 단순히 정신의 산물이 아님은 주지의 사실이다. 자유는 자유를 가능하게 하는 수단이 없이는 별 의미를 갖지 못한다. 희랍 로마 시대에 자유인이란 자산가를 뜻하였다. 영어에서 인문과학의 다른 이름인 자유 기예(liberal arts)는 자유인, 자산가의 아들들(libri)의 기예를 뜻한다. 이것은 인문과학이 유한 계급의 학문이라는 말이다. 이 사실을 지적하는 것은 오늘날 인문과학이나 자연과학이(고전적인 뜻에서는 자연과학도 자유과학의 일부이다.) 유한 계급의 학문이어야 한다는 것이 아니라 이러한 학문의 발전에 경제적 기반이 필수적이라는 사실을 상기하자는 것일 뿐이다.

그리고 이 학문의 발전은 모든 사람을 위해서 필요한 것이다. 학문은 사람 사는 큰 보람의 하나임에 틀림이 없기 때문이다. 이것은 지당한, 그러니만큼 진부한 말이지만, 이러한 진부한 이야기는 오늘에 다시 말할 가치가 있다. 파스칼은 사람의 문제는 방 안에 가만히 남아 있을 수 없다는 데에 있다는 내용의 재담 비슷한 말을 한 일이 있는데, 이것은 필요 이상의 에너지를 가지고 있는 것이 사람의 중요한 특징임을 지적한 말로 생각된다. 산업의 발달은 점점 많은 사람으로 하여금 기본적 의식주의 문제를 해결하는 데에 점점 적은 시간, 점점 적은 에너지를 사용해도 될 수 있게 하였다. 그런데 남아도는 에너지는 어떻게 할 것인가? 그것은 보다 많은 소비와 오락과 폭력놀이에 전용되기 쉽다. 그러나 아마 잉여의 에너지를 흡수할 수 있는 가장 좋은 대상은 예술과 학문일 것이다. 자연스러운 상태에서 두 가지 현상은 다 같이 일어난다. 그러나 문화적 사회에서일수록, 한편으로 생물학적 필요의 고른 충족이 쉽게 이루어지고, 다른 한편으로, 여가의 시간과 에너지와 자원은 학문과 예술에 쓰이는 것일 것이다. 그리하여 그 창조의 기쁨과 지적 정열 그리고 세계의 지적 아름다움과의 황홀한 영교에 더욱 많은 사람들이 참여하게 되는 것일 것이다. 우리가 과학과 인문과학 또는 학문의 독자적 가치를 말하는 것은 학문하는 사람의 이익만을 아전인수로 옹호하는 것이 아니다. 그것은 모든 사람의 삶이 보다 높은 보람의 삶이 될 수 있음을 말하는 것이다.

(1992년)

# 과학 기술과 그 문제들

복합적 평형 체제를 향하여

## 1

사람 사는 곳이라면 어떤 종류의 것이든지 과학과 기술이 없을 수는 없다. 그러나 세계의 현대사를 만들어 내고 오늘의 세계를 움직이고 있는 과학과 기술은 서양에서 연유한 서양의 과학이다. 그것의 연원은 17세기 유럽의 과학의 발달에서 찾을 수도 있고 또는 다른 어떤 곳, 고대 그리스나 르네상스에서 찾을 수도 있다. 그러나 보통 사람이 느끼는 과학과 기술의 충격은 그것이 가져온 새로운 형태의 사회, 흔히 산업 사회라고 부르는 사회 속에 살게 됨으로써다. 우리나라에서 과학과 기술 또는 과학 기술을 하나의 충격으로 그 존재를 의식하게 된 것도 소위 근대화라고 불리는 산업화가 급격히 진행된 1960년대 이후의 일이다. 이 충격은 과학 기술의 경이로운 업적으로 인한 것이기도 하지만, 문제를 야기할 수도 있다는 이중적 성격에서 기인한다. 과학 기술의 문제에 대한 반성이 새삼스레 요청되고 있는 것도 이러한 점 때문일 것이다.

말할 것도 없이, 그것이 문제로 여겨진다고 해서 근대화 또는 산업화로 표현되는 과학 기술 일체가 우리에게 문제성 있는 것으로 경험되는 것은 아니다. 현대적 과학 기술을 산업에 이용하자는 것이 문제를 만들려는 의도가 아니었음은 말할 것도 없다. 그것은 적극적으로 추구되어야 하는 긍정적 목표였다. 거기에서 오는 결과가, 그것의 가치를 어떻게 평가하든지 간에 우리가 오늘날 누리고 있는 부인할 수 없는 물질적 풍요다. 이는 단순한 풍요 이상의 의미를 가지는 것이다. 과학 기술과 산업 발전은 인간을 빈곤과 질병으로부터 완전히 해방시키지는 못했어도 적어도 그 가능성을 크게 하였다. 더 일반적으로 그것은 인간을 자연과 운명의 억압적 한계로부터 해방하여, 인간 행위의 가능성을 전대미문의 규모로 확대하였다. 어쩌면 더 중요한 것은, 산업화의 근본 원리라고 할 수 있는 이성이 인간의 정신을 보다 자유롭게 한 것일 수도 있다. 그리하여 자유로운 정신은 인간의 위엄을 높이고 보편적 인간성의 이념을 깨우치고 세계의 경이로움에 대한 느낌을 증진시켰다. 이는 과학의 계몽적 동기에 기인하기도 하지만, 우리가 물질의 힘의 증가에서 발견한 것은 그 자체가 그대로 정신의 범위를 확대한다는 것이다. 이제 과학 기술 또는 산업화가 인간의 삶의 문제를 해결해 준다는 이러한 긍정적 결과와 더불어, 동시에 문제를 만들어 낸다는 것을 우리는 깨닫게 되었다. 이 문제에 대한 각성이 늦어졌다고 한다면 그것은 단순히 우리만의 경우가 아니고 세계적으로 마찬가지라고 할 수 있다. 그러나 그것이 우리에게 위안이 될 수는 없는 일이다. 어쨌든 오늘날 우리는 한편으로 산업화의 업적을 부인하지 못하면서 또 그보다 철저한 추진을 원하면서, 다른 한편으로는 그 부정적 작용 ─ 사회질서의 파괴, 인간관계의 황폐화, 전통적 가치의 붕괴, 그리고 무엇보다도 직접적으로 느껴지는 자연환경의 파괴 ─ 을 심각한 위협으로 실감하기 시작하였다. 그리하여 여기에 대하여 여러 가지 반성이 나오기 시작하고 있는 것이다.

과학 기술 또는 산업화의 문제점들은 우리에게 과학과 기술, 산업 문명 전체를 새로운 회의와 검토의 대상이 되게 한다. 그리하여 우리는 산업 발달 이전의 사회를 새삼스러운 향수로 되돌아보고 이 발달에 주된 동력이 된 과학과 기술, 또 거기에 움직이고 있는 근본 원리로서의 이성에서 매우 수상쩍은 이데올로기적 기능을 인지하기도 한다. 산업 문명에 대하여 그 이전의 세계를 생각해 보는 것은 그 나름대로 의의가 있는 일이다. 어쩌면 산업화는 인간 역사가 잘못 접어든 골목일는지도 모른다. 그러나 문제는 산업 문명 또는 농업 문명, 또는 더 소급하여 구석기 시대의 채취 수렵 경제 어느 쪽이 좋은 것이냐 하는 것보다도, 우리의 선택을 넘어서서 우리가 이미 산업 문명에 빠져나가기 어렵게 말려 들어가 있다는 것이고, 설사 거기에서 빠져나갈 궁리를 하더라도 커다란 재난을 각오하지 않는 한 그 방법은 또한 그 나름으로 과학과 기술에 의존하는 것일 수밖에 없다는 것이다. 오늘 우리가 부딪친 문제를 헤아려 나가는 데 있어서는 이성적 사고와 토의가 필요하며, 또 거기에서 나오는 문제 해결 방법은 급진적 산업화로부터의 후퇴 경우까지도 적절한 산업 기술의 발명과 그 응용에 의존하는 것이 쉬울 것이다. 그러나 더 적극적으로 과학 기술이 가져오는 혜택은 너무나 명백하다. 이것은 우리가 산업화로 얻은 물질적 풍요보다도 산업화를 이룩해 내지 못한 소위 제3세계 여러 나라의 고통에서 드러난다. (제3세계가 겪는 빈곤과 고통의 근본 원인이 선진 산업 국가들이 강요한 저개발화에 있다는 것은 일리가 있는 말이지만——가령 군더 프랑크(Gunder Frank) 등의 종속 이론들, 그 원인이 어디에 있든 저개발의 현실이 부과하는 고통은 오늘의 세계에서 너무나 절실하다.) 현실적인 관점은 과학 기술 문명의 전면적 부정보다는 그 문제점의 점진적이고 계속적인 수정이며, 그것을 위한 비판적 반성일 것이다.

**2**

과학 기술과 그것을 바탕으로 하는 산업 문명의 문제는 여러 가지 요인에서 생겨난다고 할 수 있다. 어떻게 보면 그것은 자기모순 또는 과도함에서 오는 것이다. 좋은 것으로 시작된 산업상의 어떤 발전이 너무나 쉽게 그반대의 것으로 바뀌어 버리는 것을 우리는 본다. 사람의 기동력을 한없이 증대해 주는 자동차가 결국 사람의 이동 문제를 더욱 복잡하게 하고 대기를 숨쉬기조차 어렵게 만드는 것은 당초에 예상할 수 없었던 것이다. 녹색혁명을 가져오고 새로운 풍요를 예언하게 했던 종자의 개량이 농산물의 잉여를 초래하여 농업을 존폐의 위기에 처하게 만든 한 요인이 되리라는 것도 미리 내다볼 수 없던 일이었다. 대체로 생활의 편의를 증가시키는 것으로만 생각되던 화석 연료, 농업에서의 화학 물질의 사용, 자연 수림 지대의 개발 등은 사람의 생존 자체를 위협하는 것으로 바뀌게 되었다. 또는 점점 더 넓은 지역의 사람들을 하나로 묶어 놓게 된 산업의 발전은 한편으로는 인간의 보편적 의식을 넓히면서, 다른 한편으로는 인간 생존의 기본적인 틀을 이루는 가족, 혈족 집단, 공동체 등을 파괴하고 개인과 개인, 집단과 집단의 긴장을 격화시키고 국제적으로는 제국주의적 갈등을 가져오게되었다. 또 인간 이성의 발달은 인간을 전통적 가치에서 분리시키고 정서적 욕구를 억제하여 소외 속으로 고립시켰다. 이러한 부정적인 결과는 의도된 것은 아니었기 때문에, 하나를 알되 둘은 알지 못하고, 하는 일이 가져올 결과를 예상하지 못하며, 부분을 알되 부분이 모여 이루는 전체를 알지 못하는 인간 능력의 한계에 기인하는 것으로 말할 수도 있다. 여기에서 우리가 필요로 하는 것은 한편으로는 인간의 능력에 대한 보다 겸손한 태도고 다른 한편으로는 이 한계를 계속적으로 넓혀 가는 일이다.

이렇게 말하는 것은 과학 기술의 한계는 그 자체의 한계라는 것이다. 그러나 그것은 그 자체로서가 아니라 다른 요인과의 결합을 통하여 발전하며 또 그것에 의하여 제약된다. 그중 가장 큰 요인은 오늘의 과학 기술과 산업을 규정하고 있는 자본주의다. 문제의 근본이 과학 기술의 자기모순이라면, 그 극복에 필요한 것은 부분과 부분의 이성적 연결이며 그것들이 이루는 전체의 예상과 통제다. 그러나 흔히 지적되는 점은 자본주의의 근본적 무질서성 — 하나의 체계이면서 이성의 총체적 통제를 거부하는 자본주의의 무질서성 — 으로 인하여 그것이 불가능하다는 것이다. 그러한 비이성적 성격, 무질서성은 자본주의의 구체적 실천의 원동력인 이윤 추구에 표현되어 있다. 자본주의 체제 아래서 과학 기술은 인간적 목적을 위해서라기보다는 이윤 추구의 수단으로 사용되고, 어떤 경우 그것은 다시 이윤 추구에 얽혀 있는 억압과 침략에 능률적인 수단으로 사용될 수도 있다. 그리하여 이윤의 추구는 인간적 목적의 추구에 앞설 수가 있는 것이다. 이윤의 경쟁적 추구가 그 자체는 별로 나무랄 것이 없고, 또 결과적으로 자본주의 경제학에서 말하듯이 개인적으로나 국가적으로 부의 증진을 가져온다고 말할 수도 있다. 그러나 그런 경우라도 그 추구 방법이 경쟁적이기 때문에, 깊이 있는 인간관계를 파괴하고 또 사물에 대한 인간의 관계를 삭막하게 하는 것은 사실이다. 이것은 계급 간의 갈등뿐만 아니라 모든 사람과 사람 간의 갈등과 투쟁을 조장하게 마련이다. 단순히 기술 발전 촉진제로서 자본주의의 역할을 보더라도 그 체제 아래서의 산업 기술의 발전이 반드시 대국적 의미에서 인간의 복지에 기여하는 것이냐에 대해서는 의문을 가질 수 있다. 가령 오늘날 산업 사회에서 생활 기기의 보급 그리고 그 계속적인 경쟁적 발전이 삶의 질을 진정으로 향상하는 데 이바지하는 것이라고 말하기는 어려운 바가 있다. 오늘의 세계가 가지고 있는 하고많은 문제를 생각할 때, 텔레비전 화면의 질을 조금 더 높이고 비디오 기기에 몇 개의 기능을 더 첨가하고 컴퓨터 게임을 개발하는 등의 일이 참으로 의미 있는 일일 수 있는가. 그러나 문제는 이러한 물질적 발전이 삶의 질을 저속화하고 졸렬하게 한다는 데 있는 것이 아니다. 이러한 발전이 결국 누적되어 지구 환경의 황폐화를 가져온다는 데 있다. 게다가 오늘날, 일단은 불필요한 것으로 보이는 이러한 물질적 발전은 현대의 종교인 국가주의, 민족주의와 연결되어 국가 정책으로 추진되고 있다. 또 오늘날 선진국의 자본주의는 제국주의적 성격을 갖는다고 말하여진다. 끊임없는 무역 경쟁은 물론이려니와 가공할 무기의 경쟁이 여기에 연결되어 있는 것이다. (《과학 사상》1992년 봄호에 게재된 김남두 교수의 논문 「인간과 과학」 중 중요한 부분이 과학 기술의 자본주의적 왜곡에 관한 것이었다.)

산업 문명의 문제들이 물론 자본주의에만 기인하는 것은 아니다. 위에서도 말한 바와 같이 그것은 인간 능력의 한계와 관련되어 일어난다. 위에 든 예에 추가하여, 말라리아 모기를 비롯한 해충들을 없애는 더할 나위 없이 고마운 시혜자로 등장한 DDT가 새들을 죽이고 해충을 번창케 하며 식물과 산천을 오염하여 사람을 병들게 하리라고 누가 예상할 수 있었는가. 또는 자동차나 일반 냉방 기기의 냉방 원료인 프레온 가스가 숨쉴 수 없는 공기를 만들고 대기의 구성을 변화시켜 암을 유발하고, 생명체에 대한 일반적인 위협이 될 것을 누가 미리 짐작할 수 있었을 것인가. 또는 문명이 필요로 하는 에너지의 문제를 영원히 해결해 줄 것으로 보이던 핵에너지가 생명과 환경에 가장 무서운 위협으로 보이다가, 그래도 핵에너지의 위협은 화석 원료가 가져오는 대기 오염의 총체적 결과보다는 낫다는 견해가 다시 등장하는 것을 우리는 본다. 그러한 우여곡절은 최선의 과학적 예상도 확실한 것일 수가 없다는 것을 말하여 준다. (최근의 로마 클럽 보고서는 핵에너지의 위험이 화석 연료의 계속적 사용보다 오히려 더 위험한 것일 수도 있다고 말하고 있다.)

그러나 자본주의는 인간 능력으로는 어쩔 수 없는 제한을 더 심화시키는 역할을 한다. 어떤 기술적 발전은 불필요하게 자본의 단기적 이익에 의해 조장되고 또 어떤 기술이나 발명은 자본의 이해로 인하여 그 막대한 피해가 알려진 이후에도 쉽게 시정되지 아니한다. 작금에 낙동강에 방류된 페놀 사건은 인간의 예견 능력과는 별 관계가 없는 자본의 문제인데, 사실 많은 환경 문제들은 흔히 자본의 문제인 것이다. 자본의 이해 때문인지 인간의 단기적 안목 때문인지 분명하지 않지만, 오늘의 자본주의적, 또는 그것이 어떤 종류의 것이든지 간에 모든 발전론은 부분과 전체의 모순을 해결하지 않는다고 말할 수 있다. 오늘의 모든 발전론은 유한한 체계인 지구에서 무한한 발전이 가능한가라는 근본적 질문에 대해 답변을 피하고 있다.


### 3


그러나 다른 한편으로, 보다 전체적이고 미래 예측적인 발전의 계획이 그리 가능한 것도 아니다. 적어도 이론적으로는 그것의 바탕이 되어 있는 합리주의에도 불구하고, 자본주의의 복판에 자리하고 있는 깊은 불합리와 우연을 극복한 체제임을 표방한 대체 체제의 현실은 이러한 문제에 대한 쉬운 답변을 불가능하게 한다. 구소련과 동구권의 붕괴는 그쪽의 실상을 많이 알려지게 하였거니와, 서방 저널리즘의 과장과 편견을 참고한다고 하더라도 그것은 조금도 나을 것이 없는 것은 물론이고 그것은 모순과 비능률의 덩어리로 알려지고 있다. 그곳의 환경 오염 상태도 지역에 따라서는 서방 세계보다 더 심각한 것으로 보인다. 그런 데다가 사회주의는, 삶의 진정한 필요에 관계없는 소비재 문제를 빼놓더라도, 주택과 식량 그리고 적정 수준의 인간적 편의를 위한 물품을 쉽게 생산 공급할 수 있는 경제 체제를 만들어 내지 못했을 뿐만 아니라 억압과 부패 그리고 전쟁의 문제도 해결하지 못한 것이다.

어떤 경우에나, 지나치게 거시적인 개념들이 얼마나 설명 능력을 지닌 것인지는 불분명하다. 가령 오늘의 산업 문명의 문제를 이해하는 데 자본주의라는 개념 하나로써 충분한 것인가? 이에 대한 답변은 자본주의 국가들이라고 하지만 각국이 부딪치는 문제가 같지 않다는 사실에 비추어 생각되어야 할 것이다. 다른 여러 문제들의 경우나 마찬가지로, 산업 문명의 문제들을 이야기하면서 모든 것을 그 탓으로 돌리는 것은 지나친 단순화일 가능성이 크다. 우리나라에서 자본주의를 이야기할 때에는, 우리 사회의 사정을 확대하여 하나의 이론적 모델로 확대하고 이것으로 자본주의 경제에 의존하는 모든 사회의 실상과 문제를 이해하려는 경우가 많지 않나 싶다. 그리하여 문제 중 어디까지가 우리가 가지고 있는 복합적인 요인의 특수한 결합에 의한 것이며, 어디까지가 자본주의의 필연적인 결과인가를 구분하여 보지 않는 경향이 있다. 자본주의도 대체적인 공통점을 가지면서도 세부적으로는 나라마다 지역마다 다르며 그러니만큼 그 문제가 삶의 질에 관계되는 양상도 다르다는 것을 잊어버린다.

대체로, 특이한 것은 선진 자본주의 국가일수록 자본주의의 여러 문제 즉 환경, 사회질서, 복지, 가치에 있어서 덜 위기적인 상황이라는 것이다. 이는 세계 자본주의 체제에서 이들 소위 선진 자본주의 국가가 차지하고 있는 패권적 위치 덕분이며 바로 그로 인하여 자본주의의 모순을 주변부에 떠넘길 수 있기 때문이라는 주장이 불가능한 것은 아니다. 그렇더라도 세계 자본주의 체제가 반드시 무력적 수단에 의해서만 강요되는 것이 아닌 한 — 그런 경우도 있는 것은 사실이나 — 그 안에서의 운신의 폭이 전혀 없지는 않다. 그리고 이 폭을 가능케 하는 것은 상당히 복합적 요인의 작용과 균형이다. 그렇기는 하나 후발 자본주의 사회 또는 저개발 국가에서 보다 인간적인 삶의 조건을 확보하기 위해서 무엇이 가능하고 무엇이 불가능한가를 쉽게 말할 수는 없다. 그러나 환경과 인간관계 그리고 가치에 있어서보다 문제가 적은 것으로 보이는 사회에서, 그러한 상태를 가져온 것이 자본주의라는 하나의 원인이 아닐 것이다. 그러한 사회에는 자본주의적 동인 외에도 여러 동인들이 작용하고 있고, 이러한 요인들의 상호길항과 균형이 만들어 낸 어떤 체계가 사회의 특징을 이루고 있는 것이 아닌가 한다. 어떤 경우에나 사람의 삶은 개인적으로나 집단적으로나 극히 복합적인 것으로서 하나의 필요, 하나의 원리에 의하여 영위되는 것은 아닐 것이다.

소위 선진 자본주의 국가에 있어서, 민주주의 법에 의한 통치는 자본의 무자비한 이윤 추구를 어느 정도의 테두리 속에 매어 두는 작용을 할 것으로 생각된다. 법은 일단 민주적 질서 속에서의 힘의 균형에 의하여 보장된다고 할 수 있다. 가장 단순한 의미에서의 민주주의란 이익의 상호 억제와 균형에서 나오는 사회 체제를 말한다. 거기에서 사람들은 자신의 이익을 적극적으로 추구하기도 하고 자기 이익의 표현을 억제받지 않음으로써 최소한의 자기방어를 기할 수 있다. 이러한 이익의 방어와 표현이 서로 견제하는 가운데 어떠한 질서와 법을 만들어 낼 것으로 생각된다. 그러나 자본주의의 모든 문제가 이러한 이익의 균형으로 해결될 것이라고 말하기는 어렵다. 가령 선진 자본주의 국가의 복지 제도가 반드시 사회 질서의 방어를 위하여 잠재적 불안 요소를 다스린다는, 즉 계산된 자기 이익의 결과라고만 할 수는 없다. 거기에는 정의나 유대감 같은 것도 작용할 것이다.

이러나저러나 오늘의 국가가 수행하고 있는 기능을 상호 억제와 균형을 통한 사회 질서의 유지라고 한정할 수는 없다. 오늘날 국가는 경제 정책, 사회 정책 등을 통하여 훨씬 더 적극적으로 집단적 삶의 문제를 해결하기 위해 나설 것으로 기대된다. 확대된 국가의 모든 기능이 자유민주주의 체제의 형식으로 인하여 원만하게 수행된다고 말하는 것도 옳지는 않다고 생각된다. 국가의 많은 기능은 전문적 해결을 요구한다. 그것들이 방어적 반작용적 특징을 가진 대중적 민주주의에 의하여 효과적으로 수행되기는 어렵다. 그리하여 저절로 소수의 정치 지도자가 요청되고 또 전문적 관료가 필요하게 된다. 그러면서 그러한 정치 지도자나 전문가는 그 기능에 알맞은 식견을 가지고 있을 뿐만 아니라 높은 도덕적 수준의 봉사 정신에 투철하여야 한다. 이러한 인물, 이러한 도덕성은 자본주의나 민주주의도 보장해 주는 것이 아니다. 오히려 우리는 대중민주주의가, 참으로 뛰어난 지도자를 선택함에 있어서 효과적인 제도가 아니라는 견해를 많이 듣게 된다. 그리고 우리가 강한 민주주의의 신봉자라 하더라도 실제 우리의 행동은 그에 대해 회의를 표하는 경우가 많다. 지난번 선거 무렵에 우리는 정치허무주의, 정치냉소주의라는 말을 많이 들었다. 이는 정치인에 대한 국민의 존경과, 정치에 대한 신뢰도가 어떠한 상태에 있는가를 반영하는 것이다. 그런데 정치와 정치인에 대한 불신은 비단 우리나라에만 한정된 것은 아니다. 최근의 로마 클럽 보고서는 오늘날 산업 문명의 문제를 해결하는 데에 정치에서 믿을 만한 방법을 찾을 수 없다는 견해를 표명하고 있는데, 이 보고서는 그 원인을 분석하여 말하지는 아니하면서, 대중적 시각 매체의 보급이 정치적 토의 현장을 있는 그대로 만천하에 공개함으로써 그 범용성, 그 천박성을 드러내게 되었다는 사실을 지적하고 있을 뿐이다. 그렇다고 민주주의가 무의미하다고 할 수는 없으나, 다만 그것도 필수적인 것이면서 ──지난 몇 십 년간 우리의 전 국민적 투쟁의 목표는 민주주의였다.── 정책의 연구와 수행, 사회 문제의 해결에 대한 민주주의의 관계는 보다 복합적인 것이다. 비교적 진보적 입장에서 민주주의를 여러 가지로 설명하려 한 듀이(John Dewey)의 말대로, 민주주의는 제도가 아니라 생활 방식이란 것은 맞는 것 같다. 사실 민주주의뿐만 아니라 어떤 정치 제도도 그것의 참다운 의미는 이론에 의해서가 아니라 역사적으로 성립하는 구체적 현실로서만 얻어지는 것이다. 민주주의가 다른 정치 제도에 비하여 보다 긍정적으로 받아들여지는 정치 제도라면, 그것은 단순히 그 공식적인 기구로 인한 것이라기보다는 그것이 수용할 수 있는 비공식적 사회 문화 제도의 가능성 때문일 것이다.

사실 민주주의 제도의 의미는 단순한 정치 제도 또는 자본주의 경제 체제의 종속적 기구로서가 아니라 정치, 사회, 문화 제도로서의 그 복합적 성격에 있다. 그것은 그 자체로 충분한 것이 아니라 다른 것을 가능성의 가동 체계로써 실현된 가능성을 통해서 비로소 완전해지는 것이다. 달리 미국의 물리학자 프리먼 다이슨(Freeman Dyson)의 비유를 빌리면 자유 민주주의 체제의 강점은 바로 그것이 '복합적 동적 평형의 기구(complex homeostatic mechanisms)'를 가졌다는 점에 있다. 모든 사회는 일정한 동적 균형 또는 안정을 필요로 한다. 이것은 하나의 원칙에 따른 정연한 것일 수도 있고 더 복잡한 요소의 복합적 균형일 수도 있다. 다이슨은 생태학에서 빌려 온 개념으로 이것을 각각 단순 평형의 기구(simple homeostatic mechanisms)와 복합적 평형의 기구라고 부른다. 왜 그러한가는 그야말로 생명의 신비에 속하는, 아직은 답변할 수 없는 질문으로 보이지만, 자연에 있어서 복합적 호메오스타시스(homeostasis)의 기구는, 단순하기보다 복합적 요소를 다양하게 포용함으로써 다른 쪽보다 효율적이고 강한 생존 능력을 갖는다. 이러한 현상은 인간 사회에서도 볼 수 있다고 다이슨은 생각한다. 자연에 있어서 생명이 번성하는 안정된 환경은, 고도로 전문화되어 있으면서 상호 의존적인 수천 개의 종들이 모여 이루는 상당한 넓이의 숲이나 풀밭이다. 이것이 단순한 호메오스타시스보다 건전한 상태다. 다이슨은 이 생태학적 관찰을 경제·정치 체제로 확대한다. 그리하여 그는 이것에 기초하며 자유 경제 체제와 계획 경제 체제를 비교한다. 언뜻 보면 경제, 사회, 문화 또는 한 사회의 삶 일체를 포함하는 계획 경제야말로 이성적인 체제처럼 보인다. 그러나 그러한 "중앙 통제의 단순 호메오스타시스의 기구는 개방 시장과 검열 없는 언론을 핵심으로 하는 복합적 호메오스타시스보다 취약하고 역사의 충격을 처리하는 데 능하지 못한 것으로 드러났다."(Dyson, 1989: 91) 이러한 호메오스타시스의 생태적 우월성은 그 다양성과 유연성, 그리고 허용된 오류(error tolerance)의 폭의 넓이에서 온다. 달리 말하여 그것은 변화하는 다양한 환경에서 예비된 적응의 수단을 다른 어느 체계보다 많이 가지고 있다. 생태계에서의 관찰을 인간 사회에 적용하여 시장 경제와 문화적 개방 체제가 그와 비슷한 것이라고 할 수 있다면, 그것은 어떤 좁은 의미의 체제적 특성으로 인한 것이 아니라 그 체제의 다양성을 통한 균형의 가능성으로 인한 것이다. 그리고 이것은 자본주의적 경제나 민주주의 정치 체제보다도 그것이 허용하는 다른 것들, 즉 사회적 문화적 내용으로 현실화하는 것이다. 이렇게 현실화된 총체는 과학 기술 그리고 산업 문명이 필요로 하는 전체성에 가까이 갈 수 있다. 자본주의의 경우, 그 생산성에도 불구하고 인간적 질서의 창조와 유지에 문제가 있다면, 문제를 시정할 수 있는 것은 자본주의에 대한 민주적 통제 그리고 궁극적으로는 사회적 문화적 기율이고, 그렇게 함으로써 모순을 시정해 줄 전체적인 질서에 가까이 갈 수 있는 것인지 모른다. 선진 자본주의와 다른 나라 사이의 차이는 자본주의적 체제를 가지고 있느냐 그렇지 못하느냐가 아니라 그것이 보다 복합적인 호메오스타시스의 일부가 되는 데 성공했느냐 그렇게 못했느냐의 문제일 가능성이 크다.

그런데 후진국에 있어 산업화의 문제는 바로 그것이 전통적 호메오스타시스의 내용을 이루었던 사회와 문화를 파괴하면서 이루어지기 쉽다는 데 있다. 어떤 문화인류학자들이 생각하듯이 한 사회의 문화는 하나의 통합된 모양을 이루는 경향을 가졌다고 한다면, 어떤 사회나 문화의 다른 문화에 의한 교란은 가공할 결과를 낳을 수 있는 것이지만, 비서구 사회에서의 산업 기술은 어떤 경우에나 그 사회 속에서 다른 사회적·문화적 연관을 가지고 발전되어 나온 것이 아니기 때문에 그 사회 속에서 불안정의 요소로 작용할 수밖에 없다. 서구에 있어서도 전통 사회와 문화의 측면에서 이미 충분히 파괴적으로 작용한 바 있는 산업화의 공격성은 사회의 복합적 짜임새를 송두리째 교란하게 마련이다. 그런 데다 그것은 의도적으로, 계획에 의하여 추진될 수밖에 없는 까닭에 불가피하게 복합적 체제로서의 사회는 단순화될 수밖에 없다. 많은 후진 국가에서 개발의 전략으로 경제 계획 또 궁극적으로는 사회주의적 계획 경제와 정치 체제가 채택되었던 것은 후진 사회에서 산업화의 추진이 단순한 합리성의 체제에 대한 자연스러운 친화력을 얼마나 가지고 있느냐를 예증해 준다. 계획 경제는 충분히 다양한 것이 아니라 불가피하게 선택적이고 제한적인 것일 수밖에 없는데, 이 제한된 것을 위하여 사회 전체는 조직화되어야 한다. 선진국에서의 과학 기술의 발달과 산업도, 이미 말한 대로 자연스러운 역사적 성장의 결과로 이루어지는 것은 아니다. 그것이 역사적 관련에서 벗어나지 아니함은 사실이지만 이미 비친 대로 그것도 전통 사회를 뒤흔들어 놓으면서 이루어진 것이다. 지금도 그것이 자연스러운 성장의 결과로서만 진행되는 것은 아니다. 그러나 대체로 복합적인 호메오스타시스의 체제는 그것을 흡수해 들일 수 있을 만큼 강력하다. 이 흡수는 부분적인 산업 기술의 발전의 성격에도 관계되어 있지만 체제의 범위의 크기와 깊이에 따라서 다르게 결정된다. 다이슨이 비유로 든 생태계의 복합적 평형 체제의 본래 이미지는 다윈의 『종의 기원』에서 온 것인데 ── 온갖 풀과 꽃, 벌들이 얼크러져 번성하며 얼른 보기에는 아무런 모양도 없는 듯하면서 상호 의존의 호메오스타시스의 질서를 이루고 있는 풀밭 ── 이것이 다윈의 생명에 대한 이미지다.(Dyson, 1989: 92) 문제는 충분한 넓이의 풀밭이 있느냐는 것이고 또 그 풀밭 안에 충분히 다양하고 활발한 일이 진행되고 있느냐는 것이다. 그렇지 못할 때 하나의 산업 기술 계획의 왜곡 효과는 그만큼 클 수밖에 없다.

후진국에서의 문제는 어떻게 하여 단순화의 합리적 계획을 추진하면서 동시에 이것을 다른 많은 과학 활동과의 균형 속에 있게 하며 또 삶의 다양한 상호 의존적 그물 속에 짜 넣을 수 있느냐는 것이다. 이는 서로 모순된 요구를 조화시키는 것을 말하는데, 그것이 어려운 것임은 새삼스럽게 말할 필요도 없다. 여기서도 우리는 이러한 문제가 있음을 지적할 수 있을 뿐이다. 그리고 다시 한 번 어떤 제도적 계획도 궁극적으로 다양하고 유연한 사회와 문화를 위한 테두리의 건설임을 지적할 수 있을 뿐이다.

다시 한 번 다이슨의 생명의 진화 과정, 진화의 모델은 사회 발전에 대해서도 매우 흥미로운 시사를 준다. (여기에서 우리는 많은 조사와 복잡한 추론을 토대로 하고 있지만 그 자신 하나의 시험적 가설로 제시하는 모델의 적절성을 평가하려는 것이 아니라 사회 발전의 문제를 생각함에 있어서 극히 암시적인 것에 불과한 유추적 모델을 찾아보자는 것이다.) 다이슨은 생명의 기원을 설명함에 있어서 두 개의 별개 기원이 있다고 생각하는 것이 편리하다고 한다. 그것은 생명이 두 가지 특성으로 설명되는 것과 관련된다. 즉 생명은 한편으로는 단백질의 메타볼리즘(metabolism) 현상이고 다른 한편으로 그러한 기구를 재생산할 수 있게 하는 복제(replication) 현상이다. 생명은 이 두 가지가 성공적으로 합쳐져야 비로소 가능하다. 그러나 진정한 의미에서의 생명은 복제 기구의 완성을 통하여, 안정된 분자 조직의 재생산이 가능한 데에서 비롯된다. 그러나 그러한 복제 기능의 진화는 극히 어렵고, 또한 변수가 많은 지구 환경에서 살아남는 데 매우 낮은 가능성만을 가지게 마련이다. 생명의 재생산은 오류가 허용되지 않는 정확성을 요구하기 때문이다. 그러나 생명은 그 기원에 있어서나 오늘에 있어서 오류를 허용하지 않는 정확성을 감당해 나갈 수 없다. 생명의 지속은 스스로를 정확히 재생산하면서 동시에 상당한 정도의 오류를 수용할 수 있어야 가능하다. 오늘날의 생명체에 있어서 이 두 모순된 요구를 분담하여 가지고 있는 것이 유전 기구(genetic apparatus)와 유전 인자(gene)이다. 전자는 엄격하게 통제되면서 후자의 움직임에는 상당한 자유가 허용된다. 그리하여 자유로이 새로운 구조물들을 만들어 낼 수 있다. 다이슨은 이 두 가지의 엄격성과 자유를 컴퓨터의 하드웨어와 소프트웨어에 비교하여 그 관계를 다음과 같이 설명한다.

오늘날의 세포에 있어서 하드웨어의 하부 구조는 확실하게 정해져 있고 엄격한 품질 관리를 받게 되어 있으나, 소프트웨어는 자유롭게 돌아다니며 잘못도 하고 더러는 창조적인 일도 한다. 건축적 디자인을 하드웨어에서 소프트웨어로 옮겨 놓음으로써 분자 건축가들은 그 선조가 생각지도 못했던 자유와 창조성을 가지고 일할 수 있게 된 것이다.(Dyson, 1989: 93)

물론 유전 인자의 자유가 완전한 자유를 가져온 것은 아니다. 유전 인자의 통제를 받는 개체로서의 유기체는 그 독재를 벗어날 수 없다. 다이슨이 언급하는 리처드 도킨스(Richard Dawkins)에 따르면, 인간은 문화를 발명하여 비로소 이 독재자의 손아귀에서 벗어날 수 있게 되었다. 그러나 이번에는 문화도 사람을 일정한 틀에 얽어 매어 놓을 수 있다. 그러나 사람은 그의 지능으로 인자에 비슷한 독재자가 될 수 있는 문화 인자의 경직성도 넘어서서 보다 더 자유롭고 창조적일 수 있는 단계에 이를 수 있다. 여기에서 주의할 것은 이러한 진화의 가설이 아니라 위의 인용한 부분에 나와 있는바 생명에 있어서의 기구의 엄격성과 기구 내 요소의 창조적 자유다. 우리가 의도하고 계획하는 사회 변화에서도, 필요한 것은 이러한 모순 요소의 종합으로 보이기 때문이다. 새로운 사회 변화의 계획은 주로 기본 기구의 창조에 관계되는 것이다. 그러나 그것은 동시에 그 안에서 일어나는 생활의 구체적 내용에 최대한의 자유를 허용할 수 있는 것이어야 한다. 물론 궁극적으로 더 바람직한 것은 재생 장치의 제약을 보다 자유로운 창조에 의하여 극복하는 체제다. 한편으로 사람의 삶은 완전한 자유일 수 없다고 하겠으나(그것은 생명이 불가능한 또는 의미 있는 삶이 불가능한 엔트로피와 혼란을 의미할 뿐이다.) 다른 한편으로 삶을 위한 어떠한 기본 질서의 기구도 잠정적인 효용 이상의 의미를 가질 수는 없을 것이다.

그러나 다시 한 번 말하지만 질서와 자유를 다 같이 포용하는 복합적 호메오스타시스로서의 사회가 어떻게 성립하느냐 하는 것을 구체적으로 말하기는 극히 어렵다. 그것은 저절로 생겨나는 것이지 계획되어 만들어지는 것이 아니기 때문이다. 말할 수 있는 것은 이 섬세한 체제는 쉽게 파괴될 수 있다는 점일 뿐이다.


**4**


사회적 기구의 문제를 생각한 다음에 우리는 다시 한 번 과학 기술이나 산업이 그 성질상 생태계의 다양성과 유연성을 깨뜨리기 쉬운 것임을 돌아볼 필요가 있다. 과학 기술은 그 자체로서는 가치 중립적인 것이어서, 쓰기에 따라서는 좋은 것일 수도 있고 나쁜 것일 수도 있다고 말하는 입장이 없는 것은 아니나, 오늘날 산업 문명의 문제점들이 과학 기술의 본질에서 나오는 것이라는 비판은 주의해서 들어 볼 만하다. 과학은 이미 많은 사람들에 의하여 비판의 대상이 되어 온 바 있다. 그중에도 하이데거(Martin Heidegger)의 과학 비판은 가장 근본적인 것이다. 사실 그는 과학을 대상으로 하는 어떤 특정 부분을 비판하는 것은 아니다. 그의 사유 작업 전체는 과학적 사유 방식, 과학이 만들어 놓은 지식 체계 또 과학이 이룩한 기술 문명의 현실 세계에 대한 비판이라고 할 수 있다. 그의 비판이 우리 논의의 관점에서 근본적으로 보이는 것은 그의 과학에 대한 도전이 그것의 객관성, 보편성, 더 나아가 진리성에 대한 주장을 거부하는 것이기 때문이다. 그의 도전이 옳다고 한다면 과학이나 기술이 세계의 균형을 깨뜨리는 것은 당연하다. 부분이 전체로 행세할 때 참다운 전체가 왜곡되는 것은 논리적 귀결일 것이기 때문이다.

과학적 지식은 오늘날 가장 객관적이고 포괄적인 세계에 대한 지식의 체계로 생각된다. 하이데거는 바로 객관성이라는 것이 과학적 지식의 부분성을 드러내는 증표라고 생각한다. 과학은 객관성(대상성) 속에서 나타나는 것만을 실재로서 받아들인다. 과학은 "실재의 가공을 거절한다. 그것의 순수한 파악만을 목표로 한다. 그것은 실재를 변형시키기 위하여 변형하지 아니한다." 이러한 주장에도 불구하고, 하이데거는 그것이 실재를 가공하여 그 대상성, 객관성 속에 서게 만드는 것이라고 말한다. "현존은 자연, 인간, 역사, 언어는 그 대상성 속에 실재로서 나타나고" "이와 함께 과학은 실재를 붙잡아 그 대상성 속에 확립한다." 물론 과학은 사람 의지의 결정으로서가 아니라 역사적 소명으로서 일어나는 것이다. 그러나 그것이 제공하는 것이 하나의 관점일 뿐이라는 사실에는 변함이 없다. 그것은 세계의 전체에 관계되는 것이 아니라 한 구역에 관계되어 있다. 객관성은 바로 구역화된 세계의 증표고 전제다.

> (과학의) 이론은 그때그때 현실의 구역을 그 대상 구역으로 확보한다. 대상성의 구역적 성격은 그것이 미리 문제 설정의 가능성을 표지한다는 점에서 드러난다. 과학적 구역 내에 나타나는 새로운 현상은 그것이 규범적 이론의 일관성에 맞아 들어갈 때까지 가공된다.(Heidegger, 1954: 56~57)

그러나 과학의 위치에 대한 이해에 있어서 중요한 것은 과학의 객관적 진리가 실재의 특정한 관점과 가공, 그리고 구역화의 결과라는 사실이 '비밀에 찬 것(geheimnisvoll)'으로 남아 있다는 점이다. 하이데거는 사람이 스스로의 역사적 한계성을 잊어버리는 것, 즉 존재의 특정한 이해에 입각하여 있다는 것을 잊어버리는 것을 '존재 망각(Seinsvergessenheit)'이라고 부른 바 있는데, 과학의 객관성의 근원의 비밀은 현대의 가장 근본적인 존재 망각에 포함되는 것이다. 이 비밀, 이 망각으로 인하여 과학은 스스로를 있는 그대로의 진리의 전부로 오해하는 것이다. 이에 대하여 더 근원적인 사고, 즉 주관과 객관, 사물의 대상적 성격이 결정되기 전의 열려 있음에 이르는 사고가 필요하다. 기술적, 과학적 사고 이전의 그 근본의 신비에 대하여 열려 있는, 단순한 '사물에의 내맡김(Die Gelassenheit zu den Dingen)'으로서의 사고를 그는 흔히 간단히 '사유(Denken)'라 부르지만, 위에 인용한 바 있는 『과학과 성찰(*Vorträge und Aufsätze*)』에서는 이것을 '성찰(Besinnung)'이라 부른다. '의미를 찾는다'는 어원적인 의미를 가진 독일어의 성찰은 하이데거에 의하면 "물음에 값하는 것에 대하여 스스로를 맡기는 일(die Gelassenheit zum Fragwürdigen)"이다.(Heidegger, 1954: 68) 또는 그것은 "물음에 값하는 것의 무진함에 대한 끊임없는 물음의 밝음 속에 스스로를 잃는 응답이며, 그로부터 그 응답이 되찾은 순간에 물음의 성격을 잃고 단순한 말씀이 되는 응답(ein Entsprechen, das sich in der Klarheit unablässigen Fragens an das Unerschöpfliche des Fragwürdigen vergisst, von dem her das Entsprechen im geeigneten Augenblick den Charakter des Fragens verliert und zum einfachen Sagen wird)"이다.(Heidegger, 1954: 70) 하이데거는 과학의 "모든 연구자와 교사는, 과학을 철저하게 탐구하는 사람은 누구나 사유하는 존재로서 사유의 여러 지평 안에 움직이면서 사유를 깨어 있는 것으로 지킬 수 있어야 한다"고 말한다.(Heidegger, 1954: 70)

하이데거의 과학 기술에 대한 비판은 가장 근원적 차원에서 행해지는 것이지만, 오늘날 과학 문명의 폐해와 문제점에 대한 여러 가지 비판들도 대개 비슷한 발상으로 환원되는 것으로 말할 수 있다. 그것을 인식론적 차원에서 비판할 때 대체로 과학의 순수한 방법으로의 전락과 그로 인한 보다 포괄적인 인간적 가치로부터의 분리라는 점이 지적된다. 그럼에도 불구하고 그것은 인간의 어떤 면, 즉 자연의 지적·실제적 통제에 대한 욕구를 만족시켜 주며, 무엇보다 이 충족에 있어서 무한한 듯한 능률을 보여 준다. 다른 한편으로 이 능률성은 인간성과 자연 황폐화의 원인이 된다. 호르크하이머(M. Horkheimer)의 '도구적 이성'으로부터 근년의 리오타르(Jean-François Lyotard)의 '성과 원칙(performance principle)'에 이르기까지 이러한 말들이 지칭하고 있는 것은 과학 기술 속에 움직이는 원리의 무목적적 능률성이다. 여기에 필요한 것은, 하이데거처럼 거시적인 관점에서 말하지 않더라도 과학과 과학 기술의 문명에 대한 조금 비판적인, 반성적인 태도다. 또 비판적 또는 반성적 이성이 필요한 것이다. 꼭 과학 안에서의 일이라고 할 수는 없을는지 모르지만 과학의 객관성 또 보편성에 대한 비판은 철학이나 인문적 전통으로부터가 아니라 보다 과학을 이해하는 입장에서도 행하여져 왔다. 가령 토머스 쿤(Thomas Kuhn), 카를 포퍼(Karl Popper) 또는 파울 파이어아벤트(Paul Feyerabend) 같은 사람의 과학사 내지 과학철학적 성찰들은 과학적 진리의 보편성의 주장이 다른 모든 인간적 진리의 발언과 마찬가지로 경험적이고 역사적인 제약 속에 있는 것임을 설득하려 하였다. 이들의 성찰은 비록 산업 문명의 문제들에 직접적으로 관계되는 것은 아니지만 과학의 자기성찰에 기여하고, 그것을 인간 활동의 보다 큰 상황 속에 위치케 하여 보다 바른 방향에서의 과학 기술 문명의 발전에 지침이 될 수 있다.

**5**

이러한 비판적이고 반성적인 이성은 거시적인 과학의 개관에만 관계되는 것이 아니라 가장 일상적 차원에서의 과학 행위에도 관계되어 있다. 과학 기술에 반성이 필요하다면 반성은 과학 행위의 모든 수준에서 이루어져야 한다. 과학이 인간의 거시적 기획으로서 존재의 망각에 빠져 있다면, 망각은 사회의 여러 습관과 제도에 의하여 강화되고, 그것은 이 사회적 기구의 힘을 자기편으로 하여 모든 사람의 독자적 사고를 억제하여 개인적인 회상의 길을 봉쇄하게 마련이다. 또는 거꾸로 개인적 차원에서의 과학적 사고가 정해진 틀 속에서만 움직인다면 좁은 길로 들어선 과학과 기술의 상황이 달라질 가능성은 별로 크지 않을 수밖에 없다.

어떻게 보면 일상적 차원에서 과학이 본래의 유연성을 회복하기는 어렵지 않은 것이라 할 수 있다. 그것은 단순히 물음의 정신을 유지하는 것으로 그 단서를 찾을 수 있다. 과학적 또는 일반적으로 학문은 물음에서 시작한다. 그러나 객관적 사실을 지향하는 이성은 스스로의 근원을 잊어버리고 그 사실 —— 하이데거의 비판에 나오듯이 스스로 설정하는 것인 사실의 사실성 —— 에 예속되기가 쉽다. 이성은 스스로의 행위에 대한 비판을 통하여 다시 이러한 예속으로부터 벗어날 수 있다. 이것은 "물음에 값하는 것에 스스로를 맡기는 일"이기도 하지만 더 단순한 차원에서의 물음의 정신, 회의 정신의 회복을 뜻하기도 한다. 모든 과학적 사고의 근본을 낳았다고 할 수 있는 데카르트의 이성에 대한 확신에서, 우리가 종종 잊어버리는 것은 이 확실성이 그 유명한 방법적 회의의 이면이라는 점이다. 과학 행위 특히 낮은 차원 또는 정상적인 실제로서의 과학 행위는 데카르트의 깊은 회의를 건너뜀으로써 이성의 사실성에의 예속을 당연하게 받아들인다. 필요한 것은 다시 과학 방법의 양면성을 되찾는 것이다. 그리고 이것은 매우 가까운 데서부터 시작될 수 있다.

위에서 우리는 과학의 자기 확신에 금을 가게 한 과학 비판가들의 이름을 들었는데, 거기에는 임레 라카토스(Imre Lakatos)의 이름이 추가될 수 있다. 자신의 저서 『증명과 반증(*Proofs and Refutations*)』에서 그는 수학 이론의 발전이 형식적 엄격성보다는 더 우여곡절이 많은 경험적 경위를 통하여 이루어진다는 것을 지적하고 있다. 즉 "비공식적, 반은 경험적인 수학은 의심할 여지없이 확립된 정리의 단조로운 축적을 통해서가 아니라 추론과 비판, 증명과 반증의 논리로써, 추측의 끊임없는 개선을 통해서 성장한다는 것"이다.(Davis & Hersh, 1983: 352) 무릇 여러 학문 가운데서도 엄밀한 형식적 논증에 의존하는 것으로 흔히 생각되는 수학의 경우, 라카토스의 주장은 이러한 인상에 도전하는 것이다. 이런 주장과 관련해서 또 흥미로운 것은 저서의 형식이다. 그 책은 교사와 학생들 간에 오고 가는 증명과 반증의 변증 형식으로 되어 있다. 이는 글을 전개하는 저자의 방편에 불과하다고 할 수도 있지만, 수학 논의의 현실을 나타내는 것이면서 살아 있는 수학 교실에서 일어나야 할 논쟁적 상황을 예시하는 것이라 할 수도 있다.

하여튼 라카토스의 요점은 수학의 현실이란 경험적 과정인 것이요, 형식화된 수학의 모습은 사후의 합리적 구성에 불과하다는 것이다. 어떤 관점에서는 그의 주장은 수학의 권위를 손상하는 것일 수도 있고 여러 가지로 문제적인 것이지만, 적어도 수학이 묻고 답하고 틀리기도 하는 인간의 활동임을 새삼스럽게 상기하여 주는 것은 중요한 일이다. 그것은 수학을 다른 학문 활동에 연결시켜 준다. 그것은 또 무릇 모든 과학은 객관적 세계와 객관적 진리에 관계되는 것에 못지않게 인간이 그의 삶과 삶의 조건을 이해하고 그것에 질서를 부여하려는 노력의 일부라는 것을 다시 생각하게 하는 것이다. 수학의 성립에는, 후설(Edmund Husserl)이 만년에 여러 군데에서 밝히려고 노력하였던 것처럼 삶의 세계와의 착잡한 관계가 숨어 있는 것이다. 이러한 관련은, 가령 후설의 현상학적 성찰에서와 같이 학문적 반성을 통하여 비로소 의식에 떠오르는 것이겠으나 교실과 연구에서의 물음의 정신은 그러한 반성의 시초가 되는 것이다.

이성을 인간 활동으로 되돌이키는 것은 이성 작용으로 하여금 저절로 비판적, 반성적 성격을 띠게 하는 일이다. 그것은 대상적 연구와 함께 그러한 연구 활동을 의식하게 하고 궁극적으로 성찰의 대상으로 하게 할 수 있기 때문이다. 이것은 과학 활동의 방향을 보다 인간적으로 수정하는 데에 기여하는 것이 될 것이다. 또 다른 여러 가지 면에서도 이러한 반성은 보다 평형을 갖춘 과학적 이성의 수립에 중요한 의미를 가질 수 있다. 위에서 우리는 과학 기술의 이성이 부분적인 것이며 그것은 전체성에 의하여 조정 통제될 필요가 있음을 말하였다. 비판적·반성적 이성은 바로 이 전체성으로 나아가는 원리다. 이성의 활동을 되돌아본다는 것은 그것의 밖에 있으며 그것을 넘어간다는 것을 말한다. 전체성은 이 넘어섬의 연속에 다름 아니다. 그리고 이러한 넘어섬의 활동으로서의 이성이야말로 경직된 전체성이 아니라 유연하고 다양한 전체성의 바탕이 될 수 있다. 호르크하이머와 아도르노의『계몽의 변증법』은 계몽주의의 이성이 낳은 전체주의적 문명, 공산주의든 부르주아 자유주의든 근본적으로 과학 기술에 기초한 현대 문명을 통렬하게 비판한 바 있다. 그들은 추상적이고 계량적이고 획일화된 이성의 이념에 대하여 그러한 이념의 "미리 다 알고 있다는 만족과 부정을 구원으로 바꾸는 일"(즉 부정의 어떤 시점을 하나의 완결점으로 보는 일)에 대하여, 계속적인 부정만이 구체적인 것을 살리면서 동시에 근사적 전체성에 가까이 갈 수 있는 것임을 지적하였다.(Horkheimer & Adorno: 24) 그것을 그들은 헤겔의 개념을 빌려 '특징적 부정성'이라 부르고 "특징적 부정은 잘못된 절대자, 우상들을…… 거부한다."라고 말했다. 그들의 이러한 발언은 추상적 이념, 그 전체성의 이념이 현대사에 저질렀던 엄청난 고통을 깊이 생각한 데에서 나온 것인데, 결국 우리가 필요로 하는 전체는, 그것을 변증법적인 이성이라 부르든 반성적 이성이라 부르든, 구체적으로 주어진 것과의 계속적 씨름 속에서 그것을 넘어가는 운동으로서 지향될 수밖에 없다. 위에서 언급한 다이슨의 복합적 평형의 체제는 이러한 점을 조금 다른 각도에서 이야기한 것이다.

## 6

호르크하이머와 아도르노는 적극적으로 설정되는 전체성이란 신화와 마술의 잔재라고 말한다. 그 점에 있어서 그들은 계몽주의적 합리주의를 비판하면서도 합리주의자다. 사실 그들은 더욱 철저한 합리주의자이며 계몽주의자라고 할 수 있다. "인식의 과제는…… 개개의 직접성의 특정적 부정에 있다."(Horkheimer & Adorno: 27) 그 원리는 이성에 있다. 이성의 변증법적 운동이 바로 전체다. 그러나 전체란 이러한 부정 속에만 있는가. 그것은 그와 같이 부정의 삭막한 고뇌만을 보여 주며 아무런 평화와 화해의 암시는 줄 수 없는 것인가. 아도르노는 미적인 것의 존중에도 불구하고 모든 것을 지나치게 이성에 맡기고 있는 것이 아닌가 모른다. 이성은 현실 속에 있거나 현실의 기획 속에 있거나 간에 필연성의 원리다. 그것은 유연한 유희와 암시와 꿈의 무책임과 자유를 알지 못한다. 전체란 현실로서 주어지지 아니하여도 시적인 암시로 종교적인 느낌, 또는 삶과 세계의 신비에 대한 느낌으로 주어진다. 그것은 현실에 작용하면서 현실의 책임을 초월한다. 오늘에 있어서 과학적 이성의 오만이 문제가 된다면, 그것은 이러한 느낌을 섣불리 비과학적인 것으로 추방하여 버렸기 때문일 수 있다. 신비감이나 경이감은 사람이 그의 인식과 실천의 능력을 넘어가는 타자(他者) 앞에서 느끼던 감정이다. 다르게 말하면, 그것은 사람의 한계를 넘어가는 일체의 것 즉 전체성, 그러면서도 어떤 사실적인 것으로 고정되지 않는 전체성이 유보되어 있는 자리다. 어디에서 연유하든지 간에 그것은 삶의 경영에서 그 나름대로 역할을 가지고 있었다. 그것은 사람의 일에 진지성과 엄숙성을 부여하고 궁극적으로는 일의 한계를 겸허와 화해로 받아들이게 하였다. 그러면서 그것은 가혹한 한계만을 나타내는 것이 아니라 인간의 삶, 그 업적과 그 오류를 널리 포용하여 주었다. 그러한 전체의 느낌은, 말하자면 고대 그리스 비극에서의 운명과 같은 것이었다. 운명은 개인의 의지를 초월하는 신비하고 거대한 힘이면서도 또 동시에, 헤겔의 설명을 빌리면, "스스로 독립된 것이 되어 갈등의 원인이 되는 특수자의 힘에 대하여" 그것을 깨뜨림으로써 "윤리 질서의 실체의 조화를 살려 내고 유지하는 영원한 정의"를 나타냈다.(Hegel: 565) 인간의 기술적 능력이 오늘날과 같이 거대한 것이 되기 전에는 자연 또한, 인간에게 가혹한 운명으로 작용하였지만 다른 한편으로는 인간의 채취를 허용하고 그 상처를 치유하며 인간이 만들어 내는 쓰레기를 흡수하는 신비한 모태였다. 이러한 자연은 인간의 가차 없는 공격성 앞에 사라져 버리고 말았다.

그러나 오늘에 있어서도 이러한 신비와 경이의 느낌이 완전히 사라져 버린 것은 아니다. 물리학이 이야기해 주는 미립자와 우주 공간 속으로 후퇴해 들어갔을 뿐이다. 그리고 신비는 과학과 별도가 아니라 그것으로 인하여 유지되는 것이다. 이러한 것이 물리학 또는 그 대중적 전설에 의하여 매개된다는 사실은 의미심장하다. 그것은 오늘의 경이감이 어떻게 보면 운명이나 자연과 같은 절대적 타자의 경우보다 더 포괄적인 것을 암시한다고 할 수도 있기 때문이다. 그것은 인간 그 자체를 새로운 경이와 신비로서 되돌아보게 한다. 과학과 학문 활동의 주체가 되는 것은 인간의 이성이다. 그것은 인간의 주체적 힘이다. 그러면서도 우리가 잊지 말아야 할 것은 그것이 자의적인 것은 아니라는 점이다. 학문 활동에서의 이성은 사물의 기율에 순응하는 인간의 힘이다. 그것은 사람이 사물에 대하여 열려 있으므로 가능하다. 그런데 사람과 그 이성으로 하여금 세상에 열려 있게 하는 것은 무엇인가? 하이데거는 그의 저서의 여러 곳에서 사람이 생각하는 것은 생각하도록 부르는 것이 있기 때문이라는 말을 하고 있다. 생각의 기관의 하나인 이성이 사물에 열려 있는 것도 이미 열려 있게 함이 있어서 그렇다고 할 수 있다. 이성은 인간의 능력이면서 그것을 움직이게 하는 힘은 인간의 밖에서 온다. 그것은 사람 속에 있으면서 사람을 넘어가고 더 나아가 우주적 과정 속에 있다. 영국의 물리학자 폴 데이비스(Paul Davies)가 그의 저서 『신의 마음: 이성적 세계에 대한 과학적 근거(*The Mind of God: The Scientific Basis for a Rational World*)』에서 의도하는 것은 17, 18세기의 과학자와 철학자들이 하려고 했던 것처럼, 오늘날의 물리학이 어떻게 보면 더 정치하게 보여 주는 듯한 우주의 합리적 구조를 통하여 신의 존재를 증명하려는 것인데, 그는 여기에서 이러한 합리적 질서를 이해하는 데 접근하여 가는 인간의 지능에 우주적 사명을 부여하고 있다. 말하자면, 우주의 진화는 그 진화를 이해하는 지능의 출현을 위하여 일어난 것은 아니라도 적어도 그것에 밀접한 연관이 있는 것처럼 보인다는 것이다. 위에서 몇 번 언급한 바 있는 프리먼 다이슨은 인간 지능의 더 실질적인 역할을 인정하고 있다. 인간의 지능은 물질에 삼투하고 우주의 구석구석에 미치게 될 것인데, 이것은 단지 지식의 의미에서가 아니라 물리학과 인공 지능의 공학 그리고 유전공학 등의 발달을 통하여 인간이 실제로 우주 공간 속으로 진화한다는 것을 의미한다. 여기에서도 인간은 신에 가까이 가는 것으로 생각된다. "신이란 우리의 이해를 넘어가는 마음"인데, 사람은 스스로 그러한 마음에 가까이 가거나 적어도 그러한 마음이 우주 속에 출현하는 것을 가능케 하는 존재다.

이러한 공상과학적 생각이 옳은 것인지 어쩐지를 우리가 판단할 수는 없다. 우리가 여기에서 암시하고자 하는 것은 인간의 학문적 노력이 자의적인 것이 아니라 우주 내에서 일정한 자리를 가지고 있는 객관적 사건이라는 점이다. 그리고 더욱 중요한 일로 달리 말하고자 하는 것은, 인간이 궁극적으로 우주의 마음에 일치하는 마음을 가지게 되거나 우주 공간에 확산된 지능으로 존재하게 되거나 그것과는 상관없이, 오늘의 지구에 있어서 인간은 스스로 모든 것을 포용하는 자가 되었다는 점이다. 이러한 발전의 중심에 있는 것은 그 탐색을 쉬지 않는 사람의 마음이다. 이 마음은 미지의 신비 앞에서 움츠러드는 것이 아니라 그것 모두를 그의 물음 속에 수용하려 한다. 이러한 발전 자체가 신비와 경이의 담당자가 되었다. 그러면서 인간의 마음은, 그 사명의 신비로 하여 스스로에 대하여, 지구의 운명에 대하여, 우주에 대하여 책임을 져야 하는 존재가 되었다. 이러한 인간의 신비와 책임은 궁극적으로 인간의 우주적 운명에서 드러나겠지만(그러한 것이 실현되는 것이라면) 그것은 사실 일상적 과학과 학문의 실제, 가장 낮은 차원의 과학적 호기심에도 들어 있는 것이다. 다만 사실성 속에 떨어진 경직화된 과학적 도그마나 세속적 명리에 결부된 과학 기술의 눈에 그것이 보이지 않을 뿐이다.


## 7


과학 기술 문명의 위기는 과학 자체가 가지고 있는 어떤 위험성 또 과학 기술의 환경을 이루는 여러 제도적 왜곡에서 연유한다. 그러나 그러한 연유가 어떠한 것이든지 간에 오늘 그 위기는 극히 구체적인 현상으로 우리에게 육박해 오고 있다. 숨 쉴 수 없는 공기, 마실 수 없는 물, 건강을 해치는 음식물, 이웃 없는 동네, 정 없는 공리적 인간, 그런가 하면 순치될 기회를 갖지 못했거나 산업 사회의 정신적 공해에 비뚤어진 충동과 감정의 범람, 이러한 것들로서 그것은 우리의 일상생활에 범람하는 삶의 요소가 된 것이다. 이것은 오늘의 과학 기술 문명의 위기가 매우 구체적인 대책을 요구한다는 것을 말한다. 이런 요구에 비추어 위에서 말한 것들은 사실 문제의 핵심을 떠나 변죽을 울리는 일에 불과하다. 또 위기가 구체적인 것이라는 것은 인간의 기본 조건을 새삼스럽게 상기할 필요가 있음을 말하여 준다. 즉 사람은 육체를 가지고 맑은 공기를 마시며, 구체적으로 알아볼 수 있는 땅에서 적정한 수의 다른 사람과 또 수목과 동물과 어울려 사는, 살수밖에 없는 존재라는 사실이다. 산업 문명이 만들어 놓은 인위적 환경, 그 대표적 경우인 도시의 문제로부터 떠나는 방책으로 산업화 이전의 시대로 돌아갈 것을 꿈꾼다면 그것은 하나의 낭만적 노스탤지어라고 할 수 있지만 동시에 인간 존재의 근본적 제약 조건을 가리키는 것이기도 하다. 즉 그것은 잊어서는 아니 되는 인간 생존의 사실적 기초에 관계된다.

이런 의미에서 인간의 농촌적 전사(前史), 더 소급하여 농업 혁명 이전의 구석기 시대의 경제, 또는 일반적으로 원시 사회에 대한 관심은 매우 중요한 것이다. 미국의 인류학자 스탠리 다이아몬드(Stanley Diamond)는 원시적인 것에 대한 관심이 모든 사회에 대한 성찰에 있어서 기초가 되어야 할 인간성의 항수(恒數)에 대한 탐구에 관계되어 있음을 말하고, 그것이 드러내 주는 인간성 그리고 그 인간성이 만들어 낸 문명 이전의 사회에 대한 느낌이 없는 유토피아의 건설은 무서운 악몽이 될 것이라고 말한 바 있다.(Diamond, 1974: 208) 이 항수가 무엇인가에 대한 다이아몬드의 목록은 더 길지만, 여기에서 논의하고 있는 과학 기술 문명과의 관계에서, 내 생각에 그것은 위에서 말한 것을 다시 되풀이하여 인간이 생물학적 필요와 제약을 가지고 있는 육체적 존재라는 것, 적절한 크기의 공동체에서 살아야 한다는 것, 또 동물과 식물은 물론 박테리아까지 포함하는 다른 생물체들과 공존해야 한다는 것, 즉 육체와 공동체와 자연으로 요약할 수 있지 않나 싶다. 물론 이러한 조건들이 어떠한 상태에 있어야 하는가는 더 구체적으로 연구되어야 할 것이다. 그러나 이러한 자명한 인간의 조건을 여기에서 되새기는 것은 그 나름대로 과학 문명을 생각하는 일에서 빼놓을 수 없다. 결국 인간의 육체와 공동체와 자연에 대한 요구에 관계되어지지 아니하는 과학 기술은 인간에게 무서운 악몽을 가져올 뿐이다.

인간성의 원초적 향수는 과학 기술의 가능성에 엄격한 제한을 가한다. 이것은 과학 기술이 인간에 봉사하기 위해서 충족되어야 하는 조건이다. 그러나 대체적으로 많은 원초적인 것은, 사람이 원하는 삶의 질서를 조성함에 있어서 그 자체로 과학 기술의 한계를 드러내 보여 줄 때가 많다. 위에서 우리는 다이슨의 단순 평형 체제와 복합 평형 체제의 대비를 언급한 바 있다. 과학의 선형적 사고는 대체로 단순 평형 체제에 기울기 쉽다. 오늘날 과학 기술 문명의 실수는 이 점에서 기인한다. 특히 생태계 균형의 문제에 있어서 그러하다. 동물 생태학자인 콘라트 로렌츠(Konrad Lorenz)의 생물학자로서의 여러 회고담과 수상을 담은 자전적 기록인 『삶과 사는 일에 관하여(On Life and Living)』을 보면 과학 기술적 해결이 생명의 문제, 생태계의 문제에는 적절하지 않은 경우가 많다는 지적을 하면서, 그 예로서 강물을 통제하기 위하여 콘크리트 제방을 쌓는 일이 어떻게 물을 죽이고 생태계를 죽이는가를 설명하는 부분이 있다. 제방은 낮은 물과 못, 늪지대를 없애고 강 주변의 지하수면을 바꾸어 놓는다. 그리하여 자연스러운 강의 흐름을 중심으로 이루어졌던 생태계를 파괴한다. 로렌츠에 의하면, 생태계는 식물과 동물과 박테리아 세 요소로 이루어진다. 이 중 하나만 없어도 균형이 파괴되어 재난이 일어나게 된다. 강물을 막는 제방, 강과 개천을 지하에 묻어 버리는 복개 등은 결국 생태계의 파괴로 귀착된다. 로렌츠의 의견으로는 외관상 그러한 것으로 보이지는 않지만 인공적으로 다스려진 라인 강 같은 강은 죽은 것이다.(Lorenz, 1988) 사람이 살아가는 데 있어서 참으로 생태계의 보존이 필요한 것이라면, 간단한 기술적 해결이 그 보존책은 아닌 것이다. 그 반대로 그것이 언제나 옳은 접근법이라는 것도 독단론이지만, 우리는 미적 감각에 의한 판단이 환경 문제에 있어서 기술적 접근보다 옳은 판단일 경우도 많다는 로렌츠의 관찰을 유념할 필요가 있다. 머리의 분석을 통해서가 아니라 감각을 통해서 우리는 직접적으로 아름다움과 조화를 알 수 있다. 이것이 생태적 조화의 인식에 도움이 된다. (물론 늘 그러한 것은 아니어서, 로렌츠의 지적대로 우리의 미적 감각은 생태계에 대한 지식에 의하여 보충될 필요가 있다. 그럴 때 우리의 미적 감각은 보다 확실한 것이 될 수 있다.)

그런데 이러한 구체적 세계에 대한 존중, 그것의 필요와 지혜에 입각한 기술 문명의 문제의 해결은 모든 인간이 육체의 감각으로 파악하는 구체적인 세계에 살고 있음에도 불구하고, 오늘날 별로 현실적 설득력을 가지고 있지 못하다. 우리의 과학은 너무나 깊이 사실성의 도그마에 빠져 있다. 맹목적 경제 성장의 도그마는 이것을 더 깊게 한다. 최근에는 국제 경쟁에 있어서 기술의 첨단화가 불가결이라는 발견은 과학 기술을, 가장 무섭게 강박적이게 마련인 정치적 목표가 되게 한다. 그리고 그것은 구체적인 사람의 사람됨으로부터 점점 더 멀어진다. (강박적 정치의 기획 속에서 구체적인 인간은 언제나 희생되어도 별수 없는 존재가 된다.) 말할 것도 없이, 과학이든 기술이든 산업이든, 그러한 것이 현실적 요구 ── 오늘날 이것은 전적으로 국제적 경쟁 관계 속에 있는 국가 단위 속에서만 규정된다. ── 와 관계없이 진공과 같은 상태에서 발전할 것으로 기대할 수는 없다. 그러나 다른 한편으로, 그것이 개인적인 것이든 집단적인 것이든, 과학과 기술이 단기적인 또 지역적인 이해관계에만 봉사하게 방치하는 것은 인류의 가장 고결한 발견으로서의 과학의 이상을 버리는 것이다. 과학 기술은 비록 먼 이상으로라도 한편으로는 구체적 인간에 관심을 가지며, 다른 한편으로는 인류의 보편적 복지와 인간성의 보편적 개화에 봉사하는 것으로 생각되어야 한다.

(1992년)

## 참고 문헌

Davies, Philip J. and Reuben Hersh, *The Mathematical Experience*(Hammondworth, Middlesex: Penguin Books: 1983).

Diamond, Stanley, *In Search of the Primitive*(New Brunswick, N. J.: Transaction Books, 1974).

Dyson, Freeman, *Infinite in All Directions*(New York: Haper & Row, 1989).

Hegel, G., *Ästheitik III*(Frankfurt am Main: Suhrkamp).

Heidegger, M., "Wissenschaft und Besinnung", *Vorträge und Aufsätze*(Tübingen: Nesk Pfullingen).

Horkheimer, M. and T. W. Adorno, *Dialectic of Enlightenment*(New York: Seabury).

Lorenz, K., *On Life and Living*(New York: St. Martin's Press).

# 대학과 진리

## 1. 부분적 지식, 전체적 진리

통념적으로 대학의 목적은 진리 탐구이다. 수사(修辭)는 다를망정 국가
와 대학의 공식 문서들은 이것을 틀림없이 천명하고 있다. 그리고 흔히 생
각되기로 이 진리라는 것은 실제적 이해관계를 초월한 '상아탑' 속에서 고
고하게 추구되는 것이다. 그러나 이러한 진리가 무엇이든지 간에 또 그것
을 오늘날까지 대학이 탐구해 왔든지 안 해 왔든지 간에, 진리 탐구의 기구
로서의 대학은 심각한 위기에 처해 있다고 아니할 수 없다. 그것은 대학이
시설이나 재정에 있어서 마땅히 해야 할 발전을 하지 못하고 있다는 점에
서라기보다는 대학의 진리 탐구의 기능이 회의되고 부정됨으로써이다.

오늘날 대학의 존재 이유는 그 진리에 있는 것이 아니라 그 실용성에 있
는 것으로 생각된다. 이 실용성은 한편으로는 경제 발전에 도움이 되는 과
학 기술의 발명 발견에서 찾아지고 다른 한편으로는 어떤 정치적 사회적
비전을 현실화하는 데 있어서 전략 전술을 제공하고 더 나아가서 투쟁 전

선의 일부를 이루는 데서 찾아진다. (정치권력의 합리화에 동원되는 학문의 경우는 너무나 자명한 불합리한 학문의 오용이기 때문에 문제 삼을 필요도 없다.) 그러한 결과 진리의 기준과 진리의 과정에도 변화가 일어나게 된다. 즉 진리는 그 진리됨으로 정당화되는 것이 아니라 그 실용성으로 정당화된다. 그것은 진리의 결과에서 그렇고 또 진리의 성립에 불가결한 선행 조건들과 과정에 있어서 그러하다. 이 실용성에 봉사하든 아니하든, 이 봉사의 기능도 진리의 진리됨으로 가능하여진다고 한다면, 진리의 과정의 파괴는 궁극적으로 진리의 실용적 기능마저도 파괴하는 결과를 가져오게 된다.

진리 탐구의 전당으로서 대학의 기능이 위기에 처해 있다는 느낌은 대학의 안에서나 밖에서나 많은 사람이 가지고 있는 것이지만, 대학의 진리 탐구가 마땅히 어떤 것이어야 하는가 하는 문제에 대해서는 또 그 나름으로 답변을 찾기가 쉬운 일이 아니다. 대학이 많은 지식을 전달하고 생산하는 곳임은 말할 것도 없다. 대학의 지식 산출의 예를 최근의 학술 논문집에서 들어 보건대, 어떤 생물학의 연구는 경기도 남양주군 천마산의 이끼를 조사하여 거기에서 "21건(件) 45속(屬) 84종(種) 1아종(亞種) 2변종(變種)"이 발견되었음을 보고하고 있다. 한 전산 시스템의 연구는 "데이터베이스 시스템 설계에 MIS 및 OSS 개념"의 도입이 보다 효율적인 정보 관리를 가능케 한다고 말한다. 또는 어떤 연구는 19세기 말 스페인 문학에서의 자연관을 논하고 또 다른 연구는 만주에서 항일 투쟁의 사료를 정리한다. 이러한 연구들은 그 나름의 중요성을 가진 것이지만, 어떤 사람들은 이러한 작은 연구 또 그에 기초한 지식의 집적 및 전달에 대하여 회의의 눈길을 던진다. 그리고 그것이 우리의 삶에 또 오늘의 긴급한 문제에 어떤 의의를 가지고 있는가를 물어본다. 이러한 물음은 오늘 우리 사회의 풍토를 지배하고 있는 조급함의 탓으로 돌려 버릴 수도 있지만, 구태여 그것에 답한다면, 문제 삼는 연구의 내용을 더 잘 검토하고 그것의 전체적인 연관성을 생각해 보게 될 때 그러한 질문은 저절로 답변될 것이라고 말할 수 있다.

그런데 바로 문제는 이 전체적 연관성에 있다. 이것은 저절로 형성되는 것이기도 하지만, 적극적으로 생각되어야 하는 대상이다. 학문의 동기는 단순한 호기심일 수도 있고 그러한 호기심이나 생활의 필요가 해결을 요구하는 어떤 문제일 수도 있다. 그것에 대응하여 어떤 사실이 연구되고 발견된다. 그러나 학문의 목적이 그러한 단편적 문제를 중심으로 한 문답으로 충족되는 것은 아니다. 그것은 자연과 사회와 인간에 대한 이성적 이해에 이르고자 한다. 개인적으로도 학문의 동기는 삶과 자연의 전체적 이해를 지향한다고 하겠지만, 특히 사회적으로는 학문의 기획에 대한 투자는 이 전체성의 목적에 의하여서만 정당화된다.

목표가 되는 것은 일단은 이론적 이해이지만, 그 나름의 철학적, 현실적 의미를 갖는다. 세계를 이성적으로 이해하는 것은 사람이 세계에서의 그의 위치를 헤아리는 데 필수적인 것이다. 또 그러한 이해로부터 세계의 기술적 조정에 대한 가능성이 태어난다. 적어도 서양에서 17세기에 현대 과학이 시작한 이래 사회적인 지원이 과학에 걸었던 희망은 점진적으로 확대되어 가는 세계의 과학적 이해와 그에 따른 보다 이성적인 삶의 가능성이었다. 그러나 과학 이전의 전통에 있어서도 또는 동양 전통에 있어서도 학문의 사회적 정당성은 그것이 세계에 대한 바른 이해를 제공하고 그에 의지하여 사람의 삶이 보다 바른 질서 속에서 영위될 수 있다는 희망이었다. 이렇게 볼 때, 대학의 진리의 탐구에서 요구되고 있는 것은 단순한 단편적 지식 —— 유용한 것이든 아니든 —— 이 아니라 세계에 대한 전체적이고 이성적인 이해이다.

대학은 여러 가지 연구 결과의 집적을 넘어서(물론 그것에 기초하여야 하지만) 문자 그대로 진리 자체를 제시해 줄 의무가 있다고 해야 할 것이다. 진리 탐구의 전당으로서의 대학이 위기에 처해 있다면, 그 하나의 설명은 이러한 의미에서의 진리가 보이지 않는다는 것이다. 다시 말하면, 이 진리는 이론적이다. 그러나 그것이 수많은 사실적 지식과 일치하는 것은 아니다. 또 대학의 진리는 삶에 대하여 실용적 의미를 가지고 있다. 그러나 그것이 직접적인 의미에서 그러한 것은 아니다. 세계의 이론적 이해가 그대로 실제적 의미를 갖는 것이다. 전체적인 진리 —— 이론적이면서 동시에 실제적인 진리가 부실한 마당에, 우리가 보는 것은 한편으로 삶에의 관련성이 불분명한 지식들이며, 다른 한편으로 성급하게 실용적 지식들, 기술적이든 도덕적이든 아니면 정치적이든 당장에 소용이 될 지식들이다.

## 2. 움직임으로서의 진리

대학의 연구에서의 전체성 또는 진리 자체의 부재에는 여러 가지 요인이 있다. 그 하나는 우리나라의 새로운 학문이 스스로의 목적을 의식하는 사회적 기획으로보다 모방적 수업으로 시작된 데 있다. 그리하여 우리의 학문은 사회적 삶, 또는 개인적 삶의 기본 좌표로서, 하나의 이해될 만한 세계의 모습을 제시하여 달라는 요구를 별로 받은 일이 없다. 물론 전통적 학문에 있어서, 이 요구는 지나치게 강력한 것이었다고 할 수도 있다. 전통적으로 학문은 개인적 사회적 삶의 문제에 해답을 주어야 하는 경세(經世)의 학문이거나 수신(修身)의 학문이었던 것이다. 그러나 서양에서 들어온 학문은 이것과는 전혀 다르게 자연과 인간에 대한 몰가치적, 객관적 이해를 지향하는 것이었다. 이러한 객관성의 학문도 보다 복합적이고 거창한 의미에서 개인적, 사회적 삶의 이성적 기획의 일부가 될 수 있다는 인식이 쉽게 드러나지 않는 종류의 학문이었다. 그 결과 학문은 단순히 사실적이고 실증적 지식의 집적으로 받아들여졌다. 그리하여 그것이 자연과 인간의 생존에 대한, 이성적으로 이해된 세계상의 일부가 된다는 생각은 일어나지 아니한 것이다. 그러나 다른 한편으로 세계에 대한 이성적 이해의 총체를 드러내라는 요구는 사실 세계 어디에서도 쉽게 받아들여질 수 없는 것이라고 해야 할 것이다. 그것은 어떻게 보면 학문의 실패보다는 성공으로 인한 것이라고 할 수도 있다. 오늘의 수없는 분과 과학이 수없이 산출해 내는 업적들을 어떻게 하나로 통합할 수 있을 것인가? 오늘의 사정에서 어떠한 학문 분야에서도 자기 분야의 또는 자기가 문제 삼는 영역에 있어서의 어느 정도의 숙달 이상의 것을 바라는 것은 불가능한 것이다.

그러나 학문의 실제에 있어서, 문제는 통일 과학의 가능성보다도 인간의 삶에 있어서의 학문적 또는 이성적 이해의 중요성에 대한 믿음이 아닌가 한다. 이러한 믿음에 기초함으로써 분과적 연구는 궁극적으로 하나의 세계의 모습의 일부가 될 수 있는 가능성을 가지게 된다. 자연과 인간에 대한 탐구는 세계가 이성적으로 이해될 수 있으며 사람이 스스로의 삶을 이성적으로 살 수 있다는 믿음으로부터 시작한다고 할 수 있다. 그런 의미에서 세계의 이성적 질서는 경험적 탐구 이전에 미리 선취되는 것이라고 할 수도 있다. 물론 이러한 이성적 질서에 대한 믿음은 경험적 탐구의 업적에 의하여 뒷받침되어서 비로소 확실한 것이 되기 때문에, 선취로서의 믿음과 업적의 관계는 변증법적인 것이 된다.

이성의 가능성에 대한 믿음은 역사적으로 성립하는 학문의 전통에서 나오고, 더 근본적으로는 문화의 분위기와 관행에서 나온다. 우리가 이 시점에서 가지고 있지 않은 것은 이러한 문화이다. 또는 우리가 그러한 문화를 가지고 있었다고 하더라도 그것은, 우리 사회가 현대에 겪은 엄청난 변화 속에서, 새로이 현실적으로 의미를 가진 것으로 정립되지 아니하면 아니 될 상태에 있다고 할 수 있다.

그러나 오늘날 우리가 가지고 있는 것은 위에 말한 바와 같이 학문의 실용적 응용에 대한 요구이다. 이것은 이것 나름으로 학문 또는 과학에 대한 믿음의 표현이라고 할 수 있다. 또 그것은 학문의 상황에 대하여 말하여 주는 바가 없는 것은 아니다. 그것은 인간의 삶이 학문적으로 이해되고 그것에 의하여 평정화될 수 있다는 믿음을 가지고 있다. 그것은 학문과 삶의 접합이 학문의 존재 방식의 근본임을 상기해 준다. 문제는 학문과 삶의 관계에서 그 관계의 성격이다. 실용성의 요구는 학문이 삶에 직접적으로 봉사하고 종속되기를 원한다. 이에 대하여, 학문이 세계에 대한 학문적 이성적 이해가 삶의 기초가 되기를 원하는 경우, 그것은 학문의 진리가 삶에 대하여 우위를 점하거나 아니면 적어도 변증법적 교환의 관계에 있어야 할 것으로 생각한다. 이때 삶의 요구는 잠정적으로 괄호 속에 유보된다. 뿐만 아니라 자연스러운 삶 그것도 진리의 관점에서의 반성의 대상이 된다. 그러고 보면 주어진 탐구의 대상으로서의 세계 자체도 그 모습을 달리하게 된다. 주어진 세계는 주관에 맞서서 나타나는 어떤 것이기 때문이다. 이러한 반성의 과정에서 학문의 정신이 탄생한다. 사물을 탐구하는 마음은 스스로를 의식하며 이 의식을 얻음으로써 참다운 사물의 인식의 가능성, 참다운 객관성에 이른다. 또 주관과 객관의 상호 작용을 하나로 거머쥐려는 노력의 결과가 바로 그것이기 때문에, 단편적 지식이 아니라 넓은 구역에 걸치는 일관성의 가능성을 열어 놓게 된다.

그런데 주목할 것은 학문의 신념은 신념을 버리는 과정을 경유한다는 것이다. 그것은 사실 신념의 길이 아니라 신념을 버리는 길처럼도 보일 수 있는 것이다. 이 점에 있어서 그것은 실용의 정신과 길을 달리한다. 물론 실용의 관점도 사물의 이치를 연구한다. 어떤 경우에 있어서나 사물은 그 나름의 고집을 가지고 있기 때문에 밖으로부터 부과되는 실용적 목적에 스스로를 완전히 내맡기지 아니한다. 그렇기는 하나 사람의 현실적 요구에서 나오는 실용성은 그대로 무반성의 상태에 남아 있기 때문에 그것에 의하여 제한된다. 그런데 실용적 목적에 봉사하든 아니하든, 주어진 대상을 향하고 그것의 이론적 실용적 조작에 전심하는 학문은 참다운 의미에서의 객관성이나 전체성에로 나아가기 어렵다고 해야 할 것이다. 하버마스의 실증주의 비판은 이러한 맥락에서 생각될 수 있다. 그에 의하면, 주어진 사실에만 충실하려는 "객관주의는 과학으로 하여금 법칙적 구조를 가지고 있는 자족적 사실의 세계의 모습을 잘못 설정하게 한다. 그러면서도 사실들의 선험적 구성을 은폐한다."[1]

말할 것도 없이 학문의 시작은 물어보고, 회의하고 부정하는 데서부터 시작된다. 그러한 과정은 달리 말하여 주어진 것들에 대한 맹신으로부터 해방되는 것을 말한다. 가장 간단한 과학적 명제도 주어진 사실로부터 해방될 것을 요구한다. 지구가 태양을 중심으로 돈다는 사실에 이르면, 태양이 우리 머리 위로 돌아가는 지각의 경험으로부터 일정한 거리를 유지하여야 한다. 그러나 이러한 거리 — 회의가 열어 주는 거리는 곧 다른 사실적 믿음에 의하여 메워진다. 지구가 태양을 중심으로 공전한다는 것은 사실인가? 보다 거시적인 관점에서 볼 때 그렇게 말하는 것은 하나의 편리한 기술 방법에 불과하다고 말할 수도 있다. 학문의 정신은 — 또는 더 좁혀 이것은 철학의 정신이라고 할 수도 있다. — 고정된 법칙의 세계, '유(有)'의 세계에 대하여 계속적으로 비판적 거리를 유지하는 정신이다. 그것은 완전히 모든 것을 '무(無)'로 돌리는 허무주의의 정신은 아니다. 그것은 한편으로는 법칙적 세계를 밝혀 나간다. 그러면서 다른 한편으로는 그것을 넘어가는 운동으로 존재하는 것이다. 그것은 '유'와 '무'의 변증법적 운동이다.

그러나 학문의 정신은 도처에서 '유'와 '무'의 변증법의 한쪽의 계기에

---

1  Jürgen Habermas, *Erkenntnis und Interesse*(Suhrkamp, 1968)(영역본), p. 305 참조.

사로잡히게 된다. 많은 학문적 노력은 주어진 '사상(事象)'들을 부분적으로 해명하고, 그것들을 연결하며 실용적 목적을 위하여 그것을 변형시키고자 하는 데 경주된다. 이에 대하여 주어진 현상, 주어진 현상의 전부를 부정하는 것을 그 인식의 지렛목으로 하는 학문적 연구가 있을 수 있다. 이것은 지적 탐구에 있어서 '무'의 계기를 중요시하는 연구이다. 그러나 이것은 곧 다른 '유'의 체계에 의하여 대체되기 쉽다. 그만큼 눈앞에 있는 것, 주어진 사실들의 체계이든 아니면 그것을 부정하는 다른 관념의 체계이든, 어떤 확실한 것에 대한 믿음을 벗어나기는 어려운 것이다. 크게 작게 부정의 체험은 허무의 심연에 이어져 있고 그것은 대부분의 사람에게 위험스러운 것이다. 현실의 전면적 부정에서 생겨나는 체계는 다른 어떤 경우보다도 이성적일 수 있다. 그런 점에 있어서만도 그것은 학문과 이성에 있어서 큰 진전을 나타낼 수 있다. 그러나 그것은 현실에 대하여 —— 모든 지적 탐구의 노력은, 적어도 그것이 현실의 해명에 관계되어 있다는 주장을 버리지 않는 한, 현실과의 관계에서 문제되지 아니할 수 없다. —— 매우 좁은 관계를 가질 수밖에 없다. 추상적 부정은 구체적인 사실과의 관련을 단순화하고 희석화한다. 다른 한편으로 현실에 맞서는 주체의 축도 추상적 원리의 몇 개로 단순화되고 고정된다. 그리하여 그것은 자연스러운 자아보다 빈약해지게 된다. 이것은 모든 추상적 관념 작용의 결과이다. 진리 탐구의 목적이 전체적이고 보편적인 인식 또는 태도에 이르고자 하는 것이라고 한다면, 그것은 주어진 삶의 요구와 현실을 전적으로 부정하기보다는 그것을 넘어가면서 그것을 포용하는 어떤 질서에 이르는 것이 아니면 아니 된다. 그것이 지향하는 것은 추상적 관념의 체계가 아니라 풍부하고 구체적인 전체이다.

주어진 현실로부터 일정한 거리를 유지하고 그것을 부정하면서 보다 큰 질서에 이르려는 노력은 현실을 부정하면서 그것에 밀착해 있는 비판적 지성에서 가장 잘 나타날 수 있다. 그것은 주어진 현실을 전체적으로보다는 부분적으로 비판하고 부정한다. 전체성은 이러한 현실 비판에서 끊임없이 암시되기는 하지만 결코 제시되지 아니한다. 그런데 이러한 전체성의 암시는 부분적 비판 속에 흩어져 버릴 뿐이며, 이론적으로나 실제적으로나 아무런 건설적 기여를 하지 못할 가능성이 크다. 그러나 이러한 문제점은 여러 가설적 사고에 의하여 보충될 수 있을는지 모른다. 이 가설적 사고는 현실에 대한 부분적 공학의 수정안 또는 보다 야심적인 대안 등을 제시할 수 있다. 그러나 그것도 현실을 움직이는 동력학으로부터 유리된 것일 수는 없을 것이다. 그것은 현실의 이론적 재구성 '유'와 '무', 실재와 부정을 포괄하는 현실의 이론적 재구성을 통하여 현실적이 될 수 있다. 다만 현실은 그때그때 그것의 이론적 구성을 허용하면서도 동시에 그것을 빠져나가 버리는 성격을 가지고 있는 것으로 보인다.

여기에서 진리를 여는 학문의 정신의 모습을 빈틈없이 따지는 것은 나의 능력을 넘어가는 일이다. 다만 확인되어야 할 것은 진리의 정신은 주어진 것에 대한 회의와 부정으로부터 시작한다는 간단한 사실이다. 그러면서도 그것은 쉽게 긍정으로 '유'에로 넘어가 버린다. 그렇다고 그것은 추상적인 부정의 자세에 만족할 수 있는 것은 아니다. 그것은 '유'와 '무'를 생성하고 부정하는 운동이다. 진리로서의 존재의 운동은 헤겔이 생각한 것처럼 무한하면서 또 긍정적일 수 있다. '긍정적 무한(Die affirmative Unendlichkeit)'[2]은 그 한 모습을 포착한 것이다. 진리의 움직임으로서의 존재는 테제에서 안티테제로 또 진테제로 옮겨 간다. 그것은 부정과 긍정의 경로 속에 스스로를 움직여 가는 것이다. 단순한 이해의 기획으로서의 진리도 이 운동에, 이 운동의 불안에 스스로를 맡길 수 있어야 한다. 이 맡길

---

2  헤겔, 『논리학』, 1부 1권 2장 참조.

수 있게 해 주는 것이 진리에 대한 신념이다.


### 3. 쉼으로서의 진리

진리는 움직임이다. 위에서 우리는 이 점을 강조하였다. 그러나 여기에서는 우리는 그것이 동시에 정지라는 것을 상기하고자 한다. 진리 탐구의 태도는 자연스러운 삶의 태도를 정지시킨다. 그럼으로써 비로소 삶은 부유의 상태에서 이론적 검토의 대상이 될 수 있다. 검토의 주체의 입장에서도, 사물을 있는 그대로 인식하는 것은 커다란 주의의 집중을 요구한다. 이것은 자유분방한 정신의 움직임을 정지하고 한곳에 멈추어 선다는 것을 말한다. 물론 정지는 운동으로 바뀌어야 한다. 탐구자는 대상의 동기와 맥락의 가닥이 유도하는 대로 그의 시선을 옮겨 가야 한다. 또 그가 원하는 것이 포괄적 진리에 이르고자 하는 것이라면, 그는 다른 대상으로 그의 주의를 옮겨 가고, 계속적으로 하나의 일관성을 유지하도록 앞뒤를 살펴야 한다.

그런데 진리 탐구에 있어서의 정지의 계기는 단순한 주의 집중이나 객관적 관찰의 태도 이상으로 확대될 수도 있다. 앞에서 말한 바와 같이, 학문적 진리의 탐구는 실용적 목적에서 풀려날 때 시작된다. 그러한 목적에 봉사하는 학문적 노력의 맹점은 그것이 충분한 자각을 가지고 있지 않다는 데 있다. 그것은 학문적 기획을 동기 지어 주고 있는 현실 생활의 요구에 대한 반성을 결하고 있는 것이다. 보다 객관적이고 전체 지향적인 진리에의 제일보는 이 현실 생활의 요구를 성찰의 대상으로 삼는 것이다. 그런데 이때 성찰하는 자는 누구인가? 현실 생활의 요구가 단순히 비판되어야할 다른 사람의 요구가 아니고 인간적으로 납득할 만한 요구이며 또 그런

만큼 나 자신의 요구라고 할 때, 이론적 관찰의 순간에 사람의 내면은 둘로 나누어진다고 말하여야 한다. 그리고 이 둘 가운데 현실적 이해관계를 사상(捨象)한, 정화된 자아가 위에서 말한 관찰자가 된다. 육체를 가지고 있으며 현실의 착잡한 이해관계 속에 매몰되어 있는 인간이 어떻게 순수한 이론적 태도를 취하고, 말하자면, 에머슨의 비유를 빌려 '순수한 눈알'이 될 수 있느냐 하는 것은 인간 존재의 신비의 하나이다.

이 신비를 단순화하는 편리한 방법은 이성의 원칙에 스스로를 합치시키는 것이다. 이성의 원칙에 따른 이성적 세계의 구성은 세계를 객관적이고 법칙적인 것으로 드러내 준다. 17세기 이후의 서양 과학의 역사적인 기획은 세계의 이성적 조명이었다. 그러나 과학이 보여 주는 이성적 법칙의 세계가 반드시 세계의 실상과 일치하느냐 하는 데에는 문제가 있을 수 있다. 후설에 따르면 과학의 세계는 경험적 세계의 충만성(plenum)을 단순화하고 억압함으로써 가능해진다. 그것이 세계의 실상이라고 주장할 때, 그것은 "수학적으로 구성된 이념적 세계로서, 은밀히 유일한 현실 세계 ― 지각을 통하여 실제로 주어지고, 경험되고 경험될 수 있는 세계, 우리의 일상적 세계를 대치한 것"이다.[3] 과학의 수학적 이상화 내지 단순화에 대하여 후설은 보다 더 근본적인 현실 세계에 대한 이해가 현상학적 방법으로 가능해진다고 말한다. 그것은 과학을 포함한 '생활 세계'의 구성에 관한 직접적이고 전면적인 해명을 약속하는 것이다. 그러나 이러한 경우에도 이성적 단순화는 불가피한 것으로 보인다. 후설이 관심을 가지고 있는 것은 지각의 대상이 되는 구체적인 사물, 가령 "돌이며, 짐승이며, 초목이며 나아가 사람이며, 사람이 만든 물건들" 그 자체가 아니라 "있을 수 있

3 Edmund Husserl, *Die Krisis der europäischen Wissenschaften und die transzendentale Phänomenlogie: Eine Einleitung in die Phänomenologische Philosophie*(Northwestern University Press, 1970)(영역본), pp. 48~49 참조.

는 사물 체험의 지평으로서의 세계 지평"그 자체도 아니고 그것들의 선험적 구조 또는 구성이다. 이 구조 또는 구성은 이성적 성찰을 통하여 해명된다. 그리하여 목표가 되는 것은 "생활 세계의 과학" 또는 "생활 세계의 본질의 순수 이론"[4]이다.

이성을 통하는 형식화, 그에 따르는 불가피한 내용의 공허화를 피하면서, 돌과 짐승과 초목들을 있는 그대로 아는 것(또 그런 경우 그것은 반성 이전의 상식적 태도에서와는 달리, 후설이 지적하는 바와 같이, 보다 넓은 지평 속에서의 사건으로 나타날 것이기 때문에) 그러한 돌과 짐승과 초목의 나타남의 바탕으로서의 지평에 대한 보다 직접적인 삶은 시적 직관에나 주어질 수 있는 것인지 모른다.

비록 철학적 사고의 테두리 안에서이기는 하지만, 하이데거가 존재론 또는 더 좁게는 그의 진리론에서 암시하려고 하는 것은 주관적 구성이나 간여를 배제한 경지에서의 사물의 진리 인식으로 말할 수 있다. 그에 의하면 근본적으로 진리는 숨어 있는 것을 드러내는 일이다. 그것은 있는 것을 있게 하는 일(Seinlassen)이다. 그런데 이 있음이 있게 하는 것은 열림(das Offene)에 참여함으로써 가능하다. 이 열림 가운데 어떤 있음이 자리하게 함으로써 사물이 있게 되는 것이다. 이 열림은 사람과의 관계에서 일어난다. 그것은 "관계 구역"으로 "관계되고 취해진 것이다." 그러나 이것은 인간 존재 자체가 이 열림 속에 참여하고 있음으로써 가능하다.[5] 다시 말하면 진리는 있는 것을 그대로 있게 하는 것이지만 그것은 인간의 동참을 필요로 하고 또 인간의 자유의 영역에서 얼어난다. 이것은 진리의 일어남에 있어서의 오류의 가능성, 또는 더 중요한 것으로서, 역사적 선택의 가능

---

4　Ibid., pp. 138~141 참조.

5　Martin Heidegger, "Von Wesen der Wahrheit", *Wegmarken*(Klosterman, 1976), pp. 182~193 참조.

성, 그러니까 서로 다른 종류의 진리의 가능성, 따라서 인간의 진리 인식이 있는 그대로의 있음의 세계를 벗어날 수 있는 가능성을 낳게 된다. 물론 진리에 관계되는 인간의 자유는 자의적인 것을 의미하지 않는다. 그것은 단순히 "열림에서의 열리는 것을 위한 자유(Freiheit für das Offenbare eines Offene)"[6]이며, "있는 것을 바로 그것인 바의 있는 것으로 있게 하는 자유에 불과하다.(Die Freiheit zum Offenbaren eines Offenen laßt das jeweilige Seiende das Seiende sein, das es ist.)"[7]

그런데 다른 곳에서, 특히 그의 만년의 저작에서 하이데거는 인간의 자의(恣意)에 의한 단순화나 왜곡이 없이 진리에 이르는 일이 가능한 것처럼 말한다. 사람이 진리에 가까이 가는 것은 명상적 사색을 통하여서이다. 이것은 사물에 대하여, 그 신비에 대하여 완전히 열려 있는 상태가 되려는 것이다. 여기에서 중요한 것은 의지를 버리고 완전히 수동 상태에 들어가는 것이다.

　사물은 그 보임을 통하여 우리에게 마주 선다.
　사물을 표상한다는 것은 나무의 나무스러움, 항아리의 항아리스러움, 그릇의 그릇스러움, 돌의 돌스러움, 풀의 풀스러움, 짐승의 짐승스러움을 그러한 보임으로 우리 앞에 놓고 이 물건이 나무 모양으로, 저 물건이 항아리 모양으로, 이 물건이 그릇 모양으로, 다른 많은 것이 돌 모양으로, 또 많은 것이 풀 모양으로, 또 많은 것이 짐승 모양으로 우리에 마주 설 때 그 보임 안을 들여다본다는 것을 말한다.[8]

---

6　Ibid., p. 187 참조.

7　Ibid., p. 188 참조.

8　Heidegger, *Gelassenheit*(Neske, 1960), p. 58 참조.

이것은 사물이 보임의 장, 지평 속에 나타난다는 말이다. 그러나 이 지평은 사람의 인위적인 노력으로 나타나는 것도 아니고 시각 작용의 조건만을 지칭하는 것도 아니다. 그것은 모든 것만 아니라 하나하나를 포함한다. 지평을 하이데거의 더 적극적인 용어로는 '지역(die Gegend)'이라고 부른다. "그것은 아무것도 일어나지 않은 것처럼 낱낱의 것을 낱낱의 것으로 모으며, 모든 것을 스스로 가운데 쉬면서 머물음 속에 있게 모은다."⁹ 이렇게 그것은 개체화의 원리이기도 하고, 또 전체적 관계의 원리이기도 한다. 그런 의미에서 그것은 개체를 빈약화함으로써 구성되는 전체를 지칭하지 아니한다. 그러니까 항아리는 구역하는 것의 넓음 속에 그대로 머물 수가 있는 것이다.(Verweilen des Kruges in die Weite der Gegend.)¹⁰ 이것은 '지역'이란 말에도 들어 있는 암시이다. 그것은 부분의 공간을 지칭하는 것이면서도 또 모든 것을 수용하기 때문에 '모든 지역의 지역(die Gegend aller Gegenden)'¹¹이다. 이렇게 그것은 부분이면서 부분을 넘어가는 어떤 것이다.

물론 이것은 이와 같이 기계적 분석으로서는 설명할 수 없다. 하이데거는 이 지역 또는 지역화가 모든 것의 근본인 것처럼 말한다. 진리도 여기에 관계되어 있다. 진리가 드러남(Unverborgenheit)이라고 한다면, 이것이 진리로 하여금 나타나게 하는 것이다. "생각한다는 것은 이 지역을 향하여 스스로를 자유롭게 하며, 진리가 나타나도록 결의하는 일이다.(Dann wäre das Wesen des Denkens, nämlich die Gelassenheit zur Gegend, die Entschlossenheit zur wesenden Wahrheit.)"¹² 이러한 관계는 인과율이나 선험적 분석으로 밝

---

9  Ibid., pp. 41~42 참조.
10  Ibid., p. 54 참조.
11  Ibid., p. 40 참조.
12  Ibid., p. 61 참조.

혀지는 것이 아니다. 그것은 주객이 분리되는 대상적 사고로 접근될 수 있는 것도 아니다. 과학적 사고의 기본이 되는 이 대상적 사고는 틀린 것이 아니면서 그것보다도 더 근원적인 진리에 대한 명상에서 나오는 하나의 가능성이며 역사적 통로에 불과하다. 근원적 지역에의 접근은 언어로는 설명할 수 없다. 말이 있다면 "안에 머물다(Inständigkeit)"라는 말로 암시할 수 있을 뿐이다. 다만,

> 생각하는 마음을
> 드높은 회상의
> 더할 나위 없는 너그러움의
> 소박한 참을성 안에
> 두어야 할 일인 것이다.[13]

위에서 하이데거의 시적이며 신비적인 명상에 언급한 것은 그것이 유일한 진리에의 길이라고 말하려는 것은 아니다. 그러나 그것이 진리에로 나아가는 중요한 길임은 많은 사색의 전통에서 주장되는 것이다. 진리는, 위에서 간단히 살펴본 바와 같이, 현실에 대한 실용적 관심에, 현실에 대한 객관적이고 이성적인 이해에 이르려는 정신의 부정 운동에, 그러한 운동의 근본이 되는 생활 세계에 대한 선험적 반성에, 또는 모든 것의 근원에 대한 시적이며 신비적인 명상에, 각각 그 나름으로 또 서로 이어지면서 존재할 수 있다. 중요한 것은 이 모든 것이 진리에 접근하는 방법의 여러 면을 예시할 뿐이지, 그것을 어떤 고정된 것으로 제시하지 않는다는 것일 것이다.

---

**13** Ibid., p. 62 참조.

어떤 경우에 있어서나 진리는 접근될 뿐이지 완전한 형태로 드러나지는 아니한다. 그리고 이 접근은 궁극적으로 어떤 체계적이고 방법적인 조작을 통하여 이루어지는 것은 아니다. 방법이야말로 과학의 핵심이다. 그러나 사람을 과학으로 이끌어 가는 동기에 있어서, 또 과학적 상상력의 높은 경지에 있어서 중요한 것은 우연적인 요소 그리고 정서적인 요소이다. 진리는 사람의 밖에 따로 존재하는 것이 아니다. 그것은 사람의 안에 진리로 향하여 가게 하는 무엇이 있는 것이다. 우리는 작은 사고의 과정에도 재미 또는 즐거움의 작용이 있는 것을 의식할 수 있다. 하이데거가 말하는 궁극적인 진리에로 사람이 열리는 경우에도 마음이며 회상이나 내면화, 드높은 생각 등이 관계되어 있음을 우리는 보는 것이다. 그것은 로고스의 현상임에 못지않게 파토스의 현상이다. 그렇다는 것은 인간 존재 전부가 그것에 감응한다는 말이다. 진리는 사람과 세계의 마주침에서 저절로 일어나게 된다. 이것은 물론 사람의 마음에 사물에 감응하는 느낌이 살아 있음으로써이다. 그것은 끊임없는 기다림이며, 떨림이다. 이 감응은 사회와 문화의 분위기에 의하여 둔하여지기도 하고 민감하여지기도 한다. 그리고 그것은 하이데거의 말대로 개인적인 또 한 사회의 진리를 위한 역사적인 결의(Entschlossenheit zur wesenden Wahrheit)에 달려 있다. 우리 대학과 사회에 있어서 진리에 문제가 있다면, 진리의 기쁨과 결의를 사람들의 마음에 또 사회 전반에 깨우치게 하는 무엇인가가 우리에게 결여되어 있다는 것을 뜻하는 것일 것이다.


## 4. 현실 행동과 진리

하이데거의 진리관은 수동적인 기다림을 강조한다. 이러한 정적주의

(靜寂主義)는 사람의 현실적 요구의 긴박성을 너무 무시하는 것이라고 할 수 있다. 우리에게는 진리에 이르는 것보다도 사는 문제가 더 긴박한 것이다. 하이데거 자신「게라센하이트(Gelassenheit)」에서 "게라센하이트는 비현실 속에 그리고 허무 속에 떠돌며, 모든 행동력을 상실하고 모든 것을 의지 없는 방치에 맡기는 것이며 근본적으로 삶의 의지를 부정하는 것"[14]이라는 우려를 낳을 수도 있다고 말하고 있다. 이것은 근거가 없는 것은 아니다. 이러한 극단적인 경우가 아니라고 하더라도, 모든 진리에 대한 관심에는 이러한 수동성 —— 정열적 수동성이라고 하더라도 역시 그렇다고 말할 수밖에 없는 수동성이 있다. 그것은 어떤 형태로든지 자연스러운 삶을 유보하고 이론적 또는 관조적 태도에 들어가는 것을 조건으로 가지고 있는 것이다. 그러나 이것이 진리의 과정의 모두라고 할 수는 없다. 그것은 진리의 과정, 삶의 과정에 있어서의 한 계기를 이룰 뿐이다. 다만 이것은 빼어놓을 수 없는 계기라는 것을 잊지 않을 필요가 있다. 특히 삶이 의미 있는 과정 또는 의미 있는 행동의 과정이 되기 위해서는 그러하다.

위에서 살핀 것처럼 이 진리의 계기, 이 정적의 계기는 여러 가지 다른 성격을 가질 수 있다. 그것은 신비적 합일의 상태에서의 절대적인 정적과 정지일 수도 있고, 주어진 사물과의 관계에서 순진한 긍정의 태도를 유보하고 회의와 부정의 거리를 확보하면서 부정의 운동에 들어가는 것일 수도 있고, 이와는 달리 새로운 대안의 창조적 구성 행위일 수도 있다. 그러나 이러한 다른 성격의 정적과 사색의 계기들은 궁극적으로는 전혀 별개의 것들을 의미하는 것들이 아니다. 가령 주어진 현실을 부정하고 대안적 재구성을 생각할 때, 그러한 대안의 가능성은 원초적인 진리 또는 존재와 그것의 이성적 구성 사이의 간격을 전제하지 않고는 생각할 수 없는 것이

---

**14** Ibid., p. 60 참조.

다. 새로운 구성은 원초적 존재의 어두움 속으로 되돌아가 그곳으로부터 새로운 진리를 드러나게 하는 것을 말하는 것이다. 다른 한편으로 우리가 원초적인 진리의 드러남 속에만 머물러 있다면, 이미 비친 바와 같이, 우리는 현실과 현실적 행동으로부터 떨어져 나가고 삶에의 의지 그것마저도 상실해 버릴 우려가 있는 것이다. 오류와 방황의 가능성에도 불구하고 사람은 수동성의 세계에서 능동성의 세계에로 나올 필요가 있다.

행동에의 요구는 진리로부터 나온다. 진리의 직관은 그것이 실현되어야 될 것을 암묵리에 촉구한다. 그러나 그것이 어떤 진리인가 하는 것이 분명한 것은 아니다. 개인의 다원성을 전제하는 관점에서는 행동을 위한 진리에 보편적 동의가 있을 수 없는 것이라고 생각된다. 그것은 주관적 가치관과 세계관의 문제이고 궁극적으로 객관성의 진리 기준으로 평가할 도리가 없는 것이다. 그렇다고 하더라도 우리가 받아들이는 궁극적 진리 또는 가치가 무엇이든지 간에 그것을 어떻게 현실화할 것인가 하는 문제는 객관적으로 고찰될 수 있는 것이다. 목적과 수단의 정합성을 생각하는 일은 객관적일 수 있다. 그러나 이것을 생각하는 데 있어서도 삶의 이해관계로부터 해방되어 이론적 명증성을 유지하는 것이 필요하다. 가치에 어떤 진리 기준 또는 이성적 기준이 적용될 수 없다고 하여도, 가치의 실현은, 이론적 계기를 갖느냐 그렇지 않느냐에 따라서, 이성적으로 이루어질 수도 있고 감성적 폭발로 끝날 수도 있는 것이다.

그런데 이것이 순전히 방법상의 문제라고만 할 수는 없다. 비이성적이라고 할 목적의 실현에 이성적 수단을 사용하느냐 아니하느냐 하는 결정 자체가 이미 일정한 가치의 선택을 나타낸다. 이성의 선택은 수단의 문제이면서 가치의 문제이다. 가치와 사실의 세계를 날카롭게 구분하고 가치판단이 아니라, 가치의 사실적 관련과 그 귀결에 대한 판단을 포함하는, 그러한 사실적 판단만이 객관성을 가질 수 있다고 생각한 막스 베버의 사실적 판단에 대한 예에도 이미 가치가 들어 있다. 그에 의하면, 과학적 또는 학문적 사고가 할 수 있는 것은 목적과 수단 또는 전제와 결론의 연관에 대한 해명이다. 어떤 목적을 결정했을 때, 과학은 거기에 따라야 하는 필수적 수단을 밝혀 줄 수가 있다. 그 경우에 그러한 수단은 받아들일 수 없는 것일 수가 있다. 그리고 이것은 목적의 수정을 가져올 수 있다. 물론 여기의 목적 수단의 계산은 순전히 비용의 관점에서 행해질 수도 있겠으나 다른 고려를 포함할 수도 있다. 또는 우리가 어떤 세계관의 입장을 취하는 경우 과학은 그것의 현실적 귀결을 보여 줌으로써, 원래의 세계관적 입장의 현실적 의미를 밝혀 줄 수 있고, 그것을 통해서 우리로 하여금 원래의 입장을 재고하게 할 수 있다.[15]

가치 중립의 사회학의 원조로 불리는 막스 베버의 가치는 부르주아 민주주의의 다원적 가치였다. 가치 내용을 사상한 가치 중립의 형식주의는 다원적 가치의 형식적 조건이다. 베버의 가치 중립적 태도는 정치적 온건성, 타협, 개인의 자유, 합리성, 윤리적 책임과 같은 가치에 대한 존중에 연결되어 있는 것이다.[16]

그러나 가치의 문제에 있어서 다원적 선택만이 있고 객관성 또는 일정한 기준에서의 동의가 있을 수 없다는 것은 지나치게 엄격한 과학적 기준을 적용한 결과이다. 베버 자신 가치의 선택에 있어서의 문화적 의미의 중요성을 인정하였다. 그러나 문화 전체를, 특히 하나의 역사 공동체에서의 문화를 반드시 상대주의적으로만 보아야 할는지는 확실치 않다. 문화의 전통은, 반드시 과학적 기준에 따르는 것은 아닌, 그러나 그런 만큼 더 포

---

15 H. H. Gerth and C. Wright Mills eds., *From Max Weber*(Oxford, 1967), pp. 151~152 참조.

16 Robert J. Antonio and Ronald M. Glassman eds., "Values, History, and Science: The Metatheoretic Foundations of the Weber Marx-Dialogue", *A Weber-Marx Dialogue*(Kansas University, 1985), p. 34 참조.

괄적이고 풍부한, 인간적 지혜의 저장소이다. 그것을 통하여 우리는 내면적으로부터 파악된, 또 내면성이 인간의 가장 중요한 특징이라고 한다면, 인간의 본질로부터 파악된, 인간성의 함수와 또 그 역사적 변용을 이해한다. 이렇게 볼 때 문화와 문화가 배태하는 가치에 그 나름의 보편성이 없을 수 없는 것일 것이다. 다만 문화가 보유하고 있는 인간과 인간적 가치의 이해는 쉽게 과학적 방법으로 접근될 수 없다. 거기에 필요한 것은 과학적 이성보다는 해석학적 이해이다. 이것은 문화유산에 대한 엄밀한 이해와 더불어 자신의 내면 그리하여 의미와 가치의 근원인 인간의 내면성, 또 그것의 존재와의 동시성에 대한 명상적 탐구이다. 그러나 문화적 표현의 해석을 거치지 않더라도 인간의 보편적 가치에 대한 동의에 대한 상식적 동의가 없는 것은 아니다. 용기, 관용, 정의, 자유, 평등, 이러한 가치들 또는 베버 자신의 가치로서 위에 든 것들의 보편적 타당성은 많은 사람들이 받아들일 수 있는 것이다. 다만 문화적 해석학의 도움을 통해 우리는 이러한 가치의 보다 깊은 근원을 알 수 있고, 이 근원으로부터 시작함으로써 그것들의 현실적 표현의 여러 관련과 다양함을 알 수가 있는 것이다. 그렇지 않은 경우 그것들은 쉽게 삶의 실상으로부터 벗어져 나가는 추상적 덕목이 되어 버릴 수 있다.

생산력의 놀라운 증대와 그것에 대한 과학적 이해는 이러한 문화적 가치들의 물질적, 사회적 조건들을 어느 때보다도 분명하게 밝혀 주게 되었다. 그리하여 여러 문화적 또는 더 좁게는, 도덕적 가치들은 주어진 삶 속에서의 행동 지침, 그것도 주어진 상황에 대한 반작용으로서의 인간 행동에 사용될 수 있는 행동 지침이 아니라 역사의 발전 속에서 보다 적극적으로 그 실현을 추구할 수 있는 가치로 생각되게 되었다. 그 역사적 전개에 있어서 역점은 전적으로 물질적 기반에 주어지고, 중요한 문화적 가치는 한정된 정치적 덕목으로 좁혀졌지만, 마르크스주의의 프로그램은 원래 이러한 이해에서 나오는 것이라 할 수 있다. 어쨌든 기왕에 사회가 변하고 발전하는 것이라면, 그것이 인간의 보편적 가능성을 실현하는 쪽으로 변화 발전할 것을 바라고, 그것을 위한 행동적 개입을 요구하는 것은 당연한 일이다. 여기에서 역사 전개에 대한 과학적 이해는 가장 중요한 연구가 된다. 인간성의 실현은 역사가 한정하는 조건 속에서만 이루어질 것이기 때문이다.

그러나 역사 그리고 그 발전적 전개를 위한 행동적 개입의 이해가 참으로 과학적이 될 수 있을까? 혁명의 과학의 가능성에 대한 지나친 신념은 독단론에 떨어질 수 있다. 여러 가지 형태의 통속 마르크시즘에서 보는 것은 이러한 독단론이다. 근년의 과학사가들이 보여 주듯이 자연과학에 있어서까지 참다운 창조적 발전은 정상적 과학의 절차를 넘어가는 도약으로 이루어진다. 창조적 과학의 방법은 파이어아벤트의 용어를 빌려, '이론적 아나키즘'이다. 그 세부에서만이 아니라 그 제일 원리까지도 끊임없이 재검토를 허용하지 않는 과학의 체계는 곧 추상적 관념론이 되어 버리고 만다. 또 모든 이론은 실천적 의미를 가지고 있게 마련이므로, 독단적 관념론은 인간과 인간적 경험의 현실의 왜곡과 억압을 수반한다. 드러남으로써의 진리는 어떤 경우에 있어서나 감춤과의 적극적 긴장 속에서만 살아 있는 진리로 남는다.

그렇다고 역사에 아무런 법칙성이 없는 것은 아닐 것이다. 한 사회가 포용하고 있는 여러 목적과 수단의 전체는 하나의 체계를 구성하는 것으로 생각될 수 있으며, 그것의 논리적 가능성도 계산될 수 있는 것으로 이론적으로 상정될 수 있을 것이다. 또 사회 안의 여러 유형화될 수 있는(마르크스주의적 해석으로는 계급에 따른) 목적과 수단은 세력 관계, 하나의 패권적 질서를 이루는 것으로 생각될 수 있다. 그 역학이 그리는 벡터가 역사의 방향을 가리킬 것이다. 마르크스의 역사 발전의 여러 단계는 이 역사의 방향의 궤적을 대체적으로 그려 본 것이다. 그러나 그것이 어떤 철칙을 보여 준 것이라고 말하긴 어렵다.

알튀세르가 그 나름으로 마르크스를 해석하면서, 마르크스의 역사 이해는 역사적 사실에 관계되는 것이 아니고 현재의 역사적 이해에 관계되어 있다고 한 것은 생각해 볼 만한 명제이다. 그가 강조하듯이 우리가 알아야 할 것은 "과거에 대하여 현재의 정당한 인식론적 우위성"이다.[17] 즉 마르크스의 역사는 성숙한 현재의 관점에서만, 또 그것을 해명한다는 데 있어서만 사실이다. 과거의 시점에서 그것은 꼭 바른 사실도 아니고 예견되는 미래도 아니다. 이 어려운 개념은 프레드릭 제임슨이 마르크스의 생각을 니체의 '계보학(geneology)'의 개념에 연결할 때 더 분명해진다. 계보학적으로 보면, 마르크스의 역사 해석은 성숙한 체계(가령 자본주의)로부터 시작하여 그것의 객관적 선행 조건들을 인위적으로 재구성하는 행위이다. 그 목적은 과거의 역사를 보여 주려는 것이 아니다. "공시적 체계를 엑스레이에 비춘 듯 보여 주려는 것인데, 통시적 원근법은 현재의 체계의 기능적 요소들을 명확히 지각할 수 있게 하는 역할을 하는 것이다."[18]

그러나 통시적 원근법에서 드러나는 역사는, 제임슨 자신이 강조하고 있는 것처럼, 편의상의 방법론적 가설이 아니다. 그것이 사실임에는 틀림이 없다. 그러나 그것은 진행하는 역사의 교본이 될 수는 없다. 그러한 점이 있다면, 그것이 종교적 가르침처럼 시대와 인간을 활성화하고 영감적이 되게 할 수 있다는 점에서,[19] 그것은 실천의 과학이 아니라 시(詩)가 되는 것이다.

어떻게 보면 단순히 지적인 의미밖에 가질 수 없는 이러한 계보학적 역사의 해명은, 알튀세르의 생각에는, 노동 계급으로 하여금 그 역사적 과제

---

17  Louis Althusser, *Lire le Capital*(Maspero, 1968)(영역본), p. 125 참조.

18  Fredric Jameson, *The Political Unconscious*(Cornell University Press, 1981), p. 139 참조.

19  Ibid., pp. 128~129 참조.

와 그 필연성을 자각게 하는 데에는 현실의 무게를 갖는다. 그러나 그 현실은 역사의 진전으로가 아니라 오로지 실천으로만 현실이 되는 현실이다. 물론 이 실천의 절대성이 이 현실의 절대적 현실화를 보장한다고 말할 수는 없을 것이다. 우리가 어설프게 짐작하는 대로라도, 실재하는 사회주의 국가들의 여러 문제들은 이것을 강력하게 시사한다. 그러나 여기에서 우리의 논지와 관련해서 더 중요한 것은, 알튀세르의 마르크스 이해가 맞는다고 한다면, 역사에 대한 마르크스의 혜안(慧眼)에도 불구하고, 역사에 있어서의 실천은 다시 현실의 아나키에로 환원한다는 점이다. 사실 우리는 역사와 또 개인적 경험을 통하여 우리의 행동의 장이 완전한 법칙적 세계일 수 없음을 잘 알고 있다.

이러한 생각이 반드시 역사적 실천의 이성적 이해와 계획을 버려야 된다는 결론에 이르는 것은 아니다. 오히려 지적 노력의 끊임없는 긴장과 지속의 필요가 새삼스럽게 중요해진다고 하는 것이 옳다. 개인적으로나 사회적으로나, 가치와 목적 그리고 실현의 수단의 모든 것과 그 상관관계의 모든 가능성을 망라한다는 것은 이론적으로 연구될 수 있는 가능성의 범위에 들어가는 일이다. 논리적 구조적 조명은 그 나름의 완성에 이를 수도 있다. 이것들이 어떤 순서로 현실 속에 구현될 수 있는가는 조금 더 불투명할 것이다. 그러나 그것도 투시가 불가능한 것은 아닌 것처럼 보인다. 더욱 불투명한 것은 현재를 움직이는 동력학이다. 그러나 이것도 완전히 혼란스러운 것만은 아니다. 그것은 그것대로의 법칙적, 유형적 이해를 허용하는 것일 것이다. 그러나 필요한 것은 보다 섬세한 어떤 감각이다. 현재의 순간을 가장 알기 어렵게 하는 것은 인간의 창조성이기 때문에, 시대의 내면적 생활──시대적 경험의 가능성과 이것이 인간 심성에 대하여 갖는 형성적 영향이 만들어 내는 어떤 전체에 대한 깊은 공감이 현재를 해명하는 조건이 될 것이다. 사실 이 점에서는 문학적, 시적 직관이 다른 과학적 접근보다 예언적일 가능성이 크다. 물론 직접적인 인과 관계의 추론이 가능한 것은 아니면서, 인간 행동의 논리적 구조와 그 통시적 전개의 통로에 대한 지식의 암시적인 보조 수단이 여기에 중요한 역할을 하는 것임은 말할 것도 없다.

여러 가지의 현실 해명의 방식이 그 나름의 타당성을 가지면서 현실을 완전히 포착하지 못하는 것은, 앞에서 비친 바와 같이, 현실이 이성적, 개념적, 언어적 또는 시적 정형화로부터 빠져 달아나는 것이기 때문이다. 자연이든 역사든 아니면 개인적 실존이든 현실에 즉하여 그것을 의미 있게 형성하는 방법은 끊임없이 둔갑을 하며 달아나는 현실과 함께 움직이는 방법밖에 없다. 그러면서 다른 한편으로는 이 움직임은 현실의 근원 — 세계와 진리, 인간의 사고가 함께 나오는 근원에 닿아 있어야 한다. 그럼으로써 그것은 움직이는 현실 속에 자신을 잃어버리지 아니한다.

대학에서의 진리 탐구는 이러한 움직임과 회귀에 의하여 살아 있는 것이 된다. 매우 개괄적으로 말하여 오늘의 대학의 문제는 살아 움직이는 진리에의 개방성, 그것에의 결의를 어떻게 그 다양한 분과 과학의 활동 속에 유지하느냐 하는 것이다. 그러면서 성급한 의미에서가 아니라 보다 넓고 긴 의미에서 역사의 인간적 발전에 기여하는 일이다.

(1990년)

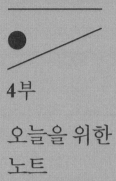

4부

오늘을 위한
노트

# 국제공항

## 포스트모더니즘의 상황에 대한 명상

　요즘 세상에 보통 사람이 접할 수 있는 최첨단의 사회 기구의 하나는 비행기 여행에 관계된 여러 시설과 조직이 아닐는지 모른다. 망망하기 짝이 없는 세계의 두 지점을 짧은 시간 내에 그것도 아무런 차질 없이 정확히 계획한 대로 연결할 수 있다는 것은 놀라운 일이 아닐 수 없다. 승객은, 여행에 따르는 관료적 장벽의 문제들을 빼놓는다면, 이 엄청난 일을 해내는 데 전화 한 통화와 요금 지불의 간단한 절차 이상의 수고를 할 필요가 없다. 놀라운 일이기는 하지만, 어쩌다가 이 놀라운 능률 가운데 더러 막히는 일이 있어서, 가령 좌석 예약이 마음대로 되지 않는다거나 갈아타는 비행기가 연결이 잘 안 된다거나, 또 비행기를 타고 보면, 출발 도착이 지체된다거나 음식이 불편하다거나 자질구레한 일상적 불편이 없는 것은 아니다. 아직도 능률의 개선의 여지가 있다는 말도 되지만, 세계 여러 나라에 있어서 어떤 계층에는 비행기 여행이 상당히 대중화되어 소위 서비스라는 것이 서비스 수요에 못 미치는 때문이기도 하다고 할 수 있다.

　그래도 놀라운 것은 비행기 여행 체제의 능률이다. 비행기가 요즘처럼 많지 않던 시절, 또는 기차나 선박이 유일한 국제 여행의 수단이었던 시절, 또는 그러한 여행의 산업 수단이 생기기 이전을 생각하면 여하튼 놀라운 일인 것이다. 가령 서울에서 뉴욕을 간다, 모스크바를 간다, 또는 나이로비를 간다고 하는 것은 옛날이라면 보통 사람은 생각도 할 수 없는 일이지만, 어떤 모험가가 있어 그러한 여행을 계획한다고 했다면 그것은 필생의 사업, 자신 생애의 중요한 부분을 그것에 바치고, 그러한 여행으로 가령 일생을 보내지는 아니한다고 하더라도 그 여행으로 하여 그야말로 운명의 나침반이 영영 달라져 버리게 된 그런 인생을 보내게 되었을 것이다. 그러한 여행을 준비하는 데에만 소요되었을 시간과 정력과 자원을 생각해 보라. 준비 기간만도 몇 달, 아니 몇 년이 걸렸을지 모를 일이다. 그런데 전화 한 통화로, 5분의 말 몇 마디로 만리타향으로 갈 준비가 완성되기를 기대하다니…….

며칠 전 신문 보도를 보면, 여행 자유화 이후, 우리나라의 해외여행 연인원이 금년 말이면 천만을 넘어서리라고 한다. 이 많은 사람들이 한국 사회와 문화의 테두리를 넘어서 이질적 삶에 접하게 된다는 것은, 우리의 주의가 주로 우리 사회에서 벌어지고 있는 정치적 투쟁에 집중되어 있는 사이에 우리 사회에 벌어지고 있는 거대한 문화 혁명의 크기를 나타내고 있는 것이라 할 수 있다. 그것이 우리 사회의 가시적 표면에 어떻게 반영되는지는 중요한 성찰의 대상이 될 만하다. 그러나 여기에서 내가 말하려는 것은 그러한 문제에 관한 것이 아니고, 단순한 피상적인 관찰로서, 우리의 해외여행의 출구가 되어 있는 김포국제공항이 그 많은 사람들의 왕래를 그런대로 잘 처리해 내고 있다는 사실이다. 또(더러 비판과 불평이 없지는 않지만) 김포공항의 출입이 크게 불편한 것은 아니다. 이것은 비단 출국, 안전 검사, 탑승 등의 비행기 여행에 직접 관계되어 있는 부분만이 아니다. 사람들은 돈을 바꿀 수도 있고, 밥을 먹을 수도 있고, 물건을 살 수도 있고, 도처에 적절하게 배치되어 있는 변소를 쉽게 사용할 수도 있다.

다만 사람들은 이러한 편의 시설에 별 주의를 하지 않을 뿐이다. 어떤 정도의 얼마만의 편의 시설이 있는지조차 알지 못한다. 이것은 어떻게 보면 이것들이 얼마나 편리하고 능률적으로 존재하는가에 대한 증거라고 할 수도 있다. 의식이란 사물과의 부딪힘, 불편스러운 부딪힘에서 일어나는 것이기 때문이다. 물론 공항의 편의에 대하여 무의식적이 되는 것은 공항이 단순한 통과의 장소이기 때문이기도 하다. 여행객들은 각각의 목적을 가지고 이곳을 통과해 가고 그곳이 아무리 좋은 곳이라고 하더라도 그곳의 존재는 좋은 곳이라는 적극적인 의미보다는 각자가 숨겨 가지고 있는 목적에 방해가 되지 않는 최대한으로 그것의 달성을 촉진해 주는 것이어야 한다는 소극적인 의미로서 정의되는 곳이다. 이 소극적 목적의 기능이 원만히 수행되고 있는 한, 그곳의 좋고 나쁨이 그것 자체로 평가될 이유가 없는 것이다.

그러하므로 이렇게 쓰고 있는 나 자신도 김포공항의 능률이나 편의에 대하여 그것을 평가할 만한 전체적인 조감도를 가지고 있는 것도 아니요, 또 그것을 하나의 주제로서 의식해 본 일도 없다. 이것은, 해외여행을 해 본 일이 있음에도 불구하고 다른 나라 공항의 경우에도 마찬가지다. 대부분의 여행객들에게 공항들은 여러 번 지나가 본 일이 있다 해도 어떻게 생긴 곳인지 기억하려 해 보면 기억도 되지 않고, 그것을 하나의 개성적 존재로서 의식해 본 일도 없었던 것으로 판명되었다.

그런데 금년 초 나는 미국의 시카고 비행장에서 갈아탈 비행기를 기다리며 공항 시설의 편의함에 경이를 느낄 기회를 가졌다. 사실 1950년대 말 이후 그전에도 시카고 비행장을 통과하게 되는 일들이 있었지만, 이번에 처음으로 공항의 시설들이 바뀌었음에 생각을 미치게 되었던 것이다. 생각해 보면, 그동안 공항의 시설은, 기술의 진전, 항공 여행의 보급, 얼핏 보기에는 불필요한 편의와 사치에 대한 미국인들의 추구로 하여, 계속 변화되어 왔음에 틀림이 없지만, 언제 어떻게 상당히 확연한 개축이나 신축을 한 것이겠는데, 이제야 그 바뀌었음을 생각하게 된 것이다. 그러나 무엇이 눈을 확 열리게 할 정도로 크게 바뀌었다는 것은 아니다. 사실상 나로 하여금 그러한 것을 생각하게 한 것은 바꾸어 탈 비행기 승강구를 찾아가다가 이발소를 발견한 때문이었다. 유리창 속으로 보이는 이발소는 상당히 넓고 여유 있는 곳이었고, 두어 사람이 이발 의자 위에 앉아 서비스를 받고 있었다. 또 그러고 보니까 근처에는 여유 있게 차려 놓은 구두 닦는 가게도 있었다. 이러한 것들의 존재는 이 공항이 여행 중에 일어날 수 있는 긴급 필요를 충족해 주는 데 그치지 않고, 다른 자자분한 일상적 편의와 안락도 마련해 줄 수 있게 되어 있다는 것을 보여 준다. 이곳에는 책방도 있고, 옷 가게도 있고 ― 말하자면 현대인이 필요로 하는 또는 필요하다고 생각하는 모든 것을 수발하는 가게들이 있는 것이다. 다만 잠자는 곳만이 없는데 사실 그것도 오늘날의 대부분의 국제공항 근처가 그렇듯이 바로 공항 주변의 호텔들로 보충될 수 있는 것이었다. 어쨌든 공항은 그것 나름의 하나의 세계였다.

그런데 오늘날 선진 산업국의 주민들은 모든 편의를 갖춘 또는 갖추고자 하는 공항에 비슷한 세계에 살고 있거나 살게 되어 가고 있다고 말할 수 있다. 깨끗하고 합리적인 공간, 필요, 안락과 쾌락을 위한 물건과 서비스의 완비 ― 이러한 것이 현대 사회가 지향하고 갈구하고 있는 삶의 이상이 아닌가.

그러나 시카고 비행장과 같은 곳이 매우 편리한 곳이기는 하면서 그곳에서 살겠다는 사람이 없음은 어떤 일인가. 물론 그렇게 할 돈의 여유가 없다거나 당국이 그것을 허락하지 않을 것이라는 것도 그 이유일 수 있다. 또 그것이 통과의 구역이라는 근본 조건이 우리의 마음에 제약을 가하여 근본부터 그러한 생각이 일어나게 되지 않는 데에도 이유가 있을 것이다. 그러나 근본적으로 아마 대부분의 사람에게 시카고 비행장과 같은 곳이 편리하게 설계된 곳이라고는 여겨지겠지만, 뿌리내리고 살 만한 곳이라는 느낌을 주는 곳이 아니라는 것은 부정할 수 없을 것이다. 오늘의 사회가 나날이 편리해지는 듯하면서, 사람이 뿌리내리고 살 만한 곳이 되지 못하는 것과 같은 사정이 거기에 있는 것일 것이다. 또는 거꾸로 현대 사회의 모습이 이러한 공항에서 집약적으로 드러난다고 할 수도 있다.

말할 것도 없이 그것이 아무리 편리하다고 하여도 공항에 살고 싶은 생각이 나지 않는 것은 그곳에 우리의 일이 있는 것도 아니요, 가족이나 친지가 있는 것도 아니기 때문이다. 일의 경우, 그것은 흔히 형벌이요 소외의 한 형태로 생각되는 것이지만, 그것이 우리로 하여금 어떤 자리에 뿌리내리게 하는 데 한 요소가 되는 것임을 우리는 이러한 사례에서 깨달을 수 있다. 그러나 오늘날의 문명의 발달은 될 수 있으면 일을 줄이거나 적어도 가볍게 하는 방향으로 움직여 가고 있다. 그리하여 노동이 최대한도의 오토메이션과 로봇의 활용에 의한 단순 용이한 작업으로 바뀌어 가는 것이 오늘의 일의 추세인 것이다. 적어도 선진국들에 있어서 또는 그러한 나라들의 미래 전망에 있어서 형벌과 고통으로서의 노동 또는 어느 정도까지는 소외로서의 노동도 줄어들어 갈 것이라고 이야기된다. 그러나 그것이 맞는 것이라고 할 때, 그러한 노동의 감소 내지 소멸과 더불어, 인간의 삶에 있어서의 중요한 요소가 사라져 갈 것이 아닌가 하는 생각이 드는 것이다. 이렇게 말하는 것은 마치 산업 노동의 질곡으로부터의 해방이 바람직하지 않은 것이라는 인상을 줄 수도 있다. 이러한 성찰을 통해서 우리가 짐작하는 것은 노동으로부터의 해방이 비인간적인 요소를 담고 있으며, 이 비인간적 요소는 사실상 산업 노동이라는 비인간화로부터 연속되어 나오는 것이라는 사실이다. 산업 노동이나 그것으로부터의 해방이나, 어떻게 보면, 하나의 과정의 다른 단계들인 것이다. 여기에 대하여 보다 인간적인 의미를 가진 인간을 그의 삶에 적극적으로 맺어 주는 일과 놀이 —— 이러한 것은 전혀 별개의 것일 가능성이 크다. 역시 사람을 어떠한 곳에 묶어 놓은 것은 사람과의 관계 —— 간단히는 정의로 맺어진 혈육이라는 원시적 띠, 또는 다른 종류의 의미 있는 관계이다. 편의의 장소에서의 편의의 관계를 넘어가는 이러한 관계가 우리 삶의 뿌리를 굳혀 주는 중요한 요인이다. 시카고 공항과 같은 곳이 새삼스럽게 깨닫게 하는 것은 이러한 원초적 사실이다.

공항에서의 사람과 사람의 관계는 집단 현상에 관한 사르트르의 분석을 빌려 오건대, 급수 또는 수열(數列)의 관계이다. 이것은 사르트르의 예를 들어 버스 정류장에 서 있는 사람들로서 가장 잘 설명된다. 버스 정류장의 사람들이 (공항의 사람들이나 마찬가지로) 한곳에 모여서 어떤 집단을 이루고 있는 것은 사실이지만, 이 사람들은 우연히 한곳에 모인 것일 뿐 서로서로 어떤 내적인 관계에 의하여 모여 있는 것은 아니다. 그들은 서로서로에 대하여 무관심하다. 사르트르식으로 말하여 서로에 대하여 타자(他者)이다. 그들은 함께 있어도 서로 따로 있다.

다른 사람은 나에게 대하여 다른 사람이라는 또는 기껏해야 비슷한 여행객이거나 상점의 종업원이라는 극히 추상화된 국면 속에 나타나고 모든 추상화된 것이 그러하듯이 얼마든지 다른 비슷한 것에 의하여 대체될 수 있는 존재들이다. 대부분의 경우는 다른 사람이란(물론, 다른 사람의 눈에는 나도 다른 사람일 뿐인데) 없어도 좋은 존재이지만, 그들의 기능이 필요한 것인 한(가령 상점의 정원이나 버스나 비행기의 운전사의 경우) 기능의 관점에 의하여서만 규정된 다른 사람에 의하여 대체되어도 무방한 존재이다. 물론 이 고독한 군중들이 완전히 고독하고 아무런 규정도 없는 우연 속에 있는 것만은 아니다. 그들이 한곳에 모여 있는 것은 운송 수단의 기구 또 그것에 이어져 있는 사회의 산업 기구이다. 그것은 그들이 추상화된 욕구, 즉 여행의 욕구를 통하여 이들과 어떤 관계를 맺는다. 그리고 그 욕구는 어쩌면 운송 수단의 기구 또는 산업 기구의 요구에 대응하여 촉발된 것인지도 모른다. 어쨌든 그러한 관계는 극히 추상적이나 외적이고 어떤 경우에도 그 관계에 의하여 규정되는 여러 요소들 사이에 필연적이고 내적인 연계를 만들어 내지 못한다. 뿔뿔이의 수열적 집단에 대하여 사르트르는 '융합 집단(le groupe en fusion)'을 대립시킨다. 이것은 그 성원들이 내면적으로 이어져서 참으로 하나가 되어 있는 집단인데, 사르트르의 예로는 전투적 혁명 집단과 같은 것이 그 대표적인 것이다. 이 일체적 집단에 있어서 사람은 다른 사람에 대하여 동지애로 결속되고 전체에 대하여서는 혁명적 목표를 통하여 하나가 된다. 거기에는 사람과 사람 사이, 집단과 개체 사이에 간격이 없는 것이다. 이렇게 융합된 집단은 높은 혁명적 열정의 지배 아래 있기 때문에 사람과 사람은 사사롭고 추상적인 이해에 의하여 서로 차단되지 아니한다.

그러나 이러한 집단의 문제는, 한편으로는 그 융합의 강도를 유지하기가 어렵다는 것이고, 다른 한편으로는, 사람의 삶이 늘 위기와 투쟁 속에 존재하는 것이 아닌 한, 불가피하게 억압적으로 느껴지게 마련인 단순화를 수반하게 마련이라는 점이다. 사람의 삶은 어떤 단일한 목적이나 계획 속에 포용하기에는 너무나 다양한 것이다. 그러나 혁명적 집단과 같은 데 있는 정서적, 행동적 일체감이 커다란 만족의 근원이 되는 것은 부인할 수 없는 사실이다. 흔히 인간관계의 이상으로서 이야기되는 공통체란 것도, 비록 조금 더 이완된 상태로이지만, 어느 정도는 이에 비슷한 일체감으로 성립하는 집단을 말한다고 할 수 있다. 이 공동체의 일체감은, 단일 목적의 단순화와 강제성, 그리고 지나친 투쟁성의 긴장을 가지고 있지 않기 때문에 장기적으로는 혁명 집단의 융합 상태보다는 더 만족할 만한 것이라고도 할 수 있다.

그렇다고 하더라도 공동체가 인간의 다양한 욕구에 완전히 대응할 수 있다고 할 수는 없다. 한편으로 사람은 사회적 결속에 못지않게 개인적 고독을 필요로 하며 다른 한편으로는 인간 생활의 물질적 정신적 질서를 위하여 기계와 기구 그리고 그것의 능률적 운영을 필요로 하는 한 어느 정도의 외적인 관계, 그리하여 수열적 관계를 받아들일 수밖에 없다. 모든 사회관계를 융합적 집단의 일체감 속에 유지한다는 것은 인간의 현실과 능력에 비추어 지나치게 낭만적인 생각이다. 산업 사회의 문제는 인간관계의 수열화, 나아가 인간의 추상화와 단순화를 지나친 정도에까지 밀고 가는 데 있다.

이것은 다시 공항의 물리적 환경 속에 대표적으로 표현된 것으로 생각해 볼 수 있다. 물리적으로 볼 때 공항은 빠져나갈 데 없는 완전한 환경을 이룬다. 대부분의 여행객들에게 공항은 객관적으로 존재하는 건물이라기보다는 그들을 둘러싸는 분위기 또는 대기와 같아 도대체 공항을 밖으로부터 보는 경우가 드물게 마련인데, 그것은 안으로부터 경험되는 수밖에 없다. 물론 출발하는 공항 또는 여행객이 그럴 만한 마음의 여유가 있는 사람이라고 한다면, 도착하는 공항의 출입구를 장시간 바라볼 기회가 없는 것은 아니지만, 그러한 경우도 오늘날의 거대 공항, 특히 시카고나 동경이나 프랑크푸르트의 공항의 전체를 하나의 원근법 속에, 즉 한 사람의 적절한 시각으로부터 포착하는 것은 불가능하다. 전체의 모양을 파악하는 것은 공중 촬영의 각도로부터 또는 지도로만 가능하다. 이것은 공항이 아니라도 오늘날의 거대한 건물에서 흔히 보는 것이다. 이것은 우리의 지각 생활 또 사회생활에 중요한 상징적 의미를 갖는 일이라고 하여야 한다.

전통적 건축물은 상당히 거대한 것이라 할지라도 일목요연하게는 아닐 망정 대개는 일정한 원근법 속에 배치되어 있다. 또는 정확한 원근법이 아니라도 적어도 건물과 건물, 건물과 풍경 또는 하늘과의 관계를 계산해 넣은 것이어서 건물의 위상을 이러한 관계 속에서 요량할 수 있게 되어 있는 것이다. 이것은 사람과 인위적 공작물과의 자연스러운 비례 관계에 연결되는 것이겠지만, 대체로는 심미적 고려에 의하여 결정되는 것이다. 이에 대하여 오늘날의 거대 건물은 사람과 사람의 공작물의 비례 관계 또는 나아가 심미적 공간의 설정에 대한 고려를 전적으로 무시하고 지어지는 것으로 보인다. 그것은 절대 환경으로서 대상적으로 파악되기를 거부한다. 그것은 우리를 둘러싸고 압도하는 것이다. 거대한 국제공항, 또는 서울에 있어서 롯데월드와 같은 건물이 주는 막연한 억압감, 불안감은 이러한 사실에 관계되어 있는 것일 것이다.

현대의 거대 건축물들의 전체성은 단순히 그 규모만이 아니고 그 구조와 근본 철학에 관계되어 있다. 이것은 건물의 내부의 체험에서 드러난다. 전통적 건물은 아무리 거대해도 폐쇄적 거대함을 만들어 낼 수가 없어서 철근 라멘 구조물의 구조 기술, 조명 기술, 공기 조정 기술 등이 발달하기 전에는 건조물의 내부는, 그것이 거대한 내면 공간의 일부를 이루고 있는 경우에도, 계속적으로 외부에 통해져 있지 않으면 아니 되었다. 그리하여 그러한 건조물의 내부 속에서도 사람들은 그들의 위상을 외부 세계와의 관계에서 가늠할 수 있었다. 이것은 사람들이 의식하든 아니하든 안정감의 기초가 되었다고 할 수 있다. 그리고 기본적인 준거점을 제공해 주는 외부 세계가 대체로 자연이라는 것은——나무나 산이 아니라도 땅이나 하늘은 어디에나 존재하는 자연이었다.——특별한 의미를 갖는 것이다. 우리의 지각 경험을 현상학적으로 분석하면서, 미국의 철학자 알폰소 링기스가 지적하는 바와 같이, 우리의 지각은 어떤 근원적 바탕 위에서 일어나거니와 이 바탕은 "땅의 깊이, 대기, 빛의 빛남, 소리의 감추어 있는 깊이"들로 이루어진다. 건조물의 외부와 내부의 하늘과 땅의 무게에 대한 관계는 우리가 의식하든 아니하든 우리를 지각의 근본적인 틀, 영원하고 안정된 틀로 이끌어 가는 것이다. 하늘과 땅, 또는 자연은 쉽게 말하여, 우리에게 늘 안정되고 절대적인 준거점을 제공해 준다. 그러면서 이것은 인위적인 준거점과 달리 근원적인 것이기 때문에 근원적이란 모든 것이 그것으로 인하여 가능하다는 것인데, 그렇기 때문에, 그것은 준거점으로 우리의 지각 또는 경험 일반을 한정하고 규정하는 것이면서도, 동시에 시간과 공간의 무한함 속으로, 그 무한한 생산성 속으로 열어 주는 것이다. 건조물을 자연에 대한 관계를 통하여 한편으로 우리를 더욱 단단한 인위적 자료들에 묶이게 하면서, 다른 한편으로, 근원적인 규정과 비규정의 바탕에 비끄러매어 주는 것이다. 건조물의 외부나 내부에서의 자연과의 관계는 그리하여 곧 아름다움이 주는 미묘한 평화 —— 자유와 안정, 균형의 원천이 되는 것이다.

공항과 같은 거대 건물은 이러한 자연과의 관계를 거의 전적으로 무시해 버림으로써 참으로 압도적인 거대성을 얻는다. 이미 말한 바와 같이, 그것은 외면이 없는 건조물로서 우리를 사방으로 둘러싸는 절대적 환경이 된다. 그러면서 그것은 자연의 안정과 자유의 조화를 갖지 못함으로써, 그것의 근원성을 갖지 못함으로써 우리로 하여금 방향을 상실하게 하고 불안과 압박을 느끼게 한다. 그것은 독 안에 든 쥐라는 느낌에 비슷하다. 아무리 편리하더라도 우리는 절대적 환경이 어떤 기술적 의도 또는 관리의 의도에 의하여 기획된 것임을 느낀다.

이러한 느낌은 실내의 구조, 장치, 장식들에서도 발산되는 것이다. 현대 건물의 주종을 이루는 모던 스타일은 건조물의 외부나 내부의 심미적 장식을 거부하고 구조적, 기능적 장치들의 노출을 호의적으로 본다. 모던 스타일의 초기에 그것은 그 나름의 미학을 나타내는 것이지만, 그것의 실용적 의도는 건축 공간의 관리적 성격을 강조하는 것이다. 노출된 철봉들의 골조에 유리의 덮개를 씌운 아트리움(가령 서울에서도 교보문고의 아트리움 이

후 많이 확산된 바 있는)의 구조는 단적으로 사물을 어떤 실용적 목적에 따라 변형하는 능률적 의도와 수단의 존재를 느끼게 한다. 물론 이러한 구조물은 그 나름의 아름다움을 가지고 있다. 그리고 거기에 미적 의도가 없는 것도 아니다. 시카고 공항(사실 여기 말하고 있는 것은 유나이티드 에어라인의 터미널이지만, 여행객은 그것이 곧 공항의 전부인 듯한 착각에 빠진다.)의 아트리움과 같은 구조물도 그 나름의 아름다움을 가지고 있다. 철봉들의 섬세하고도 강인한 골조는 고딕 사원만큼 높고 그보다 더 밝은 빛을 공간에 채워 준다. (다만 유리 덮개를 통하여 내려오는 빛은 외부의 빛이라기보다는 실내 자체의 속성인 듯한 느낌을 준다. 여기에 대하여 고딕 사원의 스테인드 글라스는 그 어두움으로 하여 오히려 햇빛의 존재를 전달해 주는 것이 아닌가 한다.) 노출된 철봉들은 광택이 높은 회색의 페인트를 칠했다. 실용적인 목적도 있겠지만, 미적 효과를 노린다는 가장 단적인 증거라고 할 수도 있다.

그러나 여기에서 오는 아름다움은 마치 군함의 철판의 광택 나는 페인트의 아름다움과 같은 느낌을 준다. 그것은 기계의 아름다움이다. 페인트가 주는 또 하나의 느낌은 비항구성이다. 석조 건물의 돌 또는 심지어 목조 건물의 나무까지도 우리에게 주는 느낌은, 모든 자연물이 그러한 것처럼, 자연의 항구성의 느낌이다. 아름다움이 지향하는 바의 하나는 이러한 항구성이다. 그러나 어떤 경우에나 기계는 항구적일 수 없다. 그것은 작동하는 동안만 현재적으로 존재하는 것이기 때문이다. 기계의 능률성의 한 정점을 표현하고 있는 공항이 페인트로 칠해져 있는 것은 당연하다. 페인트는 항구성을 지향하지 아니한다. 그것은 녹을 방지하는 것과 같은 방식으로 잠정적 질서를 만들어 낸다. 그것은 능률적 작동에 필요한 질서이면서, 가벼운 의미에서 쾌감을 준다. 이것은 공항의 색상이나 장식의 다른 부분에도 표현되어 있다. 그중에도 유독 눈에 띄는 것은, 긴 통로를 평행선으로 포개어 놓은 것 같은 탑승구의 낭하들을 서로 연결하는 통로가 있는데 평면을 이동하는 에스컬레이터 위로 설치되어 있는 네온 장식들이다. 이것은 아무렇게나 철봉을 구부려 놓은 것 같은 형태들의 얽힘을 이루고 있다. 그것이 주는 느낌은 어떤 현대 추상화들의 장난스러운 느낌이다. 흔히 고전적 구조물들의 중후감 ─ 곧 항구성을 암시하는 여러 형식과는 전혀 반대의 성질을 가진 장식인 것이다. 장난은 완전한 혼란은 아니면서 완전히 경직된 질서에는 위배되는 것이다. 그것은 일정하게 시작하여 일정하게 끝나는 움직임으로서 무시간의 고정된 형상으로 존재할 수 없는 것이다.

네온 장식과 같은 가벼운 장식이 있음에도 불구하고, 공항의 공간이 철저하게 기능 위주임은 위에서 말한 바와 같다. 대부분 장식도 공항 구조물의 기능을 드러내고 있는 여러 부품들이 저절로 제공해 주는 것이다. 이러한 기능적 부품들이 보이는 것은 우리가 공항의 내부에 있기 때문이다. 어떠한 사물도 그 외부는 일정한 통일된 시각적 표면으로 감싸져 있다. 그리고 이것은 하나의 시각 단위를 이루면서 다른 사물과 그리고 궁극적으로는 무한한 자연 공간과 일정한 관계에 놓이게 된다. 그러나 내부는 복잡한 기능의 부분들의 연결로 이루어져 있다. 전근대의 건물에 있어서는 내부 공간도 완전한 내부 공간의 모양을 드러내지 아니하고, 외면 공간의 통일된 질서를 지향한다. 이에 대하여 모던 스타일 또는 사실상 포스트모던 스타일은 건축의 내부 기능의 골격을 있는 그대로 내놓는 것을 미덕으로 삼는다. 그러니만큼 내면 공간은 더 내면적이 된다고 할 수 있다. 물론 그것은 우리가 건물의 내면에 들어간다는 것이지 건물이 미적인 효과를 통하여 인간의 내면에 친화되는 공간이 된다는 말이 아니다. (전통적 건물이 지향하는 것은 내면화 ─ 인간 내면화이다. 이것은 또한 심미적 효과가 노리는 바이기도 하다.) 시카고 공항과 같은 건조물은 그 꾸밈새나 만듦새로 하여 승객을 에워싸고, 또 이미 비친 바대로, 그 거대함, 그 쓰임새로 하여 승객을 그 내면에 완전히 포용해 버린다.

그런데 이것은 바로 오늘의 기술 문명의 성격을 그대로 말하여 주는 것이다. 그것은 모든 인간을 완전히 그 안에 감싸 버린다. 그러면서 그렇게 감싸져 있는 것을 바르게 알아차리지 못하게 한다. 그것은 마치 과학 기술 문명의 모든 것이 인간의 편리만을 위하여 모든 것을 마련해 나가는 것으로 보이기 때문이다. 그것은 사실이다. 다만 그러한 편의의 증대 과정에서 사람은 그것에 사로잡히는 바가 되는 것이다. 그리고 그것으로 봉쇄되는 다른 자유와 다른 가능성을 알 수 없게 되어 버리는 것이다.

우리를 감싸고 있는 것은 완전히 우리의 편리와 욕구에 맞추어져 있다. 그것은 거의 우리 자신의 연장과 같다. 사실 환경의 모든 것은, 공항의 내부가 그러하듯이 내면 공간의 여러 특징들을 보여 준다. 그러나 바로 이러한 내면과 외면의 일치가 그 사이에 있을 수 있는 차이를 감추어 버린다. 이 일치는 한발 더 나아가 내면과 외면의 전도를 가능하게 한다. 이 전도의 최면술로 하여 우리는 우리의 욕구 자체가 밖으로부터 오는 것을 허용한다. 이러나저러나 우리 안에 느끼는 욕구 자체가 밖으로부터 오는 자극에 의하여 불러일으켜지는 것이지만 이 수동적 자극은 전혀 저항의 대상이 되지 못한다. 그 결과는 우리가 참으로 원하는 것이 무엇인지 모르게 되는 것이다. 즉 가장 기본적인 의미에서 자기 인식의 기회를 상실하게 되는 것이다.

그런데, 기술 문명의 환경이 우리 자신의 충족되지 못한 소망을 알 수 없게 하는 것이 아니라, 참으로 그 전부를 충족시켜 주는 것이라고 하더라도 그것은 반드시 우리의 행복과 자기실현을 보장해 주는 것이 아닐 수가 있다. 욕망 또는 욕구 충족은 역설적인 과정이다. 자아와 대상과의 관계로써 시작되는 욕망은 자아와 대상의 일치 또는 그 흡수를 종착점으로 한다. 그러나 이 결과는 특히 그것이 자아에 의한 대상의 소비를 의미할 때, 자아와 대상의 관계를 해소시켜 버리고 만다. 욕망의 현상은 가령 음식을 먹은 것과 같은 때, 소비 작용을 뜻하는 면을 가지고 있다. 그러나 그것이 언제나 자아의 욕망 또는 자아 속에서의 대상의 해체를 지향하는 것은 아니다. 욕망도 대상과의 관계의 한 형태인데 이 관계가 언제나 자아의 무한한 증대로 끝나기를 우리가 원하는 것은 아니다. 우리가 바라는 것은 대상의 실용적, 심미적 변형일 수도 있고 어떤 경우는 단순히 대상과의 심미적, 철학적, 형이상학적 또는 종교적 관계의 확인일 수도 있다. 이상적 세계는 욕망이라는 대상 관계에 있어서도, 소비적, 실용적, 심미적, 정신적 면들을 전부 포함하는 것일 것이다. 욕망의 충족은 어떤 경우에나 행복을 가져오는 것이나, 그것의 이상적 상태는 이러한 여러 면이 균형을 이룰 때 가능한 것이고, 궁극적으로는 대상과 자아, 또는 세계와 인간의 정신적 일체성의 확인에서 보장된다.

이 마지막 국면에서 대상과 세상은 타자로서 존재한다. 그러면서 우리는 자아가 그것의 전체성 속에 일체적으로 있음을 느낀다. 이것은 대상을 향한 움직임을 포함한다. 그러나 그것은 그것의 소비나 변형을 구하는 것은 아니다. 그러면서도 그 일체성의 느낌은 신비한 만족감을 준다. 그것은 자기의 전부를 세계의 전부 속에서 되찾는 움직임이며 그 전부 속에서의 정지이다. 그럼으로 하여 여기에는 다른 욕망의 관계에서처럼 동요와 불안이 존재하지 아니한다. 이 움직임과 정지의 지평에 뒷받침됨으로써, 소비와 실용의 끊임없는 움직임의 과정도 새로운 차원으로 지양될 수 있다. 이것은 상당히 신비적 경지를 발하는 것으로 보일 수도 있지만 깊은 공동체적 느낌을 갖는다거나 일상적 일에서 의미와 보람을 느끼는 따위의 일은 여기에 가까운 것으로 생각된다. 주어진 현상과 과정의 총체에 대한 일체적 느낌이 우리와 우리의 이웃의 삶을 정당화해 주고, 이것이 우리에게 반드시 실용적인 관점에서만은 설명할 수 없는 행복감을 주는 것이다.

모든 것이 나의 욕망 ─ 그것도 소비적 욕망에 완전히 대응하는 세계는 위에 말한 바와 같은 관계를 지워 버린다. 모든 것은 나를 위하여 나의 욕망을 위하여 존재한다. 세계에 내 목적을 위하여 소비되고 조종될 수 없는 것은 아무것도 없다. 나와 세계 사이에 간격이 있다면 그 거리는 내 손가락과 조종 버튼 사이의 거리에 불과하다. 사실 세계는 오로지 버튼과 조종간과 핸들로 이루어진 것으로 보인다. 더 나아가 그것은 상징적 기호로 이루어져 있는 것으로 보인다. 물론 이 기호들은 우리의 욕망의 충족을 위한 수단이다. 그것은 욕망 충족을 위한 기계이다. 내면과 외면의 구별이 없으며, 대상적 세계가 사라진 곳에서 그것은 우리 자신의 내면에 존재한다. 그리하여 우리 자신 욕망의 기계이고 이 기계는 기호와 버튼을 스스로 생산해 내고 스스로 조종한다. 기호와 버튼이 작동하게 하는 충족의 대상들은 곧 욕망의 자의적이고 다형태적인 표면에 불과한 것이다.

그러나 소비적 욕망과 그 대상의 일치 그리고 그것의 무한한 번식이 가능한 것은 과학 기술에 의한 물질세계의 정복에 힘입은 것이다. 컴퓨터는 우리의 자연스러운 명령에 자유자재로 반응한다. 그러나 그것은 컴퓨터가 거리낌없이 말하는 우리의 명령어를 기계 언어로 바꾸어 여러 기계 장치를 움직이게 하고 있기 때문에 가능한 것이다. 다만 보통의 컴퓨터 사용자들에게 이 기계적 과정은 보이지도 않고 이해할 수도 없는 것이다. 거의 사람과 같은 유연성을 가진 것으로 보이는 컴퓨터의 유연성은 이 기계적 과정에 의하여 또 그 기계 과정을 고안해 놓은 본래의 목적에 의하여 한정된다. 시카고 공항의 무한한 편리함, 거의 삶 자체에 대응하는 전체성이 공항의 궁극적 설비와 설비의 목적에 의하여 제한되는 것도 마찬가지다. 포스트모더니스트들은 기호의 체계, 그 대표적인 것으로서의 언어의 체계가 자의적이고 무한한 변조와 번식의 가능성을 가진 것이라고 말한다. 그러나 이 창조적이고 자의적인 언어도 어쩌면 궁극적으로 기술 문명의 발전의 자기 은폐 작용의 한 결과일 수 있다. 또는 기술 문명 그것이 아니라면 그것에 상동적인 관계를 가지고 있는 담화의 발전이 이룩한 무한한──또는 무한한 것으로 보이는 유연성, 정치화(精緻化), 전체화의 종착역이 포스트모더니즘이 발견한 언어이다. 그러므로 거기에는 기술 문명이 아니면 적어도 그것에 부수하는 어떤 근원적 에피스테메들이 숨은 제약으로 존재하는 것일 것이다. 현란한 언어의 놀이는 스스로를 은폐하는 이 근원적 제약의 그림자이기 쉽다.

(1991년)

# 심미적 이성

오늘을 생각하기 위한 노트

 

학문 활동에서는 물론 일상적 사고에서도 무엇을 이해하고 설명한다는 것은 인과 관계를 밝히는 일이다. 따져 나가면 이것은 하나의 연쇄를 이루게 되고, 모든 것은 이 연쇄 속에서 설명될 수 있을 듯하다. 또 이때의 연쇄 관계의 연쇄는 수평적이라기보다 수직적인 것이어서, 원인들의 수직적 질서의 정점에 있는 것은 어떤 근본적인 제일 원인이고, 모든 것은 이 근본 원인에서 시작하여 설명될 수 있는 것으로 생각된다. 이러한 인과의 질서의 서술이 꼭 정확한 것은 아니겠으나 우리가 과학의 체계를 생각할 때 마음속에 가지고 있는 이미지는 대체로 이에 비슷한 것이다. 이것은 물리적 세계에 대한 탐구에서도 그렇고 개체로서 또는 사회적 존재로서의 인간의 행동을 이해하는 데에서도 그렇다.

그런데 이것이 과학적 절차에 대한 옳은 이해인가 하는 문제를 떠나서 한 가지 흥미롭게 생각할 수 있는 것은 이러한 인과 관계의 세계, 결정론적 세계상이 사람들 마음에 매력적인 것으로 느껴지지 않는다는 것이다. 과학의 법칙적 세계는 냉혹한 세계로 보인다. 19세기 서양에서 과학적 세계관은 많은 예술적, 철학적 감수성의 소유자들에게 절망이나 우울증의 한 원인이 되었다. 전통적 신학 논쟁에서 자유 의지를 부정하는 의지결정론, 19세기의 사회진화론, 우생학, 또는 20세기의 행태주의(behaviorism), 사이버네틱스(cybernetics)의 이론 등에 대한 반감도, 그 타당성을 떠나서, 결정론의 우울에 관계가 있는 것일 것이다. 이것은 속류 마르크스주의적 인간관에 대한 반발에서도, 사람들의 비과학성이나 계급적 편견과는 별도로 작용하는 것인지 모른다. 대체로 사람들은 그들의 세계가 여러 사실적 관련으로 빈틈없이 짜여 있는, 윌리엄 제임스의 말을 빌려, '덩어리 우주'라는 말을 듣기를 좋아하지 않는다. 말할 것도 없이 특별한 사정이 없는 한 사람들은 막혀 있는 것보다는 트여 있는 상태를 좋아한다. 여기에 빈틈없이 짜여 있는 세계는 자신들의 당장의 물리적 행동과 보다 넓은 의미의 삶의 활동을 허용하지 아니할 것으로 느끼는 것일 것이다.

이러한 사람들의 원초적 욕망이 반드시 인식론적 무게를 가질 수는 없는 것이다. 그러나 우주나 인간, 세계나 개체적 인간에 대한 인과론적 법칙은 법칙이기 전에 명제이고 주장이다. 그러는 한, 사람에 의하여 말하여지는 명제이거나 주장이고, 또 그러는 한은 그 사람의 의도를 생각하지 아니할 수 없고, 그 의도는 사실상 우리의 자유를 통제하려는 것일 가능성이 없지 아니하다. 사회진화론은 억압적 사회 구조를 정당화하고 이것에 대한 행동적 개입을 누르는 효과를 가졌던 이론이다. 이것은 진리와 인간의 복합적 관계로 보아 다소간은 불가피한 일이라고 할 수도 있다. 진리의 탐구는 필연성을 확인하는 일이고 그것은 쉽게 인간 행동의 관점에서 존중하지 아니할 수 없는 필연성이 된다. 자연의 진리가 우리에게 요구하는 복종에 대하여 우리는 대체로 이의가 없다. 아무도 중력의 법칙을 무시하고 고층 빌딩에서 뛰어내리더라도 무사할 것으로 생각하지 않는다. 이러한 필연성은 인간의 개인적, 사회적 행동에까지 확대 적용될 수 있는 것이다. 이에 대하여 사람들은 본능적으로 경계심을 갖는 것이다.

이러한 진리의 사회학을 고려하지 않더라도, 사람들이 결정론적 인간관이나 사회관 또는 그것의 연장선상에서 일체의 '덩어리' 이론에 유보적 태도를 갖는 것은 그것이 매우 기초적인 의미에서 우리의 경험에 어긋나기 때문이다. 모든 빈틈없는 인과의 연쇄에도 불구하고 우리는 팔다리를 뜻하는 바대로 움직이고 원하는 것을 원하고 어느 정도까지는 그 원하는 것을 해내는 것이 아닌가. 물론 우리의 일상적 경험이 과학적 인식에서 그대로 증거 능력을 가질 수는 없다. 과학은 바로 일상의 경험을 부정하는 데에 성립한다고 할 수도 있다. 해가 뜨고 지는 것을 바라보는 일상적 경험이 지동설을 만들 수는 없는 것이다. 그러나 이 일상적 경험이 그 나름의 기준이 되는 경우가 없는 것은 아니다. 행복은 행복한 느낌과 크게 다르지 않다. 자유는 자유의 느낌과 크게 구분되지 않을 수 있다. 물론 사람이 생물학적 존재인 한 행복도 자유도 그 하한선에서는 생물학적 한계에 의하여 규정되겠지만, 이 정도만이라도 인간이 자유의 영역에 드는 것임은 틀림이 없다.

물론 사람들이 세계의 법칙적 질서를 의식하지 않는 것도 아니고 그 속에서 살지 않는 것도 아니다. 다시 말하여 사람이 하는 일의 일체는 물리적, 생물학적 환경 안에서 이루어지는 것이고 그 세계에서의 법칙을 어기면서 되는 일이란 아무것도 없다. 이에 대하여 무엇을 뜻하고 목적하고 하는 일은 대체로 마음먹은 대로 할 수 있다. 우리의 마음먹음이 전적으로 자유로운 것은 아니다. 마음먹은 것을 행한다는 것은 물리적, 생물학적 상황을 참조한다는 것이고 이것은 저절로 우리의 마음먹음에 미리부터 영향을 끼치는 것이 아닐 수 없다. 그러나 마음에 더 근본적인 영향을 끼치는 것은 국지적인 상황이 아니라 그것들의 연쇄가 구성하는 보다 넓은 범위의 상황이다. 이 느낌이 행동의 참조 기준이 되고 다른 한편으로는 동기도 된다.

그리고 실천적으로 사물의 인과 관계가 고려 사항이 되는 것은 넓은 상황과의 관련에 있어서이다. 인간의 실천이 원하는 것은 작든 크든 상황의 변화이기 때문이다. 그리고 이 넓은 상황에서, 물리적 세계에서 보는 바와 같은 인과율이 얼마나 엄격한 것인지는 분명치 않다. 이러한 공간적 확산과 시간적 지속을 갖는 상황은 총체적으로 그 나름으로 하나의 세계를 구성하는 것으로 생각될 수 있다. 이것은 물리적, 심리적 요인이 중첩되는 경험의 세계 또는 경험 가능한 세계이다. 사람의 행동은 이 세계의 지평 안에서 일어난다. 그것은 외적인 요인일 뿐만 아니라 동기의 형성에 있어서의 요인이다. 그러나 그것이 빈틈없는 인과의 쇠사슬에 의하여 사람의 행동을 규정하는 것은 아니다.

인간 행동의 지평적 성격은 게슈탈트 심리학이 밝힌 바 있는 지각 현상에 있어서의 표상(figure)과 바탕(ground)의 관계로 예시될 수 있다. 우리가 무엇을 볼 때 우리가 보는 것은 그 무엇이다. 그러나 다른 한편으로는 이 무엇만을 보는 것은 아니다. 그것을 에워싸고 있는 다른 배경과 더불어 보는 것이다. 다만 보는 대상이 되어 있는 것은 모양이나 색깔이 분명한 데 대하여, 배경이 되어 있는 것은 모양이나 색깔이나 기타 성질이 흐리멍덩하고 두루뭉수리로 느껴진다. 말할 것도 없이 무엇을 본다는 것은 주의의 표적이 되는 대상을 보려는 것이지만, 바탕은 불필요한, 무시되어도 좋은 잉여 요인이 아니다. 표상이 주의의 이동과 함께 바뀔 수 있는 것임은 물론 그것은 바탕과 자리바꿈을 할 수도 있고 또 바탕에 의하여 영향을 받기도 한다. (물론 중심의 시각이 바탕의 성질을 지각하는 데 큰 영향을 미치는 것도 사실이다.) 그러나 여기서 특히 주목하고자 하는 것은 표상의 지각이 바탕의 성질에 의하여 미묘하게 달라질 수 있다는 사실이다. 또는 더 나아가 표적이 되는 것도 아니고 그러니만큼 분명히 의식되는 것도 아닌, 바탕의 뒷받침이 없이는 표상 지각이 불가능할 수도 있다. 시각의 생리 작용이 벌써 그러하다. 사람의 시각이 중심적인 것과 주변적인 것, 두 부분으로 나뉘고 여기에 그에 대응하는 서로 다른 신경 조직이 관여된다는 것은 잘 알려진 사실이다. 이 다른 두 부분이 각각 중심 시각과 주변 시각의 기능을 맡아 수행한다. 눈을 다치는 사람 가운데는 주변 시각 신경만을 다치는 사람이 있지만, 그러나 사람은 중심 부분이 온전함에도 불구하고 아무것도 볼 수 없게 되는 것이 보통이다.[1] 주변 시각과의 적절한 관계가 없이는 보고자 하는 것을 볼 수 없다는 단적인 예라고 할 것이다.

시각에 있어서의 표상과 바탕의 융합 관계는 다른 지각의 경우에도 해당되지만, 다른 지각의 경우는 시각의 경우보다 그것이 조금 더 느슨한 것으로 보인다. 또 그러니만큼 더 넓은 의미에서 인간 행동에 있어서의 일반적인 표상과 바탕의 관계를 잘 드러내 보여 준다. 딱딱하거나 부드러운 물건, 잘 구워진 고기, 포도주의 향기, 이러한 것들은 바탕에 대하여 표상적 성격을 가지고 있는 경험이다. 이것들의 바탕은 무엇인가? 코프카는 분명치 않은 대로 궁극적으로 이러한 감각들의 바탕은 '초감각적'인 총체적 바탕을 이루어 행동의 테두리에 영향을 줄 것이라고 말한다. 어떤 감각들은 특히 특정한 지각 작용에 대해서보다도 우리의 행동 전체에 대한 바탕을 이룬다. "부드러운 옷자락처럼 감싸거나 동화 속의 궁전의 둥그런 방의 푸른 벽과 같이 감싸는 냄새"가 그러한 것이다. 이러한 바탕은 "우리의 행동환경의…… 모든 표상과 사물에 대한 우리의 관계를 결정한다." 그것은 방의 분위기 같은 것이다. 결국 이 바탕들은 전체적으로 "자아와 자아가 만나는 사물들에 대한 바탕"이 되는 것이다.[2]

그런데 행동의 바탕을 이루는 것은 어떤 종류의 감각 현상만이겠는가?

1   K. Koffka, *Principles of Gestalt Psychology*(New York, 1963), p. 204.
2   Ibid., p. 201.

우리의 지각, 느낌, 생각, 행동은 일체 직접적으로 주제화되거나 의식되지 않더라도 크고 작은 바탕과의 관계에서 이루어진다. 그렇다고 할 때, 모든 배경적 요소들을 다 모아서 바탕의 바탕과 같은 것이 이루어지는 경우를 생각할 수도 있다. 하이데거가, 세계 내의 존재라고 할 때의 세계, 바탕(Grund), 열림(das Offene), 지평 등으로 지칭하려는 것이 그러한 것일 것이다. 또는 미국의 현상학자 알폰소 링기스(Alphonso Lingis)가 레비나스(Emmanuel Levinas)의 용어를 빌려 말한 대로, 우리는 이것을 '원초적 바탕(The Elemental Background)'이라고 부를 수도 있을 것이다. 이것은 우리로 하여금 사물들을 볼 수 있게 해 주는 빛처럼 모든 지향적 움직임에 선행하는 바탕이다. 그것은 "사물이 암시하는, 있을 수 있는 국면의 무한함, 그리고 거기에 열리는 연결과 통로의 무한함을 가리키는 지시들의 얼크러짐"에 선행하면서 이러한 것에 심각한 실질성을 부여하는 것이다.[3]

인간 행동의 제약 조건으로서의 바탕의 문제는 물론 사회학적 관점에서는 너무나 당연한 전제이다. 인간의 사회적 이해에 있어서 다소간에 사회 구조의 한정적 기능을 부정하는 경우는 생각하기 어렵다. 마르크스주의는 사회결정론적 인간 이해의 가장 대표적인 경우이다. 사람의 행동은, 또 의식도, 사회적 제약 속에서 이루어진다. 그중에도 그것을 구속하는 것은 사회의 하부 구조를 이루는 생산력과 생산 관계이다. 그러나 이러한 것들은 적어도 인간 행동의 관점에서는 직접적으로보다는 사회 구조를 형성하거나 그것에 영향을 미침으로써, 즉 사회 구조에 매개되어 행동의 결정 요인이 된다고 하여야 할 것이다. 적어도 이 점에서 알튀세르의 구조적 전체성의 개념은 그럴싸한 것으로 보인다. 문화나 정치 그리고 생산 관계와 생산력을 포함하는 경제 기구의 모든 것이 하나의 구조적 전체로서 역사

---

3    James M. Edie ed., *New Essays in Phenomenology*(Chicago, 1969), p. 38.

의 원인 또는 부재 원인이 되는 것은 아니라고 하더라도 인간 행위의 제약적 지평으로 사회가 하나의 전체로서 작용한다고 말하는 것은 큰 무리가 없는 것이 아닌가 하는 것이다.

그러나 마르크스주의적이든 비마르크스주의적이든 방금 언급한 것과 같은 사회 구조의 구속성이 지각 작용의 모델에 있어서의 표상과 바탕 또는 현상학적인 원초적 바탕 또는 배경의 개념을 대치하는 것은 아니다. 이 것들은 부분과 전체의 관계가 한편으로는 더 직접적이고 다른 한편으로는 더 포괄적이며 보편적이라는 것을 상기케 해 준다. 되풀이하건대 그것은, 보이는 것을 본다거나 소리를 듣는다거나 하는 가장 간단한 지각 작용, 사회적 행위 또 있을 수 있는 사물의 국면, 연결 그리고 통로들의 얼크러짐에 움직이고 있는 경험의 양식이면서 그것을 넘어가는 존재의 원천을 지칭하는 것으로 말할 수 있는 것이다. 그 결과의 하나는 목하 관심의 대상이 되는 사항에 관계되는 바탕이나 테두리를 확정하는 것이 극히 어렵다는 것이다. 또 이 사항의 결정 요인들이 그것을 에워싼 또는 그것과 서로 작용하는 테두리에 있는 한, 사항 자체의 정확한 파악도 쉬운 것일 수 없다. 바탕이나 테두리를 무엇으로 잡느냐 하는 것은 자의적일 수밖에 없다. 심리학의 시각의 예시에서 예를 들어, 하나의 네모꼴은 정사각형으로도 마름모로도 보일 수가 있는데, 어느 쪽인가를 우선적으로 결정해 주는 것은 그 테두리를 어떻게 그려 놓느냐에 달려 있다. 테두리의 네모의 변이 안에 들어 있는 네모의 변에 평행하면 그것은 정사각형, 변이 45도나 다른 각도로 어긋나면 마름모로 보인다. 그러나 여기에 보는 사람의 그림에 대한 관계, 그 사람의 건축물 또는 지평선에 대한 관계도 그림의 독해에 작용한다. 그러나 이러한 테두리의 한정은 의도된 것이든 아니든 우리의 지향적 에너지의 한계에 일치한다고 할 수 있다. 물론 실제적 삶의 관점에서는 그것은 삶의 전략의 범위만큼이 될 것이다. 그리고 사회의 개조와 같은 사회적 집단적 행위에 있어서는 그에 적절한 가용적 전체가 성립한다고 할 수 있다.

그러므로 현실적으로 어떤 사항의 바탕을 이루는 것 또는 테두리는 일정한 것이 아니다. 그것은 우리의 필요와 능력에 의하여 정해진다. 또 우리의 관성의 이동과 더불어 이동한다. 그것은 우리의 주체에 대응하여 창조적으로 구성된다. 이렇게 보면, 우리의 전체성에 대한 관계는 극히 자기중심적인 것이다. 이것은 사회적 실천의 관점에서 문제적이라고 할 수밖에 없다. 사람들의 관심이 다 다르고 끊임없이 바뀌는 것이라고 한다면 우리의 삶의 공통된 틀에 대한 일치된 이해가 있을 수 없고 그것이 없는 마당에 공동 행동이 있기 어려울 것이기 때문이다. 그러나 여기 문제되고 있는 것이 바로 좁은 관심의 표적에서 넓은 것에로의 발돋움이라는 것을 잊지 말아야 한다. 자기의 중심에로의 심화가 전체에의 확대를 뜻하는 경우도 있는 것이다. 물론 그러한 일치는 유일적, 일체적이라기보다는 복잡한 경로를 가진 상호 주체(intersubjective)인 것이다.

개인적 주체의 문제는 조금 다른 면으로부터도 고찰될 수 있다. 주체의 구성 작용이 늘 대상적 인식의 성격을 띠거나 추상화 과정이 되는 것이 아니라는 것을 우리는 상기할 필요가 있다. 그것은 오히려 많은 경우에 직접적이고 무의식적이다. 의식이 개입된다고 한다면 반성적 의식 — 막연한 일체적 의식 — 정도이기 쉽다. 레비나스에 있어서 원초적 바탕은 인식론적 또는 존재론적 의미를 가지면서 즐김, 향수의 바탕이기도 하다. 그것은 사람의 즐김 속에 열리는 것이다. 더 일반적으로, 위에서 언급한 링기스는 바탕의 의식이 추상적이 아니라 감각적 직접성을 가지고 있을 뿐만 아니라 정서적 밀도도 가지고 있음을 강조한다. 지각 작용에서 이것은 자명한 것이지만, 넓은 전체성의 인식이 감각적이고 감정적인 고양의 체험이 되는 것은 일반적으로 볼 수 있는 일이다. 심미적 체험의 즐거움은 그것이 감각적으로 주어지는, 대상 초월의 경험이라는 데 관계된다. 헤겔의 공식대로 아름다운 것은 감각과 이상을 결합한다. 배우고 익히는 것의 즐거움도 같은 두 계기를 갖는다. 마르크스주의의 마술도 그 전체를 밝히는 듯한 설명력에 있다. 혁명을 지향하는 사회적 행동이 우리를 흥분케 하는 것은 그것이 투사해 주는 보다 정의로운 사회의 청사진에 못지않게 그것이 우리를 여기 이곳으로부터 해방하여 공간적, 시간적 확산을 가능하게 하여 줌으로써이다. 프로이트의 의미에서 사람을 움직이는 근본 동력이 쾌락 원칙이 아니라 하더라도 인생을 살 만한 것으로 느낄 수 있어야 한다는 것이 사람의 근원적인 요구라고 한다면, 주체의 활동에 들어 있는 초월적 계기와 그것의 즐거움은 사회적으로도 매우 중요한 것이다. 전체성은 쾌락의 원천인 것이다.

이미 지적한 대로 문제가 없는 것은 아니다. 사사로운 관심의 협소성, 그것의 덧없는 변덕성, 또는 더 사회학적 관점을 취하여, 계급적, 성적, 인종적 편향성 ― 이러한 것들이 보편적 입장의 획득에 장애물이 된다는 것은 이미 많이 지적된 바 있는 일이지만, 더 쉽게 간과되는 것은 보편성, 전체성 자체가 바로 특수한 의지의 억압적 표현일 수 있다는 점일 것이다. 전체성에의 초월이 개인적 자아실현의 내용을 이룬다고 할 때, 전체성 자체가 개인 의지의 소산이면서 그것을 은폐하는 것일 가능성이 큰 것이다. 그리하여 진정한 전체성의 구성의 문제는 여전히 미해결의 상태로 남게 된다.

이와 관련하여 또 한 가지 사실에 주목할 필요가 있다. 그것은 개인과 사회의 관계를 생각할 때 또 하나의 이중적 의미를 갖는다는 사실이다. 사회 전체를 중시하는 입장은 늘 개인과 그가 생각하고 하는 일을 수상쩍게 보는 경향이 있다. 그러나 표면적 인상이 어떤 것이든지 간에 그것들은 분리될 수 있는 것이 아니다. 어느 한쪽만이 두드러지는 것은 표면의 일일 뿐이다. 여기서 거죽에 드러나거나 뒤로 숨는 개인과 다른 사람의 관계의 미묘한 양태를 다 이야기할 수는 없고, 되돌아가 다시 논하고자 하는 것은 주체의 활동의 초월적 성격이다. 의식은 반드시 무엇에 대한 의식으로 존재한다. 이것은 현상학의 기본 공리의 하나이다. 의식은 의식 대상에 대응하는 것으로만 존재한다는 말이다. 개인적 주체의 활동도 이와 비슷하게 활동의 대상에 대응하여 존재한다. 주체의 작용은 바로 세계에로의 자기 초월을 뜻한다. 그렇다고 모든 주체의 작용이 객관성을 얻거나 특히 사회적 전체의 파악을 보장받는 것이 아님은 말할 것도 없다. 주체적 작용의 초월적 성격은 바른 이론적 탐구에 의하여 완성되어야 할 단초에 불과하다.

그러면 무엇이 바른 이론인가? 개인적 주체의 작용을 출발점으로 하는 한, 이론의 바르고 바르지 않음을 가리는 일은 지난한 일이다. 사실적으로 가능한 이론적 이해는 일종의 실존적 해석학이 될 것이다. 이해는 개인으로부터 그를 에워싼 주변의 상황으로, 다시 상황의 소산으로의 개인으로 순환적으로 확대되어 갈 것이다. 이 두 번째의 개인은 한편으로는 사회적인 조건에 의해 형성된 객체로서, 다른 한편으로는 그럼에도 불구하고 객체화를 넘어가는, 이 넘어감으로써 바로 참으로 주체적이 되는 존재로 파악될 것이다. 그리고 이 두 모순된 계기의 일치는 개인으로 하여금 외적 구속으로 강요된 집단의 일원이며 동시에 행동적 주체로서의 집단의 일원임을 깨닫게 할 것이다.

그럼에도 불구하고 이러한 이해 또는 이론적 이해가 해석학적이라고 한다면, 우리는 대체의 해석학이 가지고 있는 보수적 친화성에 주목할 필요가 있다. 해석학은 주어져 있는 경험의 안에서 출발한다. 그것은 경험의 밖으로부터 아무것도 끌어올 필요가 없다. 그러니만큼 그것의 지적 염결성은 적어도 그 방법론적 전제에 있어서는 나무랄 데가 없을는지 모른다. 그러나 그것은 그러니만큼 주어진 경험의 안에 남아 있게 마련이다. 여기에서 요청되는 것이 순수한 객관적 구성으로서의 이론이다. 그것은 경험의 세계를 넘어가야 한다. 이 이론은 모험적 성격을 가질 수밖에 없다. 특히 그것이 행동의 철학일 때 그렇다. 게다가 행동은 어떤 경우에나 모험일 수밖에 없는 것이다. 오늘 여기에의 몰두로서의 행동은 행동의 순간에 의식으로만 도달할 수 있는 전체성을 놓쳐 버리고 마는 것이다. 이론과 밀착되어 있는 행동도 행동의 순간은 이론의 엑스터시(시간성의 초월), 그리고 그 투시로부터 현재의 맹목으로 돌아오는 순간이다. (그러나 현실의 유일한 터전인 현재를 넘어서는 이론은 그 나름으로 현실에 대해 맹목이라 할 수 있다.)

　　오늘 이 시점에서 이러한 고찰들은 무슨 의미가 있는가? 우리나라에 있어서나 세계적으로나 오늘의 사회를 비판적으로 보려는 노력들은 커다란 위기에 처해 있는 것으로 보인다. 그 원인이 오로지 그러한 노력 자체의 실패 특히 이론적 실패에 있다고 하는 것은 극히 순진한 진단이 되겠지만 지나친 이론의 단순화 또는 경직화에 의하여 그러한 노력들의 상당 부분이 스스로를 구석으로 몰아붙이고 또 현실로부터 무관한 상태에 빠지게 된 듯한 감이 없지 않은 것도 부인할 수 없다. 사회의 구조적 전체성에 대한 이해에서 특히 그렇다. 제일원칙으로부터 일목요연하게 연역되어 나오는 사회 이론의 잘못은 개인의 다양하고 창의적인 자유를 경시하고 그때그때의 유동적인 상황의 움직임에 대한 판단의 고통을 아끼는 데 있다. 그리하여 결과는 언어의 변증법에 의한 사실의 대치이다. 상황의 과장, 언어의 과장, 역사에 대한 음모 이론 ─ 이러한 것들이 구체적인 상황을 놓치게 하는 것이다.

　　우리는 사회와 역사의 이해의 근본적 기제를 다시 생각할 필요가 있다. 어떠한 현실 이해도 관계된 개인들의 주체 작용을 통과하지 아니할 수는 없다. 그리고 그것은 끊임없이 변하는 구체화의 통로에서만 의미 있는 것으로 드러날 수 있다. 어떤 의미에서는 전체는 경직적 추상화에서도 그렇지만, 단순히 지나치게 관심의 초점에 놓이고 주제화되기만 하여도 그 모습을 감추어 버린다. 이것은 시각 작용에서 주변이 중심이 되면 그 바탕으로서의 고유한 성격을 잃어버리는 경우와 같다. 유동적인 현실에 밀착하여 그것을 이성의 질서 속에 거두어들일 수 있는 한 원리를 메를로퐁티는 '심미적 이성'이란 말로 불렀다. 이 이성을 통하여 무엇이 드러난다고 하면 그것은 '개념 없는 보편성'일 뿐이다. 그러나 개념 없이 무엇이 인식되고 계획될 수 있는가? 그것은 생존의 흐름 속에 스스로를 맡겨 버리는 일로, 절망의 변호밖에 되지 않는 것처럼 생각된다. 그러나 그것은 적어도 너무 이른 결정으로 현실을 놓치는 것을 경계하는 원리가 되기는 할 것이다. 무엇보다도 중요한 것은 현실의 우위이다.

(1991년)

나아감과 되풀이 ─ 심미적인 것의 의미: 서문을 대신하여, 「정치, 아름다움, 시 ─ 두 개의 서문」,《세계의 문학》제66호(1992년 겨울호)의 부분

## 1부 예술과 삶

고요함에 대하여(1985), 출처 미상

보이는 것과 보는 눈 ─ 아르키펭코의 한 조각에 대한 명상(1982), 출처 미상

동양화의 정신과 생활에 대한 수상, 「과학 문명에서의 정신문명의 위상」, 월전미술관 동방예술연구회 강연문(1991년 5월 11일)을《한벽문총》창간호(1992년)에 정리해서 수록; 「동양적 전통과 평정한 마음」, 『풍경과 마음』(생각의나무, 2002)

음악의 인간적 의미, 인간의 음악적 완성,《객석》제31호(1986년 9월호); 황동규 외, 『머무르라, 그대는 그토록 아름답다』(예음, 1992)

예술과 삶 ─ 그 일치의 가능성에 대한 고찰, 서울예술전문대학 한국예술문화연구소,《예술교육과 창조》제6호(1987월 3월호)

읽는 행위의 안팎,《오늘의 책》제1호(1984년 봄호)

회한·기억·감각 ─ 삶의 깊이와 글쓰기에 대한 수상,《외국문학》제30호(1992년 봄호)

과학 기술 시대의 문학 ─ 현실주의를 넘어서, 이화여자대학교학술회의준비위원회 엮음, 『한국의 여성 고등교육과 미래의 세계: 이화 창립 100주년 기념 학술대회』(이화여자대학교출판부, 1987)

## 2부 쉰 목소리 속에서

마음의 빛과 그림자 ─ 피천득론, 피천득, 『피천득 시집』(범우사, 1987)

시의 정직성 ─ 민영의 시에 부쳐, 민영, 『엉겅퀴꽃』(창작과비평사, 1987)

선비의 시 ─ 김성식 교수의 시에 부쳐, 김성식, 『시가 없는 산하: 미발표 유고시집』(제삼기획, 1988)

아파트인의 사랑 ─ 백미혜의 시에 부쳐, 백미혜, 『토마토 씨앗을 심은 후부터』(민음사, 1986)

쉰 목소리 속에서 ─ 유종호 씨의 비평과 리얼리즘, 유종호, 『현실주의 상상력』(나남, 1991)

## 3부 방법과 진리

서양 문학의 유혹 ─ 문학 읽기에 대한 한 반성,《외국문학》제8호(1986년 봄호)

외국 문학 수용의 철학 ─ 서양 문학 수용과 발전을 위한 서론,《사회비평》제1호(1988년 11월호)

역사의 객관성과 인간적 현실 ─ 새로운 사회사의 의의, 래피얼 새뮤얼·개러스 스테드먼 존스 엮음,

역사의 객관성과 인간적 현실 ─ 새로운 사회사의 의의, 래피얼 새뮤얼·개러스 스테드먼 존스 엮음,

송무 옮김,『문화와 이데올로기와 정치』(청계연구소, 1987)

역사와 공민 교육,《역사교육》제80호(1986년 12월호)

문학 연구의 방법에 대한 몇 가지 생각 ─ 심미적 감수성과 그 테두리(1983), 출처 미상

전체적 반성 ─ 인문과학의 방법에 대한 한 관찰,《세계의 문학》제45호(1987년 가을호)

학문의 정열 ─ 과학 기술 시대의 인문과학과 자연과학(1992), 출처 미상

과학 기술과 그 문제들 ─ 복합적 평형 체제를 향하여,《과학사상》제2호(1992년 여름호)

대학과 진리,《철학과 현실》제1호(1990년 봄호)

## 4부 오늘을 위한 노트

국제공항 ─ 포스트모더니즘의 상황에 대한 명상,《현대비평과 이론》제1권 1호(1991년 봄여름호);

김태원 엮음,『한국 문화·사회의 상황과 후기 현대』(현대미학사, 1994)

심미적 이성 ─ 오늘을 생각하기 위한 노트,《사회평론》제5호(1991년 9월호)

김우창

1936년 전라남도 함평 출생. 서울대학교 문리과대학 정치학과에 입학해 영문학과로 전과했다. 미국 오하이오 웨슬리언대학교를 거쳐 코넬대학교에서 영문학 석사 학위를, 하버드대학교에서 미국 문명사 박사 학위를 취득했다. 서울대학교 영문학과 전임강사, 고려대학교 영문학과 교수와 이화여자대학교 학술원 석좌교수를 지냈으며 《세계의 문학》 편집위원, 《비평》 발행인이었다. 현재 고려대학교 명예교수, 대한민국예술원 회원으로 있다.

저서로 『궁핍한 시대의 시인』(1977), 『지상의 척도』(1981), 『심미적 이성의 탐구』(1992), 『풍경과 마음』(2002), 『자유와 인간적인 삶』(2007), 『정의와 정의의 조건』(2008), 『깊은 마음의 생태학』(2014) 등이 있으며, 역서 『가을에 부쳐』(1976), 『미메시스』(공역, 1987), 『나, 후안 데 파레하』(2008) 등과 대담집 『세 개의 동그라미』(2008) 등이 있다. 서울문화예술평론상, 팔봉비평문학상, 대산문학상, 금호학술상, 고려대학술상, 한국백상출판문화상 저작상, 인촌상, 경암학술상을 수상했고, 2003년 녹조근정훈장을 받았다.

**김우창 전집** 4

# 법 없는 길 :현대 문학과 사회에 관한 에세이

1판 1쇄 펴냄 1993년 4월 5일
2판 1쇄 찍음 2015년 11월 27일
2판 1쇄 펴냄 2015년 12월 14일

지은이  김우창
발행인  박근섭·박상준
펴낸곳  (주)민음사

출판등록  1966. 5. 19. 제16-490호
주소    서울시 강남구 도산대로 1길 62(신사동)
        강남출판문화센터 5층 (우편번호 06027)
대표전화  515-2000 | 팩시밀리  515-2007
홈페이지  www.minumsa.com

ISBN  978-89-374-5544-5 (04800)
ISBN  978-89-374-5540-7 (세트)